Gabriele von Holbach

Schlachtfeld Küche

Per aspera ad astra

(Über raue Pfade, gelangt man zu den Sternen)

Gabriele von Holbach

Schlachtfeld Küche

Bibliografische Information der Deutschen Nationalbibliothek:
Die Deutsche Nationalbibliothek verzeichnet diese Publikation
in der Deutschen Nationalbibliografie;
detaillierte bibliografische Daten sind im Internet
über http://dnb.dnb.de abrufbar.

Erstausgabe 2017
Copyright © Gabriele von Holbach
Umschlaggestaltung: Mario Marx
Herstellung und Verlag: BoD - Books on Demand, Norderstedt
ISBN: 978-3-744814065

Prolog

Die Wette

26. März - Man sollte sich nie mit einer guten Freundin einen Film ansehen. Es könnte sein, dass man schon kurze Zeit später im schlimmsten Schlamassel steckt, der alles bereits dagewesene in den Schatten stellt. Diese Freundin könnte auf eine Idee kommen, die einen an den Rand des Wahnsinns treibt.

Nun ja! Ich habe mir einen Film angesehen. Diese Freundin, meine Freundin, heißt Chloé, ist Richterin an einem der höchsten Gerichte Frankreichs und das, was man allgemein gut betucht nennt. Sie hat viele gute Seiten und manch liebenswerte Macke. Okay, die habe ich auch. Doch wir haben noch mehr gemein. Unter anderem können wir beide nicht kochen, haben es nie erlernt und auch nie den Wunsch verspürt, es zu erlernen. Warum auch? Es gibt viele gute Restaurants, Bistros, Catering, Tiefkühlpizza und Perlen ...

Wir können beide nur ein Gericht zubereiten. Miracoli sei Dank!

Der Film hieß Julie et Julia. Da ist zum einen die amerikanische Diplomatenfrau Julia Child, die, im Paris der Nachkriegszeit, aus Langeweile nach einer Beschäftigung sucht. Nach langem hin und her landet sie schließlich an der Kochschule Cordon Bleu, wo sie in eine Männerdomäne eindringt und das Kochen erlernt.

Als Julia die Köchinnen Simone und Louisette kennenlernt, schließen sich die drei zusammen, um amerikanischen Hausfrauen die französische Küche nahezubringen. Gerichte wie Ratatouille, Côte de veau und Chateaubriand, die sich wie Gedichte lasen, Amerikaner aber nicht aussprechen, geschweige denn zubereiten konnten.

1961 erschien Julias Buch *Mastering the Art of French Cooking*, 752 Seiten stark.

Cut: Man schreibt das Jahr 2002. Mastering the Art of French Cooking ist längst zu einem Standartwerk der kulinarischen Literatur avanciert.

Da ist Julie, eine junge Frau in der Lebenskrise, die in einem New Yorker Großraumbüro arbeitet. Sie ist frustriert, weil sie sich eigentlich der Schriftstellerei verschrieben hat, aber nie ein Buch vollenden konnte. Inspiriert durch eine Freundin beschließt sie, ein ganzes Jahr hindurch Rezepte aus Julias Kochbuch nachzukochen und ihre Erfahrungen auf einem der ersten Internet-Blogs festzuhalten. Ihr Ehemann wird als Testperson auserkoren.

Nun ja! Eben dieser Film brachte die gute Chloé auf die Idee, dass man doch aus den beiden Perso-

5

nen eine machen könne. Eine, die nicht kochen kann, es aber in einem Jahr lernen könnte (oder auch nicht). Diese Eine, die darüber einen Blog schreiben könnte (das würde sie können).

Ich fand die Idee gut und war begeistert. Leider hatte ich nicht bemerkt, dass mit dieser *Einen* ich gemeint war. Alles Empören, meinerseits, fand keinen Anklang bei Chloé. Schließlich bot sie mir eine Wette an, die ich unmöglich ablehnen konnte.

Ab sofort werde ich einmal wöchentlich kochen. Als Testperson muss ich mir jedes Mal einen Gast einladen. Zu jedem Event muss ein neuer Gast geladen werden. Niemand darf zweimal geladen werden. Bis Mittwoch muss ich den Gast bekanntgeben. Bis Donnerstag entscheidet Chloé, was ich kochen muss. Der Event muss zwischen Freitag achtzehn Uhr und Sonntag vierzehn Uhr stattfinden. Bis spätestens Montag neunzehn Uhr muss gebloggt werden. Fotos inklusive.

Mittlerweile frage ich mich, welcher Teufel mich geritten hat. Das Kochen habe ich inzwischen weitestgehend aus meinen Gedanken verdrängt. Etwas anderes stellt sich zurzeit als schwieriger heraus. Die Testpersonen! Pardon! Meine Gäste …

Als ich meinem Sohn von der Wette erzählte, sind ihm vor Entsetzen die Gesichtszüge entglitten. Ich konnte förmlich sehen, wie er nach passenden Ausreden suchte. Hatte er doch nur zu gut die Erinnerung an meinen ersten und einzigen Ausflug in die Welt der haute cuisine im Kopf. Eine Erinnerung, die er mit Mäx, meinem besten Freund, teilt. Der sagt heute noch, dass ich wohl der einzige Mensch sei, der eine Hühnerbrust in ein Brikett, mit einem Kern aus rohem Fleisch, verwandeln kann.

Auch meine Freundin Mary zeigte sich schockiert. Von der Flut tausender Ausreden, die ihr durch den Kopf schossen, nahm sie dann die verständlichste. Zwischen London und Paris liegen zweihundertvierzehn Meilen und der Ärmelkanal. Zu weit für *nur* ein Abendessen …

Ich kann sie gut verstehen. Mir würden sämtliche Sünden einfallen, wenn ich plötzlich eine Einladung von Mary oder Chloé erhalten würde, damit ich mir ihre selbstzubereiteten Gerichte einverleibe. Mon Dieu! Mir fallen auf Anhieb geschätzte tausend Ausreden ein.

Mary meinte noch, ich solle meinen Testpersonen (Pardon! Gästen!) vorher eine Verzichtserklärung vorlegen. Sozusagen eine Absicherung gegen Schmerzensgeld, Schadensersatz etc. …

Nun ja! Ich will ja meiner Familie und meinen Freunden kein Leid zufügen, auch wenn ich im Augenblick noch nicht weiß, wie ich das anstellen soll, aber ich werde mich bemühen. Vorsichtshalber werde ich immer eine Tiefkühlpizza im Tiefkühler haben, wenn ein Event ansteht.

Das Bloggen … Nun ja! Da dachte ich doch wirklich, das Bloggen würde sich einfach gestalten. Schnell den Account einrichten, dem Kind einen Namen geben und los geht's.

Nun ja! Es hat etwas länger gedauert, bis ich mich durch die Wirrungen des Programms gearbeitet hatte, doch nun steht mein Blog.

Jetzt mache ich mich auf die Suche nach meinem ersten Gast. Inzwischen hat es sich herumgesprochen, was ich vorhabe und ich denke, die Suche dürfte sich etwas schwierig gestalten.

Ich weiß zwar nicht, wie ich das alles überstehen werde, aber ich weiß genau, dass meine Leser sich köstlich amüsieren werden.

Coq au vin

27. März - Der erste Freiwillige

Ich habe meinen ersten Gast gefunden. Mäx, mein bester Freund, hat sich freiwillig zur Verfügung gestellt. Okay! Wer die englische Küche kennt, dessen Magen ist allerhand gewohnt, aber wird er auch meine Kochkünste überstehen? Unbeschadet überstehen? Ich habe schreckliche Gewissensbisse. Darf man seinem besten Freund so etwas antun? Mir ist, als müsse ich ihn aufs Schafott führen. Ich sehe die blankgewienerte Guillotine schon in der Sonne glänzen.

Chloé möchte, dass ich Coq au vin zubereite. Ein Rezept der französischen Küche. Ich besitze kein Kochbuch und habe auch nicht die Absicht, mir eins zuzulegen. In meiner Bibliothek stehen überwiegend Klassiker. Julia Childs Kochbuch, Mastering the Art of French Cooking, gehört nicht dazu.

Ich habe schon mal gegoogelt. Mon Dieu! Rezepte für Coq au vin gibt es viele, aber ich kann nicht viel damit anfangen. Die meisten Autoren haben es leider versäumt, eine Gebrauchsanleitung zu ihren Rezepten zu schreiben. Woher soll ich wissen, bei welchen Temperaturen, was, wie lange kochen oder braten muss? Mon Dieu! Das geht schon gut los!

Da mischen doch einige Engländer wahrhaftig Lakritze in die Sauce. Manche nehmen auch english double devon cream. Auch die Deutschen, selbsternannte Meister der Kochkunst (schon mal was von Bocuse gehört?), haben ihre eigenen Créations. Sie verfeinern die Sauce mit Crème fraîche oder Crème double. Der Cholesterinspiegel will gefüttert werden. Blue Curacao, Wodka, Cointreau und Sake. Schokolade, egal ob hell oder dunkel. Sogar Brösel von Früchtekuchen und Spekulatius finden ihren Weg in die Sauce. In einem spanischen Rezept war sogar Cava aufgeführt. Es wundert mich, dass niemand auf die Idee kam, Sangria in die Sauce zu gießen.

Nun ja! Das Rezept wurde im Laufe der Zeit so oft abgewandelt, dass nur noch wenige das Originalrezept verwenden. Nach langem Suchen habe ich ein Rezept von 1912 gefunden. Wow! Ein Hahn von circa drei Kilo Gewicht! Wer soll den essen? Ich bin Vegetarier!

Der Hahn soll vierundzwanzig Stunden in Marinade eingelegt werden. Non! So viel Zeit habe ich nicht. Ich kaufe morgen Nachmittag ein und koche morgen Abend. Okay! Ich versuche zu kochen.

Ich nehme mir die Freiheit, das Rezept etwas abzuwandeln. Auf eine weitere Création kommt es in der Welt der Rezepte nun auch nicht mehr an. Ich glaube, meine Création will sowieso niemand nachkochen.

Warten wir's ab. Morgen Abend weiß ich mehr.

29. März - Die erste Katastrophe

Ich habe es geschafft. Aber …

Zuerst muss ich mich bei Charles, dem Boucher bedanken. Da wollte ich doch wirklich nur zwei Hähnchenschenkel kaufen. *Zwei!* In Anbetracht meiner Kochkünste, hat er mir zu fünf geraten. Er meinte, wenn der dritte Versuch fehlschlägt, soll ich es besser lassen. Okay! Verständlich! Ich habe seinen Rat befolgt und fünf Schenkel genommen.

Aber ... was ist, wenn alle Versuche scheitern und ich ohne Coq dastehe? Quasi schon im ersten Anlauf die Wette in den Sand setze? Ohoh!

Mein nächster Dank gilt meiner Esthéticienne Anke. Sie gab mir einen Schnellkurs in der Zubereitung von Coq au vin, versicherte mehrmals, dass das Gericht ganz einfach zuzubereiten wäre und man eigentlich nichts falsch machen kann. *Eigentlich!*

Punkt achtzehn Uhr ging's los. Ich putzte Karotten und pellte Zwiebeln, schnitt die Karotten in Scheiben und wollte auch die Zwiebeln ... Oh mon Dieu! Sie brannten in den Augen ... und wie sie brannten. Am liebsten hätte ich das Messer geworfen und die Zwiebeln gleich hinterher. Welcher Teufel hat mich geritten, als ich mich auf so etwas einließ?

Zwiebeln schneiden ... Augen wischen ... schniefen ... weinen! Es war schrecklich! Ich brauchte eine Pause und einen Cappuccino. Nach zehn Minuten weinen und einer Packung Kleenex ging's weiter.

Hähnchenschenkel ... totes Fleisch ... das sollte ich anfassen ... Oh mon Dieu! Non! Jamais de la vie! Das ist eklig! Ich brauchte Handschuhe! Meine Gartenhandschuhe kamen mir in den Sinn, aber die waren schmutzig und ... non ... das wäre unhygienisch. Bingo! Einmalhandschuhe! Aber woher nehmen? Tja! In meinem Wagen gibt es einen Verbandskasten und darin befinden sich mehrere Paare. Davon könnte ich mir ein paar nehmen ...

Die schlimmsten Dinge schossen mir durch den Kopf. Wenn morgen ein schrecklicher Unfall geschieht, ich erste Hilfe leisten muss und keine Handschuhe habe ... Was ich mir da so alles einfangen könnte ... Es wird schon nichts geschehen ... Notfalls hat das Unfallopfer auch einen Verbandskasten ...

All diese Gedanken schossen in meinem Kopf herum und hielten mich vom Kochen ab. Was man bei solch einem Kocheinsatz alles bedenken muss. Diese Wette machte mich schon kirre, da stand noch nicht mal ein Topf auf dem Herd. Was wird das, wenn ich erst mal mit dem richtigen Kochen begonnen habe?

Nun ja! Als die Hände in Einmalhandschuhen steckten, konnte es losgehen. Die Hähnchenschenkel wurden unter fließendem Wasser abgespült und mit Kleenex getrocknet. Das Fett kam in die Pfanne und schmolz so vor sich hin. Oh! Da schmolz viel Fett vor sich hin.

Wenn die Bläschen verschwunden sind, sollten die Schenkel in die Pfanne. Okay! Gesagt getan! *Grrrrrrr!* Von wegen spritzt nicht! Ich stand unter Beschuss. Die Tapete hat jetzt ein Muster. Gefällt mir nicht, ist aber nicht mehr zu ändern. Der Fußboden verwandelte sich in eine Rutschbahn. Shirt und Schuhe waren mit Fettflecken übersät und das Kochfeld sah aus ...

Oh mon Dieu! Eine teure Wette ... meine neuen Gucci-Schuhe! Wie konnte ich mich nur auf diese Wette einlassen?

Okay! Zu den Fettspritzern gesellte sich dunkler Qualm, der sich verdichtete. Der Rauchmelder schrillte in den schrecklichsten Tönen und malträtierte meine Trommelfelle. Ich wusste es! Das geht nicht gut! Mit zugekniffenen Augen nahm ich die Pfanne vom Herd und stellte sie erstmal ins Spülbecken. Fettspritzer sind schmerzhaft. Was tat ich mir an?

Nur nicht kleinkriegen lassen, von so einem kleinen Fehlstart. Ein kurzer Sprung, ein Schlag mit der Zange und es herrschte Ruhe. Himmlische Ruhe! Warum machte das Teil solch einen ohrenbetäubenden Lärm? Ich stand in der Küche und der Rauch war nicht zu übersehen, da könnte er sich doch etwas zurückhalten …

Nächste Pfanne! Nächster Schenkel! Die gleiche Prozedur noch einmal. Diesmal reduzierte ich die Temperatur. Dem Fett war es egal. Es spritzte schon wieder. Musste wohl so sein. Der Schenkel kam in die Pfanne und der Beschuss verstärkte sich. Wenn die Schenkel goldgelb sind, sagte Anke, müsse ich sie wenden. Woher sollte ich wissen, wann sie goldgelb sind? Ich habe keinen Röntgenblick. Egal! Ich wendete! Die Zange verhakte sich an der Pfanne und ich verbrannte mir den Daumen. Grrr! Von wegen ein einfaches Gericht! Ich hasse kochen!

Ich füllte das Gemüse in die Pfanne und legte das Bouquet hinzu. Ein Kräutersträußchen, das die Kräuterfrau extra für den Coq zusammengestellt hatte. Das Fett roch plötzlich so seltsam. Ich dachte mir, ich wende noch einmal. Okay! Die nächste Verbrennung. Diesmal der Zeigefinger. Die Blase am Daumen nahm beängstigende Ausmaße an. Kaltes Wasser tat gut. Ich kühlte meine Brandwunden und vergaß die Pfanne auf dem Herd. Als der seltsame Geruch sich in Brandgeruch verwandelte, war es zu spät. Auch Pfanne Nummer zwei landete im Spülbecken. Der Rauchmelder schwieg … Nun ja! Diverse Teile hatten den Schlag mit der Zange nicht überstanden …

Ich öffnete das Fenster und dunkle Rauchschwaden drangen ins Freie. Der Dunstabzug lief auf Hochtouren. Das Hightech-Gerät tat sein Bestes, aber ob das ausreichte? Vielleicht hätte ich mir besser einen Rauchabzug über dem Herd anbringen lassen.

Nach zwanzig Minuten hatte sich der Rauch verzogen und nur der beißende Geruch lag noch in der Luft. Auch wenn mir der Gestank nicht gefiel, ich musste wieder in die Küche.

Ich schnitt die nächsten Karotten. Diesmal verzichtete ich auf den Feinschnitt, die Zeit drängte. So kam es, dass die Stücke etwas größer ausfielen, als sie sollten.

Die Zeit war reif für Plan B. Die letzten Schenkel kamen ungebraten in den Topf. Das Gemüse darüber und es war gut. Ein weiteres Bouquet hatte ich nicht. Okay! Eine kleine Änderung des Rezeptes. Was solls! Ich schüttete etwas Rotwein in den Topf und stellte ihn in den Backofen. Warum können die in ihren Rezepten nie angeben, bei wie viel Grad, welcher Einstellung und auf welcher Schiene das Zeug in den Ofen muss? Ich nahm 200°, schob den Topf auf die unterste Schiene, stellte das Gebläse ein und hoffe das Beste.

Jetzt hatte ich etwas Zeit. Ich entsorgte die völlig verkohlten Schenkel im Müll, beseitigte die Rutschbahn und öffnete weitere Fenster. Der beißende Geruch brannte in den Augen und quälte meine Atemwege. Die frische Abendluft tat gut. Am liebsten wäre ich gegangen und hätte das Chaos hinter mir gelassen, aber ich hatte gewettet … böser Fehler!

9

Mäx erschien pünktlich. Er rümpfte die Nase und sein Gesicht drückte Besorgnis aus, aber nicht wegen mir oder meines Hauses. Non! Sorge um seine Gesundheit! Verständlich bei diesem Gestank.

Der Coq war noch nicht fertig. Mir fiel ein, dass Anke sagte, der Coq muss schwimmen. Tat er nicht! Ups! Ich schüttete den restlichen Rotwein in den Topf … jetzt schwamm er, der Coq. Oh ja! Und wie er schwamm!

Mäx sah sich die Nachrichten im TV an. Der nachfolgende Film lief schon eine Weile, als der Coq endlich fertig war. Ich richtete ihn, so gut es ging, auf einem Teller an und machte noch schnell ein Foto. Ich muss zugeben, ich habe den Schenkel genommen, der nicht gar so dunkel wurde. Als ich Mäx den Teller reichte, fiel mir ein, dass Anke sagte, der Coq würde erst am Schluss gewürzt. Ups! Ich hatte nicht gewürzt, auch den Marc de Bourgogne hatte ich vergessen. Der Speck stand unberührt im Kühlschrank. Was solls! Salz und Pfeffer mussten reichen. Er konnte sich seinen Coq selbst würzen. Beim Anblick der Sauce fiel mir ein, dass sie einkochen muss. Zu spät! Zudem hatte ich schon mehr als genug Kohle produziert.

Mäx betrachtete etwas skeptisch seinen Teller. Fragte, ob ich da Würstchen reingeschnippelt habe. Ich war etwas irritiert. Würstchen? Ah! Er meinte die Karottenstückchen, die aus Zeitmangel etwas größer ausgefallen waren. Tzzzz! Würstchen im Coq au vin … Nun ja! Er traut mir scheinbar alles zu. Okay! Es hätte mich auch nicht gewundert, hätten die da wirklich reingehört.

Unter der … nun ja … sagen wir mal … etwas überbräunten Haut war das Fleisch weich. Ich war ehrlich verwundert. Ich dachte schon, ich müsse ihm Hammer und Meißel holen oder doch besser gleich die Tiefkühlpizza.

Während des Essens (ich nahm nur Salat, ich bin Vegetarier) beobachtete ich Mäx. Bei jedem Bissen hatte ich Sorge, dass er gleich mit Bauchkrämpfen zusammenbricht, aber nichts geschah. Ohne eine Miene zu verziehen, aß er auf. Allerdings war er sichtlich erleichtert, als er endlich fertig war.

Ich war ebenfalls erleichtert. Ich hatte es hinter mich gebracht. Jetzt sind es nur noch einundfünfzig Events! Nur noch? Ich bin verrückt!

Die Dusche spülte den Küchengeruch aus meinen Poren. Eine größere Dosis Parfum besorgte den Rest. Meine Kleider stanken auf der Terrasse vor sich hin. Vielleicht sollte ich künftig in einem Schutzanzug das Kochen angehen. Den könnte ich hinterher in der Mülltonne entsorgen.

Nach einer durchlüfteten Nacht hat sich der Brandgeruch verzogen. Alles ist wieder blitzblank, meiner Perle sei Dank. Eine Renovierung der Küche habe ich vorerst nicht geplant. Ich möchte nicht jede Woche den Maler im Haus haben. Kommt drauf an … vielleicht einmal im Monat … mal sehen.

Jetzt gönne ich mir ein ruhiges Wochenende.

Soupe de pois cassés

02. April - Der nächste Gast

Der nächste Freiwillige hat sich gemeldet. Warum sind es immer die Männer, die so mutig sind? Was solls! Ich brauche einen Gast. Diesmal kommt Rolf in den Genuss meiner Kochkünste.

Hört auf zu lachen. Ich weiß selbst, dass es kein Genuss sein wird, aber sehen wir das ganze mal positiv. Verkaufen wir die Teilnahme an meinem Event als Ablassbrief für sämtliche Sünden.

Okay! Abgeschweift! Kommen wir wieder zu meinem nächsten Gast. Ihr seht, ich nenne ihn nicht Testperson. Ein kleiner Fortschritt!

Rolf ist Arzt, lebt in Australien und arbeitet ehrenamtlich bei den Flying Doctors. Er hat schon manch gefährlichen Einsatz hinter sich gebracht. Jetzt begibt er sich erneut in Gefahr. Naja! Mehr als eine Magenverstimmung (und was da noch so alles passieren kann. Der Magen-Darmtrakt ist lang …) kann es nicht geben.

Inzwischen bin ich bestens für Notfälle ausgerüstet. Für die meiner Gäste und vor allem für meine eigenen. Brandsalbe, Cortisonspray, Feuerlöscher, Schutzbrille, zwei Kartons Einmalhandschuhe, Topflappen, Spritzschutzdeckel in verschiedenen Größen, drei neue Pfannen, ein riesiger Eimer (wofür der gedacht ist?), eine Schürze (die ziehe ich nicht an), ein Paar graumelierte Filzpantoffeln (grauenvoll), Medikamente gegen Magenverstimmung, Übelkeit, Brechreiz, Durchfall, Verstopfung, und, und, und …

Ich höre euch lachen. Vielen Dank, meine lieben Freunde, für eure Gaben. Seit gestern geben sich die Paketdienste die Klinke in die Hand. Ich weiß, Schadenfreude ist die schönste Freude … aber bereits nach dem ersten Event? Was stehen mir künftig für Gaben ins Haus?

Jetzt warte ich auf meinen Auftrag. Mal sehen, was ich diesmal in Kohle verwandeln werde.

03. April - Ein neuer Auftrag

Soupe de pois cassés! Für alle, die der französischen Sprache nicht mächtig sind: Erbsensuppe.

Hört sich so einfach an, aber wie bereitet man sie zu? Ich habe keine Ahnung! Woher auch? Zudem mag ich keine Erbsensuppe.

Ich habe mal wieder gegooggelt. Wow! Die gleiche Freude wie letzte Woche. Andere Länder, andere Rezepte. Der Deutschen liebste Zutat: Crème fraîche. Die Briten schütten Scotch in die Suppe und die Spanier verfeinern mit Agaven- oder Schlehenschnaps.

Ich dachte immer, Erbsensuppe sei kräftige, deftige Hausmannskost. Wenn ich solche Rezepte lese, drängt sich mir der Verdacht auf, dass einige der Hausfrauen kleine Spriterinnen sind. Ein Gläschen Liqueur an dies, ein Schnäpschen an das. Ein Glas Wein oder Bier zur Verbesserung der Arbeitsmoral. Apropos Wein! Da soll es einen (oder mehrere) Fernsehkoch (-köche) geben, der (die) das Weintrinken während des Kochens zu einem Ritual gemacht hat (haben). Wenn die Hausfrauen, die tagtäglich kochen, das nachmachen … Wow! Hoch lebe die Leberzirrhose.

Genug damit. Zurück zur Erbsensuppe. Ich habe schon mal was von getrockneten Erbsen gehört, aber mir war neu, wie groß die Auswahl derselben ist. Es gibt grüne, gelbe, weiße, rote und sogar marmorierte Erbsen. Erbsen mit Schale. Geschälte, gespaltene und polierte Erbsen. Splitter-, Brokkel- und Rollererbsen. Oh mon Dieu! Ich will doch nur Erbsensuppe kochen. Also! Grün? Geschält? Poliert?

Ich wusste auch nicht, dass man Erbsen vor dem Kochen waschen muss. Es kommt sogar noch schlimmer. Man soll die Erbsen einweichen. Ich habe schon gehört, dass man Wäsche einweicht, aber Erbsen? Worin weicht man sie ein? Wasser? Bouillon? Milch? Wie viele Erbsen in wie viel Flüssigkeit? Und die ist kalt, warm oder heiß? Was heißt über Nacht? Wie lange ist über Nacht?

Dann die Zutaten. In vielen Rezepten sind sie ähnlich, aber Schweinsfüße und Schälrippchen? Non! Das ist einfach eklig! Das mache ich nicht. Jamais de la vie!

Mal wird das Gemüse angebraten (Oh non! Schon wieder Fettspritzer und Brandgefahr!), mal der Speck. Dann wiederum wird der Speck erst später in die Suppe gegeben. Andere legen Bauchfleisch in die Suppe. Was um alles in der Welt ist Bauchfleisch? Was sind Mettenden? Wurzeln? Mehl Typ 1050?

Einmal gibt man Butter in die fertige Suppe (als wäre die nicht schon fett genug, mit Speck und Würsten!), dann wiederum einen Becher Rahm. (Ich habe mal wieder gegoogelt, sie meinen Crème … Pardon! Sahne!) Noch mehr Fett. Mal wird die Suppe püriert, dann wiederum durch ein Sieb geschlagen. *Geschlagen?*

Einmal stand da: *Man nehme die flotte Lotte und schlage die Suppe durch* … Wer oder was ist die flotte Lotte? Ein heißer Feger, der auf Schlagen …? Non, vertiefen wir das Ganze nicht.

Zurück zur Erbsensuppe. Ich habe wieder das gleiche Problem wie letzte Woche. In den Rezepten fehlen so viele Angaben, die ich dringend benötige. Ich bin weder Hausfrau noch Köchin! Woher soll ich das wissen?

In manchen Rezepten stehen Zeitangaben, bezüglich der Kochzeit. Zwischen zwei und vier Stunden! *Vier* Stunden für eine Suppe? Schon mal was von Vitaminen gehört?

Egal! Ich habe nicht mal mit Kochen begonnen, da stellt sich bereits das erste Problem ein. Ich habe keine Erbsen. Wie soll ich etwas einweichen, das ich nicht habe?

Der erste Supermarkt öffnet um fünf Uhr. Der Feinkostladen ebenso. Ob acht Stunden Einweichzeit ausreichen? Aucune idée! Es muss einfach reichen!

Ich werde also morgen früh der erste Kunde im Markt sein. Das heißt, sehr früh aufstehen … und das wegen einer Packung Erbsen!

06. April - Nicht allzu schwer?

Da habe ich mir, in meinem jugendlichen Leichtsinn, doch wirklich gedacht, Erbsensuppe zu kochen, kann nicht allzu schwer sein. Falsch gedacht. Nun ja! Ganz so jugendlich bin ich auch nicht mehr. Aber leichtsinnig? … oui! Sonst hätte ich mich sicher nie auf diese Wette eingelassen.

Freitagmorgen, in aller Frühe, fuhr ich zum Supermarkt. Wow! Fünf Uhr in der Frühe und der Laden war voll. Frühaufsteher, wohin das Auge blickte! Nun ja! Die Herrschaften wollen beköstigt werden und das Personal muss einkaufen.

Etwas hilflos stand ich vor einem Regal, voll mit getrockneten Erbsen, Bohnen, Linsen. Einige davon sahen ziemlich vertrocknet aus. Und erst die Farbenvielfalt! Orange und pink, violett und blau. Non! Merci!

Schließlich nahm ich eine Packung mit grünen Erbsen. Winzig kleine Erbsen. Zuhause habe ich die Winzlinge gebadet. Nach dem Bad durften sie trocknen. Dann wurden sie mit Wasser bedeckt, weil sie doch weichen mussten. Hmm! Ich verstehe immer noch nicht, warum man sie trocknet, wenn sie doch wieder eingeweicht werden.

Ich überließ die Winzlinge ihrem Schicksal und ging meiner Arbeit nach. Am frühen Nachmittag besorgte ich die restlichen Zutaten und fuhr unbekümmert nach Hause. Hätte ich in diesem Moment gewusst, was da noch auf mich zukommen sollte, ich wäre zum Flughafen gefahren und hätte mir ein Ticket für den nächsten Flug gekauft. Egal, wohin er mich gebracht hätte.

Nun ja! Ich fuhr nach Hause. Stellte den Bodenwischer bereit, falls es wieder eine Rutschbahn in der Küche geben sollte, öffnete das Fenster und schloss die Türen. Gegen vierzehn Uhr begann ich das Gemüse zu bearbeiten. Waschen, putzen, schneiden. Wow! War das eine Arbeit. Alles in winzige Würfel schneiden. Zum Glück habe ich scharfe Messer. Sellerie ist sehr hart. Karotten sind auch nicht viel weicher und meine Hände schmerzten.

Mit Schrecken dachte ich an die Zwiebeln. Gerne hätte ich mich vor den Dingern gedrückt, aber sie gehörten nun mal in die Suppe. Kaum hatte ich das Pellen hinter mich gebracht und mit dem Schneiden begonnen, ging es los. Nach fünfzehn Minuten weinen, einer Packung Kleenex und zwei Cappuccino, konnte ich meine Arbeit fortsetzen. Das kam mir alles so bekannt vor.

Vorsichtshalber hatte ich diesmal alles in doppelter Menge vorbereitet. Falls beim ersten Versuch etwas schief ging, konnte ich immer noch auf eine weitere Portion zugreifen. Nur durfte das Unglück nicht allzu spät passieren, sonst reichte die Zeit nicht aus. Vier Stunden Kochzeit sind nicht gerade wenig.

Nun ja! Dann gings richtig los. Inzwischen war es fünfzehn Uhr. Lacht nicht. Gemüse schneiden ist sehr zeitaufwendig und die Zwiebeln warfen mir den Zeitplan um. Zudem musste ich zweimal die Handschuhe wechseln, weil das scharfe Messer mehr als nur die Sellerieknolle erwischt hatte.

Ich nahm den Dunstabzug in Betrieb und hoffte das Beste. Die Hoffnung stirbt bekanntlich zuletzt!

Das Schmalz wurde im Topf erhitzt. Alles bei geringer Temperatur. Dem Schmalz war es egal … es spritzte. Nachdem ich die Speckwürfel ins heiße Fett gegeben hatte, steigerte sich der Beschuss. Aber! Ich habe jetzt einen Spritzschutz! Ein tolles Teil! In seinem Gefängnis gefangen, beendete der Speck den Beschuss und bräunte so vor sich hin.

Den Speck auslassen stand im Rezept. Ich habe noch nie Speck ausgelassen, weiß nicht, wie er aussieht, wenn er ausgelassen ist, weiß nicht mal, wie man das macht. Schnell Monsieur Internet um Rat gefragt. Tja! Nach vielen sonderbaren Antworten, fand ich diese: *Speck auslassen bedeutet, ihn in der heißen Pfanne brutzeln, bis alles Fett den Speck verlassen hat.* Das stand wirklich da!

Nun ja! Ich war neugierig, wie das Fett den Speck verlassen würde. Noch neugieriger, wie der Speck aussehen würde, nachdem ihn das Fett verlassen hat.

Die Speckwürfel wurden immer kleiner. Das Fett im Topf hingegen vermehrte sich. Man soll nicht glauben, wie kurz der Moment ist, wenn aus Speck, der sich auslässt, Speck wird, der ausgelassen ist und vor allem, wenn er sich in viele kleine Briketts verwandelt. Es ist der Moment, in dem dunkler Qualm durch die Küche zieht, beißender Geruch die Nase reizt und die Augen zum Weinen bringt. Der Moment, wenn der Rauchmelder losschrillt um sich dann … nun ja … er ist kaputt …

Diesmal war ich vorbereitet. Ich setzte den Deckel auf den Topf und stellte ihn ins Spülbecken. Eine weitere Verbrennung am Daumen, ein Hub Cortison und frische Luft auf der Terrasse. Nach einer Viertelstunde war die Küche rauchfrei. Der Gestank blieb mir erhalten.

Nächster Topf. Das Ganze auf Neustart. Die Temperatur nochmal reduziert … Das Fett zerlief ohne Probleme, doch die Speckwürfel verwandelten es in eine spritzende Masse und wieder stand ich unter Beschuss. Vielleicht war es die Rache des Schweins, das da als Speck in meinem Topf lag?

Okay! Diesmal beendete ich das Auslassen frühzeitig. Ich war mir aber nicht sicher, ob es bereits ausgelassen war. Nun ja! Ich gab die Zwiebelwürfel in den Topf. Nach Rezept mussten sie glasig dünsten. Tja! Wie dünstet man Zwiebeln glasig? Anscheinend habe ich den Moment, als die Zwiebeln glasig waren, verpasst. Sie nahmen eine bräunliche Farbe an, was mit glasig ja wirklich nichts zu tun hat. Okay! Es gibt auch braunes Glas, aber die Zwiebeln hatten wirklich nichts Glasiges.

Ich gab das Gemüse in den Topf und rührte. Das Gemüse sollte dünsten. Tja! Irgendetwas ging in diesem Topf vor, allerdings würde ich es nicht dünsten nennen. Ich würde eher sagen, das Gemüse nahm Farbe an. Bevor es zu viel Farbe hatte, gab ich Wasser hinzu. Das färbte sich dann auch sofort bräunlich. Sah nicht gut aus … gar nicht gut …

Als nächstes sollten die Erbsen hinzu, mitsamt dem Einweichwasser. Das wollte ich aber nicht mit in den Topf geben. Das Badewasser sah schon nicht gut aus. Wie würde da erst das Einweichwasser aussehen? Nun ja! Sagen wir mal so … Das Problem hatte sich bereits von selbst gelöst. Die Erbsen saßen auf dem Trockenen. Tja! Wie lange sie wohl schon so saßen, so ganz ohne Wasser? Eingeweicht sahen sie nicht aus … eher zementiert … Erbse an Erbse. Ob die Winzlinge etwa schwimmen sollten? So wie letzte Woche der Coq? Okay! Der schwamm etwas zu viel.

Trotz Zementierung gab ich die Erbsen in den Topf. Sie mussten rein, ich hatte nun mal keine anderen. Ich gab die im Rezept genannte Menge Bouillon hinzu, eine ordentliche Portion weißer Pfeffer (in keinem Rezept stand eine genaue Mengenangabe), salzte großzügig, rührte die Masse um und legte den Deckel auf den Topf. Uff! Geschafft!

Die Suppe muss öfter umgerührt werden. So stand es zumindest in vielen Rezepten zu lesen! Ich stellte den Timer auf fünfzehn Minuten und verließ die Küche.

Kaum hatte ich er mir auf der Couch gemütlich gemacht (kochen ermüdet!), piepte es auch schon. Der Timer kannte keine Gnade. Zum Glück! Die Winzlinge hatten das Wasser völlig aufgesaugt. Wow! Sie hatten ihre Größe merklich verändert. Sie sahen jetzt fast aus wie Erbsen. Ich goss mehr Wasser in den Topf und stellte den Timer erneut auf fünfzehn Minuten ein.

14

Wow! Wie schnell doch fünfzehn Minuten vergehen. Wieder saßen die Erbsen auf dem Trockenen. Nach erneuter Wasserzugabe rührte ich die Masse um. In irgendeinem der vielen Rezepte hatte ich gelesen, dass man die Suppe sehr oft umrühren sollte. ... aber so oft? Das artete ja schon in Arbeit aus.

Und so ging es munter weiter. Timer einstellen, piepen, aufstehen, rühren und das gefühlte tausend Mal. Erbsensuppe ist sehr liebebedürftig. Sie will andauern gerührt werden, sonst ist sie beleidigt und geht mit dem Boden des Topfes eine Liaison ein (aber nur ein bisschen ...).

Nach zwei Stunden rühren und Wasser auffüllen, waren die Dinger noch immer knochenhart. Sie hatten zwar ihre Größe verändert, waren dicker geworden, aber weich? Non! Nach drei Stunden waren sie zerplatzt, aber immer noch hart. Immerhin ein Fortschritt.

Kurz vor zwanzig Uhr kam Rolf. Sichtlich erleichtert, dass kein Brandgeruch in der Luft lag, nahm er im Salon Platz. Dass die Suppe noch unbekannte Zeit brauchte, bis die Erbsen weich waren, nahm er lächelnd zur Kenntnis. Mäx hatte ihm geraten, noch eine Kleinigkeit zu sich zu nehmen, bevor er das Haus verließ. Es könnte sein, dass das Essen noch eine kleine Weile brauchte, bis es auf dem Tisch stand. Zudem hatte Rolf eine Packung Tabletten gegen Magenverstimmung dabei ... und einen Flachmann. Man weiß ja nie!

Ich stellte ihm Baron de Rothschild zur Seite und überlegte kurz, ob ich ihn auf das, was da kommen würde, vorbereiten solle. Nun ja! Da die Gefahr bestand, dass mir mein Gast in letzter Sekunde noch abhandenkommen könnte, zog ich es vor zu schweigen.

Die Suppe kochte so vor sich hin, der Timer meldete sich alle fünfzehn Minuten und ich ging regelmäßig in die Küche, um die Suppe umzurühren. Das war anstrengend. Ich wusste nie, ob ich genug gerührt hatte oder die Suppe eventuell noch etwas mehr Aufmerksamkeit brauchen würde.

Rolf fand es lustig anzusehen, wie ich mich immer wieder auf den Weg machte, um der liebebedürftigen Suppe meine Aufwartung zu machen.

Nach einer weiteren Stunde beschloss ich, dass die Erbsen jetzt weich genug und zum Verzehr bereit waren. Ich hatte lange überlegt, ob ich die Suppe noch schlagen sollte, aber nachdem ich ihr stundenlang meine Aufmerksamkeit geschenkt hatte, sollte sie nicht kurz vorm Ziel noch Prügel beziehen. Okay! Ich wusste nicht, wie man Suppe schlägt.

Ich gab die *geschnippelten* Mettwürste in die Suppe und ließ sie noch fünf Minuten mitkochen. Sah gut aus, wie sie da so vor sich hin schwammen.

Dann gings los. Noch das obligatorische Foto und Rolf nahm Platz. Nachdenklich betrachtete er seine Suppe, legte die Stirn in Falten und ich hätte zu gerne seine Gedanken gelesen.

»Sieht aus wie Erbsensuppe«, meinte er skeptisch. Sehnsüchtig sah er auf meinen Salatteller. Nun ja! Sein Pech, dass er ist kein Vegetarier ist. Er isst Suppe mit Speck und Würstchen!

Voller Erwartung folgte mein Blick dem ersten Löffel Suppe zum Mund. Ein tiefes Durchatmen und ein Blick zum Himmel seinerseits. Er meinte, er liebe scharfes Essen, doch das hier sei extrem scharf. Scharf und etwas versalzen. Zudem habe er noch nie eine derart bissfeste Erbsensuppe gegessen. Ups! Aber er aß tapfer weiter. Zum Glück war die Portion nicht groß. Mein Angebot, ihm die restliche Suppe einzupacken, lehnte er dankend ab. Verständlich!

Ob ich denn noch von dem köstlich aussehenden Salat hätte, fragte er und sah mich mit hoffnungsvollem Blick an. Jetzt konnte ich mir ein Grinsen nicht verkneifen. Ich wollte ihm doch nicht sagen, dass ich wohlweislich etwas aus dem Feinkostladen für ihn mitgebacht hatte. Nachdem Mäx letzte Woche hungrig nach Hause ging, wollte ich Rolf etwas Gutes tun.

Dankbar machte er sich über den Salat her und genoss ihn, zusammen mit Baguette, kaltem Hühnchen und einem Knoblauchdip, den er sehr mag.

Nach dem Essen lachten wir zusammen über den Event und ich bedankte mich für den Mut, den er aufgebracht hatte, sich meinen (nicht vorhandenen) Kochkünsten anzuvertrauen.

Wie auch immer, ich habe es hinter mir. Erbsensuppe abgehakt!

Jetzt sind es noch fünfzig Events!

Meine blaue Seidenbluse ist übersät mit Fettflecken. Meine Schuhe haben nur ein paar abgekriegt. Ob man die Flecken beseitigen kann? Die Schuhe von letzter Woche sind ruiniert. Das Shirt ebenfalls. Fettflecken sind hartnäckig und verzieren Schuhe und Shirts bis in alle Ewigkeit. Vielleicht sollte ich künftig doch einen Schutzanzug tragen …

Wie machen das all die Hausfrauen und wo nehmen sie die Zeit her? Ich habe wertvolle Zeit meines Lebens mit dem Kochen von Erbsensuppe verschwendet. Ich hasse kochen!

Lasagne

09. April - Neue Gäste

Zum nächsten Kochevent erwarte ich zwei Gäste.

Stuart, Flugkapitän und Graham, Juwelier. Beide sind Schotten und an schlechtes Essen gewöhnt. Sorry, aber die schottische Küche kann man nicht als haute cuisine bezeichnen. Jetzt bin ich voller Erwartung, mit welchem Gericht ich gegen Haggis antreten muss.

Nun noch zu einer Frage, die mir öfter gestellt wurde. Non! Chloé kennt nicht alle meine Gäste. Sie wählt die Rezepte nicht nach dem Gusto des Gastes. Die Gäste essen, was man ihnen auftischt.

10. April - Wieder keine Ahnung!

Lasagne! Hört sich einfach an, aber diese Pasta hat ihre Tücken. Ich habe mal wieder in den Rezepten gestöbert. Wow! Sauce béchamel! Sauce bolognaise! Teigplatten!

Das sind mehrere Rezepte in einem. Das ist gemein! Jedenfalls werde ich diese Teigplatten kaufen. Ich werde keine Pasta herstellen. Zudem habe ich keine Nudelmaschine und auch nicht die Absicht, mir eine zuzulegen.

Sauce Bolognaise! Das heißt, es wird wieder geschossen. Weitere Fettspritzer an den Wänden. Wieder glasige Zwiebeln (da war doch die Sache mit dem Braunglas …) und gedünstetes Gemüse (angebräunt und sehr bissfest). Wieder Tränen und Kleenex. Grrrrrrrr!

Sauce béchamel! Keine Ahnung, wie ich die herstellen soll. Ich habe mehrere Rezepte gelesen. Wieder einmal bin ich ahnungslos. Einige nehmen Butter, andere Margarine. In Anbetracht der Tatsache, dass es im 16. Jahrhundert keine Margarine gab, werde ich Butter nehmen. Die Sauce soll dem Originalrezept so identisch wie möglich sein. Hört auf zu lachen. Ich sagte *so identisch wie möglich!*

Das Mehl soll angeschwitzt werden. *Angeschwitzt???* Das Mehl müsste schon bei meinem Anblick ins Schwitzen geraten. Aber Spaß beiseite! Wie soll ich das Mehl zum Schwitzen bringen? Zudem steht in jedem Rezept, das Mehl dürfe nicht braun werden. Ha! Die kennen mich nicht! Ich habe bis jetzt alles gebräunt. Mal mehr, mal weniger, aber braun war es immer.

Klümpchenbildung vermeiden. Rühren, rühren, rühren! Ist die Sauce béchamel mit der Soupe de pois cassés von letzter Woche verwandt. Die war ebenfalls liebebedürftig und wollte permanent gerührt werden. Stundenlang!

Die Sauce soll keine Klümpchen bilden, aber das Hackfleisch der Sauce bolognaise soll Klümpchen bilden, soll aber auch gerührt werden … ??? Können die sich mal einigen, was, wie gemacht werden soll?

In einem Rezept stand, das Hackfleisch soll solange, unter stetigem wenden, angebraten werden, bis es krümelig zerfällt. Ha! Das wäre doch gelacht, wenn ich das Fleisch nicht zu Krümeln verarbeiten könnte. Okay! Über die Bräunung will ich mich jetzt nicht äußern. Warten wir ab.

Die Lasagne wird mit Käse überhäuft, bevor sie in den Backofen kommt. Guter Käse! Er wird schon mal die schlimmsten Makel bedecken. Allerdings darf dann im Backofen kein weiteres Missgeschick passieren. Die Lasagne soll doch zumindest den Anschein erwecken, sie wäre perfekt. Okay! Relativieren wir perfekt. Sie soll einigermaßen ansehnlich sein.

In Anbetracht der Tatsache, dass meine Lasagne gegen Haggis antritt, darf ich mir wohl den einen oder anderen Patzer leisten.

13. April - Ist doch nur Lasagne …

Lasagne ist tückisch. Sieht so einfach aus, hat es aber in sich. Nun ja! Meine Lasagne hatte nicht alles in sich, aber dazu später mehr.

Es war wie immer. Chaos pur! Das Einkaufen war relativ einfach, aber das Kochen … Zumal ich diesmal auch unter starkem Zeitdruck stand. Stuart, der Flugkapitän, ist es gewohnt, nach Zeitplan zu leben. Nach genauem Zeitplan! Er hasst es, wenn er warten muss! Okay! Wer mein Gast ist, muss mit kleineren Verspätungen rechnen, denn mein Flieger hat gewisse Startschwierigkeiten.

Nun ja! Es war vierzehn Uhr, als ich mit den Vorbereitungen begann. Ich hatte wieder von allem eine größere Menge eingekauft. Diesmal musste ich nicht durch viele Geschäfte rennen. Bei meinem Feinkosthändler wurde ich fündig. Was es dort alles gibt. Mehr als nur Antipasti und Soufflé aux légumes (Gemüseauflauf), die ich sonst kaufe. Jedenfalls bekam ich frische Lasagneblätter. Sehr frische!

Ich putzte Gemüse und pellte Zwiebeln. Die ersten Tränen flossen. Ich würfelte Karotten, Knoblauch, Sellerie und Speck ohne größere Probleme. Dann waren die Zwiebeln an der Reihe und die Tränen verwandelten sich in Sturzbäche. Wow! Die Dinger hatten es in sich. Ich war mir nicht sicher, ob ich den Event durchziehen konnte. Feuchte Tücher kühlten meine Augen und nach einer halben Stunde konnte ich weitermachen. Wieder einmal hatten die Zwiebeln meine Planung umgeworfen. Ich werde bei meinem Feinkosthändler nachfragen, ob er auch gewürfelte Zwiebeln im Angebot hat.

Das Schlimmste sollte erst kommen. Bei geringer Hitze schmolz das Fett in der Pfanne, trotzdem spritze es. Ich gab das Gemüse hinzu und die Pfanne schoss kleine Gemüsewürfel nach mir. Zum Glück trug ich meine Schutzbrille. Wütend schüttete ich die Speckwürfel hinzu. Die Pfanne ließ sich nicht kleinkriegen und nach kurzer Zeit schoss sie die Speckwürfel ab. Meine Küche … meine Bluse … die neuen Schuhe … Non! … Vergessen wir's.

Zu meiner Entschuldigung muss ich sagen, dass ich mich kurzfristig in Sicherheit bringen musste. So kam es, dass mir mal wieder der Moment entging, als die Pfanne die wenigen Gemüse- und Speckwürfel, die sie nicht nach mir geschossen hatte, in kleine Briketts verwandelte. Es lag eindeutig an der Pfanne. Sie mochte mich nicht! Der Brandgeruch hielt sich in Grenzen. Der Qualm hatte sich schnell verzogen, der Rauchmelder schwieg wieder und nach kurzer Zeit konnte es weitergehen. Zum Glück hatte ich noch Speck und Gemüse …

Beim zweiten Versuch nahm ich den großen Topf. Wenn Speck und Gemüse sich wieder in Geschosse verwandeln wollten, mussten sie sich diesmal anstrengen. Der Topf hat einen hohen Rand. Ich würde das Zeug schon kleinkriegen. Fest entschlossen, diesmal zu gewinnen, gab ich alle Zutaten in den Topf. Gemüse, Speckwürfel, Fett und Hackfleisch. Es war mir egal, dass es jedem Rezept widersprach. Mit einem Kochlöffel bewaffnet, rührte ich die Masse um. Wieder und wieder. Ich gab ihr keine Chance, zu schießen, geschweige denn zu bräunen oder gar zu überbräunen.

Ich erinnerte mich, dass das Hackfleisch in kleine Bröckchen zerfallen sollte. Sollte! Tat es aber nicht! Ich hackte mit dem Kochlöffel solange auf dem Zeug herum, bis es einigermaßen bröckelig aussah. Alles! Nun ja! Das Gemüse nahm mir die Dauerrührerei übel und sah etwas gewöhnungsbedürftig aus. Was solls! Ich wollte keinen Schönheitswettbewerb mit ihm gewinnen.

Ich gab die Consommé und gewürfelte Tomaten (aus dem Glas) hinzu. Im Rezept wurde gefordert, man solle zwei Schuss Rotwein dazugeben. Tja! Ich habe schon mit verschiedenen Munitionen geschossen … aber mit Wein? Wie soll das gehen? Spaß beiseite! Was ist mit Schuss gemeint? Wieder mal schnell Monsieur Internet um Rat gefragt, aber keine einleuchtende Erklärung bekommen. Also goss ich eine ordentliche Portion Wein in die Sauce. Jetzt musste sie nur noch vor sich hin köcheln.

Die Uhr jagte mir einen gewaltigen Schrecken ein. 17:10 Uhr. Das würde mal wieder nicht ausreichen! Die Sauce sollte vierzig Minuten vor sich hin köcheln und die Lasagne sollte zwanzig Minuten in den Ofen. Das wäre nur eine kleine Verspätung. Stuart würde etwas später starten.

Leider musste ich die Zutaten noch alle zusammen bringen. Das würde Zeit beanspruchen. Viel Zeit! Ich habe das ja bekanntlich noch nie gemacht.

Während ich so vor mich hin sinnierte, blubberte es plötzlich und, weshalb auch immer, der Topf schoss mit Sauce. Und wie er schoss! Im Rezept stand *im offenen Topf* köcheln! Die kennen meine, mir feindlich gesonnen, Küchenutensilien nicht. Der Deckel beendete den Beschuss, aber das Rumoren im Topf war nicht zu überhören. Er würde es nicht wagen, den Deckel nach mir zu schleudern … oder doch?

Ich bewaffnete mich mit feuchten Tüchern und begann, voller Wut, erst den Küchenboden und anschließend den Rest der Küche von den Spritzern zu befreien. Die Tapete ist jetzt mit so vielen Tupfen übersät, dass man fast schon glauben könnte, es müsse so sein. Ich weiß, dass dem nicht so ist. Meine Bluse war nur noch ein Fall für die Mülltonne. Grrr!

Inzwischen piepte der Timer und erinnerte mich daran, dass die Sauce sich jetzt mit den Lasagneblättern vereinigen wollte. Ich pinselte die neue Auflaufform mit Butter ein. Die alte ist mir gestern beim Ausmessen aus den Händen geglitten! Nun ja! Ich musste doch berechnen, wie viele dieser Blätter ich benötige.

Ich gab die erste Lage Blätter auf den Boden der Form. Leider hat die Auflaufform leicht abgerundete Ecken und die Platten stellten sich in die Höhe. Was heißt stellen? Sie klebten in den Ecken und waren nicht bereit, sich wieder davon zu lösen. Okay! Ich ließ ihnen ihren Willen. Laut Rezept sollte die erste Lage Sauce bolognaise darauf verteilt werden und darüber die Sauce béchamel … Oh mon Dieu! Sauce béchamel! Die hatte ich völlig vergessen.

Inzwischen waren meine Gäste eingetroffen. Ich führte sie in den Salon und machte sie mit einem wundervollen Erzeugnis des Barons Rothschild bekannt. Er würde ihnen die Wartezeit so angenehm wie möglich machen. Ich verabschiedete mich in die Küche.

Ich löste die Butter im Topf auf und gab das Mehl hinzu. Es sollte nicht klumpen. Das Mehl wusste es nicht und bildete binnen kürzester Zeit viele kleine Klümpchen. Alles rühren half nichts, der Pürierstab musste her. Er tat sein bestes, aber, trotz aller Bemühungen, machte er aus kleinen Klümpchen nur klitzekleine. Mittlerweile fing die Butter an zu spritzen. Das Mehl mochte seine weiße Farbe nicht und bräunte sich. Sollte es nicht! Interessierte das Mehl aber nicht und es bräunte sich weiter. Ich hasse kochen!

Ein neuer Topf und Sauce béchamel aus dem Glas. Kurz erwärmen … nur ganz kurz … das Mehl in der Sauce könnte sich eventuell auch entschließen, etwas mehr Farbe anzunehmen.

Okay! Sauce béchamel über die Sauce bolognaise. Nächste Lage Blätter. Diesmal schnitt ich die Ecken ab. Jetzt fehlte zwar etwas Pasta, aber die Lasagne würde es verschmerzen. Wieder Sauce bolognaise und Sauce béchamel. Neue Lage eckenlose Blätter. Ich verteilte gerade die dritte Lage Sauce auf den Blättern, als ich bemerkte, das ich bei den ersten beiden zu sparsam war. Dann schossen mir ein Gedanke durch den Kopf und ein Schmerz in die Magengrube. Oh non! Ich hatte vergessen, etwas Parmesan über die Lagen eins und zwei zu streuen. Die Gewürze und Kräuter standen ebenfalls unbenutzt herum. Die hätten sich doch wirklich bemerkbar machen können.

Ich streute Salz und Pfeffer in die Sauce bolognaise. Damit die zweite Lage auch etwas Parmesan abbekam, hob ich die Blätter etwas an. Oh non! Sie gaben nach und wurden immer länger. Mischten sich mit den beiden Soßen und waren einfach nur … na ja!

Vorsichtig schob ich die Blätter zurück auf ihre Plätze. Schob sie noch etwas mehr zusammen und schließlich passten sie wieder in die Form. Ich gab die restliche Sauce bolognaise darüber und bestreute diese Lage mit Parmesan. Die letzten Blätter darüber gelegt und die restliche Sauce béchamel aufgestrichen. Darüber noch einen Berg Parmesan und die Lasagne konnte in den Ofen.

Zwanzig Minuten später war meine erste Lasagne fertig. Ups! Jetzt zeigte sich, dass etwas mehr Sorgfalt besser gewesen wäre. Die Lasagne war an den Ecken völlig ausgetrocknet und wohl auch ungenießbar. Ich hatte mehrfach gelesen, man solle die Lasagne völlig mit Sauce und Parmesan bedecken. Ups! Aber ich war so im Stress! Mit einer klitzekleinen Verspätung konnten Stuart und Graham sich zu Tisch begeben. Okay! Stuarts Jumbo wäre inzwischen in London gelandet …

Ich machte das obligatorische Foto und hoffte das Beste. Etwas skeptisch begannen meine Gäste zu essen. Die ausgetrockneten Teile häuften sie fein säuberlich an den Rand ihrer Teller. Irgendwann fragte mich Stuart, wie ich es geschafft habe, der Sauce stellenweise eine Überdosis Pfeffer zu verpassen. Ups! Ich hatte, nach dem nachträglichen würzen, vergessen, die Sauce umzurühren.

Ansonsten wäre die Lasagne besser geraten, als sie sich erhofft hatten. Ich bin mir immer noch nicht im Klaren darüber, ob ich das als Lob ansehen soll. Was solls! Ich habe gekocht und es nach vielen kleineren Malheuren geschafft, die Lasagne zu servieren.

Jetzt sind es noch neunundvierzig Events. Ich bin fest entschlossen, die auch noch zu meistern.

Gulasch

16. April - Der nächste Freiwillige

Mein Gast für den nächsten Event steht fest. Albert, Professeur de sociologie, ein Jugendfreund. Er ist zurzeit zu einem Kongress in der Stadt und hat sich freiwillig angeboten, mein Gast für den nächsten Event zu sein. Freut mich!

In Anbetracht der Tatsache, dass Freitag Karfreitag ist und Katholiken an diesem Tag kein Fleisch essen, koche ich erst Samstag. Albert ist zwar nicht sonderlich gläubig, aber was schon seit Jahrzehnten Karfreitag zelebriert wird …

Inzwischen haben sich viele Freiwillige gemeldet, die alle meine Gäste sein wollen. Zuerst fragte ich mich, ob denn plötzlich alle lebensmüde sind oder einfach mal der Gefahr ins Auge blicken wollen, doch dann stellte sich heraus, dass alle auf Termine scharf waren, die noch in weiter Ferne liegen. Alle wollen dabei sein, aber keiner ist so mutig, bei den ersten zu sein. Anscheinend hoffen sie, dass ich in ein paar Monaten besser koche. Glauben die alle an Wunder?

In einem Jahr wissen wir mehr.

17. April - Recettes en masse

Gulasch! Schon wieder spritzendes Fett, Zwiebeln, tränende Augen und Röstaromen. Gibt es denn nur Rezepte, bei denen Zwiebeln verarbeitet werden? Merci Chloé! Du animierst mich jede Woche mehr, durchzuhalten und die Wette zu gewinnen.

Ich habe mich mal wieder durch eine Vielzahl von Rezepten gelesen. Wow! Was da manche in das Gulasch hineingeben. Pferdefleisch! Non! Das kommt bei mir auf keinen Fall in den Topf. Ich liebe Pferde und würde nie und nimmer meinen Diablo zu Gulasch verarbeiten. Wiener Würstchen! Oh non! Nicht *nur* Wiener Würstchen. Die werden zusätzlich zum Fleisch in das Gulasch geschnitten. Schwarzbrot! Nicht als Pasta Ersatz, non, als Zutat, die der Sauce mehr Geschmack geben soll. Malzbier! Es gab leider keine Erklärung, warum das Getränk in die Sauce soll. Rotbarsch! Non! Kein Fischgulasch. Der Fisch sollte zum Rindfleisch in den Topf.

Da gibt es Gulasch für Männer (ich fand keine spezifische Zutat, die das erklären könnte), Gulasch für ganze Kerle (schon mal einen halben Kerl gesehen?).

Gulasch für wahre Männer. Tja! Man definiere *wahrer Mann*. Tiefer möchte ich mich mit diesem Thema nicht befassen.

Gulasch für Schwerstarbeiter. Oh! Das Rezept machte mich neugierig und ich las es von Anfang bis Ende. Außer enormen Massen an fetten Zutaten fand ich nichts, dass es rechtfertigen würde, diesen Titel zu tragen. Die Leber wird ihre Mühe haben und Schwerstarbeit leisten, diese Fettmassen zu verarbeiten.

Gulasch für Mamas Liebling. Oh! Das Rezept stammt wohl aus dem Kochbuch des Hotels Mama. Die Verfasserin hatte mehrere Abwandlungen. Da gab es Rouladen, Hühnerfrikassee und Geschnetzeltes. Alles für Mamas Liebling.

Gulasch mit Speckwürfelchesfleisch. Oui! Diesem Phänomen habe ich in einem Buch einige Seiten gewidmet. Als ich diesen Ausdruck zum ersten Mal hörte, dachte ich zuerst, die Dame hätte einen Sprachfehler. Aber ich vergaß! Ich war damals im Saarland und die Saarländer haben eine Mundart, die einen immer wieder vor neue Hürden stellt. Kaum denkt man, jetzt kann nichts Schlimmeres mehr kommen, entspannt sich und dann kommt Speckwürfelchesfleisch.

Ihr wisst, um was es sich bei Speckwürfelchesfleisch handelt? Non? Kein Problem, das ist keine Bildungslücke. Saarländer sind eine besondere Spezies, die viele verschiedene Sprachen sprechen, die außer ihnen niemand versteht.

Okay! Saarländer! Die im Norden verstehen die im Süden nicht. Dafür verstehen die im Osten die im Westen nicht! Manchmal denkt man, man befindet sich in einem fernen Land. Überall Verständigungsschwierigkeiten und das in diesem winzigen Land. Es macht also nichts, wenn Ihr es nicht versteht! Aber … damit auch der Nichtsaarländer versteht, um was es sich bei diesem Fleisch handelt, hier eine kurze Erklärung. Speckwürfelchesfleisch: In kleine Würfel geschnittener Bauchspeck, Speck, Dörrfleisch oder wie auch immer man dieses getrocknete Fleisch nennen mag.

Okay! Es war wie immer. Deutsches Gulasch und deutsches Gulasch ist nicht das Gleiche und schon gar nicht dasselbe. Es gibt so viele Varianten, da wird einem ganz schwindlig. Meine Frustration war dementsprechend. Während ich so vor mich hin schmollte, fielen mir die Worte meiner Haushälterin ein. Sie verabschiedete sich für einen kurzen Osterurlaub mit den Worten: »Machen sie keine Experimente. Nehmen sie das einfachste Rezept. Wenn möglich benutzen sie nur einen Topf. Verwandeln sie die Küche nicht schon wieder in ein Schlachtfeld. Ich komme erst Dienstag wieder. Wischen sie die Hände nicht an den Hosen ab … und binden sie sich um Himmels Willen eine Schürze um!«

Ihr hättet den Blick sehen sollen, mit dem sie es sagte. Sie war schon fast aus dem Haus, als sie mir noch zurief: »Übrigens, ich habe die Batterien nicht aus dem Rauchmelder genommen. Es könnte laut werden.«

Tja! Dann werde ich mich wohl oder übel selbst darum kümmern müssen. Das Ding macht einen Höllenlärm und darauf kann ich verzichten.

Samstag werde ich in aller Frühe zum Feinkosthändler fahren und meinen Einkauf erledigen. Auf kleingeschnittene Zwiebeln aus dem Glas muss ich leider verzichten. Chloé meinte, Zwiebeln schneiden gehöre zum Kochen dazu. Und das aus ihrem Munde … Sie kann nicht kochen und an Miracoli kommen keine Zwiebeln.

Die Sauce béchamel (die aus dem Glas kam) hat sie mir nachgesehen. Ich hatte es ja versucht. Ehrlich! Aber das Mehl … Mal sehen, was morgen passiert.

Auf vielfache Nachfrage muss ich noch etwas sagen. Ich kaufe nur Fleisch aus ökologischer Tierhaltung. Bio drin und nicht nur Slogan. Dass das Fleisch nach dem Kochen so malträtiert aussieht, verdankt es meinen nicht vorhandenen Kochkünsten und nicht der Massentierhaltung.

20. April - Gulasch nach Art des Hauses

Ich habe aus verschiedenen Rezepten die für mich besten Komponenten zusammengestellt. Mit eurer Hilfe ging es relativ einfach. Okay! Sagen wir mal … leichter als gedacht!

Leider war es wie immer. Die Zutaten einzukaufen und vorzubereiten war relativ einfach (wenn man von den Zwiebeln mal absieht). Das Ganze dann, in einem Topf, zu einem harmonischen Ganzen zu vereinen … Na ja!

Ich bin ja immer noch der Meinung, die toten Tiere haben etwas gegen mich. In Anbetracht der Tatsache, dass ich Vegetarier bin, drohte den Tieren bisher keine Gefahr meinerseits. Das hat sich jetzt grundlegend geändert. Ich koche! Oui, ich weiß, ich versuche zu kochen. Egal, wie man es nennen mag, ich verarbeite tote Tiere. Ich bin kein Fanatiker, der meint, die Menschheit müsse auf den Genuss von Fleisch verzichten. Das muss jeder für sich entscheiden. Ich esse sie nicht.

Zurück zum Thema! Das Fleisch hat definitiv etwas gegen mich. Es hat sich mit den Töpfen und Pfannen verbündet und kämpft mit ihnen gegen mich. Ist doch wahr. Dabei gebe ich wirklich mein Bestes.

Gestern Morgen, der Ostersamstag kam auch wieder plötzlich und unerwartet, denn die Massen strömten im letzten Augenblick in die Läden, um ihre Ostereinkäufe zu erledigen. Ich mittendrin! Okay! Ich war bereits um fünf Uhr unterwegs, aber ich habe ja schon einmal von den Bediensteten erzählt, die um diese Uhrzeit unterwegs sind. Ich reihte mich also in die Schlange vor der Fleischtheke ein (hier liegt nur Fleisch von glücklichen Tieren). Ich lauschte den Erzählungen der vor und hinter mir stehenden. Was und vor allem für wie viele Leute die an Ostern kochen wollten. Wow! Ich war sprachlos.

Als ich endlich an der Reihe war, trug ich mein Anliegen vor. Eine Verkäuferin muss doch wissen, wie viel Fleisch ich für so eine Mahlzeit brauche. Das tat sie auch! Blieb die Frage, welche Sorte Fleisch ich nehmen sollte. Jetzt mischten sich auch noch ein paar Kundinnen ein. Rindfleisch müsse es sein. Das gebe der Sauce eine schöne, dunkle Farbe. Ha! Farbe bekommt das Fleisch bei mir immer. Egal, welche Sorte, ich bräune alles.

Nach langen Diskussionen nahm ich halb Rind, halb Schwein. Ein Kilo, man weiß ja nie! Ich habe allerdings nicht verraten, für wie viele Leute ich kochen würde. Die hätten gedacht, mein Gast sei ein Vielfraß.

Ich kaufte Gemüsezwiebeln, weil die angeblich milder sind. Eine überdimensionale Knoblauchzwiebel und Salat (ich muss ja auch etwas essen). Als Beilage nahm ich Fussili und ein Baguette.

Punkt vierzehn Uhr begann ich mit den Vorbereitungen. Ich pellte Knoblauch und Zwiebeln. Nach dem Pellen war die obligatorische Pause von zehn Minuten angesagt. Von wegen, Gemüsezwiebeln sind milder. Anscheinend hat niemand die Zwiebeln davon unterrichtet. Sie standen ihren kleineren Verwandten in nichts nach. Okay! Vielleicht sind meine Augen auch noch nicht an das ätherische Öl dieses Gewächses gewöhnt. Ob sich das im Laufe eines Jahres ändern wird, bezweifele ich sehr.

Nach der Pause schnitt ich die Zwiebeln in etwas größere Stücke. Die Verkäuferin sagte, sie müssen im Gulasch nicht so fein sein. Sie wurden mit jeder Zwiebel größer. Schließlich musste ich ein Kilo dieser Monster würfeln. Am Ende lag ein kleiner Berg gewürfelter Zwiebeln vor mir.

Habt Ihr mal den Film Julie et Julia gesehen? Julia lernt darin Zwiebeln in kleine Würfel zu zerteilen. Sie übt zuhause und der Berg geschnittener Zwiebeln ist enorm. Das kann mir nicht passieren. Ich schneide nicht mehr als ich brauche (inklusive Notration) und freiwillig schon gar nicht!

Nach einer weiteren tränenreichen Pause, nahm ich mir den Knoblauch vor. Man nehme eine Menge Knoblauch, stand im Rezept. Jemand hatte mir gesagt, man benötigt dieselbe Menge Zwiebeln wie Fleisch. Von Knoblauch hatte niemand etwas gesagt. Meinte die Autorin mit Menge, dass man einen Berg Knoblauch benötigt, also Menge gleich Masse? Aucune idée! Ich interpretierte die Menge Knoblauch nach eigenem Gusto. Nun ja! Das Haus roch jetzt mal ausnahmsweise nach Knoblauch. Kein Vampir hätte sich auf mehr als hundert Metern meiner Küche genähert. Zum Schluss schnitt ich mir dann noch in den Finger. Glücklicherweise tropfte das Blut in den Handschuh.

Ich machte mich ans Trockentupfen. Oui! Ich habe mir Freitag den Film nochmal angesehen. Da wurde das Fleisch immer trockengetupft. Das sah gebraten sehr gut aus. Okay! Meryl Streep hat sicher nicht selbst gekocht. Dafür haben die ihre Köche. Oh! Ein Himmelreich für Paul Bocuse!

Ihr glaubt nicht, wie viel Arbeit so ein Tupfen macht. Ich habe fast eine ganze Küchenrolle aufgebraucht! Stückchen für Stückchen trockengetupft ... wie Julia Child!

Ich begann mit meinen obligatorischen Vorkehrungen: Fenster öffnen, Dunstabzug einschalten, Wischmop bereitstellen, Matte vor dem Herd auslegen (mindert die Gefahr der Rutschbahnbildung), Asthmaspray und Brandsalbe bereitlegen, Pflaster vorbereiten, Schutzbrille aufsetzen.

Dann ging's los. Ich erhitzte den Topf und gab das Fett hinein. Ich hatte gelesen, man solle das Fleisch in drei Portionen anbraten. Vorsichtshalber machte ich ein paar Portionen mehr daraus. Ich habe bereits eine dreiwöchige Erfahrung, die mir sagt: »*Du kannst es nicht!*«

Das Fett warf Blasen, spritzte und kümmerte sich keinen Deut um mein Wohlergehen oder meinen Pullover. In den Rezepten stand: *Das Fleisch bei hoher Hitze rundherum kräftig anbraten. Immer erst die nächste Portion braten, wenn das Fleisch wirklich braun ist, nur so entwickeln sich Röstaromen.*

... oh! Das Fleisch hatte mehr Röstaromen, als ihm lieb war. Nachdem ich die einzelnen Portionen mit Röstaromen versorgt hatte, nahm ich sie aus dem Topf. Immer treu nach Rezept: *Etwas Schmalz im Topf erhitzen und die nächste Portion nehmen, bis alles Fleisch nach und nach angebraten ist.*

Nach schweißtreibenden, gefühlten hundert Stunden, war ich fertig mit anbraten. Der Topf hatte eine diskrete Schicht Röstaromen. Ich hatte in mehreren Rezepten gelesen, dass sich der Belag am Topfboden unter Zugabe von Bouillon löst und der Sauce ein gutes Aroma gibt.

Tja! Das geöffnete Fenster und der Dunstabzug sorgten dafür, dass es nicht zu sehr nach diesen Röstaromen roch. Ich suchte aus den vielen Portionen angebratener Fleischstückchen diejenigen heraus, die nicht gar so viele Röstaromen abbekommen hatten. Von einem Kilo Gulasch im Rohzustand, blieben eben mal etwas mehr als dreihundert Gramm angebratenes Gulasch übrig.

Nun kam der große Moment. Die Zwiebeln sollten in den Topf. Irgendwie gefiel ihnen der Bodenbelag nicht und sie färbten sich augenblicklich braun. Tja! Das war's mit meinen Röstaromen für die Sauce. Ich war etwas ratlos und trauerte noch den Röstaromen nach, als ein grauenvoller Ton ertönte. Der Rauchmelder! Ups! Ich hatte vergessen die Batterien zu entfernen. Ein kurzer Anstupser mit dem Stil des Wischmop's und es herrschte Ruhe. Okay! Ich werde nächste Woche einen neuen Rauchmelder besorgen.

Der Topf mit den übermäßigen Röstaromen, die sich mit den Zwiebeln verbunden hatten und zu Briketts wurden, wanderte ins Spülbecken. Das Zwiebeln aber auch so kleinlich sein müssen.

Ich nahm einen neuen Topf und gab das angebratene Fleisch hinein. Zum Glück hatte ich noch meine Notfallration Zwiebeln. Ich gab die Zwiebeln in den Topf und rührte um. Oh! Irgendetwas störte mich, aber was? Ich gab den Knoblauch dazu und rührte weiter. Man hatte mir gesagt, das Gulasch sei fertig, wenn die Sauce schön sämig sei und glänzte. Das Gulasch konnte unmöglich schon fertig sein. Die Zwiebeln waren hart und der Knoblauch ebenso, aber das flüssige Schmalz umhüllte alles so wundervoll glänzend, dass es jetzt schon aussah, als sei es fertig. Ob das so sein sollte?

Ich gab die Hälfte der Bouillon (vom Feinkosthändler), Gewürze und Kräuter hinzu und rührte nochmal um. Jetzt musste das Ganze fünfundvierzig Minuten vor sich hin köcheln, dann kam die restliche Bouillon hinzu. Ich stellte den Timer und hoffte das Beste. Das Gulasch sollte eineinhalb bis zwei Stunden köcheln. In Anbetracht der Tatsache, dass es inzwischen 17:48 war, würde auch dieses Essen nicht pünktlich beginnen. Vielleicht sollte ich meine Einladungen etwas später terminieren … aber es gibt ja noch Baron de Rothschild.

In Gedanken versunken, machte ich mich daran, die schlimmsten Spuren meiner bisherigen Tätigkeit zu entfernen. Wow! Wenn meine Perle das sehen würde. Im Eifer des Gefechtes war mir noch nicht aufgefallen, in welchem Zustand sich die Küche befand. Wer achtet schon auf das Schlachtfeld, während die Schlacht noch in vollem Gange ist?

Der Timer ertönte bereits, während ich immer noch wischte. Ihr könnt euch meine Überraschung nicht mal annähernd vorstellen, als ich den Deckel vom Topf nahm. Ein See aus Fett, mit einer Unterwasserwelt aus Fleischstückchen und undefinierbarem Zeug. Tja! Ob das so sein sollte? Ich war mir keiner Schuld bewusst und gab die restliche Bouillon hinzu.

18:45 Uhr klingelte es. Albert kam eine dreiviertel Stunde zu spät. Er hatte sich gedacht, er könne noch wichtiges erledigen, bevor er auf das Essen warten müsse. Wie Recht er doch hatte. Baron de Rothschild versüßte ihm die restliche Wartezeit.

Ich begab mich wieder in die Küche und kochte die Fussili. Oh non! Keine Fehler. Fussili ist Pasta und Pasta ist wunderbar. Ich mischte den Salat und machte mich ans Gulasch. Der Schock, als ich in den Topf blickte, lässt sich kaum in Worte fassen. Der See aus Fett hatte sich nicht einen Deut verkleinert. Das sollte ganz sicher nicht so sein. Ich nahm eine Schöpfkelle und versuchte zu retten, was zu retten war. Schließlich hatte ich es geschafft und das Gulasch sah einigermaßen essbar aus.

Ich stellte die Terrine auf den Tisch und machte das obligatorische Foto. Le Professeur de sociologie beäugte kritisch Terrine und Beilagen. Meinte, zu Gulasch reiche seine Mutter immer Knödel oder Kartoffeln. Jetzt war es aber genug. Ich habe mich stundenlang mit dem Gulasch beschäftigt, da werde ich nicht auch noch Kartoffeln kochen oder gar Knödel fabrizieren. Es wird gegessen, was auf den Tisch kommt. Ich habe doch kein Sternerestaurant und serviere à la carte. Bei dieser Vorstellung bekam ich einen Lachanfall und Albert war einigermaßen versöhnt.

Nun zum Geschmack. Es war logisch, dass das Gulasch nach Fett schmecken würde. Ich habe alles nach Rezept ausgeführt. Anscheinend gab es irgendwo wieder einmal eine Fehlinterpretation meinerseits. Was solls! Jetzt kann man es nicht mehr ändern.

Die Fleischstückchen konnten sich nicht über ihre Konsistenz einigen und so kam es, dass zwischen weich und sehr bissfest alles vertreten war.

Zur Würze meinte Albert nur, dass er bereits gehört habe, dass ich es mit dem pfeffern nicht so habe. Dementsprechend war das Gulasch gewürzt. Nun ja! Ich hatte im Feinkostladen keinen Paprika edelsüß gefunden (was wohl an den vielen Döschen lag, die da rumstanden) und so nahm ich rosenscharf. Woher sollte ich den Unterschied kennen? Vielleicht hätte ich vor dem Kochen mal Monsieur Internet befragen sollen. Na ja! Und da war dann auch noch der Pfeffer. Mit dem bin ich auch nicht gut Freund. Hinein damit, es wird schon gutgehen. Naja! Es ging nicht gut!

Albert fand im Kühlschrank Crème fraîche, rührte sie unter das Gulasch und nahm ihm so etwas Schärfe. Irgendwann fand er es essbar und hatte keinerlei Einwände mehr.

Nachdem Albert sich verabschiedet hatte, begab ich mich in die Küche, um das Schlachtfeld einigermaßen aufzuräumen. Ich will Dienstag keinen Herzinfarkt riskieren oder gar eine Kündigung.

Das Kochfeld war von einer dicken Fettschicht überzogen. Es dauerte fast eine Stunde, bis ich das Zeug wieder runter hatte. Zum Glück habe ich im Schrank ein Reinigungsmittel gefunden, das den Herd fast wieder in den *vor dem Kochen* Zustand versetzte.

Leider hat das Kochfeld jetzt zwei tiefe Kratzer. Woher die kommen? Aucune idée! Zum Rest kann ich nur sagen: Anfang Mai kommt der Maler und beseitigt die gepunktete Tapete. Dann bekommt das Umfeld des Herdes einen großzügigen Spritzschutz (er hat jetzt so ein winziges Ding, das nicht viel nützt). Der Küche steht schließlich noch einiges bevor.

Oui! Ich habe die Hände wieder an den Jeans abgewischt und mein Pullover ist voller Fettflecke. Meine Schuhe … nun ja … Wildleder ist ebenfalls nicht resistent gegen Fettflecken.

So ging auch dieser Abend zu Ende. Ich hatte gekocht, war fix und fertig und wollte nur noch unter die Dusche und ins Bett.

Jetzt sind es noch achtundvierzig Events. Auch sie werden vorüber gehen. Entweder habe ich mir dann ein dickes Fell zugelegt oder bin ein nervliches Wrack. Dass ich kochen gelernt habe, kann ich mir in meinen kühnsten Träumen nicht vorstellen. Warten wir's ab.

Baeckeoffe

23. April - Ungenannte Gäste

Diesmal habe ich zwei Gäste. Es ergab sich einfach so. Der Besuch war schon länger terminiert. Dass ich mich inzwischen auf diese Wette eingelassen habe, ist ihr Pech, aber sie nehmen es mit Humor, dass sie quasi ins kalte Wasser geworfen werden. Okay! Sie haben die Wahl zwischen stark-gebräuntem, überpfeffertem Essen, das einem die Schweißperlen auf die Stirn treibt und ... zuhause bleiben. Sie wollen meine Gäste sein ... selbst schuld ...

Okay! Die Namen meiner nächsten Gäste werde ich nicht nennen. Näheres über sie werde ich auch nicht preisgeben, da sie inzwischen in meinem Leben keinen Platz mehr haben. (Das hat *nichts* mit der Wette zu tun! Die liegt inzwischen bereits einige Monate zurück.) Okay! So ganz ohne Namen geht's wohl nicht. Nennen wir sie SIE und ER.

Ich habe Chloé gebeten, diesmal eine Aufgabe zu suchen, die ohne Fettspritzer und Brandgeruch abgehen kann. Notfalls habe ich Pizza im Tiefkühler und auch der Heimservice der Pizzeria steht bereit. Falls irgendwelche gesundheitlichen Probleme auftreten sollten ... in meiner Nachbarschaft wimmelt es nur so von Prof. Dr. med. ...

Nun denn! Ich werde mein Möglichstes tun.

24. April - Ein Insider-Rezept

Baeckeoffe! Nichts, das aus dem Topf springt oder mir Brandwunden verursacht, es sei denn, ich verbrenne mich am Topf.

Interessehalber wieder mal Monsieur Internet bemüht. Ein Elsässisches Gericht! Auch davon gibt es viele Abwandlungen, allerdings weiß sogar ich, dass man den Topf nicht mit Brotteig verschließt. Jeder Elsässer würde sich vor Lachen ausschütten.

Ich weiß, dass man das Gericht in einem speziellen Topf (glasierte Terrine aus Ton) stundenlang im Ofen vor sich hin garen (backen, braten oder was auch immer) lässt. Die Elsässer nehmen keine Karotten. Gut, es mag inzwischen auch einige geben, die das Gericht mit Karotten aufpeppen, vielleicht der Farbe wegen.

Herbes de Provence (Kräuter der Provence). Ah ça non! Ganz sicher nicht! Zwischen Alsace und Provence liegen siebenhundert Kilometer. Es mag ja Menschen geben, die in alle französischen Gerichte Herbes de Provence mischen, aber die Franzosen tun es nicht!

Wildschwein, Rosenkohl und Maronen. Sicherlich mögen Wildschweine Maronen und fressen vielleicht sogar Rosenkohl, wenn sie welchen finden. Sie sollen in letzter Zeit ja vermehrt in Gärten angetroffen werden, die sie durchwühlen. Vielleicht sind sie auf der Suche nach Rosenkohl?

In Baeckeoffe gehören Rind-, Schwein- und Lammfleisch. Weder Maronen noch Rosenkohl! Der ein oder andere sähe so manches Wildschwein wohl auch lieber in den Baeckeoffe, als in seinem Garten. Trotzdem gehört das Wildschwein nicht in den Topf.

Pilze, Erbsen, Tomaten, Bohnen, Bärlauch, Paprika, Sellerie. Mit Käse überbacken! Vielleicht sind den Verfassern die Rezepte durcheinander geraten?

Merlot! Non! Im Alsace wird nur Pinot noir angebaut. Merlot ist nicht typisch elsässisch. Franzosen sind sehr traditionsbewusst.

Das Fleisch, im Topf, in Wasser weichkochen und anschließend zehn Minuten im Ofen überbacken. Tja! Was soll man dazu sagen?

Der absolute Hammer: *Hermetisch abgeriegelt!* Einen Teig aus Mehl und Wasser herstellen und damit den Topf hermetisch abriegeln! ... ??? Schon mal was von Physik gehört? Anscheinend nicht!

Nun mal vorab, um Eure Neugier zu befriedigen. Non! Ich komme nicht aus dem Elsass, habe auch noch nie Baeckeoffe gegessen, aber ich kenne das Gericht. Woher?

Okay! Eine meiner Schulfreundinnen entstammt einer alten französischen Familie, die einige große Weingüter besitzt. Eins davon liegt im Alsace. Einmal jährlich wird für die Helfer der Weinlese das fête de vendange gefeiert. Das typische Gericht: Baeckeoffe! Ich war des Öftern zu Gast bei diesem Fest. Manchmal haben wir den Köchinnen bei den Vorbereitungen zugeschaut. Es war faszinierend zu sehen, wie die riesigen Terrinen in dem großen, holzbeheizten Backofen verschwanden.

Das heutige Rezept habe ich mir dann auch von jemand besorgt, der es wissen muss. Merci an Louise für das Rezept.

Ich weiß nicht, ob ich es hinkriege, aber ich werde mich bemühen.

28. April - Was lange kocht wird auch nicht gar

Es ist vollbracht. Ich verstehe jetzt, warum man das Gericht in den elsässischen Lokalen immer vorbestellen muss. Ist das arbeitsreich ...

Freitag in der Frühe, ich bin der erste Kunde im Feinkostladen. Die Verkäuferinnen der Metzgerei gehören mir. Ich erkläre, was ich kochen will und welche Fleischsorten ich dafür benötige, allerdings weiß ich nicht, welchen Teil der Tiere ich benötige. Sie werfen mit Infos um sich und ich verstehe nur Bahnhof. Die Rettung nahte in Gestalt des Cuisinier (Koch) eines Drei-Sterne-Restaurants. Er zeigte mir, welche Teile ich benötige und ich gab meine Bestellung in Auftrag.

Ich kaufte Fleisch, Gemüsezwiebeln, Poireaux und Kartoffeln und ging zur Kasse. Wow! Und das war früher armer Leute Essen? Etwas irritiert, über die Höhe der Rechnung, verließ ich den Feinkostladen. Von wegen armer Leute Essen!

Zuhause schnitt ich das Fleisch in größere Stücke. Der Fleischberg wurde immer größer. Der Knoblauch wurde nur geschält. Die Zwiebeln wollten gepellt und in Scheiben geschnitten werden. Ein Kilo Zwiebeln! Mit dreimaliger Unterbrechung schnitt ich sie in dünne Scheiben. Nun ja! Dünn und nicht ganz so dünn ...

Wow! Meine Augen waren verquollen und die Nase lief. Weinen, weinen, weinen! Es war wie immer. Die Zwiebeln warfen mich diesmal sogar um fünfundvierzig Minuten zurück.

Nach meiner unfreiwilligen Pause musste das Fleisch vermischt werden. Ich spürte, wie die Übelkeit meine Kehle hochkroch. Tote Tiere! Ich fühlte mich schlecht. Wenn diese zweiundfünfzig Wochen vorüber sind, wird nie wieder ein Tier meinetwegen sterben!

Ich schichtete Fleisch, Knoblauch und Zwiebeln in eine Schüssel, gab die Gewürze hinzu und goss den Wein darüber. Die Schüssel war gefüllt bis zum Rand. Nachdem der Deckel aufgelegt war, kam sie in den Vorratskeller. Dort ist es dunkel und kühl. Jetzt musste alles vierundzwanzig Stunden ziehen … wohin auch immer. Nach diesen Vorbereitungen wandte ich mich wichtigerem zu …

Am Nachmittag hatte ich einen Termin bei meiner Esthéticienne. Etwas Erholung tat gut. Ich erzählte von meinen Kochkünsten, die mich zur Verzweiflung trieben. Sie hatte sich bereits bei unserem ersten Gespräch gedacht, dass die Sache nicht gut gehen wird.

Baeckeoffe war ihr nicht bekannt. Ich erzählte ihr, was alles in die Terrine kam und sie war beeindruckt. Das mir vorm Schälen der Kartoffeln und dem Pellen der Zwiebeln graute, nahm sie mit einem Lächeln zur Kenntnis. Als ich von den Sturzbächen erzählte, die mir beim Zwiebelschneiden aus den Augen schossen, musste sie lachen.

Mir war das Lachen schon lange vergangen!

Samstagmorgen begann ich um acht Uhr mit der Arbeit. Drei Kilo Kartoffeln wollten geschält werden. Ich kann Euch sagen, das war eine Arbeit! Die Dinger waren winzig klein. In diesem Feinkostladen ist alles fein, sprich klein, auch die Kartoffeln.

Ich hatte Mühe, die Dinger zu schälen. Nach kurzer Zeit verkrampften sich meine Finger und ich musste eine Pause einlegen. Hinzu kam, dass die Dinger keine gleichmäßige Form haben. Immer wieder musste ich das Messer nehmen, um auch das letzte Stückchen Schale zu entfernen.

Ich hatte zuerst die größeren Kartoffeln geschält. Das ging noch ganz gut, aber dann wurden die Dinger immer kleiner, immer winziger. Der Kartoffelschäler wurde unhandlich und ich nahm das Messer.

Tja! Was soll ich sagen? Kartoffeln und Messer mochten sich nicht. Das Messer schnitt eindeutig zu viel Schale ab und was es von der Kartoffel übrig ließ war … nun ja … nicht mehr auf Anhieb als Kartoffel erkennbar.

Ich schnitt die Kartoffeln in Scheiben. Okay! Sie waren etwas dicker, als sie hätten sein dürfen. Dass sich mein Unwissen später aufs übelste rächen sollte, konnte ich zu diesem Zeitpunkt nicht mal ahnen. Zu diesem Zeitpunkt hoffte ich noch, dass ich die Kartoffeln nicht alle verbrauchen müsste und die bereits geschälten ausreichen würden. Tja! Man wird schnell eines Besseren belehrt und die Hoffnung starb mit jeder Kartoffelscheibe, die ich in den Topf legte.

Die elsässische Baeckeoffe-Terrine war ein Problem. Ich besitze keine, will auch keine. Das waren die ersten und letzten Baeckeoffe meines Lebens. Warum also gutes Geld für eine Terrine ausgeben? Unnötigen Ballast anschaffen? Irgendwann endet dieser Event und niemand würde jemals wieder diese Terrine in die Hand nehmen, geschweige denn, etwas darin kochen, backen oder braten.

Ich fand einen großen Topf, dessen genaue Bezeichnung mir nicht bekannt ist. Er ist oval und war für meine Baeckeoffe wie gemacht (oder auch nicht). Ich fettete den Topf ein. Okay! Ich hatte es mal wieder zu gut gemeint. Zuerst wurde der Boden mit Kartoffeln ausgelegt. Darüber kam eine Lage Fleisch. Während ich das Fleisch in den Top schichtete, fiel mir ein, ich musste die Kartoffeln würzen.

Grrr! Fleisch wieder raus und würzen. Sparsam mit Salz, Pfeffer etwas mehr. Fleisch wieder rein, würzen, mit Zwiebeln belegen, würzen, Kartoffeln schichten, Fleisch schichten, würzen, Grrr! Ich hatte vergessen die Kartoffeln zu würzen. Okay! Zu spät! Ich würzte das Fleisch etwas mehr. Lage um Lage wurden alle Zutaten übereinander gehäuft. Dann kam die letzte Schicht Kartoffeln.

Oooh! Oooh! Oooh! Meine Kartoffelscheiben reichten nicht mal annähernd aus, um die letzte Lage auszubringen. Also! Die immer winziger werdenden Dinger schälen, in Scheiben schneiden und ab in den Topf. Mit der letzten Kartoffel war der Topf endlich voll.

Tja! Mal wieder einen kapitalen Bock geschossen. Im Wissen, dass jedes Mal etwas schief geht, habe ich von allem die doppelte Menge gekauft, obwohl ich das diesmal nicht müsste. Wenn es schiefgeht, dann komplett. Zeit für eine seconde chance bleibt keine. Selbst wenn ich noch Zeit hätte, fehlte mir das Material. Ich habe alles in diesen Topf gepackt. Oh, oh! Wer soll das alles essen?

Wenn diesmal etwas anbrannte oder verkokelte, dann lohnte sich die Sache. Bei dem Gedanken an die Kosten, für dieses arme Leute Essen, hoffte ich inständig, dass der Event ohne Brandschäden zu Ende gehen würde.

Ich goss den Sud über die Schichten und würzte die letzte Lage Kartoffeln. Jetzt noch Knoblauch und Lorbeerblätter als Dekor, dann konnte der Topf in den Ofen. Wow! Noch nichts angebrannt. Nichts verletzt! Ich war stolz auf mich. Dennoch war da dieses bange Gefühl …

10:30 Uhr stand der Topf im Ofen. Baeckeoffe würde jetzt bei 80° zwischen fünf und acht Stunden vor sich hin garen. Die Gäste konnten kommen. Das Essen würde um achtzehn Uhr auf dem Tisch stehen. Ach … manchmal ist man so blauäugig.

Meine Gäste kamen kurz vor Mittag. Ich musste erstmal berichten, was es zu essen geben würde. Was ich bis dahin alles angestellt hatte, ob schon etwas gebrannt hatte, der Feuermelder geschrillt hatte und, und, und …

Wir verbrachten einen schönen Nachmittag. Niemand sprach über das anstehende Dîner und ich war erleichtert, dass meine Aufgabe zwar arbeitsreich, aber relativ ungefährlich war. Je näher der Zeiger der Uhr auf die sechs vorrückte, umso aufgeregter wurde ich. Schließlich sollte an diesem Tag zum ersten Mal das Essen pünktlich auf dem Tisch stehen.

Alles verlief gut, doch da war es wieder, dieses bange Gefühl, dass sich in der Terrine ein Unglück anbahnen könnte, das Fleisch verkokelte, die Kartoffeln zu weich waren.

Ich deckte den Tisch und bereitete alles vor. Kurz vor achtzehn Uhr holte ich den Topf aus dem Ofen, nahm den Deckel ab und meine Gäste platzten fast vor Neugierde.

Tja! Was soll ich sagen? Es war nichts verbrannt. Nicht mal stark gebräunt. Non! Es war nicht mal gebräunt. Es sah blass aus … roch aber gut. SIE probierte ein Stückchen Kartoffel. Ich hörte dieses Geräusch, das mir einen Schauer über den Rücken jagte. Dieses Geräusch, das entsteht, wenn jemand in eine rohe Kartoffel beißt. Oooh!

Siebeneinhalb Stunden im Ofen und dann rohe Kartoffeln! Das soll mir mal einer nachmachen. Oh, ich hasse kochen!

SIE blieb ruhig. Kein Wunder. SIE kocht mit einer Leidenschaft, die ich nie haben werde, gar nicht haben will! Der Topf wanderte für eine weitere halbe Stunde in den Ofen. Die Temperatur wurde auf 200° erhöht. Die Minuten schlichen und nach einer halben Stunde wurde der Topf erneut aus dem Ofen geholt. Die Kartoffeln hatten ihre Farbe leicht verändert, waren aber immer noch hart. SIE probierte ein Stückchen Fleisch … hart. Grrr! Wieder wanderte der Topf in den Ofen. Eine weitere halbe Stunde, in der mein Frust immer größer wurde.

Inzwischen war es neunzehn Uhr und erneut keimte Hoffnung auf. Hoffnung auf weiche Kartoffeln und zartes Fleisch. Tja! Wieder war ich einer Hoffnung beraubt, denn der Topf wanderte ein weiteres Mal in den Ofen. Der Hunger von ER war nicht mehr zu überhören. Sein Magen knurrte inzwischen laut vor sich hin. Auch SIE wurde unruhig. So kam es, dass wir schon mal den Salat aßen. Er war zwar als mein Abendessen gedacht, aber ich teile ja gerne.

Nach weiteren dreißig Minuten holten wir den Topf erneut aus dem Ofen. Die Kartoffeln können mich nicht leiden. Kann ja nur so sein. SIE meinte, ich hätte die Kartoffelscheiben zu dick geschnitten. (Ha! Nicht wissen, was Baeckeoffe sind, geschweige wie sie aussehen, aber behaupten, ich habe die Kartoffeln zu dick geschnitten …) Zudem hätte ich die Temperatur zu niedrig eingestellt. Nun grollte es in mir. Temperatur und Zeit standen im Rezept!

Franzosen nehmen sich Zeit fürs Essen. Wer sagt, dass sie sich nicht auch fürs Kochen Zeit nehmen? Ich nehme mir viel Zeit … Zudem stand es im Rezept! Immer diese Deutschen mit ihrer Eile!

Nachdem SIE den Schuldigen ausgemacht hatte, wanderte der Topf wieder in den Ofen. Diesmal würde es definitiv das letzte Mal sein. SIE war hungrig und drehte die Temperatur nochmal hoch.

Punkt zwanzig Uhr piepte der Timer zum letzten Mal. Der Topf kam aus dem Ofen und, oh Wunder, die Kartoffel waren … wollen wir es gnädigerweise sehr bissfest nennen. Ich gab die Baeckeoffe auf die Teller und machte das obligatorische Foto.

Ich wollte keine Bewertung hören. Wollte auch nicht danach fragen, aber das musste ich auch nicht. SIE sagte, dass es lecker sei, auch wenn die Kartoffeln noch etwas Biss hätten. Das Fleisch wäre zart und zerginge auf der Zunge. Ich wollte ihr glauben, aber mir spuckte Faust im Kopf herum. *Die Botschaft hör ich wohl, allein mir fehlt der Glaube.*

Auch ER war begeistert. ER sagte, wenn man die Kartoffeln in der Sauce zermatscht und mit dem Fleisch zusammen isst, dann schmeckt es wunderbar.

Ich lasse das jetzt einfach mal so stehen. Vielleicht waren sie froh, dass es nicht noch grauenvoller geschmeckt hat und so bin ich gerne bereit, ihnen diesen Schwindel zu verzeihen.

Ich war froh, als dieser Event endlich vorbei war. Nichts verkokelt, lange Pause und dennoch Stress pur. Ich hasse kochen!

Der übrige Abend gestaltete sich harmonisch. Über das Essen haben wir nie wieder geredet. Es war auch besser so.

Auch wenn es nicht so einfach und auch keineswegs so gelaufen war, wie ich es mir erhofft hatte, es ist vorbei. Eines muss ich jedoch lobend erwähnen. Diesmal ist mir nichts abgebrannt. Ich habe nicht mal irgendetwas stark gebräunt. Auch ein Fortschritt.

Ich weiß, Ihr wartet bereits auf den nächsten Event. Chloé wird schon dafür sorgen, dass es mir nicht zu wohl wird.

Jetzt sind es noch siebenundvierzig Events und ich kann es kaum noch erwarten, die Sache endlich hinter mir zu haben. Aber das dauert noch … leider!

Herren und Damen

30. April - Eine nette Lady

Mein nächster Gast ist eine nette ältere Lady, ehemalige Richterin und eine Frau, die ihren Ruhestand in vollen Zügen genießt. Sie kann auch nicht viel mit Pfannen und Töpfen anfangen, deshalb hat sie vollstes Verständnis, wenn auch mal etwas daneben geht.

Sie ist bereits neugierig, was ich ihr Freitag kredenze. Noch neugieriger ist sie allerdings auf den Kochvorgang. Falls etwas daneben geht oder das Essen nicht genießbar ist, will sie mich in ein Restaurant einladen. Sie ist der Meinung, der gute Wille zählt und muss belohnt werden. Das ist so nett von ihr. Merci Elisabeth!

Ich werde mich trotzdem bemühen, ein einigermaßen genießbares Essen auf den Tisch zu bekommen.

02. Mai - Kannibale?

Herren und Damen! Wow! Im ersten Moment war ich geschockt. Seltsame Gedanken schossen mir durch den Kopf. ... Elisabeth ist doch kein Kannibale, war nur einer davon.

Nachdem ich mich vom ersten Schrecken erholt hatte, habe ich mich an Monsieur Internet gewandt. Es kann ja nicht sein, dass damit eine menschliche Lebensform gemeint ist, die man in mundgerechten Stücken zubereitet.

Monsieur Internet hat umgehend geantwortet. Seine Antworten haben mich beruhigt. Um was es sich dabei handelt, weiß ich allerdings immer noch nicht.

Verheiratete, Geheiratete, Krummbadde unn Mehlknäbbcha (wow), Kartoffeln und Wasserspatzen, Kartoffeln und Mehlknöpfe, Geheirade und vieles mehr. Das Vokabular für dieses Gericht ist enorm.

Ehrlich gesagt, bevorzuge ich Kartoffeln und Mehlknöpfe. Ich weiß zwar noch nicht, was mit Mehlknöpfen gemeint ist, aber ich werde es morgen herausfinden. Herren und Damen lehne ich strikt ab. Das hat etwas Kannibalisches.

Leider können sich die Autoren mal wieder nicht einigen, wie viel man von was nehmen muss, aber das ist ja nichts Neues. Ich wandele das Rezept sowieso wieder nach Art des Hauses ab. Sprich stark gebräunt, extra bissfest oder völlig verkocht.

Ich habe mehrmals gelesen, dass man den Teig stark pfeffern soll. Na endlich! Diesmal kann ich sagen, das muss so sein. Es sei denn, ich vergesse das würzen ...

Wie auch immer, Ihr wisst ja, ich koche! Unliebsame Zwischenfälle sind also vorprogrammiert. Lassen wir uns überraschen. Auf jeden Fall werde ich wieder mein Möglichstes tun.

03. Mai - Kartoffeln und Mehlknöpfe

Eigentlich sollte man meinen, dass es darüber nicht viel zu sagen gibt. Eigentlich! In allen Rezepten stand zu lesen, dass es sich um ein ganz einfaches Gericht handelt und die Zubereitung simple sei.

Simple! Einfach! Ich gutgläubiger Mensch habe mich darauf verlassen. Ich habe sogar meine *ich kann nicht kochen Zeit* eingerechnet. Ihr wisst schon, die Zeit, die ich brauche, um alles Angebrannte zu entsorgen und von vorn anzufangen.

Okay! Fangen wir ganz von vorne an. Gestern Morgen, fünf Uhr, der Andrang im Feinkostladen war enorm. Schließlich stand das Wochenende vor der Tür. Ich brauchte Salat, Speck, Mehl, Sahne und Kartoffeln. Madame Picard erkundigte sich, was ich kochen müsse.

Ich übersetzte wortwörtlich: *Messieurs et Mesdames.* Madame Picard sah mich entgeistert an. Anscheinend dachte sie, jetzt ist sie völlig verrückt geworden. Wohl kreisten in ihrem Kopf die gleichen Gedanken, die Donnerstag in meinem kreisten. Kannibalismus! So jedenfalls sah sie mich an.

Ich konnte mir ein Lächeln nicht verkneifen. Als ich sie darüber aufklärte (so gut ich eben konnte), musste sie lachen. Was denn nun Herren und was Damen seien, wollte sie wissen. Tja! Das würde ich auch gerne wissen.

Wie denn diese Knöpfchen aussehen würden. Wieder war ich überfragt. Ich habe noch nie von diesem Gericht gehört, geschweige habe ich es gesehen. Eigentlich ist es unfair. Ich soll etwas kochen, das ich nicht mal kenne. Es ist egal, ob ich es esse oder nicht, aber irgendwann sollte ich es wenigstens gesehen haben.

Madame Picard nickte verständnisvoll. Etwas zu kochen, das man nicht kennt, sei nicht fair, meinte sie. Die anderen stimmten ihr zu. Das war Balsam für meine geschundene Seele.

Zuhause ließ ich es diesmal ruhiger angehen. Das Gericht sei simple! Ich habe mich darauf verlassen. … man kann niemandem trauen!

Punkt sechzehn Uhr fing ich mit den Vorbereitungen an. Ich schälte Kartoffeln. Diesmal hatte ich mir die Kartoffeln selbst ausgesucht. Von wegen: *Ich packe Ihnen eine Tüte.* Ich habe die größten gekauft, die sie hatten.

Nun ja! Es ist egal, ob die Dinger groß oder klein sind, Kartoffeln schälen ist auch nicht mein Ding. Wieder bekam ich einen Krampf. Meine Hand wollte einfach nicht. Zudem sollte man die Schärfe eines Kartoffelschälers nicht unterschätzen. Zuerst traf es nur den Handschuh, später leider auch meine Finger, aber das Pflaster lag griffbereit und es konnte weitergehen.

Diesmal war ich schlauer. Je kleiner die Kartoffeln geschnitten sind, umso schneller sind sie gar. Sie wurden in kleine Stücke geschnitten, in einem Topf voller Wasser untergetaucht und zur Seite gestellt. Das sah schon mal gut aus. Das Wasserbad würde ihnen gut tun und es würden wundervolle gekochte Kartoffeln werden. Tja! Leider hatte ich mal wieder meine nicht vorhandenen Kochkünste außer Acht gelassen.

Ich gönnte mir einen Cappuccino. Nach so viel Stress muss man sich etwas Gutes tun. Ich genoss die in Stücke geschnittene Karambole und dachte, wie schön das Leben doch sein könnte, gäbe es da nicht diese Wette, die mich langsam an den Rand des Wahnsinns treibt.

Jede Pause geht mal zu Ende. Missmutig wendete ich mich dem Speck zu. Ich hatte ein großes Stück gekauft. Ihr wisst inzwischen, dass der Speck und ich nicht gut miteinander können. Deshalb ist es besser, immer einen großen Vorrat davon zu haben. Das ich diesen Vorrat allerdings auch in kleine Würfel schneiden musste … tja … Pech!

Ich erwähnte bereits, dass meine Messer sehr scharf sind. Meine Finger können ein Lied davon singen. So kam, was kommen musste. Zweimal schnitt das Messer durch den Handschuh und traf meine Finger. Ich nahm die nächsten Pflaster und versorgte meine Wunden. Dass ich nun den Zeigefinger nicht mehr beugen konnte … Nun ja, Hauptsache die Wunden waren versorgt.

Der nächste Schritt führte mich zu den Mehlknöpfen. Nicht mal bei diesen Dingern konnten sich die Autoren auf gemeinsame Mengenangaben einigen. Die Mengen an Mehl und die Anzahl der Eier variierten derart, dass ich mehr als ratlos war. Ein Pfund Mehl und ein Ei oder dreihundert Gramm und zwei Eier? Da kommt man doch ins Grübeln. Mal kommt Quark in die Masse, mal nicht. Wasser! Okay, es soll den Teig verdünnen und nach Bedarf eingesetzt werden. Aber … *nach Bedarf?* Wie viel Liter sind das? Aucune idée!

Nun ja! Ich überlegte nicht lange, mischte eine Menge dies und gab eine Anzahl das hinzu. Quark hörte sich gut an, also gab ich auch etwas davon in den Teig. Der sollte mit dem Schneebesen solange gerührt werden, bis er Blasen warf. *Blasen werfen?* Oh! Ob ich mal Monsieur Internet … Aber mit dem Schneebesen?

Also, das war mir doch zu viel des Guten. Ich nahm die KitchenAid. Irgendwann streikte sie. Der Teig war zu fest. Ich gab dann mal Wasser nach Bedarf hinzu. So viel Wasser, das die Maschine wieder problemlos lief. Ich ließ die Maschine rühren und rühren, aber der Teig wollte einfach keine Blasen werfen. Ehrlich gesagt, ich wüsste auch gar nicht, wie er das machen würde.

Meine Vorbereitungen waren beendet, der Teig sollte ruhen und ich konnte endlich einen weiteren Cappuccino zu mir nehmen. Etwas ausruhen konnte nicht schaden. Lacht Ihr schon wieder? Kochen ist anstrengend!

Okay! Nachdem der Teig geruht hatte, begann ich mit dem richtigen Kochen. Ich stellte den Topf mit den Kartoffeln auf den Herd und hoffte das Beste. Bis das Wasser verdampft war, dürften sie gar sein.

Ich hatte vorsichtshalber den Kartoffeln ein Vollbad spendiert. Wenn ich mehr als einen Topf bewachen muss, komme ich ins Schleudern. Dann brennt irgendetwas an. Schließlich stand mir ja noch mein Kampf mit den Speckwürfeln bevor. Lacht nicht! Ich fand kein Rezept, in dem genau stand, wie lange diese Kartoffeln kochen mussten.

Dann begann der ungleiche Kampf: Speckwürfel gegen unbegnadeten Koch. Lacht nur weiter. Ihr könnt Euch schon denken, was geschah und Ihr habt Recht. Es ging mal wieder voll daneben. Da stand doch wirklich in den Rezepten der Satz: *Lassen Sie die Speckwürfel aus.* Das hatten wir doch schon!

Tja! Was soll ich dazu sagen? Ich lasse den Speck immer solange brutzeln, bis alles Fett ihn verlassen hat. Leider sagt der Speck nicht Bescheid, wenn er fettlos ist. Er verwandelt sich lieber in Briketts. So klitzekleine Briketts, mit denen man keinen Ofen länger befeuern könnte.

Ich weiß immer noch nicht, wie Speck aussieht, wenn er ausreichend gebrutzelt hat, damit alles Fett ihn verlassen konnte. Ihr versteht? Ich fand leider kein Foto dieses gebrutzelten, fettlosen Specks.

Naja! Was solls! Ich gab den Speck in die Pfanne und hoffte das Beste. Es war wie immer. Der Speck wollte nicht brutzeln, um sein Fett zu verlieren und sprang wieder aus der Pfanne. Wie machen das die Köche, dass der Speck bleibt, wo er hingehört? Anscheinend war dieser Speck der Meinung, er gehöre nicht in meine Pfanne.

Leider musste ich dem Beschuss wieder ausweichen und so kam, was kommen musste, der Speck, der sich in der Pfanne wohlfühlte und geblieben war, verwandelte sich in kleine Briketts. Ich frage mich, ob *Speck auslassen* ein eigenes Lehrfach der Kochausbildung ist.

Ich wunderte mich, dass der Rauchmelder sich noch nicht gemeldet hatte. Ob er sich vor dem Wischmop fürchtete? Non! Das war nicht ernst gemeint …

Second chance! Diesmal habe ich es mal mit baden versucht. Vielleicht würde der Speck sein Fett, während eines ausgedehnten Bades in Sahne, auslassen. Ich meine ja nur! Ich weiß ja nicht, wie viel Fett die (selbst schon fette) Sahne aufnehmen kann. Ich habe schon übersättigte Salzlösungen gesehen, aber übersättigte Sahne? *Non!*

Noch eine ordentliche Ladung Pfeffer in die Sahne, sozusagen das Badesalz für den Speck. Ich sagte bereits, dass viel Pfeffer an die Sauce soll.

Während die Kartoffeln vor sich hin kochten und der Speck badete, begann ich mit der Herstellung der Mehlknöpfe. Das las sich so einfach. Aber …

Von wegen, der Teig fällt leicht vom Löffel. Der Teig zog sich wie Kaugummi. Es bedurfte schon einiger Anstrengung, das Zeug in den Topf zu kriegen. Von Knöpfchen konnte man auch nicht reden. Was da im Topf schwamm, sah aus wie die abstrakten Figuren, die beim Bleigießen entstehen. Allerdings waren die Dinger im Topf riesig. Zu meiner Verteidigung muss ich sagen, im Rezept stand, man nehme zwei Suppenlöffel.

Nach der ersten Portion Riesenknöpfchen, nahm ich zwei Teelöffel. Es sah lustig aus. Kraken, Croissants, Bällchen, Fäden und lauter skurrile Figuren schwammen im Wasser. Nur keine Knöpfchen. Okay! Ich weiß auch nicht, wie diese Knöpfchen aussehen sollen.

Kurz vor achtzehn Uhr kam Elisabeth. Sie grinste, denn der Geruch nach Speckwürfelbriketts lag noch in der Luft. Ich begleitete sie in den Salon und machte auch sie mit Baron de Rothschild bekannt. Zeit für Smalltalk hatte ich keine, das Essen wartete.

Die Kartoffeln hatten inzwischen ihren Wasservorrat aufgebraucht. Der Nachschub zischte im heißen Topf und die Kartoffeln verlangten nach mehr. Der Wasserdampf (aus dem Knöpfchentopf) hatte sich an den Wänden abgesetzt und lief in kleinen Bächen die Wände herab. Ich frage mich, was schlimmer ist: Brand- oder Wasserschaden?

Die Speckwürfel hatten sich in ihrem Crèmebad sichtlich wohlgefühlt. Die Sahne war eingedickt.

Aha! So sieht übersättigte Sahne aus. Unappetitlich! Ich goss noch ein Glas Sahne ins Bad und rührte um. Sah schon besser aus.

Ich machte mir Sorgen, ob Elisabeths, nun doch schon in die Jahre gekommenes, Herz den übermäßigen Schub Fett gut wegstecken würde? Cholesterin kann in ihrem Alter schlimmes anrichten. Herzinfarkt, Apoplex, Arteriosklerose und einiges mehr.

Dann kam der große Moment. Herren und Damen sollten vereint werden. Verheiraten, sozusagen. Aha! Jetzt verstehe ich! Verheiratete!

Es war nicht zu übersehen, dass die Kartoffeln zu weich waren. Sie waren sehr anschmiegsam und gingen mit der Sauce eine Liaison ein. Ob das so sein soll? Seitensprung während der Trauung? Ehe zu Dritt? Partnertausch? Stopp! Ich schweife zu weit ab!

Okay! Ich mischte ganz vorsichtig und dann war es endlich soweit. Das ach so simple Gericht kam auf den Teller. Schnell das obligatorische Foto und es konnte losgehen.

Elisabeth war überrascht. Es sah wider Erwarten gut aus. Tja! Manchmal trügt der schöne Schein, aber in Anbetracht der Tatsache, dass auch Elisabeth nicht wusste, was Herren und Damen sind und wie die Dinger aussehen, konnte sie auch nicht wissen, wie sie schmecken sollen. Ha!

Der erste Bissen war wie immer äußerst interessant für mich. Ich konnte sehen, wie es in ihrem Kopf arbeitete. Sie überlegte, wie sie mir so schonend als möglich beibringen könnte, was diesmal wieder fehlt oder zu viel war.

Kurzfassung: Die Kartoffeln waren zu weich, dafür waren die Knöpfchen zu bissfest. An den Kartoffeln fehlte das Salz. Okay! Habe ich vergessen. Die Knöpfchen schmeckten nach … nun ja … nichts! (Ups!) … aber wenn man alles mit der Sauce mischte, war es gewürzt. Zwar mehr als feurig, aber gewürzt.

Um Elisabeths in die Jahre gekommenes Herz musste ich mir keine Sorgen machen. Sie verzichtete auf die Sauce. Okay! Nicht nur auf die Sauce.

Sie würdigte meine Leistung, die leider zu keinem guten Ergebnis geführt hatte und wiederholte ihre Einladung zum Essen. Während ich unter der Dusche verschwand, zog sie sich mit Baron de Rothschild in den Salon zurück.

Nachdem ich frisch geduscht und in eine Wolke Parfum gehüllt war, machten wir uns auf den Weg. Als ich die Haustür hinter mir zuzog, überfiel mich doch das schlechte Gewissen. Was würde geschehen, wenn meine Perle plötzlich und unerwartet in der Küche auftauchen würde? Ich wollte nicht weiter darüber nachdenken. Allerdings war mir etwas mulmig bei dem Gedanken, was ich zuhause vorfinden würde, wenn ich später nach Hause kam. Ich würde bei dem Anblick schreiend davonlaufen, aber Mary?

Wir fuhren in ein kleines Restaurant, genossen das Essen und den Blick auf die Seine. Es ist herrlich, an einem gedeckten Tisch zu sitzen, während in der Küche gelernte Köche leckere Menus zubereiteten. Es krachte und schepperte nicht, kein Brandgeruch zog durchs Restaurant und nach zwanzig Minuten wurde der erste Gang serviert.

Nach dem Essen kam es zu einem Dialog, den ich euch nicht vorenthalten möchte. Elisabeth sprach über versalzenes Essen. Darüber, dass der Volksmund sagt, dann sei die Köchin verliebt. Mein Essen könne man allerdings nicht versalzen nennen, weil dies weiße Gold gänzlich fehle. Schließlich fragte sie, was der Volksmund wohl sagt, wenn das Essen eine Überportion Pfeffer abbekommen hat. Tja! Aucune idée! Vielleicht ist die Köchin dann besonders feurig?

Es wurde ein schöner Abend, den wir beide in vollen Zügen genossen. Heute Morgen stand ich in aller Frühe auf, um die schlimmsten Spuren meiner letzten Schlacht zu beseitigen. Nun ja! Ich hänge sehr an meiner Perle.

Mein Shirt, das mit Fettflecken übersät ist, packte ich in eine Tüte und verstaute es im Kofferraum meines Wagens. Montag bringe ich es zur Reinigung. Vielleicht haben die ein wirksames Mittel …

Jetzt sind es noch sechsundvierzig Events. Es hört sich schrecklich an, aber die Zeit vergeht schnell und irgendwann wird auch diese Wette gewonnen oder verloren sein. Ich habe allerdings nicht die Absicht, als Verlierer daraus hervor zu gehen.

Chili con Carne

07. Mai - Ein pingeliger Gast

Ein weiterer Freiwilliger hat sich gemeldet. Michel, ein Astrophysiker im Ruhestand. So etwas Pingeliges wie ihn gibt es selten auf der Welt. … und der meldet sich freiwillig! Ich kann es kaum fassen.

Ich überlege ernsthaft, ihm eine Verzichtserklärung vorzulegen. Eine Erklärung, die mich von jeder Haftung freispricht. Spaß beiseite. Michel ist äußerst penibel. Alles muss exakt und hundertprozentig sein … und der kommt zum Essen. Ooooh!

Ich denke, er wird das Essen einer genauen Untersuchung unterziehen. Vielleicht erklärt er mir das Phänomen Speckwürfel, die aus der Pfanne springen. Vielleicht kommt er nur, um genau dieses Phänomen zu untersuchen.

Wir werden sehen. Jetzt warten wir erst mal ab, was Chloé wieder für Bosheiten ausbrütet. Wie wär's mal mit kalter Küche oder wenigstens ein Gericht ohne Speckwürfel? Gibt es so etwas überhaupt? Ein Fleischgericht ohne Speckwürfel? Oh! Ich hasse diese Dinger!

08. Mai - Wieder ratlos

Chili con carne! Mon Dieu! Nicht schon wieder Spritzattacken, Fettflecken und Rauchalarm!

Ich habe mal wieder keine Ahnung, wie man das macht, aber zum Glück gibt's Monsieur Internet und sein World Wide Web.

Ich habe gegoogelt, woher dieses Rezept kommt. Darüber ist sich das Weltweite mal wieder nicht einig. Mexiko oder Texas? Die Mehrheit tendiert zu Texas, wegen des Rindfleischs!

Aha! In Mexiko gibt es also keine Rinder? Da hatte ich damals wohl Halluzinationen. Ich dachte doch wirklich, ich hätte riesige Rinderherden gesehen.

Chili con carne, da steht nicht Beef Chili. Con carne (spanisch) – mit Fleisch … Tja! Die Amerikaner. Ein Schelm, der Böses dabei denkt.

Was solls! Egal, woher das Gericht kommt, ich muss es kochen. Fest steht nur, dass es dieses Gericht schon sehr lange gibt und die Viehhirten dieses Zeug zubereiteten.

Ich habe mir mal wieder massenweise Rezepte durchgelesen. Es war leider wie immer. Wieder einmal können sich die Autoren nicht einigen, wie viel, von was, man nehmen muss.

Auch die Zutaten variieren wieder. Mal gibt man Bohnen in das Chili, dann wiederum sind Bohnen verpönt. Auch bei der Farbe können sie sich nicht einigen. Rote Bohnen, grüne Bohnen, weiße Bohnen. Frische Bohnen, getrocknete Bohnen, Bohnen aus der Dose. Oh mon Dieu! Was denn nun? Könnt Ihr euch nicht einmal einig sein?

Mais oder kein Mais? Paprika oder keiner? Tomaten oder keine Tomaten? Tomatenmark oder Ketchup oder nichts davon? Speck oder kein Speck? Kein Speck! Definitiv kein Speck!

Auch beim Fleisch gibt es Gesprächsbedarf. Hackfleisch oder besser doch gewürfeltes Fleisch (Gulasch?)? Woher soll ich das wissen? Ich kann mir aber nicht vorstellen, dass die Viehhirten damals einen Fleischwolf mit sich führten.

Schweinefleisch oder lieber Rindfleisch? Durchgedreht oder gewürfelt? Gemischt oder pur? Ooooh! Warum ich?

Mit Kartoffeln oder Reis? Oder ohne beides? Kartoffeln würde ich ja noch verstehen, aber Reis? Okay! Vielleicht hat irgendwann mal ein asiatischer Gastarbeiter Reis ins Chili geschüttet. Heute bauen die Amerikaner den Reis selbst an und sind nicht mehr auf Gastarbeiter angewiesen … aber damals?

Kartoffelpüree aus der Tüte … *macht die Sauce sämiger. Sämiger?* Ob die Cowboys, Viehhirten, Gaucho's und was auch immer, damals schon Kartoffelpüree aus der Tüte hatten? Man darf es bezweifeln!

Crème fraîche … langsam aber sicher denke ich, die Deutschen lieben dieses fette Zeug. Sie mischen es unter alles. Die Gaucho's hatten sicherlich keine Kühlbox dabei, in der sie die Crème kühlten. Mal abgesehen davon, dass es dieses Zeug damals noch nicht gab!

Rotwein! Oui, das glaube ich schon eher. Sie hatten sicherlich nicht nur Agavenschnaps dabei. Wer weiß, vielleicht gab es auch französische Gastarbeiter. Das war jetzt ein Scherz. Muss man ja mal sagen, bevor Ihr mich für völlig verrückt haltet.

Da fällt mir auf, niemand ist der Meinung, dass Agavenschnaps ins Chili gehört. Dabei wäre das logisch. So ein kleiner Spritzer … Ich meine ja nur! Vielleicht war es damals eine geheime Zutat. So, wie heute noch viele Leute den Schnaps in den café schütten, damit niemand … Okay! Themenwechsel!

Kommen wir zu den Gewürzen. Kreuzkümmel! Wusstet Ihr, dass es sich dabei um den Samen einer asiatischen Pflanze handelt? Also doch … asiatischer Gastarbeiter.

Blockschokolade! Zucker! Honig! Tja! Was soll ich dazu sagen? Ob da die Zutaten für ein Dessert ins falsche Rezept gerutscht sind?

So viele verschiedene Variationen und wieder einmal sind sich alle einig, dass nur er (oder sie) das wahre Originalrezept besitzt.

Nun ja! Ich werde mir aus allem das Beste heraussuchen. Ihr wisst ja, ich wandele alle Rezepte nach Art des Hauses um. Lacht nicht! Ich meine jetzt mal ausnahmsweise nicht die zarten Röstaromen und die gute Bräunung der Zutaten in meinen Töpfen und Pfannen.

Wow! Chili con carne! Sage nochmal jemand, kochen sei so einfach!

12. Mai - Eine Herausforderung

Oh ja! Es war eine Herausforderung. Solange zu den Grundzutaten Fett und Zwiebeln gehören, ist das Chaos vorprogrammiert.

Aber mal wieder alles auf Anfang. Freitagnachmittag, Einkauf im Feinkostladen. Die Damen waren voller Neugier, welch Chaos die Herren und Damen angerichtet haben.

Ich habe, in wenigen Worten, von meinen Anstrengungen erzählt und konnte sehen, wie sich die

Damen das Lachen verkniffen. Sie würden gerne meinen Blog lesen, aber sie sind der deutschen Sprache nicht mächtig. So bleibt mir leider nichts anderes übrig, als von meiner Schande zu erzählen. Jedenfalls hat meine Erzählung sie köstlich amüsiert und der Kauf der Zutaten fürs Chili con carne gestaltete sich ... nennen wir es ... lustig. Verschweigen wir, dass Madame Choléstin die Slipeinlage wechseln und Mademoiselle Louisanne bei meinem nächsten Einkauf eine tragen muss.

Tränen lachend, malten sich die Damen bei jeder Zutat aus, was ich mit dem Zeug anstellen würde. Ich sagte ja bereits, es war lustig. Allerdings nicht für mich ... nur für die Damen. Mir trieben ihre Vorhersagen den Schweiß auf die Stirn.

Gegen vierzehn Uhr begann ich mit den Vorbereitungen. Ihr wisst schon: Fenster öffnen, Wischmop bereitstellen, Matte auslegen, Handschuhe, Asthmaspray, Pflaster etc. ... etc. ...

Ich hatte mir aus allen Rezepten die, für mich, einfachsten Zutaten herausgesucht. Lacht nicht! Ich weiß, dass für mich grundsätzlich alle Zutaten alles andere als einfach sind.

Ich pellte Zwiebeln und Knoblauch, entkernte die Chilis und goss die Bohnen in ein Sieb. Okay! Ich habe mich vor einem weiteren Desaster mit eingeweichten Hülsenfrüchten gedrückt! Was solls! Bohnen sind Bohnen. Dem Chili ist es egal, ob die getrockneten Bohnen eingeweicht wurden oder ob sie weich aus der Dose kommen.

Auf frische Bohnen habe ich verzichtet. Ich kenne mich mit den Dingern nicht aus, weiß auch nicht, wie lange man sie kochen muss, bevor man sie in das Chili gibt und will es auch nicht ausprobieren. Man muss potentielle Brandopfer bereits rechtzeitig aus dem Verkehr ziehen.

Okay! Die Zwiebeln sollten in kleine Würfel geschnitten werden. Ich habe mir gedacht, je kleiner die Würfel, umso länger dauert das Schneiden und meine Augen würden wieder eine kleine Ewigkeit tränen. Dem wollte ich entgehen. Zudem sieht man dem Chili sowieso nicht an, wie groß oder klein die Zwiebeln geschnitten sind. Dementsprechend fielen dann auch die Würfel aus. Die Tränen liefen trotzdem und ich musste wieder die Augen kühlen. Nach zwanzig Minuten Auszeit ging es weiter. Diese teuflischen Dinger bringen immer wieder meinen Zeitplan durcheinander.

Das richtige Kochen begann. Ich nahm den größten Topf, den mit dem hohen Rand. Wer weiß, ob die Zwiebeln dem Speck nacheifern und auch aus dem Topf springen. Ich gab das Fett hinein. Ganz langsam, bei geringster Hitze, schmolz es vor sich hin. Das dauerte!

Ich habe mal wieder Monsieur Internet um Rat gefragt. Wie prüft man, ob das Fett in der Pfanne heiß genug ist? Die Ergebnisse waren nicht befriedigend.

Wasser hineinspritzen! - Wow! Ich bin ja nicht lebensmüde! Im günstigsten Fall spritzt es nur gewaltig. Im ungünstigsten Fall fackele ich das Haus ab.

Wenn das Fett anfängt zu blubbern, als ob es kocht! – Okay! Ich weiß zwar immer noch nicht, wie viel Fett man nimmt, aber ich nehme nie so viel, dass es anfängt zu blubbern.

Man sieht es an der Art, wie sich das Fett in der Pfanne bewegt! – Okay! Doch wie bewegt sich Fett in der Pfanne, wenn es heiß genug ist?

Wenn alle Bläschen verschwunden sind, ist das Fett heiß genug! – Okay! Ich werde es meinem Fett sagen. Das Fett in meiner Pfanne bräunt sich bereits, bevor sich die Bläschen verzogen haben.

Einen Holzlöffel ins Fett halten. Bilden sich Bläschen daran, ist das Fett heiß genug! – Okay! Hmm! Aber was ist mit der These: *Wenn alle Bläschen verschwunden sind, ist das Fett heiß genug?* Bläschen oder keine Bläschen, das ist hier die Frage!

Okay! Ich bin mal wieder etwas abgeschweift. Zurück zu dem Fett in meinem Topf. Es schmolz so vor sich hin. Immer wieder hielt ich einen Holzlöffel hinein ... nichts geschah. Dann bildeten sich plötzlich Bläschen ... ohne Holzlöffel.

Okay, dachte ich, das Fett ist heiß genug. Ich gab die Zwiebeln in den Topf und es geschah, was immer geschah, es spritzte ... und wie es spritzte! Ich warf den Deckel auf den Topf und brachte mich in Sicherheit.

Okay! Denken wir mal logisch. Zwiebeln bestehen zu fast neunzig Prozent aus Wasser. Wasser (Zwiebeln) in heißes Fett ... et voilà! Bevor ich mit meinen Überlegungen zu Ende war, hatten sich die Zwiebeln bereits sehr stark gebräunt und waren nur noch für die Tonne.

Zweiter Versuch. Baden! Mit dem Speck hatte ich gute Erfahrungen gemacht, warum sollte es mit den Zwiebeln nicht auch gut gehen?

Ich nahm Fett und gab die Zwiebeln hinzu. Dann durfte alles zusammen schmelzen und garen. Es sah zwar nicht so gut aus (wirklich nicht), aber es spritzte nicht. Sagen wir mal so ... es köchelte vor sich hin. Als sich die ersten Bläschen zeigten, nahm ich den Topf vom Herd. Ha! Geschafft!

Ich gab das Hackfleisch hinzu. (Ich hatte mich für Hackfleisch entschieden, weil es nicht zu sehr nach totem Tier aussieht!) Jetzt musste die Temperatur wieder erhöht werden, weil das Hackfleisch bei hoher Temperatur scharf angebraten werden musste.

Oh! Böser Fehler! Es ist sensationell, wie schnell sich Zwiebeln bräunen und das Fleisch eine, sagen wir mal ... überbraune Farbe annimmt. Auch das reduzieren der Temperatur änderte nichts daran. Dieser Geruch, der sich mal wieder verbreitete, stieg mir in die Nase und nahm mir die Luft zum Atmen. Noch bevor ich das Asthmaspray erreichte, schrillte der Rauchalarm durchs Haus.

Oh! Das Ding habe ich mal wieder völlig vergessen. Okay! Geben wir seinem Nachfolger auch eine Chance!

Nachdem der schlimmste Geruch die Küche verlassen hatte, unternahm ich einen weiteren Anlauf. Die nächsten Zwiebeln durften ins Bad. Diesmal mussten sie sich das Bad mit dem Hackfleisch teilen. Sah auch nicht gut aus, aber sie vertrugen sich und köchelten so vor sich hin. Bei niedrigster Temperatur! Ich hatte nicht vor, auch diese Ladung an eine überhöhte Temperatur zu verlieren.

Nachdem ich zu der Überzeugung gelangt war, das Fleisch wäre jetzt genug gegart (gegart ... nicht gebräunt), wollte ich die Tomaten dazugeben. Allerdings stand in den Rezepten, das Fleisch müsse krümelig sein.

Okay! Das Fleisch in meinem Topf war nicht krümelig. Non! Es glich mehr Gulasch ... Gulasch aus Hackfleisch ... so dick waren die Brocken. Ihr versteht? Ich nahm das Fleisch samt Zwiebeln (den Knoblauch und die Chilis hatte ich vergessen, nicht mal in kleine Stücke geschnitten) aus dem Topf, nahm ein Messer zur Hand und zerteilte die Brocken zu kleinen Bröckchen. Es war sehr arbeitsreich, das Fleisch zu Krümeln zu verarbeiten, doch jetzt sah es besser aus.

Ich gab die gestückelten Tomaten (aus dem Glas) hinzu. Okay! Ich weiß auch nicht wie man frische Tomaten häutet und zu kleinen, weichen Würfeln verarbeitet!

Ich würfelte Knoblauch und Chilis und gab alles in den Topf. Ups! Ich hatte vergessen, dass ich auch bei diesen Zutaten meine *second chance Zugabe* eingerechnet hatte. Nun ja! Jetzt war alles im Topf. Chili soll bekanntlich scharf sein und Knoblauch ist gesund fürs Herz und einige andere Körperteile.

Ich würzte mit Salz und Pfeffer, wobei ich noch immer wenig Salz benutze, denn Salz ist bekanntlich schädlich fürs Herz und andere Körperteile. Mit dem Pfeffer habe ich mich allerdings noch nicht angefreundet.

Die Masse wollte ständig gerührt werden. Das erinnerte mich an die Erbsensuppe. Wieder einmal stellte ich den Timer ein. Alle zehn Minuten trieb mich sein Schrillen an den Topf. Es war inzwischen 17:30 Uhr und das Chili sollte neunzig Minuten köcheln. Ups! Wieder mal etwas außer Plan.

Der überkorrekte Michel erschien Punkt achtzehn Uhr. Auch er rümpfte die Nase. Wenn man sich längere Zeit in einem Brandgeruchgeschwängerten Raum befindet, riecht man es irgendwann nicht mehr. Ein Gast allerdings …

Okay! Ich führte Michel in den Salon und machte auch ihn mit Baron de Rothschild bekannt. Ich glaube inzwischen, meine Gäste sind erfreut, dass ich immer etwas in Verzug bin! Selbst der pingelige Michel nahm mir den Verzug nicht übel. Das will was heißen!

Michel packte sein iPad aus und wollte seine Mails checken, als er mich mit hochgezogenen Augenbrauen ansah.

»Du trägst High Heels beim Kochen? Ich verstehe nicht, wie man in solchen Schuhen laufen kann. Sollte man beim Kochen keine bequemen Schuhe tragen?«

Als er meinen Blick sah, zog er es vor zu schweigen. Pfff! Bequeme Schuhe! Betont langsam stöckelte ich in meine Küche! Was haben Schuhe mit kochen zu tun? Würden flache Gesundheitstreter einen Bocuse aus mir machen? Non, certainement pas!

Punkt neunzehn Uhr war das Chili fertig. Ich gab eine Portion auf den Teller und machte das obligatorische Foto.

Michel beäugte den Teller mit Argusaugen, erkundigte sich freundlich, um was es sich bei den großen Stücken handele. Ups! Zwiebeln? Knoblauch? Chilis? Aucune idée!

Den ersten Bissen verfolgte ich wie immer genau. Michel verzog keine Miene. Er wollte eben zu einem Kommentar ansetzen, als er die Augen weit aufriss, sein Gesicht eine seltsame Färbung annahm und er hörbar nach Luft japste. Entgegen jedem Benimm nahm er die Wasserflasche und setzte sie an den Mund. Oh! Ooh! Ooooh!

Nachdem er wieder einigermaßen ruhig atmen konnte, stellte ich ihm einen Becher Crème fraîche hin. Er quittierte es mit einem dankbaren Blick. Fragte, ob ich eventuell noch mehr davon hätte. Ups!

Nachdem er das Chili mit zwei Bechern Crème fraîche … sagen wir mal … verfeinert hatte, nahm er den nächsten Bissen. Jetzt behielt sein Gesicht die Farbe und auch die Atmung funktionierte einwandfrei. Warum er zu jedem Bissen ein Stück Baguette nahm, wollte ich gar nicht wissen.

43

Nachdem er aufgegessen hatte, fragte ich ihn, was er mir beim ersten Bissen sagen wollte. Er meinte nur, das hätte sich erübrigt, bevor er diese Frage stellen konnte. Zuerst war er der Ansicht, das Chili sei etwas zu wenig gewürzt, aber dann … volle Power!

Er meinte, er habe noch nie zuvor ein Chili gegessen, dessen Schärfe für weitere zehn Töpfe ausgereicht hätte.

Nun ja! Es ist nochmal gut gegangen. Ich habe gekocht und es gab keine Verletzten. Nicht mal ich habe diesmal sichtbare Blessuren erlitten.

Jetzt sind es noch fünfundvierzig Events. Das hört sich besser an als zweiundfünfzig. Nur noch fünfundvierzig Gäste, denen ich körperlichen Schaden zuführen kann. Von meinen Blessuren ganz zu schweigen.

Wenn diese zweiundfünfzig Wochen vorüber sind, wird sich meine Garderobe drastisch minimiert haben. Fettflecken trotzen selbst der chemischen Reinigung. Nun ja! Dann muss ich die Wirtschaft wieder mal etwas ankurbeln …

Zürcher Geschnetzeltes mit Rösti

14. Mai - Ein Adonis kommt zum Essen

Mein nächster Gast ist Architekt, ein heißblütiger, spanischer Adonis und, wie er es gerne nennt, Frauenversteher. Dieser Mann … ein Body, wie von Michelangelo gemeißelt und seine Augen … Oh, quel homme! Tja! Die Damenwelt liegt ihm zu Füssen.

Non! Nicht was Ihr jetzt denkt. Er kommt nur zum Essen! Er soll nicht mich verstehen, er soll nur essen. Wirklich! Nur essen!

Ich kenne ihn schon sehr lange. Und ja, Ihr würdet dahinschmelzen, wenn Ihr ihn sehen würdet. Ich meine jetzt meine Leserinnen. Alles andere geht mich nichts an und will ich auch nicht wissen.

Okay! Ich muss ihn nicht mit Baron de Rothschild bekanntmachen, er kennt ihn bereits. Ich werde mich zwar bemühen, das Essen pünktlich zu servieren, aber Ihr kennt mich inzwischen. Ich verstehe, dass Ihr zu tiefst bezweifelt, dass mir das gelingen wird. Okay! Ich glaube auch nicht daran, aber ich werde wie immer mein Bestes geben. Lacht nicht schon wieder!

Okay! Ich verrate Euch auch seinen Namen. Er heißt Rodolfo-Esteban-Sebastiano-Geronimo-Alejandro und noch ein paar mehr. Tja! Und Freitag kommt er zum Essen.

15. Mai - Mit Beilage!

Zürcher Geschnetzeltes mit Schweizer Rösti. Oh! Weinen! Reicht es nicht, wenn ich mich am Geschnetzelten versuche? Non! Jetzt muss es auch noch eine Beilage sein! Grrr!

Ich habe mal wieder Monsieur Internet um Hilfe gebeten. Oh! Oh! Oh! So viele verschiedene Arten der Zubereitung. In jedem Rezept steht, dass es ein schnelles Gericht ist. Das hört sich gut an … Aber! Die haben nicht mit mir gerechnet.

Wenn ich nur schon lese: *Scharf anbraten! Fett auf hoher Stufe erhitzen! Zwiebeln glasig dünsten!* Was dabei herauskommt, habe ich bereits mehrfach erlebt.

Nicht genug damit … das Schlimmste kommt ja noch. Die Rösti (oui! Es heißt die Rösti) auf einer Seite scharf anbraten (Grrr!), wenn sie gebräunt ist (das wird sie sein), einen Teller auflegen und die Rösti samt Pfanne wenden! Sind die verrückt? Hier koche ich! Von wegen *samt Pfanne wenden* …

Da wäre noch ein weiteres Problem! Woher soll ich wissen, wann die Rösti auf einer Seite gebräunt ist? Überbräunt ist es, wenn der Rauchmelder sich meldet, aber wann ist es so gebräunt, dass es noch genießbar ist? Zudem hat das Ding zwei Seiten, die beide überbräunt werden können.

Ich meine ja nur. Selbst wenn ich eine Seite einigermaßen hinbekomme, hat das Teil leider noch eine zweite Seite. Ihr versteht? Aber sicher versteht Ihr! Zudem frage ich mich, ob der Teller die Wendung übersteht oder zerbricht, wenn sie daneben geht.

Wie groß ist eigentlich so ein Schweizer Rösti? Bedeckt es den kompletten Boden der Pfanne? Ist es ein kleines, niedliches Talerchen? Wie dick ist so ein Teil? Wie viel Rösti gehört zu einem Schweizer Geschnetzelten?

Okay! In Anbetracht der Tatsache, dass ich der Koch bin (alle wieder weiteratmen … man gestatte mir diesen Ausdruck), denke ich nicht, dass sich Rodolfo an dem oder den Rösti sattessen wird.

Ich bin mir auch nicht sicher, auf welche Art die Schweizer Rösti zubereitet wird. Da steht doch in einigen Rezepten wirklich und wahrhaftig Speck! Da ich aber auch Rezepte gefunden habe, in denen kein Speck verarbeitet wird, war es eine leichte Entscheidung. Ihr kennt ja meine Antipathie gegen Speck und Ihr wisst, dass er mich auch nicht mag.

So! Das hätten wir geklärt. Ich werde mich bei den Zutaten auf das wesentliche beschränken: Kartoffeln und Fett! Ach ja … würzen muss ich das Ding oder die Dinger auch. Ich stehe immer noch auf Kriegsfuß mit Pfeffer, aber ich habe gelesen, dass man die Rösti stark würzen muss! Wir werden sehen.

Kommen wir zum Geschnetzelten. Das Fleisch soll nur sanft angebraten werden. Oh! Wie brät man Fleisch sanft an? Es gibt auch Rezepte, in denen man das Fleisch scharf anbraten soll. Also überbräunen, wenn ich es mache.

Nach dem braten, soll das Fleisch mit Mehl bestäubt werden. Das Mehl darf nicht klumpen. Oh! Ob mein Mehl das weiß? Wir werden sehen.

Am Ende werden die Zwiebeln glasig gedünstet. Sagen wir mal so … ich werde die Zwiebeln wieder braunglasig dünsten oder wie immer man es nennen will. Ich ahne fürchterliches.

Ich werde mit den Vorbereitungen so früh wie möglich beginnen. Schließlich werfen die Zwiebeln mich immer in der Planung zurück. Ich muss auch Kartoffeln schälen und raffeln.

Noch so ein Wort, das ich nicht kannte. Raffeln! Ich habe mal wieder Monsieur Internet um Rat gefragt! Mit raffeln ist *raspeln* gemeint. Warum schreiben die das nicht? Warum einfach, wenn es auch umständlich geht?

Beim Fleisch bin ich auch wieder in der Zwickmühle. *In schmale Streifen schneiden!* Wie schmal ist schmal? Wie lang sollen diese Streifen sein? *In dünne Scheiben schneiden!* Wie dünn ist dünn? Welchen Durchmesser haben die Scheiben?

Kalbfleisch soll es sein! Darin sind sich alle einig. Wenigstens etwas! Welchen Teil des Tieres man dafür nimmt? Da scheiden sich die Geister. Ich werde den Metzger fragen. Vielleicht schneidet er mir das Fleisch auch in die richtigen Stückchen oder Scheibchen. Ich meine ja nur. Man kann ja mal fragen.

Jetzt lasse ich den morgigen Tag auf mich zukommen. Ich werde ihn schon überstehen. Fragt sich nur wie …

18. Mai - Der Tag der Leiden

Tja! Ich leide noch immer … aber fangen wir wieder ganz am Anfang an. Wir wollen ja nichts durcheinander bringen.

Freitagnachmittag, Besuch im Feinkostladen. Die Gesichter der Verkäuferinnen sprachen Bände. Sie haben jemanden gefunden, der als Dolmetscher fungiert und ihnen die Texte meines Blogs übersetzt.

Tja! Erstmal war ich baff. Jetzt erfahren sie alles aus erster Hand. Vorbei mit den schönenden Erklärungen. Jetzt wissen sie alles. Okay! Ich kann damit leben. Es erspart mir viel Zeit, die ich fürs Kochen brauche.

Jedenfalls wussten die Damen bereits, was ich kochen muss. Sie hatten mir ein besonders schönes Kalbsfilet reserviert. *Eigentlich viel zu schade*, konnte sich der Boucher nicht verkneifen. Pardon! Der Metzger! Ich war ihm nicht böse, für die verbale Entgleisung. Er hatte ja recht. Perlen vor die Säue, wie die Deutschen sagen.

Ich kaufte noch ein paar Zwiebeln und dicke Kartoffeln (extra für mich geordert). Beides Lebensmittel, mit denen ich auf Kriegsfuß stehe. Dann ging's nach Hause.

Ein Stau am Louvre brachte meinen Zeitplan zum ersten Mal durcheinander. Ich habe zwar häufig gelesen, es handele sich um ein schnelles Gericht, aber was heißt das schon, bei einem unbegnadeten Koch wie mir?

Mit zwanzigminütiger Verspätung begann ich mit den Vorbereitungen. Ihr wisst ja schon, was so alles vorbereitet werden muss, damit ich nicht im Rauch ersticke oder auf einem Teppich aus Fett ausrutsche und mir das Genick breche. Deshalb werde ich diese Vorbereitungen ab heute nicht mehr extra aufzählen. Das spart mir Zeit.

Danach ging's an die Vorbereitungen fürs Kochen. Ich musste das Filet schneiden. Die Damen warnten mich vor zu dicken Stücken oder gar Scheiben. Das Fleisch müsse in dünne Stückchen geschnitten werden. Hauchdünn!

Ich kann euch sagen, das war eine Arbeit. Es hat eine halbe Stunde gedauert, bis das Filet in hauchzarten Stückchen vor mir lag. Okay! Je länger ich schnitt, umso mehr entwickelte sich der Hauch zu einem Orkan. Ihr versteht?

Nachdem alles Hauchzarte und weniger Hauchzarte miteinander vermischt waren, sah es aus, als müsse es so aussehen.

Tja! Mein Finger sollte nicht aussehen, wie er aussah. Der Schnitt war tief und wieder einmal war er so gut verpackt, dass ich ihn nicht mehr krümmen konnte.

Mit steifem Finger machte ich mich ans Kartoffelschälen. Ich habe mir überlegt, ob ich mir eine Kartoffelschälmaschine zulege, den Gedanken aber wieder verworfen. Bei dem Tempo, mit dem die Maschine arbeitet, müsste ich bereits tags zuvor mit dem Schälen beginnen. Meine Zeit ist mir zu wertvoll, um sie mit so einem langsamen Teil zu vergeuden.

Okay! Wieder abgeschweift. Ich musste mehrmals Pause machen, weil sich meine Hand wieder mal verkrampfte. Ich hasse Kartoffeln!

Anschließend wurden die Zwiebeln gepellt. Die hatten es in sich und meine Augen tränten ohne Unterlass. So kam es, das ich bereits in Zeitdruck war, bevor ich überhaupt mit den Vorbereitungen fertig war.

Die Kartoffeln sollten geraspelt werden. Von Hand! Sprich, Kartoffeln ohne zu Hilfenahme einer elektrischen Maschine raspeln. Non! Ich bin doch nicht verrückt und gehe solch ein Risiko ein. Ein tiefer Schnitt im Finger reicht. Ich will nicht auch noch abgeschabte Fingerkuppen.

Da ich schon mal die KitchenAid angeworfen hatte, mussten auch noch die Zwiebeln dran glauben. Ruck zuck waren sie in feinste Scheiben geschnitten. Das war toll. Leider schneidet die Maschine keine Würfel. Wie viel Zeit und Tränen könnte ich mir ersparen, wenn sie es könnte? Gibt es solch eine Maschine? Wenn ja … ich will so ein Ding!

Die geraspelten Kartoffeln gab ich in ein Sieb, weil sie das überschüssige Wasser verlieren sollten. Dann ging's richtig los. Wenn ich sage *richtig*, dann meine ich es auch so. Es war wie immer. Fett hat eine Abneigung gegen meine Pfannen und Töpfe. Ich habe eine Aversion gegen Fett, spritzendes Fett. So kam es, dass nach kurzer Zeit das Umfeld des Kochfeldes mit Fettspritzern übersät war. Toll! Und das, bevor auch nur das kleinste Stückchen hauchzart geschnittenes Filet in der Pfanne lag.

Von meiner Bluse wollen wir jetzt nicht reden. Auch nicht von meiner Hose und meinen Schuhen. Ich hake alles unter Kollateralschäden ab.

In den Rezepten stand *unter großer Hitze anbraten!* Warum gibt es immer dieses Chaos, wenn ich irgendetwas anbrate? Egal, ob unter hoher Temperatur oder sanft köchelnd.

Nun ja! Irgendwann gab ich ein paar Stückchen hauchzartes … okay … hauchzartes und weniger hauchzartes in die Pfanne. Jetzt gab das Fett sein bestes. Es spritzte und ich fragte mich, ob überhaupt noch etwas davon in der Pfanne war. Wenn ich mir das Umfeld des Herdes betrachtete, konnte ich es kaum glauben. Das Hauchzarte verwandelte sich binnen Sekunden in mehr oder weniger harte Brikettes. Tja! Ersten Versuch kurzfristig abgebrochen, den Rauchmelder zum Schweigen gebracht und tief durchgeatmet …

Der Zweite Versuch, mit reduzierter Temperatur, funktionierte etwas besser. Ich konnte wenigstens noch ein paar hauchzarte Stückchen retten. Der dritte Versuch ging wieder voll daneben.

Ich kochte so vor mich hin, innerlich und am Herd. Irgendwann war ich fertig und der Berg Briketts und sehr stark überbräunter, hauchzarter Filetstückchen war größer, als das kleine Hügelchen, auf dem nur überbräuntes, hauchzartes Filet lag.

Nun ja! Was soll ich sagen? Rodolfo darf nicht sehr hungrig sein. An so einem Kalbsfilet ist ja nicht viel dran.

Die Zwiebeln warteten bereits. Oh ja! Ihr ahnt es schon. Es war schrecklich. Wieder musste das Fett stark erhitzt werden, um die Zwiebeln darin scharf anzubraten.

Nachdem ich dreimal unter starkem Beschuss (mit und ohne Zwiebeln) stand, gab ich auf. Ich spendierte dem letzten Häufchen, in dünne Scheiben geschnittener Zwiebeln, eine letzte Chance. Eine weitere hätte ich nicht geben können … mangels Zwiebeln.

Letzte Chance … Ihr wisst … baden! Bis jetzt haben sie es immer genossen. So ließ ich die Zwiebeln langsam vor sich hin baden. Solange, bis ich der Meinung war, sie können jetzt das Bad verlassen. Nun ja … ich hatte vergessen, dass die Zwiebeln noch gepudert werden wollten. Nicht mit Puder … non! Mit Mehl! Mit einem gehäuften Esslöffel Mehl!

Da meine Zwiebelration winzig war, wollte ich wenigstens ein paar davon retten, falls ihnen die

Puderung nicht gefallen sollte. Das stellte sich im Nachhinein als gute Idee heraus. Das erste Pudern ging voll daneben … überall Mehlklümpchen. Das sah eklig aus. Das zweite funktionierte. Ich gab das Mehl in ein Einhandmehlsieb und puderte die Zwiebeln damit. Für kurze Zeit sah es aus, als hätte es geschneit … aber nur für kurze Zeit.

Einmal umrühren und die Zwiebel-Fettmasse verdickte sich. Ich goss den Kalbsfond hinzu und rührte. Ließ die Masse aufkochen und rührte. Gab den Wein hinzu und rührte weiter. Wow! So ein liebebedürftiges Gericht hatte ich noch nie. Da kann nicht mal die Erbsensuppe mithalten.

Okay! Auch der Wein verflog und ich gab die Sahne hinzu. Oh ja! Ich rührte weiter. Ließ die Sahne aufkochen und reduzierte die Temperatur. Nun kam das winzige Häufchen Filet in die Sauce. Wieder rührte ich. Ups! Das Häufchen war in der Sauce fast nicht zu sehen.

Jetzt sollte das untergetauchte Fleisch nur noch vor sich hin ziehen. Leider musste es sein Ziehen kurz unterbrechen. Es gab eine kleine Störung, denn ich hatte die Gewürze vergessen. Ich rührte nochmal. Dann überließ ich das Fleisch seinem Ziehen. Das war geschafft. Jetzt ging's an die Rösti.

Es läutete und Rodolfo, der Adonis, stand vor der Tür. Der riesige Blumenstrauß besserte meine schlechte Laune merklich.

Ich führte Rodolfo in den Salon und überließ ihn der Gesellschaft des Barons. Ich war ihm dankbar, dass er den Brandgeruch, der immer noch die Luft schwängerte, nicht erwähnt hatte, aber sein Gesicht sprach Bände. Nachdem ich ihn dem Erzeugnis des Barons überlassen hatte, ging ich zurück in meine Küche.

Die Rösti warteten bereits. Ich hasse Fett! Es sollte heiß werden, richtig heiß. Es wurde heiß und spritzte. Was sollte es auch sonst tun? Es spritzte auch auf meine Bluse und gab ihr den Rest.

Die erste Portion Kartoffelraspeln grinste mich frech an und ich warf sie ins heiße Fett. Ich sagte bereits mehrfach … das Fett mag mich nicht, aber noch nie zuvor war es derart feindselig. Es spritzte so stark, dass ich mich in Sicherheit bringen musste. Als ich nach dem einseitig gebratenen Rösti sah, war es fast zweiseitig verkokelt. Tja! Das war wohl nichts.

Neue Pfanne, zweiter Versuch. Mir fiel ein, dass ich auch die Raspeln nicht gewürzt hatte. Also … hinein mit Pfeffer und Salz. Ich hatte gelesen, man solle die Kartoffeln stark würzen! Beim Vermischen merkte ich, dass die Kartoffeln noch sehr feucht waren, also drückte ich sie mit der Hand aus. War das eklig! Diese Flüssigkeit … wie sie aussah … wie sie roch …

Okay! Die nächsten Rösti waren merklich kleiner als das erste. Sie waren in der Pfanne und bräunten vor sich hin. Ich hatte gelesen, sie sollten auf jeder Seite fünf Minuten braten. Nach drei Minuten waren die Ränder bereits stark überbräunt und das Wenden gestaltete sich etwas schwierig, weil die Rösti Ringelreihen tanzten. Sie hatten ihre Raspelärmchen ineinander verstrickt und wollten sich nicht mehr loslassen. So kam, was kommen musste. Ich bekam die Dinger nicht schnell genug aus der Pfanne und sie verwandelten sich in Briketts. Ich hasse Kartoffeln!

Hätte der Rauchmelder nicht bereits sein Leben ausgehaucht … er wäre jetzt zu meinem Opfer geworden. Nun ja! So blieb mir nichts anderes übrig, als erneut die Flugeigenschaft meiner Pfanne zu testen …

Okay! Der nächste Versuch! Diesmal gab ich winzig kleine Röstihäufchen in die Pfanne. Nach zwei Minuten waren sie an den Rändern gebräunt und ließen sich problemlos wenden. Nach weiteren zwei Minuten waren sie fertig gegart und durften aus der Pfanne.

Ich war mächtig stolz! Meine ersten kleinen Rösti. Selbstgemacht! Selbstgebräunt! Okay! Etwas überbräunt. Seid doch nicht immer so pingelig!

Die nächsten beiden gefielen mir fast genauso gut, aber sie waren nichts Besonderes mehr. Wenn ich jetzt sagen würde, sie waren fast schon Routine, fallt Ihr vor Lachen von den Stühlen.

Ich gab die kleinen Rösti und das Geschnetzelte auf einen Teller und machte das obligatorische Foto. Sah fast gut aus. Auch wenn die kleinen Rösti etwas überbräunt waren, so muss ich gestehen, ich bin trotzdem stolz auf sie. Sie waren zum Verzehren fast zu schade.

Geraspelte Kartoffeln, die ohne sonstige Zutaten zusammenhielten. Wow! Meine geraspelten Kartoffeln! Das will was heißen! Okay! Ich schweife mal wieder ab. Man möge mir vergeben, aber die Rösti sind etwas ganz besonderes für mich.

Rodolfo kam zu Tisch und beäugte wortlos seinen Teller. Über guten oder schlechten Geruch konnte er nichts sagen. Das ganze Haus stank nach Bratfett. Der Dunstabzug tat sein Bestes, aber es war leider nicht ausreichend.

Der erste Bissen war wie immer. Es ist dieser Moment, wenn ich inständig hoffe, mein Gast möge sich nicht übergeben oder tot vom Stuhl fallen. Gewisse Röstaromen sollen sehr giftig sein …

Nichts dergleichen geschah. Rodolfo war überrascht, wie zart das Fleisch war. Zart! Mein hauchzartes Filet!

Die Sauce war nach dem ersten Geschmackseindruck lecker, nach dem zweiten trat wieder ein pfeffriger Geschmack in den Vordergrund. Ich hasse Pfeffer!

An die Rösti (meine kleinen Lieblinge) traute er sich zuerst nicht heran. Sie hatten eine, wie er es nannte, sehr kräftige Farbe, die er an Rösti nicht gewohnt war. Ich war entsetzt! Er beleidigte meine Lieblinge! Zudem fragte ich mich, wie oft er Rösti zu sich nimmt. Er meidet Fett, wo immer es geht. Pardon Rodolfo! Du hast meine Lieblinge beleidigt.

Die Miniportion hat ihn nicht gesättigt. Hatte ich auch nicht erwartet. Da mir bekannt ist, dass dieser Adonis ein Schleckermäulchen ist, habe ich vorsichtshalber eine Minisachertorte gekauft. Er liebt diesen Kuchen. Den Cappuccino brühte der Kaffeeautomat. Da konnte nichts mehr schief gehen.

Nachdem mein Gast sich verabschiedet hatte, wollte ich nur noch unter die Dusche. Ich kam mir vor, als hätte ich in Fett gebadet. Ich frage mich, ob ich diesen grauenvollen Geruch jemals wieder aus der Nase bekomme.

So! Diesen Abend habe ich auch abgehakt. Jetzt sind es noch vierundvierzig Events. Mir graut weiterhin vor dem, was da noch kommen kann, aber ich bin gewillt, mich allen Aufgaben zu stellen. Immer mit einer großen Portion Pizza im Tiefkühler und diversen Lieferdiensten im Kurzwahlspeicher.

Ossobuco con Risotto alla milanese

21. Mai - E-Mails

Es ist mal wieder so weit. Ich muss meinen nächsten Gast bekanntgeben.

Wie schnell eine Woche vergeht. Es ist Mittwoch und übermorgen muss ich kochen. Ooooh! Bauchschmerzen!

Meine Gästeliste wird immer länger. Alle wollen sich mit eigenen Augen überzeugen, dass ich koche. Tja! Immer wieder höre ich, dass man es kaum glauben kann. Wenn Ihr mich kennen würdet, wüsstet Ihr, dass es auch kaum zu glauben ist!

Jetzt zeigt sich erst, wie neugierig meine Freunde und Bekannten sind. Alle wollen dabei sein, auch wenn sie vielleicht etwas leiden müssen. Die Urteile, zu meinen Gerichten, sind so unterschiedlich wie meine Gäste, aber bei Baron de Rothschild sind sich alle einig. Was sollte es auch an einem Premier Cru zu mäkeln geben? Wer sich in die Höhle des Löwen begibt, muss belohnt werden.

An dieser Stelle ist es vielleicht an der Zeit, mich für eure vielen E-Mails (die inzwischen mein Postfach überquellen lassen) und Nachrichten (über Facebook) zu bedanken. Es ist mir leider nicht möglich, jede einzelne Nachricht bzw. Mail zu beantworten, aber ich beantworte gerne die Fragen, die ich immer wieder lese.

Non! Es ist noch niemand ernsthaft zu Schaden gekommen. Sogar Rodolfo hat das Chili muy picante ohne größere Probleme überstanden. Okay! Der Schock saß tief und wird ihn davon abhalten, künftig Einladungen zum Essen (von unbegnadeten Nichtköchen wie mir) anzunehmen. Alle anderen hatten ihre kleinere Malaise, durch die Einnahme diverser Magen- und Darm-Medikamente, schnell wieder im Griff.

Merci, dass Ihr euch auch Gedanken über meine Wehwehchen, die ich mir beim Kochen eingefangen habe, macht. Außer einigen Brandnarben an den Händen und fast verheilter Schnitte in den Fingern, ist alles bestens. Abgesehen von Übelkeit und Brechreiz, wenn ich an den nächsten Event denke … oui … alles bestens!

Ihr wollt Fotos meiner verunglückten Kochversuche! Das verstehe ich, aber Ihr müsst verstehen, dass ich dazu keine Zeit habe. Ich bin im Stress. Da bleibt mir weder die Zeit, noch habe ich Muse, mitten im größten Chaos die Kamera zu zücken.

Vielleicht irgendwann einmal, wenn der Kochversuch so richtig danebengegangen ist. Ich meine, wenn ich die Tiefkühlpizza in den Backofen schiebe oder der Lieferservice anrollen muss.

Non! Bis jetzt musste ich noch keins meiner Gerichte probieren. Wie Ihr wisst, bin ich Vegetarier. Aber, wie ich Chloé kenne, kann es nicht mehr lange dauern, bis ich etwas Vegetarisches zubereiten und auch essen muss!

Non! Ich poste kein Foto von Rodolfo. Oui! Er ist sehr attraktiv! Non! Er ist nicht gebunden. So, mehr verrate ich nicht!

Non! Ich trage weder Schürze noch Pantoffeln. Nach dem ersten Event hat mir meine Perle eine Schürze geschenkt, die ich aber nicht tragen werde. Pantoffeln? ... ??? ... Beim Kochen???

Oui! Ich liebe Gucci! Warum sollte ich beim Kochen etwas anderes tragen? Vielleicht Kochbekleidung? Désolé! Das ist nicht meine Welt und wird es nie werden! Der liebenswerten Schreiberin, die mir unter anderem den dekadenten Lebensstil der führenden Schichten Roms vorwirft, sei gesagt: »*Mêlez-vous de ce qui vous regarde!*«

André! Weiteratmen! Paris ist nicht Rom und wird nicht untergehen, weil wir Gucci und Versace tragen.

Das war's vorerst. Kommen wir wieder zu meinem nächsten Gast. Sein Name ist Harry. Er ist Direktor einer Spielbank und der Ehemann meiner Freundin Mary. Sie schickt ihn schon mal vor, während sie sich noch galant zurückhält.

Oui, Mary ist die mit den tausend Ausreden, aber sie muss irgendwann auch noch dran glauben! Das ist ein Versprechen!

22. Mai - Immer Beilage

Wieder ein Auftrag. Ich kann es kaum fassen. Schon wieder ein Gericht mit Beilage. Ich habe mir erlaubt nachzufragen, warum die Regeln unserer Wette geändert wurden.

Ha! Von wegen geändert. Neu ausgelegt! Erweitert! Und noch so einiges mehr. Chloé ist der irren Meinung, dass eine Mahlzeit nicht nur aus einem Gericht besteht. Non! Es gehöre auch mindestens eine Beilage dazu. Eine! Soll das etwa heißen, dass ich demnächst ein komplettes Menu kochen muss? Die ist verrückt!

Okay! Ich weiß, nicht überall auf der Welt isst man ein Stück Baguette dazu und ist zufrieden. Ich liebe Baguette! Ich würde auch Pasta kochen, die liebe ich auch. Ich meine ja nur!

Aber kommen wir zurück zum Kochauftrag. Morgen koche ich Ossobuco alla milanese mit der Beilage Risotto alla milanese. Ossobuco ist ein italienisches Gericht. Warum keine Pasta? Spaghetti al pomodoro? Lacht nicht! Wäre viel einfacher!

Ich habe mal wieder Monsieur Internet um Hilfe gebeten. Oh! Es war wie immer. Er hat mir Rezepte über Rezepte geschickt. Jeder ist der Meinung, er habe das einzig wahre Rezept für Ossobuco alla milanese.

Immer wieder lese ich, was alles nicht rein gehört und was unbedingt (nach Meinung des Rezeptverfassers) in das Ossobuco gehört. Mal wieder ein paar Beispiele.

Nur geklärte Butter ist das Wahre. Was bitte ist geklärte Butter? Wieder Monsieur Internet um Rat gefragt. Butter erhitzen und den Schaum solange abtragen, bis sich kein neuer Schaum mehr bildet. Was übrig bleibt, ist geklärte Butter. Ha! Dass in mein Ossobuco keine geklärte Butter kommt, könnt Ihr euch ja denken.

Beinscheiben mit Küchengarn in Form binden? Oh! Wie ein Geschenk oder soll ich eine Skulptur daraus machen? Aucune idée! Wieder Monsieur Internet bemüht. Er hat nichts gefunden! Vielleicht hat er meine Frage nicht verstanden. Okay! Wir müssen uns erst noch aneinander gewöhnen. Er, Monsieur World Wide Web und meine Wenigkeit, die gezwungenermaßen zur Köchin wurde und in diesem Métier mit massenhafter Ahnungslosigkeit beschlagen ist. Ein tolles Team!

Warum muss man die Dinger in Form binden? In welche Form? Welchen Sinn hat das? Pfff! Warum soll ich mir den Kopf darüber zerbrechen? Ich binde nicht! So einfach ist das.

Fleischtomaten überbrühen und häuten! Noch nie gemacht. Will ich das machen? Non! Es gibt doch gestückelte Tomaten aus dem Glas. Ich bin doch keine italienische Mama, der beim Kochen das Herz aufgeht. Mir läuft höchstens die Galle über.

Weißwein, Rotwein, Grappa! Ohhhhhhhh! Was denn? Rot, weiß oder weder noch? 125 ml Grappa! Das ist viel oder etwa nicht? Okay! Zum Trinken zu viel, aber für Ossobuco? Egal! Ich habe beschlossen, kein Grappa!

Klatter Peterling? Nach genauerer Betrachtung des Fotos, habe ich beschlossen, dass es sich dabei um Petersilie handeln muss.

Auch einige Zutaten finden nicht meine Zustimmung, weil sie nicht oft in den Rezepten auftauchen. Erbsen, Bohnen, Kartoffeln, Holunderbeeren, Orangenfilets, Salat Fix (non, ich war nicht im falschen Rezept), Kürbis.

Was ich auch äußerst seltsam fand, waren die Namen einiger Rezepte, aber alle standen unter Ossobuco! Monias Beinscheiben! Steffis Waden! Oma Ernas Wadenstückerl! Klingt nach Kannibalismus!

Ich wundere mich auch immer wieder über die Orthographie einiger Verfasser. Es sind nicht nur einmalige Patzer. Oh non! Fielen die Haxen der neuen deutschen Rechtschreibung zum Opfer oder warum werden sie jetzt Hachsen geschrieben? Ich hasse Zwiebeln, ob ich sie als Schwiebeln gern hätte? Oliefen und Oliwen! Prüje, Sälarie, Tomatenmarg, Lorbär, Tümian, retutziren, warm stehlen und so weiter.

Wie wäre es mal mit googeln? Sorry, das klingt vielleicht gemein, aber wenn man schon Rezepte ins World Wide Web stellt, sollte doch die Orthographie stimmen.

Kommen wir zur Beilage. Auch hier brauchte ich Rat. Kurze Frage ins www geschickt … Tja! Monsieur Internet reagierte schnell, doch seine Antworten gefielen mir nicht. Das Gericht sei äußerst liebebedürftig. Es braucht sehr viele Streicheleinheiten, sprich, es will ewig gerührt werden. Auch hier gibt es wieder viele Varianten. Ich habe beschlossen, das für mich einfachste Rezept zu nehmen.

Es werden wieder Zwiebeln angeschmort und sehr viel Fett wird spritzen. Da kann ich nicht noch Experimente machen. Lacht nicht schon wieder! Ich weiß, für mich ist jeder Kochevent ein Experiment.

Ich weiß auch, dass wieder vieles daneben gehen wird. Es wird Fleisch angebraten und so einiges andere muss in den Topf. Da ist das Chaos schon vorprogrammiert.

Wäre doch schon Sonntag!

24. Mai - Nichtschwimmer

Auch wenn Kelef (ein treuer Leser meines Blogs) meinte, es wird schon nicht so schlimm werden, nun ja ... Sicherlich gibt es schlimmeres, aber für mich ist kochen das Grauen schlechthin.

Dennoch ... merci für die ausführliche Anleitung. Ob sie genutzt hat, könnt Ihr später lesen. Seid doch nicht immer so neugierig. Alles zu seiner Zeit.

Ich muss sagen, manchmal fühlte ich mich wie ein Nichtschwimmer, dem man die Anleitung ›*Wie lernt man schwimmen?*‹ in die Hand drückt und ihn dann ins kalte Wasser wirft. Ihr versteht? Er geht unter!

Fangen wir wieder ganz vorne an. Zuerst musste ich einkaufen. Die Damen hatten mich bereits erwartet und konnten sich ein paar bissige Kommentare nicht verkneifen. Allerdings sprachen sie mir auch Mut zu. Wobei ich aber insgeheim glaube, sie machten mir Mut, damit ich nicht aufhöre und der Blog weitergeführt wird. Etwas zum Lachen braucht der Mensch.

Okay! Ich mache ja weiter, auch wenn ich manchmal schreiend davon laufen möchte. Was tut man nicht alles, um diese Wette zu gewinnen!

Eine Frage konnten sie sich nicht verkneifen ... ob ich beim Kochen wirklich High Heels trage! Nun ja! Was soll ich sagen? Ich hatte die Frage bereits letzte Woche erwartet. Nachdem sie jetzt immer bestens informiert sind, muss man mit allem rechnen.

Okay! Der Metzger hatte mir die schönsten Kalbshaxen herausgesucht, die er finden konnte. Er hatte sie in Scheiben geschnitten und schön verschnürt! Jetzt weiß ich auch, warum man die Fleischscheiben verschnüren soll.

Mal ehrlich ... woher sollte ich das wissen? Nicht mal auf die Idee wäre ich gekommen, warum das so sein muss. Ich habe doch keine Ahnung vom Kochen!

Die Damen meinten, das wäre ein einfaches Gericht, das sogar ich hinbekommen würde. Zudem müsse ich nur den Anweisungen von Kelef folgen und es könne nichts schiefgehen.

Ha! Die Botschaft hör ich wohl, allein mir fehlt der Glaube! Zudem glaube ich, dass die Damen selbst nicht an ihre Worte glaubten.

Da ich noch einen Termin hatte, begannen die Vorbereitungen eine Stunde später als üblich. Und das, obwohl Kelef meinte, ich solle zeitig beginnen.

Okay! Ich denke, er hat meine Missgeschicke dabei bereits eingeplant. Inzwischen habe ich Routine, was die Vorbereitungen betrifft. Alles geht mir schneller von der Hand.

Lacht nicht schon wieder! Ich rede von den Vorbereitungen zum Schutz meines Haushaltes und meiner Gesundheit. Nicht vom Kochen und was damit zu tun hat.

Dann begannen die Vorbereitungen fürs Kochen. Damit mich die Zwiebeln nicht schon wieder aus dem Tritt brachten, habe ich eine Schutzbrille getragen.

Wo steht geschrieben, dass man Schwimmbrillen nur zum Schwimmen tragen darf? Sie helfen auch gut gegen die tückischen Angriffe von Zwiebeln.

Ich pellte und schnitt Zwiebeln und keine Träne floss ... nur meine Nase wollte nicht so recht mitmachen. Nun ja! Irgendwie hatten die Tränen einen neuen Weg ins Freie gefunden.

Die Zwiebeln fürs Risotto sollten sehr fein geschnitten werden. Oh ja! Die ersten Stückchen waren sehr fein, aber dann wurden sie etwas größer und na ja! Die Zwiebeln fürs Ossobuco waren dann wieder … sagen wir mal so … was da rauskam, hatte mit sehr fein nichts mehr zu tun.

Irgendwann nahm ich meine Brille ab … böser Fehler! Die Augen brannten zwar nicht wie sonst, aber ich musste wieder eine Pause einlegen. Warum sind Zwiebeln so gemein?

Ich putzte und zerkleinerte Staudensellerie. Eine der Damen im Feinkostladen ist Italienerin und bestand darauf, dass Sellerie in das Gericht gehört.

Die Knoblauchzehen habe ich nur geviertelt und dabei ist ein kleines Missgeschick passiert, das mir im Laufe des Abends noch einen Besuch im Salpêtrière bescherte. Die Wunde in meinem Zeigefinger war so tief, dass sie ärztlich versorgt werden musste. Den Knoblauchvierteln ist glücklicherweise nichts passiert.

Erstmal habe ich mich selbstversorgt. Darin habe ich inzwischen wirklich Routine! Das Pflaster musste im Laufe des Events öfter erneuert werden. Wäre nur alles so einfach gewesen …

Mit gestrecktem Zeigefinger bearbeitete ich die Karotten. Ich brauche wohl nicht extra zu betonen, dass die Karottenwürfel auch etwas größer ausfielen.

Als nächstes sollten die Safranfäden eingeweicht werden. Das Wasser nahm eine Schöne Färbung an. Ob das Risotto auch so aussehen würde?

Anschließend wandte ich mich dem Fleisch zu, was mich, ehrlich gesagt, viel Überwindung kostete. Die Teile sahen wirklich sehr nach totem Tier aus. Ich habe sie trockengetupft und gewürzt. Sogar eine Mehlmaske habe ich ihnen gegönnt. Danach sahen sie etwas besser aus, waren aber immer noch Teile eines toten Tieres. Mein Herz weinte und mein Magen rebellierte …

Ich ließ die geklärte Butter (Feinkostladen sei Dank!) in der Pfanne zerlaufen. Gab ein paar Tropfen Olivenöl hinzu und als sich Butter und Öl vereinigt hatten … richtig! Es spritzte wieder! Weswegen? Ich habe mich genau an die Anweisungen gehalten.

Bevor das Butter-Ölgemisch komplett aus der Pfanne springen konnte, legte ich eine Scheibe Fleisch hinein.

Oh! Es war … Ooooh! Was mache ich falsch? Das Fett mag mich nicht! Das Öl mag mich nicht! Das Fleisch mag mich sowieso nicht! Oder stelle ich mich einfach zu blöd an? Wird wohl so sein!

Ich ließ das Fleisch ein paar Minuten in der Pfanne und wendete es, als der Geruch sich leicht veränderte. Tja! Aber es war noch ansehnlich! Muss ich jetzt aber doch mal sagen.

Okay! Vielleicht hätte ich die Temperatur reduzieren müssen … ich meine ja nur … ein kleines Missgeschick … aber ich hatte noch drei Scheiben Fleisch.

Ich wunderte mich kurz, warum kein schrilles Pfeifen von der Decke dröhnte, aber mir fiel ein, dass Mary etwas von Batterien entfernen sagte …

Die nächste Scheibe habe ich weniger scharf angebraten. Das war gut so, aber nicht gut genug. Sie landete bei der ersten Scheibe im Abfall. Aber! Scheibe drei war wunderbar. Okay! Nicht lange genug gebräunt, aber nicht angekokelt. Scheibe vier war noch besser. Okay! Sie hatte nur leichte Spuren von Bräunung, aber sie war schön.

Dann mussten Zwiebeln und Gemüse angebraten werden. Oh ja! Ihr habt ja so Recht! Es ging voll daneben. Es war wie immer. Das Fett spritzte, die Zwiebelstückchen sprangen aus der Pfanne und ich war am Verzweifeln. Ich hätte sie ja auch gleich baden können, aber ich will endlich mal glasig gedünstete Zwiebelwürfel!

Der nächste Versuch! Diesmal gab ich das Gemüse mit in die Pfanne. Böser Fehler. Jetzt kokelte alles an. Grrr! ... Non! Wir fluchen nicht!

Meine Geduld mit Zwiebeln und Gemüse war erschöpft. Ich legte das Fleisch in den Topf, gab den Zwiebel-Gemüse-Mix, Fond und Wein hinzu, übergoss alles mit den gestückelten Tomaten aus dem Glas und rührte um. Schnell noch etwas Salz und Pfeffer über das Ganze. Deckel drauf und nach mir die Sintflut!

Bis zum nächsten Nervenzusammenbruch blieb mir ein bisschen Zeit und ich gönnte mir erstmal einen Cappuccino. Meine Küche hatte mal wieder die weiße Fahne gehisst. Fettspritzer, wohin das Auge reichte. Kaum zu glauben, wo sich diese fiesen kleinen Biester überall niederließen! Widerwillig machte ich mich an kleinere Aufräumarbeiten und die Beseitigung der gröbsten Fettablagerungen.

Zwischendurch fiel mir ein, dass ich vergessen hatte die Gremolata vorzubereiten. Auf ein Neues! Ich zerstückelte einen Bund Petersilie. Die wollte absolut nicht zerkleinert werden und verteilte sich über die Arbeitsfläche. Das hätte sie besser nicht getan. Ich nahm das Wiegemesser (zum ersten Mal in meinem Leben benutzte ich so ein Teil) und rückte der Petersilie auf den Leib.

Wer sagts denn? Sie gab nach und wurde fast so fein, wie sie sein sollte. Irgendwann war ich es einfach leid, dieses hin und her Gewackel! Mit dem Wiegemesser! Nicht was Ihr schon wieder denkt. Schreibe ich wirklich so zweideutig?

Es läutete und Harry stand vor der Tür. Ich wolle zuerst schreiben *und Harry kam*, aber Ihr habt manchmal zu schmutzige Gedanken! Deshalb muss ich mir meine Wortwahl genau überlegen, bevor Ihr mich auch noch mit Fragen über Harry löchert!

Ich führte ihn in den Salon und überließ ihn Baron de Rothschild. Ich war mal wieder in Verzug und konnte mich nicht als gute Gastgeberin betätigen. Okay! Konnte ich bisher noch nie! Ich weiß!

Auf dem Schneidebrett lagen noch ein paar geviertelte Knoblauchstückchen. Mit einem großen Messer zerteilte ich sie in kleine Stückchen. Non! Nicht zu klein, Harry soll doch sehen, dass Knoblauch in der Gremolata ist.

Die nächste Zutat kostete mich eine Menge Nerven. *Man reibe die Schale einer unbehandelten Zitrone ab.* Wow! Wie sollte ich die Zitrone in die KitchenAid bekommen? Lacht nicht! Sie passte nicht rein. Notgedrungen musste die Reibe dranglauben. Oh! Zum Glück hatte ich Handschuhe an. Vielleicht sollte ich mir für solche Tätigkeiten ein paar Sicherheitshandschuhe zulegen? An den Fingerkuppen Stahlverstärkt ... wäre besser.

Meinen frisch manikürten Fingernägeln bekam die Reiberei nicht! Auch die Fingerspitzen mussten leiden. Jetzt hatte der verletzte Zeigefinger mal Glück. Er war so fest verpackt, dass er sich nicht krümmen konnte und stand so weit weg von der Reibe, dass er verschont blieb.

Missmutig gab ich mein mühsam geraspeltes in den Abfall und begann von neuem. Ich muss ehrlich sagen, dass diese Gremolata nicht sehr viel Zitronenabrieb enthielt. Raspeln ist definitiv nichts für mich!

Schließlich wurde es Zeit mich mit dem Risotto zu beschäftigen. Ich habe euch noch nie erzählt, dass ich beim Kochen immer Musik höre. Schön laut, damit sie auch die Kochgeräusche und den Dunstabzug übertönt.

Die Musik spielte so vor sich hin und ich begann mit der Zubereitung des Risottos. Was soll ich sagen? Just in dem Moment, als ich die sehr fein geschnittenen Zwiebelstückchen in den Topf gab, damit sie ein wenig baden konnten, erklang der Triumphmarsch aus Verdis Aida.

Ich stellte mir die Frage, für wen es ein Triumph werden würde. Für Missgeschicke am laufenden Band oder für mich?

Ich war nicht gewillt, diese Schlacht zu verlieren. Ich würde diesem Risotto so viel Zuneigung schenken, wie es sein musste. Oh! Wenn ich auch nur im Geringsten geahnt hätte, wie liebebedürftig so ein Risotto ist.

Nachdem die winzigen Zwiebelwürfelchen genug gebadet hatten, wurde es Zeit, ihnen einen Weggefährten ins Bad zu geben. Richtig! Den Reis!

Ich rührte, bis der Reis völlig mit der Butter und den Zwiebeln vermischt war und schön glänzte. Ihr könnt euch nicht vorstellen, wie schnell dieser fiese Reis, meinen liebevoll gebadeten, winzigen und weniger winzigen Zwiebelstückchen das Ölbad wegsoff.

Ich gab den Wein ins Bad und rührte. Auch hier ließ mir der Fiesling kaum Zeit, denn er soff auch noch den Wein. Hm!

Die Safranfäden, samt gefärbtem Wasser, kamen in den Topf. Die Masse färbte sich gelblich. Ich war enttäuscht. Ich hatte eine schöne orangefarbene Färbung erwartet und dann das!

In einem zweiten Topf zog die Bouillon vor sich hin. Ich weiß immer noch nicht, wohin das Zeug zieht, wenn es zieht. Egal, ob Bouillon, Sauce oder was auch immer in irgendeinem Topf ziehen muss … wohin zieht es?

Ich gab, wie empfohlen, mit der Soßenkelle immer wieder Bouillon ins Risotto und rührte. Rührte, rührte, rührte! Schöpfen, dabei das Rühren nicht unterbrechen.

Irgendwann war mein Topf leer und ich nahm den Wasserkocher. Jetzt konnte ich immer ein bisschen Wasser nachgießen.

Wow! Der Reis hatte wirklich großen Durst. Es dauerte alles etwas länger. Nach dem ersten Angießen, sollte die Temperatur erhöht werden. Da ich aber nicht wusste, um wie viel Grad, habe ich mich entschlossen, dass jetzt auch der Reis ziehen darf.

Es dauerte fast eine Stunde, bis der Reis weich wurde. Meine Schulter schmerzte. Sie war diese dauernde Rührerei nicht gewohnt, aber mein Risotto sah gut aus. Wie sollte es bei so viel Aufmerksamkeit auch anders sein? Lacht nicht schon wieder! Es gibt Aufmerksamkeit und … na ja, eben Aufmerksamkeit!

Jetzt sollte kalte Butter ins Risotto. Ups! Die hatte ich noch nicht abgewogen! Also … Daumen mal Pi. Den Parmesan hatte ich bereits geraspelt gekauft.

Alles bekam eine cremige Konsistenz. Mein Risotto war fertig. Während ich es ein letztes Mal liebevoll rührte, erklang aus dem Lautsprecher die Marseillaise. Wow! Die Hymne für Madame la championne! Man möge mir den kleinen Höhenflug verzeihen.

Jetzt musste nur noch das Fleisch gar sein und alles wäre gut. Und was glaubt ihr? Es war nicht überbräunt. Es zog so vor sich hin, in seinem großen Topf. Es war so weich, dass es fast auseinandergefallen wäre.

Ich gab das Risotto in eine kleine Schüssel und das Fleisch mit Gemüse auf einen Teller. Das obligatorische Foto und Harry durfte sein erstes Ossobuco alla milanese probieren. Das hatte auch einen Vorteil, er wusste nicht, wie es schmecken sollte.

Oh! Oh! Der Pfeffer! Das Fleisch hatte ich genau nach Anweisung gewürzt ... aber das Gemüse ... Nun ja! Harry liebt es scharf. Das Essen! Leute! Hier geht's ums Kochen!

Das Fleisch war zart! Das Gemüse verkocht, aber feurig! Mein liebevoll gekochtes Risotto ließ ihn fast ekstatisch werden. (Nur was das Essen betrifft!)

Ich freute mich schon, aber dann kam der Dämpfer. Er sagte, so gut habe Mary noch nie gekocht. Tja! Was soll ich dazu sagen? Auch wenn es ihm wirklich schmecken sollte, Dämpfer bleibt Dämpfer.

Ihr müsst wissen, Mary ist ein ebenso unbegnadeter Koch wie ich. Allerdings versucht sie es immer wieder mal und ihre Family muss dann darunter leiden. Ich nehme an, selbst das Hundefutter aus der Dose würde Harry zu solch einer Äußerung bewegen.

Egal! Ich habe es geschafft. Risotto gekocht und *nichts* ist angebrannt. Über dem Fleisch breiten wir den Mantel des Schweigens aus.

Jetzt sind es noch dreiundvierzig Events. Ich hoffe sehr, dass ich noch einige glückliche Momente erleben darf. Ein paar Lichtblicke in der Dunkelheit. Ein paar Erfolgserlebnisse.

Letzte Woche meine putzigen Rösti und diesmal mein Risotto. Oh! Nicht, dass Ihr jetzt auf seltsame Gedanken kommt. NON! Ich werde weder Rösti noch Risotto ein weiteres Mal zubereiten. Einmal ist gut, jedes weitere Mal könnte den Erfolg zerstören!

Asperges et saumon à ma guise

28. Mai - Wieder eine Woche vergangen
Wieder quillt mein Postfach über und meine Facebook-Nachrichten stapeln sich. Leider bin ich noch nicht dazu gekommen, alle zu lesen, aber ich gelobe Besserung.

Harry hat das Ossobuco zuhause sehr gelobt. Mary sieht ihrer Einladung jetzt gelassener entgegen. Das heißt aber nicht, dass sie alsbald zum Essen kommt. Noch ist sie etwas zurückhaltend. Verständlich! Ich würde auch alles tun, um mich vor einem Essen bei mir zu drücken.

Ich denke mit Schrecken an den Tag, an dem ich mein Essen kosten muss. Es ist der Tag, an dem ich ein vegetarisches Gericht zubereiten muss. Oh! Schrecklich!

Kommen wir zu meinem nächsten Gast. Diesmal ist es eine Frau. Sie heißt Jutta und ist Gastroenterologin mit Privatpraxis.

Oui, ich weiß ... sie kann sich notfalls selbst behandeln. Sie kennt sich bestens mit Magen-Darm-Verstimmungen aus, aber ich hoffe das Beste. Warten wir ab! Freitag wird es sich zeigen.

Ich werde wie immer mein Möglichstes tun, aber meine Möglichkeiten sind begrenzt, wie Ihr alle wisst.

29. Mai - Erkennbar
Ein neues Gericht. Asperges et saumon à ma guise. Lachs mit Spargel und Sauce hollandaise! Es gibt keine genaue Vorgabe. Einzige Bedingung: *Die Zutaten müssen noch erkennbar sein.* Haha! Ich würde jetzt gerne schreiben, was mir durch den Kopf schießt ... aber meine gute Erziehung ... Chloé ... wir sehen uns alsbald und dann ...

Ups! Da fällt mir ein ... erkennbar! Nun ja! Dazu muss ich wohl erst mal etwas erklären. Der Grund, warum sie dieses Gericht gewählt hat, liegt schon viele Jahre zurück.

Wir waren Teenager und feierten den Geburtstag einer Freundin. Zum Dîner sollte es Pâte d'asperges au saumon geben. Sprich Pastete mit Spargel und Lachs. Für Vegetarier Asperges et sauce hollandaise. Spargel mit Sauce hollandaise.

Leider war Renée, die Köchin, nicht mehr die Jüngste und hatte während des Kochens einen Schwächeanfall. Sie machte sich Sorgen, dass wir hungern müssten, deshalb gab sie uns den Auftrag, die Pâte fertigzustellen. Alle Zutaten lagen vorbereitet in der Küche. Man müsse sie nur noch in die Form füllen.

Tja! Was soll ich sagen? Wenn vorbereitete Zutaten auf Teenager prallen, die die Küche äußerst selten mal betraten (und dann auch nicht zum Kochen), ist es nur eine Frage der Zeit, wann es zum GAU kommt.

Wir (unter anderen Chloé, Mary und meine Person) machten uns daran, die Zutaten in die Form zu füllen. Tja! Die war leider zu klein. Woher sollten wir auch wissen, dass nicht *alle* Zutaten, die da so vorbereitet (oder auch nicht) auf dem Tisch herumstanden, in diese Form gehörten?

Wir nahmen den größten ovalen Topf, den wir finden konnten und füllten die Zutaten hinein. Spargel, Lachs, Nudeln, Butter, Eier, Kräuter, Wein, Essig, Zitronenscheiben, Öl und noch einiges mehr. Der Topf war fast bis zum Rand gefüllt. Es sah zwar nicht gut aus, aber wir waren mit unserer Arbeit sehr zufrieden.

Wir fragten uns, wie lange die Pâte in den Ofen musste. Auch bei der Temperatur waren wir uns nicht sicher. Der Backofen hatte so viele Schalter, dass wir ziemlich ratlos waren. Schließlich war es Mary, die die Initiative übernahm und den Backofen einschaltete. Sie meinte, sie hätte mal gehört, dass ihre Köchin den Ofen immer auf höchster Stufe anheizte. Also tat sie es ihr gleich.

Wir schoben den Topf in den Backofen und hofften das Beste. Wie lange er da drin bleiben sollte? Aucune idée! Renée wollten wir nicht wecken. Sie schlief inzwischen. Andere Erwachsene gab es zu der Zeit nicht im Haus. Ich bezweifle auch, dass uns Beatrices Mutter hätte weiterhelfen können.

Beatrice fand schließlich ein Kochbuch und wir suchten nach einem Pâte-Rezept. Das gab es in diesem Kochbuch leider nicht. Wir fanden schließlich Rezepte für Gerichte, die, in Töpfen, ungefähr neunzig Minuten in den Backofen mussten.

So nahm das Unglück seinen Lauf. Ich nehme an, Ihr könnt euch ungefähr vorstellen, was geschah. Ich habe noch heute den Geruch in der Nase, wenn ich daran denke und das Bild, das sich uns bot, hat sich in mein Hirn gebrannt.

Die Butter hatte sich verflüssigt und begann mit Öl und Wein um die Wette zu brodeln. Irgendwann quoll es aus dem Topf und brannte an den unmöglichsten Stellen fest.

Die Zutaten im Topf wurden weich und überweich, vermischten sich und hatten sich so gern, dass sie eine feste Masse bildeten.

Tja! Es wurde zu einer riesigen Pâte (Haha! Das ist nicht ernst gemeint!), die irgendwann auch mal die richtige Konsistenz hatte. Allerdings hatte sie sich im Laufe der neunzig Minuten in eine äußerst stark überbräunte Masse verwandelt, die zudem noch mit einer dicken Kruste bedeckt war. Wir hatten Probleme den Topf aus dem Backofen zu holen. Er war festgebrannt.

Der Inhalt des Topfes, unsere Pâte, stellte uns vor ein riesiges Problem. Es war uns fast nicht möglich, dieses Zeug aus dem Topf zu bekommen.

Das, was wir sahen, war eine undefinierbare Masse. Nur die Zitronen waren annähernd als solche zu erkennen. Schließlich gaben wir auf. Der Hunger war uns inzwischen vergangen. Wer wollte auch so etwas essen? Wir nicht!

Die arme Renée hatte am nächsten Morgen fast der Schlag getroffen, als sie den Backofen und unsere Arbeit sah.

So, jetzt wisst Ihr, warum in meinem Gericht die Zutaten alle deutlich erkennbar sein müssen. Ich werde mir jetzt ein einfaches Rezept heraussuchen und morgen versuchen, das Beste herauszuholen.

02. Juni - Ma propre création

Tja ! Wenn man mal selbst entscheiden darf, was da auf den Teller kommt, muss man die Gelegenheit beim Schopf packen.

Ich habe viele Rezepte gesichtet, aber es war mal wieder nichts dabei, das meinen Kochkünsten entsprach. So kam ich auf die Idee, etwas zu kreieren, das eventuelle kleiner Patzer versteckt oder, wie in diesem Fall, verdeckt.

Aber fangen wir mal wieder ganz von vorne an. Richtig! Mit meinem Besuch beim Feinkosthändler.

Die Damen waren wieder belustigt über meinen letzten Kochevent. So richtig herzhaft haben sie allerdings nicht gelacht. Im Gegenteil, sie waren besorgt, weil ich mir mal wieder eine Verletzung zugezogen hatte.

Hier muss ich mal kurz abschweifen, um mich bei allen zu bedanken, die sich nach dem Befinden meines Zeigefingers erkundigt haben. Die Heilung macht Fortschritte. Nur noch ein Pflaster erinnert an den kleinen accident.

Zurück zum Feinkosthändler. Maître Moreau, der Poissonnier (Fischhändler) hatte ein schönes Stück Saumon (Lachs) für mich bereitgelegt. Okay! Es war ein sehr großes Stück Saumon. Es hatte sich bereits bis zu den Fischen herumgesprochen, dass ich koche. Okay! Versuche zu kochen! Es hatte sich auch herumgesprochen, dass ich häufig die Poubelle füttere. Pardon, den Abfalleimer.

Ich frage mich, ob irgendwann der Tag heraufzieht, an dem ich nur noch die im Rezept angegebene Menge einkaufen muss. Haha! Ich höre Euch lachen. Ich glaube es selbst nicht, aber man darf doch mal darüber nachdenken. Ich meine ja nur! Ihr gönnt mir aber auch gar nichts!

Weiter geht's. Maître Moreau legte mir, mit vielen blumigen Worten, das Wohlergehen des Fisches ans Herz. Dieses wundervolle Stück Saumon müsse nicht stundenlang gegart werden. Auch möchte der Fisch keine hohen Temperaturen. Ganz zart und liebevoll müsse ich ihn behandeln. Dann und nur dann, würde er es mir danken und zart und saftig auf dem Teller liegen.

Puh! Zart und liebevoll. Jetzt brauchen sogar schon tote Fische Streicheleinheiten und liebevolle Fürsorge. Letzte Woche das Risotto und diesmal der Saumon. Lebendig wäre er mir lieber …

Weiter ging's zu Fruits et Légumes (Obst und Gemüse). Dort hatten sie einen Korb voller Spargel für mich, allerdings nur weißen. Ich wollte aber auch grünen.

Das langgezogene oooh des Gemüsehändlers verhieß nichts Gutes. Ob ich es denn nicht erst mal mit weißem Spargel versuchen wolle, fragte er mich. Zwei Sorten Spargel, bedeute auch zwei Töpfe auf dem Herd.

Oooh! Das war jetzt mein oooh! Daran hatte ich nicht gedacht. Zwei Töpfe! Nur für Spargel! Ooooh!

Zuhause musste ich mich von dem Schrecken erst mal erholen. Zwei Pfannen für Spargel. Einen Topf für den Saumon. Einen Topf für die Pasta. Einen Topf für die Sauce hollandaise. Oh mon Dieu! Ich brauche einen größeren Herd!

Wer soll auf all die Töpfe aufpassen? Wenn all die Lebensmittel, die in die Töpfe sollen, so liebebedürftig waren … wer soll sie bemuttern? Rühren, aufpassen, dass das Wasser, das Fett und was auch immer, nicht zu heiß ist, nicht zu kalt ist. AU SECOURS!

Okay! Nach mehreren Cappuccino machte ich mich an die Arbeit. Der weiße Spargel musste geschält werden. Ich habe mir ein Spargelschälmesser gekauft. Schon mal einen Linkshänder mit einem Spargelschälmesser für Rechtshänder gesehen? Ich wundere mich immer noch, dass ich mir keine größere Verletzung zugezogen habe. Ein kleiner Schnitt in der Fingerkuppe … nicht der Rede wert.

Anstatt den Spargel von oben nach unten zu schälen, musste ich das Messer von unten nach oben führen. Erst als ich den Spargel umgedreht hatte, ging es einigermaßen.

Lacht nicht schon wieder! Ich habe noch nie Spargel geschält. Ich hätte nie gedacht, dass dieses Gemüse so bockig sein kann und sich absolut nicht von seiner Schale trennen will!

Nun ja! Es kam noch schlimmer. Da stand doch wirklich und wahrhaftig im Rezept, der holzige Teil solle entfernt werden. Der grüne Spargel musste nicht geschält werden, aber auch hier sollte der holzige Teil entfernt werden. Ups! Welcher Teil war der holzige? Ich habe noch nie Spargelstangen ohne Köpfe gesehen … mittendrin … non … es musste der untere Teil sein.

Okay! Ich habe dann mal großzügig etwas von den unteren Enden entfernt. Die Dinger sind ja lang genug. Nun ja! Sie waren lang genug, bevor sie mit meinem Messer Bekanntschaft machten.

Der Saumon sollte in mundgerechte Happen zerkleinert werden. Das war einfach. Auch wenn die Stücke etwas größer ausfielen, was soll ich dazu sagen? Jutta wird kleine Hamsterbäckchen haben und etwas mehr kauen müssen.

Ich gab die Stücke zu dem Spargel in den Sud und stellte den Timer auf vierzehn Minuten. Bis dahin musste alles andere fertig sein.

Jetzt mussten die Spargelstangen in die Pfanne und langsam vor sich hin braten. Ich hatte gelesen, dass ungefähr fünf Minuten ausreichen würden. Ich verstand es zwar nicht, aber wenn es so im Rezept stand. Ich hatte meine Zweifel. Wieso sollte gebratener Spargel schneller gar sein, als gekochter? Aucune idée!

Das Schicksal nahm mal wieder seinen Lauf. Das Fett spritzte und die Tapete stöhnte. Okay! Sie würde, wenn sie könnte! Mein Shirt schwieg ebenfalls, denn es ist nur ein Shirt.

Das Fett wollte aus der Pfanne und der Spargel nahm mir die hohe Temperatur übel. Zudem habe ich nur zwei Hände und die waren mit zwei Pfannen überfordert.

Oui! Ihr habt Recht! Die erste Portion Spargel war verkokelt. So, wie er aussah, ist das Wort stark überbräunt weit untertrieben. Er war verkokelt. So schnell hat sich noch kein Lebensmittel in Kohle verwandelt. Man lernt nie aus. Non … er schwieg … Mary hatte wieder mal die Batterien entfernt …

Die nächsten Pfannen und das nächste Fett … mit reduzierter Temperatur! Es dauerte, bis das Fett sich erhitzt hatte. Es hielt sich diesmal zurück und blieb in der Pfanne … bis der Spargel hinzukam.

Geklärte Butter (aus dem Feinkostladen), mit einem Spritzer Olivenöl, mag keinen Spargel. Innerhalb kurzer Zeit verwandelte sich das Umfeld des Herdes in ein Meer aus Fettspritzern, die sich zusammenballten und zu einer großen Pfütze wurden.

Oh! Am liebsten wäre ich gegangen. Wohin? Aucune idée! Nur weit weg von diesem Ort des Ärgers und der Schande. Oui! Auch dieser Spargel hatte sich stark überbräunt. Weißer wie grüner!

Die nächsten Pfannen und das nächste Fett. Temperatur minimal und ... oh Wunder ... es spritzte nur leicht, als ich den Spargel in die Pfannen gab.

Meine Freude erhielt einen Dämpfer, als der Timer ankündigte, dass der Saumon fertig pochiert sei. Was passiert, wenn er weiter pochiert? Ich hatte keine Ahnung, aber ich war so mit dem Spargel beschäftigt (er ist auch sehr liebebedürftig und will dauernd gewendet werden), dass ich für den äußerst liebebedürftigen Saumon keine Zeit hatte. Er durfte noch ein bisschen im Sud ziehen. Ich weiß immer noch nicht, wohin das Zeug zieht.

Mir fiel ein, dass ich die Lasagneblätter vergessen hatte. Das Wasser blubberte auch schon eine kleine Ewigkeit vor sich hin. Ich gab die Blätter ins Wasser (das nur vor sich hinzog ... nicht kochte) Sie sollten nur kurz ins Wasser.

Es läutete an der Tür. Jutta! Warum sind immer alle so überpünktlich? Es hat sich doch herumgesprochen, dass ich etwas Zeit brauche, bis das Essen auf dem Tisch steht.

Pardon ! Ich vergaß ... Baron de Rothschild! Auch Jutta war sehr zufrieden, als sie sich mit einem Glas auf die Terrasse zurückziehen konnte.

Ich musste wieder in meine Küche und weiterkochen. Okay! Ich musste mein Bestes geben. Ich wendete den Spargel noch einmal und machte mich an die Zubereitung der Sauce hollandaise.

Ein Alptraum begann! Bereits beim Lesen der Zubereitungsanleitung, wurde mir klar, dass das nie und immer funktionieren würde.

Eier im Wasserbad *im Achterschlag* cremig schlagen. Was bitte ist ein Achterschlag? Ich kenne den Achter beim Rudern, aber beim Kochen? Ein Rührgerät sei verpönt. Die Sauce wird von Hand geschlagen! Okay! Soll die Sauce mit der Hand schlagen wer will und kann, vor allem den Achterschlag beherrscht. Ich will und kann es nicht. Ich nahm das Rührgerät.

Nun ja, die geklärte Butter ging fürs braten des Spargels drauf, blieb mir nur noch Butter, ungeklärte sozusagen. Bevor es ans Schlagen ging, musste sie erhitzt und ... nun ja ... geklärt werden. Kläre wer will und kann. Ich schöpfe nicht stundenlang Schaum ab. Ich schüttete die flüssige Butter durch ein feines Sieb und das war's.

Danach begann ich die Eimasse zu schlagen. Es spritzte und jetzt bekam auch die Tapete, auf der anderen Seite der Küche, ein Muster. Und das Fenster sah aus ... oh mon Dieu!

Wenn geklärte Butter und Eimasse die gleiche Temperatur haben, sollen sie vereint werden. Woher soll ich wissen, wann das ist? In jede Schüssel einen Finger stecken, wenn es auf beiden Seiten gleich stark schmerzt, sind sie gleichtemperiert?

Ich gab die geklärte Butter zur Eimasse und ... oooh! Sah das eklig aus! Geronnen! Ein Fall für die Tonne. Plan B! Das kleine Wunder aus dem Glas. Erwärmen, Butter dazu, rühren ... fertig!

Ich wollte den Spargel aus der Pfanne nehmen ... Ups! Er war hart. Abgesehen davon, dass er seit weit mehr als fünf Minuten gegart hatte ... er war hart. Ich war wütend! Welcher Crétin verzapft so ein dämliches Rezept? Fünf Minuten!

Das war's! Genug geärgert! Ich legte die Deckel auf die Pfannen und erhöhte die Temperatur. Aus einem der Töpfe roch es etwas nach Bräunung. Ups! Der Saumon konnte nicht mehr pochieren. Er hatte keinen Sud mehr, was ihm schlecht bekam, dem liebedürftigen Fisch.

Okay! Ich hatte ja noch ein bisschen von dem … oh … toten Fisch. Dasselbe Procedere noch einmal. Ich hoffte inständig, dass der Spargel in vierzehn Minuten gar ist.

Der Spargel wurde weicher … und stärker gebräunt. Nach vierzehn Minuten war der Spargel noch etwas zu hart, aber das war nicht schlimm. Die Sauce war inzwischen abgekühlt und ich wollte sie kurz erwärmen. Böser Fehler! Jetzt war auch Plan B geronnen. Mon Dieu, ist das Zeug empfindlich!

Nun ja! Da ich mich kenne, habe ich ein paar Gläser Plan B auf Vorrat gekauft. Innerhalb kurzer Zeit war eine neue Sauce zubereitet.

Der Spargel war jetzt fast bissfest. Allerdings kündigte sich das nächste Dilemma an. Die Lasagneblätter! Die hatte ich völlig vergessen. Sie waren gewachsen. … und wie sie gewachsen waren … Ich wusste nicht, dass Lasagneblätter wachsen können. Ich hasse kochen!

Ich hatte nicht das Bedürfnis, neue Blätter zu kochen. Jetzt wurde das Beste daraus gemacht. Ich dachte mir, dass ist nicht tragisch, da ich doch ein extravagantes Gericht zubereite. So ein paar übergroße Lasagneblätter … was solls! Rette, was zu retten ist und bedecke das Gerettete mit Blättern.

Die Lasagneblätter (in DIN-A4-Größe) waren überweich. Sie wurden kurz in erwärmte Butter getaucht, dann wurde alles zu einem ansehnlichen *à ma guise* zusammengefügt. Okay! Die dunkleren Blätter kamen nach unten. Ich sagte doch: Bedecken und verstecken.

Ich atmete tief ein, als ich endlich fertig war. Es war inzwischen kurz vor einundzwanzig Uhr. Jutta musste großen Hunger haben. Ich machte das obligatorische Foto und Jutta durfte endlich zu Tisch kommen.

Wow! Sie war sprachlos. Das sah besser aus, als sie erwartet hatte und es schmeckte ihr! Ich konnte es kaum fassen. Ich hatte vergessen, den Spargel zu würzen. Macht nix! Konnte ich auch nichts überpfeffern.

Ein paar der Spargelstücke hatten sich nicht völlig von ihrer Schale getrennt. Der Saumon war etwas hart und hatte viele weiße Perlchen angesetzt. Oui, ich weiß. Er bekam nicht genug Streicheleinheiten und Liebe. Über den Lasagneblättern breiten wir den Mantel des Schweigens aus … Zudem ist das doch keine richtige Pasta …

Jutta war begeistert von dem Buttergeschmack. Schon Julia Child pflegte zu sagen, dass das Beste am Essen die Butter sei. Man könne auf vieles verzichten, aber nicht auf Butter. Okay! Ich kann auf sie verzichten.

Alles in allem lief es doch gut. Lacht nicht schon wieder! Es hätte noch schlimmer kommen können. Ich hatte nur ein paar kleinere Blessuren. Kleine Schnitte und in paar Verbrennungen und Verbrühungen, aber alles nicht so schlimm.

Jetzt sind es noch zweiundvierzig Events. Ich bin dankbar für jeden, der vorüber ist. Ich werde mich bemühen, immer nach Rezept zu kochen, aber dann kommt doch wieder … à ma guise. Auf meine Weise!

Pot-au-feu

04. Juni - Erste Hilfe

Wieder eine Woche älter. Die Zeit verfliegt, wenn man kochen muss. Kaum sind die alten Wunden verheilt, ist es Zeit, sich neue zuzulegen. Meine nächsten Gäste werden mir erste Hilfe leisten. Womit wir auch schon beim Thema sind. Meine nächsten Gäste …

Romina, Unfallchirurgin und Pierre, Unfallchirurg und Notarzt. Ihr seht, ich bin in den besten Händen, wenn es wieder zu größeren Verletzungen kommen sollte.

Meine Gäste haben sich bereit erklärt, etwas später zum Essen zu kommen. Viel Zeit geben sie mir nicht. Sie wollen unbedingt Baron de Rothschild kennenlernen. Was soll ich sagen? Ich bin froh, dass es ihn gibt. Besonders seine exquisiten Erzeugnisse.

Jetzt heißt es abwarten. Chloé wird sich sicherlich wieder etwas Schreckliches ausgedacht haben. Auf Mitleid hoffen? Non! Sie will gewinnen! Ich auch! Also koche ich!

05. Juni - Nicht eingedeutscht!

Pot-au-feu! Mon Dieu! Das ist doch kein Gericht für diese Jahreszeit, aber Romina und Pierre lieben es deftig.

Ich glaube, das ist ein einfaches Rezept. Allerdings hat Chloé eine Bedingung gestellt. Es muss französische Küche sein! Was ist an Pot-au-feu nicht Französisch? Okay! Karin (Ihr werdet noch von ihr hören) hat sich neulich bei Chloé ausgejammert. Sie ist der Meinung, die Deutschen würden die gute französische Küche immer mehr eindeutschen. Ihr wisst, ein Gericht, aber hundert verschiedene Arten der Zubereitung. Allerdings sind manche Rezepte so weit vom Original entfernt, dass es jeden französischen Koch in der Seele schmerzt.

Okay! Lassen wir das! Ich habe mal wieder Monsieur Internet um Hilfe gebeten und Bingo! Wie ich dachte. Wenn ich mir die Fotos bei den Gerichten ansehe, sehe ich mich in meiner Annahme bestätigt. Eingedeutscht! Ich muss es noch einmal sagen!

Pot-au-feu! Ich habe das Gericht noch nie gegessen, da sind doch tote Tiere drin, aber ich weiß, wie es aussieht und Ihr könnt mir glauben, es ist kein Eintopf! Man serviert die Zutaten getrennt. Zuerst die Bouillon, dann Fleisch und Gemüse, aber was machen die Deutschen? Sie werfen erst mal alles in einen Topf und häufen es dann auf einen Teller. Eintopf! Non!

Okay! Hätten wir das schon mal geklärt. Nachdem ich mich auf les recettes konzentriert hatte, wurde ich fündig. Auch wenn die Zutaten minimal variieren, sie werden nie in Bouillon serviert! Allerdings ist es sehr viel Arbeit und gebraten wird auch! *Ooooh! Non!*

07. Juni - Was nicht schnell genug auf den Bäumen ist …

Geschafft! Es war doch nicht so einfach, wie ich gedacht hatte. Leider! Sehr zeitaufwendig und nicht frei von kleinen Missgeschicken, aber es würde doch fast an ein Wunder grenzen, wenn es nicht so wäre. Wenn alles reibungslos funktioniert hätte.

Fangen wir wieder ganz vorne an. Richtig! Im Feinkostladen! Dem einzig ruhigen Ort, während eines Events.

Mittlerweile hat der Dolmetscher die zusätzliche Aufgabe übernommen, meine (von ihm übersetzten) Beiträge zu Papier zu bringen. Madame Colbert kopiert und verteilt sie an alle Mitarbeiter, Verwandte, Bekannte und weiß der Teufel an wen noch. Nun ja! Solange sie keine Portraits verteilt.

Okay! Es war wie immer. Sie wussten bereits, was ich kochen muss. Es gab hitzige Diskussionen, was denn nun alles in den Pot-au-feu muss und was nicht.

Maître Paul hat es dann auf den Punkt gebracht. In den Pot kommt alles, was nicht schnell genug auf den Bäumen ist und alles, was im Garten wächst. Schön gesagt. Ich hätte da Rosen, Lavendel, Jasmin, Hortensien, Rhododendren … Non?

Scherz beiseite! Der Pot-au-feu ist ein altes Gericht für kalte Tage. Früher gab man selbsterlegtes in den Pot. Fasan, Hase und alles, was dem Jäger vor die Flinte kam. Zudem Rindfleisch, das man gepökelt hatte. Auch beim Gemüse nahm man nur, was lange haltbar war. Poireaux, Kartoffeln, Karotten, Petersilienwurzeln.

Heute ist die Auswahl zwar größer, aber die traditionsbewussten Franzosen bleiben gerne beim Altbewährten. Okay! Sie erlegen ihr Essen nicht mehr selbst.

Ich nahm Rindfleisch, das, wie der Metzger sagte, ganz sicher zart und weich wird. Viande fumée für das Aroma, Putenbrust, die garantiert weich und zart wird und viel Gemüse.

Mit vielen Wünschen, für gutes Gelingen, wurde ich verabschiedet. Mich beschlich so eine Ahnung … Ich glaube, die schließen Wetten ab. Kann ich ihnen nicht verdenken.

Okay! Zuhause machte ich mich an die üblichen Vorbereitungen, über die ich ja nichts mehr sagen muss.

Nach einem Cappuccino begann ich mit den Vorbereitungen fürs Kochen. Mon Dieu! Wenn ich gewusst hätte, was da auf mich zukommt. Hatte ich doch wirklich gedacht, dieses Gericht ist einfach und alles geht ruckzuck über die Bühne.

Mais oui! Ich weiß! Ich koche, nicht Paul Bocuse! Wobei ich sagen muss, der gute Mann würde mit seinen zarten neunzig Jahren dieses Gericht schneller und vor allem besser zubereiten, als ich es kann.

Also, weiter geht's. Erstmal putzte und schnitt ich das Gemüse für den ersten Teil des Gerichts. Poireaux, Karotten, Sellerie. Das Gemüse durfte in größere Stücke zerteilt werden. Das fand ich toll.

Tja! Und da gab es noch ein paar kleine Zwiebeln … Die mussten nicht geschält, nur halbiert und *scharf angebraten werden!*

Also … nur eine von ihnen, wollte ich nur mal kurz erwähnen, aber ihr wisst ja … da sind noch meine *seconde chance Zugaben.* Deshalb waren es mehrere dieser fiesen, kleinen Dinger.

Oui! Sie trieben mir wieder die Tränen in die Augen, obwohl sie nur halbiert wurden. Diese fiesen, kleinen Dinger! Immer zum Kampf bereit.

Dann ging's los! Die beiden Zwiebelhälften mussten stark gebräunt werden. Wirklich! Das stand so im Rezept! Stark bräunen! Das Gute daran: Ohne Fett! Das hieß, es würde nicht spritzen. Es konnte nicht so schlimm werden.

Tja! Man definiere schlimm und schlimmer. Da fällt mir ein Spruch ein, den ein Kommilitone immer wieder mal aussprach. Vielleicht kennt Ihr ihn (den Spruch, nicht den Kommilitonen).

Und aus dem Chaos kam eine Stimme und sprach: »Lächle und sei froh. Es könnte schlimmer kommen«. Ich lächelte und war froh und es kam schlimmer!

Nun ja! Es wird schlimmer kommen, ob ich lächele oder nicht. Chloé wird dafür sorgen. Dabei ist mir das Lachen schon lange vergangen.

Okay! Wieder mal abgeschweift. Zurück zu der Pfanne mit den fiesen, kleinen Dingern. Anfangs ging alles gut. Dann … Okay! Ich nahm die nächste Pfanne und … oh! Stark gebräunt ist untertrieben. Mon Dieu! Dieser Gestank! Ich hasse diese Dinger!

Nächste Pfanne, neue Zwiebelhälften. Nicht ablenken lassen, Temperatur reduzieren, Zwiebeln bewachen. Nun ja! Zwiebeln bewachen ist langweilig. Zudem brauchte ich einen Cappuccino …

Was soll ich sagen? Kaum lässt man diese Dinger kurz aus den Augen … Nächste Pfanne, neue Zwiebelhälften. Kochfeld auf niedrigste Stufe einstellen, Zwiebeln bewachen, Cappuccino trinken, Zwiebeln nicht aus den Augen lassen.

Die Türklingel, ein kurzes Gespräch mit dem Handwerker (wirklich nur ganz kurz). Monsieur Melquiond rümpfte die Nase. Zu spät!

Neue fiese Biester geschält und halbiert. Neue Pfanne und jetzt: ATTENTION! Mon Dieu! Das dauert! Immer mal wieder kurze Kontrolle, sie bräunten vor sich hin. Das dauerte …

Einen riesigen Topf mit Wasser füllen und ein paar Pfefferkörner hineingeben. Ob ihr's glaubt oder nicht, ich habe nirgendwo eine genaue Mengenangabe gefunden! Ehrlich!

Was soll ich noch dazu sagen … es war Pfeffer … dieses Gewürz, mit dem ich seit dem ersten Kochevent auf Kriegsfuß stehe. Aber es war wirklich sehr viel Wasser in diesem Topf. Ich meine ja nur!

Noch ein paar diverse Kräuter, Gewürze, das Gemüse, das Fleisch und euh … die gebräunte Zwiebel. Ich fragte mich, ob man auch eine stark überbräunte Zwiebel in den Topf geben kann. Ob man das überbräunte herausschmecken würde? Volles Risiko? Non!

Also, meine letzte Zwiebel. Wenn jetzt wieder was schief ging, hatte mein Pot-au-feu keine Zwiebel im Sud. Mit hundertprozentiger Überwachung, haben sich die Zwiebelhälften gebräunt. Non! Nicht stark gebräunt. Das Risiko wollte ich nicht eingehen. Es war die letzte Zwiebel! Bräunungsgrad? Nennen wir es zartbeige.

Jetzt sollte das Wasser kurz aufwallen und der Schaum abgeschöpft werden. *Abgeschöpft!* Oh! Das ist ja fast wie Butter klären. Wie nennt man es … geklärtes Wasser oder geklärte Bouillon? Ist es schon Bouillon, wenn das Wasser mal kurz aufwallte? Aucune idée! Ich möchte es gar nicht wissen.

Das Wasser wallte auf und Schaum bildete sich. Wie bekommt man den Schaum da runter? Löffel? Non! Sieb? Aïe! Finger verbrüht!

Okay! Der Schaum blieb, wo er war. Ich hatte irgendwo gelesen, dass man die Bouillon auch durch ein Mulltuch geben kann. Mangels Mulltuch nahm ich ein Geschirrtuch.

Nachdem das Problem *Schaum abschöpfen* gelöst war, nahm ich mich des restlichen Gemüses an. Oh! Jetzt ging die Arbeit erst richtig los. Ich musste Kartoffeln schälen.

Wie ihr bereits wisst, mögen mich diese Dinger nicht. Sie verursachen Krämpfe in den Händen, weil sie nicht von mir geschält werden wollen, verwandeln sich beim Schälen von XXL-Kartoffeln in XS-Minis und verursachen Schnitte in meinen Fingern.

Der Poireaux stand den Zwiebeln an Fiesigkeit (gibt es das Wort überhaupt?) in nichts nach. Er verursachte Tränen. Die Karotten waren ebenfalls zickig und ich schnitt mir wieder in den Finger. Eine weitere Narbe. Der Staudensellerie war kooperativ. Die Kohlrabi lecker … ich war hungrig!

Tja! Das Gemüse war, in große Stücke geschnitten, bereit für die geklärte Bouillon, doch die zog noch vor sich hin.

Oh je! Das Viande fumée! Das sollte schon seit einer Stunde mit der Bouillon ziehen. Hoffentlich gab es noch genug Geschmack ab. Ich fragte mich, ob es das rauchige abgeben soll. Das Fett wird wohl auch in die Bouillon übergehen.

Wenn alles Fleisch und alles Gemüse genug gezogen hat? … gezogen ist? … (wohin auch immer! Ich finde diesen Ausdruck dämlich! Ich werde es künftig infuser nennen), dann ist es eine wunderbare Bouillon.

Hört auf zu lachen! Ich gebe doch wieder mein Bestes!

Es läutete … meine Gäste … Ups! Sie wollten doch etwas später kommen. Warum sind sie schon … Ein Blick auf die Uhr … Oh!

Romina war erstaunt, dass kein Brandgeruch in der Luft lag. Tja! Der hatte sich bereits verzogen. Ein wunderbarer Duft ziehe durchs Haus, meinte sie allen Ernstes. Ich fühlte mich etwas veräppelt. *Wunderbarer Duft!* Das ich nicht lache.

Ich führte meine Gäste in den Salon. Sie warfen einen kurzen Blick auf meine Schuhe, grinsten vergnügt und beschäftigten sich mit Baron de Rothschild, während ich mich in die Küche zurückzog.

Nachdem das Viande fumée nur minimal seine Aromen abgeben durfte, musste das Stück der toten Pute in den Topf. Auch dieses Teil durfte jetzt die Bouillon aromatisieren … oder sollte es Aromen aufnehmen? Aucune idée!

Zwischendurch schnitt ich Pain blanc in kleine Würfel. Die sollten gebräunt werden, bevor sie in die geklärte Bouillon kamen. Oui! Das nächste Unglück kündigte sich an. Ich schnitt viele Würfel. Keine Sorge, ich plane doch immer jedwede Überbräunung mit ein.

Der Timer meldete sich und das Fleisch musste bei 50° in den Backofen, damit es auch schön warmgehalten wurde.

Tja! Es sah gekocht aus. Nichts Besonderes. Es war nicht stark gebräunt! Ich hatte immer wieder Wasser nachgegossen, damit das Fleisch auch bedeckt war. Nun ja, so blöd bin ich nicht, dass mir das Fleisch im Suppentopf anbrennt. Muss ich jetzt doch mal sagen. Okay! Es hätte sein können … war aber nicht so! Ha! Ein Erfolgserlebnis!

Ich schüttete die Bouillon durch ein Sieb, in das ich ein Geschirrtuch gelegt hatte. Wow! Das dauerte, bis alle Bouillon durch das Tuch gesickert war. Kochen ist wirklich sehr zeitaufwendig. Wenn ich bedenke, was ich in der Zeit alles tun könnte. So viele sinnvolle Beschäftigungen …

Okay! Gefühlte Stunden später, war es dann endlich soweit. Die Bouillon war geklärt oder auch nicht! Sie hatte keinen Schaum mehr. Ist das geklärt? Aucune idée! Interessiert mich auch nicht wirklich!

Ich nahm einen neuen Topf und goss die Bouillon hinein, gab Kartoffeln und Gemüse hinzu und stellte den Timer auf dreißig Minuten.

Nun mussten die Pain blanc Würfel in die Pfanne. Wieder kein Fett! Keine Fettspritzer. Trallala! Nach fünfundzwanzig Minuten hatten sich die Würfel minimal gebräunt. Okay! Die Temperatur war ebenfalls minimal und ich rührte so oft, dass die Würfel gar nicht erst die Chance hatten, sich zu bräunen. Ich erhöhte die Temperatur etwas. Nur ganz leicht. Ehrlich!

Igitt! Verbranntes Brot stinkt fürchterlich. Erst fünfundzwanzig Minuten zicken und sich nicht bräunen und dann binnen Sekunden Minibriketts. Aber nur auf einer Seite!

Tja! Was soll ich sagen? Ich hätte ja neue Croutons gemacht. Aber … nun ja … ich habe … aus Versehen … ehrlich … unbeabsichtigt … alle Pain blanc Würfel in die Pfanne gegeben. Pech! Nun ja! Ich suchte die Würfel mit den hellsten Röstaromen heraus. Viel waren es nicht …

Ich füllte die Bouillon in Suppentassen, gab die Croutons mit Röstaromen hinein und streute zerkleinerte Petersilie darüber.

Meine Gäste kamen zu Tisch und ich machte das obligatorische Foto. Romina holte tief Luft, nachdem sie den ersten Löffel Bouillon gekostet hatte. Pierre verzog keine Miene, sagte, er liebe es scharf (scharfes Essen … bevor wieder Nachfragen kommen), mit dem Salz sei ich allerdings sehr sparsam gewesen.

Tja! Da fällt mir ein, ich habe nicht ein Körnchen Salz an dieses Gericht verschwendet. Dieses Wort muss ich wohl überlesen haben. Zu den aromatisierten Croutons haben sie nichts gesagt.

Ich musste zurück in die Küche und den zweiten Gang auf die Teller bringen. Der Timer piepte los. Ich nahm das warmgehaltene Fleisch aus dem Backofen, verbrannte mir dabei den Finger (aber das ist ja nichts Neues) und hätte beim Anblick des Fleisches fast den Topf fallen lassen. Mir stockte der Atem. Sie sahen so anderes aus. Hatten sie sich nur etwas gebräunt oder waren sie vertrocknet? Aucune idée!

Das Gemüse hatte einen etwas längeren Aufenthalt im Topf hinter sich. Ich weiß nicht, ob es Aromen aufgenommen oder abgegeben hatte. Ich weiß nur, dass es zu weich war. Ohhh! Es fiel fast auseinander, als ich es endlich auf den Tellern hatte.

Okay! Das hatte auch einen Vorteil. Sie mussten nicht mehr so viel kauen. Zur Konsistenz des Fleisches kann ich nichts sagen. Will ich auch nicht. Ich machte das nächste Foto und servierte meinen Gästen den zweiten Gang.

Das Fleisch war zart. Der Ausflug in den Backofen hatte ihm keinen Schaden zugefügt. Das Gemüse war ebenfalls zart und beide hatten eines gemeinsam … ihnen fehlte das Salz. Pfefferaromen hatten sie genug aufgenommen.

Nach dem Essen versorgte Romina die Verletzungen, die ich mir in der Schlacht zugezogen hatte. Die Brandblase hatte sich inzwischen enorm vergrößert. Mary hat Recht. Ich sollte bei jedem Kochevent einen Arzt im Haus haben … rein prophylaktisch. Er oder sie muss ja nichts essen.

Pompiers? Wäre vielleicht auch nicht schlecht. Warten auf den Notfall und das wöchentlich. Nur ein kleines Team, mit Atemschutz und was man so alles braucht zum Löschen. Lacht nicht! Mir wird übel, wenn ich mir vorstelle, was alles passieren kann.

So ging auch dieser Tag, ohne größere Vorkommnisse, zu Ende. Ich war völlig erschöpft. Lacht nicht! Kochen ist sehr anstrengend.

Jetzt sind es noch einundvierzig Events. Im Laufe der Zeit werden meine Finger weitere Kerben bekommen. Verbrühungen werden abheilen und Brandblasen Narben hinterlassen. Doch egal, was noch kommen mag … ich will diese Wette gewinnen!

Noch ein kleiner Nachtrag! Duden kennt das Wort Fiesigkeit nicht. Was solls! Es hört sich doch so gut an …

Filet de bœuf grillé

04. Juni - Schon wieder Mittwoch

Die Zeit vergeht wie im Flug. Schon wieder Mittwoch. Wieder neue Gäste eingeladen. Oui! … Gäste! Diesmal sind es sogar drei.

Gast Nummer eins ist ein älterer Herr, den ich schon viele Jahre kenne. Sein Name ist Frédéric. Er ist seit vielen Jahren im Ruhestand. Mehr darf ich nicht über ihn verraten.

Gast Nummer zwei ist eine liebenswerte ältere Dame. Ihr Name ist Blanche. Auch sie möchte nicht, dass mehr über sie bekannt wird.

Gast Nummer drei ist eine resolute ältere Dame. Ihr Name ist Ruth. Mehr darf ich heute leider nicht verraten. Sie kommen zum Essen, lesen meinen Blog, wollen aber nichts über sich lesen. Ihre Privatsphäre ist ihnen heilig. Okay! Das müssen wir akzeptieren.

Heute gibt es ausnahmsweise auch schon den Auftrag. Chloé macht ein paar Tage Urlaub und will sich nicht mit meiner Kocherei belasten. Na, die hat's gut! Was ist mit mir? Ich brauche auch Urlaub. Ich bin diejenige, die hart arbeiten muss und deren Nerven jede Woche aufs Neue strapaziert werden. Aber wem sage ich das? Ups! Jetzt hätte ich fast meinen Auftrag vergessen. Kann ja mal passieren …

Filet de bœuf grillé avec pommes macaire et carottes à la crème au fromage. Das klingt so melodisch. Verstanden? Non?

Filetsteak mit Kartoffelküchlein und Karotten mit Käsesauce. Leider verliert es in der Übersetzung seinen Charme.

08. Juni - Liest sich wie ein Gedicht

Filet de bœuf grillé avec pommes macaire et carottes à la crème au fromage.

Schon das Lesen dauert, was glaubt ihr, wie lange ich brauchte, das Gericht zuzubereiten? Oui! Sehr lange. Doch bevor ich euch davon erzähle, folgt mir in den Feinkostladen.

Als ich ankam, war bereits alles vorbereitet. Sie hatten gelesen, was ich kochen muss. Ich frage mich, warum ich überhaupt noch hin gehe. Sie könnten mir doch alles, was ich brauche, nach Hause liefern. Ich könnte früher mit dem Kochen beginnen. Vielleicht wäre ich dann einmal pünktlich und meine Gäste müssten nicht warten. Okay! Sie warten gerne. Ihr wisst schon … der Baron.

Glücklicherweise war der Andrang im Feinkostladen enorm und ich musste nicht Rede und Antwort stehen. Wer redet schon gerne über seine Missgeschicke? Okay! Hier tue ich es, weil es Teil der Wette ist und Euch bringt es zum Schmunzeln. Wem der Blog nicht gefällt, muss ihn ja nicht lesen.

Zuhause ging alles seinen gewohnten Gang. Vorbereitungen zum Schutz meines Hauses und meiner

Gesundheit. Alles wie immer.

Ich gönnte mir einen Cappuccino und begann kurz darauf mit den Vorbereitungen fürs Kochen. Zuerst nahm ich mir die Kartoffeln vor. Wir haben unsere Fehde noch immer nicht beigelegt. Die Dinger waren bockig wie eh und je. Wieder Krämpfe in den Händen. Wieder XXL auf XS geschrumpft. Oh! Kartoffeln und ich! Wir werden nie Freunde, aber ich habe ihnen diesmal Salz spendiert. Ich hoffte inständig, dass es nicht zu viel war.

Eigentlich werden die ungeschälten Kartoffeln im Backofen gegart, aber ein netter Leser meinte, ich solle sie auf dem Herd zubereiten. Das ginge schneller und die Gefahr, der Brikettbildung, sei geringer. Merci!

Anschließend wurden die Karotten geschält und mit der KitchenAid in Scheiben geschnitten. Sie hatten sogar ein Muster. Ich schnitt Lauchzwiebeln in Scheiben und Speck in Würfel. Oui! Speck! Der musste leicht angebraten werden.

Okay! Zurück zu den Kartoffeln im Topf. Ich habe sie gegart, bis sie noch, sagen wir mal, bissfest waren. Jetzt mussten sie ausdampfen (abkühlen … Monsieur Internet sei Dank).

Als nächstes stand der Kampf der Speckwürfel an. Butterschmalz mit einigen Tropfen Olivenöl und den Speckwürfeln erhitzen und dabei immer rühren. Das Fett erhitzte sich, was den Speck so sehr freute, dass er voller Lust aus der Pfanne hüpfte. Dass mich dieses Gehüpfe nicht erfreute, könnt Ihr euch denken. Die vielen Fettspritzer erfreuten mich ebenso wenig. Wieder eine Bluse weniger im Schrank. Vielleicht sollte ich mich mit dem Gedanken anfreunden, demnächst eine Schürze zu tragen?

Während ich die herausgehüpften Speckwürfel aufsammelte, nutzten die in der Pfanne verbliebenen meine kurze Unachtsamkeit und verwandelten sich … oui … in kleine Briketts. Ich muss es noch einmal sagen … Speckwürfel hassen mich.

Okay! Nächste Pfanne und neue Speckwürfel. Oui! Ihr habt Recht! Sie wurden gebadet. Nur so bleiben diese tückischen Biester in der Pfanne. Sie wollen Wellness, kein kurzes anbraten und das war's. Allerdings muss ich anschließend immer das Badeöl abgießen, aber was tut man nicht alles für diese entzückenden, kleinen Würfelchen?

Okay! Sie haben nicht die üblichen Röstaromen. Non! Ich meine nicht die Röstaromen, die ich ihnen verpasse. Ich meine die richtigen Röstaromen, die auch Paul Bocuse … Oui! Der kann es!

Ups! Jetzt hatte ich die Lauchzwiebelringe vergessen, sie sollten glasiert werden. *Glasiert?* Was auch immer das ist … sie mussten unglasiert in die Pommes macaire. Mir fehlte die Zeit für Experimente.

Nachdem die Speckwürfel abgekühlt waren, wurden sie, zusammen mit den unglasierten Lauchzwiebelringen und den Eiern, unter die ausgedampften und zerdrückten Kartoffeln gemischt. Die Masse musste kurz in den Kühlschrank, damit sie fest wurde.

Die Zeit raste mal wieder und ich geriet in Zeitnot. Ich gab die Karottenscheiben in einen Topf und spendierte auch ihnen etwas Salz.

Während die Karotten so vor sich hin kochten, nahm ich mich des Filets an. Wow! Ich war begeistert. Das Filet war bereits in Scheiben geschnitten. Ich musste sie nur braten. Leichter gesagt, als getan. Ich wollte schon zur Pfanne greifen, als mir die Küchlein einfielen …

Zuerst musste die Kartoffelmasse in Form gebracht werden. Kleine Küchlein! Die Masse war weich und wollte sich absolut nicht zu kleinen Küchlein formen lassen. Okay! Sie hatte gewonnen … keine Küchlein.

Ich erhitzte das nächste Fett in der Pfanne … auf niedrigster Stufe. Als sich Blasen bildeten, konnten die nicht vorhandenen Küchlein in die Pfanne. Ich formte, mit Hilfe zweier Löffel, kleine Häufchen und drückte sie platt. Geht doch!

Es läutete! Meine Gäste! Wo war die Zeit geblieben? Ich führte sie in den Salon und wollte sie dem Baron überlassen, als mich Blanche auf meine Schuhe ansprach. Sie fand meine Schuhe magnifique, Rose fragte, ob meine Füße in den hohen Schuhen nicht schmerzten und Frédéric hatte Angst, ich könnte eventuell, auf dem Schlachtfeld, in den hohen Dingern, zu Schaden kommen. Meine Küche berge, auch ohne diese Schuhe, schon genug Gefahren. Oh mon Dieu! Über was sich die älteren Herrschaften ihre Gedanken machen … Ich musste dringend zurück in die Küche.

Ups! Jetzt hätte ich doch fast vergessen zu fragen, auf welche Art sie ihr Steak bevorzugen. Cru, brûlé und briquet wurden abgelehnt … medium war angesagt.

Tja! Das konnte ich nicht versprechen. Bevorzugen … okay … doch manchmal muss man nehmen, was man bekommt. Sofern man überhaupt etwas bekommt … Ich brachte schon mal die Pizza ins Gespräch. Das hat sie allerdings nicht erfreut.

Okay! Gehen wir's an! Das Fett in der Pfanne spritzte, als ich die ersten Steaks hineinlegte. Es spritzte so hoch, dass es vom Dunstabzug tropfte.

Die Wendung, nach einer Minute, verursachte eine zweite Spritzattacke. Dabei hatte ich die Steaks trockengetupft, wie Julia Child es beschrieben hat.

Plötzlich zog Brandgeruch durch die Küche. Oh mon Dieu! Die Pommes macaire! Zwei Pfannen sind definitiv zu viel. Während ich die verkokelten Macaire entsorgte, traten die Steaks in deren Fußstapfen und verkokelten ebenfalls. Grrr!

Mais oui! Der Rauchmelder schrillte los und hauchte kurze Zeit später sein Leben aus. Selbst dran schuld. Was macht er auch solch einen Lärm …

Zwei neue Pfannen. Zwei neue Versuche. Die Pommes macaire fielen jetzt etwas größer aus. Die Steaks waren dafür kleiner. Bei ihnen verzichtete ich diesmal auf Fett. Sie mussten in der Pfanne (die mit den drei Buchstaben) bräunen. Das hatte den Vorteil, dass es nicht spritzte und … wenn das Steak sich leicht wenden ließ, war es auf einer Seite gar.

Tja! Hoffentlich nicht zu gar. Hoffentlich auch ohne Fett medium oder … Oh! Die Käsesauce! Die Macaire wenden! Aide-moi! Zu spät!

Die nächsten Steaks waren einseitig überbräunt. Mal aus purer Neugier eins aufgeschnitten … bien cuit. Well done! Wollte keiner …

Okay! Für die Macaire war es zu spät. Bräunung weit überschritten. Nächste Ladung! Diesmal wurden sie mehrfach gewendet. Bei diversen Wendungen mehrmals die Finger verbrannt. Hauptsache, den Macaire gings gut.

Aus Butter, Mehl, Sahne und Fromage eine Sauce herstellen. Es war mir klar, dass es schief geht.

73

Butter und Mehl … hatten wir schon mal. Klümpchen!

Okay! Ich versuchte es trotzdem. Butter schmelzen … Mehl einrühren … Klümpchen. Zweiter Versuch … Butter schmelzen … Mehl einrühren … Klümpchen. Dritter Versuch … Butter schmelzen … Sahne einrühren … Fromage einrühren … etwas einkochen lassen … fertig und runter vom Herd!

Macaires wenden, Finger verbrannt, neue Steaks braten. Die Steaks wurden immer kleiner. Die großen waren alle überbräunt. Jetzt mussten die neuen überwacht werden, damit sie nicht überbräunten. Nach mehrmaligem Wenden befand ich sie für ausreichend gebraten.

Die Macaire hatten sich etwas verfärbt. Knusprig braun konnte man sie allerdings nicht nennen. Egal! Hauptsache nicht überbräunt oder angekokelt.

Jetzt musste alles auf die Teller. Ein Steak halbieren, damit man den inneren Zustand sah. Das obligatorische Foto und es konnte losgehen.

Die älteren Herrschaften beäugten ihre Teller und das, was darauf lag, sehr kritisch. Es schien mir, als würden sie sich fragen, ob das Treffen, mit Baron de Rothschild, die Sache Wert war.

Die Macaire waren nicht durchgegart. Zudem waren sie nicht ausreichend gewürzt. Tja! Außer Salz …

Die Steaks benötigten Salz und Pfeffer, ansonsten waren sie zart. ZART! Zwar etwas unter medium, aber zart!

Der Käsesauce fehlte auch etwas Würze. Dafür hatte ich den Karotten etwas zu viel Salz spendiert. Zu allem Elend waren sie auch noch zu weich, aber es war alles (jetzt hätte ich fast genießbar geschrieben) essbar.

Okay! Ende des zwölften Kochevents. Anstrengend, zeitaufwendig, nervenaufreibend, aber ich habe es geschafft.

Jetzt sind es noch vierzig Events. Die werde ich auch irgendwie überstehen.

Indisches Curry

11. Juni - Nur mal kurz

Schon wieder Mittwoch. Oh! Ich werde alt. Die Zeit vergeht schneller, seit ich diesen Blog schreibe.

Heute wird es nur ein kurzer Beitrag. Mir fehlt die Zeit, mich ausführlicher mit meinem Mittwochsbeitrag zu beschäftigen. Nächsten Mittwoch gibt es wieder mehr zu lesen.

Also! Meine nächsten Gäste. Veronique, Boutique-Besitzerin und Claude, Unternehmer. Beide in der Blüte ihres Lebens. Sie freuen sich auf den Event und Baron de Rothschild. Was würde ich nur ohne dessen edle Tröpfchen machen?

19. Juni - Wieder mal davon gekommen

Mein neuer Auftrag: Indisches Curry! Tja! Wieder mal davongekommen! Auch diesmal nichts Vegetarisches.

Es gibt so viele Varianten, eine Vielzahl von möglichen Zutaten. Ich bin begeistert. Na ja … nur über die freie Auswahl der Zutaten. Ich werde mir diejenigen aussuchen, die nicht zu viel Arbeit machen und sich auch gesittet benehmen. Sprich, Zutaten, die nicht aus dem Topf oder der Pfanne springen, nicht bockig sind, ihre Schalen bereitwillig zur Verfügung stellen und sich gerne unters Messer legen. Tja! Ruckzuck ist die Auswahl rapide eingeschränkt.

Es muss auch wieder gebraten werden. Ich lese immer wieder *scharf anbraten*. Wie machen es die Köche, dass sie scharf anbraten, ohne etwas zu überbräunen oder in Briketts zu verwandeln? Ich denke, das kann man nicht lernen. Das ist ein Talent, das man hat oder nicht hat. Ich habe es nicht, dieses Talent. Ich habe das Talent zum Überbräunen. Das Talent, Briketts herzustellen. Oh! Non! Was das Kochen angeht, bin ich lieber Talentfrei.

Ich lese auch immer wieder, man soll das Fleisch vorher einlegen, marinieren. Stundenlang! Am besten bereits am Vorabend, also über Nacht. Tja, dann gibt es morgen kein Indisches Curry. Mangels Zutaten kein marinieren, aber ich denke, das Fleisch ist auch zufrieden, wenn es sich nur ein paar Stunden in Marinade aalen darf. Ich werde zuerst das Fleisch in sein Wohlfühlbad geben. Bis ich mit allen Vorbereitungen fertig bin, hatte es genügend Wellness.

Morgen koche ich zum ersten Mal richtigen Reis. Oui, ich weiß! Ich habe schon das äußerst liebebedürftige Risotto gekocht. Da war auch Reis drin, aber doch kein richtiger, bissfester. Ach, ihr wisst doch, was ich meine.

Jetzt hoffe ich, dass er bissfest wird und bleibt, bis er auf den Tellern liegt. Wir werden sehen …

23. Juni - Immer diese Irrtümer

Oho! Ich hatte diesmal wirklich gedacht, das ist einfach und es kann nichts schiefgehen. Tja! Die

Realität …

Der Tag begann wie immer. Ich machte meine Einkäufe beim Feinkosthändler. Mais oui! Die Damen kommentierten alles. Die Größenverhältnisse von Steak und Macaires hatten es ihnen besonders angetan.

Okay! Filetsteak zu klein geraten, die Macaires zu groß. Über den Karotten breiten wird den Mantel des Schweigens aus. Was solls! Das ist vorbei und ich muss mich dem kommenden stellen.

Fleisch und Gemüse waren schnell eingekauft. Die längste Zeit verbrachte ich vor den riesigen Gewürzregalen. Das Curry will viele außergewöhnliche Gewürze, das hat etwas länger gedauert.

Zuhause machte ich mich wieder an die obligatorischen Vorbereitungen. Die Küche braucht dringend eine Renovierung. Ich muss unbedingt den Maler beauftragen. Obwohl es nicht lange dauert, bis die Tapete wieder mit Fettspritzern übersät ist. Wir werden sehen.

Die Schlacht begann, als ich mich den roten Zwiebeln widmete. Ich muss sagen, sie stehen ihren gelben Verwandten in nichts nach. Oh non! Sie waren noch fieser. Sie warfen mich auch sofort weit in der Zeit zurück. Ich brauchte fast eine dreiviertel Stunde, bis ich wieder einigermaßen aus den Augen sehen konnte. Schon beim Pellen gaben sie ihr bestes, aber das *in feine Ringe schneiden* hat mich vollends matt gesetzt. Aus den Tiefen der KitchenAid, schickten sie ihre ätherischen Öle in meine Augen und malträtierten sie. Ich hasse rote Zwiebeln!

Das Gemüse war bunt. Karotten, Paprika, Zucchini, Poireaux, Ingwer und Chili. Es dauerte wie immer eine geraume Zeit, bis ich alles gepellt, geschält und gehäutet hatte.

Das schneiden war nervtötend und langwierig. Karotten Julienne! Schon mal Karotten in winzige Stäbchen geschnitten? Anstrengend! Paprikaringe sehr fein, Zucchini in dünne Scheibchen, Poireaux sehr fein geringelt, Chilis und Ingwer in winzige Würfel. Das dauerte …

Es kam, was immer kommt. Fett in der Pfanne erhitzen und die Zwiebelringe darin stark anbraten. Oh ja! Ihr habt ja so recht. Sie mögen mich immer noch nicht. Sie bräunten sich stark … stärker als stark. Na ja! Ehrlich gesagt, kokelten sie etwas … aber nur etwas!

Zweiter Versuch! Diesmal nicht so stark bräunen. Das hieß, Temperatur senken und die feinen Zwiebelringe bewachen. Tja! Auch diese Ringe bockten etwas. Erst mal dauerte es ziemlich lange, bis sie etwas Farbe annahmen und dann … ruckzuck waren sie überbräunt.

Diese fiesen, kleinen Dinger. Erst bringen sie mich zum Weinen und dann zicken sie in der Pfanne herum … aber nicht mit mir.

Dritter Versuch. Oui! Ihr wisst was kommt. Auf niedrigster Stufe Fett zerlassen und die feinen Zwiebelringe darin baden. Das gefiel ihnen besser, als die Hauruck-Methode. Ich sag's ja, die Dinger lieben Wellness. Sie badeten so lieblich vor sich hin, als mir auffiel, dass ich den Knoblauch vergessen hatte. Böser Fehler!

Ich pellte und schnitt Knoblauch. Okay! Die Würfel waren nicht sehr fein. Mehr so süße, kleine Drittelchen und Viertelchen. Hauptsache geschnitten. Meine Gäste haben Zähne zum Kauen.

Tja! Was soll ich sagen …? Nun ja, während ich den Knoblauch bearbeitete, hatte ich völlig vergessen, dass ich noch hauchdünne Zwiebelringe im Wellnessbad hatte. Nun ja! Auch im Wellnessbad ist man nicht vor Überbräunung geschützt. Erst recht nicht, wenn man ein hauchzartes Zwiebelringchen ist.

Mein Vorrat an haudünnen Zwiebelringen war aufgebraucht. Also musste ich für Nachschub sorgen. Wieder war weinen angesagt. Sie wollten sich nicht kampflos ergeben.

Nach einer weiteren, längeren Pause, durften auch diese Zwiebelringe ins Wellnessbad. Während sie so vor sich hin wellnessten, ließ ich sie keine Sekunde aus den Augen. Man kennt ja diese heimtückischen, fiesen, kleinen Dinger inzwischen.

Ich gab die Knoblauchstücke hinzu und ließ sie ebenfalls wellnessen. Denen gefiel das sehr und sie planschten lustig herum. Sogar den klitzekleinen Ingwerstückchen schien das Wellnessbad zu gefallen. Der Chili tanzte aus der Reihe. Die Stückchen sprangen doch wahrhaftig aus der Pfanne, raus aus dem Wellnessbad. Die wissen nicht, was gut ist.

Okay! Es wäre nicht das erste Mal, dass in meinem Gericht etwas fehlt. Diesmal wäre es Chili. Mais non! Ein paar Stückchen waren noch in der Pfanne geblieben. Doch war die Menge ausreichend, um dem Gericht die richtige Schärfe zu verpassen …? Aucune idée!

Nun sollte das Gemüse angebraten werden. Schön der Reihe nach. Nicht alles zusammen. Das war eine Arbeit! Das hätte doch niemand bemerkt, wenn das ganze Zeug zusammen in einer Pfanne angebraten würde, aber es stand nun mal so im Rezept. Warum einfach, wenn es auch umständlich geht?

Ich gab alles einzeln in die Pfanne und habe wieder etwas gelernt. Paprika mag es nicht, wenn man ihn zu lange anbrät. Er wird so fleckig, so schwarzfleckig und er riecht gar nicht gut … angekokelt eben. Oui! Es gab einen zweiten und auch einen dritten Versuch, aber die Paprika hatte ihre Meinung nicht geändert. Sie wollte nicht angebraten werden. Ich beschloss, meine letzten Streifen in rohem Zustand in das Curry zu geben. Oh! Böser Fehler!

Kommen wir zu den Karotten. Die Dinger wollten auch nicht gebräunt werden … nicht mal angebräunt. Die sahen irgendwie eklig aus. So karottigrot mit … nun … nennen wir es überbraunen Stellen und sie riechen auch nicht gut.

Nachdem auch der zweite Versuch gescheitert war, sollten auch die Karotten roh ins Curry. Tja! Zweite Fehlentscheidung!

Wie beschreibe ich die Sache mit den Zucchini am besten? Nun ja! Im Rohzustand sind die Dinger ja robust. Wie konnte ich ahnen, dass sie, bei dem bisschen Hitze in der Pfanne, gleich so schwächeln und im Schnellverfahren kokeln?

Gibt man ihnen dann etwas mehr Fett ins Wellnessbad, werden sie weich und sehen nicht mehr gut aus … irgendwie schlapp! Sie durften dann auch roh ins Curry. Wenn die Dinger nicht solche Weicheier wären … es wäre wohl die nächste Fehlentscheidung gewesen.

Nachdem ich nun die Erkenntnis gewonnen hatte, dass ich kein Gemüse anbraten kann (es würde an ein Wunder grenzen, wenn es anders wäre), machte ich mich daran, das Fleisch in mundgerechte Stückchen zu schneiden.

Was ist mundgerecht? Monique teilt jedes Fleischstückchen im Gulasch noch dreimal. Arnold schiebt ein halbes Schnitzel in den Mund. Also! Was ist mundgerecht?

Ich tupfte das Fleisch trocken und schnitt es in kleine Stückchen. Okay! Mal mehr, mal weniger groß. Daumen mal Pi eben. Man darf doch auch mal kreativ sein … oder nehmt Ihr ein Maßband beim Schneiden?

Inzwischen schmolz das Fett in der Pfanne. Wieder hieß es *das Fleisch stark anbräunen*. Warum schreiben die das immer? Ich bräune grundsätzlich stark an.

Bevor ich die Fleischstückchen gemischter Größe in die Pfanne gab, tupfte ich ein weiteres mal. Man weiß ja nie!

Was soll ich sagen? Auch das Tupfen hat die Stückchen nicht gerettet. Das Fett spritzte, als ich das Fleisch in die Pfanne gab. Oh! Heißes Fett auf der Haut …

Vielleicht sollte ich mir einen Seuchenschutzanzug zulegen. Schützt vor fiesen Zwiebeln, heißen Fettspritzern und mit schwerem Atemschutz auch gegen beißenden Brandgeruch. Der zog nämlich durch die Küche, nachdem sich die Fleischstückchen entschlossen hatten, kleine Briketts zu werden. Der Rauchmelder schrillte und so kam es, dass ich schon wieder einen neuen kaufen muss.

Zweiter Versuch! Auch diese Fleischstückchen wollten sich nicht bräunen. Sie wollten kokeln. Grrr!

Ich muss jetzt mal etwas abschweifen. Ich habe einen Freund, eigentlich ist er ein sehr netter Mensch. Er liebt es, bei schönem und weniger schönem Wetter seine Familie und Gäste zu begrillen. Begrillen … sagt man so? Aucune idée! Neulich kam es zu einer kleinen Verzögerung, weil der Gute die Grillkohle vergessen hatte. Nachdem er etwas ärgerlich über seine Schusseligkeit war, nahm er die Sache dann doch mit Humor.

Er fragte in die Runde seiner Gäste: »Ob heute gekocht wird? Da fällt doch immer einiges an Grillkohle an.« Das Gelächter war groß. Allerdings war Mittwoch und an diesem Tag koche ich nicht! Pech!

Ich nehme es mit Humor. Er hat ja Recht. Mein Ausschuss ist meistens größer, als das, was genießbar ist. Haha! Ihr lacht schon wieder. Okay! Essbar ist! Jetzt zufrieden?

Es läutete, meine Gäste waren eingetroffen. Warum sind nur immer alle so pünktlich? Was ist mit der quart d'heure académique?

Veronique rümpfte die Nase. Ich habe zwar einen Hightech-Dunstabzug, aber auch der muss erst mal arbeiten. Das geht nicht von einer Sekunde zur anderen. Es roch nun mal etwas unangenehm. Okay! *Etwas* ist leicht untertrieben …

Claude hatte Schweißperlen auf der Stirn. Ich glaube, er hatte wirklich Angst vor dem, was er essen sollte, aber da musste er durch. Er hat meine Einladung angenommen … sein Pech. So etwas muss man sich gut überlegen. Man sollte immer erst scharf nachdenken, bevor man sich in die Höhle des Löwen wagt.

Okay! Ich führte meine Gäste in den Salon und machte sie mit Baron de Rothschild bekannt. Ich frage mich inzwischen, weshalb so wenige ihn näher kennen.

André, mein Coiffeur fragte neulich, ob ich nicht mal eine Flasche mitbringen könnte. Ha! Von wegen! No risk no fun! Aber sitzt er erst mal in meinem Salon …

Ich begab mich in die Küche, um die letzten Fleischstückchen ins Wellnessbad zu legen. Okay! Sie werden nicht gebräunt und ihnen fehlen die Röstaromen (die echten Röstaromen), aber sie verkokeln auch nicht … oder doch?

Non! Sie hatten keine Chance, sich in Briketts zu verwandeln. Das Fleisch war, nennen wir es mal cremeweiß, als ich es mit den Gewürzen bestäubte.

Oh ja! Man konnte nichts mehr von cremeweiß sehen. Alles war jetzt so currymäßig eingefärbt. Mein Shirt hatte ein paar Sprenkel abbekommen und meine Bronchien hätten nach Hilfe geschrien, wäre da nicht dieser Kampf ums Überleben gewesen …

Nach diversen Atemproblemen konnte ich einige Zeit später weiterkochen. Was lernt man daraus? Künftig nur noch mit Mundschutz würzen!

Jetzt muss ich mich mal selbst loben. Damit mir das Fleisch nicht in seinem Wellnessbad verkokelt, hatte ich die Pfanne vom Herd genommen, bevor meine Bronchien die weiße Fahne hissten und nach der Urne schielten. So hatten die Gewürze Zeit, das Fleisch gelb zu färben. Ich weiß nicht, ob das so sein sollte, aber es war nicht zu ändern.

Nun ja! Ich gab die Kokosmilch und das Gemüse hinzu. Jetzt musste alles zusammen noch eine halbe Stunde köcheln.

Der nächste Punkt auf meiner Liste war das kochen des Reises. Ich habe mir, auf Anraten, eine Reiskugel gekauft. Rohen Reis rein … Kugel ins heiße Wasser hängen … köcheln lassen … fertig. Hört sich einfach an. Tja! War es auch. Reis abgewogen, eingefüllt, ins Wasser gehängt, achtzehn Minuten köcheln lassen … fertig!

Habt ihr schon mal erlebt, dass bei mir etwas einfach war? Non? Non! Erstmal war die Kugel heiß, sehr heiß. Mit Hilfe eines Tuches habe ich den Reis aus seinem Gefängnis befreit. Oh! Oh!

Ooooh! Von wegen einfach! Von wegen achtzehn Minuten! Von wegen bissfest! So etwas kann nur ich! Die Kugel war bis zum Bersten gefüllt. Der Reis, der sich an der Innenseite der Kugel befand, war weich, okay, sehr weich. Der Reis in der Mitte war fast roh, also hart.

Ich überlegte, wem ich den Ratschlag mit der Reiskugel verdanke. Hätte sich die Person in diesem Augenblick in meiner Küche befunden … die Kugel hätte sich in ein Wurfgeschoss verwandelt und ihr Ziel gefunden, aber das hätte auch nichts geändert. Beim Öffnen der Kugel quoll der Reis heraus und vermischte sich. Sehr weich und fast roh. Das konnte ich auf keinen Fall servieren.

Okay. Zweiter Versuch. Allerdings muss ich gestehen, dass es diesmal anderer Reis war. Zwar auch Basmati mit Wildreis, aber eben die Variante für Leute die nicht viel Zeit zum Kochen haben oder Leute die keinen Reis kochen können. Nun ja! Nicht kochen, mehr so … Deckel auf, heiß Wasser drauf, in zwei Minuten tischt man auf. Compris?

Okay! Es wäre ein Wunder, wenn ich dabei keinen Bock geschossen hätte. Ich bin mir absolut sicher, dass es nicht im Sinne des Erfinders war, den Reis länger als zwei Minuten im geschlossen Beutel zu belassen, aber ich musste mich doch auch mal um das Curry kümmern. Das wollte unbedingt gerührt werden.

Ich vergaß zu erwähnen, dass die Kokosmilch einkochen sollte und das Curry dabei manchmal gerührt werden wollte. Okay! Mein Curry schrie förmlich nach Rühren. Den hauchdünnen Belag am

Pfannenboden vergessen wir jetzt mal. Ich sagte doch bereits, mehr als ein Topf oder eine Pfanne überfordern mich! Pech für den Reis! Irgendwann nahm ich den Reis aus dem Beutel. Ups! Von bissfest weit entfernt … sehr weit entfernt.

Ich gab den Reis auf die Teller, drückte eine Kuhle in die Mitte und befüllte sie mit Curry. Sah gut aus. Ob es so aussehen sollte … aucune idée! Schnell noch das obligatorische Foto und das Essen konnte serviert werden.

Claude betrachtete seinen Teller sehr skeptisch. Mit äußerster Vorsicht nahm er einen Bissen. Ich kann jetzt nicht sagen, ob die erneuten Schweißperlen auf seiner Stirn Angstschweiß waren oder das Curry vielleicht etwas zu viel Schärfe hatte. Okay! Ich nehme an beides, aber wen interessiert Claude? Veronique fand die Schärfe wunderbar. Sie mag es scharf (beim Essen).

Kommen wir zur Bewertung. Der Reis war verkocht, das Gemüse zu bissfest. Die unterschiedlich großen Fleischstückchen … nun ja … zwischen sehr fest und steinhart.

Okay! Die zarten Zucchini waren fast verkocht, aber nur fast. Man konnte immer noch erkennen, um was es sich handelt.

Und der Poireaux? Tja! Der lag noch immer auf dem Schneidebrett.

Der dreizehnte Kochevent ist vorüber. Wie immer voller Überraschungen. Vieles gelernt, das ich nie lernen wollte. Zwei Verbrennungen an den Fingern. Ein kaputter Rauchmelder, viele neue Fettspritzer auf der Tapete und meinem Shirt, das auch noch ein paar Currytupfen hat. Aber er ist vorbei …

Jetzt sind es noch neununddreißig Events. Die vier ist verschwunden. Es lebe die drei. Mal sehen, welche Bosheit nächstes Mal ansteht.

Warten wir's ab!

Filet de veau en croûte

25. Juni - Immer wieder Mittwochs

Schon wieder eine Woche vergangen. Wieder neue Gäste. Wieder steht ein Event an. Wieder bin ich nicht begeistert, aber da muss ich durch, ob es mir gefällt oder nicht.

Meine neuen Gäste sind Schotten, kommen aus Glasgow, sind Unternehmer und sehr liebenswerte Menschen. Ihre Namen sind für den Blog tabu, aber Chloé kennt sie. Sie kommen nicht wegen Baron de Rothschild. Non! Sie kommen wegen des Events. Tja! Echte Highlanders sehen nun mal der Gefahr gern ins Auge.

Den Baron kennen sie bereits, aber sie haben nichts dagegen, sich mit ihm die Zeit zu vertreiben, falls ich etwas mehr Zeit benötige, bis …

Haha! Lacht nicht schon wieder. Ich weiß selbst, dass ich auch diesmal nicht pünktlich fertig werde. Die Tücken des Kochens machen mir immer wieder einen Strich durch meine angestrebte Pünktlichkeit.

Ich muss mich mal wieder bedanken. Ihr seid tolle Leser. So viele Mails, die mich anspornen, diesen Event durchzuziehen. Eure kleinen Storys, die mir zeigen, dass auch andere mit diversen Problemen zu kämpfen haben. Anscheinend bin ich nicht die Einzige, die kokeln kann.

Okay! Ich bin wohl die einzige, die immer und immer wieder kokeln kann. Bei Euch sind es nur Ausrutscher und Ausnahmen bestätigen nun mal die Regel. Bei mir ist das Kokeln wohl die Regel.

Ich hoffe noch immer, dass irgendwann mal der Tag kommt, an dem alles, wirklich alles, gut geht. Dass es irgendwann keine Probleme mehr gibt. Ihr glaubt nicht daran? Non? Ich auch nicht!

26. Juni - Schwere Geschütze

Kommen wir zu meinem Auftrag. Tja! Ich bin noch immer fassungslos. Dieser Auftrag treibt mir jetzt schon den Schweiß auf die Stirn.

Filet de veau en croûte avec pommes duchesse et fagots de haricots verts. Compris? Non? Rinderfilet im Blätterteig mit Herzoginkartoffeln und Bohnen im Speckmantel. Das kann ja nicht gut gehen.

Ich habe mir schon mal ein paar Rezepte angesehen. Wow! Das Fleisch wird nicht etwa roh in den Blätterteig gepackt. Non! Es muss vorher angebraten werden. Weinen!

Die Kartoffeln bereiten mir jetzt schon Bauchschmerzen und erst die Bohnen. Kochen, einpacken und braten. Oooh!

Chloé fährt schwere Geschütze auf, aber ich werde nicht nachgeben. Ich werde mein Möglichstes tun!

Nun noch zu euren Fragen. Ich kann nicht auf alle eingehen, aber ein paar davon möchte ich beantworten. Sie werden so oft gestellt, dass sie eine Antwort verdienen.

Non! Ich werde keine Bilder von meinen Gästen hochladen. Ich möchte die Persönlichkeitsrechte meiner Gäste nicht verletzen.

Non! Ich werde nichts über meine Familie erzählen.

Non! Ich lade keine Fremden zum Essen ein. Ich möchte nur Gäste einladen, die mir persönlich bekannt sind.

Non! Aus Zeitgründen ist es mir leider nicht möglich, jeden Tag zu bloggen.

Non! Die liebenswerte Schreiberin hat nicht aufgegeben. Ich habe sie gesperrt und ihre Kommentare gelöscht. Ihren verbalen Entgleisungen soll dieser Blog keine Plattform bieten.

Oui! Ich bin auch für Kritik offen. Solange sie sachlich bleibt und nicht in Beleidigungen ausartet.

Non! Ich trage nicht *nur* Gucci und Versace! Belassen wir es dabei. Mein Kleiderschrank ist tabu!

29. Juni - Ein Krimi

Filet de veau en croûte avec pommes duchesse et fagots de haricots verts. Liest sich wie ein Gedicht, kocht sich wie ein Krimi. Wow! Meine größte Herausforderung! Jeder Kochevent verlangt mir alles ab, aber der letzte Event ... so viele Nerven habe ich noch nie verloren.

Will mich jetzt vielleicht mal jemand bedauern? Non? Okay! Ihr habt ja noch nicht gelesen, was ich alles durchgemacht habe.

Also lasst uns anfangen. Oui, wie immer ganz am Anfang, im Feinkostladen. Die Damen und Herren waren voller Mitgefühl. Ich bin mir nicht sicher, ob wegen des letzten Events oder des anstehenden. Eine mitfühlende Seele fragte mich, ob ich denn wüsste, was da auf mich zukommt. Non! Wusste ich nicht. Ich kann euch sagen, es war auch besser, es nicht zu wissen.

Ich dachte doch wirklich, das Filet anzubraten wäre das Schlimmste bei diesem Event. Ha! Von wegen!

Der Boucher, pardon, der Metzger meinte noch, ich solle das Filet nur *gaaanz* kurz anbraten. Es wäre sehr schade um das gute Fleisch. Genauso gut hätte er sagen können: »Lass es, Du kannst es nicht«, aber er ist ein sehr höflicher Mensch.

Okay! Ich habe ein ganzes Filet gekauft. Das war ein riesiges Teil. Wenigstens etwas davon sollte es doch in den Blätterteig schaffen. Oh, ich hoffte es inständig. Ich hatte ein schlechtes Gewissen bei dem Gedanken, dass ich dieses teure Fleisch in Briketts verwandeln könnte. Okay! ... werde!

Die Haricots verts sahen putzig aus. Allerdings machte ich mir Sorgen. Wenn ich die winzigen Dinger auch pellen musste, würde nicht mehr viel von ihnen übrig bleiben.

Ha, Ha! Hört auf zu lachen. Woher sollte ich wissen, dass man nur die Enden abschneidet? Ich habe noch nie Bohnen gekocht. Ah ... das habt Ihr euch bereits gedacht.

Eh bien soit! Ich war, ehrlich gesagt, sehr erleichtert, nachdem Monsieur Internet mir gezeigt hatte, wie man kleine, putzige Bohnen pellt. Wenn das World Wide Web lachen könnte, es hätte wohl für einige Zeit den Betrieb einstellen müssen. Wer kommt auch schon auf so eine dämliche Frage?

Haken wir das leidige Thema ab und wenden uns den Vorbereitungen zu. Dass meine Küche unbedingt eine Runderneuerung braucht, habe ich bereits erwähnt. Der Maler hat sich die Küche angesehen und mich allen Ernstes gefragt, ob etwas explodiert sei. *Wegen der vielen Spritzer und anderer diverser Kleinigkeiten.* Nun ja! Er kommt nächsten Montag, um die Küche zu renovieren.

Der Elektriker konnte es kaum fassen, dass er schon wieder einen neuen Rauchmelder installieren muss. Er hat keine Fragen gestellt, mich nur so seltsam angesehen. Der Blick, den er meiner Küche schenkte …

Okay! Schon wieder abgeschweift. Kommen wir zu den Vorbereitungen. Bei den Rezepten für die Pommes duchesse, waren sich die Verfasser mal wieder nicht einig. Mal sollten die Kartoffeln geschält und gekocht werden. Dann wiederum sollten sie mit Schale ins Wasser und danach gepellt werden.

Ihr könnt euch denken, dass ich die letztere Variante bevorzugte. Leider stand nirgendwo zu lesen, wie viel Wasser ich in den Topf geben musste. So kam es, dass es eine kleine Ewigkeit dauerte, bis sich das Wasser erwärmte. Vom Kochen war es zu diesem Zeitpunkt noch weit entfernt. Tja! Viel ist nicht immer gut.

Okay! Es hätte ewig dauern können, bis das Wasser völlig verdampft wäre, die Kartoffeln auf dem Trockenen sitzen und es zur Katastrophe kommt. Nun ja! Das kann ganz schnell gehen. Wenn das Wasser erst mal in Wallung gerät …

Tja! Wie erkläre ich das jetzt? Sagen wir mal so … das viele Wasser brauchte aber auch wirklich sehr lange, bis es sich erwärmte. Da dachte ich mir, wenn etwas weniger Wasser im Topf ist … ich meine ja nur … also … es war dann zu wenig Wasser im Topf … oder … Okay! Sie waren angekokelt. Zu allem Übel waren die Dinger noch roh. Ich hasse kochen!

Beim nächsten Versuch gab ich kochendes Wasser (aus dem Wasserkocher) in den Topf. Die Kartoffeln kochten so vor sich hin und kochten und kochten.

Ich habe mich in der Zwischenzeit den putzigen Bohnen zugewendet. Das war so einfach, den Winzlingen die Enden abzuschneiden. So leicht habe ich noch nie Gemüse … tja, wie nennt man das eigentlich? Kochfertig vorbereitet? Ist doch egal. Jedenfalls waren sie fertig und konnten kurz ins kochende Wasser. Sie sollten blanchiert werden.

Ich weiß, was ihr denkt und ja, ihr habt Recht. Wie immer! Die putzigen, kleinen Dinger waren überblanchiert. Woher soll ich denn wissen, wie lange die Winzlinge brauchen, bis sie ausreichend blanchiert sind? Ich hatte Mühe, sie in den Speck zu wickeln. Sie waren so lasch und hingen so rum, aber ich war guter Hoffnung, dass sie im Backofen wieder etwas fester würden. Tja! Die Sache mit der Hoffnung!

Hätte ich die Hoffnung gehegt, dass die Kartoffeln knackig blieben, so wäre auch diese Hoffnung verpufft. Diese undankbaren Dinger lagen im Topf. Oh! Non! Das ist etwas unglücklich ausgedrückt. Teile von ihnen lagen im Topf. Irgendwie müssen sie explodiert sein. So sahen sie aus. Unzählige kleine Teilchen mit Schale. Ob das so sein musste? Ich glaube nicht …

Von einem weiteren Versuch habe ich dann abgesehen. Ich nahm das Messer zur Hand, um die Biester zu schälen. Oui! Ihr habt mal wieder Recht. Sie haben sich mit aller Gewalt zur Wehr gesetzt.

Ein kleiner Schnitt im Daumen, der unaufhörlich blutete, aber sonst war alles okay! Abgesehen von den Krämpfen in meiner Hand …

Ich gab die geschnittenen Kartoffeln in einen Topf, übergoss sie mit heißem Wasser und stellte sie auf den Herd.

Nach dem Kartoffeldesaster gönnte ich mir eine Pause. Warum ist das Leben so grausam? Was nicht verkokelt hängt lasch herum oder explodiert. Zum Glück brüht mein Kaffeeautomat den Cappuccino. Wer weiß, was ich mit dem anstellen würde.

Ich saß auf der Terrasse, genoss meinen Cappuccino und sah den Schmetterlingen zu, die durch die Luft tanzten. Die hatten es gut. Schmetterling müsste man sein. Nie wieder kochen. Nie wieder Fettspritzer. Kein Schlachtfeld Küche. Wäre das schön!

Nun ja! Auch die schönste Pause hat ein Ende. Die Küche rief und das Filet wartete. Lustlos machte ich mich an die Arbeit. Das Filet passte nicht in meine Pfanne und glaubt mir, das war gut so. Ich hätte nach dem ersten Versuch kein Filet mehr gehabt.

Okay! Ich teilte das Filet in drei Teile und schon nahm das Schicksal seinen Lauf. Fett ist bekanntlich sehr heiß und die Spritzer sind schmerzhaft. So kam es, dass das scharf angebratene Stück Filet etwas überbräunt war. Okay! Wenn man die überproportionierten Röstaromen entfernte, könnte man den Rest noch essen … oder auch nicht.

Das nächste Stück war aber auch ungünstig proportioniert. Vorne so dünn und am Ende so dick. Da ist es doch völlig klar, dass das dünne Teil nicht so … sagen wir mal … lange scharf angebraten werden kann, wie das andere Ende. Ihr versteht? Das lag nur an der Anatomie dieses Filetstückes. Es war selbst schuld, dass es so überbräunt wurde.

Das letzte Stück behandelte ich mit äußerster Vorsicht. Es war dann auch nicht scharf angebräunt. Es sah mehr so gräulich-beige-braun aus. Nicht schön und erst recht nicht appetitlich, aber es wurde in Blätterteig gewickelt und man würde seine grausige Farbe nicht mehr sehen.

Ich nahm die Kartoffeln vom Herd und goss das Wasser weg. Jetzt mussten die Kartoffeln zerdrückt werden. Ging ganz leicht. Sie waren so weich, dass sie der Gabel nichts mehr entgegen zu setzen hatten. Ich rührte die Butter hinein und gab das Eigelb hinzu. Oh! Böser Fehler! Das Eigelb gerann und es sah eklig aus. Oh non! Warum ich?

Okay! Die nächsten Kartoffeln wurden geschält und geschnitten. Sie waren auch nicht sehr kooperativ. Wieder eine krampfende Hand und zwei blutige Finger, aber die Kartoffeln lagen brav im Topf, als wenn nichts geschehen wäre. Diese fiesen, kleinen Biester!

Ich wendete mich wieder meinem Filet zu. Zuerst musste eine Farce hergestellt werden. Rohe Kalbsbratwurst und eine riesige Menge Petersilie wollten vereint werden.

Oui! Ich hatte vergessen die Petersilie fein zu schneiden. In Anbetracht der Tatsache, dass ich nun so langsam aber sicher wieder in Verzug kam, definierte ich fein schneiden neu und entsprechend fielen die Petersilienstückchen aus. Okay! Nicht neu definiert … es war wie immer …

Es läutete, meine Gäste waren eingetroffen. Der Herr im Kilt und die Dame im kilted skirt. Die beiden sind sehr traditionsbewusst. Echte Highlanders eben. Ich führte sie in den Salon und servierte ihnen das Beste an meiner Einladung … ein Erzeugnis des Barons. Sie waren entzückt und harrten der Dinge, die da kommen sollten … oder auch nicht …

Ich überließ die beiden Baron de Rothschild und ging zurück an die Arbeit. Die Farce musste gemischt werden. Das war ja noch einfach, aber dann … Den Blätterteig habe ich nicht selbst hergestellt. Ich bin doch nicht verrückt. Stundenlang buttern und falten. Non! Kaufen geht schneller.

Ich rollte den Blätterteig aus, belegte ihn mit Speckscheiben und verteilte die Farce darauf. Das ganze wurde mit blanchierten Bärlauchblättern belegt. Die habe ich kochfertig gekauft. Ich weiß nicht, was ich aus den dünnen Blättern gemacht hätte. Vielleicht grünen Brei? Egal! So war es besser.

Als letztes wurde das grau-beige-braun verfärbte Filet auf die Blätter gelegt. Dann kam das Schwerste! Alles musste gerollt werden.

Tja! Irgendwie war der Blätterteig zu klein. Die Füllung war zu dick und mein Blätterteig wollte sich nicht anschmiegen. Tja! Zum Glück hatte ich noch eine zweite Rolle. Ich schnitt einen breiten Streifen ab und legte ihn über das klaffende Loch. Noch die Enden einschlagen und die Füllung war eingeschlossen. Jetzt musste ich nur noch ein paar Verzierungen auf dem Blätterteig anbringen und alles mit Milch bestreichen. Dann konnte das Päckchen in den Backofen.

Sichtlich erleichtert, das Päckchen im Ofen zu wissen, wendete ich mich den Kartoffeln zu. Es wäre doch gelacht, wenn ich aus einfachen Kartoffeln keine Pommes duchesse machen könnte.

Ich zerdrückte auch diese Kartoffeln und gab die Butter hinzu. Ich nahm Eiswürfel aus dem Tiefkühler und bettete die Schüssel mit den Kartoffeln hinein. Jetzt rühren, rühren, rühren. Nach kurzer Zeit waren die Kartoffeln erkaltet. Nun noch schnell das Eigelb hinzufügen, etwas Mehl dazu et voilà.

Ich füllte die Masse in den Spritzbeutel, um kleine Rosetten aufs Backblech zu spritzen. Das war gar nicht so einfach. Sie waren nicht schön, aber welche Duchesse ist das schon? Die, die ich kenne, sind alle etwas hölzern und … lassen wir das!

Jetzt kamen in Abständen die Fagots de haricots verts und die Pommes duchesse in den Backofen. Als der Timer ertönte, konnte ich es kaum fassen. Die Schlacht war geschlagen. Nichts angekokelt. Nun ja! Das Blätterteigpäckchen zeigte ein paar überbräunte Stellen, aber da konnte man drum herum schneiden.

Okay! Ich habe mich am Backblech verbrannt und ein paar der Fagots haben beim Herausholen ihre Haricots verloren, aber es gibt schlimmeres.

Ich schnitt das Blätterteigpäckchen auf und traute meinen Augen nicht. Das Filet war rosa. Nicht braun, nicht rot … rosa. Ich war so stolz. Zumindest die Farbe stimmte.

Ich belegte die Teller und machte das obligatorische Foto. Mein rosa Filet … wunderschön. Ich platzte fast vor Stolz.

Meine Gäste trauten ihren Augen nicht. Ich konnte es selbst kaum fassen, aber ich wollte mich nicht zu früh freuen. Ich musste erst die Reaktion meiner Gäste abwarten, nachdem sie gekostet hatten.

Das Filet war zart und schmeckte vorzüglich. Ich traute meinen Ohren nicht, aber man soll sich nicht zu früh freuen. Der Dämpfer kam umgehend.

Die Pommes duchesse waren fade. Ich hatte völlig vergessen, die Dinger zu würzen. Ups! Kann doch mal passieren. Lacht nicht schon wieder. Ich weiß selbst, dass mir das immer wieder passiert.

Die Haricots waren … nun ja, sagen wir mal so … meine Hoffnung hatte sich nicht erfüllt. Die putzigen Böhnchen waren im Ofen nicht wieder knackig geworden. Oh non! Sie waren vertrocknet, aber der Speck war auf den Punkt gebräunt. Nun ja, man kann nicht alles haben.

Jedenfalls habe ich diesmal das beste Essen auf die Teller gebracht, seit ich koche. Okay! Versuche zu kochen.

Zartes Filet sticht doch vertrocknete Bohnen und ungewürzte Pommes duchesse aus … oder etwa nicht?

Ich habe es mal wieder geschafft. Der vierzehnte Kochevent ist vorbei. Ich habe Nerven gelassen, einiges gelernt, dass ich nie lernen wollte und erneut bewiesen, dass kochen nicht in meine Welt gehört.

Jetzt sind es noch achtunddreißig Events. Ich werde auch in Zukunft mein Bestes geben. Auch wenn es manchmal nicht reicht, aber ich werde es versuchen.

Poivrons farcis

02. Juli - Noch ein Adonis

Wieder mal Mittwoch. Ich habe das Gefühl, die Zeit vergeht schneller, seit ich Beiträge für diesen Blog schreibe.

Inzwischen habe ich so viele freiwillige Gäste, dass ich mir einen Terminkalender zulegen musste. Ich hätte nie gedacht, dass sich überhaupt ein Freiwilliger meldet und jetzt sind es so viele. Allerdings gibt es noch ein paar leere Stellen im Kalender.

Noch immer gibt es einige, die Bedenken haben, sich meinen Kochkünsten anzuvertrauen. Verständlich! Ich würde mich auch nicht freiwillig melden.

Nun zu meinem nächsten Gast. Wieder ist es ein Adonis. Groß, schlank, grau meliertes Haar und ein bezauberndes Lächeln. Sein Alter, nun ja! Wie er zu sagen pflegt, zwischen Monaten und Jahren. Ihr versteht? Nicht nur Frauen legen sich unters Messer, auch Männer können eitel sein! Ich bin immer wieder erstaunt, was ein Mann sich alles implantieren lassen kann.

Ich würde nie so viel verraten, aber er hat mir die Erlaubnis erteilt, etwas über seine kleine Schwäche zu erzählen.

Okay! Philippe ist ein liebenswerter Mensch. Er ist Unternehmer und jettet durch die Welt. Diese Woche macht er Station bei mir. Ob er nach dem Essen reisefähig ist? Dafür kann ich nicht garantieren, aber er nimmt das nicht so ernst. Falls ich völlig versage, lädt er mich zum Essen ein. Das Angebot klingt verlockend, aber ich werde wie immer mein Möglichstes tun.

03. Juli - Ein Lieblingsgericht

Mon Dieu! Ich soll Philippes Lieblingsgericht kochen. Poivrons farcis! Gefüllte Paprika.

Tja! Ich fragte meinen Gast, wie er sie am liebsten mag. Mit Hackfleisch (kein Schweinefleisch, Lamm sollte es sein) und Reis gefüllt. Ohne Sauce! Sauce macht dick! Okay! Ein Problem weniger für mich. Merci! Das Hackfleisch muss krümelig sein. Kein Klumpen Gehacktes, mit dem man jemand totschlagen kann. Die Poivrons farcis dürfen nicht mit Käse überbacken sein. Auch in der Füllung darf kein Käse sein. Okay!

Jetzt mache ich mich auf die Suche nach einem Rezept, das annähernd Philippes Wünschen entspricht. Ob das Ergebnis meiner Kochkunst seinen Gaumen erfreut? Das bezweifle ich. Ihr auch? Oui! Ich weiß …

Nun ja! Wenn ich kein passendes Rezept finde, dann gilt auch für Philippe: Es wird gegessen, was auf den Tisch kommt!

06. Juli - Jede Woche das gleiche Dilemma

Wieder einmal dachte ich, das kann nicht sooo schwer sein. Wieder mal falsch gedacht!

Es gab mal wieder einige bockige Zutaten, spritzendes Fett und ein paar klitzekleine Unzuläng-lichkeiten. Beginnen wir wie immer ganz am Anfang. Begeben wir uns in den Feinkostladen.

Die Damen und Herren können sich das Grinsen inzwischen kaum noch verkneifen. Ich weiß selbst, dass viele von Euch gerne mal Mäuschen wären und mir beim Kochen zusehen möchten. Glaubt mir, über Brandgeruch zu lesen, ist angenehmer, als darin zu stehen und nach Luft zu japsen.

Zurück in den Laden. Maître Gayet machte aus einem Stück Lammfleisch Hackfleisch. Mir tat das kleine Lamm leid. Ich bin froh, wenn ich es endlich hinter mir habe.

Inzwischen sehne ich den Tag herbei, an dem ich etwas Vegetarisches zubereiten muss. Die vielen toten Tiere verursachen mir Alpträume.

Bei Monsieur Batigny besorgte ich das Gemüse und wurde mit guten Ratschlägen bedacht. Was nützen all die Ratschläge, wenn ich sie nicht umsetzen kann? Okay! Gehen wir meinem nächsten Untergang entgegen.

Zuhause ging alles seinen, inzwischen gewohnten, Gang. Vorbereitungen zur Sicherung von Hab und Gut. Vorbereitungen fürs Kochen.

Gemüse pellen und kleinschneiden. Die Zwiebeln warfen meinen Zeitplan um, wie könnte es auch anders sein. Inzwischen plane ich immer so viel Zeit ein, dass auch die tränenreiche Zeit mich nicht allzu weit zurückwirft.

Okay! Da las ich doch in einem Rezept, dass man die Stiele des Staudenselleries *entfädeln* sollte. Oh!

Mal wieder Monsieur Internet um Rat gefragt. Ich stelle mir in diesen Momenten das Internet als weisen, alten Mann mit langem Bart vor, der stirnrunzelnd den alten Kopf schüttelt und sich wun-dert, welch dämliche Fragen ich wieder stelle.

Ich warte auf den Tag, an dem er mir sagt: »Mädchen, lass es. Du kannst nicht kochen und wirst es auch nie lernen. Es gibt genug Elend auf dieser Welt. Wende dich den Dingen zu, die du be-herrschst.«

Okay! Mädchen ist stark übertrieben, aber in Anbetracht der Tatsache, dass Monsieur Internet doch ein sehr alter Mann ist …

Lassen wir das jetzt und wenden uns wieder der Realität zu. Monsieur Internet legte mir eine lange Liste, mit guten Ratschlägen, vor.

Okay! Auf den Rippen der Stängel sitzen also lange Fäden, die man mit einem scharfen Messer abziehen muss. Es mag ja sein, dass man in meinem zarten Alter nicht mehr so gut sieht, aber ich habe wirklich keine Fäden gesehen. Ehrlich!

Ein guter Geist, den Monsieur Internet mir schickte, gab folgende Weisheit von sich: *Sellerie wird von der Normalbevölkerung geschält und anschließend werden noch einzelne Fäden heraus gezogen.*

Sehr hilfreich! Ich gehöre nicht zur Normalbevölkerung und möchte auch nichts kaputt schälen. Zudem wird die Sellerie so klein gewürfelt, da stören eventuelle Fäden nicht.

Die Chilischote hatte es in sich. Wieder liefen Tränen. Oh, ich ahnte fürchterliches. Wenn das kleine Ding in den Augen brennt, wie brennt es dann erst auf der Zunge? Vielleicht verliert es beim

Kochen etwas an Schärfe?

Nachdem ich die Schote in Miniwürfel geschnitten hatte, wechselte ich die Handschuhe. Nie wieder solch ein faux pas. Ihr erinnert euch? Die Tränen laufen, wenn ich nur daran denke. Ups! Das hatte ich euch ja nicht verraten. Okay! Ich weiß nicht mehr, bei welchem Event es war. Ich hatte Chilis entkernt und gewürfelt. Anschließend verarbeitete ich Knoblauch in winzig kleine Würfelchen. Irgendwann sprang dann so ein kleines Würfelchen … okay … ein paar größere Würfelchen hüpften vom Schneidebrett und lösten quasi eine Kettenreaktion aus.

Okay! Ein paar landeten auf dem Boden, ich hob sie auf, meine Haare … Langer Rede kurzer Sinn … Ich strich mir eine Strähne aus dem Gesicht, kam unglücklicherweise zu nahe ans Auge und … oooh! Chilis haben Feuer und brennen wie Feuer. Muss ich noch mehr sagen?

Okay! Ende des kurzen Rückblicks. Weiter geht's! Die Frühlingszwiebeln waren diesmal netter als sonst. Das soll aber nicht heißen, dass sie auch in der Pfanne brav waren.

Der Reis musste gekocht werden. Françoise, eine Verkäuferin des Feinkostladens, hatte mir geraten, Kochbeutelreis zu nehmen. In der Poivron würde es niemand merken, dass der Reis aus dem Beutel kommt.

Okay! Ich befolgte ihren Rat. Inzwischen bin ich dazu übergegangen, das Wasser im Wasserkocher zu erhitzen. Egal, wie viel Wasser ich brauche, es kommt heiß in den Topf.

Vielleicht verhindere ich so, dass mir das Wasser abhandenkommt und der Schwimmer auf dem Trockenen sitzt und sich den Allerwertesten verbrennt.

Ich gab die angegebene Menge Wasser in den Topf und legte den Reis im Kochbeutel hinein. Sechzehn Minuten sollte er vor sich hin köcheln, dann wäre er bissfest. Voller Hoffnung, auf gutes Gelingen, überließ ich ihn sich selbst. Böser Fehler!

Nach einer kurzen Pause und zwei Cappuccino, wendete ich mich der Pfanne zu. Wieder mal musste Fett erhitzt werden. Ich ahnte, was kommen würde und zog mir einen Pullover über. In Anbetracht der Tatsache, dass die Schwüle, die das kommende Gewitter ankündigte, durch das offene Fenster in die Küche drang, in der heißer Wasserdampf bereits für ausreichend Schwüle sorgte und das Kochen mir sowieso den Schweiß auf die Stirn trieb, war der Pullover das Tüpfelchen auf dem I. Innerhalb kürzester Zeit, floss der Schweiß in Strömen.

Okay! Da musste ich durch. Besser schwitzen, als heiße Fettspritzer auf den Armen. Wer gewinnen will, muss leiden!

Eh bien soit! Das Fett schmolz in der Pfanne, die Zwiebelwürfel hassten heißes Fett, alles war wie immer. Erst spritzte das Fett, dann hüpften die Zwiebelwürfel aus der Pfanne.

Warum kann ich keine Zwiebelwürfel scharf anbraten? Warum kann ich überhaupt nichts scharf anbraten? Da muss es doch irgendeinen Trick geben! Au secours!

Ich muss nicht groß erwähnen, dass die Zwiebelwürfel eine extra Portion Röstaromen hatten. Glücklicherweise habe ich immer ausreichend Vorrat.

Da ich diesmal absolut keine Lust hatte, alles mehrmals zu machen, habe ich mich entschlossen, zur Ultima Ratio zu greifen. Richtig! Baden!

So kam es, dass das Fett wieder mal gaaanz langsam in der Pfanne vor sich hinschmolz. Ich gab die Zwiebelwürfel hinzu und rührte. Rührte, rührte, rührte!

Irgendwann gab ich die Chili- und Selleriewürfelchen hinzu … und rührte weiter! Die Übermenge an Fett und das viele rühren, ließen den Würfelchen nicht die Chance, sich ein Übermaß an Röstaromen zuzulegen.

Okay! Es sah auch nicht nach rösten aus, mehr so gedünstet, aber die Würfelchen genossen ihr Wellnessbad.

Nun musste das Hackfleisch angebraten werden. Tja! Noch mehr Hitze in der Küche! Ich stand kurz vorm Hitzschlag, aber was tut man nicht alles …

Wie ihr wisst, stehe ich mit *Hackfleisch fein krümelig braten* auf Kriegsfuß. Okay! Auch mit einigen anderen Zutaten. Ich weiß! Seid doch nicht immer so genau.

Maître Gayet gab mir den Rat, das Hackfleisch zu wenden, wenn es ganz zart geröstet duftet. Okay! Es duftete und ich wendete. Tja! Wie erkläre ich das jetzt? Es roch bereits ganz zart geröstet, als ich es wendete. Leider vergaß Maître Gayet zu erwähnen, wie es nach dem Wenden duften musste, bevor man es erneut wenden musste. Ihr versteht?

Okay! Sagen wir mal so. Es duftete nicht mehr nach ganz zart geröstet, aber ich hatte noch Hackfleisch für weitere Versuche.

Ich muss sagen, dass ich inzwischen ein schlechtes Gewissen habe, wenn ich daran denke, wie viele hochwertige, teure Zutaten ich in Briketts verwandele.

Ich weiß selbst, dass man nicht immer zur Ultima Ratio greifen kann, aber diesmal wollte ich ausnahmsweise keine weiteren Briketts mehr. Zudem lief der Schweiß in Strömen und mir wurde schwindlig.

Ich zog den Pullover aus, warf ihn in den Abfalleimer (die Fettspritzer) und setzte mich erst mal auf die Terrasse. Nach zwei Cappuccino hatte ich mich einigermaßen erholt. Ich wollte mir noch eine dritte Tasse gönnen, als aus der Küche plötzlich so ein vertrauter Geruch zog. Im selben Moment ertönte dieser schrille Ton. Der Rauchmelder! Ich hasse kochen!

Okay! Ich geb's ja zu. Ich hatte vergessen, dass auch im Wellnessbad, das Badewasser auf unerklärliche Weise verschwinden kann. Zu früh gefreut!

Jede Woche das gleiche Dilemma. Ich hatte keine Lust mehr und war im Begriff, das Handtuch zu werfen, als es läutete. Philippe! Oh! Wo war die Zeit geblieben?

Ich öffnete die Tür, Philippe rümpfte die Nase und fragte, ob er mich jetzt in ein Restaurant ausführen dürfe. Oh, der Gute!

Für den Bruchteil einer Sekunde gefiel mir der Gedanke, aber wirklich nur für den Bruchteil einer Sekunde. Dann siegte mein Dickkopf und ich führte Philippe in den Salon.

Er verzog sich mit Baron de Rothschild auf die Couch und wünschte mir, mit einem verschmitzten Lächeln, viel Erfolg.

Voller Kampfeswille ging ich zurück in meine Küche. Der Brandgeruch hatte sich fast verzogen. Nur der Rauchmelder tat noch immer seine Arbeit. Ein Stoß mit dem Besenstiel brachte ihn zum

Schweigen. Der Elektriker wird's wieder richten.

Wieder schmolz das Fett langsam vor sich hin. Ich gab das Hackfleisch hinzu und bearbeitete es mit dem Kochlöffel, damit es fein krümelig wurde. Es verweigerte sich eine ganze Weile und ich nahm ein Messer zu Hilfe. Grrr! Ich hasse kochen!

Nachdem es sich erbarmt hatte und wenigstens bröckelig wurde, gab ich das Gemüse hinzu. Jetzt durfte alles zusammen wellnessen. Ich rührte und rührte und … oui, rührte weiter.

Nun ja! Was soll ich sagen? Da stand doch wirklich noch ein Topf auf dem Herd. Der machte sich jetzt bemerkbar. Besser gesagt, sein Inhalt. Das Wasser war den Gesetzen der Physik gefolgt und hatte sich verflüchtigt. Irgendwann lagen die Kochbeutel auf dem Boden des Topfes und folgten den Gesetzen der Chemie.

Ich wusste nicht, dass Reis derart aufquellen kann. Sagenhaft! … und angekokelter Plastikbeutel stinkt widerlich!

Eh bien soit! Ich befüllte den Wasserkocher und gab den nächsten Kochbeuteln eine Chance. Da ich der Zeit meilenweit hinterher hinkte, könnt ihr euch denken, dass ich diese Kochbeutel nicht aus den Augen ließ. Sie kamen dann auch dick und prall aus dem Wasser. Okay! Ich hatte vergessen, das Wasser zu salzen, aber das möge man mir verzeihen.

Ich ließ das Wasser abtropfen, schnitt einen Beutel auf, mischte den Reis unter das Hackfleisch und füllte die ausgehöhlten Paprikaschoten. Tja! Ich hatte mehr Füllung als benötigt, obwohl ich mich genauestens an die Mengenangaben gehalten habe. Vielleicht wäre es weniger Füllung, wenn ich sie gebraten und nicht nur gewellnesst hätte? Wenn der Reis nicht gar so … überquollen wäre? Aucune idée!

Jetzt mussten die Poivrons farcis noch in den Backofen. Damit sie nicht kokelten, gab ich Bouillon hinzu. Non! Das war nicht etwa eine göttliche Eingabe … das stand im Rezept!

Nach zwanzig Minuten waren die Poivrons gar. Okay! Sie hatten sich an manchen Stellen etwas überbräunt, aber diese Stellen kann Philippe entfernen. Noch mit Grünzeug überstreut et voilà. Ich machte das obligatorische Foto und Philippe konnte zu Tisch kommen.

Er beäugte kritisch mein Werk und begann die Poivron zu sezieren. Er tat das so gründlich und liebevoll, ich denke, er wäre ein guter Chirurg geworden.

Okay! Wie bereits erwähnt, waren die Poivrons an manchen Stellen etwas überbräunt, was aber ganz sicher am Backofen lag. Vielleicht sollte ich die Temperatur meines Hightech Backofens in Zukunft drosseln …

Der Chili hatte nichts an Feuer verloren. Die Poivrons waren so scharf, dass man fast nicht bemerkte, dass ich vergessen hatte, sie zu würzen. Selbst der fade, überquollene Reis hatte sich der Schärfe des Chilis bedient.

Philippe nahm's mit Humor. Sichtlich erleichtert, als er aufgesessen hatte, lobte er meinen Mut. Meine nicht vorhandenen Kochkünste erwähnte er mit keinem Wort. Merci!

Ich weiß, dass Philippe meine Poivrons farcis nicht zu seinem Lieblingsgericht zählen wird. Dass er alsbald wieder Poivrons essen wird, bezweifele ich. Das heutige Gericht wird den Wunsch danach vertrieben haben.

So! Wieder mal geschafft. Im wahrsten Sinne des Wortes. Dieser Event hat mich geschafft. Zum ersten Mal stand ich kurz davor aufzugeben, aber nur kurz. Meinem Dickkopf sei Dank!

Ich war froh, als ich endlich unter der Dusche stand und die gesammelten Röstaromen abwaschen konnte.

Jetzt sind es noch siebenunddreißig Events. Nach dem gestrigen Tag, bin ich mir nicht mehr sicher, ob ich es bis zum Ende durchstehen werde … aber wir werden sehen.

Tagliatelles fraîches au saumon

09. Juli - Nur eine kurze Message

Aufgrund widriger Umstände kann ich heute nur kurz bloggen.

Mein nächster Gast ist eine Frau. Sie ist Ärztin und steht in der Blüte ihres Lebens. Tja! Mehr darf ich nicht über sie erzählen.

Wir verstehen und respektieren ihren Wunsch auf Wahrung ihrer Privatsphäre. Morgen gibt es wieder etwas mehr zu lesen.

10. Juli - Eine neue Bosheit

Nachdem ich mich ein wenig vom letzten Event erholt habe, kam heute der nächste Auftrag.

Tagliatelles fraîches au saumon. Frische Tagliatelle mit Lachs. Oh! Der nächste Schock. Da ich keine Nudelmaschine mein eigen nenne, werde ich die frischen Tagliatelle kaufen. Man möge mir verzeihen.

Die Tagliatelle bereiten mir keine Sorgen. Pasta kochen ist einfach. Meine Lieblingspasta ist Spaghetti. Ich mag Pasta nur al dente und es gelingt mir immer, sie auch so zuzubereiten. Okay! Lasagneplatten zählen auch zur Pasta … aber wer isst die Dinger schon solo? Die gehören in die Lasagne! Ihr wisst schon … bedecken und verstecken …

Okay! Etwas abgeschweift. Diesmal habe ich allerdings die Befürchtung, dass die Tagliatelle sich mit dem Lachs nicht bissfest verbinden werden. Ihr wisst … zwei Töpfe auf dem Herd.

Okay! Zu Pasta gehört bei mir Tomatensauce. Die muss nur erwärmt werden. Da kokelt nichts an. Spaghetti al dente und Sauce tomate … ohne Brandgeruch! Aber Tagliatelle und Lachs? Al dente und saftig? Ich wage schon jetzt die Prophezeiung, dass einer der beiden auf der Strecke bleibt.

Ich werde mir jetzt mal ein paar Fotos ansehen. Monsieur Internet hat sooo viele davon. Man muss sich nur ein appetitlich aussehendes Gericht aussuchen, das passende Rezept dazu aufrufen und … na ja … den Kopf schütteln und etwas Einfacheres aussuchen.

Es mag ja sein, dass die Gerichte, die auf den Fotos so unappetitlich aussehen, äußerst delikat schmecken, aber es soll doch auch gut aussehen.

Bis jetzt sahen meine Gerichte doch ganz passabel aus. Okay! Man darf nicht so genau hinsehen, aber man weiß doch meistens, was es sein soll. Atmen! Ich sagte *meistens*!

Jetzt lasse ich den morgigen Tag auf mich zukommen. Ich werde wie immer mein Möglichstes tun. Was dabei herauskommt …

13. Juli - Malträtieren Sie um Himmels willen diesen wundervollen Fisch nicht …

Tagliatelle mit zweierlei Lachs. Das hört sich sooo einfach an … aber …

Ich weiß nicht, ob Ihr euch jetzt fragt, was man dabei falsch machen kann. Es ist ja ein einfaches Gericht. Was kann da schon schief gehen? Ooooh!

Begeben wir uns in den Feinkostladen. Monsieur Gayet, dieser nette, hilfsbereite Mensch, war froh, dass ich diesmal kein Fleisch verkokeln werde.

Seine Leibesfülle zeigt, dass er gerne isst, dass er auch gerne kocht, hat er mir bereits erzählt. Er wäre gerne Koch geworden, aber er entstammt einer Metzgerfamilie und musste die Tradition fortsetzen. Jetzt ist er ein begeisterter Hobbykoch. Ich kann das nicht nachvollziehen. Freiwillig kochen? Käme mir nie in den Sinn!

Maître Moreau war nicht begeistert, dass er mir ein Stück seines schönsten Saumons einpacken musste. Auch den geräucherten Lachs überreichte er mir mit einem verbissenen Lächeln.

»Malträtieren Sie um Himmels willen diesen wundervollen Fisch nicht. Bei geringer Hitze nur gaaanz kurz braten. Wenn Eiweiß austritt, ist es zu spät«, sagte er etwas knurrig. »Zu starke Hitze tötet jeden Fisch ein zweites Mal.«

Okay! Ich habe bereits ein schlechtes Gewissen. Auf diese Lektion hätte ich gerne verzichtet. Ich töte jedes Tier ein zweites Mal.

Wie viele Events sind es noch? Wie viele Tiere müssen noch ihr Leben lassen? Okay! Ich weiß, wenn ich das Fleisch nicht kaufen würde, täte es ein anderer. Meine Gäste würden auch essen, wenn sie nicht bei mir eingeladen wären.

Oui! Ich kann fast Eure Gedanken lesen. Ich weiß selbst, sie hätten alle einen geringeren Verbrauch. Ich bemühe mich jedes Mal, aber ich kann es nicht besser.

Es tut gut, zu wissen, dass für mich kein Tier sterben muss, aber es ist sehr belastend, Fleisch zu verarbeiten. Wechseln wir jetzt besser das Thema, bevor mein schlechtes Gewissen siegt.

Ich kaufte noch frische Tagliatelle, ein paar Erdbeeren für den Koch und fuhr nach Hause.

Diesmal hielten sich die Vorbereitungen fürs Kochen in Grenzen. Cocktailtomaten halbieren, das Grün der Frühlingszwiebeln in dünne Röllchen, Saumon fumé in Streifen und den Saumon frais in mundgerechte Würfel schneiden.

Wow! So schnell war ich noch nie mit den Vorbereitungen fertig. Vielleicht würde das Essen diesmal pünktlich serviert werden.

Ich nahm an, dass ich die Sache schnell über die Bühne bringen würde und nahm mir die Zeit, einen Cappuccino zu trinken und den Le Monde zu lesen. Eine halbe Stunde müsste ausreichen, um aus Lachs und Pasta ein Gericht zu machen.

Tja! Wieder mal falsch gedacht. Dieser fiese, kleine Saumon machte mir einen Strich durch meine Planung … hätte ich nachgedacht … meine Kochkünste … ich hätte auf meine Pause verzichtet. Nun ja! Ich habe nicht nachgedacht und genoss meine Pause. Allein der Gedanke, mal nicht stundenlang in der Küche zu stehen, erfreute mich. Dass mein Bauchgefühl mich lieber in der Küche gesehen hätte, ignorierte ich völlig. Böser Fehler!

Nach meiner Pause erhitzte ich Wasser. Pasta will schwimmen. Wenn ich mit dem Saumon fertig war, wollte ich das Wasser bereit haben. Dann müsste ich mit der Zeit hinkommen. Die Pasta würde gelingen. Ich war mir so sicher, dass sie mich nicht im Stich lassen würde. Al dente! Wie immer!

Als sich das Fett erhitzte, hatte ich das Gefühl, der gewürfelte Saumon würde ein Wellnessbad bevorzugen. Hätte ich doch nur auf mein Gefühl gehört …

Ich gab die Lachswürfel in die Pfanne. Das Fett spritzte und der Lachs fühlte sich sichtlich unwohl. Er sonderte weiße Perlchen ab. Eiweiß?

Ich hätte gerne Monsieur Internet um Rat gefragt, aber dazu blieb mir keine Zeit. Der weise, alte Mann war sicherlich noch von meiner gestrigen Googelei erschöpft.

Selbst dran schuld. Er hatte mir eine Riesenauswahl an Rezepten für Tagliatelle fraîches au saumon präsentiert, dass ich da die eine oder andere Frage habe, hätte er sich doch denken können. Wir kennen uns seit sechzehn Wochen, dass er da noch keinen Bocuse aus mir gemacht hat, ist doch wohl klar.

Abgeschweift! Zurück zur Pfanne. Der Saumon war übersät mit weißen Perlchen. Das sah nicht gut aus und ich hätte es ihm vielleicht noch verziehen, aber dann überbräunten die Unterseiten der Würfelchen. Das war zu viel. Angekokelt und pickelig! Das geht gar nicht!

Die nächste Pfanne wartete schon. Mein Wasser für die Pasta kochte vor sich hin. Es wartete sehnsüchtig auf die Tagliatelle, aber zuerst musste der Saumon angebraten werden. Ich will meine Pasta al dente!

Neue Pfanne, neuer Saumon. Merkte dieser Fisch denn nicht, dass er bei geringer Hitze angebraten wurde? Non! Er bemerkte es nicht und schickte wieder sein Eiweiß an die frische Luft.

Ich wusste nicht, ob der Fisch wirklich ungenießbar ist, wenn er sein Eiweiß verliert. Jetzt kam es auf ein paar Minuten nicht mehr an.

Ich zog Monsieur Internet zu Rate. Der alte Mann griff sich an den Kopf und stöhnte. Er schickte mir eine große Auswahl an Antworten, mit denen ich allerdings nichts anfangen konnte.

Okay! Vielleicht konnte er mit *Eiweißperlchen auf Fisch* nichts anfangen. Vielleicht hätte ich meine Frage etwas umformulieren sollen, bevor ich sie stellte.

Er wollte mir nicht sagen: *Oh, bist du dämlich,* und schickte mir stattdessen: *Lassen Sie sich Ihre Füße von Fischen schön knabbern.*

Wow! Was Saugbarben so alles können. Warum mein Saumon Eiweißperlchen hatte, wussten auch sie nicht.

Ich hätte mich gerne noch weiter mit Monsieur Internet unterhalten, aber es läutete. Oooh! Diese deutsche Pünktlichkeit. Mein, hier nicht mit Namen genannter, Gast war eingetroffen.

Sie war sehr erstaunt, dass kein Brandgeruch in der Luft lag. Dafür roch es ganz schwach nach Vanille. Diesem Geruchfresser aus der Dose sei Dank! Mit Hilfe des Dunstabzugs hatte er es geschafft, die Luft in der Küche zu entkokeln.

Ich führte die Dame in den Salon, überließ sie Baron de Rothschild und ging zurück in meine Küche. Dort warteten noch ein paar mundgerechte Saumonwürfel auf ihren Einsatz.

Ich füllte Wasser im Topf nach, gab Salz hinzu und erhöhte die Temperatur. Die Tagliatelle durften bald in den Topf.

Von Monsieur Internet enttäuscht, gewährte ich meinem Saumon ein Wellnessbad, aber auch er enttäuschte mich. Er überbräunte zwar nicht, aber auch er entledigte sich seines Eiweißes.

Jetzt war guter Rat teuer. Mein letzter Saumon. Ich nahm ihn aus der Pfanne und schabte die Eiweißperlchen, so gut es ging, ab.

Ich gab die Pasta ins Wasser und die restlichen Zutaten ins Wellnessbad. Dem Saumon fumé gefiel es gut und er schwamm friedlich im Bad aus Crème fraîche und allem, was vom Saumon frais in der Pfanne geblieben war. Er verlor weder Eiweiß noch wechselte er seine Farbe. Die Lauchzwiebelröllchen blieben knackig grün. Selbst die halbierten Tomaten behielten ihre straffe Haut und verschrumpelten nicht.

Der Timer piepte, ich goss das Pastawasser ab und gab einen Teil der Tagliatelle ins Wellnessbad. Es war eine wunderschöne Vereinigung.

Mit der Schöpfkelle gab ich eine Portion davon auf einen Teller und legte ein paar Saumonwürfel hinzu. Sie sahen ohne ihre Eiweißperlchen fast gut aus.

Ich bat meinen Gast zu Tisch und machte noch schnell das obligatorische Foto. Irgendetwas störte mich an dem Bild. Oh! Ich hatte die Dilldeko vergessen. Dabei hatte ich einen riesigen Topf Dill gekauft. Der stand noch auf der Terrasse.

Schnell ein paar Stängel zerkleinert und übers Essen verteilt. Jetzt sah das Ganze wirklich toll aus. Ohne die Lachszugabe und die Crème fraîche, hätte ich davon gegessen. Ehrlich gesagt, war ich froh, dass es diese Zugaben gab. Ich bin einfach noch nicht soweit, mein Selbstgekochtes zu kosten oder gar zu essen.

Mein Gast war überrascht. Mal abgesehen davon, dass ich mal wieder sämtliche Gewürze vergessen hatte und die Saumonwürfel zu hart waren, hatte sie nichts zu mäkeln.

Meine Tagliatelle waren al dente. Ich war so stolz auf mich. Wenigstens etwas, das nicht schief ging. Tagliatelle! Zum ersten Mal hatte ich etwas gekocht, das genauso war, wie es sein sollte.

Mit nur sechsundvierzig Minuten Verspätung habe ich einen neuen Rekord aufgestellt. So nahm der Event doch noch ein gutes Ende.

Jetzt sind es noch sechsunddreißig Events. Nach dem heutigen Tag, sehe ich den nächsten Events keinen Deut gelassener entgegen als zuvor.

Ich habe mal wieder erfahren müssen, dass alles, was sich einfach anhört, ganz schön fies sein kann.

Chateaubriand

16. Juli - Schwierige Gäste

Am heutigen Mittwoch muss ich zwei, als schwierig bekannte, Gäste bekanntgeben.

Schwierig ... non, nicht für mich. Sie ersparen mir eine Menge Arbeit mit ungeliebten Zutaten. Chloé wird sich ein paar Gedanken machen müssen, denn meine Gäste haben einige Abneigungen.

Zuerst mal zu meinen Gästen. Belinda, zwanzig plus x, Orthopädin, Hobbypilotin und Kettenraucherin. Nimmt Einladungen zum Dîner nur an, wenn sie mal gerade nicht auf Diät ist. Sie isst weder Schweinefleisch, noch Geflügel oder Lamm, hasst Pasta, Klöße und Reis, mag keine Sauce und reagiert allergisch auf Bohnen und Käse!

Ihr concubin John, sechzig plus x (was genau er beruflich macht, möchte ich nicht wissen), Pfeifenraucher und ebenfalls Hobbypilot. Er isst keinen Fisch und hasst Ungeziefer aus dem Meer. Er verabscheut grünes Gemüse, Auberginen, Poivron jedweder couleur, Sauce, Soupe und Käse. Es darf weder scharf noch salzig sein.

Ansonsten sind beide pflegeleicht. Chloé muss sich anstrengen, um ein Gericht zu finden, das beiden zusagt. Meine schwarze Seele lächelt.

17. Juli - Ohoh!

Ich bin erschüttert. Ich dachte, Chloé hat Probleme, ein passendes Gericht zu finden. Non! Hatte sie nicht. Sie hat etwas gefunden, das mich mal wieder an den Rand des Wahnsinns bringen wird.

Chateaubriand avec brocoli à l'hollandaise et pommes de terre. Chateaubriand mit Brokkoli an Sauce hollandaise und Kartoffeln.

Oh non! Sauce hollandaise ... nicht schon wieder. Ich dachte, ich muss alles nur einmal kochen. Die Sauce verfolgt mich bald im Schlaf.

Da sie mir bei den Kartoffeln keine Vorgaben gemacht hat, gibt es die einfache Variante. Kartoffeln pur ... ohne alles. Die Sauce kostet mich jetzt schon Nerven. Da muss ich mich nicht noch zusätzlich mit einem ausgefallenen Kartoffelrezept belasten. Ich bin doch schon froh, wenn ich einfache Kartoffeln annähernd essbar servieren kann.

Das Chateaubriand allerdings ... Oooh non! Dazu muss ich noch einmal Monsieur Internet um Hilfe bitten.

Ich werde mir jetzt ein paar Fotos ansehen und wenn mir ein Chateaubriand gut gefällt, das Rezept ansehen. Mais oui ... und ganz sicher weitersuchen, bis ich etwas gefunden habe, das auch ich vielleicht einigermaßen hinkriege. Es würde schon fast an ein Wunder grenzen, wenn ich auf Anhieb ein Rezept finden würde, das sich als einfach herausstellt.

Okay! Euer einfach und mein einfach gehen dabei nicht konform. Wir werden sehen. Ich werde wie immer mein Möglichstes tun. Lacht nicht schon wieder. Ich meine es ernst. Ich weiß selbst, dass sich mein Möglichstes in engen Grenzen bewegt, aber ich bin noch lernfähig. Warten wir's ab.

20. Juli - Der Krieg geht weiter

Tja! Es hört sich immer so gut an … aber! Diesmal kam ich erst gar nicht auf die Idee, es könnte ein einfaches Gericht sein. Fleisch braten … das kann nicht gut gehen. Sauce hollandaise … mit Butter kann ich nicht umgehen. Kartoffeln … tja! Kurz gesagt: Der Krieg ging weiter.

Im Feinkostladen machte man mir Mut. Es würde schon gut gehen. Das höre sich schwerer an, als es sei. Jeder fängt mal an. Und … und … und … Tja! Die hatten gut reden. Die können alle kochen. Aber ich …

Maître Gayet sah mich über den Rand seiner Brille mahnend an. Ich solle das Filet gut behandeln. Etwas Liebe zum Kochen könnte nicht schaden. Ich und Liebe zum Kochen! Ha! C'est le mariage de la carpe et du lapin.

Zuhause traf ich wieder die nötigen Vorbereitungen zum Schutz meines Hauses. Hatte ich Halluzinationen oder grinste mich der Rauchmelder an?

Okay! Inzwischen nenne ich sogar einen kleinen, handlichen Feuerlöscher mein eigen. Löscht alles, was auf meinem Herd in Flammen stehen könnte. Ich hoffe sehr, dass dieses Teil nie zum Einsatz kommt, aber es ist sehr beruhigend, zu wissen, dass er da ist.

Ich begann mit den Vorbereitungen zum Kochen. Ich habe noch nie zuvor Brokkoli in Röschen geteilt. Wieso sind sie im Restaurant alle gleich groß? Sehen aus, als seien sie geklont? Die Röschen meines Brokkolis waren winzig bis Rosenstraußgroß. Sagt man Rosenstraußgroß? Aucune idée! Sie waren gigantisch.

Dass ich keine Ahnung vom Kochen habe, wisst Ihr inzwischen alle, das muss ich nicht immer wieder betonen, aber selbst ich habe manchmal lichte Momente. Ich fragte mich, wie ich die verschieden großen Röschen kochen soll, damit sie die gleiche Bissfestigkeit haben.

Da staunt ihr! Ich mache Fortschritte. Noch vor Wochen hätte ich alle in denselben Topf gegeben, aber jetzt …

Okay! Ich habe sie sortiert. Klein, groß, gigantisch. Wie lange die einzelnen Grüppchen allerdings brauchen würden, bis sie bissfest waren … aucune idée!

Im Rezept stand: *zehn Minuten kochen*. Okay! Aber bei welcher Größe? Warum können die denn nicht mal näher auf solche Kleinigkeiten eingehen? Warum gibt es keine Rezepte, die idiotensicher sind? Idiotensicher, was das Kochen betrifft. Ihr versteht?!? Genaue Menge, Größe, Gewicht, Temperatur usw. Oh mon Dieu! Es gibt doch noch mehr Leute, die keine Ahnung vom Kochen haben.

Vielleicht sollte ich mal ein Kochbuch schreiben. Oooh! Ich höre ein kollektives Aufstöhnen! Das war ein Witz! Beruhigt euch wieder! Aber der Gedanke ist reizvoll.

Okay! Ich schälte Kartoffeln und zerkleinerte sie. Es war wie immer, Krampf in der Hand, Schnitt im Finger. Wir werden nie Freunde. Auf Kriegsfuß bis in alle Ewigkeit.

Für die Sauce hollandaise schmolz ich schon mal die Butter. Sie wäre abgekühlt, wenn ich sie brauche. Dachte ich! Da war sie wieder, die Sache mit glauben und wissen. Warum lerne ich immer auf die harte Tour?

Als nächstes nahm ich mir das Filet vor, das ich gut behandeln sollte. Tja! Was soll ich dazu sagen? Im Rezept stand, ein vierhundert Gramm schweres Stück Filet in der Pfanne anbraten.

Okay! Vielleicht hätte mir Maître Gayet das Filet in Stücke schneiden sollen. Vor mir lag ein Rinderfilet von zweitausendvierhundert Gramm. Woher sollte ich wissen, welches Stück davon wie groß sein musste, damit es vierhundert Gramm wog?

Etwas zögerlich schnitt ich ein Stück davon ab. Ups! Zu leicht! Das nächste Stück etwas größer geschnitten … immer noch zu leicht. Mit dem Mut der Verzweiflung schnitt ich das nächste Stück ab. Zu schwer! Etwas abschneiden, zu schwer, noch ein bisschen, noch etwas und noch ein bisschen … zu leicht. Grrr!

Ich sah die Filetstückchen auf dem Schneidebrett und musste unweigerlich an des Maitlis Schnippelcheswurst denken, aber das ist eine andere Geschichte, die ich Euch vielleicht irgendwann mal erzähle.

Das nächste Stück wog annähernd vierhundert Gramm. Wer sagts denn! Geschafft! Jetzt musste das Filet zwei Minuten bei starker Hitze rundherum angebraten werden und dabei mit Salz und Pfeffer gewürzt werden.

Tja! Meinten die zwei Minuten insgesamt für anbraten und würzen oder was? Stark anbraten und würzen … das musste ja schief gehen.

Ihr wisst doch, ich bin beim Kochen nicht multitaskingfähig. Zudem kam noch das spritzende Fett hinzu und … na ja … der erste Versuch ging dann mal voll daneben.

Der zweite Versuch lief besser. Ihr wisst, was ich von scharf anbraten halte. Für mich bedeutet es: *Wieder mal angekokelt.* Deshalb reduzierte ich die Temperatur und genehmigte dem Filet ein Wellnessbad. Maître Gayet sagte doch, ich solle das Fleisch gut behandeln. Was ist besser als ein Wellnessbad?

Das Filet badete sich langsam rundherum braun. Okay! Es war nicht braun, mehr so beige-creme, aber es war rundherum so. Muss ich jetzt doch mal hervorheben.

Ich nahm das Filet aus seinem Bad und gewährte ihm ein Sonnenbad im Backofen. Dort sollte es achtundzwanzig bis dreißig Minuten bleiben. Grrrr! Achtundzwanzig oder dreißig Minuten? Schon wieder dieses Larifari! Ihr wisst doch, was zwei Minuten bei mir anrichten können.

Nachdem ich mich für achtundzwanzig Minuten entschieden hatte, wendete ich mich den Brokkoliröschen zu. Ich gab den kleinen Brokkoliröschen eine Chance. Zehn Minuten und keine Sekunde mehr.

Inzwischen mussten auch die Kartoffeln in den Topf. Sie durften nicht zu weich werden, denn sie sollten noch in der Pfanne leicht angebraten werden.

Was soll ich sagen? Die kleinen Brokkoliröschen haben ihre Chance nicht genutzt. Nach fünf Minuten hatte sich ihre Farbe von grün in oliv-braun geändert. Das sah eklig aus.

Die nächsten Röschen bekamen ihre Chance. Leider gestaltete sich ihr Bad schwierig. Ich hatte zu wenig Wasser in den Topf gefüllt und nach ein paar Minuten roch es stark überbräunt.

Es kam, was ich vermeiden wollte. Die gigantischen Röschen mussten dran glauben. Nicht genug damit … Die Kartoffeln kochten über, das Wasser verbrühte meine Finger. Bis ich den Topf vom Herd hatte, war es für die Brokkolisträuße zu spät. Ich hatte noch kein Wasser im Topf. Grrr!

Es läutete und meine Gäste standen vor der Tür. Belinda lächelte spöttisch, denn der Geruch der übergekochten Kartoffeln, deren Kochwasser auf dem Kochfeld eingebrannt war, lag in der Luft. Was ich in diesem Moment dachte, möchte ich hier nicht wiedergeben, aber meine Faust ballte sich in der Hosentasche …

John tat, als würde er diesen Geruch nicht wahrnehmen. Er überreichte mir einen großen Blumenstrauß. Für meine Mühen! Was soll ich sagen? John ist in meiner Gunst gestiegen.

Belinda sah auf meine Schuhe. »Du ruinierst dir deine Füße!«, sagte sie spitz. Ich nahm die Faust aus der Hosentasche und es herrschte Ruhe. Leise vor mich hin murmelnd, führte ich meine Gäste in den Salon, überließ sie Baron de Rothschild und verzog mich in meine Küche. Ich hatte noch einiges vor.

Jetzt hatte ich meinen Vorrat an Brokkoli verbraucht, aber da gibt es ja noch den Tiefkühler. Dort bewahrt meine Perle einen großen Vorrat an tiefgekühltem Gemüse auf.

Mal kurz gesucht und Brokkoli mit Blumenkohl gefunden. Was solls! Dann gibt es eben grün-weißen Brokkoli. Sind doch eng verwandt. Zudem muss John auch Gemüse essen und er mag nichts Grünes. Er kann sich den Blumenkohl herauspicken. Das Gemüse wäre in fünf Minuten gar. Stand auf der Tüte! Wir werden sehen.

Inzwischen schrillte der Timer. Das Filet wollte in der Alufolie nachgaren oder ruhen oder was auch immer. *Alufolie?* Kurz in den Schränken und Schubladen gesucht und Alufolie gefunden. Meine Perle benutzt Umweltsünden! Grauenvoll! Trotzdem! Filet eingewickelt und das Beste gehofft. Oh mon Dieu! Tote Tiere und Alufolie! Wie tief bin ich gesunken!

Jetzt blieben mir zehn Minuten um Brokkoli grün-weiß zu kochen. Die Kartoffeln zart zu bräunen und die Sauce hollandaise zuzubereiten.

Ich gab den Brokkoli grün-weiß ins heiße Wasser und nahm die Kartoffeln aus dem Wasser. Ups! Jetzt waren sie weich. Zu weich! … aber vielleicht würde sich das in der Pfanne ändern.

Die geschmolzene Butter hatte sich inzwischen wieder etwas gefestigt. Sie musste noch mal erwärmt werden. Ich hoffte inständig, dass sie sich nicht bräunte.

Ich gab die Kartoffeln in die Pfanne und ließ sie gaaanz zart vor sich hin bräunen. Okay! Es war ein Wellnessbad. Was denn sonst?

Der Brokkoli grün-weiß war inzwischen gar. Er sah aus, als hätte man ihn geklont. Ein Röschen wie das andere. Da kommt man doch ins Grübeln …

Die Butter war wieder geschmolzen, aber auch heiß. Ich hatte die Eigelbe inzwischen ins Wasserbad gegeben. Der Mixer rührte und rührte. Nun kam der Moment, in der sich Butter und Eigelb vereinen sollten. Was soll ich sagen? Es sah eklig aus. Mir blieb nichts anderes übrig, als ein Glas Sauce blanche zu öffnen. Das wurde in der Mikrowelle kurz erwärmt et voilà, hatte ich meine Sauce.

Da meine Gäste angeblich keine Sauce essen, würde es ihnen nicht auffallen, dass es keine hollandaise war. Ich fragte mich, warum ich dennoch welche servieren sollte. Nun ja! Sie gehört nun mal dazu.

Ich nahm das Filet aus der Folie und schnitt es auf. Gab Filet, Kartoffeln, Brokkoli-Blumenkohl und die Sauce auf einen Teller und bat meine Gäste zu Tisch. Bevor ich servierte, machte ich das obligatorische Foto. Leider hatte das Chateaubriand sich entschlossen, etwas von seinem Saft auf den Teller fließen zu lassen. Das sah nicht gut aus, aber ich konnte nichts daran ändern.

Meine Gäste beäugten ihre Teller argwöhnisch. Belinda war erstaunt, dass das Chateaubriand saftig war. Sie hatte etwas Durchgebratenes oder Schlimmeres erwartet.

Nachdem sie es mit Pfeffer und Salz gewürzt hatte (oui, ich hatte mal wieder das würzen vergessen), war sie voll des Lobes. Entweder hatte sie noch nie zuvor Chateaubriand gegessen oder …

John war ebenfalls angetan von der Zartheit des Chateaubriand. Auch die Sauce blanche schmeckte ihm vorzüglich.

Das Lob Johns nahm ich zur Kenntnis, allerdings wunderte ich mich, dass John Sauce aß. Okay! Sauce aufwärmen ist nicht gerade eine Meisterleistung, aber selbst das gestaltet sich für mich schwierig. Man kann Sauce grundsätzlich nicht trauen.

Die Kartoffeln waren zart gebraten, aber immer noch weich. Die Brokkoli-Blumenkohlröschen waren sehr bissfest. Zudem hatte ich auch hier das Würzen vergessen, aber alles in allem hat es meinen Gästen geschmeckt. Ich bin noch immer skeptisch, ich weiß nicht, inwieweit ich ihrem Urteil trauen kann, aber das ist nur zweitrangig. Ich habe es mal wieder geschafft.

Meine Nerven lagen wieder blank und meine Finger wurden malträtiert, aber es ist vorbei.

Jetzt sind es noch fünfunddreißig Events. Ich werde wohl noch das ein oder andere in Kohle verwandeln und einige Nerven verlieren, aber nicht klein beigeben.

Okay! Schnippelcheswurst

Es war einmal in der Schweiz, irgendwo im schönen Kanton St. Gallen. Auf einem großen Hügel stand ein Internat für die künftige Elite dieser Welt, in das wohlbetuchte Eltern ihre Sprösslinge abschoben.

Man war immer eifrig bemüht, die verwöhnten Gaumen der Kleinen mit allerlei Köstlichkeiten zu verwöhnen. Kräftig, deftige Hausmannskost war verpönt und Currywurst oder gar Brötli mit Fleischkäse kamen nie auf den Teller. So weit so gut!

Nun war es aber so, dass man die Kleinen des Nachmittags aus der behüteten Obhut des noblen Etablissements entließ. Sie schwirrten aus und verteilten sich in der Stadt. So kam es, dass eines Tages einer dieser elitären Sprösslinge einem Bauernjungen zusah, der genüsslich in ein dick belegtes Brötli biss, das er mit beiden Händen umfassen musste, so dick war es. Es sah zwar nicht lecker aus, aber es duftete köstlich.

Wo er denn diese, ach so köstlich duftende, Komposition herhabe, fragte der elitäre Sprössling den Jungen. Der zeigte sich erstaunt über den Elitären (so nannten die Einheimischen die Bewohner des Hügels), der sich herabließ mit ihm zu reden. War man doch im Ort mit den Geschwollenen (so nannten sie die Elitären auch gern), die da oben auf dem Berg lebten, nicht gerade glücklich.

Mit vollen Backen kauend, wies er mit dem Kopf Richtung Brunnen. Der Elitäre folgte der Bewegung und sah zu seinem Erstaunen eine Menschentraube, die sich vor einem Geschäft zusammendrängte. Ab und zu trat jemand aus diesem Getümmel heraus und biss ebenso herzhaft in ein belegtes Brötli wie der Bauernjunge.

Der Elitäre gesellte sich zu den Wartenden und harrte aus, bis er an die Reihe kam. Man möge ihm solch ein köstlich duftendes, belegtes Brötli reichen, sprach er und zog die verwunderten Blicke der Umstehenden auf sich.

Das Maitli, das hinter der Theke arbeitete, staunte nicht schlecht über den Gestelzten vor ihrer Theke. Noch nie war einer vom Hügel herabgestiegen, um bei ihr ein belegtes Brötli zu kaufen. Wie viel es denn sein solle, wollte sie vom Elitären wissen. Der entgegnete, dass ein Brötli völlig ausreichend sei. Näi, entgegnete daraufhin das Maitli. Wie viel Fleischkäse er auf sein Brötli möchte.

Eine ältere Dame trat ihm hilfreich zur Seite und sagte, er solle ein Brötli für fünfzig Rappen verlangen.

Gesagt, getan. Das Maitli schnitt eine Scheibe Fleischkäse ab und legte sie auf die Waage. Anscheinend war die Menge nicht ausreichend. Sie schnitt noch ein Schnippelchen ab und legte es dazu. Noch immer reichte die Menge nicht und ein weiteres Schnippelchen folgte. So ging das eine ganze Weile. Der Berg an Schnippelchen wurde immer größer. Als endlich die korrekte Menge auf der Waage lag, belegte sie das Brötli mit der klitzekleinen Scheibe Fleischkäse und häufte die Schnippelchen darüber.

Mit einem »en Guete«, drückte sie dem Elitären das Brötli in die Hand, der ihr daraufhin fünfzig Rappen überreichte. Es bedurfte einer gewissen Kunst, das Brötli so zu umfassen, dass keines der unzähligen Schnippelchen zu Boden fiel.

Als er vor die Tür trat, traf er auf die hilfreiche Seele, in Gestalt der älteren Dame. Ob diese Art der Belegung denn normal sei, fragte er sie. Die ältere Dame lächelte und sagte, dass des Metzgers Tochter dreihundertfünfzigprozentig sei und jeden Rappen horte, *wie dä Deifi sy Guud*. Da käme es auf jedes Gramm an. Zu verschenken hatte das Maitli nichts.

Kopfschüttelnd biss der Elitäre in sein Brötli, was sich etwas schwierig gestaltete, angesichts der enormen Füllung. Der Elitäre war begeistert. Das Brötli schmeckte viel besser, als sein köstlicher Duft versprach.

Zurück auf dem Hügel, erzählte er das Erlebte seinen Mitschülern. Die waren daraufhin nicht zu halten. Es war nicht etwa das belegte Brötli, das sie den Hügel hinuntertrieb … non … alle wollten das Maitli sehen, das die Wurst in Schnippelchen auf die Brötlis legte. Sicherlich kaufte auch der ein oder andere ein Brötli, denn der Geschmack war ein Gaumenkitzel, für die verwöhnten Bälger elitärer Eltern.

Noch Jahre später pilgerten die Elitären in die Metzgerei und gaben es von einer Generation an die nächste weiter. Dieses Schauspiel wollte sich keiner entgehen lassen. Und glaubt mir, die Sache war es wert …

Roti de bœuf

23. Juli - Ein Hobbykoch kommt zum Essen

Oh! Schon wieder eine Woche vorbei. Übermorgen steht der nächste Event an. Ich habe mich noch nicht von letzter Woche erholt.

Wie wär's mit Urlaub? Non? Ein Wochenende? Non? Okay! Wenn Ihr darauf besteht … dann koche ich eben. Es bleibt mir wohl nichts anderes übrig.

Meine Gäste könnte ich ausladen. Ich meine ja nur. Non? Okay! Das wäre sehr unhöflich. Sie wissen ja, worauf sie sich einlassen.

Kommen wir zu meinen nächsten Gästen. Diesmal sind es zwei Männer. Vater und Sohn. Juan-Pablo, Spanier, Prof. Dr. med., leidenschaftlicher Bergsteiger und Hobbykoch. Ehrlich … Hobby-koch! Manchmal backt er auch. Ich verstehe es nicht. Muss ich auch nicht. Ich koche nur, weil ich eine Wette gewinnen will und der Wetteinsatz sehr reizvoll ist.

Juan-Pablo kocht freiwillig, sehr gerne und sehr gut. Mindestens drei Gänge. Ich schaffe eben mal einen Gang.

Oh mon Dieu! Das würde mir noch fehlen. Man könnte mich abtransportieren und in eine Gummizelle sperren. Drei Gänge Menu. Mon Dieu! Non!

Okay! Juan-Pablo bringt seinen Sohn Manuel mit. Er studiert Medizin und will in die Fußstapfen seines Vaters treten. Kochen kann er nicht, will er auch nicht können. Kann ich verstehen.

Da die beiden für jeden Blödsinn zu haben sind, haben sie sich freiwillig gemeldet, meine Gäste zu sein.

Ob sie es Freitagabend bedauern werden? Wir werden sehen.

24. Juli - Man nehme, wenn man kennt

Als ich heute Chloés Auftrag las, traf mich fast der Schlag.

Roti de bœuf avec chou rouge et pâtes. Rinderbraten mit Rotkohl und Nudeln. *Rinderbraten! … Ich!* So ein großes Stück Fleisch habe ich noch nie in ein Brikett verwandelt.

Ich habe schon mal Monsieur Internet um Rat gefragt. Er hat mir daraufhin tausende von Rezep-ten zur Auswahl geschickt. Wow! So viele Rinderbraten. Wer soll da noch durchblicken? Ich wäre ja schon froh, wenn ich einen einzigen Braten auf dem Tisch hätte.

Ich wusste auch nicht, dass es so viele verschiedene Teile gibt, woraus man einen Braten machen kann. Wenn man kann …

Ich dachte immer, Braten ist Braten. Man lernt nie aus. Da gibt es Teile, deren Namen ich noch nie gehört habe.

Fehlrippe … darunter kann ich mir beim besten Willen nichts vorstellen.

103

Spannrippe … kenne ich auch nicht.

Dünnung … oho! Was mir dazu einfällt, gehört mehr zur Kategorie Darmerkrankungen.

Schaufel … kenne ich nur als Werkzeug.

Oberschale, Unterschale … aucune idée

Bug … ahoi!

Nuss … Schalenfrucht

Und das absolute Unverständnis zum Schluss: *Hesse*! Erst Herren und Damen und jetzt das! Die armen Hessen … Kannibalismus …

Auch bei den Garmethoden gab's mal wieder viel Neuland. Kochen ist nicht kochen. Okay! Aber muss es gleich so viel Neuland sein?

Niedergarmethode … noch nie davon gehört. Garen im Bratenschlauch … klingt interessant. Garen im Römertopf, im Schnellkochtopf, im Kochbeutel (ich dachte, den nimmt man nur für Reis) und, und, und …

Ich will doch nur einen Rinderbraten kochen, besser gesagt, ich soll einen kochen oder braten oder was auch immer.

Was das Fleisch angeht, da verlasse ich mich auf Maître Gayet. Er wird mir sicherlich ein gutes Stück Rind verkaufen. Allerdings werde ich mal nachfragen, ob er mir ein Stück Rinderbraten im Kochbeutel zeigen kann. Das möchte ich wirklich mal sehen. … und den Hessen möchte ich auch kennenlernen.

Rotkohl, na ja! Ich würde jetzt sagen, da kann nicht viel schief gehen, aber ich kenne mich und weiß, dass ich auch damit meine Probleme haben werde.

Der einzige Lichtblick sind die Nudeln. Ich hoffe sehr, dass sie mich nicht im Stich lassen. Ich wäre am Boden zerstört …

Ich werde mir jetzt noch ein paar Rezepte durchlesen. Was letztendlich dabei herauskommt … warten wir's ab. Ich werde wie immer mein Möglichstes tun.

28. Juli - Ein Alptraum

Roti de bœuf avec chou rouge et pâtes. Ein Synonym für Realität gewordener Alptraum. Ich habe ja schon so einiges überstanden, aber diesmal … oooh! Ooooh!

Fangen wir wie immer am Anfang an. Dort, wo ich mich mal wieder blamiert habe. Diesmal aber richtig.

Ich habe euch bereits erzählt, dass ich mit den Teilen des Rindes meine Probleme hatte. Wie übersetzt man etwas, von dem man nicht mal wusste, dass es existiert?

So kam es dann auch, dass Schaufel und Bug erstaunte Gesichter und Kopfschütteln hervorriefen. Die Fehlrippe erstaunte sie noch mehr. Vielleicht hätte ich es nicht mit fehlender Rippe übersetzen sollen, aber, wenn man nicht weiß, wovon man spricht …

Weil mich das Wort Dünnung an eine Darmerkrankung erinnert, habe ich erst gar nicht gefragt. Stellt euch mal vor, ich hätte die Damen und Herren gefragt, ob sie Durchfall haben. Non … manchmal ist es besser zu schweigen.

Maître Gayet hatte mir ein Stück Fleisch reserviert. Ein Stück! Er sagte, diesmal dürfe nichts schief gehen. Ich müsse das Fleisch am Stück braten.

Könnt ihr euch in etwa verstellen, wie mir zumute war? … oui! So ungefähr! Der Maître war nicht zu bewegen, mir noch ein weiteres oder besser zwei weitere Stücke zu geben. Er sagte nur, ich müsse jetzt da durch. Entweder es klappt oder es klappt nicht. Pizza wäre ja auch etwas Gutes.

Okay. Ich hatte mich schon mit dem Gedanken angefreundet, dass es abends Tiefkühlpizza gibt. Lacht nicht! Auf der Packung steht, bei wie viel Grad, auf welcher Schiene, die Pizza wie lange backen muss. Das ist doch einfach. Das dürfte kein Problem werden. Wenn doch, gibt es immer noch den Heimservice.

Schon wieder abgeschweift. Ihr erinnert euch sicher, dass ich unbedingt sehen wollte, wie ein Stück Rinderbraten im Kochbeutel aussieht. Tja! Die Damen und Herren wussten ja bereits, dass ich das sehen wollte. Sie bekommen doch die Übersetzung meiner Beiträge. Sie konnten es kaum erwarten, dass ich die Frage nach dem Kochbeutel stelle. Das habe ich dann auch … diese Frage gestellt … völlig unbedarft. Woher sollte ich denn wissen, dass es so etwas überhaupt nicht gibt?

Ich hoffe sehr, dass sich inzwischen alle wieder beruhigt haben. Es heißt doch, Lachen ist gesund. Glaubt mir, die Angestellten des Feinkostladens werden nie wieder krank.

Okay! Ich erzähle es euch. Maître Gayet saß der Schalk im Nacken. Er hatte eine Tüte Reis geöffnet und den Inhalt durch ein Stück Braten ersetzt. Garniert mit Rotkohl und Nudeln. Haha! Selbst ich habe verstanden, dass er mich auf die Schippe nehmen wollte.

Der Gemüsehändler gab mir einen riesigen Rotkohl. Er meinte, wenn er erst mal geschnitten im Topf liegt, könne nichts mehr schief gehen. Tja! Monsieur Batigny, Sie haben sich geirrt! … und wie Sie sich geirrt haben.

Zuhause war alles wie immer. Vorbereitungen zum Schutz meines Hauses. Vorbereitungen zum Kochen. Das erste lief wunderbar. Das zweite … naja!

Ich hatte Monsieur Internet um Rat gefragt, wie man einen Rotkohl zubereitet. Er hat auch geantwortet. Besser gesagt, er hat mich mit Antworten überschüttet. Es war mir unmöglich, alle zu lesen. Nun gut … vielleicht hätte ich doch noch die eine oder andere Antwort lesen sollen. Vielleicht … aber dazu später mehr.

Zuerst blieb das Messer im Rotkohl stecken. Ich konnte ziehen und drücken. Nichts tat sich. Der Kohl hatte das Messer eingeklemmt und war nicht bereit, es wieder freizugeben. Vielleicht hat er geahnt, was auf ihn zukommt?

Mit Hilfe eines Entlastungsschnittes bekam ich das Messer wieder frei. Ich entfernte den Strunk weiträumig. Woher sollte ich wissen, wo der Strunk endet und das essbare anfängt? Da war so viel Weißes …

Ich dachte immer, beim Rotkohl ist alles violett, aber non! Der hatte so weiße Dinger. Die habe ich kurzerhand entfernt. Da war dann nicht mehr viel Violettes. Nicht mehr viel, das man in feine Fäden schneiden konnte.

Feine Fäden schneiden! Mais non! Ich doch nicht! Ich habe die KitchenAid zu Hilfe genommen. Ich schneide doch keinen Rotkohl in feine Fäden. Ihr kennt doch meine feingeschnittenen Gemüse. Je länger ich schneide, umso größer werden die Stücke. Es sollten doch feine Fäden sein.

Okay! Ich gab die feinen Rotkohlfäden in einen großen Topf und pellte Zwiebeln. Oui! Ich musste wieder pausieren! Oui! Die Augen tränten wieder! Die Pause zog sich etwas länger hin. Ich verband das unangenehme mit dem angenehmen und genehmigte mir einen Cappuccino.

Oh! Seid doch nicht immer so pingelig. Okay! Es waren zwei. Es war doch noch früher Nachmittag. Ich hatte zwar fest vor, endlich einmal pünktlich aufzutischen, aber ein Cappuccino oder zwei … Wenn der Braten um 15:45 Uhr im Ofen war, würde das Dîner zeitnah serviert.

Ich schälte Karotten, Poireaux und Sellerie. Das Gemüse sollte in grobe Stücke geschnitten werden. Das war einfacher, als immer diese feinen Stückchen. Ging ganz schnell. Ehrlich! Im Rezept stand nicht wie grob. Also, alles Auslegungsache.

Dann kam der Moment, vor dem mich bei jedem Event das blanke Grausen erfasst. Scharf anbraten! Das Fleisch meine ich.

Warum habt ihr kein Mitleid? Es war schrecklich. Dieses riesige Stück Rinderbraten oder besser gesagt, das Fleisch, das zum Braten werden sollte, wollte nicht scharf angebraten werden. Ich denke, es hatte sich schon auf Wellness eingestellt. Hatte ich es doch sanft trockengetupft. Ihr wisst doch: Julia Child!

Nun ja! Ich gab es in die Pfanne. Das Fett spritzte, das Fleisch wehrte sich und legte sich einen Schutzschild zu. Aber es war nur auf einer Seite etwas … okay … stark überbräunt. Ich sag's doch immer wieder. Meine Zutaten lieben Wellness.

Ich schnitt das Überbräunte ab und spendierte dem Fleisch ein Wellnessbad. Es sollte nur sanft baden. Bräunen konnte es sich im Backofen. Bleiben wir beim Wellness und nennen es Sonnenbaden statt bräunen. Ihr wisst doch, wie Leute aussehen, die zu oft und zu lange im Solarium waren. Haltet den Gedanken fest. Ihr braucht ihn noch, um meine Ausführungen besser zu verstehen.

Damit das Fleisch sich nicht einsam fühlte, legte ich ihm die Zwiebeln und das Gemüse an die Seite. Es könnte sein, das das Fleisch danach etwas unter Platzangst litt. Es war ziemlich eng in der Pfanne. Ihr wisst schon, das Gemüse, die groben Stücke. Halbierte Karotten sind wohl doch zu grob und beanspruchen viel Platz.

Nach einer Weile gab ich die Bouillon hinzu und stellte die Pfanne in den Backofen. Ich lag noch gut in der Zeit. Wer will denn um achtzehn Uhr dinieren? Neunzehn Uhr hört sich doch auch gut an. Wellness dauert eben etwas länger.

Jetzt hatte ich Zeit, das größte Chaos zu beseitigen. Meine Perle hat mir mit Kündigung gedroht, aber für zwei weitere Cappuccino nahm ich mir Zeit. Das Chaos lief nicht davon. Leider!

Irgendwann war es dann an der Zeit, den Rotkohl auf den Herd zu stellen. Tja! Wenn ich auch nur Ansatzweise geahnt hätte, was da kurze Zeit später auf mich zukommen würde, ich hätte die Tür hinter mir zugezogen und nie wieder geöffnet.

Im Rezept stand, man solle den Rotkohl *in Butter dünsten*. Wie dünstet man in Butter? Ich bräune in Butter. Okay! Ich überbräune. Ich verwandele Butter in gelbe Bouillon mit Flocken, aber in Butter dünsten?!? Ich kann nicht mal in Wasser dünsten.

Ich gab Butter in den Topf und schaltete den Herd ein. Okay! Es dauert immer eine Weile, bis die dicken Böden meiner Supertöpfe sich aufgeheizt haben, aber dann …

Sagen wir mal so … es war eine Verknüpfung unglücklicher Umstände. Der Boden des Topfes heizte sich auf. Das war noch okay. Allerdings brauchte die Butter, die ganz oben auf dem, in feine Fäden geschnittenen, Rotkohl lag, etwas zu lange, bis sie geschmolzen und auf dem Boden angekommen war. Also … es lag an der Butter. Sie hätte sich ja etwas beeilen können.

Jedenfalls verträgt Rotkohl keine direkte Hitze. Kann ich definitiv bestätigen. Er ist nicht nur empfindlich, er ist überempfindlich. Dabei hat er so feste, harte Blätter. Da könnte man doch meinen … also ich habe mehr von ihm erwartet, aber man lernt nie aus und diese Lektion war hart.

Okay! Der Boden des Topfes erhitzte sich. Die Butter schmolz nicht schnell genug und der Kohl bräunte sich. Zu diesem Zeitpunkt hoffte ich noch, dass es so sein sollte.

Tja! Sollte es nicht! Als die ersten Buttertröpfchen den heißen Boden erreichten, wollten sie sich nicht verbrennen und sprangen aus dem Topf. Sprich, binnen kurzer Zeit spritzte mir die Butter um die Ohren. Heiße Fettspritzer sind sehr unangenehm. Heiße Butterspritzer sind es auch.

Ihr müsst das verstehen … Ob als gelernter Koch, Hobbykoch oder Hausfrau (von der man doch erwartet, dass sie kochen kann), Ihr seid, was das Kochen angeht, mehr oder weniger Profis. Oui! Bei euch wird es auch mal spritzen (Louis … das Fett!), aber ich erlebe das erst seit kurzem und auch nur einmal die Woche. Ich bin noch nicht daran gewöhnt.

Ich muss mal kurz abschweifen. Neulich, in einem Restaurant, fragte ich den Chef de cuisine, wie er das aushält. Immer diese Fettspritzer. Er meinte nur, dass man sich mit der Zeit daran gewöhnt. Verbrennungen und Blasen gehörten zum Métier. Da will ich mich aber nicht dran gewöhnen …

Okay! Zurück zu meinen Blessuren. Ich koche noch nicht lange und habe auch nicht die Absicht, das nach Ende der Wette fortzusetzen. An Fettspritzer will ich mich erst gar nicht gewöhnen, aber sie waren nun mal da. … und wie sie da waren. Sie trieben mich vom Topf weg. Sie wollten es nicht anders. So nahm das Schicksal seinen Lauf.

Es läutete! Meine Gäste waren eingetroffen. Ich führte sie in den Salon, machte etwas small talk, stellte ihnen Baron de Rothschild zur Seite und ging zurück in die Küche. Dort hatte sich inzwischen die Verknüpfung unglücklicher Umstände fortgesetzt.

Der Kohl überbräunte, überbräunte stark. Die Butter spritzte. Der Kohl hatte nicht den Hauch einer Chance, in Butter zu dünsten.

Zu den Fettspritzern gesellte sich Rauch, der immer dichter und dunkler wurde. Schließlich war es nur noch Rauch und der Rauchmelder gab die schrillsten Töne von sich. Mit dem Mut der Verzweiflung nahm Juan-Pablo den Topf vom Herd.

Mich quälte inzwischen ein Asthmaanfall, der mich für einige Zeit Schach matt setzte. Der Rauchmelder schrillte immer noch. Jetzt ist er kaputt! Merci Manuel!

Das liest sich jetzt, als hätte ich stundenlang dem Treiben im Topf zugeschaut. Mais non! Das spielte sich innerhalb kürzester Zeit ab. Dabei summte und quietsche der Kohl doch anfangs so vergnügt im Topf.

Als ich meiner Freundin Mary von meinem neuesten Kochevent berichtete, meinte sie, ich wäre besser im Versuchslabor der Pfizer-Werke aufgehoben. Dort könnte ich mich austoben. Sämtliche Utensilien würden am Ende eines jeden Versuchs entsorgt und es käme dort auch niemand auf die Idee, die Versuchsergebnisse zu verspeisen.

Merci! Mon amie! Je suis heureuse d'avoir une amie comme toi.

Okay! Schon wieder abgeschweift. Nachdem mein Asthmaanfall vorüber war, stand ich ohne Rotkohl da. Roti de bœuf avec chou rouge et pâtes … sans chou rouge. Rinderbraten mit Rotkohl und Nudeln … ohne Rotkohl. Das war nicht gut. Gar nicht gut!

Ich rief im Feinkostladen an. Dort hatte man nur noch chou rouge im Glas. Non! Das ist kein Rotkohl vom Discounter. Das Zeug ist sündhaft teuer. Von einem berühmten Sternekoch kreiert und mit Champagner verfeinert.

Eine halbe Stunde später brachte ein Bote vier kleine Gläser. Juan-Pablo fragte, ob er den Inhalt des Glases erwärmen solle oder ob ich es allein schaffe.

Tja! Beim Anblick von vier Gläsern chou rouge, kann man schon mal auf den Gedanken kommen, dass Hilfe von Nöten sei.

Der Kohl sollte nur erwärmt werden. *Nicht kochen*! Stand auf dem Etikett. Tja! Hätte ich doch Juan-Pablos Hilfe angenommen oder einfach mal das kleingedruckte auf dem Etikett zu Ende gelesen.

Ich gab den Rotkohl in einen Topf, etwas Wasser hinzu und kümmerte mich um die Nudeln. Da mal wieder ein schlechter Tag war, setzte ich all meine Hoffnung in sie.

Ich wollte die Nudeln ins Wasser geben, als der Kohl anfing zu schießen. Binnen Sekunden war das Umfeld des Topfes mit violetten Sprenkeln übersät. Diesmal war ich schlauer. Ich legte den Deckel auf den Topf und nahm ihn vom Herd.

Wow! Beim Blick in den Topf war ich erleichtert. Nichts überbräunt, aber auch nicht mehr als Rotkohl erkennbar. Das war so eine cremige, dunkle Masse …

Also! Nächstes Glas! Wer lesen kann und es auch tut, ist im Vorteil. Ich las also das kleingedruckte auf dem Etikett. *Erwärmen*!

Okay! Ich erwärmte den Kohl, gab die Nudeln ins Wasser und nahm den Braten aus dem Ofen. Beim Anblick des Bratens fielen mir sämtlichen Sünden ein, die ich je begangen hatte. Ich hatte vergessen den Braten zu wenden und mit Bouillon zu übergießen. Die angegebene Garzeit war bei weitem überschritten.

Was da in der Pfanne lag, war nicht verkokelt (mumifiziert würde eher zutreffen) und schwamm in einer Mischung aus Bouillon und verkochtem Gemüse. Wenn man mit Bouillon nicht zu sparsam umgeht, kann das manchmal von Vorteil sein.

Ich nahm den Braten aus der Pfanne. Wow! Wo war das Fleisch geblieben? Es war geschrumpft. Was solls! Es war nicht mehr zu ändern. Ich wickelte ihn in Alufolie und ließ ihn ruhen.

Das Gemüse sollte man in die flotte Lotte geben. *Flotte Lotte*? Vielleicht benannt nach der flotten

Lotte? Vielleicht ein leichtes Mädchen? Leicht zu haben? Meine weiteren Gedanken, bezüglich der flotten Lotte (ich meine jetzt das leichte Mädchen) möchte ich nicht wiedergeben. Sie sind zu schlüpfrig. (Non! Louis! Non!) Tja! Monsieur Internet sei Dank! Ich hatte so einige Vorstellungen, was die flotte Lotte sein könnte … aber ein Passiergerät?

Okay! Ich nenne keine flotte Lotte mein eigen. Ich schüttete das Bouillon-Gemüsegemisch in ein Sieb, rührte ein paar Mal mit dem Löffel darin herum und fand, dass es gut war.

Jetzt musste die Sauce mit Mehl gebunden werden. Kollektives Aufstöhnen! Ihr habt ja so recht! Es war zum Stöhnen. (Non Louis! … nicht solch ein Stöhnen.)

Der nächste Alptraum. Ich öffnete die Mehltüte, nahm einen Löffel aus der Schublade, stieß gegen das Sieb, es kippte und die zermatschte Gemüsemischung landete wieder in der Sauce. Ich wollte das Sieb noch festhalten, stieß dabei die Mehltüte um und der Inhalt ergoss sich in die Schublade. Es staubte und alles war weiß. Ich stand inmitten des weißes Chaos und dachte nur: »Mon Dieu! Sie wird kündigen!«

Der Timer ertönte. Die Pasta war fertig, der Rotkohl aufgewärmt und ich stand inmitten einer, von Mehl eingestäubten, Küche.

Nun galt es, zu retten, was zu retten war. Ich nahm den Rotkohl vom Herd. Goss das Wasser der Pasta ab und stellte einen neuen Topf mit Wasser auf den Herd. Wenigstens meine Pasta sollte schmecken. Da der Rotkohl abgekühlt wäre, bis ich die Sauce zubereitet hätte, nahm ich Glas Nummer drei und erwärmte den Inhalt.

Ich schütte die Gemüsemischung nochmal durch das Sieb. Dabei lief es über und ein bisschen Gemüsemischung landete in der Flüssigkeit. Was solls! Irgendwann gibt der Klügere nach und lässt das Zeug, wo es ist.

Ich wollte aus der winzigen Menge Mehl, die sich gnädigerweise noch in der Tüte befand, eine homogene Masse herstellen. Was soll ich sagen? Klümpchen an Klümpchen. Die Dinger waren durch nichts zu bewegen, sich mit dem Wasser zu einer homogenen Masse zu verbinden. Genervt gab ich auf.

Wozu hortet meine Perle im Vorratsschrank eine Packung Maizena. Das ist so eine Art Soßenbinder. Wenn ihr jetzt denkt, das wäre ja so einfach … lasst es besser! Ihr wisst doch, hier koche ich!

Da stand auf der Verpackung, man nehme soundso viele gehäufte Esslöffel auf soundso viel Flüssigkeit. Woher sollte ich wissen, wie viel Flüssigkeit in der Schüssel war?

Ich erwärmte die Flüssigkeit, gab die Pasta ins heiße Wasser, rührte den Rotkohl um und schüttete etwas Maizena in die warme Flüssigkeit, die eine Sauce werden sollte.

So weit so gut! Dachte ich! Die Flüssigkeit begann zu kochen und wurde immer fester. Tja! Ich weiß wie man Fliesenkleber mischt, aber Soßenbinder …? Ich gab etwas Wasser hinzu und weiteres Wasser und noch ein bisschen mehr, bis die Sauce als solche zu erkennen war.

Okay! Mit einem ungutem Gefühl, doch voller Hoffnung, schnitt ich den Braten auf. Jetzt kommen wir zurück zu den Sonnenbankgegerbten. So ungefähr müsst ihr euch den Braten vorstellen. Außen! Wie die Gegerbten innen aussehen, weiß man doch nicht! Mein Braten war … sagen wir mal … etwas gräulich-seltsambeige … innen. Ich meine jetzt die Farbe des Bratens. Okay! Gräulich war er auch.

Der Timer ertönte ein weiteres Mal. Die Pasta war fertig. Al dente! Wunderbar. Wenigstens auf sie war Verlass.

Ich gab den Rotkohl in ein Sieb, damit die Flüssigkeit abfließen konnte, richtete die Teller, bat meine Gäste zu Tisch, machte das obligatorische Foto und servierte das Essen.

Ich war fix und fertig. Meinen Gästen gefiel ihre, mit Mehl bestäubte, Gastgeberin. Wenigstens etwas. Ich hatte meine Kleider, so gut es eben ging, gesäubert, meine Schuhe an der Küchentür ausgezogen, trotzdem hinterließ ich eine weiße Spur. Mon Dieu! Sie wird mich erschlagen, bevor sie kündigt.

Kommen wir zur Beurteilung des Essens. Es war nicht überpfeffert. Das ist doch schon mal eine gute Nachricht. Leider war das Fleisch ungewürzt. Ups! Es war trocken und geschmacklos. Die Sauce hatte noch einen Hauch Geschmack nach Gemüse und Bouillon.

Der Rotkohl schmeckte nicht schlecht, war aber leider nicht frisch gekocht. Glas ist Glas. Frisch ist frisch. Typisch Hobbykoch … mich hätte es nicht gestört …

Die Pasta war wunderbar. Ich wusste, ich kann mich auf sie verlassen.

Juan-Pablo meinte, wenn ich kein Vegetarier wäre, würde er mich zum Essen einladen und mir sein roti de bœuf servieren. Dann wüsste ich, wie es aussehen und schmecken muss.

Ich habe die Kritik weggesteckt. Berührt hat sie mich nicht. Ich werde nie wieder roti de bœuf zubereiten. Warum sollte ich mich deshalb aufregen?

So ging dann endlich dieser schreckliche Tag zu Ende. Ich gab wie immer mein Bestes beim Kochen. Es war wie immer nicht genug.

Nun habe ich wieder eine Woche Ruhe, bevor ich die Küche ein weiteres Mal in ein Schlachtfeld verwandele.

Jetzt sind es noch vierunddreißig Events. Ich weiß nicht, wie ich sie überstehen werde, aber ich werde es versuchen.

Nun bleibt mir nur noch die Hoffnung, dass ich die größten Schäden beseitigen kann, bevor Mary (meine Perle) zurückkommt …

Okay! Sie wird irgendwann meine rosafarbene Seidenbluse vermissen und sich fragen, wo meine cremefarbenen Wildleder-High-Heels sind. Nun ja! Sie wurden zu Opfern des spritzenden Rotkohls und liegen jetzt, in eine Tüte verpackt, im Kofferraum meines Wagens … Der Event wird immer teurer.

Poule-au-pot

30. Juli - Olé

Da mal wieder Mittwoch ist, muss ich meinen nächsten Gast bekanntgeben. Letzte Woche hatte ich zwei Spanier, diesmal ist es eine Spanierin.

Maria-Elena ist eine Frau im besten Alter. Astrophysikerin und Single. Daran wird sich auch nichts ändern. Sie liebt scharfes Essen und hat ein Faible für süße Desserts. Sehr süße Desserts.

Da Chloé dieses Faible kennt, würde es mich nicht wundern, wenn ich zum ersten Mal in meinem Leben ein Dessert zubereiten müsste. Wir werden sehen …

31. Juli - Mit Dessert

Mein neuer Auftrag: Poule-au-pot … und weil das ganze sooo einfach ist, gibt es noch ein Dessert. Es muss folgende Zutaten enthalten: Schokolade, Sahne, Obst. Es darf kein gewöhnlicher Pudding sein.

Ach wie gnädig. Jetzt soll ich auch noch etwas aussuchen. Ich mag keine Desserts und hasse Sahne. Oooh! Ich habe keine Ahnung, was ich morgen zubereiten soll. Jetzt werde ich Monsieur Internet um Hilfe bitten. Die schönsten, besten und einfachsten Desserts mit Schokolade und Sahne. Das kann dauern …

Lasst Euch überraschen. Ich werde wie immer mein Möglichstes tun … ja, ich weiß, mein Möglichstes! Ihr könnt lachen, stöhnen oder sonst was. Ich werde den morgigen Event schon irgendwie über die Runden bringen. Warten wir's ab …

03. August - Man stopfe das Huhn …

Ich habe noch nie ein ganzes Huhn zubereitet. Sagenhaft, was da so alles schief gehen kann.

Nun ja! Ehrlich gesagt, dachte ich anfangs: »Was kann ich da falsch machen? Huhn in den Topf und fertig.« Oh! Von wegen Huhn in den Topf und fertig.

Begeben wir uns erstmal in den Feinkostladen. Monsieur Sollier, der im Feinkostladen für das Geflügel zuständig ist, hatte mir ein kleines Huhn und einige Hühnerlebern reserviert.

Die Damen und Herren waren sehr amüsiert über meinen letzten Kochevent und konnten sich ein paar Fragen nicht verkneifen.

Oui … meine Küche ist wieder sauber und aufgeräumt. Was denken die sich? Dass ich im Dreck hause? Okay, es hätte sein können, dass meine Perle ihre Drohung wahrgemacht hat. Hat sie aber nicht. Dieu soit loué!

Wer ist Louis? Tja! Sagen mir mal so … Freud hätte seine wahre Freude an ihm gehabt.

So! Kommen wir zu den Vorbereitungen. Über die Vorbereitungen zum Schutz meines Hauses und meiner Gesundheit (so gut es eben geht) möchte ich künftig nichts mehr sagen. Es läuft inzwischen alles schnell und reibungslos. Da bedarf es keiner Worte mehr. Die Vorbereitungen zum Kochen allerdings … na ja!

Ich begann mit dem Gemüse, schälte Karotten und Poireaux und schnitt alles in größere Stücke. Oh non! Nicht aus Bequemlichkeit, es sollten größere Stücke sein. Wirklich!

Ich hackte Petersilie, schnitt Weißbrot und Schinken in Würfel und zerkleinerte die Hühnerleber. Hühnerleber … war das eklig! So glitschig so … Nie wieder!

Nun ja! Ich mischte alles mit rohen Eiern und stopfte es in das Loch im Huhn. Vielleicht hätte ich ein etwas größeres Huhn kaufen sollen. Ich stopfte solange, bis wirklich nichts mehr hinein passte.

Wie sagte Julia Child: »*Man stopfe das Huhn solange, bis es nicht mehr kann.*« Mein Huhn konnte auch nicht mehr.

Jetzt sollte man das Huhn zunähen. Oh! Tja! Womit? Wie? Ich bin kein Chirurg. Ich hätte gerne Ralf in meine Küche gebeamt. Er ist Chirurg und hätte das Loch, im verlängerten Rücken des Huhnes, schnell zugenäht … aber ich?

Ich durchsuchte die Schubladen nach etwas adäquatem, das ich zum Verschließen des Loches verwenden konnte. Schließlich fand ich so eine Art Spieße. Ich steckte ein paar davon in das Huhn und hoffte das Beste. Das Huhn war jetzt so prall, dass ich mir doch Sorgen machte. Bei Hitze zieht sich das Fleisch zusammen. Hoffentlich hielten die Spieße.

Ich gab das Huhn ins kochende Wasser. Es sollte völlig mit Wasser bedeckt sein. Wäre es auch, aber dieses Huhn wollte nicht tauchen. Es wollte schwimmen. So oft ich es auch untertauchte, es kam immer wieder hoch. Ich war am Verzweifeln. Schließlich nahm ich einen Teller und beschwerte damit das Huhn.

Zuerst war alles ganz wunderbar. Es blieb brav unter seiner Abdeckung. Dann begann das Wasser unter dem Huhn zu brodeln. Das Huhn kam wieder hoch und begrub den Teller unter sich. Grrr!

Lacht nicht! Es war schwer, den Teller wieder aus dem Topf zu holen. Zudem habe ich mich dabei verbrüht.

Nun sollte die Bouillon abgeschöpft werden. Es ging ganz gut. Die Bouillon brodelte vor sich hin. Ab und zu spukte sie und ich zog wieder Handschuhe an. Heiße Bouillonspritzer sind schmerzhaft!

Als ich endlich den letzten Schaum von der Bouillon runter hatte, konnte ich den Deckel auf den Topf legen. Das Huhn sollte nun zwei Stunden köcheln. Ich nutzte die Zeit, um die Küche einigermaßen zu säubern.

Ich genehmigte mir zwei Cappuccino und genoss meine Pause. Nach ungefähr einer Stunde fiel mir ein, dass ich das Bouquet und die Gewürze vergessen hatte. Tja! Ich mache Fortschritte. Jetzt hatte ich noch eine Stunde Pause. Ruhe vor dem Sturm. Ich genoss zwei Cappuccino und las den Le Monde. Sagenhaft, wie schnell die Zeit vergeht. Als der Timer ertönte, hatte ich das Gefühl, dass ich es mir eben erst bequem gemacht hatte.

Ich gab das Gemüse in den Topf. Das Huhn schwamm immer noch. Man könnte meinen, es schwamm um sein Leben, aber … Oh mon Dieu! Das arme Huhn … Es sah so nach Huhn aus. Ich hasse kochen!

Jetzt stand das Dessert an. Ich wollte eine Chocolat machen. Eine dickflüssige Trinkschokolade, die über Früchte gegeben wird.

»Ganz einfach«, sagte meine Perle, schrieb mir das Rezept auf und sagte, was ich wann und wie machen musste. Tja!

Die Sahne wollte nicht gekocht werden. Sie ging im Topf hoch, lief über und brannte auf dem Kochfeld ein. Grrr! Sahne ist wohl auch der Wellnesstyp. Okay! Wenn sie sonst keine Ansprüche stellt. Sie bekam ihr Wellnessbad. Ich gab Zucker hinzu und hoffte das Beste.

Nun musste der Reis kochen. Die Zeit wurde langsam knapp. Schnell Wasser im Wasserkocher erhitzen, in den Topf gießen und den Reis hinein geben.

Nun ja! Was soll ich sagen? Auch im Wellnessbad erreicht Sahne Temperaturen, die ihr unangenehm sind und vor denen sie flüchtet. Ohne Vorwarnung machte sie sich auf den Weg. Quoll aus dem Topf und brannte auf dem Kochfeld ein. Grrrrrr!

Eingebrannte Sahne auf heißem Kochfeld … schwer zu entfernen. Eingebrannte Sahne mit Zuckerzugabe auf heißem Kochfeld … ich hoffe, meine Perle weiß Rat.

Der Timer, der die Kochzeit des Reises überwachte, meldete sich. Es läutete und mein Gast stand vor der Tür. Oooh! Alles auf einmal. Ich nahm noch schnell den Reis vom Kochfeld. Aus Erfahrung wird man klug!

Maria-Elena begrüßte mich mit einem Grinsen und drückte mir (mit einem Zwinkern) einen Flakon Chanel Nr. 5 (ihr Lieblingsparfum, nicht meins) in die Hand. Sie freute sich bereits auf Baron de Rothschild. Den Brandgeruch, der sich wieder im Haus verbreitet hatte, erwähnte sie mit keinem Wort.

Ich begab mich wieder in die Küche und stellte einen neuen Topf mit Sahne auf den Herd. Ich goss den Reis in ein Sieb und stellte ihn warm.

Während die Sahne wellnesste, versuchte ich mich an der Sauce. Weißwein, Butter und Sahne erhitzen und mit Mehl binden. Ohoh!

Die Sache mit dem Mehl bedarf wohl noch einiger Übung. Es klumpte und die Sauce war hin. Die Zeit drängte und ich griff zu Plan B. Wein erwärmen und Crème fraîche hinzugeben. Umrühren! Fertig! Von der Kochstelle nehmen! Aha! Sah nicht gut aus, wie leicht geronnen, aber besser als nichts.

Weiter gings mit dem Huhn. Ich nahm den Deckel vom Topf und dachte, mich trifft der Schlag. Schon mal ein explodiertes Huhn gesehen? Die Farce schwamm in Bröckchen in der Bouillon. Das Huhn war in diverse Teile zerplatzt. Ein paar Spieße schwammen auf der Bouillon, andere steckten in einem Hühnerteil. Oh mon Dieu!

Ich versuchte zu retten, was zu retten war. Ein größeres Stück Brust sah noch einigermaßen gut aus. Auch ein paar Stücke Gemüse waren noch ganz ansehnlich.

Ich legte alles auf einen Teller. Gab einen Löffel Sauce daneben und häufte den Reis darauf. Noch etwas Selleriekraut als Dekor et voilà! Sah doch fast schon gut aus. Ich machte das obligatorische

Foto und bat Maria-Elena zu Tisch.

Mon Dieu! Die Sahne! Ich rannte in die Küche, um meine Sahne zu retten. Mon Dieu! Merci! Ich hatte vergessen, das Kochfeld einzuschalten.

Jetzt drängte mal wieder die Zeit. Ich hatte einen Gast, der Mutterseelenallein im Esszimmer saß und sein Dîner zu sich nahm. Mein Auftrag überforderte mich. Das Dessert war eindeutig zu viel.

Die Sahne riss mich aus meinen Gedanken. Ich gab die Schokolade hinzu und rührte. Rührte, rührte, rührte. Wieder mal ein äußerst liebebedürftiges Etwas.

Die Schokolade löste sich auf und ich gab die geschmolzene Masse in ein Eisbad. Jetzt müsste ich eigentlich rühren, wollte aber meinen Gast nicht so lange allein lassen. Böser Fehler!

Maria-Elena hatte bereits aufgegessen. Mon Dieu! Was bin ich doch für eine schlechte Gastgeberin. Ich sollte mich schämen. … aber wer zu meinem Kochevent erscheint, muss mit so etwas rechnen.

Kommen wir zur Kritik. Das Huhn war sehr zart. Allerdings etwas überpfeffert. Das Gemüse war zu weich und fiel fast auseinander, der Pfeffer war deutlich zu schmecken.

Auch der Reis war zu weich und es fehlte ihm an Salz. Die Sauce schmeckte säuerlich, was wohl an der Überdosis Wein lag. Auch hier hatte ich das Würzen vergessen. Inzwischen stelle ich jedem Gast eine Menage auf den Tisch. So kann jeder, je nach Gusto, nachwürzen.

Ich ging zurück in die Küche, um das Dessert zu vollenden. Mon Dieu! Auf der Chocolat hatte sich eine dicke, gummiartige Substanz gebildet. Ich wollte sie unterrühren, aber das ging voll daneben. Es war eine klumpige Masse. Der Mixer machte es einigermaßen ansehnlich.

Ich gab Kirschen in ein Glas und löffelte die Chocolat darüber. Oh non! Ich hatte vergessen, Sahne zu schlagen. Jetzt musste Sahne aus der Dose her. Die Chocolat war noch lauwarm und die Sahne schmolz. Ich drapierte eine Kirsche darauf und verzierte mit Minze. Was ich da fabriziert hatte, trieb mir die Tränen in die Augen.

Maria-Elena verzog keine Miene. Sie löffelte die Chocolat und war verzückt. Süüüß! Sie war begeistert von der Harmonie zwischen Chocolat, Kirschen und Sahne. Na ja! Wenigstens süß!

Es wurde noch ein schöner Abend, der sich bis nach Mitternacht hinzog. Nachdem mein Gast sich verabschiedet hatte, konnte ich der Versuchung nicht wiederstehen und habe eine winzige Menge der restlichen Chocolat probiert. Mon Dieu! Viel zu süß! Schrecklich … aber Maria-Elena hat es geschmeckt. Ich wusste, dass sie Süßes liebt, aber Das?!?

Jetzt sind es noch dreiunddreißig Events. Es ist kaum zu glauben, dass ich bereits neunzehn Events hinter mich gebracht habe. Es hat mich einige Nerven gekostet. Es wird mich noch einige kosten.

Über den Schäden, die ich angerichtet habe, breiten wir den Mantel des Schweigens aus. Ich weiß, es werden noch mehr.

Aber! Komme was da wolle, ich will diese Wette gewinnen, egal was es mich kostet …

Côte de veau à la Provençale

06. August - Eine Familie kommt zum Essen

Schon wieder Mittwoch! Das heißt, übermorgen muss ich wieder kochen. Ich bin begeistert.

Diesmal muss ich eine Familie bekochen. Ich kann nicht garantieren, dass jeder etwas zu essen bekommt. Ihr wisst, wie wenig meistens zum Servieren übrigbleibt. Ich werde vorsichtshalber den Tiefkühler bestücken: Pizza, Pizza, Pizza …

Kinder lieben Pizza oder Spaghetti à la Miracoli. Letzteres brauche ich nicht zu kaufen. Davon habe ich immer einen großen Vorrat im Haus.

Jetzt wollt Ihr sicher wissen, wer zum Essen kommt. Okay! Da wären:
- Klaus, 56 Jahre, Psychiater, Familienvater, Hobbypilot und leidenschaftlicher Angler.
- Maria, 41 Jahre, Zahnärztin, Ehefrau und Mutter, Sopran im Kirchenchor und ruhender Pol der Familie.
- Michael, 12 Jahre, null Bock auf Schule, null Bock auf Bewegung, Lieblingsbeschäftigung: Chips essen und Nintendo.
- Melissa, 6 Jahre, Prinzessin und Primaballerina.

Klaus hat keine kulinarischen Vorlieben. Maria isst weder Fisch noch sonstiges Meeresgetier. Michael mag kein Grünzeug und Melissa entscheidet je nach Prinzessinenlaune. Ohoh! Da die kleine Prinzessin früh zu Bett geht (spätestens einundzwanzig Uhr), heißt das, ich muss bereits morgen einkaufen, weil ich Freitag in aller Frühe anfangen muss, damit la princesse au petit pois nicht am Tisch einschläft.

Das kann ja heiter werden.

07. August - Meine Nerven …

Oh mon Dieu! Côte de veau à la Provençale! Das darf nicht wahr sein. Kalbskotelett für vier Personen! Meine Nerven! Nicht genug damit. Ich muss auch noch ein Dessert zubereiten. Weil Kinder Desserts lieben! Wenigstens darf ich das Dessert aussuchen.

Ich habe schon Monsieur Internet um Rat gefragt. Er hat mir tausende Bilder von Côte de veau geschickt. So viele Rezepte, dass ich monatelang beschäftigt wäre, wenn ich alle lesen wollte. Ich glaube, er will mich mürbe machen, mit den vielen Vorschlägen. Dabei wollte ich doch nur ein Rezept für provenzalisches Kalbskotelett.

Ich komme langsam ins Grübeln. Vielleicht wäre es doch besser, wenn ich mir Julia Childs Kochbuch zulege, aber ich will keine Kochbücher im Haus haben. Okay! Ich könnte es nach Abschluss der Wette verschenken. Ich muss noch mal darüber nachdenken.

Auf mehrfachen Wunsch, jetzt noch eine kurze Erklärung: *La princesse au petit pois* … die Prinzes-

115

sin auf der Erbse. So wird Melissa von ihrer Familie genannt. Dazu bedarf es wohl keiner Erklärung. Ich sagte doch: Prinzessinnenlaune!

Ich denke nicht, dass Melissa Kalbskotelett mag. Vielleicht mag sie Spaghetti à la Miracoli? Mal sehen! Ich werde morgen mal wieder mein Möglichstes tun. Haha! Lachen, aufstöhnen … oui! Ich weiß! Vielleicht sollte ich sagen, ich werde mein Möglichstes tun, die Küche nicht gar zu tief ins Chaos zu stürzen? Einverstanden?

10. August - Sammeln wir unsere restlichen Nerven ein …

Oh je! Heute kann ich sagen, dass meine Gäste schlimmer waren, als das Kochen. Ich bin froh, dass dieser Event vorüber ist. Meine Nerven lagen am Boden und … fangen wir besser ganz von vorne an. Ich glaube, danach könnt ihr besser verstehen, warum meine Nerven die weiße Fahne gehisst hatten.

Ungewöhnlich! Ich erledigte meine Einkäufe bereits Donnerstag. Maître Gayet meinte, ich wäre ganz schön mutig, mir eine vierköpfige Familie aufzuhalsen. Im Nachhinein muss ich sagen, seine Wortwahl war äußerst unpassend. Dämlich wäre angebrachter gewesen.

Nach kurzer Abhandlung meines letzten Kochevents, bekam ich vier riesige Koteletts. Monsieur Gayet riet mir, das Fleisch auf beiden Seiten nur ganz kurz anzubraten. Auf keinen Fall stark anbraten! Das würde wieder schief gehen. Die Koteletts sollten im Backofen rosa garen. Tja! *Rosa garen* …

Freitag, Tag des Grauens. Bereits um dreizehn Uhr begann ich mit den Vorbereitungen.

Ich schälte meine Gegner, welche sich Kartoffeln nennen. Ihr wisst schon, diese fiesen, kleinen Biester, die schon beim Schälen Unwohlsein und Schmerzen verursachen und, in Pfanne oder Topf, so schnell ihre Farbe oder Konsistenz wechseln können.

Nun ja! Kurz danach stellten mich die Champignons vor neue Herausforderungen. Die Stiele abschneiden war ja noch einfach, aber dann sollten sie geputzt werden. … *mittels eines weichen Bürstchens!* Ich war perplex. Gibt es auch Champignonreinigungsbürstchen? Pilzreinigungsbürstchen? Ich besitze so etwas nicht. Die Champignons waren doch sauber. Was sollte man da noch putzen? Ich habe sie doch nicht im Wald gesammelt.

Ich nahm das Fleisch aus dem Kühlschrank, damit es sich akklimatisieren konnte. Maître Gayet meinte, man solle Fleisch nie direkt aus dem Kühlschrank in die Pfanne legen. Ich verstehe zwar nicht warum, aber wenn er es sagt. Ich tupfte die Kalbskoteletts trocken (Ihr wisst schon, Julia Child hat das auch immer gemacht). Nun stand ihnen eine lange Ruhezeit bevor.

Die Zubereitung des Desserts stand an. Nachdem Ihr mir so viele Rezepte für leckere Desserts geschickt habt, wollte ich eines davon ausprobieren. Schokoladen-Mascarpone-Sahne! Die Zubereitung schien einfach. Oh weh! Da war es wieder, dieses: *Ach-das-ist-doch-einfach-Gefühl*. Dieses Gefühl, das einen in Sicherheit wiegt, um dann zuzuschlagen.

Zuerst musste Sahne erhitzt werden. Ich weiß jetzt wirklich nicht, lag es an dem zu kleinen Topf, an meiner, was Sahne betrifft, langsamen Reaktion oder der Hinterlist dieser fettigen, weißen Flüssigkeit. Jedenfalls wiegte sie mich lange Zeit in Sicherheit. Dann stieg sie ohne Vorwarnung im Topf hoch, stieg über den Rand und brannte sich auf dem Kochfeld ein. Grrr! Zweiter Versuch! Höherer Topf! Ha! Diese hinterlistige Fettmasse. Eben noch brav vor sich hin erwärmend, stieg sie im nächsten Moment hoch und gesellte sich zu der bereits eingebrannten Sahne auf dem Kochfeld. Grrrrr!

Es roch widerlich verbrannt. Am liebsten hätte ich den Topf aus dem Fenster geworfen. Allerdings hätte er mir im Garten nichts genutzt. Ich stellte ihn ins Spülbecken und hatte das ungute Gefühl, dass es dort heute wieder ziemlich eng werden würde.

Zurück zur Sahne. Ich nahm den größten Topf, den ich im Schrank fand. Die Sahne bedeckte mal eben den Boden. Ich brach Schokolade in kleine Stücke und gab sie in den Topf. Was dann geschah, war einfach nur Grrr! Plötzlich, ohne Vorwarnung, roch es widerlich verbrannt. Die Schokolade war angebrannt. Nicht genug damit, die Sahne stieg hoch und verließ den Topf, um sich auf dem Kochfeld einzubrennen. Aus dem Topf stieg dunkler Rauch auf, der Rauchmelder schrillte und der Topf landete im Garten. Ups!

Nach diesem GAU brauchte ich eine Pause. Es war mir völlig egal, ob es abends ein Dessert geben würde oder Melissa um einundzwanzig Uhr im Bett lag. Es war ein äußerst ungünstiger Tag, um eine Familie zu verköstigen … solch eine Familie. Zu diesem Zeitpunkt ahnte ich nicht einmal, dass mir der Super-GAU noch bevorstand.

Ich verzog mich erstmal mit einem Cappuccino in eine ruhige Ecke im Garten. Hätte ich geahnt, was mir noch bevorstand, ich hätte das Tor verbarrikadiert.

Inzwischen war es sechzehn Uhr und ich hatte nichts vorzuweisen. Ich rappelte mich auf, um wenigstens die Sahne herzustellen. Den Topf im Garten ignorierte ich.

Dessert … vierter Versuch! Ich gab die Schokolade in die KitchenAid und zermahlte sie. Mal sehen, ob ich dieses braune Zeug nicht in Sahne auflösen kann, ohne dass etwas anbrennt. Ich nahm den nächsten Topf, schüttete die Sahne hinein, gab die gemahlene Schokolade hinzu und rührte. Rührte, rührte, rührte. Ich habe inzwischen gelernt, dass viele Lebensmittel äußerst liebebedürftig sind. Sie brauchen sehr viel Aufmerksamkeit.

Ich habe Sahne und Schokolade auf die Liste der Lebensmittel gesetzt, die, falls sie unter einem Aufmerksamkeitsdefizit meinerseits leiden, den Rauchmelder betätigen. Oui, ich weiß, diese Liste wird immer länger.

Abgeschweift! Die Schokolade verflüssigte sich und löste sich schließlich völlig auf. Im Topf befand sich eine braune Flüssigkeit. Im letzten Moment fiel mir ein, dass ich noch Zucker und Salz dazutun musste. Zucker okay … *aber Salz?*

Warum schreibt man: *ein Esslöffel Zucker?* Warum schreibt man nicht zehn, zwanzig, fünfzig Gramm? Auf einen Esslöffel passt sehr viel Zucker. Manchmal zu viel Zucker. Leider!

Im Rezept stand, man solle mit dem Verhältnis Sahne/Mascarpone/Schokolade ein wenig *experimentieren.* Manche mögen diese Süßspeise sehr fest und schokoladig, andere mögen sie lieber cremig und hell. Nichts gegen die Autorin, aber woher sollte ich wissen, dass ihre Mengenangaben für die Liebhaber einer sehr festen Sahne gedacht sind? Sehr, sehr fest!

Ich wollte mich den Côte de veau zuwenden, als ich zufällig sah, dass sich auf der Sahnecreme eine gummiartige Substanz bildete. Wieder war rühren angesagt. Ich wollte nicht noch einmal ein bröckeliges Dessert servieren. Nachdem die Sahnecreme soweit abgekühlt war, dass sich (hoffentlich) keine neue Gummischicht mehr bilden würde, füllte ich sie in Gläser. Geschafft! Ich die Sahne und die Sahne mich!

Ich wendete mich endgültig den Côte de veau zu. Das Butterschmalz schmolz in der Pfanne, als es läutete. Siebzehn Uhr! Wer konnte das sein? Meine Gäste! Etwas irritiert überprüfte ich die Uhrzeit. Es stimmte! Siebzehn Uhr!

L'exactitude est la politesse des rois. Nun ja! Es sind keine Könige. Es ziemt sich nicht, aber sie waren nun mal da! Ich schluckte den aufsteigenden Ärger hinunter, um gleich den nächsten zu verspüren.

Maria meinte, es wäre so schönes Wetter und sie könnten noch etwas meinen Garten genießen. Aus der Küche drang unangenehmer Geruch, der von lautem Schrillen begleitet wurde. Der Rauchmelder! Über der Pfanne hatte sich eine dunkle Wolke gebildet. Sie stand stellvertretend für die dunkle Wolke, die langsam über mir heraufzog. Als ich die Pfanne ins Spülbecken stellte, stand die ganze Familie in meiner Küche. Mon Dieu! Lass es Anstand regnen!

Klaus erbat sich entkoffeinierte Coke für seinen Sohn, zuckerfreie Limo für seine Tochter, stilles Wasser für seine Frau und für sich ein alkoholfreies Bier. Baron de Rothschild wäre nur etwas für Snobs. Wow! Contenance!

Da ich von einem guten Freund vorgewarnt wurde, bezüglich der, nennen wir es, etwas seltsamen Art meiner Gäste, war ich auf diese Wünsche vorbereitet. Ich muss ihm im Nachhinein Recht geben, es war ein böser Fehler, mir diese Plage aufzuhalsen. Ich bat meine Gäste in den Garten. Hätte ich sie doch nur in den Keller gesperrt. Mir wäre all der Ärger erspart geblieben.

Nun ja! Ich transportierte die gewünschten Getränke auf einem Tablett in den Garten. Von meinen Gästen war nichts zu sehen, dafür aber zu hören. Vom großen Teich ertönten laute Plumps-Geräusche. Michael stand davor und warf große Kieselsteine ins Wasser.

»Geil!«, sagte er ein ums andere Mal. Was war daran geil, arme Fische derart zu erschrecken? Ich wundere mich immer noch, dass ich ihn nicht mit einem Tritt in den Teich befördert habe. Vielleicht weil ich meine Fische nicht zu Tode erschrecken wollte? Vielleicht weil ihm (beim Anblick meiner geballten Fäuste) vor Schreck der Stein aus der Hand auf seinen Fuß fiel?

Melissa lag in einem Meer aus Enzian. Das passende Bett für eine Prinzessin, ließ sich ihre Mutter vernehmen. Ich weiß nicht, was in diesem Moment schlimmer war, das zerstörte Enzianmeer oder der riesige Strauß Hortensien, den Maria im Arm hielt und der in ihrem Salon sicher toll aussehen wird, wie sie sagte.

Ein Blick auf meine Hortensien versetzte mir einen Stich. Mangels Schere hatte sie die Stängel einfach abgerissen. Meine Hortensien sahen zum Heulen aus. Völlig zerrupft! Ich hätte vor Wut um mich schlagen können … tat ich aber nicht. Es hätte katastrophale Folgen gehabt, zudem wollte ich nicht wegen Körperverletzung vors Tribunal.

Mein Blick wanderte zum Haus. Was ich da sah, schlug dem Fass den Boden aus. Solch eine Unverschämtheit habe ich noch nie erlebt. Was machte Klaus in meinem Schlafzimmer? Ich hätte es in diesem Moment locker mit Usain Bolt aufnehmen können. Klaus war erstaunt, mich so schnell zu sehen, hatte aber kein schlechtes Gewissen. Er meinte nur, man erhalte die besten Erkenntnisse über einen Menschen, wenn man sein Schlafzimmer kennt.

Contenance! Grand-mère sagte immer: *»Contenance, quoi qu'il arrive!«* Ach, warum bin ich so gut erzogen?

Mittlerweile war die ganze Familie auf dem Weg in mein Schlafzimmer. Das war zu viel. Ich jagte sie fast vor mir her auf die Terrasse und schickte Michael in den Garten, um das Tablett mit den Getränken zu holen, das noch auf dem Rasen stand. Ich konnte es mir nicht verkneifen, sie daran zu erinnern, dass sie nur Gäste waren und sich dementsprechend benehmen sollten. Dass ich lieber zu einem Rundumschlag ausgeholt hätte, möge man mir verzeihen.

Ich ging zurück in die Küche, um mich endlich den Côte de veau zu widmen. Ich war eben dabei, das erste Kotelett in die Pfanne zu legen, als die Prinzessin mir mitteilte, dass ihr die Limonade nicht schmeckte. Sie hätte lieber eine Coke. Das Brodeln in meinem Innersten verstärkte sich. Ich drückte ihr eine Coke in die Hand und schickte sie zurück auf die Terrasse.

Während ich das Fleisch wendete, grollte ich so vor mich hin. Grollte etwas zu lange und das Fleisch überbräunte stark. Grrr! Das nächste Kotelett gelang besser. Okay! Es hatte nicht viel Farbe, auch wieder dieses beige-creme, aber es war nicht angekokelt!

Ich nahm das Fleisch aus der Pfanne, legte es in eine Auflaufform und stelle es in den Ofen. Ich wollte die nächsten Koteletts in die Pfanne geben, als Maria erschien. Sie hatte meinen Blog gelesen und teilte mir mit, dass Melissa kein Côte de veau möchte. Sie möchte lieber Spaghetti à la Miracoli, allerdings nicht mit Sauce aus dem Beutel, sondern aus frischen Tomaten. Michel möchte Pommes zum Kotelett und sie bevorzuge Kartoffelstampf. Oh! Tief einatmen! Noch tiefer …

Bevor sich das Brodeln einen Weg bahnen konnte und ich alle Contenance der Welt vergaß, erbebte der Salon. Die Prinzessin und verkappte Primaballerina hatte den schwingenden Boden entdeckt und hüpfte elefantengleich durch den Salon. Die Bodenvase hatte dem Schwung der torkelnden Ballerina nichts entgegenzusetzen und zerschellte auf dem Boden. Das Wasser ergoss sich in den Salon und die Lilien rutschten übers Parkett. Die Ballerina rutschte in der Wasserlache aus und plumpste auf den (alles andere als kleinen) Po. Marias Sopran ertönte und mischte sich mit dem Geschrei der entthronten Primaballerina.

Ich zwackte mir kurz in den Arm, weil ich einfach nicht glauben konnte, dass all dies geschah. Hoffte auf einen Alptraum. Wie gerne hätte ich die Contenance verloren, aber ich beschloss, gute Miene zum bösen Spiel zu machen. Ich schickte den Psychiater in die Besenkammer, um den Wischmop zu holen. Wunderte mich nicht mal, dass er ohne Widerworte gehorchte. Im Nachhinein kann ich mir denken, dass es um meine Contenance nicht mehr gut bestellt war. Maria wurde wieder zum ruhenden Pol der Familie und verzog sich auf die Terrasse.

Phhh! Kartoffelstampf! Was auch immer das ist, nicht bei mir! Pommes und Sauce aus frischen Tomaten! Bin ich hier in einem Irrenhaus? Reicht es nicht, dass mir die Zutaten das Leben schwer machen? Müssen jetzt auch noch meine Gäste am Rad drehen?

Ich ging in meine Küche und fühlte mich dort plötzlich wohl. Mein Chaos, nicht das Chaos fremder Menschen. Verrückt, nicht wahr?

Da ich die Pfanne vom Herd genommen hatte, war nichts angebrannt. Das muss ich jetzt doch mal erwähnen.

Ich briet die beiden letzten Koteletts sanft an und gab sie zu dem anderen in die Auflaufform. Füllte Kartoffeln, Champignons und Tomaten hinzu und belegte alles mit Rosmarinzweigen. Anschließend überrieselte ich alles mit Salz und Pfeffer. Kurz (nur ganz kurz) spielte ich mit dem Gedanken, noch eine Extraladung Pfeffer über das Fleisch zu geben, aber wirklich nur ganz kurz.

Das Wasser für die Pasta brodelte und ich gab die Spaghetti hinein. Die Sauce wurde in einem kleinen Topf erwärmt. Zehn Minuten später waren die Spaghetti al dente und die Sauce warm.

Der Timer meldete sich und ich nahm die Côtes de veau aus dem Ofen, drapierte alles auf den Tellern und machte das obligatorische Foto.

Meine Gäste kamen zu Tisch. Niemand monierte den fehlenden Kartoffelstampf. Niemand beschwerte sich über die fehlenden Pommes. Niemand wagte etwas gegen die Sauce aus dem Beutel zu sagen.

Die Kalbskoteletts waren nicht alle rosa, die Kartoffeln zu fest, die Champignons gut gebraten und die Tomaten hatten eine gute Konsistenz. Melissa war sehr angetan von der Sauce, die viel besser schmeckte, als die Sauce von Mama. Der Käse war lecker, zog auch keine langen Fäden. Ich konnte mir einen triumphierenden Blick zu Maria nicht verkneifen. Man möge mir verzeihen.

Als ich das Dessert holte, hörte ich Klaus sagen, dass er erstaunt sei. Er hatte sich das Essen schlimmer vorgestellt, aber es sei nicht schlimm, im Gegenteil, es sei gut, was er kaum fassen konnte. Ich konnte es auch nicht fassen.

Das Dessert war der Hammer, wie Michael sagte. Fest, aber dennoch cremig. Schokoladig und herrlich süß. Die anderen stimmten ihm zu. Als sie dann nach Nachschlag fragten, traute ich meinen Ohren nicht. Ich war geneigt, ihnen ein schlechtes Gewissen zu unterstellen, aber es war ihnen ernst damit.

Gegen dreiundzwanzig Uhr verabschiedeten sie sich. Im Entrée versuchte sich Melissa noch einmal als Ballerina. Sie hielt sich am Geländer fest und schwang ihr pummeliges Bein. Ihr Fuß traf den Kandelaber und versetzte ihn in Schwingung.

Klaus konnte ihn noch festhalten, bevor er den beiden Kerzen gefolgt wäre, die polternd die Marmortreppe hinab hüpften. Er öffnete sein Portemonnaie und drückte mir zerknirscht ein paar größere Scheine in die Hand. Sie stiegen in ihren Mercedes und fuhren davon. Ist es gemein zu sagen: Endlich!?!

Da hat mich mal ausnahmsweise nicht das Kochen an den Rand des Wahnsinns gebracht, da entpuppen sich meine Gäste als …

So. Jetzt sind es noch zweiunddreißig Events. Ich hoffe inständig, dass sich meine Gäste nie wieder als, na ja, ich hoffe es eben.

Médaillons de porc au lard

13. August - Nach dem Trauma

Schon wieder Mittwoch. Die Zeit vergeht wie im Flug. Noch immer ärgere ich mich über meine letzten Gäste. Melissa hat mir noch eine Freude gemacht, die ich erst Sonntag so richtig genießen konnte. Die gelbe Seidentapete im Salon hat jetzt ein paar weiße Punkte. Der weiße Glanzlackmarker einer bekannten Firma hat sein Bestes gegeben. Grrr! Haben Kinder von Psychiatern Narrenfreiheit?

Nach diesem Freitag hagelte es Warnungen. Warum nicht früher, nachdem ich meine Gäste bekanntgegeben hatte? Aus Schaden wird man klug.

Jetzt zu meinem nächsten Gast. Diesmal ist es eine Frau. Liane, Richterin, Mutter dreier erwachsener Kinder, die noch nie Seidentapete gepunktet haben, noch nie Primaballerina werden wollten, auch noch nie die Prinzessin gaben. Oh! Ihr merkt, der Freitag steckt mir noch immer in den Gliedern.

Liane hat keine kulinarischen Vorlieben, aber gewisse Abneigungen gegen Briketts und ähnliches. Tja! Ich habe den Wink mit dem Zaunpfahl (oder war's das Scheunentor?) verstanden. Ich werde wie immer mein Möglichstes tun, aber ob es ausreicht?

14. August - Wieder Speckwürfel

Médaillons de porc au lard et aux champignons. Schweinemedaillons im Speckmantel mit Champignons. Dessert à ma guise. Dessert nach Belieben.

Tja! Das Dessert habe ich bereits ausgesucht. Meine Esthéticienne hat mir ein ganz einfaches Rezept verraten. Das dürfte sogar mir gelingen. Merci Anke! Wir werden sehen … Was die Médaillons betrifft, habe ich allerdings erhebliche Zweifel.

Monsieur Internet hat mir wieder viele Bilder geschickt. Mais oui! Es gab einige, die sahen wirklich gut aus, aber die Umsetzung … mon Dieu! Monsieur Internet … ich bin's!

Da waren wahre Kunstwerke dabei. Mit Grünzeug und trallala. Überbacken, verziert, gefüllt! Wow! Da waren kleine Künstler am Werk. Wenn ich diese Gemüsetürmchen sehe, die auf den Médaillons sitzen … non! Dafür habe ich keine Nerven. Ich frage mich jetzt schon mit Schrecken, wie ich den Speck mit dem Grünzeug festzurren soll. Den Minizweig Rosmarin daran zu befestigen, dürfte ein Kinderspiel werden, aber erst mal muss der Speck drum herum.

In Anbetracht der Tatsache, dass morgen Assomption (Mariä Himmelfahrt) ist, habe ich bereits heute eingekauft. Im Feinkostladen waren sich alle einig, dass meine letzten Gäste auch das Letzte waren. Ich kann mich nur anschließen. Auch als Gast sollte man sich zu benehmen wissen.

Meine Konversation mit Klaus, bezüglich meines gepunkteten Salons, hat stark an meiner Contenance gerüttelt. Der Herr Psychiater war entzückt, dass sein Töchterchen solch eine Kreativität entwickelt hat. Ich solle stolz sein, dass mir Melissa solch ein Kunstwerk gestaltet hat. Les bras m'en tombent! Man möge mir verzeihen, dass ich für einen Augenblick die Contenance verlor. Wirklich nur für einen Augenblick. Ob ihn der Anblick meines Schlafzimmers auf diesen kurzen Augenblick vorbereitet hat? J'ai des doutes.

Oh! Jetzt bin ich wieder abgeschweift. Monsieur Gayet hat mir zwei Schweinefilets überlassen, die ich nur noch in Médaillons schneiden muss. Das dürfte nicht allzu schwer sein, meinte er. Den Speck müsse ich eine Stunde vorher aus dem Kühlschrank nehmen. Dann würde er sich besser wickeln lassen.

Habe ich schon erwähnt, dass zu den Champignons Speckwürfel gehören? Non? Tja! Ihr kennt doch meine Aversion gegen Speckwürfel. Besonders gegen jene, die absolut nicht in meiner Pfanne bleiben wollen. Chloé interessiert das nicht. Der Kampf geht weiter. Ich werde wie immer mein Möglichstes tun. Ich versuche es zumindest …

17. August - Man nehme ein Maßband …

Nun ja! Auch wenn dieser Kochevent mich nicht an den Rand des Wahnsinns gebracht hat, auch er hatte es in sich.

Da ich den Einkauf bereits erledigt hatte, konnte ich mich frühzeitig mit dem Dessert beschäftigen. Es war wirklich so einfach, wie Anke gesagt hatte. Allerdings musste ich Liane letztendlich doch ein anderes Dessert vorsetzen. Es gab da ein klitzekleines Missgeschick. Tja! Ihr wollt jetzt sicher genaueres wissen. Nun gut!

Erst mal zu Ankes Dessert. Ich zerbröselte Baiser in einer Tüte und mischte die Krümel mit Joghurt, den ich zuvor leicht gesüßt hatte. Wirklich nur leicht. Ich gab angetaute Himbeeren in ein Glas und verteilte die Brösel-Joghurt-Mischung darüber. Sah gut aus. Das Glas fand einen Platz im Kühlschrank und sein Inhalt konnte jetzt tun, was er tun sollte. *Ziehen*! Ihr wisst, wie sehr ich diesen Ausdruck hasse.

Danach waren die Pellkartoffeln an der Reihe. Sie sollten dreißig Minuten kochen (dass ich ihnen ein Vollbad bescherte, könnt ihr euch sicher denken). Die Dinger sind so fies und verkokeln gerne. Ich nahm die beiden Filets und den Speck aus dem Kühlschrank und lies ihnen Zeit sich zu akklimatisieren.

In der Zwischenzeit kürzte ich die Stiele der Champignons auf einen Zentimeter. So stand es im Rezept. Stiele auf einen Zentimeter kürzen. Was ein Quatsch! Da waren einige dabei, deren Stiele nicht mal einen Zentimeter lang waren. Okay! Man muss nicht alles verstehen. Die Champignons sollten in Viertelscheiben geschnitten werden. Tja! Was ist eine Viertelscheibe? Ein Viertel einer Scheibe? So sahen die Champignons auf dem Foto allerdings nicht aus. Wieder diese Ungenauigkeit! Ich viertelte die Champignons. Das sah gut aus und so sollte es sein … weil ich es so wollte …

Ich schnitt den Speck in kleine Würfel. Ehrlich! Kleine Würfel! Die Frühlingszwiebeln verwandelte ich in kleine Röllchen. Damit waren die Vorbereitungen für die Champignons beendet.

Der Timer ertönte und die Kartoffeln waren gar. Sagen wir mal so … sie sollten gar sein. In Anbetracht der Tatsache, dass einige von ihnen aufgeplatzt waren, kann man davon ausgehen, dass sie mehr als gar waren, aber sie würden noch in Butter gebadet. Da fiel es nicht so auf, dass sie … nun ja!

Ich fand, dass die Filets noch nicht ausreichend akklimatisiert waren und gönnte mir eine kleine Pause. Zwei oder drei Cappuccino lang könnten die Filets noch ruhen. Hätte ich geahnt, wie viel Zeit mich das Schleifenbinden kostet, ich hätte auf den Cappuccino verzichtet.

Pause beendet! Ich tupfte die Filets trocken und zerteilte sie in mehrere Stücke. Lacht ihr jetzt, wenn ich Euch verrate, dass ich das Maßband daneben liegen hatte? Die Stücke sollten gleich groß sein! Okay! Bis auf die Endstücke waren sie es.
Dann begann die schweißtreibende Arbeit. Den Speck um die Médaillons zu legen, war noch einfach … aber dann! Der Speck sollte mit Schnittlauch gebunden werden. Schon mal Schnittlauch gebunden? Ich nicht … aber ich habe es wenigstens versucht. Heute kann ich sagen … nie wieder! Nach kurzer Zeit war mein Vorrat an Schnittlauchhalmen aufgebraucht. In so einem Bund sind aber auch zu wenige von den Hälmchen drin. Zudem sind die Dinger nicht kooperativ. Okay! Vielleicht sollte man die zarten Hälmchen nicht mit Schnürsenkeln verwechseln. Ich meine ja nur!

Ich griff zu etwas robusterem. Frühlingszwiebeln! Was soll ich sagen? Sie sind wirklich robust … und keinesfalls kooperativ. Ich verrate euch jetzt nicht, wie lange ich brauchte, bis ich den Speck festgezurrt hatte. Ich war froh, als jedes Médaillon verpackt war. Die Rosmarinzweige vertrugen sich nicht so recht mit dem Grün der Frühlingszwiebeln. Diese bockigen Dinger lösten ihre Knoten und weigerten sich, eine Liaison mit dem Rosmarin einzugehen. Grrr!

Nach weiterer, langer, schweißtreibender Knotenbinderei, war ich endlich fertig. Warum habe ich mir ausgerechnet dieses Foto ausgesucht? Es sah so gut aus, die Médaillons mit den Schleifen. Ich hatte mir das so einfach vorgestellt, das Schleifenbinden. Oui! Ist ja schon gut. Ich weiß selbst, alles was so einfach aussieht … Ich tue es nie wieder! Versprochen!

Das pellen der Kartoffeln, die nicht zerplatzt waren, ging danach schnell und ich war froh, dass ich noch genügend hatte, um Liane eine Beilage zu servieren. Ich hoffte inständig, dass sich nicht die ein oder andere in ein Brikett verwandeln würde. Dann würde Plan B greifen und Liane bekäme Baguette zu den Médaillons serviert. Anscheinend waren die dreißig Minuten auf dicke Kartoffeln ausgelegt. Meine Kartoffeln waren winzig, fast noch Babys. Ich hasse kochen!

Es läutete und ich hieß Liane willkommen. Sie machte ein Gesicht, als würde sie zur Schlachtbank geführt. Bei ihrem Anblick musste ich lachen. Ich führte sie in den Salon. Jetzt musste sie lachen. Melissas Punkte waren nicht zu übersehen. Ich überließ meinen Gast Baron de Rothschild und ging zurück in die Küche. Dort warteten Speckwürfel und Médaillons auf die Pfanne. Als ich die Küche betrat, erklang *Auf in den Kampf Torero* aus dem Lautsprecher. Böses Omen!

Tja! Die Speckwürfel! Das Schicksal kann manchmal so grausam sein. Ich zerließ Butter in der Pfanne und legte die Kartoffeln hinein. Sie durften baden. Wellness für Kartoffeln! Dann hatten die Médaillons ihren Einsatz. Drei Minuten auf jeder Seite stark anbraten (stand im Rezept). Ich stellte den Timer ein. Nach zwei Minuten roch es etwas überbräunt und ich rettete, was zu retten war.

Okay! Sie waren nicht mehr zu retten. Oooh! Stark anbraten ist nichts für mich.

Neuer Versuch! Nicht stark anbraten … aber waren dann drei Minuten ausreichend? Bei niedriger Temperatur würden sie sicherlich länger brauchen. Drei Minuten für stark anbraten … zehn Minuten für sanft anbraten? Ich kann euch sagen: Sie brauchen nicht länger! Auch wenn mir die Médaillons die Nerven zählten, vergaß ich die Kartoffeln in ihrem Butterbad nicht. Tja! Ich mache Fortschritte. Meine letzten Médaillons mussten gelingen. Viel Butter und wenig Hitze, fast schon angenehme Wärme. Nach drei Minuten wenden und wieder hoffen. Okay! Sie waren nicht so schön gebräunt wie sie sein sollten, aber sie waren nicht angekokelt, nicht mal überbräunt. Oui! Hellbraunbeige! Sie mussten noch zwanzig Minuten unter Alufolie ruhen. Warum immer Alufolie? Kann man nicht einfach eine Schüssel über das Fleisch stülpen? Immer diese Umweltverschmutzung.

Nun waren meine erklärten Lieblingsfeinde an der Reihe. Ich muss sagen, dass ich keine Lust auf Krieg hatte. Ich spendierte den Speckwürfeln sofort ein Wellnessbad. Okay! Sie waren nicht gebraten, eher gekocht, aber nicht angekokelt. Ich gab die Champignons zu den Speckwürfeln ins Bad. Sie änderten nach kurzer Zeit ihr Aussehen. Wurden so … braun … Non! Nicht angekokelt! Einfach braun. Nachdem ich den Wein hinzu gegeben hatte, sollten sie fünfzehn Minuten köcheln.

… und wieder machte ich einen Fehler. Ich gab die Frühlingszwiebelröllchen zu früh in die Pfanne. Sie sahen nicht mehr so knackig aus, wie auf dem Foto von Monsieur Internet. Nun ja! Man kann nicht alles haben. Ich drapierte alles auf einem Teller und machte das obligatorische Foto.

Liane traute ihren Augen nicht. »Das sieht wirklich gut aus«, sagte sie verblüfft. Nun ja! Es sieht doch meistens besser aus, als es schmeckt. So war es auch diesmal. Irgendwie stehe ich mit den Gewürzen auf Kriegsfuß. Entweder ist alles überpfeffert oder ich vergesse das Würzen völlig. Okay! Die Médaillons waren zart und rosa. Die Kartoffeln weich und die Champignons zu fettig. Tja! Champignons!

Kommen wir zu dem klitzekleinen Missgeschick. Ich nahm das Dessert aus dem Kühlschrank, schloss die Tür desselben und peng! Da lag es … auf dem Boden … das schöne Dessert. Weinen! Tja! Nun war guter Rat teuer. Ein neues Dessert musste her. Mangels Himbeeren und Joghurt konnte es keine Neuauflage des Desserts geben.

In meinem Garten gibt es Brombeeren. Irgendein Dessert würde sich doch sicherlich daraus zaubern lassen. Ich erntete ein paar von den süßen, kleinen Beeren und hoffte das Beste. So leid es mir auch tat, ich musste Monsieur Internet wieder um Rat fragen. Er schickte mir auch sofort ein paar idiotensichere Desserts mit Brombeeren. Ich mischte Sahne und Quark und süßte mit Zucker. Gab die Masse über die Brombeeren und garnierte mit Minze. Wow! Fertig!

Liane fand das Dessert lecker. Lecker! Wirklich wahr! Mein Dessert war lecker!

Ich habe es wieder mal geschafft. Jetzt sind es noch einunddreißig Events. Ich weiß nicht, ob das Wort *lecker* jemals wieder in Zusammenhang mit meinem Essen genannt wird, aber das gehört ja auch nicht zur Wette.

Zum Glück!

Pollo cacciatore

20. August - Aus dem Land der aufgehenden Sonne

Nachdem mein letzter Gast mich nicht in den Wahnsinn treiben wollte, sehe ich auch meinem nächsten Gast gelassen entgegen. Sie kommt aus dem Land der aufgehenden Sonne und heißt Misuki. Das bedeutet schöner Mond. Sie ist eine Frau in den besten Jahren, Prof. Dr. med. und kinderlose Weltenbummlerin. Sie isst nur Geflügel und Gemüse jedweder Art. Ihr Lieblingsdessert ist sehr arbeitsreich. Ich hoffe sehr, dass Chloé sich nicht daran erinnert. Da meine Hoffnungen in letzter Zeit immer wieder enttäuscht wurden, werde ich morgen die Zutaten für dieses Dessert einkaufen. Ich habe bereits Monsieur Internet um Rat gefragt. Mon Dieu! Einfach geht anders. Zudem muss dieses Dessert eine Nacht schlafen.

Was das Geflügel betrifft, so wisst ihr bereits, dass ich auch damit auf Kriegsfuß stehe. Geflügel ist so empfindlich, äußerst liebebedürftig, verlangt sehr viel Aufmerksamkeit und verwandelt sich sehr schnell in Briketts. Warum lacht ihr schon wieder? Ich weiß ja selbst, dass ich mit fast allen Zutaten auf Kriegsfuß stehe.

Jetzt hoffe ich (oui, ich tue es schon wieder), dass ich kein ganzes Tier kochen, backen oder braten muss. Ihr wisst ja … kann man das Tier noch erkennen, leide ich besonders.

Inzwischen kann ich sagen, dass ich mich auf ein vegetarisches Gericht freue. Zwar muss ich dann mitessen, aber die Gefahr gehe ich ein. Es gibt doch so viele vegetarische Gerichte. Warum muss es immer Fleisch sein? Es kostet mich von Mal zu Mal mehr Überwindung, Teile toter Tiere zuzubereiten.

Chloé ist ebenfalls Vegetarierin. Also … Madame, zeigen sie Mitleid.

21. August - Italienischer Abend

… und wieder mal wurde eine Hoffnung zunichte gemacht. Tiramisu! Es hört sich zwar sehr japanisch an, ist aber italienisch … und Misukis Lieblingsdessert!

Oh! Warum hat Chloé ein solch gutes Gedächtnis? Warum kann es nicht ein einfacher Pudding sein? Ihr lacht schon wieder! Ich weiß … der würde mich auch vor hohe Hürden stellen, aber Ihr müsst mir doch auch etwas Anlaufzeit geben, etwas Zeit zum Eingewöhnen. Schließlich bin ich in Sachen Dessert noch nicht lange im Geschäft. Ihr lacht ja schon wieder! Okay! Auch wenn ich mich Monate damit beschäftige, es wird immer eine Herausforderung sein. Wer mag denn schon Desserts? Ich nicht! Mir reicht ein Apfel!

Genug zu Desserts! Kommen wir zum Hauptgericht. Pollo cacciatore! Huhn nach Jägerart! Kennt Ihr nicht? Ich auch nicht, aber ich habe Monsieur Internet um Rat gefragt. Das ist Coq au vin auf Italienisch. So ungefähr! Naja! Fast … Ich höre ein kollektives Aufstöhnen. Oh ja! Ich erinnere mich noch sehr gut. Coq au vin. Mein erster Kochversuch. Erinnert Ihr euch noch an all die verkokelten

Hähnchenschenkel?

Mir tut immer noch der arme Mäx leid. Seit diesem Abend kann er kein Hühnchen mehr essen. Der Schock sitzt zu tief. Ich habe inzwischen so einiges in Briketts verwandelt, aber so etwas schreckliches, wie an diesem Abend, habe ich nie wieder serviert. Sagen wir mal so … es ist der zweite Versuch von Coq au vin, diesmal auf Italienisch.

Nachdem ich heute schon dieses Tiramisu zubereitet habe, bin ich etwas erschöpft. Jetzt steht es im Kühlschrank und schläft. Fragt nicht, wie viele Nerven und noch mehr Eier mich dieses Dessert gekostet hat. Das erzähle ich Euch nächstes Mal.

24. August - Nimm Beine

Tja! Diesmal hatte ich zwei Tage, um das Essen zuzubereiten. Ich muss sagen: Zum Glück! Wie ich das an einem Tag hätte erledigen sollen … aucune idée.

Diesmal gehen wir zurück zum Donnerstag. Chloé hatte mir bereits am frühen Morgen mitgeteilt, was ich kochen muss. So konnte ich alle Einkäufe bereits am Nachmittag erledigen.

Im Feinkostladen gab es die üblichen Kommentare zu meinem letzten Kochevent. In einem waren sich alle einig. Wenn man die Portionen betrachtet, könnte man meinen, ich würde meine Gäste auf Diät setzen.

Jetzt muss ich aber etwas zu meiner Verteidigung vorbringen. Es sieht immer besser aus, wenn die Teller nicht voll gehäuft sind. Da gebt ihr mir sicherlich Recht. Uuund … manchmal gibt es auch noch Nachschlag, wenn denn jemand noch mehr möchte. Lacht nicht … das kam auch schon vor. Aber … Ihr habt ja sooo Recht … manchmal habe ich nicht mehr, als das, was auf den Tellern landet. Die Fluktuation beim Kochen ist groß, manchmal etwas größer und manchmal bin ich froh, dass ich überhaupt noch etwas habe, das ich auf den Teller legen kann.

So, wieder mal abgeschweift. Zurück in den Feinkostladen. Alle wollten wissen, wie mein neuer Auftrag lautet. Ich erzählte, dass es ein italienischer Abend würde. Pollo cacciatore und Tiramisu. Massimo, ein Verkäufer mit italienischen Wurzeln, konnte sich ein weinerliches oooh nicht verkneifen. Es war ein schreckliches oooh. Ihr wisst doch sicherlich, wie es sich anhört, wenn ein Italiener leidet. Non? Ich kann Euch sagen … schrecklich.

Seine Kollegen waren etwas konsterniert, angesichts ihres leidenden Kollegen. Das änderte sich, als er *Coq au vin* sagte. Jetzt verstanden alle. Ich wunderte mich, dass sie nicht in sein Jammern einfielen, aber in ihren Gesichtern konnte ich lesen wie in einem Buch. »*Lass es!*«, sagten sie.

Irgendwann beruhigte sich Massimo wieder. Er meinte, ich müsse ausprobieren die Rezept von seine Maamaa. Sie würde machen die beste Tiramisu von die Welt. Während er mir Anweisungen gab, schrieb er das Rezept auf und machte sich daran, die Zutaten zusammenzusuchen.

»Für die Pollo cacciatore, man braucht eine ganze Huhn. Lass es! Das, es geht voll in die Hose wieder! Nimm Beine! Das es ist einfacher für dich. Lass sie baden und machen Wellness. Sonst es schreit wieder die Rauchmelder und du machen ihn kaputt.«

Ich muss ja jetzt nicht groß beschreiben, wie bemüht seine Kollegen waren, sich das Lachen zu verkneifen. Sogar ein paar Kunden grinsten vor sich hin.

Eh bien soit! On rit toujours du malheur d'autrui. Mir war das Lachen vergangen. Nimm Beine!

Zuhause beging ich den Fehler, nicht die Freitäglichen Vorbereitungen zum Schutz meines Hauses zu treffen. Es war Donnerstag und es stand nur ein Dessert auf dem Plan. Tja! Nur ein Dessert! Tiramisu! Übersetzt: Zieh mich hoch! Irgendwas muss dieses Tiramisu falsch verstanden haben. *Ich spritz dir die Küche voll*, würde besser passen.

Aber … fangen wir ganz am Anfang an, bei den Eiern. Oui, bei den Eiern. Bis dahin hatten Eier und ich ein gutes Verhältnis zueinander. Das hat sich allerdings drastisch geändert. Mon Dieu! Erst teilen sie sich nicht und dann machen sie auch noch auf Zicke!

Also! Auf Massimos Zettel stand *Eier trennen*. Ohoh! Ich muss euch ja wohl nicht lang und breit erklären, dass ich noch nie Eier getrennt habe. Ich bat Monsieur Internet um Hilfe. Er schickte mir hunderte Videos zum Thema *Eier trennen*. Nachdem ich mir gefühlte tausend Videos angesehen hatte, war ich völlig fertig. Eier trennen ist nicht Eier trennen. Warum schickt mir Monsieur Internet aber auch immer hunderte Antworten zu einer einfachen Frage. *Eine* richtige Antwort würde ausreichen.

Okay! Sicherlich denkt er sich, dass etwas Auswahl nicht schlecht wäre. Er will mir wohl zeigen, dass viele Wege nach Rom führen. Ich muss nur meinen eigenen Weg finden. Et voilà! Ich habe ihn gefunden. Zumindest, was das trennen von Eiern betrifft, aber glaubt mir, es war ein harter und steiniger Weg.

Im Rezept war angegeben, man solle fünf Eier trennen. Am Ende hatten es drei geschafft, sich voneinander zu lösen. Nun ja! Ich hatte dreißig Eier gekauft. Im Kühlschrank waren weitere zwölf bevorratet (meiner Perle sei Dank). Tja! Sagen wir mal so! Ich habe meiner Perle das Aufschlagen der Eier abgenommen. Sie konnte Freitag Kuchen backen … viele Kuchen backen. Ich habe freundlicherweise das Eigemisch immer viererweise in kleine Gläser gefüllt. Was tut man nicht alles … Das Damoklesschwert der angedrohten Kündigung schwebt noch immer über meinem Kopf. Eier trennen ist nicht einfach!

So! Zurück zum Rezept. Das Eiweiß sollte zu Schnee geschlagen werden. Steif! Oh! Wieder Monsieur Internet um Hilfe gebeten. Inzwischen glaube ich, dass der weise alte Mann extra für mich einen Spezialisten abgestellt hat. Einen Spezialisten für dämliche Fragen. Meine dämlichen Fragen.

Okay! Videos angeschaut und Eischnee geschlagen. Allerdings war ich etwas irritiert. Sieben Videos angeschaut. Fünf deutsche und zwei französische. Die deutschen Köchinnen meinten, man solle eine saubere Schüssel oder ein sauberes Gefäß nehmen. Euh! Ist es in Allemagne nicht selbstverständlich, dass man sauberes Geschirr benutzt?

Weiter geht's. Eigelb mit Zucker aufschlagen. Solange, bis eine cremige Masse entstanden ist. Oooh! Vielleicht hätte ich die Maschine nicht auf höchste Stufe stellen sollen? Sagen wir mal so … was noch in der Schüssel verblieben war, war nicht der Rede wert und weit von einer cremigen Masse entfernt. Die gelben Spritzer (auf der grünen Tapete) sahen fast schon gut aus. Über die Spritzer in der restlichen Küche breiten wir besser den Mantel des Schweigens aus.

Oui, ich brauche wieder ein neues Outfit. Ich werde mir künftig eine Schürze umbinden. Das wird mir langsam aber sicher zu teuer. Jede Woche mehr Platz im Kleiderschrank. Ich hasse kochen!

Ich rief im Feinkostladen an und fragte, ob es möglich sei, mir mehrere Eigelbe zu liefern. Eigelbe! Keine Eier! Nach kurzer Pause (man hörte nur unterdrücktes Glucksen) sagte man mir, dass die Eigelbe sofort auf die Reise gingen. Wie viel Eigelbe ich denn benötigen würde? Ich muss ja wohl nicht sagen, dass ich mehr als fünf geordert habe. Fünferweise in Gläser gefüllt. Okay! Fünfundvierzig Minuten später waren die Eigelbe in meine Küche. Ich kann Euch sagen, es dauerte eine kleine Ewigkeit, bis die Maschine das Eigelb-Zuckergemisch in eine cremige Masse verwandelt hatte. Der Quirl lief so langsam, dass man bei seinem Anblick fast in Hypnose versetzt wurde.

Okay! In die cremige Masse musste Mascarpone eingerührt werden. Das lief eigentlich ohne größere Probleme ab. Allerdings gestaltete sich das Unterheben des Eischnees etwas schwieriger. Da gab es ein paar Wölkchen, die absolut nicht wollten, wie sie sollten. Vielleicht waren meine Bemühungen zu heftig oder was auch immer, jedenfalls sah die Masse in meiner Schüssel nicht cremig, luftig, leicht aus. Sie glich mehr einer zähfließenden Masse.

Ich kochte Espresso. Hundertfünfzig ml Espresso. Das war eine Arbeit! Meine Maschine brüht nur Espresso für winzige Tassen auf. Ich mischte Amaretto in den Espresso und tauchte die Löffelbiscuits ein. Massimo hatte auf den Zettel (in Großbuchstaben, unterstrichen und mit drei Ausrufezeichen versehen) geschrieben: *NE PAS TREMPER!!!* (Nicht einweichen) Was er wohl damit meinte?

Ich schichtete Biscuits und Crème, strich alles glatt und stellte die Form in den Kühlschrank. Jetzt durfte sie eine Nacht schlafen. Kurz vor dem Servieren würde sie noch mit Schokoladenpulver bestäubt. Das Tiramisu schlief im Kühlschrank und ich fast im Stehen.

Freitag - Der Tag des Pollo cacciatore. Maître Gayet hatte mir so viele *Beine* eingepackt, dass mir angst und bange wurde, bei dem Gedanken, dass ich die meisten davon in Briketts verwandeln könnte.

Monsieur Internet hatte mir viele schöne Bilder geschickt, von denen ich mir einige ausgesucht hatte. Allerdings waren die Rezepte alle in italienischer Sprache verfasst. Verständlich, bei einem italienischen Gericht. Ich verstand nicht allzu viel und suchte nach Rezepten in einer mir verständlichen Sprache. Schon die Erwähnung des Olivenöls erschien mir wie eine Kriegserklärung. Das bedeutete Fettspritzer ohne Ende. Grrr!

Ich pellte und zerteilte Schalotten und Knoblauch, wusch Tomaten und goss Oliven in ein Sieb, tupfte die Hühnerbeine trocken und war mit den Vorbereitungen fertig. Das Schlimmste sollte aber noch kommen. Olivenöl und Hühnerbeine!

Mir blieb nichts anderes übrig, als Olivenöl zu erhitzen. Oui! Es spritzte und die Küche funkelte vor Fettspritzern. Wie Ihr wisst, bin ich lernfähig. Ich legte den Deckel auf und nahm die Pfanne vom Herd. Neue Pfanne, neues Öl, weniger Hitze. Ich würde so gerne einmal (ich wäre wirklich schon mit einmal zufrieden) etwas scharf anbraten, das man auch als scharf angebraten identifizieren könnte. Nicht als überbräunt oder verkokelt. Allerdings muss ich zugeben, ich weiß ja nicht mal, wie scharf angebraten aussieht. Vielleicht ist es der winzige Moment, bevor sich das Fleisch in Briketts verwandelt?

Ich werde demnächst Frida, eine Sterneköchin bitten, mich mal kurz in ihre Küche zu lassen, damit ich mir etwas scharf Angebratenes ansehen kann. Oui! Ich weiß, was Ihr jetzt denkt. Am besten würde ich einen Kochkurs belegen. Vielleicht einen Crashkurs bei Frida machen, aber dafür fehlt mir die Zeit. Okay! Auch die Lust! Einmal pro Woche kochen ist schon mehr als genug.

Okay! Wieder abgeschweift. Bevor das Öl spritzen konnte, legte ich die Hühnerbeine hinein. Vielleicht war es gut gemeint, aber jedenfalls falsch gemacht. Da war wieder dieser winzige Augenblick, in dem ich mich in Sicherheit bringe, wenn das Fett anfängt zu spritzen. Der Augenblick, bevor ich den Deckel auflegen und die Pfanne vom Herd nehmen kann. Dieser winzige Moment, in dem sich das scharf angebratene Fleisch in Briketts verwandelt, aber ich war fest entschlossen, gebräunte Hühnerbeine in der Pfanne zu haben. Leider gelang auch der nächste Versuch nicht. Ihr wisst schon, dieser winzige Moment …

Tja! Vielleicht hätte ich mir Massimos Worte zu Herzen nehmen und den Hühnerbeinen ein Wellnessbad spendieren sollen. Okay! Sie würden nicht knackig braun werden, aber hellbeige ist doch auch eine Farbe. So kam, was wohl immer kommen muss, Wellnessbad! Okay! Die Hühnerbeine brauchten schon eine Ewigkeit, bis sie überhaupt mal ihre Farbe unwesentlich änderten. Auch die Schalotten gaben sich keinerlei Mühe, zu bräunen.

Ich kam ins Grübeln. Die Hühnerbeine sollten scharf angebraten, mit Wein abgelöscht werden (*abgelöscht?*) und dann (… *abgelöscht?*) eine halbe Stunde ziehen. Ziehen … mal abgesehen von diesem Wort, das ich nicht mag … *abgelöscht?* Also … in hellen Flammen stand in meiner Küche noch nichts. Que Dieu nous préserve! Okay! Aber, wenn sie jetzt schon wellnessten, bedeutete das doch, dass sie nachher nicht auch noch eine halbe Stunde ziehen mussten oder doch?

Die Klingel ertönte und riss mich aus meinen Gedanken. Ups! Wieder mal das Zeitlimit überschritten. Misuki hatte sich schon gedacht, dass sie sich noch gedulden musste und in Baron de Rothschild einen würdigen Zeitvertreib finden würde. In diesem Moment liebte ich die stoische Ruhe der Asiaten. Ich führte Misuki in den Salon und stellte ihr den Baron zur Seite. Ich verzog mich wieder in die Küche, nicht ohne Misuki vorher auf eine längere Wartezeit vorzubereiten.

In der Pfanne hatte sich inzwischen nicht viel getan. Ein Wellnessbad ist nun mal kein Solarium. Ich erhöhte die Temperatur leicht, wirklich nur leicht. In der Pfanne brutzelte es und mir wurde etwas bange, aber alles blieb, wo es war. Ich wendete die Hühnerbeine und siehe da, sie hatten sich etwas gebräunt. Ich war begeistert. Jetzt nur keine Fehler machen. Ich gab den Wein in die Pfanne, legte die Tomaten hinzu und den Deckel auf.

Kurze Zeit später hatte ich einen Geistesblitz, auf den ich immer noch stolz bin. Oliven und Gewürze! Ha! Heute würde es gewürztes Essen geben. Okay! Ich war mir nicht sicher, ob ich es vielleicht wieder mit dem Pfeffer zu gut gemeint hatte, aber Asiaten lieben scharfe Küche.

Dreißig Minuten später war das Pollo cacciatore fertig. Seine Köchin allerdings auch. Ich richtete alles auf einem Teller an und machte das obligatorische Foto. Oh non! Da liegt nicht etwa mehr auf dem Teller … der Teller ist kleiner.

Ich bat Misuki zu Tisch. Zu gerne hätte ich gewusst, welche Gedanken sich hinter ihrem Lächeln verbargen. Nach dem ersten Bissen konnte man allerdings sehen, dass sie erleichtert war. Nicht nur das … sie war begeistert. Die Hühnerbeine waren zart und gut gewürzt, auch wenn sie noch etwas Chili zum Nachwürzen brauchte. … aber sie ist Asiatin … an scharfes Essen gewöhnt … Und dann geschah ein Wunder! Dieses zierliche Püppchen erbat sich Nachschlag. Ich konnte es kaum fassen. Nur zu gerne kam ich ihrem Wunsch nach. Allerdings fragte ich mich, ob die Bitte nur der Höflichkeit der Japaner geschuldet war.

Ich ging wieder in die Küche, um das Tiramisu zu bestäuben. Okay! Das Wort bestäuben kommt von Staub. Staub macht sich bekanntlich überall breit. Ihr ahnt was kommt? Oui? … Non! Nicht mal annähernd.

Ich öffnete die Packung Schokopulver. Die erste Ladung braunes Pulver machte sich breit. Nun stellte sich mir die Frage, wie ich dieses Pulver auf das Tiramisu bekommen sollte. Einmal kräftig in die Packung blasen und … das war ein Witz! Nach längerem Überlegen kam ich zu dem Entschluss, dass ich das Pulver mittels eines Siebes über dem Tiramisu verteilen würde.

Okay! Vielleicht hätte ich etwas länger nachdenken sollen. Das Pulver fiel durch das Sieb, als hätte es kein Netz, das es fein verteilen könnte. Wie ein Fass ohne Boden. Das Tiramisu war immer noch unbestäubt. Meine Küche allerdings … Oh mon Dieu! Mary wird in Ohnmacht fallen.

… und meine Schuhe … oooh … die waren nagelneu … Jetzt sind sie gesprenkelt. Ich hasse kochen!

Weiter gings! Ich nahm das kleinste, feinste Sieb, das ich in meiner Küche finden konnte. Et voilà! Es waren zwar noch einige helle Stellen zu sehen, aber der größte Teil war bestäubt. Auch wenn ich für einen Augenblick der irren Meinung war, ich hätte die größten Hürden geschafft, so muss ich zugeben, dem war nicht wo. Das Tiramisu musste noch auf den Teller.

Das erste Stück landete verunfallt, das zweite hatte keinen Boden, dem dritten fehlten ein paar Biscuits. Aber dann … Okay! Eine Minute später sah es nicht mehr so kompakt aus. Ihr wisst schon … der Eischnee …

Ich servierte Misuki das Tiramisu. Was dann geschah, kann ich immer noch nicht glauben. Ihr wohl auch nicht. Misuki schloss voller Genuss die Augen. Ein langes hmmmmm folgte.

»Ist das lecker«, sagte sie immer wieder. »Das ist eines der besten Tiramisus, die ich je gegessen habe.«

Wie sagte Massimo? »Meine Maamaa machen die beste Tiramisu von die Welt.« Wie würde dieses Tiramisu wohl schmecken, wenn es Massimos Mama zubereitet hätte?

Ich muss sagen, es war ein gelungener Abend, was das Essen betrifft. Die Zubereitungen allerdings …

Jetzt sind es noch dreißig Events! Ich werde auch diese hinter mich bringen. Ob ich allerdings je wieder dieses: »Hmm ist das lecker«, hören werde? Egal! Ich würde gerne sagen, es kann nur noch besser werde, allerdings kenne ich mich und meine Kochkünste zu gut, um so etwas zu schreiben.

Repas d'adieu - Arrosto di manzo

27. August - Eine Lady kommt zum Essen

Erst mal wieder ein Dankeschön für Eure vielen Mails. Es ist immer wieder schön zu lesen, wie sehr Ihr euch amüsiert. Wenigstens Ihr habt euren Spaß.

Spaß hatte auch Harry. Ihr erinnert Euch an ihn? Ossobuco alla milanese? Oui! Okay! Er erfreut sich immer noch bester Gesundheit. Mein Essen hat ihm nicht geschadet. Er hat sich sehr amüsiert, als er meinen letzten Blog gelesen hat. Dabei ist ihm eine (wie er sagt) glänzende Idee gekommen. Eier! In allen Variationen!

Seine Frau, meine Freundin Mary, kann auch nicht kochen. Jetzt hat er sie zu einer Wette aufgefordert (natürlich hat er mich zuvor gefragt). Sie muss mit mir Eier zubereiten. Dafür haben wir acht Stunden Zeit. Die Eier sind limitiert. Das heißt, pro Gericht steht nur eine begrenzte Anzahl zur Verfügung. Mein Verbrauch wäre definitiv zu hoch. Haha! … und er will ab und zu mal Mäuschen spielen. Aha! Dazu kann ich nur sagen: Mutig! Ihr erinnert Euch an die fliegende Pfanne?

Das heißt für mich, ich muss Freitag kochen und Samstag habe ich Spaß mit Mary. Mais oui! Ich werde Euch alles darüber berichten. Ihr bekommt auch ein paar Bilder zu sehen. Ich freue mich sehr, denn dieses Eierfestival findet in Marys Küche statt!

So, jetzt aber zu meinem nächsten Gast. Lady Elisabeth, gebürtige Deutsche, lebt in Schottland, Mutter eines wundervollen Sohnes und granny einer reizenden zweijährigen. Über ihr Alter reden wir nicht. Sie kann es kaum erwarten, mich als Köchin zu erleben. Sie meinte, ich solle vorsichtshalber eines dieser delikaten Gemüsegratins aus dem Feinkostladen mitbringen. Das könne sie notfalls selbst in den Backofen schieben. Nun ja! Sie setzt offenbar keine allzu großen Erwartungen in meine Kochkünste.

Hoffen wir das Beste!

28. August - Gianna

Mein neuer Auftrag: Giannas Abschiedsessen.

Minestrone, Arrosto di manzo e Panna cotta, tutto alla Gianna. Gemüsesuppe, Rinderbraten und Panna cotta, alles nach Art von Gianna.

Dazu muss ich Euch etwas erzählen. Gianna war eine gute Freundin. Assistenzärztin in der Neurochirurgie und begeisterte Hobbyköchin. Sie liebte es, Freunde und Kollegen zu bekochen. Es war im Mai 1992, als sie ihre engsten Freunde und ein paar Kollegen einlud, um mit ihnen das Leben zu feiern. Tags zuvor hatte sie auf dem Wochenmarkt viele Zutaten eingekauft und Schwester Henriette brachte alles in die Stationsküche.

Mit Hilfe von Pierre, Ben, Monja und einigen anderen wurde das Gemüse vorbereitet. Ich kann

Euch sagen, da lagen bergeweise Paprika, Knoblauch, Lauchzwiebeln und Tomaten. Es ist ein Unterschied, ob man für ein oder zwei Gäste kocht und Gemüse schnippelt oder ob man es für fünfundzwanzig Gäste macht.

Gianna kochte nicht nach Rezept. Sie kochte nach Gefühl. Was dabei herauskam, werde ich Freitag nachkochen. Besser gesagt, ich werde es versuchen. Leider kann ich nicht das nötige Gefühl mit einbringen, aber ich werde an sie denken.

Gianna starb ein paar Wochen später an einem Hirntumor. Heute wäre ihr Geburtstag.

Joyeux Anniversaire Gianna

31. August - Repas d'adieu

Nach einem sehr emotionalen Kochevent muss ich mich heute überwinden, diesen Beitrag zu schreiben.

Begeben wir uns in den Feinkostladen. In Anbetracht des ursprünglichen Anlasses, fielen die Kommentare etwas ruhiger aus. Obwohl sich alle darin einig waren, dass ich mich mit einem Menu an den Rand des Wahnsinns bringen werde. Nun ja!

Da ich bereits Monsieur Internet um ein paar Bilder von Panna cotta gebeten hatte und ich einige Rezepte gelesen hatte, kam ich kurz in Versuchung, fertige Panna Cotta zu kaufen. Oui! Ist schon gut! Ich sagte kurz! Ich bereite doch immer alles selbst zu. Okay! Diese verflixten Sauces … hollandaise, béarnaise, béchamel und wie sie alle hießen … da kamen einige aus dem Glas … aber ich hatte vorher immer mein Bestes gegeben …

Die Champignons kamen aus dem Glas. In Giannas Gericht gab es auch Champignons aus dem Glas. Zu ihrer Panna cotta gab es frische Erdbeeren, aber zu dieser Jahreszeit gestattete ich mir eine kleine Änderung. Pfirsiche und Himbeeren statt Erdbeeren und mein Arrosto di manzo garte im Schnellkochtopf. Dass Gianna das Kochen (auch in Anbetracht ihrer schweren Erkrankung) leichter von der Hand ging, muss ich nicht ausführlich erwähnen.

Panna cotta … gekochte Sahne! Oh! Eigentlich hätte ich mir denken können oder gar müssen, dass das auch wieder etwas mit putzen und wischen zu tun hat.

Ich füllte 375 ml Sahne in den Topf. Wieso solch eine Menge? Warum nicht drei-, vier- oder fünfhundert? Aucune idée! Da fällt mir ein … ich wollte ja die Rezepte nicht mehr hinterfragen. Es bringt mir nichts. Okay! Ich gab also die Sahne in den Topf. Sie verhielt sich ruhig. Das hätte mich misstrauisch machen müssen. Hat es aber nicht. Böser Fehler!

Die Sahne ruhte da so im Topf vor sich hin. Brav und still. Ich fragte mich, wie lange es wohl dauern würde bis … als der ruhige Sahnesee sich in reißende Lava verwandelte, hoch stieg und über den Topf in die Freiheit quoll. Es zischte, brodelte und dann … der Gestank! Angebrannte Milch stinkt, aber angebrannte Sahne … terrible!

Dass ich mir die Hand verbrannt habe, als ich den Topf vom Herd zog, möchte ich nur so nebenbei erwähnen. Diese kleinen Bagatellschäden, wie zerschnittene oder verbrannte Finger, erwähne ich schon lange nicht mehr, aber solche Arten von Kollateralschäden kann man erwähnen. Ich weiß inzwischen, dass Kochen manchmal weh tut, aber das war äußerst schmerzhaft und es sollte noch schlimmer kommen …

Nach einer längeren Auszeit, die ich mit kühlen verbrachte (okay … ich habe die Zeit auch genutzt, um mir zwei Cappuccino zu gönnen), startete ich den nächsten Versuch. Dass es sich um
einen hohen Topf gehandelt hat, könnt ihr euch denken. Die Hürde für die Sahne wurde sozusagen
einige Zentimeter höher gelegt. Wenn sie erst mal sieht, dass das Hindernis größer ist, bleibt sie im
Topf, dachte ich zumindest. Dem war aber nicht so. Sahne ist sehr sportlich und wenn sie sich erst
mal entschlossen hat, den Topf zu verlassen … Okay! Könnt Ihr euch in etwa vorstellen, wie der
Herd aussah? Dann könnt Ihr euch auch denken, dass es etwas mehr Zeit in Anspruch genommen
hat, bis ich diesen Schaden beseitigt hatte.

Okay! Das Kochfeld musste erstmal abkühlen und ich nutzte die Zeit, um das Gemüse vorzubereiten, die Gelatine einzuweichen und ein oder zwei Cappuccino … Man gönnt sich ja sonst nichts.

Nachdem das Kochfeld wieder einsatzbereit war, startete ich Versuch Nummer drei. Nun ja!
Sagen wir mal so … ich habe die Sahne auf die Blacklist gesetzt. Sie ist aber auch zickig!

Ich bereute inzwischen, dass ich meiner Eingebung nicht gefolgt war und fertige Panna cotta
gekauft hatte. … und ich bereute nicht nur kurz! Mir lief mal wieder die Zeit davon und in der Küche stank es nach verbrannter Sahne. Terrible! … und wieder musste geputzt werden. Ob ich Mary
(meine Perle heißt auch Mary) künftig nicht als gute Fee in die Kochevents einbeziehen könnte? Ich
denke nicht. Putzen ist ein unerfreulicher Nebeneffekt des Kochens. … aber Bocuse hat auch nicht
selbst gewischt …

Okay! Kollektives Aufstöhnen! Es war nicht beabsichtigt, mich mit Bocuse … aber er hat trotzdem nicht selbst gewischt! Ich denke, es ist besser, Mary erst am Tag nach dem Kochevent in die
Küche zu lassen. Sie ist nach den Events immer etwas unwirsch und unleidlich. Wenn sie beim Kochen dabei wäre oder die Küche während des Kochens sehen könnte … mon Dieu! Also wische ich
selbst, bevor ich zu Marys Kollateralschaden werde …

Schon wieder abgeschweift. Also! Mir lief die Zeit davon und außer vorbereitetem Gemüse hatte ich
noch nichts vorzuweisen. Von den Versuchen, Sahne zu kochen, sehen wir jetzt mal ab. Oui! Es
kam, was nach vielen fehlgeschlagenen Versuchen immer kommt … Wellness! Der Sahne gefiel es
und sie blieb im Topf. Allerdings kann ich nicht sagen, ob sie jetzt eine Panna cotta war oder nicht.

Die Gelatine sah so wabbelig aus. Ob das so sein sollte oder ob sie einfach zu lange geweicht
hatte? Sozusagen überwellnesst war? Aucune idée. Ich habe noch nie eingeweichte Gelatine gesehen.
Vielleicht sollte sie so aussehen? Lacht nicht schon wieder. Ich weiß selbst, dass es ein Ding der
Unmöglichkeit ist, dass meine Gelatine auf den Punkt geweicht war.

Mit einem unguten Gefühl rührte ich die Gelatine unter die Sahne und hoffte inständig, dass alles
fest werden würde. Nun ja! So fest, wie Panna cotta sein soll. Ihr versteht? Okay! Ich füllte die Panna
wellnessa in Förmchen und stellte sie kühl. Ich frage mich, wie es Gianna damals geschafft hat, für
so viele Gäste Panna cotta zuzubereiten. Anscheinend liegt das Kochen den Italienern im Blut und
nichts und niemand hält sie davon ab. Nicht mal ein ungebetener Gast im Kopf …

Nachdem die Panna wellnessa endlich fertig war, nahm ich die Minestrone in Angriff. Das war einfach. Sogar für mich! Lacht nicht! Es ging nichts schief! Ehrlich! Diesmal wäre es auch egal, wenn das Gemüse verkocht wäre. Es wurde püriert und man würde es nicht merken. Aha! Vielleicht sollte ich nur pürierte Gerichte zubereiten. Gianna pürierte die Suppe, damit auch die Chemo- und Strahlentherapiegeschädigten davon essen konnten. Mehr möchte ich dazu nicht sagen …

Mein nächster Gegner wartete schon. Ein Stück Rindfleisch, das zu einem Arrosto di manzo werden sollte. Da ich der Zeit mal wieder hinterherlief, beschloss ich, dem Fleisch sofort ein Wellnessbad zu gönnen.

Ich versuche bei jedem Kochen, die Tatsache auszublenden, dass da ein Stück totes Tier in meiner Pfanne liegt, aber diesmal wollte mir das nicht gelingen. Ich dachte an Gianna, die einen riesigen Arrosto di manzo in der Pfanne hatte. Stark angebräunt und nicht hellbraun-beige.

Nachdem ich eingesehen hatte, dass es nicht noch hellbraun-beiger ging, verwandelte ich meine Pfanne in einen Schnellkochtopf. So würde der Arrosto di manzo nur eine Stunde benötigen, bis er gar war. Hörte sich gut an. Merci Juan-Pablo! Okay! Ich hatte vorab schon mal ein paar Trockenübungen gemacht. Lacht nicht! Es ist nicht so einfach, einen Deckel auf diese Töpfe und Pfannen zu drehen. Auch wenn der Braten nur eine Stunde brauchen würde, war ich wieder mal zu spät.

Es läutete und Lady Elisabeth kam. Sie war besorgt wegen meines schlechten Aussehens. Okay! Verbrannte Sahne und Erinnerungen hatten ihre Spuren hinterlassen.

Ich führte Lady Elisabeth in den Salon und leistete ihr Gesellschaft. Wow! Zum ersten Mal saß ich bei einem Gast und überließ ihn nicht dem Baron. Okay! Die Lady wusste die Gesellschaft des Barons durchaus zu schätzen. Ich zog einen weiteren Cappuccino vor. Nach kurzem Smalltalk begab ich mich wieder in die Küche. Dort wartete noch die Sauce für den Fruchtspiegel.

Schon mal Himbeeren gekocht? Oui? Ich nicht! Die zarten Früchtchen genossen das Wellnessbad. Dann mussten sie *durch ein Sieb gestrichen werden*. Tja! Schon mal Himbeeren durch ein Sieb gestrichen? Ich nicht! Werde ich auch nie wieder tun! Muss ich noch mehr dazu sagen? Oui? Mon Dieu … lasst uns besser den Mantel des Schweigens darüber ausbreiten. Non! Mon Dieu! Seid ihr hartnäckig!

Ich bat mal wieder Monsieur Internet um Hilfe. *Himbeeren durch ein Sieb streichen!* Irgendetwas hat er an meiner Frage nicht verstanden. Er schickte mir massenweise Rezepte mit Himbeeren. Schon mal was von Himbeer-Ketchup gehört? Ich nicht!

Neuer Versuch! *Durch ein Sieb streichen!* Was schickt er mir? Siebdruck … Farbe durch ein Sieb streichen … Wände streichen … durchstreichen … anstreichen … Frag Mutti … *Frag Mutti?* … *Fraag Mutti? … Fraaag … Mutti?* Ich war fassungslos. Okay, er kennt meine Mutter nicht, sonst käme er nie auf die Idee, mir meine Mutter als Ratgeber zu nennen. Schon gar nicht, wenn es ums Kochen geht …

Nun ja! Wie wär's mit: Frag Mary? Ist ja nur eine Frage! Non! Mary ist tabu! Okay! Frag Juan-Pablo! Ein Anruf … eine klitzekleine Frage … ein kurzes Lachen … eine etwas längere Erklärung … auf gings!

Okay! Sagen wir mal so … Himbeeren sind nicht gerade das, was man knackig nennt. Haben sie erst mal gewellnesst, sind sie so … nun ja … wie soll ich sagen? Noch weniger knackig? Ganz und gar unknackig? Weich? Sehr weich? Okay! Matschig! Sehr matschig! Nun ja! Sie plumpsten alles andere als elegant in mein Sieb ... so platschmäßig. Oui! Ich schreibe es ja schon nieder.

Die überweichen Himbeeren plumpsten ins Sieb, verspritzten ihren Saft in alle Himmelrichtungen, über die Arbeitsplatte, an die Wände, schmückten diese mit kleinen roten Sprenkeln und landeten schließlich auch noch an der Fensterscheibe, an der sie in winzigen Bächen hinunterliefen. Vielleicht war es auch unklug, ein weißes Shirt zu tragen ... keine Schürze ... weiße Schuhe ... Ich hasse kochen!

Die Zeit raste mal wieder. Der Timer zeigte, dass der Arrosto di manzo fertig war ... und ich hatte das Gemüse vergessen! Ohoh! Jetzt musste es schnell gehen, aber ich gab dem Wellnessbad letztendlich doch den Vorzug. Auch wenn es etwaaas länger dauern würde, wäre es immer noch besser, als mehrere Versuche der schnellen Art. Ihr versteht?

Inzwischen kochte ich Pasta für die Minestrone. Sie war wie immer al dente. Ich wusste doch, dass ich mich auf die Pasta verlassen kann. Wenn mir alle Gerichte gelingen würden wie Pasta, dann ... Hört auf zu lachen! Ich weiß selbst, dass dieser Gedanke ins Reich der Utopie gehört ...

Okay! Jetzt musste der Deckel wieder von der Pfanne. Trockenübungen am leeren Topf ist eine Sache, aber an der heißen Pfanne ... Ist es ausreichend, zu erwähnen, dass der Verbrennung an der Hand eine Verbrühung folgte? Brandblasen sind hässlich und Ärzte können so fies sein ... Besonders wenn sie einen gewissen Blog lesen ...

Zurück in die Küche. Ich gab Suppe, Parmesan und Pasta in die Suppentasse, dekorierte und machte das obligatorische Foto.

Die Lady kam zu Tisch und ich servierte die Minestrone. Okay! Ich kann mir denken, dass die Lady noch nie zuvor solch eine Minestrone gesehen hatte. Es verwunderte mich deshalb nicht, dass sie etwas erstaunt die Suppe in Augenschein nahm. Sie zögerte merklich, sich etwas davon einzuverleiben. Alles andere als ladylike schnupperte sie daran, rümpfte unmerklich die Nase, zog die Augenbrauen hoch und führte den Löffel zum Mund. Nun ja! Sagen wir mal so. Ich habe gewürzt. Ihr kennt meinen Kleinkrieg mit dem Pfeffer. Es ist eine Sache, darüber zu lesen, aber eine andere ... Die Lady liebt scharfes Essen, aber diese Suppe brauchte doch etwas mehr Sahne zum Entschärfen.

Es tat mir soooo leid, dass ich dieser reizenden Lady und Mutter eines wundervollen Sohnes (der übrigens Gast bei meinem letzten Event sein wird ... falls ich bis dahin durchhalte ...), solch eine feurige Minestrone vorgesetzt habe, aber sie wusste ja, auf welches Abenteuer sie sich einlässt.

Okay! Kommen wir zum Arrosto di manzo. Das Fleisch war weich und ließ sich gut schneiden. So richtig gebräunt und mit schöner Kruste war es allerdings nicht.

Das Gemüse war inzwischen ebenfalls gar. Okay, vielleicht etwas zu fest, aber Lady Elisabeth hat noch gute Zähne, zudem soll man jeden Bissen mindestens zwanzig Mal kauen ... mindestens ...

Ich drapierte alles auf einem Teller, machte das obligatorische Foto und servierte. Inzwischen ist es mir egal, wie verwöhnt die Gaumen meiner Gäste sind. Sie speisen bei mir, nicht bei Bocuse.

Lady Elisabeth war erstaunt. Optisch okay! Das Fleisch war zart. Allerdings hätte ihm etwas der

Schärfe der Minestrone gutgetan. Okay! Ich habe vergessen zu würzen. Kann doch mal vorkommen … Das Gemüse war … sagen wir mal … sehr bissfest und … na ja … kann doch mal vorkommen. Aber, wie bereits erwähnt, die Lady hat gute Zähne und die Menage stand auf dem Tisch.

Nach dem Essen legte sie eine längere Pause ein, bis sie sich das Dessert munden ließ und wenn ich sage munden, dann meine ich das auch … aber gehen wir erst mal wieder in die Küche.

Ich versuchte, die Panna wellnessa aus den Förmchen zu holen. Es schien, als hielte sich die Panna krampfhaft an der Form fest. Zickiges Zeug! Erst ein kurzer Schock, in heißem Wasser, löste ihre Umklammerung. Sie plumpsten auf die Teller und dabei geriet dann das ein oder andere etwas außer Form. Vielleicht war die Gelatine doch zu sehr überwellnesst? Aucune idée! So, jedenfalls, sollte die Panna cotta nicht aussehen. Am Ende hielt eines (ein einziges) seine Figur. Nun ja! Sagen wir mal … fast. Drehen wir das nicht ganz so wundervolle nach hinten …

Ich gab das Himbeermus auf die Teller, setzte die Panna wellnessa hinzu und drapierte die Pfirsichspalten darauf. Etwas Minze et voilà! Das sah gut aus! Schnell ein Foto und dann auf zum letzten Gefecht. Das Ding könnte eventuell auch noch seine Form verlieren und so platsch aussehen, wie seine Geschwister.

Lady Elisabeth traute ihren Augen nicht und ich meinen Ohren. Hmmm! Delicious! Dann waren nur noch weitere hmmms zu hören.

So! Ein äußerst emotionaler Kochevent ist zu Ende. Jetzt sind es noch neunundzwanzig Events! Neunundzwanzig! Endlich ist die drei verschwunden. Noch drei weitere Events und es ist Halbzeit.

Ehrlich gesagt, hätte ich nie gedacht, dass ich es bis hierher schaffen würde. Es geschehen immer wieder Wunder!

Fricassée de poulet à l'ancienne

03. September - Eine rüstige Rentnerin

Nach einem lustigen, aber anstrengenden Samstag, seit dem ich keine Eier mehr sehen kann, gibt es heute nur eine kurze Mitteilung.

Mein nächster Gast ist Elke, eine ehemalige Kinderärztin. Sie reist viel, liest gerne und ihr Hobby ist Fallschirmspringen. Ihre kulinarischen Vorlieben kommen aus der italienischen Küche. Ihr Lieblingsdessert ist Tiramisu. Ihr Pech und mein Glück, dass ich dieses Dessert bereits zubereitet habe, aber ich denke, Chloé wird wieder etwas in Petto haben, das mir die Nerven zählt.

Gehen wir kurz zum Samstag zurück. Ich habe versprochen, Euch von meinem Eier-Event mit Mary zu berichten. Leider habe ich momentan sehr wenig Zeit, aber der Bericht ist bereits in Arbeit. Ihr werdet Euch alsbald köstlich amüsieren.

04. September - Schon wieder Huhn

Diesmal muss ich backen. Tarte normande aux pommes. Apfelkuchen! Ich bin froh, dass es nicht auch noch tatin sein muss. Das ist so eine Art Caramel. Und dann wäre da noch Fricassée de poulet à l'ancienne. Hühnerfrikassee nach traditioneller Art.

Ich muss diesmal nicht Monsieur Internet um Rat fragen. Ich habe etwas getan, das nicht mal in meinen schlimmsten Alpträumen geschah. Mais oui! Ich habe mir ein Kochbuch gekauft. Nicht irgendein Kochbuch. Non! Julia Childs Kochbuch.

Ich bin seit heute Nachmittag stolze Besitzerin des meistverkauften Kochbuchs der USA. Es gibt nicht nur ein Kochbuch. Non! Julia Child hat zwei von den Dingern geschrieben. Wälzer, so dick und schwer, die locker zu einer Enzyklopädie gehören oder juristische Lehrbücher sein könnten.

Ich habe die beiden Dicken in der größten Librairie der Stadt gekauft. Non! Dort kennt mich niemand! Das soll aber nicht heißen, dass der Verkäufer nicht etwas dümmlich dreinsah, als er mir die Bücher einpackte. Es kommt nicht oft vor, dass in Paris englischsprachige Kochbücher über die französische Küche verkauft werden. Bisher waren die beiden Bücher nur Dekoration im Laden und niemand wollte sie haben.

Leider gibt es Julia Childs Ungetüme nur in englischer Sprache. Die Sprache ist kein Problem ... Aber! Angloamerikanische Maßeinheiten. Zum Glück gibt es Monsieur Internet. Er rechnet alles um. Aber ... schon mal ein drittel Gramm abgewogen? Non? AHA! Da haben wir ja endlich etwas gemeinsam.

07. September - Der letzte Event?

Heute gibt es nur eine Kurversion des letzten Events. Ich habe leider keine Zeit, Euch alles ausführlich zu berichten. Morgen gebe ich auch den Gast der nächsten Woche bekannt. Ebenso erfahrt Ihr morgen bereits, was ich nächste Woche kochen muss.

Der Event findet ausnahmsweise erst Sonntag statt. Ich sagte ja, ich habe momentan keine Zeit. Man muss Prioritäten setzen. Die Wette nimmt inzwischen viel zu viel Zeit ein. Auch wenn ich gerne gewinnen möchte, frage ich mich immer öfter, ob es die Sache wert ist. Ich werde nächste Woche darüber nachdenken. Vielleicht ist das heute der letzte Bericht über meine Versuche, etwas Essbares zuzubereiten. Wir werden sehen, aber gehen wir erst mal wieder in den Feinkostladen.

Die Damen und Herren konnten es kaum glauben, dass ich mir wirklich ein Kochbuch, pardon, zwei Kochbücher gekauft habe. Ich muss sagen, ich kann es auch kaum glauben, dass ich es wirklich getan habe. Böse Zungen behaupten zwar, ich würde sie sicherlich irgendwo deponieren, wo sie im Laufe der Zeit verstauben und dann irgendwann in Vergessenheit geraten. Irgendwann würde sie jemand auf dem Dachboden finden und sich freuen, dass die Antiquitäten noch jungfräulich sind.

Okay! Wieder abgeschweift. Maître Gayet legte die Stirn in Falten und meinte, das würde wieder ein Desaster geben. Huhn, Eier, Butter, Sahne. Alles Dinge, die auf meiner Blacklist stehen. Oui! Eier! Besser gesagt Eigelb, aber dazu erzähle ich Euch später mehr.

Die Damen und Herren konnten auch nicht glauben, dass ich wirklich dieses Dessert zubereitet habe. Es hätte sehr gut ausgesehen. Tja! Das ist die Sache mit dem blinden Huhn, das auch mal ein Korn findet.

Okay! Zuhause begann ich mit der Zubereitung der Tarte. Habt Ihr inzwischen mal Julie et Julia gesehen? Non? Dann wird es Zeit. Butter spielt darin eine große Rolle. Julia liebte Butter und konnte nicht genug davon in ihren Gerichten verarbeiten. Julie war genauso verrückt nach dem fetten Zeug. Ich kann es immer noch nicht fassen, dass jemand so viel Butter zu sich nehmen kann.

Zuerst dachte ich noch, Monsieur Internet hat sich bei der Umrechnung von lbs in Gramm verrechnet, aber Julia nahm wirklich so viel Butter. Mon Dieu! Wie sie so alt werden konnte, ist mir ein Rätsel.

Die Tarte aux pommes bereitete nicht viele Probleme. Allerdings sollten Eigelbe in die Tarte. Ups! Also, sagen wir mal so ... nachdem ich zwölf Eier aufgeschlagen und damit die Grundlage für Rührei hergestellt hatte, gab ich auf. Ich hatte mir aus dem Feinkostladen Eigelb im Glas mitgebracht. Lacht nicht! Das kann man dort kaufen. Wird täglich frisch zubereitet. Man sagt, wie viel Eigelbe man möchte und eine Fee zaubert Eigelbe in Gläser. Zwei oder mehr.

Oui ... ich nahm oder mehr. Ich brauchte doch auch noch welche für die Sauce des Fricassée de poulet. Eigelb in Sauce ... das konnte ja nicht gut gehen ... Doch dazu später mehr, zuerst musste der Teig hergestellt werden.

Okay! Ich muss gestehen, ich habe den Teig nicht mit den Händen gemischt oder geknetet. Non! Ich bevorzugte die KitchenAid. Nachdem die Maschine ihr Bestes gegeben hatte, musste der Teig ruhen. Das hieß Pause. Cappuccino ... okay ... zwei ... nun ja! Drei! Ein kurzer Blick in den Le Monde ... Was soll ich sagen? Die Zeit rast immer bei meinen Events ...

Der Teig sollte ausgerollt werden. Ohoh! Grauenvoll! Irgendwann war die Tarteform belegt. Brei-

138

ten wir den Mantel des Schweigens über das wie ...

Ich kochte Kompott und pürierte. Goss Kompott auf den Teig und verstrich es. Belegte die Form mit Apfelschnitten und stellte sie für fünfundvierzig Minuten in den Backofen. Inzwischen versuchte ich mich an der Aprikosenmarmelade. Sie musste aufgekocht und durch ein Sieb gestrichen werden. Naja!

Ich pellte Zwiebeln und heulte. Dann waren die fünfundvierzig Minuten um und die Tarte fertig. Ich habe glücklicherweise ein Foto davon gemacht. Sah noch gut aus, doch dann ... Aprikotiert! Schon dieses Wort ... *Aprikotiert* ... Okay! Das Aprikotieren üben wir noch ein bisschen ... oder auch nicht!

Fleisch geschnitten und nicht gebräunt, weil Julia das nicht wollte. Merci! Ich wunderte mich nicht mehr über die Menge Butter, die in die Pfanne musste. Es war Julias Rezept! Nach kurzer Wellness gab ich die Bouillon hinzu und hatte zwanzig Minuten Zeit, Champignons zu schneiden, zu braten, Mehlbutter herzustellen und Eigelb-Sahnesauce zu mischen.

Also ... zwanzig Minuten sind definitiv zu wenig. Ich gab mein Bestes, aber ... Es kam, was immer kam ... mein Gast ... und das Essen war noch nicht fertig. Egal! Baron de Rothschild leistete Elke Gesellschaft. Sie hatte auch nicht erwartet, dass ich pünktlich fertig werde.

In der Küche kochte das fricassée so vor sich hin. Es würde sich gerne mit dem Reis paaren, aber der war noch nicht fertig. Tja! Den hatte ich völlig vergessen. Wasserkocher ... Topf ... Reis ... kochen.

Ich habe Mehlbutter hergestellt. Julia hat in ihrem Kochbuch alles genau erklärt. Monsieur Internet wird künftig weniger dämliche Frage meinerseits zu beantworten haben. Vorausgesetzt, ich entscheide mich weiterzumachen.

Okay! Also ... Mehlbutter. Ich habe mal eine Paste angerührt, die fast die gleiche Konsistenz hatte wie diese Mehlbutter.

Mehlbutter unter das fricassée mischen und rühren. Oh mon Dieu! Ich bekam einen riesigen Schreck, als ich sah, was da in der Pfanne geschah. Die Bouillon verdickte sich und sah nicht gut aus. Ich rührte einen Löffel eingedickte Bouillon unter das Eigelb-Sahnegemisch. Böser Fehler! Ich hatte gelesen, dass die Bouillon etwas abkühlen sollte! Grrr! Im Eifer des Gefechts vergessen ...

Nächster Versuch! Ich hatte genug von dieser Eigelb-Sahnemischung vorbereitet. Ich kenne doch meine Kochkünste. Bouillon abkühlen lassen und mischen. Okay! Alles unter die Bouillon rühren und fertig. Sah gut aus.

Der Reis war gar, ich richtete alles auf einem Teller an, machte das obligatorische Foto und servierte Elke das Essen.

Sie war erstaunt, dass es so gut aussah. Fragte, ob diesmal nichts angebrannt war. Nun ja! Dass mir die Bouillon übergekocht war und einen grässlichen Gestank verbreitet hatte, musste ich ihr doch nicht erzählen ... das wird sie jetzt lesen.

Kommen wir zur Bewertung. Die Sauce war cremig, das Fleisch zart, der Reis verkocht und alles war fade. Ich hatte wieder mal vergessen zu würzen. Die Bouillon hatte es nicht geschafft, Geschmack an das Fricassée zu bringen. Oh! Entweder vergesse ich zu würzen oder überpfeffere alles. Das ist doch auch ein Grund, endlich das Handtuch zu werfen …

Kommen wir zur Tarte. Elke war wenig angetan, von der Aprikotierung. Die sah auch wirklich nicht gut aus. Aber! Die Tarte war lecker. Dieser Buttergeschmack … hmmm! Nun ja! Wem's schmeckt … Der Kaffee war schwarz wie die Nacht, genau Elkes Geschmack.

Jetzt sind es noch achtundzwanzig Events. Vielleicht werden es immer achtundzwanzig bleiben.

Auch wenn ich gerne gewonnen hätte …

Scaloppina milanese

08. September - Ausnahmsweise Montag

Heute mal ungewohnter Weise die Bekanntgabe meines nächsten Gastes und der nächsten Aufgabe an einem Tag.

Mein nächster Gast ist ein Mann. Mittfünfziger, Single, Professor für Soziologie und Hobbypilot mit eigenem Helikopter. Ich hoffe, dass er nicht in meinem Garten landet. Lacht nicht. Solche verrückten Sachen sind seine Spezialität, denn er ist verrückt. Herrlich verrückt … aber verrückt.

Leonard isst kein Geflügel, liebt Kartoffelbrei und Schokolade, er mag die Erzeugnisse des Barons und kann es kaum erwarten, endlich mein Gast zu sein. Nun ja! In fünf Tagen ist es so weit …

Nun zu meinem Auftrag. Scaloppina Milanese und Tortina alla cioccolata. Schnitzel und Schokoladenkuchen.

Nun ja! Wir werden sehen.

15. September - Ist doch nur ein Schnitzel …

Nach einer erholsamen Woche, mit täglichem Frühstück auf den Champs-Élysées sind die Batterien wieder voll. Zudem habt Ihr mir so viel E-Mails geschickt, dass ich weitermachen soll … es bleibt mir also nichts anderes übrig, als wieder den Kochlöffel zu schwingen und euch zum Lachen zu bringen.

Ich habe Freitag meine Bestellung aufgegeben und Samstagmorgen hat ein Bote die Zutaten gebracht. Also gibt es diesmal nichts aus dem Feinkostladen zu berichten, außer, dass im Korb ein Zettel lag, auf dem stand: *Et c'est pas fini … Dieu merci!*

Also gut! Es geht weiter …

Kurz nach acht begann ich mit den Vorbereitungen. Mein Gast war für dreizehn Uhr geladen. Lacht nicht schon wieder! Fünf Stunden für ein paar kleine Schnitzelchen und ein paar Schoküchlein …

Okay! Ihr habt ja wie immer Recht. Ich muss aber sagen, dass ich mir vorgenommen habe, nicht immer an meine Grenzen zu gehen. Es muss nicht stark angebraten sein, auch wenn es im Rezept steht. Ich weiß inzwischen, dass ich es nicht kann und auch nie können werde. Es reicht, wenn es etwas Farbe angenommen hat, so in etwa hellbraun-beige, ihr wisst schon, die Farbe die Fleisch im Wellnessbad annimmt.

Ich habe beschlossen, von nun an immer auf Wellness zu setzen. Okay! Manchmal werde ich auch einen neuen Versuch starten, etwas stark anzubraten. Ich kann es wohl nicht lassen. Ich will es einfach können. So schwer kann das doch nicht sein. Irgendwann muss der Groschen doch fallen …

Ich höre Euer Stöhnen, aber ihr wisst doch, da ist immer noch die Sache mit der Hoffnung, die zuletzt stirbt …

Okay! Zurück zum Event. Maître Gayet hatte die Escalope bereits geschnitten. Er hat mir wohl nicht getraut … Ihr erinnert euch, Maßband? Ging dann aber doch daneben? Nun ja! Wie konnte ich nur glauben, dass Ihr *diese Kleinigkeit* vergessen habt? Okay! Ich habe mich auch selten dämlich angestellt, bei dieser Aktion.

Zurück zu den Escalope. Da stand doch wirklich im Rezept: *Das Schnitzel panieren.* Ohoh! Panieren! Ich dachte, dass ich in Zukunft Monsieur Internet nicht mehr mit solchen Kleinigkeiten behelligen müsste … aber!

Schnitzel panieren! Tja! Damit selbst ich es verstehe, hat mir der weise, alte Mann einige Videos geschickt. Da wurde jeder Handgriff erklärt. Okay! Erklärung gehört und gesehen. Aber sehen und hören ist eine Sache … selbst machen eine andere. Tja! Diese andere Sache. Wie soll ich sagen …? Okay! Ich schlug ein Ei auf … das kann ich inzwischen gut. Ich bin auch sehr gut darin, Reste der Eischale aus dem aufgeschlagenen Ei zu fischen.

Ich gab Mehl in eine Schüssel und Semmelbrösel in eine andere, legte das Escalope in die Mehlschüssel und bedeckte es rundherum mit Mehl. Klopfte das überschüssige Mehl ab und ja, legte es noch mal in die Schüssel. Ich hatte wohl etwas zu viel geklopft.

Dann wurde das Escalope in Ei gebadet. Oooh war das eklig. So glitschig, so … oooh. Zudem wollte das Ei nicht an dem Mehl kleben bleiben und flutschte immer wieder runter. Nachdem wieder mal meine Nerven blank lagen und ich das Escalope, samt glitschigem Ei, am liebsten aus dem Fenster geworfen hätte, legte ich das Ding in die Semmelbrösel. Ich überhäufte das Schnitzelchen und war froh, dass man von dem glitschigen Unterbau nichts mehr sah.

So! Die Escalope waren vorbereitet und ich machte mich an die Zubereitung der Tortina alla cioccolata. Ich würde sagen: Schoko-Muffins, die nicht richtig gebacken sind. So sehen die Dinger nämlich aus. Innen flüssig. Ach Leute … googelt und seht selbst, wie die Dinger aussehen.

Okay! Ich schmolz Butter und Schokolade in einem Topf. Besser gesagt, ich hatte die Absicht, Butter und Schokolade zu schmelzen, aber irgendwie ging irgendwas schief. Es stank zum Himmel und ich hoffte inständig, dass der Rauchmelder nicht auch noch reagieren würde.

Hatte ich nicht irgendwo mal gelesen, dass man Schokolade nur im Wasserbad schmelzen solle? Oui! Ich zog erneut Monsieur Internet zu Rate und er schickte mir wieder unzählige Videos. Wie man Schokolade schmelzen lässt (oder so ähnlich). Es gibt allerhand Zubehör dafür und Erklärungen, was man wann, wie und warum benutzt. Okay! Man schmilzt Schokolade nicht in einem Topf!

Ein Video war quasi für Leute wie mich gemacht … also für absolute Laien. Allerdings gab der Moderator des Videos so komplizierte Kommentare ab, die ich nicht nachvollziehen konnte. Das Wasser dürfe nicht heißer als 40° werden. Woher sollte ich wissen, wie heiß das Wasser ist? Okay! Wenn es brodelte, war es definitiv zu heiß, aber wann hatte es 40°?

Wenn die Schokolade geschmolzen ist, darf die Temperatur nicht unter 30° sinken, sonst verliert die Schokolade ihren Glanz! Tja! Was soll ich dazu sagen? Braucht Schokolade auch ihren Glanz, wenn sie in Schokotörtchen verwandelt wird? Ändert sie ihren Geschmack, wenn sie nicht mehr glänzt? Woher soll ich das wissen?

Glanz hin, Geschmack her! Sagen wir mal so ... sie hatte die Prozedur überstanden, glänzte noch (was wohl an der fetten Butter lag) und war sehr zähflüssig. Sie rächte sich für die Tortur auf dem Wasserbad und wollte sich absolut nicht mit dem Zucker vermischen. Sie war inzwischen so fest, dass ich kaum noch rühren konnte. Nach zähem Kampf streckte sie die Waffen und ergab sich der Gewalt. Geht doch ...

Dann mussten die Eier untergehoben werden. Tja! Wie hebt man Eier unter Schokolade? Lacht nicht, ich habe wieder mal Monsieur Internet gefragt. Der war inzwischen ungehalten, fragte sich anscheinend: *»Warum geht die mir jetzt auch noch Sonntags auf die Nerven?«*

Er schickte mir ein Video. Schön, aber die Sprache zeigte mir, dass Monsieur Internet böse auf mich war. Der Moderator sprach chinesisch. Vielleicht ... nun ja ... lag es an der fremden Sprache, derer ich nicht mächtig bin. Jedenfalls hatte die Schokolade nach dem Unterheben der Eier so seltsame Fäden. Sah nicht gut aus! Non! Ich wusste nicht, ob das beim Backen verschwindet, den Geschmack verändert oder ob es nur nicht gut aussah. Egal! Ich gab etwas Mehl hinzu und die Mischung war fertig.

Die Escalope waren ebenfalls fertig. Fix und fertig! Die Eimasse hatte sich durch die Semmelbrösel gefressen und diese völlig aufgeweicht. Sah nicht gut aus. Mal kurz überlegen, ob bei diesem Event schon irgendetwas gut aussah ... Non! Tat es nicht!

Jetzt hätte ich eigentlich Tomaten häuten und kleinschneiden müssen, aber ich hatte keine Lust auf weiteres Chaos und nahm die Tomatenstückchen aus dem Glas. Ich würde ja gerne sagen, es macht keinen Unterschied, ob die Tomaten aus dem Glas kommen oder frisch zubereitet wurden ...

Okay! Der Geschmack war vielleicht etwas besser, bei den frischen meine ich, aber nur, wenn sie nicht durch meine Hände gingen. In meiner Küche zubereitet wurden. Ich meine ja nur. So diverse Reste der Tomatenhaut, Kerne und was da sonst noch alles nicht in die Sauce gehört. Da waren die Tomaten aus dem Glas klar im Vorteil.

Kommen wir wieder zu den Escalope. Sie sollten in heißem Fett gebraten werden. Oh ja! Ihr wisst, was kommt. Das Fett spritzte und meine Küche hisste die weiße Fahne. Zu allem Elend läutete auch noch mein Gast.

Mais oui! Ich nahm die Pfanne vom Herd und bat meinen Gast in den Salon. Leonard genoss das Vertiefen der Bekanntschaft mit Baron de Rothschild und ich wendete mich wieder den Escalope zu. Trotzdem konnte ich mir nicht verkneifen, einen kurzen Blick aus dem Fenster zu werfen. Man kann Leonard nicht trauen, aber ich konnte keinen Helikopter ausmachen. Es hätte sein können. Bei dem Lärm, den der Dunstabzug machte, konnte das Geräusch eines Helis untergehen.

Zurück zu den Escalope. Ich muss wohl nicht näher beschreiben wie sie aussahen. Glücklicherweise hatte ich noch ein paar, die ich in Briketts verwandeln konnte. Ich muss sagen, verkokelte Panade sieht nicht gut aus. Nächster Versuch! In Anbetracht der Tatsache, dass mein Gast bereits eingetroffen war und es bereits angekokelt roch, wollte ich nicht noch mehr Unheil anrichten und griff auf das bewährte Wellnessbad zurück. Böser Fehler. Da war noch die Sache mit der Panade ... hält nur bei heißem Fett ... und ... naja ... durchgeweicht ...

Inzwischen kochte das Wasser für die Pasta. Ich gab die Spaghetti hinein und wusste, dass sie das erste waren, das bei diesem Event gut aussehen würde.

Ich nahm die Escalope aus der Pfanne, schabte die (nur noch Bruchstückhaft vorhandene) Panade ab und belegte sie mit Mozzarella. Ab in den Backofen damit und die Sauce rühren.

Siehe da! Alles wurde zur selben Zeit fertig. Spaghetti auf den Teller, Sauce darüber, die Escalope, etwas Deko et voilà! Sah gut aus. Nicht nur die Spaghetti.

Ich bat meinen Gast zu Tisch, machte das obligatorische Foto und servierte die Scaloppina alla milanese. Leonard war erstaunt. Durch den Geruch, der noch immer aus der Küche drang, war er etwas verunsichert. Dann aber war er begeistert … von den Spaghetti, die all dente waren, der Sauce, die ich sogar gewürzt hatte … das war's dann aber auch schon wieder mit der Begeisterung. Die Escalope waren nicht gewürzt und etwas hart. Daran konnte auch der wunderschön geschmolzene Mozzarella nichts ändern.

Okay! Ich musste nochmal in die Küche, um die Tortinas zu backen. Ich wollte den Teig in die Förmchen füllen. Tja! Hätte ich das doch nur sofort gemacht. Der Teig war inzwischen so zähflüssig, dass er kaum zu bewegen war, sich aus der Schüssel zu bequemen und in die Förmchen zu fließen. Die Fäden waren immer noch zu sehen. Auch während des Backens waren sie noch vorhanden. … und auch noch nach dreizehn Minuten, als die Tortinas aus dem Ofen kamen.

Die Tortinas sollten fünf Minuten auskühlen und dann aus den Förmchen genommen werden. Tja! Sollten! Das Ding war so festgeklebt, dass ich die Form aufschneiden musste, um es dort raus zu holen. Ich legte es auf einen Teller, ließ Puderzucker darüber rieseln und schnitt es auf.

Oh! Warum lief die Füllung nicht heraus? Was da zu sehen war, war etwas, das man als minimal flüssig bezeichnen konnte. Mehr aber auch nicht!

Nächste Tortina. Nächste Form aufgeschnitten. Ohoh! Das gibt Ärger! Mary ist inzwischen aber auch so was von pingelig! Ich kaufe doch immer wieder alles neu! Warum regt sie sich dennoch so auf? … und diesmal sind es nur Silikonförmchen!

Okay! Puderzucker rieseln lassen und aufschneiden. Oh! Da lief ja was! Schnell noch ein Foto und dann ab damit zu Leonard, bevor auch diese Füllung fest wurde.

Die Bewertung! Nun ja … man schmeckte die Schokolade, man schmeckte sehr viel Zucker, der beim Kauen knirschte. Die Füllung war warm und die Tortina war, sagen wir mal so … Leonard hatte schon besseres gegessen. Er meinte, der Geschmack ließe sich schlecht beschreiben, aber so ähnlich musste Pappe schmecken.

Ups! Die Fäden, der fehlende Glanz? Oder … ICH?

Nun ja! Auch dieser Event ging vorüber. Ich säße jetzt lieber auf les Champs, aber man kann nicht alles haben.

Wir sehen uns nächste Woche wieder. Für heute kann ich sagen, jetzt sind es nur noch siebenundzwanzig Events. Mal sehen, was die liebe Chloé noch alles für mich hat.

Bœuf bourguignon

17. September - Noch ein Mittwoch

Oh! Schon wieder Mittwoch! Die Zeit vergeht im Flug.

Ich muss mich mal wieder für Eure vielen E-Mails bedanken. Es ist schön zu lesen, dass ihr erfreut seid, dass es weiter geht. Ich glaube, ihr könnt es nicht mehr erwarten, endlich zu erfahren, wie hoch der Wetteinsatz ist.

Ich muss zugeben, wenn Chloé sich letzten Freitag nicht bereits als Sieger gesehen hätte, es hätte nicht viel gefehlt und ich hätte aufgegeben. Dann hättet ihr allerdings nur erfahren, was ich als Verlierer tun muss.

Glaubt mir, wenn ihr erfahrt, was Chloé tun muss, wenn sie verliert und warum mich das so erfreuen würde, ihr könntet verstehen, warum ich diese Wette eingegangen bin.

So! Jetzt noch zu ein paar Eurer Fragen.

Oui, Adonis erfreut sich bester Gesundheit. Oui, er ist immer noch ungebunden. Non, es gibt kein Foto von ihm.

Oui, meine Verletzungen sind fast alle abgeheilt. Die Verbrennung hat Spuren hinterlassen, die noch zu sehen sind.

Oui, Mary ist immer noch erbost. Sie braucht immer länger, bis sie sich wieder beruhigt. Wer die Küche sieht, weiß warum.

Non! Es gibt keine Fotos meiner Küche.

Oui! Ich muss des Öfteren neue Pfannen kaufen.

Oui! Paris ist die schönste Stadt der Welt.

Jetzt aber zu meinem nächsten Gast. Diesmal standen zwei zur Wahl. Ich habe mich für die Dame entschieden. Der junge Mann hat mehr Zeit. Zudem kommt die Dame aus Wellington (South Australia) und ist nur kurz zu Besuch.

Mein Gast ist eine Dame im besten Alter. Sie ist Galeristin, lebt seit dreißig Jahren in Australien, ist Mutter einer Tochter und verheiratet mit einem Geschäftsmann. Nun ist sie zu Besuch in der alten Heimat und kommt nächsten Freitag zum Essen.

Oui! Auch für Margaux ist Paris die schönste Stadt der Welt ...

18. September - Zeit, der unliebsame Faktor X

Als ich heute las, was ich morgen kochen muss, dachte ich, mich trifft der Schlag. Bœuf bourguignon et clafoutis aux cerises. Oh mon Dieu! Warum tue ich mir das an?

Bœuf bourguignon kennt ihr sicher alle, aber Clafoutis aux cerises? Tja! Nennen wir es Auflauf

145

mit Kirschen. Besteht aus Eiern, Milch und Mehl. Pfannkuchenteig! Wird in einer Auflaufform gebacken und warm gegessen.

Staunen! Ratlosigkeit! Kann man's glauben? Sie weiß … Oh non! Wo denkt ihr hin? Ich habe doch Julias Kochbuch. Da steht drin, wie man Clafoutis herstellt. Das ist sogar einigermaßen einfach! Lacht nicht, stöhnt nicht! Ich sagte: *Einigermaßen!*

Was kann schon passieren? Mehlklümpchen, Eierschalen im Teig, knirschender Zucker … Okay! Er kann verkokeln … aber er wird im Backofen gebacken. Hoffnung kommt auf!

Aber! Bœuf bourguignon! Ich weiß, wie es aussieht. Zubereitung? Gehört hatte ich davon … gesehen im Film Julie et Julia … aber was ich heute darüber gelesen habe … Mon Dieu! Stundenlanges Kochen! Ein Gericht, das aus drei verschiedenen Gerichten besteht. Dreimal kochen für einmal Bœuf bourguignon. Oooh!

Mon Dieu! Die Zeit! Ihr wisst ja selbst, wie lang ich immer brauche. Bis jetzt war ich erst einmal FAST PÜNKTLICH! Ansonsten breiten wir den Mantel des Schweigens darüber aus.

… aber Bœuf bourguignon? Es dauert schon eine kleine Ewigkeit, bis der Deckel auf den Topf und alles in den Ofen kommt. Zu den kleinen Schritten möchte ich eigentlich nichts sagen. Ihr wollt es aber hören? Okay! Ist es ausreichend, wenn ich sage: *Sehr heiß anbraten?* La viande … Légumes … Champignons … Échalotes … Oooh!

Mary sagte: »Da ist nichts mit Wellness! Scharf anbraten in angesagt!« Grrrrrrr! Okay! Da muss ich jetzt durch. Ich weiß, dass es morgen wieder viel Chaos gibt. Einiges verkokelt und einiges nicht so wird, wie es werden soll. Böse Zungen sagen, ich solle vor dem Fenster ein Schild aufhängen: DANGER! Flying pots!

Haha! Wir werden sehen …

20. September - Ein kleines Wunder

Ich hätte nie gedacht, dass ich das einmal schreiben würde, aber es geschehen noch Wunder. So ein Wunder habe ich gestern erlebt. Ich hatte zwar einen stressigen und arbeitsreichen Event, aber ich war noch nie so entspannt. Okay! Anfangs war ich unter enormem Zeitdruck, aber dann geschah das Wunder …

Aber fangen wir wieder ganz am Anfang an. Non! Ausnahmsweise nicht im Feinkostladen. Gehen wir in mein Arbeitszimmer. Dort habe ich gelesen. Okay! Das tue ich öfter. Aber … jetzt atmet alle nochmal tief durch, denn gleich werdet ihr einen Lachkrampf bekommen, denn diesmal war es etwas Besonderes. Ich habe die Gebrauchsanweisung meiner Töpfe gelesen. Das ist kein Witz, ich meine es ernst. So etwas gibt es wirklich.

Ich habe irgendwann mal erwähnt, dass ich ein paar Hightech Töpfe mein Eigen nenne. Nun ja! Wer lesen kann ist im Vorteil. Es reicht nicht, es zu können, man muss es auch tun. Auch wenn es sich nur um eine Gebrauchsanweisung für Hightech Kochtöpfe handelt.

Da ist nichts mit: Topf auf den Herd, Wasser rein und los. Pfanne auf den Herd, Fett rein und trallala. Da muss man aufheizen, den Thermostat im Deckel beachten und hören, wenn der Audiotherm piept, weil der Topf die richtige Temperatur erreicht hat oder piept, weil man nicht aufgepasst hat und der Topf zu heiß wurde.

Bei den Pfannen darf man nicht zu viel Fett nehmen. Ein Hauch von Fett! Ein Hauch! Oui! Ich weiß! Besser gesagt, ich weiß es nicht. Was ist ein Hauch Fett? Anscheinend wussten die Hersteller, dass es auch Leute wie mich gibt, die völlig Ahnungslosen und da diese Töpfe ein kleines Vermögen kosten und die Hersteller versprechen, dass NICHTS anbrennt und Leute wie ich ihnen das Geschäft verderben könnten, wenn es doch anbrennt, in ihren Töpfen und Pfannen, naja, da haben die alles haarklein erklärt. (Uff … was für ein Satz!)

Also! Ein Hauch von Fett! Ihr müsst euch das so vorstellen … das ist, als würde der Boden der Pfanne leicht glänzen. Wenn man die Pfanne hin und her wiegt, darf kein Fett hin und her laufen. Es ist eben nur ein Hauch. Das habe sogar ich kapiert. Aber … ihr wisst ja, lesen, verstehen und dann machen … das sind verschiedene Dinge.

Da ich gestern keine Zeit für Tests hatte, musste ich Donnerstagabend (okay … es war mehr Nacht … kurz nach Mitternacht … so kurz vor drei) noch einen kleinen Test starten. Man muss doch wissen, wie viel genau denn nun so ein Hauch ist oder auch nicht …

Sagen wir mal so … ich hatte das Fenster geöffnet, den Dunstabzug auf höchste Stufe geschaltet und vorsichtshalber den Rauchmelder ausgeschaltet. Draußen tobte ein Gewitter und es stürmte. Es schien, als wolle der Himmel mit dem anstehenden Chaos in meiner Küche konkurrieren.

Okay! Sagen wir mal so … der erste Hauch war mehr ein Sturm. Der zweite Hauch war ein starker Wind. Der dritte Hauch war immer noch windig. Der vierte Hauch war schon mehr ein laues Lüftchen. Der fünfte Versuch kam einem Pusten nahe und der sechste Versuch war dann fast schon ein Hauch, aber nur fast. Beim hin und her wiegen lief immer noch etwas Fett.

Aber dann … ich nahm einen Pinsel und hauchte der Pfanne einen hauchdünnen Fettfilm über. Dass es sich bei diesem Pinsel um meinen nagelneuen Dachshaarpinsel handelte, den ich zum Malen verwenden wollte, muss ich der Genauigkeit wegen auch noch sagen. Okay! Er ist zwar zum Malen gedacht, aber jetzt ist er mein *ein Hauch von Fett Pinsel*. Ein ziemlich teurer Hauch …

Gehen wir in den Feinkostladen. Ich ahnte schon, was mir dort wieder bevorstand, aber da musste ich durch. Ich habe inzwischen ein dickes Fell.

Okay! Im Feinkostladen schob Maître Gayet mir ein Päckchen über den Tresen. Ich müsse die Form für zwanzig Minuten in den Ofen schieben. Am besten kurz vor achtzehn Uhr. Dann hätte mein Gast schon mal ein kleines Entrée und müsse nicht bis in die frühen Morgenstunden hungern. Nett gemeint, verständlich und doch frustrierend. Bis in die frühen Morgenstunden! Der gute Maître traut mir aber auch gar nichts zu. Wenn ich jetzt fragen würde: »*Warum nur?*«, würdet ihr vor Lachen vom Stuhl fallen.

Über meine kurzen Posts der letzten Zeit waren sich alle einig: Das war zu wenig! Sie wollen mehr! Okay! Ich bin schon dabei.

Gehen wir in die Küche. Maître Gayet hatte mir für das Bœuf bourguignon ein Roastbeef ausgesucht. Zartes Fleisch, das selbst ich in ein Bœuf bourguignon verwandeln könnte. Na ja! Die Dicke von fünf Zentimetern war genau richtig. Ich maß das ganze Beef ab und teilte es in fünf Zentimeter-große Würfel. Okay! Manche fielen etwas kleiner aus, was aber am Beef lag.

Ich schnitt den durchwachsenen Speck in Lardons und kochte sie zehn Minuten in Wasser. Inzwischen pellte ich Schalotten und Karotten und schnitt sie in Stücke. ... dann nahm ich den Speck aus dem Wasser. Oh mon Dieu! War der glitschig! Das Zeug wollte partout nicht aus dem Topf. Nachdem er so vor sich hin bockte und immer wieder in den Topf flutschte, habe ich ihn mit einem Sieb aus dem Wasser gefischt. Mais oui! Ich bin lernfähig ...

Dann ging's los. Aus dem Lautsprecher dröhnte: *Auf in den Kampf* ... und ich nahm den Kampf auf. Der Dachshaarpinsel zauberte einen Hauch von Fett in die Pfanne. Ich tupfte das Beef trocken und als der Thermostat die Grüne Zone erreicht hatte, legte ich die Würfel in die Pfanne. Es brutzelte und ich konnte es kaum glauben ... es spritze kaum. Wie sollte es auch, es war ja nur ein Hauch von Fett in der Pfanne.

Der Audiotherm piepte ... die Pfanne war zu heiß. Nettes Teil! Hat mich uneigennützig vorm nächsten GAU bewahrt. Tja! So ein Audiotherm ist etwas Wunderbares. Man muss ihn nur benutzen. In der Schublade nützt er nichts. Okay! Ich wusste nicht mal, wozu das Teil bestimmt ist. Wozu eine Gebrauchsanweisung doch gut ist ...

Das Fleisch musste rundherum angebraten werden. Ich sagte ja bereits, dass die Stücke nicht alle gleichgroß waren. Deshalb mussten sie sich am Rand aufreihen, damit sie nicht umfielen. So briet ich ein Kilo Roastbeef. Es war nicht hellbeige-grau sondern braun! ... und es war nicht angekokelt! Ich konnte es kaum fassen. Mein erstes braun angebratenes Fleisch. Das erste Mal ohne Kokelei. Wunderbar! Ich kann es immer noch nicht fassen. Braun angebraten! Mein Fleisch!

Non! Wie kommt ihr nur auf die Idee, ich könnte liebevolle Gefühle fürs Kochen entwickeln? Da hat man einmal ein Erfolgserlebnis und Ihr ... Lasst die die Kirche im Dorf! Es könnte sein, dass Ihr sie nächste Woche zurückbringen müsst!

Okay! Als nächster Schritt stand das Braten der Lardons an. Sie kamen in die Pfanne, sollten nur leicht angebräunt werden und Bingo! Das waren sie, leicht angebräunt. Okay! Ich ließ ihnen auch nicht die Zeit, sich mehr als zartbraun zu bräunen. Non! Kein Wellness! Gebraten! Richtig gebraten ... nun ja ... mehr so ... zack, zack ... kurz die eine Seite, kurz die andere ... ihr versteht? Also sie waren zart gebräunt ... Zum Garen sollten die drei Stunden im Ofen ausreichend sein ...

Es folgten die Schalotten. Ihr könnt mir glauben, noch nie zuvor wurde Schalotten solch eine Aufmerksamkeit zuteil, wie denen in meiner Pfanne. Sie sahen sooo gut aus. Ich bin stolz auf mich.

Okay! Genug des Selbstlobs. Die Karotten kamen in die Pfanne. Leicht anbraten, schrieb Julia. Ich traute den Dingern nicht und so kam es, dass sie nicht von sich behaupten konnten, sie seien angebräunt. Ihr müsst verstehen. Da hatte ich es zum ersten Mal geschafft, das Fleisch nicht zu verkokeln und dann sollte ich mit den Karotten ein Risiko eingehen? NON!

Ich gab alles in die Kasserolle und löste den Bratensatz (stand so im Rezept ... *lösen sie den Bratensatz*) mit einem Erzeugnis des Baron de Rothschild, gab Bouillon hinzu, streute noch etwas Mehl darüber und ab damit in den Ofen. Ups! Kommando zurück. Ich hatte das würzen vergessen. Jetzt hätte ich doch fast wieder einen Bock geschossen.

148

So! Jetzt hatte ich die nächsten drei Stunden Ruhe vor dem Bœuf bourguignon. Auf diesen großen Erfolg gönnte ich mir einen Cappuccino. Ich musste mir keine Sorgen machen, dass etwas ankokelt oder ich in absehbarer Zeit etwas vergessen würde. Das war schön! Es schrie nach einer weiteren Tasse Cappuccino und noch einer …

Okay! Ich wusste nicht, was es mit lösen auf sich hat und habe Monsieur Internet gefragt. Oui … ich wusste auch nicht was mit Bratensatz gemeint ist. Der alte Mann schickte mir ein paar Videos und siehe da … Ist doch ganz einfach! Okay! Wenn der Bratensatz noch als solcher zu erkennen ist, ansonsten hilft nur noch im Spülbecken einweichen.

Nachdem das nun auch geklärt ist, machen wir weiter. Nach meiner ausgiebigen Pause (mit ruhigem Gewissen … ich lag gut in der Zeit) teilte ich die Champignons und gab die Minischalotten in eine Schüssel. Ihr werdet verstehen, dass ich nicht die Nerven hatte, diese klitzekleinen Dinger zu pellen. Ich nahm mir die Freiheit, diese Miniteilchen fertig gepellt zu kaufen. Oui! Die gibt es auf Bestellung fertig gepellt im Feinkostladen. Nicht als Konserve oder eingelegt im Glas. Frisch gepellt von einer guten Fee, die im Feinkostladen beschäftigt ist.

Julia besteht darauf, dass Champignons und Schalotten extra zubereitet werden und erst kurz vorm Servieren zum Bœuf bourguignon kommen. Das heißt, ich musste die Schalotten braten und garen. Quasi Gericht Nummer zwei. Julia verweist darauf in ihrem Rezept. Das Rezept für die glazed onions in brown befindet sich in einem anderen Kapitel.

Oui! Wenn ihr nach Julias Kochbuch kocht, ist blättern angesagt und Bilder der Gerichte gibt es auch nicht. Deshalb musste ich nochmal auf Monsieur Internet zurückgreifen. Er freute sich, erneut von mir zu hören und schickte mir auch sofort ein paar schöne Fotos von Oignons glacés à brun et Champignons sautés au beurre. Ihr müsst verstehen … ich musste doch wissen, wie diese Gerichte aussehen sollten. Ein Hauch von Fett in der Pfanne ist doch nicht alles …

Nun mussten die Clafoutis zubereitet werden. Ich gab alle Zutaten in die KitchenAid und schenkte den Förmchen einen Hauch von Fett. Kirschen einfüllen, Teig darüber geben et voilà. Sie durften noch ein bisschen ruhen, bevor sie in den heißen Ofen kamen.

Okay! Ich wandte mich den Oignons zu. Wieder ein Hauch von Fett, diesmal im Topf. Die Minischalotten brauchten lange, bis sie sich endlich bräunten. Sie bekamen ihr Wellnessbad in Bouillon mit Kräutersträußchen und durften fünfzig Minuten entspannen.

Oh non! Stöhnt nicht schon wieder! Das wollte Julia so. Ich habe nur getan, was im Rezept stand. Okay! Das stand nicht wellnessen, aber es ist das gleiche.

Um achtzehn Uhr erschien mein Gast. Margaux schnupperte und war überrascht, dass es gut roch. Das Odeur, das durchs Haus zog, machte ihr Appetit. Ich konnte mir ein erfreutes Lächeln nicht verkneifen. Mit einem guten Gefühl führte ich meinen Gast in den Salon und stellte ihr Baron de Rothschild zur Seite.

Ich begab mich wieder in die Küche, denn die Champignons standen noch auf dem Plan. Auch hier wieder ein Hauch von Fett und die Champignons bräunten sich.

Der Timer piepte und das Bœuf durfte aus dem Ofen. Es roch gut und sah noch besser aus. Ich gab die Oignons dazu und mischte die Champignons unter. Etwas davon auf den Teller, schnell noch das obligatorische Foto und Margaux durfte zu Tisch kommen. Es war 18:30 Uhr. Ich hatte nur dreißig Minuten Verspätung. Dreißig Minuten! Ich war sehr stolz auf mich!

Margaux klappte erstaunt ihr iPad zu. Sie hatte nicht damit gerechnet, alsbald zu dinieren. Irritiert sah sie auf die Uhr. »18:30 Uhr … kaum zu glauben«, sagte sie staunend. Skeptisch folgte sie mir zu Tisch. Ich trug das Bœuf bourguignon auf und Margaux traute ihren Augen nicht. Nach dem ersten Bissen fragte sie doch allen Ernstes, wer mir hilfreich zur Seite gestanden habe, denn es schmecke vorzüglich. Wer mir zur Seite stand? Ein größeres Kompliment hätte sie mir nicht machen können.

Margaux isst sehr wenig, aber gestern verlangte sie Nachschlag. Sie meinte, das hätte nicht mal der Koch ihres Lieblingsrestaurants besser machen können. Naja! Da übertrieb sie wohl etwas, aber was solls.

Ich musste zurück in die Küche, denn die Clafoutis mussten in den Ofen. Nach einer halben Stunde waren sie fertig. Ich richtete das Dessert auf einem Teller an und bestäubte es mit Puderzucker. Margaux schmeckte es erneut. Sie konnte nicht glauben, dass ich der Koch war. Ich sagte ja bereits, es geschehen noch Wunder.

So ging dieser Tag zu Ende. Ich hatte ein riesiges Chaos erwartet. Stattdessen lief alles reibungslos ab. Ich kann es immer noch nicht glauben. Wenn es künftig immer so laufen würde, wäre es herrlich, aber man soll den Teufel nichts an die Wand malen.

Ich muss sagen, wenn man alles entspannt angehen kann, hat man auch viel mehr Zeit Fotos zu machen.

Halbzeit! Jetzt sind es noch sechsundzwanzig Events. Ich kann es kaum glauben, ich habe die Hälfte der Zeit hinter mir.

Gehen wir die zweite Hälfte an …

Cevapcici

24. September - Der 27. Mittwoch und ein weiterer Gast

Freitag erwarte ich einen weiteren Doctor jurisprudentiae.

Karin, Richterin, liebt Bergsteigen und Drachenfliegen. Nach langem Zögern hat sie sich entschlossen, Gast bei meinem siebenundzwanzigsten Kochevent zu sein. Ich verstehe, dass man nicht einfach zusagt. Erst recht nicht, wenn man ein treuer Leser meines Blogs ist. Auf meiner Gästeliste stehen noch viele Zögerer. Ich bin sehr gespannt, wer mutig genug ist und mein Gast wird.

25. September - Balkanküche

Heute habe ich die vierte Nominierung zur Eischallenge erhalten. Ihr könnt mir glauben, auch wenn ich manchmal das Gefühl habe, vor Wut zu kochen, brauche ich keine Abkühlung durch eine Eisdusche. Weitere Nominierungen sind also zwecklos.

Da wir nun alles geklärt haben, wenden wir uns wieder dem eigentlichen Sinn dieses Blogs zu, dem Kochen. Mein nächster Auftrag lautet: Cevapcici mit Djuvec-Reis, Krautsalat und Knoblauchdip. Als Dessert gibt es Somloi galuska.

Oh mon Dieu! Fünf! Jetzt dreht sie durch. Sie will diese Wette gewinnen. Wenn das so weiter geht, werde ich bald mehrgängige Menus zubereiten. Okay! Lassen wir's drauf ankommen. Es kann sein, dass mein Gast erst zu nachtschlafender Zeit dinieren wird, aber das Risiko wird sie wohl eingehen müssen.

Jetzt habe ich zwei Kochbücher und kann nichts damit anfangen. Ich muss mal wieder Monsieur Internet bemühen. Er wird mir diesmal viele Bilder schicken müssen und noch mehr Rezepte. Somloi galuska … nie gehört …

Lassen wir uns überraschen.

28. September - Der Ausflug auf den Balkan

Der kulinarische Ausflug auf den Balkan ist vorüber. Es war einfacher, als ich dachte. Trotzdem machten ein paar Querulanten Probleme und mein eigenes Unvermögen stellte mir mal wieder ein Bein.

Normalerweise würde ich jetzt sagen, begeben wir uns in den Feinkostladen, doch das fällt diesmal leider aus. Aus zeitlichen Gründen konnte ich nicht einkaufen und habe telefonisch alles geordert, was ich für diesen Event benötigte. Deshalb müsst ihr auf die netten Kommentare der Damen und Herren bis nächste Woche warten.

Als ich die Lieferung auspackte, traf mich fast der Schlag. Ein riesiger Kohlkopf! Ich sagte klein … und dann dass! Medizinballgroß! Dreißig Zentimeter Durchmesser! Oh mon Dieu! Hackfleisch in einer Menge, die mir zeigte, dass Maître Gayet mir und meinen Kochkünsten noch immer nicht traut. Okay! Nur weil ich einmal einen guten Tag hatte, muss das nicht heißen, dass das jetzt immer so ist.

Eine Tüte Erbsen, an denen ein Zettel haftete: *Die gehören in den Djuvec-Reis.* Alle? Ein Glas Aiwar mit Zettel: *Zwei Esslöffel zum Djuvec-Reis!* Okay! Anscheinend hat im Feinkostladen keiner Vertrauen in meine Kochkunst. Das zeigten auch die vielen roten Paprika. Kollateralschäden eingerechnet. Merci!

Ein Zettel, auf dem stand: *Heute kein Biskuit! Selbst backen! Man nehme Eier, Zucker und Mehl.* Dahinter klebte ein Smiley. Ich war begeistert. Auch noch Kuchen backen … grrr!

Netterweise hatten sie mir ein Glas, in Rum eingelegte, Rosinen in die Kiste gepackt. Auch mit einem Zettel versehen: *Seit gestern eingelegt. Bonne chance!*

Manchmal können sie echte Schätze sein! Merci!

Okay! Fangen wir mit den Vorbereitungen an. Da mir mal wieder ein freundlicher Mensch im Schnellverfahren erklärt hat, wie einfach Kochen doch sei, blieb mir das Rezepte suchen diesmal erspart.

Zuerst musste ich den Kohlkopf zerkleinern. Mit äußerster Kraftanstrengung ist es mir gelungen, dieses Ding zu halbieren. Oh! Erst hat's gekracht, dann ging alles ganz einfach. Der Kohl wurde in handliche Stücke geteilt, die in das Schnitzelwerk der KitchenAid passten und Bingo!

Okay! Im Eifer des Gefechts habe ich etwas zu viel Kohl geraspelt, aber es ist immer besser, etwas Vorrat zu haben. Ich traue mir immer noch nicht. Ich habe gewürzt, wie angegeben und es war einfach. Ehrlich! Ich habe noch nie etwas gekocht, das so einfach war. Binnen kurzer Zeit hatte ich einen Krautsalat zubereitet.

Anschließend habe ich gebacken. Ha! Ich habe ehrlich gedacht, dass etwas so zartes wie Biskuit sehr arbeitsaufwendig und kompliziert sei. Irrtum! Auch das war einfach. Ich habe die Mengen verringert und alles nach Vorschrift zubereitet.

Ich muss sagen, ohne KitchenAid möchte ich keinen Biskuitteig herstellen. Der will ewig gerührt werden. Laut Madame Rousseau: *Rühren, bis er fast weiß ist.* Ha! Dafür brauchte sogar die Maschine eine kleine Ewigkeit. Sagenhaft, was aus einem Ei und etwas Zucker werden kann. Eine gewaltige Masse!

Die Hälfte des Teigs wurde mit Schokolade gemischt, dann kam alles auf ein Backblech. Zwanzig Minuten backen und was dann aus dem Ofen kam, übertraf meine Erwartungen bei weitem. Der hatte sich nochmal vermehrt. Jetzt konnte ich Somloi galuska kreieren. Wenn das wirklich so einfach war und nichts danebenging … wer sollte das alles essen?

Im Rezept stand, Biskuit und Crème sollen in Schichten aufeinandergetürmt werden. Das war noch einfach. Allerdings konnte ich mir nicht vorstellen, wie man aus solch einer aufgetürmten Menge Biskuit und Crème Nockerln abstechen soll.

Bevor ich in meiner Küche das nächste Chaos anrichten würde, musste eine einfachere Art her, das Dessert auf den Teller zu bringen. Nach einem Geistesblitz habe ich den Biskuit in Stücke gebrochen, Crème darüber verteilt und mit Rosinen bestreut. Ich legte die nächsten Biskuitstücke darüber und häufte auf diese Art einen kleinen Berg an. Crème darüber und ab in den Kühlschrank.

Das war geschafft!

Weiter ging's mit dem Gemüse. Ich pellte Erbsen und schnitt Paprika in kleine Würfel. Pellte Knoblauch und Zwiebeln, schnitt alles in Würfel und … weinte! Ich hasse Zwiebeln. Diese fiesen, kleinen Dinger!

Da mir, bis zu diesem Zeitpunkt, noch nichts danebengegangen war, gönnte ich mir einen Cappuccino. Meine Augen tränten und es dauerte etwas länger, bis ich wieder klar sehen konnte. Ich genehmigte mir einen weiteren Cappuccino und las den Le Monde.

Nach einem interessanten Artikel über Zeitverschwendung, fiel mir ein, dass ich meine kostbare Zeit auch noch verschwenden musste. Die Küche wartete und mit ihr eine Menge Lebensmittel, die noch verarbeitet werden mussten. Oh mon Dieu! Ich hasse kochen!

Kommen wir zum Hackfleisch. Würzen war einfach. Mais oui! Ich habe es ausnahmsweise mal nicht vergessen. Den kleingeschnittenen Knoblauch rein und dann vermengen. Nun ja! Sagen wir mal so … Hackfleisch lässt sich nicht so einfach mit dem Kochlöffel vermengen … auch nicht mit zwei Löffeln. Was das Hackfleisch erst mal in seinen Fängen hat, gibt es nicht mehr frei. Wendet man dann sanfte Gewalt an … lacht nicht … dann kann es sein … okay … es war so! Es war mehr als sanfte Gewalt nötig, die Löffel aus dem Hackfleisch zu ziehen. Was dann geschah, war reine Physik. Dynamik pur! Das Hackfleisch flog im hohen Bogen durch die Küche, klatschte im Landeanflug gegen den Kaffeeautomaten, um an ihm abzuprallen und mit einem platschenden Geräusch auf dem Boden zu landen. Begeisterung! Wieder mal eine Runde putzen angesagt …

Ich erinnerte mich an Carolin, die Köchin meiner grands-parents. Sie hat Hackfleisch immer mit den Händen vermengt. Oh mon Dieu! Schon die Vorstellung, dass ich mit den Händen … Oh non!

Okay! Wieder mal Monsieur Internet um Rat gefragt. Der hatte schon gehofft, er wäre mich und meine dämlichen Fragen endlich los und dann dass!

Frage: *Wie vermengt man Hackfleisch?* Antworten: Etwa 3.980.000! Wer soll das alles lesen? Ich muss kochen! Da gab es Rezepte für Frikadellen, Kötbullar, Lasagne, Hackfleischschnecken, Hackfleischnester und vieles andere. Wer braucht das alles? Ich nicht!

Und wieder ein paar Beispiele: … *dann vermengt sich das Ganze einfach zusammen … man nimmt eine Plastiktüte … ich matsche gerne damit rum!* Okay! Ein paar klitzekleine Fragen dürfen gestattet sein!

Wie *einfach* vermengt sich das Ganze … *zusammen? Zusammen?* … selbstständig oder …? Wenn es doch soooo einfach ist, warum erzählt sie es nicht? Weil sie davon ausgeht, das jeder weiß, wie einfach das Ganze doch ist? Wer nicht weiß, wie einfach es ist, der hat Pech gehabt? Grrr!

Man nimmt eine Plastiktüte! Oh! Was macht man mit der Plastiktüte? Was macht die Plastiktüte mit dem Hackfleisch? Auch einfach? Zusammen? Was macht man mit solch dämlichen Antworten? Man regt sich auf und ignoriert sie letztendlich!

Ich matsche gern damit rum! Wen interessiert es, dass sie gerne mit Lebensmitteln rummatscht?

Oh mon Dieu! Das ist doch … (Non! Ich schreibe es nicht!)

Ich streifte Handschuhe über und machte mich daran, Hackfleisch und Gewürze mit den Händen zu vermengen. Das war eklig! Totes, gehäckseltes Tier. Ich hasse kochen!

Mary sagt, ich solle mich nicht so anstellen. Nur, weil ich mich einmal die Woche als Köchin versuche, wird nicht ein Tier mehr geschlachtet. Im Gegenteil. Es wird weniger entsorgt. Okay! Ich weiß, dass sie recht hat, aber ich fühle mich nicht gut, wenn ich Fleisch zubereiten muss. … und was das Entsorgen betrifft … ich entsorge auch …

Anscheinend war ich von Chloés Wetteinsatz so geblendet, dass ich völlig übersehen habe, dass zum Kochen auch das Zubereiten von Fleisch gehört. Mea culpa!

Okay! Zurück zum Hackfleisch. Ich formte kleine Röllchen und hoffte, dass sie beim Braten nicht auseinander fielen. Da ich noch immer gut in der Zeit lag, gönnte ich mir einen weiteren Cappuccino. Ich war guter Dinge, hatte doch bis dahin alles gut funktioniert.

Tja! Man sollte nicht nur an das denken, was hinter einem liegt. Man muss auch nach vorne blicken. An das denken, was noch kommt … Ich tat es nicht … dachte nicht daran … und es kam! Diese fiesen, kleinen Dinger, welche sich gewürfelte Zwiebeln nennen. Plötzlich waren sie da. Mussten in die Pfanne, sollten gedünstet werden.

Okay! Ich war noch voller Hoffnung, dass sie sich mit einem Hauch von Fett besser vertragen würden, als mit einer Portion der Größenordnung, die ich früher benutzte. Aber! Ich sagte doch … fiese, kleine Dinger! Anfangs waren sie noch brav und blieben sogar in der Pfanne. Aber dann … quasi von einer Sekunde zur anderen, änderten sie ihre Farbe und verkokelten. Einfach so! Nun ja! Nicht einfach so … ich hatte vergessen, die Temperatur zu reduzieren. Da blieb den kleinen Dingern kein anderer Ausweg. Was soll ich sagen? Selbst dran schuld … sie hätten doch aus der Pfanne hüpfen können …

Okay! Ich habe vorher Monsieur Internet um Rat gefragt: *Dünsten?* Diesmal hat er meine Frage verstanden und mir auch sofort geantwortet. *Beim Dünsten werden rohe Lebensmittel mit wenig oder keiner zusätzlichen Flüssigkeit gegart.* Das habe ich ja noch verstanden.

Die Sache, mit der Temperatur, habe ich verbockt, aber die eigentliche Ursache dieses kleinen Missgeschicks lag wohl im ersten Teil des Satzes. Der Erklärung, was Dünsten ist. Monsieur Internet erklärte mir, das Dünsten eine Zubereitungstechnik der Kochkunst sei.

Kochkunst! Ich mag ja vielleicht ein bisschen Talent in gewissen Künsten besitzen, Kochen gehört definitiv nicht dazu. Kochkunst, na ja! Ihr könnt jetzt weiteratmen …

Wieder mal abgeschweift! Zweiter Versuch! Zwiebeln in die Pfanne, Temperatur reduziert, Ups! … stark überbräunt. Dritter Versuch … leicht überbräunt. Jetzt war mein Vorrat an Zwiebelstückchen aufgebraucht. Ich fand, eine leichte Bräunung stand den Zwiebelstückchen gut zu Gesicht und wollte den Knoblauch in die Pfanne geben.

Nochmal Ups! Schon wieder ein kleines Missgeschick. Ich hatte den Knoblauch unter das Hackfleisch gemengt. Den ganzen Vorrat, in den eventuelle Überbräunungen und Kollateralschäden miteinbezogen waren. Mon Dieu! Ich hoffe, Karin mag Knoblauch …

Tja! Der hilfsbereite Mensch schrieb ja, ein wenig Knoblauch mit zu dünsten könne nicht schaden. Also merkt es niemand, wenn keiner drin ist ... zum Beispiel im Djuvec-Reis. Es war kein Muss! Das niemand die Überdosis Knoblauch in den Cevapcici bemerken würde, war eher unwahrscheinlich.

Als ich dann die gewürfelten Paprikastückchen zu den leicht überbräunten Zwiebelstückchen gab ... Oh! Wie schnell aus einem leicht, ein stark überbräunt werden kann. Sahen sie, als sie allein in der Pfanne lagen, noch nach leicht überbräunt aus, so waren sie jetzt eher der Kategorie stark überbräunt zuzuordnen.

Sie stachen aus dem Rot der Paprika hervor, dass es in den Augen schmerzte. Vielleicht würden sie im Laufe des Dünstens heller werden oder der Paprika dunkler? Weinen!

Okay! Vielleicht war der letzte Cappuccino zu viel ... aber ich lag wirklich gut in der Zeit ... dachte ich zumindest ... doch dann ...

Es läutete und mein Gast erschien. Sie schnupperte und grinste. Typisch Karin! Warum aussprechen, was keiner Worte bedarf? Sie musste es nicht aussprechen, man konnte die verkokelten Zwiebeln riechen.

»Schicke Schuhe!«, sagte sie. »Neueste Mode? Sind das Zwiebeln oder was klebt da ...?« Ups! Da war wohl doch ein paar Zwiebelwürfelchen die Flucht gelungen ...

Ich führte Karin in den Salon und stellte ihr Baron de Rothschild zur Seite. Gerne hätte ich ihr Gesellschaft geleistet, aber in der Küche wartete noch viel Arbeit auf mich.

Der Reis musste gekocht werden. Während ich ihn rührte, fiel mir ein, dass ich den Knoblauchdip vergessen hatte. Aucune idée, wie man den herstellt. Schnell Monsieur Internet um Hilfe gebeten. Das erste Rezept musste es sein. Für langes Suchen hatte ich keine Zeit.

Okay! Das las sich einfach. Ich brauchte nicht mal Senf. Karin ist allergisch gegen Senf. Der Rest war wirklich einfach. Okay. Das mit dem Schaben musste ich erst mal hinterfragen. Monsieur Internet hatte anscheinend nur auf meine nächste Frage gewartet. Er verwechselte aber schaben mit schälen und ich war genauso unwissend wie vorher. Auch auf die Gefahr hin, dass der Knoblauch bitter werden würde, musste der Minizerkleinerer ran. Knoblauch, Sauerrahm, Pfeffer, Salz et voilà! Der Dip war fertig!

Okay! Das mit dem *bitter werden* hatte ich im Rezept gelesen. Ihr habt doch wohl nicht ernsthaft gedacht, dass ich ...

Der Timer piepte ... der Reis war fertig. Ich mischte ihn unters Gemüse und gab die Erbsen hinzu. Rührte und gab etwas Aiwar dazu. Jetzt war der Reis rot. Naja! Man sollte nicht auf jeden Ratschlag hören.

Während Reis und Gemüse sich besser kennenlernten, nahm ich die rohen Cevapcici aus dem Kühlschrank und gab sie in die Pfanne. Denen gefiel der Ausflug. Sie bräunten sich und fielen auch nicht auseinander. Ich rollte sie langsam durch die Pfanne, damit sie sich auch rundherum bräunten. Oh! Ich war stolz auf meine Leistung. Sie sahen gut aus. NICHT VERKOKELT!

Ich richtete alles auf einem Teller an und machte das obligatorische Foto. Auf die gewürfelten, Zwiebeln habe ich verzichtet. Karin mag keine rohen Zwiebeln. Warum unnötige Arbeit verrichten

…

Karin kam zu Tisch und staunte, als sie den Teller sah. Okay! Mir gefiel die Drapierung nicht, aber ich bekomme ja keinen Preis für den schönsten Teller.

Kommen wir zur Bewertung. Der Djuvec-Reis war ungewürzt. Nicht mal die Aiwarpaste hatte ihm etwas Geschmack eingehaucht. Der Krautsalat war lecker, der Dip etwas zu stark gepfeffert, aber Karin mag es scharf. (Scharfes Essen!)

Die Cevapcici … nun ja … sagen wir mal so. Karin wechselte die Farbe und Tränen schossen ihr in die Augen. »Normalerweise mag ich scharfes Essen«, sagte sie, während ihr die Tränen über die Wangen liefen. Ups! Eine Überdosis Knoblauch gepaart mit zu viel Pfeffer. Verheerend!

Nach einer kurzen Pause, nahm sie es locker. Zusammen mit dem ungewürzten Reis konnte man die Cevapcici essen, ohne gleich in Tränen auszubrechen. Ich bezweifle allerdings, dass sie überhaupt etwas vom Geschmack der Cevapcicis wahrnahm.

Oh! Ich wusste es! Einmal himmelhochjauchzend Bœuf bourguignon und dann zu viel Pfeffer und eine Überdosis Knoblauch!

Nachdem sich Karins Geschmacksknospen wieder etwas erholt hatten, vollendete ich das Dessert. Etwas Schlagsahne und einen Schuss Schokosauce und das Dessert war fertig. Non! Es ist nicht misslungen. Es ist auch nicht auf dem Weg von der Küche ins Esszimmer verunglückt. Das soll so aussehen. Ehrlich! Mir gefällt es auch nicht, aber wenn's so sein soll!

Jetzt muss ich einen dieser oft bemühten Sprüche auspacken. Egal wie es aussieht, Hauptsache es schmeckt. … und es schmeckte. Karin, die so sehr auf ihre gute Figur bedacht ist, löffelte den Teller leer. Ich weiß nicht, was mich mehr erstaunte, der leere Teller oder Karins kurzzeitiger Bruch mit ihrer ewigen Diät. Noch mehr erstaunte mich, dass sie um Nachschlag bat … falls denn noch etwas da sei.

Ha! Mehr als genug! Lacht nicht … da hat man einmal genug … da ist man auch schon froh, wenn man es an den Mann oder die Frau bringt. Beschwingt ging ich in die Küche, um ein zweites Dessert zu kreieren. Ich konnte es einfach nicht lassen, dem Dessert eine einigermaßen erträgliche Form zu geben. Auch wenn der Turm etwas zu hoch geraten war, die Sahne abstürzte und das Ganze auch nicht besser aussah, Hauptsache es schmeckte.

Nun habe ich den ersten Event der zweiten Hälfte hinter mich gebracht.

Jetzt sind es noch fünfundzwanzig Events. Auch sie werden vorübergehen. Mal mehr, mal weniger erfolgreich.

Paupiettes de bœuf

30. September - Ein Hamburger

Ein neuer Mittwoch, ein neuer Gast. Nachdem der letzte Event wieder etwas feurig war, weil mir ein klitzekleiner faux pas unterlaufen ist, hoffe ich nur das Beste. Ihr wisst, die Hoffnung stirbt zuletzt. Allerdings liegt meine schon ächzend am Boden. Vielleicht hilft ihr der nächste Event wieder auf die Beine.

Kommen wir zu meinem nächsten Gast. Martin, Ingenieur, Weltenbummler und Hamburger mit Leib und Seele. Er mag keinen Fisch und hasst scharfes Essen. Mon Dieu! Er hasst Pfeffer und ich bringe regelmäßig, mit einer Überdosis von selbigem, meine Gäste zum Weinen.

Das kann ja nicht gut gehen!

02. Oktober - Nochmal schockiert

Der neue Auftrag hat mich mal wieder schockiert. Paupiettes de bœuf avec boulette de pommes de terre et chou rouge, Gâteau aux amandes. Rinderrouladen mit Kartoffelknödeln und Rotkohl, Mandeltorte!

Oooh! Rinderrouladen! Kartoffelknödel! Rotkohl! ... und alles muss ich selbst zubereiten. Nichts aus dem Glas! Das ist viel Arbeit! Aber ... es kommt noch schlimmer. Mandeltorte! DAS IST AR-BEIT! Wie soll ich das alles an einem Tag erledigen? In welcher Reihenfolge?

Am besten stelle ich die Zutaten der einzelnen Gerichte weit entfernt voneinander auf, damit mir nicht noch mal solch ein faux pas passiert wie letzte Woche. Knoblauch in der Mandeltorte wäre zwar mal was neues, aber ob es schmecken würde? Okay! Ich muss es nicht essen ...

Ich werde wie immer mein Bestes geben. Irgendetwas wird sicher wieder schief gehen, aber was solls. Es gibt schlimmeres als Briketts und verpfefferte Speisen.

05. Oktober - Das üben wir noch ein bisschen

Ich würde Euch gerne mal nur positives berichten, aber anscheinend hat es sich herum gesprochen, unter den Gemüsen, Mandeln, Nüssen, Crèmes und Sauces und so allerhand anderem, dass man mich zur Weißglut reizen kann, wenn man sich etwas bockig anstellt. Nun ja! Gehen wir zuerst mal in den Feinkostladen, zu Maître Gayet und seinen liebenswerten Kolleginnen und Kollegen.

Da stand ich also Freitag, kurz nach Mittag, mit einem langen Einkaufszettel (und ohne große Lust, an diesem besagten Nachmittag noch stundenlang in der Küche zu stehen), in diesem schönen Laden, der die wunderbarsten Genüsse im Angebot hat.

Ich ärgerte mich, weil eine Kundin mich unentwegt anglotzte und auch andere ein unverhohlenes Interesse an meiner Person zeigten. Schließlich platzte die Glotzende mit der Frage heraus, die an diesem Tag anscheinend alle Kunden in dem schnuckligen Laden quälte. IST SIE DAS?

Da sich alle Augen auf mich gerichtet hatten, musste ich es wohl oder übel sein. Noch bevor ich mich mit dem übermäßigen Interesse an meiner Person beschäftigen konnte, stürmte die Menge schon auf mich zu und verlangte Autogramme. AUTOGRAMME! Ich dachte, die spinnen! Fotos meiner schlimmsten Kreationen sollte ich signieren. Übersetzungen meines Blogs. Ich ahnte schlimmes.

»*Je suis désolé*«, nuschelte sich Maître Gayet in den Bart. »Es ist mir letzte Woche einfach so rausgerutscht und hat sich dann verselbstständigt.«

Na toll! Jetzt zeigen Japaner zuhause Fotos von verbranntem Ossobuco und der Köchin, die das verbockt hat. Ich hasse kochen und ich hasse diese Wette!

Okay! Dass mein Einkauf dann etwas schweißtreibend war, könnt ihr euch wohl vorstellen.

Mit neunzigminütiger Verspätung kam ich nach Hause. Der arme Martin würde erst um Mitternacht dinieren. Ich hatte vorsichtshalber ein paar petit pâtés en croûte gekauft. Ich kann den armen Mann doch nicht hungern lassen. Ich hatte alles bis ins kleinste geplant. Wann ich was, wie machen wollte, machen musste und dann neunzig Minuten Verspätung! Auch wenn ich schlecht in der Zeit lag … okay … das ist stark untertrieben … gönnte ich mir einen Cappuccino. In der Ruhe liegt die Kraft … Ich hätte gerne noch den Le Monde gelesen, aber das hätte das Dîner zum Petit-déjeuner gemacht. Fast schon widerwillig machte ich mich auf den Weg in die Küche.

Ich nahm die Paupiettes aus dem Kühlschrank. Ich hatte vergessen, dass das Fleisch sich akklimatisieren sollte. Okay! Dafür war jetzt keine Zeit mehr. Nennen wir es abrupten Klimawandel und machen uns an die Arbeit.

Ich bestrich und belegte die Paupiettes mit allem, was da drauf und rein sollte. Dann wollte ich sie verschnüren, so wie Paupiettes eben verschnürt werden. Das sei fast wie Geschenke verpacken und mit Geschenkband verzieren, hatte Mary (meine Perle) gesagt.

Tja! Geschenke bestehen nicht aus rohem Fleisch und verformen sich nicht. Es war … oooh! In Allemagne werden einfach Nadeln in die Paupiettes gesteckt. Ha! Nach kurzem Suchen fand ich solche Dinger in einer Schublade. Ich wundere mich immer wieder, welch gut ausgestatteten Haushalt ich doch mein eigen nenne. Auch wenn ich von vielen Sachen nicht mal weiß, dass ich sie besitze.

Okay! Wieder abgeschweift. Fleisch mit Nadeln! Nun ja! Sie sollten keinen Schönheitspries gewinnen (nur irgendwie zusammen halten). Okay! Paupiettes stehen jetzt auch auf der schwarzen Liste. Oh mon Dieu! Meine Nerven lagen blank. Ich hätte dringend einen Cappuccino gebraucht …

Ich schälte Karotten, Poireaux und Zwiebeln. Oui, sie liefen wieder, die Tränen. Non! Keine Auszeit, kein Cappuccino! Mir lief die Zeit davon und mit verschwommenem Blick zerteilte ich das Gemüse. Zum Glück stand *in grobe Stücke teilen* im Rezept. Sagen wir mal so … ein paar von den grob zerteilten Stücken musste ich später noch einmal aus der Pfanne holen. Sie waren doch etwas zu grob geraten.

Ich erwärmte die Pfanne, verpasste ihr einen Hauch von Fett und wartete, bis der Audiotherm sagte, es kann losgehen. Tolles Teil! Möchte ich nicht mehr in meiner Küche missen. Zumindest die nächsten vierundzwanzig Events. Danach betrete ich die Küche nur noch, um mir Cappuccino zu brühen.

Es zischte und ich ahnte fürchterliches, aber nichts dergleichen geschah. Ich sag's ja: *Ein Hauch von Fett.* Ich briet die Paupiettes von allen Seiten an, verbrannte mir dabei mal wieder die Finger, musste die Paupiettes weiter bewachen, während die Blasen anschwollen.

Ich gab das Gemüse zum Fleisch, rührte es fast schwindlig und goss die Bouillon dazu. Okay! Deckel drauf … aufatmen … Finger unter fließendes Wasser halten. Brandsalbe!

… und einen Cappuccino! Jetzt kam es auf fünf weitere Minuten Verspätung auch nicht mehr an.

Ich begann mit der Zubereitung der Mandeltorte. Meine Einstellung, was Scheidung von Eiern betrifft, kennt Ihr inzwischen. Für den Mandelteig mussten sich zwei Eier trennen. Okay! Das erste Ei trennte sich bereitwillig. Der Inhalt von Ei Nummer zwei liebte sich noch und plumpste gemeinsam in die Schüssel. Da ich vergessen hatte, ein Gefäß für Scheidungsunwillige Eier bereitzustellen, plumpste das Eigemisch in mein Eiweiß. Grrrr!

Nächster Versuch. Ihr wisst ja selbst, wenn es erst mal angefangen hat, mit der Pechsträhne, dann setzt es sich fort und fort. So ungefähr elf Eier lang. Dann hatte ich endlich zwei Eigelbe. Okay, mit einem klitzekleinen Eiweißanteil. Allerdings nur ein Eiweiß, aber das würde wohl nicht allzu viel ausmachen. So ein Eiweiß mehr oder weniger …

Die KitchenAid rührte das einzige Eiweiß zu Schnee … okay … es hat sich nicht gelohnt, die Schneebesen schmutzig zu machen. Das bisschen sah man fast nicht in der Schüssel. Die restlichen Zutaten waren in kürzester Zeit cremig gerührt, meiner KitchenAid sei Dank.

Ich goss den Teig auf ein Backblech, stellte es in den Ofen und schon bahnte sich das erste Unglück an. Ich hatte das Rezept für die Mandeltorte klein gerechnet. Ihr wisst schon, statt einer Torte für was weiß ich wie viel Personen, habe ich reduziert. Allerdings habe ich eine klitzekleine Kleinigkeit übersehen oder nicht bedacht. Die winzige Menge Teig brauchte keine dreißig Minuten Solarium. Oh non! Nach zwanzig Minuten roch es etwas angekokelt. Was ich da aus dem Ofen holte, erinnerte mehr an ein angekokeltes Brett, als an einen Mandelkuchen. Oui! Das üben wir noch ein bisschen.

Ich wollte die nächsten Eier aus meinem Einkaufskorb holen, das fiel mein Blick auf eine Schachtel, in der sich je fünf Gläser Eiweiß und Eigelb befanden. Merci! Damit wurde ihm sein faux pas fast verziehen. Ich sagte ja, Maître Gayet ist ein wunderbarer Mensch. Auch wenn er manchmal zu viel redet …

Der nächste Versuch, einen Mandelteig zu backen, lief dann unproblematisch ab. Er war etwas platt, sah aber gut aus, fand ich! Ob er allerdings so aussehen sollte …? Je pense que non! Aber wie sollte er aussehen? Aucune idée … Ich stach vier Kreise aus … man kann ja nicht wissen, was noch so alles passiert …

Beschwingt wandte ich mich wieder dem Rotkohl zu. Ich hatte bereits angefangen, ihn zu bearbeiten, als es zu diesem kleinen Missgeschick mit dem Mandelteig gekommen war. Nun ja! Ich will euch den Anfang nicht verschweigen. Kohl ist, wie ihr sicher wisst, sehr stur und will absolut nicht durchtrennt werden.

Diesmal rückte ich dem Kohlkopf mit einer Axt auf den Leib, besser gesagt … non, das ist zu brutal. Ich habe ihn also mit der Axt zerteilt. Krach! Der Rest ging dann ganz einfach. Die dünnen Scheiben fielen zwar etwas dicker aus, aber nur unwesentlich.

Diesmal hatte ich nicht zu viel von dem weißen Zeug weggeschnitten, weil Maître Gayet sagte, dass man das auch essen könne. Okay! Aber das sah nicht so gut aus wie beim letzten Mal. Vielleicht änderte es sich beim Kochen. Das zerkleinern eines Apfels entfiel, da ich vergessen hatte, Äpfel auf meinen Einkaufszettel zu schreiben.

Kommen wir zu meinem nächsten schwierigen Fall. Kartoffelknödel! Mary sagte, das wäre ganz einfach. Dann setzte sie noch *wenn man's kann* hinzu. Okay! Ich kann's nicht. So kam, was kommen musste. Chaos! Dieses Chaos zog sich über den ganzen Nachmittag, bis in die späteren Abendstunden. Ihr wisst schon … ausdampfen, pressen, mischen … Erst mal durften die Kartoffeln eine halbe Stunde ins Wellnessbad. Das war einfach.

Während die Kartoffeln wellnessten, versuchte ich mich an der Crème für die Mandeltorte. Agar-Agar einweichen, zwei Eier trennen (oder zwei Gläser öffnen), mit Zucker schaumig rühren, Gerät und Schneebesen reinigen, Sahne schlagen, Gerät und Schneebesen reinigen, Eiweiß in Eischnee verwandeln, Gerät und Schneebesen reinigen, Espresso kochen, Agar-Agar darin auflösen, abkühlen lassen, nach und nach alles vermischen. Sah gut aus, roch gut, machte viel Arbeit.

Vielleicht sollte ich mir noch ein paar Schneebesen anschaffen. Spart das viele reinigen zwischendurch. Das Gerät reinigen entfällt, wenn man den Schüsselheber bedient. Dann kann man auch den Deckel auflegen. Ich meine ja nur. Wer lesen kann, spart sich das Putzen …

Wieder abgeschweift. Die Crème in die Förmchen füllen und ab in den Kühlschrank. Jetzt hatte ich zwei Törtchen. Für mehr hatte die Crème nicht gereicht.

Was sollte jetzt noch schiefgehen? Die Kartoffeln waren ausgedampft und die Schale trocken. Jetzt konnten sie gepellt werden. Okay! Sie sollten keinen Schönheitspreis gewinnen. Sie sollten zerquetscht werden.

Wisst ihr, dass so eine Kartoffelpresse auch ein kleines Fitnessgerät ist? Stärkt die Brustmuskulatur und festigt den Bizeps. Essen die Bayern deshalb so viel Knödel? Regelmäßige Nutzung der Kartoffelpresse füllt die Dirndl an den richtigen Stellen.

Okay! Das war boshaft! Wenden wir uns wieder den Knödeln zu. Die Kartoffeln mussten jetzt völlig auskühlen. Da ich sonst nichts mehr zu tun hatte (das Spülen erledigt die Spülmaschine oder Mary), genehmigte ich mir einen Cappuccino.

Die Zeit lief mir davon, aber ich konnte es nicht ändern. Mary sagte, es kommt bei den Paupiettes auf ein paar Minuten mehr nicht an. Okay! Ich befand mich genau jetzt, während des Cappuccinos, in den ersten paar Minuten mehr. Das machte mir der Timer unmissverständlich klar. Wären Knödel und Rotkohl bereits gar, könnte ich einmal pünktlich servieren. Tja! Waren sie aber nicht und so nahm das Schicksal mal wieder seinen Lauf.

Es läutete und Martin erschien. Er fragte, ob wir uns erst in den Salon begeben oder er an dem Wunder teilhaben dürfe, pünktlich zu dinieren. Tja! Wenn er sich mit Paupiettes zufrieden gibt … als Entrée sozusagen. Man hätte doch auch mal aus einem plat principal ein kleines Drei-Gänge-Menu machen können.

Erster Gang Paupiettes de bœuf, zweiter Gang Boulette de pommes de terre, dritter Gang Chou rouge. Okay! Bei Gang zwei und drei könnte es eventuell zu einer Umstellung kommen. Was zuerst gar ist, wird zuerst serviert. Spaß beiseite.

Ich stellte Martin Baron de Rothschild zur Seite und ging zurück in meine Küche. Wieder einen Topf erwärmen, einen Hauch von Fett hineingeben, Rotkohl hinzugeben und hoffen, dass der Audiotherm sein bestes gab.

Dann kam wieder etwas, dass ich hasse - Lebensmittel mit den Händen mischen. Es blieb mir nichts anderes übrig, da sich weder Rühreinsatz noch Knethaken mit der Kartoffelmasse abgeben wollten. Von wegen KitchenAid! Anscheinend hat sich die Maschine inzwischen mit meinen Feinden verbrüdert und lehnt jede Hilfe ab. Also! Handschuhe anziehen und mischen. War das eklig! Während ich so vor mich hin mischte, fiel mir ein, ich hatte den Rotkohl nicht gewürzt. Ob man das auch noch kurz vor Ende machen konnte? Okay! Machen schon, aber ob es auch würzig schmecken würde? Ob man vielleicht etwas mehr würzen musste? Aucune idée!

Der Kartoffelteig war gemischt und ich formte Knödel daraus. Der Teig sollte zwölf Knödel ergeben. Mein Teig ergab ein paar mehr, was wohl daran lag, dass meine Knödel etwas kleiner ausfielen. Da ich an diesem Tag bereits Lehrgeld zahlen musste, wollte ich mich bei den Knödeln nicht auch noch verzetteln.

Ich bat mal wieder Monsieur Internet um Hilfe. Da wir uns bereits in einer etwas späteren Stunde befanden, hatte sich der Gute bereits in Sicherheit gewähnt und gedacht, er wäre mich los. Dem war aber nicht so. Dementsprechend fiel seine Antwort aus. Er beschäftigte sich erst gar nicht mit der Kochzeit kleiner Knödel. Er schickte mir sofort eine lange Liste, warum Knödel auseinanderfallen oder zerkochen.

Nachdem ich mich durch die Liste gelesen hatte, beschloss ich, die Knödel nur im Wellnessbad schwimmen zu lassen. Sie würden schon irgendwann an die Oberfläche kommen. Ich hatte gelesen, wenn man sie zu heiß kocht, kommen sie gleich hoch und sind innen noch nicht gar, aber wenn sie wellnessen dürfen? Ich beschloss vorsichtshalber noch ein paar Tagliatelle zu kochen. Man weiß ja nie …

Ich würzte den Rotkohl, wendete wohl zum hundertsten Mal die Paupiettes und goss Bouillon nach. Es wäre doch schrecklich, wenn auf der Zielgeraden noch etwas schiefgegangen wäre. Okay! Die Paupiettes waren ja bereits vor geraumer Zeit durchs Ziel gegangen.

Da ich ein bisschen Zeit hatte, besuchte ich meinen Gast im Salon. Er hatte es sich bequem gemacht und las. Anscheinend bringen jetzt alle ihren eBook-Reader mit. Naja! Zum Zeitvertreib. Ich sagte ihm, dass es sich nur noch um eine kurze Zeitspanne handeln würde, bis er dinieren konnte. Ich solle mir ruhig Zeit lassen, sagte er mit einem Lächeln. Er sei bestens versorgt. Ist das nicht nett?

161

In meiner Küche überraschten mich die Knödel. Sie trieben an die Oberfläche. Einer nach dem anderen kam hoch. Die Knödel … Messieurs Thomas et Louis … die Knödel … grrr … die Boulette de pommes de terre!

Dann piepte der Audiotherm. Der Rotkohl war gar. Okay! Ich hoffte sehr, dass es auch beim Rotkohl auf ein paar Minuten mehr nicht ankam. Ich musste noch die Sauce pürieren. Die beiden Paupiettes sahen irgendwie … mumifiziert aus. Anscheinend waren es ein paar Minuten zu viel …

Ich pürierte die Sauce, nahm die Knödel aus dem Wasser, schüttete den Rotkohl in eine Schüssel und richtete einen Teller her. Noch das obligatorische Foto … und Martin konnte zu Tisch kommen. Mit einer Verspätung von … sagen wir mal so … in New York war es noch hell.

Martin war überrascht. Die mumifizierte Paupiette war delikat. Zart und saftig. Okay! Woher soll ich wissen, wie Paupiettes aussehen, wenn sie gebraten sind? Ich esse keine. Nach Martins Meinung waren die Knödel genau richtig, aber haben Hamburger eine Ahnung, wie Knödel genau richtig sind? Hätte ich mir da nicht besser einen Bayern eingeladen? Okay! Ich lade ein und Chloé entscheidet über das Essen. Martin hat ja so recht! Die Knödel waren genau richtig!

Der Rotkohl war bissfest und es fehlte ihm noch ein bisschen Würze. Okay! Man kann nicht alles haben. Saftige Paupiettes, genau richtige Knödel *und* Rotkohl mit der richtigen Würze …

Ich leistete Martin noch ein wenig Gesellschaft, bevor ich zurück in die Küche musste. Die Törtchen warteten auf ihre Vollendung. Ich gab Mandelplättchen in die Pfanne und rührte. Sie färbten sich nicht dunkel und ich erhöhte die Temperatur. Böser Fehler. Eben noch hell und weich, jetzt angekokelt und hart. Mon Dieu! Welch empfindliche Blättchen. Noch ein Kandidat für die Blacklist. Neuer Versuch! Wellness! Nach gefühlten Stunden des Rührens, färbten sich die Blättchen endlich braun. Zwar etwas zu braun, aber noch ansehnlich.

So weit so gut. Jetzt hatte ich gebräunte und auch einige überbräunte Mandelplättchen. … aber wie bringt man die Dinger auf die Törtchen? Also nicht auf, mehr so drum rum … so rundherum?

Erstmal befreite ich die Törtchen von den Ringen. Dann häufte ich die Blättchen drum herum und schob sie mit einem Spatel nach oben. Die warmen Blättchen klebten an der Crème und es sah einigermaßen gut aus.

Ich schabte Späne von der Kuvertüre und streute sie auf die Törtchen. Sah auch einigermaßen gut aus. Okay! Es war nicht das Werk eines Pâtissiers. Es war mein Werk.

Martin kam aus dem Staunen nicht heraus. Er wollte nicht glauben, dass ich das Törtchen zubereitet habe. Erst, als er das Werk genau in Augenschein nahm, bemerkte er, dass ihm der letzte Schliff fehlte. Es ihm doch an Feinarbeit mangelte … Aber das tat dem Geschmack keinen Abbruch, es wäre lecker, meinte Martin. Ha! Wer sagts denn … Geht doch! Auch ohne die petit pâtés en croûte (die hatte ich völlig vergessen).

Ich kann es nicht in Worte fassen, wie sehr ich den Tag herbeisehne, an dem endlich alles vorbei ist. Jetzt sind es noch vierundzwanzig Events. Ich habe viel gelernt … manchen Mist gemacht … und es geht weiter. Mein Leben wäre so öde, ohne das Chaos in der Küche!

Escalope viennoise

08. Oktober - Le voilà!

Es ist Mittwoch, Zeit meinen neuen Gast vorzustellen! Sein Name ist Roberto. Ich würde Euch gerne mehr über ihn erzählen, aber ich denke, dass einige unter Euch sofort wissen würden, um wen es sich handelt. Belassen wir es bei seinem Vornamen.

Mais oui, Chloé! Il vient …

09. Oktober - Nicht aus der Tüte

Mein neuer Auftrag: Escalope viennoise et gâteau à la vanille. Wiener Schnitzel und als Dessert Vanilletorte.

Ohoh! Ich ahne schreckliches. Wie stellt man Panade her? Wie bleibt die Panade am Schnitzel? Wie wirft sie Blasen? Wie wird das Schnitzel goldgelb? Woher soll ich das wissen? Ich werde erst mal Monsieur Internet um Rat fragen.

Vanilletorte! Okay! Das hört sich so banal an, aber auch hier gibt es viele verschiedene Arten der Herstellung. Über das Aussehen und erst recht den Geschmack lässt sich streiten. Meine Torte soll gut aussehen und schmecken … aber wie macht man das? Ich habe bereits Monsieur Internet um ein paar Bilder gebeten. Er hat mir sofort eine große Auswahl geschickt. Ganz banale Torten, die nicht nach viel aussehen, aber bestimmt lecker sind. Meisterwerke, die vielleicht nach Tüte schmecken.

Tüte! Heutzutage kommt vieles aus der Tüte. Backmischungen für Brot und Brötchen, Kuchen und Torten, Suppen und Soßen. Sogar Backmischungen im Glas. Da wird die Backform gleich mitgeliefert. Na ja! Wem's schmeckt! Es gibt sogar Backmischungen für Kinder und Hunde. Fragt sich nur, wer da backen soll …

Immer mehr Leute kochen und backen nach dem Motto: Deckel auf, heiß Wasser drauf … Okay! … das hatten wir auch schon mal. Auch wenn ich nicht kochen kann, Tüten kommen mir nicht ins Haus. Zum Glück gibt es den Feinkostladen …

Ups! Jetzt bin ich aber gewaltig abgeschweift. Ich werde mich jetzt noch ein bisschen mit Monsieur Internet unterhalten. Mal sehen, was er so im Angebot hat. Wiener Schnitzel, Panade und wie sie am Schnitzel bleibt …

12. Oktober - Panade, die Blasen wirft

Erstmal muss ich mich für Eure Hilfe bedanken. Sie hat mich vor größerem Chaos bewahrt. Allerdings muss ich sagen, als ich las, dass es diesmal nichts wird mit Wellness, sank meine Hoffnung, ein nicht angekokeltes Escalope viennoise präsentieren zu können, auf null. Das hieß, wieder Fettspritzer und Brandgeruch. Oh! Oooh! Weinen!

Aber … gehen wir erst mal in den Feinkostladen. Dort herrschte diesmal Ruhe. Okay! Ich war auch zwei Stunden früher dort. Das hat mich vielleicht vor neuen Aufdringlichkeiten bewahrt. Ich muss sagen, so wenige Zutaten habe ich schon lange nicht mehr eingekauft. Ich würde gerne sagen, dass Chloé sich etwas Böses dabei gedacht hat, als sie mir diese Aufgabe gestellt hat. Dass es vielleicht sehr viel Arbeit ist, ein Wiener Schnitzel zu braten, aber ich weiß genau, sie hat keine Ahnung, wie viel oder wenig Arbeit es ist. Sie kann auch nicht kochen. Woher sollte sie es wissen? Ich wusste es auch nicht, aber ich ahnte fürchterliches. Panade, die Blasen wirft … Wer hat sich so etwas einfallen lassen?

Maître Gayet konnte sich einen bissigen Kommentar nicht verkneifen. Ein ganzer Stapel Escalope de veau … pardon … Kalbsschnitzel, lag vor ihm.

»Ist die Menge ausreichend?« fragte er mich. Woher sollte ich das wissen? Nächste Woche kann er fragen: *»War die Menge ausreichend?«*

Die Damenwelt war mit Kommentaren (zu meiner Kochkunst) äußerst zurückhaltend. Sie wurden vielmehr von der Frage geplagt, wer denn mein nächster Gast sei. Roberto … und dann …? Wie noch? Ein Fußballspieler? Modeschöpfer? Opernsänger? Roberto Blanco?

Sans commentaire! Mais … qui est Roberto Blanco?

Okay! Zuhause begann ich mit der Zubereitung der Vanilletorte. Wieder einen Teig rühren. Wieder wurde aus Eiern und Zucker eine schaumige Masse. Die Mandeln sollten untergehoben werden. Okay! Das Unterheben über wir noch ein bisschen. Sagen wir mal so … der Teig war nicht mehr schaumig und locker.

Aber! Diesmal war ich schlauer. Man lernt schließlich immer dazu. Oui! Sogar ich! Ich gab den Teig, den ich auf vier Portionen runtergerechnet hatte, in eine kleine Backform. Wieder mal war ich erstaunt, was meine Küche für Schätze birgt. Nicht nur der Bestand an Kochutensilien ist phänomenal. Auch Utensilien, die man fürs Backen braucht, sind in großer Menge vorhanden. Oui! Ich weiß auch bei den meisten Backutensilien nicht, wofür man sie benötigt. Es wäre sicherlich lustig, Monsieur Internet zu fragen. Der Ärmste würde vollends an mir verzweifeln.

Schon wieder abgeschweift. Also! Während der Teig im Ofen vor sich hin backte, zupfte ich Johannisbeeren und traf Vorbereitungen für Vanillecreme und Gelee.

Der Timer meinte, der Teig wäre ausgebacken und wolle aus dem Ofen, aber im Rezept stand, man solle erst den Drucktest machen. Okay! Fragen wir Monsieur Internet. Er war mal wieder mies drauf und schickte mir Angebote über Drucktests für Wasser- und Ölleitungen. Okay! Vielleicht wieder die falsche Frage gestellt. Neue Frage: *Drucktest Kuchen* … siehe da … geht doch!

Mit dem Finger auf den Kuchen drücken. Aha! Jetzt soll ich mir auch noch freiwillig die Finger verbrennen. Ich bin nicht dämlich! Mach ich nicht.

Stäbchentest! Das las sich doch schon besser. Wäre zwar nicht für meinen Kuchen geeignet, war mir aber egal! Wenn das Stäbchen sauber bleibt, ist der Kuchen gut … stand da! Mein Stäbchen blieb sauber. Leider hatte die Unterhaltung mit Monsieur Internet und die anschließende Suche nach einem Stäbchen etwas mehr Zeit beansprucht und der Kuchen war über gut. Nun ja! Er war nicht mehr weich und watteähnlich. Mehr so … na ja … knusprig. Wenn man nicht weiß, wie er schmecken muss, dann könnte man meinen, er müsse knusprig sein. Allerdings gestaltete sich das Ausstechen der Kreise etwas schwierig. Knusprig gleich bockig. Am Ende hatten sich zwei Kreise entschlossen, nicht zu zerbrechen. Der Rest … na ja!

Ich hatte mir in den Kopf gesetzt, diesmal die Eier höchstpersönlich zu trennen. Eigelb und Eiweiß zu scheiden. Das kam allerdings einer Zwangsscheidung gleich. Die wollten absolut nicht getrennt werden. Lieber gingen sie gemeinsam in den Tod.

Das bedeutete mal wieder Rühreier. Mary kann auch bockig sein. Anstatt Kuchen zu backen, gibt es Rührei. Da gibt es zwei französische Bulldoggen, die lieben Rührei. Und Mary liebt beide … Rührei und Bulldoggen. Backe Kuchen wer will …

Okay! Ich muss mir dieses ewige abschweifen abgewöhnen. Ich griff dann wieder auf die geschiedenen Eier im Glas zurück. Wenn sie schon mal da sind …

Da ich lernfähig bin, musste ich diesmal nicht nach jedem Gebrauch die Maschine reinigen … und Schneebesen habe ich auch gekauft.

Eischnee geschlagen, Eier und Zucker schaumig geschlagen … Ups! Vergessen Vanille in Sahne zu kochen. … und dann kam, was kommen musste. Die Sahne kochte über, brannte sich auf dem Kochfeld ein und stank bestialisch. Grrr!

Nun ja! Es hätte eine kleine Ewigkeit gedauert, bis die Sahne abgekühlt wäre … Greifen wir auf die Vanillesahne aus dem Feinkostladen zurück. (Tja! Aus Schaden wird man klug und die kluge Hausfrau plant im Voraus!) Hört auf zu lachen. Ich nehme die kluge Hausfrau sofort wieder zurück.

Also … auf ein Neues! Aus Schaden wird man klug und plant eventuell auftretende Missgeschicke ein. Sprich, man sorgt vor. Besser? Non? Okay! Ersetzen wir eventuell durch sicher. Jetzt zufrieden? Oui? Merci!

Ich sagte bereits mehrfach, dieser Feinkostladen ist wunderbar. Jetzt füge ich hinzu: Wie für mich gemacht. Böse Zungen werden jetzt sagen, da wird der Faulheit Tür und Tor geöffnet. Ich sage, dass man dort weibliche Wesen, die keine klugen Hausfrauen sind, aber auftretenden Missgeschicken vorbeugen wollen, für alle Notsituationen mit den nötigen Kleinigkeiten, die man dazu braucht, versorgt.

Ich schlug Sahne und hob eins nach dem anderen unter. Also alles, was da so rein sollte. Okay! Das Unterheben üben wir noch ein bisschen. Locker, luftig, leicht und cremig sieht anders aus. Das ganze Törtchen war so … Okay! Wenn man aber nicht weiß, wie das Teil aussehen soll … Knuspriger Mandelkuchen mit Vanillecreme.

Ich stellte die halbfertigen Törtchen in den Kühlschrank. Die Crème musste fest werden, bevor die Johannisbeeren aufgelegt werden konnten.

Jetzt hatte ich noch Zeit, bevor ich mich an das Schnitzel wagen musste. Oui! Ich hatte noch Zeit! Sage nochmal jemand, es gäbe keine Wunder.

Da meine künstlerischen Missgeschicke sonst immer von passender Musik unterlegt werden, wartete ich diesmal auf Händels Halleluja. Stattdessen erklang Nessun dorma. Keiner schlafe! Ich wollte nicht schlafen … ich wollte nur einen Cappuccino trinken. Jetzt traut mir nicht mal mehr die Musik.

Okay! Drei Cappuccino später setzte ich Johannisbeeren auf die Crème und kochte Gelee. Im Rezept stand, man solle das Gelee kochen und dann fünf Minuten abkühlen lassen. Erst dann dürfe es auf die Torte. Nun ja! Es war das erste Mal, dass ich Gelee kochte. Warum erwähne ich das? Das konntet Ihr euch ja wohl denken …

Es fing alles so vielversprechend an. Schön rot und glänzend … Es sprudelte und ich nahm den Topf vom Herd. Noch war die Welt des Törtchens in Ordnung. Fünf Minuten später füllte ich die Förmchen bis zum Rand mit Gelee. Es sah immer noch gut aus. Der Kühlschrank würde es schon fest werden lassen. Nun ja! Zwei Wunder an einem Tag? War das nicht etwas zu viel verlangt?

Ich lag immer noch gut in der Zeit. Ein Cappuccino oder zwei …? Besser nicht! Ich gab Semmelbrösel, Ei und Mehl auf Teller und klopfte ein paar Schnitzel platt. Man weiß ja nie … Okay! Jetzt kann ich es Euch verraten. Wiener Schnitzel war von Anfang an mein Bauchwehgericht. Ich hatte schon gehört, dass es eine Kunst sei, das Schnitzel so zu braten, dass die Panade dran blieb und auch noch Wellen schlug. Also Blasen an der Panade. Kunst! … und das bei meinem Talent! Okay! Der Auftrag kam und ich werde mein Möglichstes tun.

Die Pfanne erwärmen, einen Hauch von Fett hineingeben, das Schnitzel einmehlen, eineien und einbröseln. Ihr wisst ja, dass ich glitschige Sachen nicht mag. Das eingemehlte Schnitzel wurde in das Ei gelegt und gewendet. Ich nahm es aus dem Eierteller und wollte es in die Brösel legen. Tja! Es war so glitschig und … naja … so eklig! Es rutschte mir aus den Fingern und plumpste in die Eimasse. Die spritzte in alle Himmelsrichtungen und lief langsam und gemütlich an Wand, Fenster und Schrank herunter. Oooh! Grrr! Meine Bluse … meine Schuhe … Ich hasse kochen!

Als wenn das noch nicht ausreichend wäre … Der Hauch von Fett wollte mir unbedingt beweisen, dass auch er sich überhitzen und einen bestialischen Gestank verbreiten kann. Nicht genug damit … Kleine Rauchwölkchen stiegen Richtung Decke und es geschah, was schon lange nicht mehr geschehen war.

Richtig! Der Rauchmelder schrillte los und als ob das nicht genug wäre … aus dem Lautsprecher klang der Trauermarsch von Chopin. Hohn und Spott, aber kein Halleluja! Mir wurde bewusst, dass auch meine Musik ins feindliche Lager gewechselt war. Muss ich noch erzählen, dass ich jetzt einen neuen Rauchmelder brauche?

Oui, die Pfanne habe ich wieder aus dem Garten geholt und lief meinem Gast direkt in die Arme. Lachend fragte er, ob er das Haus ohne Sauerstoffmaske betreten könne. Wenn man die Pfanne betrachte, könne man sich solch einer Frage kaum erwehren. Haha!

Ich führte ihn in den Salon und stellte ihm Baron de Rothschild zur Seite. Er nahm sein iPad aus der Tasche und meinte, er würde sich die Zeit mit lesen vertreiben, Musik hören und der Dinge harren, die da kommen würden. Wann auch immer …

Ach, er kann so charmant sein. Auch wenn er manchmal seine Allüren hat, ich mag ihn …

Der Brandgeruch hatte sich fast verzogen. Der Hightech Dunstabzug ist sein Geld wert. Wer hätte gedacht, dass dieses Teil mal so schwer arbeiten muss?

Okay! Neuer Versuch! Eier, Semmelbrösel und Mehl! Wenn doch die Eimasse nicht so glitschig wäre … Da fiel mir ein, ein hilfreicher Geist hatte mir geschrieben: *Gib Sahne ins Ei!*

Okay! Ich rührte Sahne unter die Eimasse. Erwärmte die nächste Pfanne und war fest überzeugt, alsbald einen Hauch von Fett in die Pfanne zu geben. Tja! Wer lesen kann wird so mancher Hoffnung beraubt. Da stand doch wirklich und wahrhaftig: *Nix mit wellnessen.* Das Schnitzel muss im heißen Fett schwimmend ausgebacken werden. Oh! Non! Weinen! Fettspritzer und … oooh weinen!

Okay! Jetzt suchte ich mir meine Musik aus. Auf in den Kampf! (Ihr wisst schon, aus Bizets Carmen!) Nun ja! Das Fett spritzte, das Schnitzel briet, das Fett spritzte immer noch und naja, ruckzuck war das Escalope verkokelt. Lacht nicht! Heißes Fett ist schmerzhaft! … und die Tausendstelsekunde zwischen … naja, ist noch okay und oooh angekokelt, ist viel zu kurz. Zu allem Elend verbrannte ich mir mal wieder die Finger und eine weitere Blase schwoll heran.

Nächster Versuch! Neues Schnitzel, wieder einmehlen, eineien und einbröseln … und würzen! Uff! Jetzt muss ich fast schon sagen, glücklicherweise sind die ersten Versuche missglückt. Es hätte wieder mal Ungewürztes gegeben. Jetzt konnte ich nur noch hoffen, dass ich nicht wieder zu viel Pfeffer erwischt hatte.

Neue Pfanne, neues Fett, viel Fett. Ich bin lernfähig! Auch bei heißem Fett! Als sich die ersten Blasen bildeten, reduzierte ich die Temperatur und hoffte das Beste. Es zischte und spritzte, als ich das Schnitzel in die Pfanne legte.

Ich bewegte das Schnitzel in der Pfanne. Es sollte im heißen Fett schwimmen. Das Fett schwappte über das Schnitzel und mich beschlich die bange Hoffnung, dass es dem Schnitzel nicht schaden würde. Ich wendete das Fleisch und war erstaunt, wie gut es aussah. Braun, wie ein Wiener Schnitzel sein sollte.

Meine Hoffnung galt jetzt der zweiten Seite. Alles, nur nicht an- oder gar verkokeln. … und siehe da, geschafft. Okay! Seite zwei stand Seite eins in Sachen Bräune etwas nach, aber sie würde auf dem Teller liegen und die schöne Seite, die wunderbar gebräunte, würde nach oben zeigen.

Ich mischte noch schnell den Salat, schnitt ein paar Scheiben Limone und legte das Baguette in den Korb. Anrichten … fertig! Roberto konnte zu Tisch kommen. Ich machte noch schnell das obligatorische Foto und es konnte losgehen.

Roberto war überrascht, als er das Schnitzel sah. Befand, dass es gut aussah und hoffte wohl insgeheim, dass es auch so schmecken würde. Oui! Es schmeckte. Zart und saftig und … etwas pfeffrig, aber sonst … wunderbar. Er sagte, er hätte schon lange kein so gutes Escalope viennoise gegessen.

WOW! Na ja! Es heißt ja, Schwimmen tut gut, aber dass es auch Schnitzeln gut tut … Egal! Mein Bauchwehgericht habe ich gut hingekriegt.

Kommen wir zum Dessert. Erinnert Ihr euch noch an meine Hoffnung auf ein zweites Wunder? Nun ja! Ich schlug Sahne und ehe ich mich versah, hatte ich eine Butterähnliche Masse in der Schüssel. Ups! Da war wohl etwas schief gelaufen oder besser gesagt, zu lange gelaufen.

Okay! Ich hatte inzwischen die Schokoraspel für die Deko geschabt. Es hat etwas länger gedauert, da sich die Schokolade absolut nicht in schöne Raspel verwandeln wollte. Es waren eher kleine Schokobalken.

Woher sollte ich wissen, dass Sahne nicht lange braucht, bis sie steif wird? Die Maschine wusste es auch nicht und rührte und rührte … Neuer Versuch! Diesmal bewachte ich die Schüssel und deren Inhalt. Es kann sein, dass ich jetzt übervorsichtig war oder etwas mit der Sahne nicht … Naja! Ich füllte die Sahne in die Spritze und gab Kleckse auf die Törtchen. Dekorierte mit Schokobalken und Minze und entfernte die Metallringe.

So sehr ich auch auf ein zweites Wunder gehofft hatte, es war nicht gekommen. Konnte ich auf den ersten Blick sehen. Die Törtchen bekamen eine winzige Wölbung. Ich ahnte fürchterliches. Schnell ein Foto und servieren.

Das Törtchen hatte einen kleinen Rettungsring angelegt, aber der nutzte ihm nichts. Gaaanz langsam, fast in Zeitlupe, beulte es sich immer stärker, um dann, mit einem Blubb, auf dem Teller zu landen. Crème, Johannisbeeren und Gelee bildeten einen rot-weißen See. Gekrönt von Sahne, Schokobalken und Minze. Dass die Sahne nicht steif war, spielte jetzt auch keine Rolle mehr.

Roberto nahm's mit Humor. Er meinte, sooo hätte das nicht mal ein Sternekoch hingekriegt. Eine etwas außergewöhnliche Art der Präsentation, aber der Geschmack wäre super.

Im Nachhinein sage ich mir, dass ich ein Foto von diesem GAU hätte machen müssen, aber ich war so schockiert, dass ich nicht daran gedacht habe.

Roberto war begeistert, dass ich diese Wette eingegangen bin. Er kann es kaum erwarten, zu erfahren, worum wir gewettet haben. Dass es dabei nicht um Geld geht, war ihm von Anfang an klar. Am Ende würde es einem von uns sehr wehtun. Da hatte er voll ins Schwarze getroffen. Mir tat es schon Monatelang weh. Ich denke, dass am Ende Chloé der verdiente Verlierer wäre. … und das wäre sie auch … wenn da nicht noch so viele Events wären …

Ich musste Roberto versprechen, die Sache bis zum Ende durchzustehen.

Nun ist der Abend vorüber. Ich habe auch diesen Event überstanden. Es geschah ein Wunder und ein zweites blieb aus. Okay! Man kann nicht alles haben.

Jetzt sind es noch dreiundzwanzig Events. Ich bin nicht mehr der untalentierte Anfänger, sondern nur noch untalentiert.

Kochen wird nie zu meinem Hobby werden und ich werde es nicht vermissen, wenn es eines Tages zu Ende sein wird, aber ich werde es durchstehen. Oui, ich werde es durchstehen, denn jetzt ist es mehr als eine Wette, jetzt ist es ein Versprechen und ich pflege meine Versprechen einzuhalten. Immer!

Filet de porc aux champignons

15. Oktober - Auf der Suche nach Gefahr

Schon wieder Mittwoch! Langsam beschleicht mich das Gefühl, dass sich meine Gäste die Klinke in die Hand geben. So schnell gehen die Wochen ins Land.

Heute habe ich neue Termine vereinbart. Es gibt noch fünf freie Termine, dann ist meine Gästeliste voll.

Mary konnte ich noch immer nicht überzeugen. Sie hat sich mal wieder etwas Bedenkzeit erbeten. Okay! Ich verstehe sie. Ich würde auch erst mal alle für und wider abwägen. Meine nächsten Gäste kommen gerne. Sagen sie zumindest. Okay! Glauben wir ihnen …

Benoit, 57 Jahre, Makler, Speedbootfahrer, Fallschirmspringer und Wingsuitflieger. Immer hart am Limit. Immer auf der Suche nach Gefahr. Etliche Frakturen und eine lebensgefährliche Verletzung, samt Koma, hat er bereits hinter sich gebracht.

Seine Frau Ophelie, Architektin, einziges Hobby Freeclimbing. Nicht immer auf der Suche nach Gefahr. Trotzdem einige Abstürze überlebt und sich dabei mehrere Frakturen zugezogen.

Okay! Jetzt, da ich das niederschreibe, kommt mir der Gedanke … auf der Suche nach Gefahr … mehr als eine Magenverstimmung, Übelkeit, Brechreiz, Erbrechen, okay … Durchfall … können sie sich bei mir doch nicht holen. Meine Kochkünste führen weder zu Frakturen noch zu sonstigen lebensbedrohenden Blessuren.

Okay! Ich revidiere meine Aussage. Ich vergaß die fliegenden Töpfe und Pfannen. Aber! Wer läuft schon freiwillig in die Flugbahn einer Pfanne?

16. Oktober - Bauchgefühl

Oui, er ist da, der neue Auftrag. In gewisser Weise bin ich erfreut. Filet de porc aux champignons et éclairs. Schweinefilet mit Champignons, den Rest kennt ihr.

Ich habe bereits Monsieur Internet um Rat gefragt. Er schickte mir Bilder. Okay! Ich weiß, wie Éclairs aussehen, aber wie werden sie hergestellt? Nochmal nachgefragt. Er verwies mich an Wikipedia. Ich folgte dem Hinweis und fand eine Erklärung, die mir sehr gefiel. Bei einem Éclair handelt es sich um ein längliches, glasiertes und gefülltes Gebäck aus Brandmasse.

BRANDMASSE! Ha! Ich kann es nicht fassen. Brandmasse! Das wird lustig. Non! Ich bin nicht dämlich. Es würde mir sehr gefallen, wenn es wirklich Brandmasse wäre, aber ich habe mich kundig gemacht. Man nennt Brandmasse auch Brandteig. Ich frage mich, ob Chloé sich etwas dabei gedacht hat, aber da wäre wieder die Sache mit ihrer Unkenntnis, was kochen und backen betrifft. Ich kann jetzt schon sagen, wenn dieser Teig daneben geht, dann hat er seinen Namen verdient.

Ich dachte immer, Kuchenteig wird in der KitchenAid hergestellt, aber auf dem Herd? Im Topf? Auf heißer Kochplatte? Das kann ja nicht gut gehen!

169

So lange rühren, bis sich der Teig vom Topfboden gelöst hat und *glatt* wird. Ha! Wie soll sich etwas lösen, das sich festgebrannt hat? Was sich in meinem Topf festgebrannt hat, lässt nicht mehr los …

Ich habe mir bereits ein Video angesehen. Das sieht ja immer so simple aus, aber wenn ich das gesehene umsetze … mon Dieu!

Nun ja! Da war noch die Sache mit dem *glatt werden*. Schnell mal Monsieur Internet befragt und nur noch den Kopf geschüttelt. *Ein Teig der keine Blasen wirft! Der Teig ist nicht rissig, nicht zu fest, nicht zu flüssig! Ist nicht bröckelig!*

Nicht bröckelig verstehe ich ja noch, aber ein Teig der keine Blasen wirft? *Blasen wirft?* Das hatten wir doch schon. Damals hat mich das Blasen werfen nicht interessiert. Erneuter Hilferuf an Monsieur Internet. *Blasen werfen!* Was schickt er mir? Blubbern! Ein blubbernder Teig? An dieser Stelle habe ich beschlossen, dass es mich nicht im Geringsten interessiert, um was es sich dabei handelt. *Blubbernder Teig!* Ha!

Mein Coiffeur hat mir gestern erzählt, dass er seine Leidenschaft fürs Kochen entdeckt hat. Ich war schockiert! Wie kann ein junger Mensch seine Leidenschaft fürs shoppen plötzlich gegen den Kochlöffel eintauschen? Ich mache mir ernsthaft Sorgen!

Er zaubert Gerichte, die einen in Erstaunen versetzen. Ohne Kochbuch! Er schaut anderen beim Kochen zu und kocht die Gerichte nach, würzt nach Gefühl. *Gefühl! … beim Würzen! … Gefühl!*

André meinte, ich würde zu oft meinen Kopf einsetzen. Zum Kochen gehöre Liebe, Bauchgefühl! Okay! Ich hasse kochen. Wie soll da ein liebevolles Gefühl für Gewürze entstehen? Vielleicht verstehe ich aber auch meinen Bauch nicht. Ich höre ihn immer sagen: *Mehr Pfeffer!* Okay! Manchmal vergisst er auch, mit mir zu kommunizieren. Das sind dann die Tage, an denen ich gar nicht würze.

Jetzt warten wir den morgigen Event ab. Vielleicht kommunizieren dann Bauch und Kopf miteinander und die Würzmischung stimmt. Wenn nicht …

19. Oktober - Brandmasse

Nachdem der Freitag wie erwartet verlief, bin ich müde. Dabei hätte alles so schön sein können, wenn diese Wette nicht wäre. Ein freier Tag, ein langes Wochenende … das war einmal, bevor ich gewettet habe, aber es kommen auch wieder bessere Zeiten.

Gehen wir zuerst in den Feinkostladen. Es war noch früh am Tag und die Dienstboten der Oberschicht wuselten durch den Laden.

Okay! Es soll ja Damen geben, die um fünf Uhr früh noch im Bett liegen und ihren Schönheitsschlaf halten. Ich gehöre definitiv nicht dazu. Ich gehe einkaufen …

Maître Gayet, den immer noch das schlechte Gewissen plagt, hatte mir zwei Schweinefilets reserviert. Mehr Versuche würden ab sofort nicht mehr genehmigt. Nach fünf Monaten müsse ich es bereits im zweiten Anlauf schaffen. Mit einem Hauch von Fett würde es sicherlich gelingen … Tja! Dieser Hauch von Fett …

Mein Escalope viennoise wurde gelobt. Auch das Aussehen des Törtchens fand Beachtung. Törtchen mit Rettungsring hatten sie noch nicht gesehen. Den GAU hätten alle gerne gesehen. Das glaube ich sofort!

Zuhause ließ ich es ruhig angehen. Cappuccino musste sein, schließlich war es noch früh am Tag. Ich hatte Zeit, viel Zeit. Es wäre doch schön, endlich pünktlich zu servieren. Darum machte ich mich bereits am Vormittag an die Zubereitung der Éclairs.

Kommen wir zuerst zur Definition Brandmasse (manchmal auch Brandteig genannt). Man vergesse alles, was man bisher darüber gehört oder gelesen hat.

Bei Brandmasse handelt es sich (wie der Name schon sagt) um eine undefinierbare Masse von dunkelbrauner bis schwarzer Farbe, die mit einem Topf eine untrennbare Verbindung eingegangen ist. Ich kann diese Definition nur bestätigen. Ich habe es dreimal probiert und immer hat es bestens funktioniert.

Brandmasse gleich Brandteig gleich fliegende Untertasse, in Form eines Topfes ohne Deckel mit undefinierbarer Masse besetzt.

Ich kann das Versprechen der Firma XY nur unterstreichen: Die Töpfe halten viel aus … sehr viel. Den Härtetest: *Fliegen und landen*, haben sie mit Bravour bestanden. Ob sich die Brandmasse allerdings jemals wieder vom Topf trennen wird?

Inzwischen war es nicht mehr früh am Tag, mehr so kurz vor Mittag. Ich hatte mir eine etwas längere Pause gegönnt, denn der Rauch hatte meine Lunge sehr strapaziert. Oui! Ich brauche schon wieder einen neuen Rauchmelder. Diese Dinger sind aber auch sowas von empfindlich …

Da ich nicht kampflos untergehen wollte, wagte ich einen erneuten Versuch. Ich hatte mir gedacht, dass nicht nur Speck- und Zwiebelwürfel gerne wellnessen … rohe Éclairs sicherlich auch. So kam ich dann auf eine, zugegeben, etwas seltsame Idee. Ein tiefer Seufzer geht durch die Menge … ich weiß … aber man darf doch kreativ sein.

Ich erwärmte Wasser, Butter und Zucker. Rührte mit dem Handmixer das Mehl unter, wurde von herumfliegenden Teigklümpchen beschossen, nahm die Masse aus dem Topf und stellte sie in die Mikrowelle. Das war keine gute Idee … schon mal explodierten Teig gesehen? Schon mal eine Mikrowelle mit explodiertem Teig gesehen? Schon mal eine Mary gesehen, die eine Mikrowelle mit explodiertem Teig sieht? Non? Glaubt mir, es ist besser so … aber einen Versuch war's wert!

Kommen wir zu Versuch Nummer fünf. Diesmal ohne Mikrowelle. Der Teig sah noch gut aus, bis ich die beiden Eier unterrührte. Irgendetwas ist dann passiert … Der Teig sah seltsam aus, erinnerte mich irgendwie an die geronnene Sauce hollandaise … Okay! Er sah nicht seidig glatt aus! Dass ihr aber auch immer alles so genau wissen wollt.

Wenn ich nicht ohne Éclairs dastehen wollte, musste ich mich wohl oder übel in Versuch Nummer sechs stürzen. Alles lief wie gehabt, nur ließ ich den Teig diesmal etwas abkühlen. Die Eier wollten sich nicht mit dem Teig verbinden. Sie waren extrem bockig. Die KitchenAid hatte so ihre Probleme mit dem sturen Teig.

Irgendwann hatte die Maschine gewonnen. Der Teig war fertig. Seidig glatt sieht allerdings anders aus … Ich füllte den Teig in die Spritze und setzte die Tülle auf. Die kleinen Rohlinge sahen putzig aus. Sie sahen auch noch putzig aus, als sie aus dem Ofen kamen …

Da ich zu viel Teig hatte, spritzte ich noch ein paar kleine Häufchen aufs Blech. Die sahen auch putzig aus, als sie aus dem Ofen kamen. Allerdings waren alle etwas klein geraten. Hatte sich diesmal der Teig im Backofen nicht vermehrt?

Nun ja! Die Éclairs, die ich kenne, sind unwesentlich größer … Wie ich diese Winzlinge füllen sollte? … aucune idée.

Inzwischen war es höchste Zeit, mich dem Filet zu widmen. Es sollte ganz einfach sein, wenn man meiner Freundin Sandrine Glauben schenken darf. Es gab keine Zwiebeln, kein Gemüse, nur Champignons. Die waren schnell geschnitten. Wenn der Rest ebenso einfach war …

Ihr lacht schon wieder. Oui! Es war nicht einfach! Einfach war bei mir mal wieder gleichbedeutend mit: *Geht sicher schief.* Einfach! Vielleicht wäre es besser, dieses Wort aus meinem Sprachgebrauch zu verbannen.

Ich gab einen Hauch Fett in die Pfanne, wartete, bis der Thermostat im grünen Bereich war und gab das Filet hinein. Nun muss man eigentlich warten, bis sich das Fleisch leicht vom Topfboden löst, um es dann zu wenden. Okay! Das Filet wollte sich nicht lösen und so kam es, dass Teile des Filets am Topfboden klebten, während ich den Rest wendete. Sah nicht gut aus … irgendwie aufgeplatzt …

Das Filet musste nochmal gewendet werden. Da ich diesen faux pas nicht nochmal begehen wollte, wartete ich vielleicht diesen klitzekleinen Augenblick zu lange. Ihr wisst schon, dieser klitzekleine Moment, in dem sich das Fleisch von leicht gebräunt, in eine Koksähnliche Masse verwandelt. Diesmal konnte der Rauchmelder seine Schadenfreude nicht kundtun. Er hatte sein Leben bereits ausgehaucht.

Versuch Nummer eins ging also voll daneben. Die Pfanne landete nicht im Garten. Sie bekam eine Dusche im Spülbecken, was zuerst mal für eine neue Rauchschwade sorgte. Vielleicht hätte ich warten sollen, bis sich die Pfanne etwas abgekühlt hatte? Einfach! Ich werde ab sofort dieses blöde Wort nie wieder aussprechen oder niederschreiben.

Okay! Versuch Nummer zwei. Wenn ich jetzt nicht aufpasste, würde es kein Filet geben. Wenn meine Gäste Glück hatten, gab es beigefarbenes Filet. Wenn nicht, würden sie sich mit Champignons begnügen müssen … oder mit nichts … Das Dessert war bereits misslungen, aber der Pizzaservice würde mich nicht im Stich lassen …

Pfanne erwärmen, ein Hauch von Fett, grüner Bereich, Filet in die Pfanne geben und hoffen. Filet immer wieder sanft hin und her bewegen, bis es sich freiwillig vom Boden löst. Seite eins war geschafft. Wieder hin und her rollen, Finger verbrennen, weiterrollen. Seite zwei war fertig.

Ich beschloss, dass das Filet jetzt an den wichtigsten Stellen gebräunt war. Rundherum bräunen, bedeutete weitere Verbrennungen meinerseits und eventuelle Brandschäden am Filet.

Filet aus der Pfanne nehmen und in Alufolie wickeln. Tja! Ich habe die Alufolie aus meiner Küche verbannt. Das Filet wurde mit einer Schüssel bedeckt.

Champignons braten. Julia sagt, immer nur ein paar braten, denn sie wollen kein Gedränge in der Pfanne. So kam es, dass mein Butterverbrauch enorm anstieg. Champignons saugen sich ruck zuck mit Butter voll. Nachdem ich drei Ladungen angebraten hatte, gab ich den Wein hinzu und rührte. Der Dampf benebelte mein Hirn. Ich rührte weiter, gab Sahne hinzu und rührte, gab Bouillon hinzu und rührte weiter. Dann durfte das Filet in die Pfanne. Deckel drauf und endlich einen Cappuccino.

Ihr wundert Euch sicherlich, dass meine Gäste noch nicht eingetroffen waren. Das Filet war in der Pfanne und noch kein Gast in Sicht. Tja! Es war kurz vor achtzehn Uhr. Ich lag sehr gut in der Zeit. Schon wieder ein Wunder!

Nach meinem zweiten Cappuccino läutete es. Ich traute meinen Augen nicht. Da standen meine Gäste. Ihr glaubt nicht, was sie trugen! Helme! Sie hatten meinen Beitrag gelesen und sich einen Spaß daraus gemacht, sich gegen fliegende Töpfe und Pfannen zu schützen.

Nachdem sie sich mehrmals erkundigt hatten, ob man denn im Haus vor fliegenden Teilen sicher sei, führte ich sie in den Salon. Dort packten sie so allerhand Medikamente aus. Gegen Völlegefühl, Übelkeit, Brechreiz, Erbrechen, Schwindel, Kopfschmerzen etc. Sie konnten der Versuchung einfach nicht wiederstehen.

Benoit drückte mir noch einen Zettel in die Hand, auf dem stand: Im Notfall bitte benachrichtigen … Ich musste lachen. Die beiden sind so herrlich verrückt …

Ophelie hatte ein Geschenk für mich. Ich ahnte bereits, was sich in der Schachtel befindet, als sie mir das hübsch verpackte Päckchen mit den Worten: »Zum Einsatz auf dem Schlachtfeld besser geeignet als High Heels«, überreichte.

Grinsend sahen sie zu, als ich die Schachtel öffnete. Ein Paar Haix black eagle … Sicherheitsschuhe! Dieses verrückte Huhn!

Nach diesen Späßen erfreute Baron de Rothschild ihren Gaumen und ich ging zurück in meine Küche, wo das kochende Wasser bereits auf die Pasta wartete.

Zehn Minuten später war es soweit. Ich nahm das Filet aus der Sauce und richtete alles auf einem Teller an. Noch schnell das obligatorische Foto und meine Gäste konnten zu Tisch kommen.

Mit nur fünfzehn Minuten Verspätung ging's los. Nun ja! Das ist doch nicht viel. Es kommt doch nie vor, dass man als Gast sofort an den gedeckten Tisch geführt wird und sogleich mit dem Essen beginnen kann. N'est-ce pas? Okay! Es sei denn, man ist mein Gast und kommt zwei Stunden zu spät …

Kommen wir zur Bewertung. Benoit fand das Filet zart und saftig. Die Champignons waren buttrig und die Tagliatelle bissfest. Den Geschmack der Sauce fand er umwerfend. Auch wenn etwas Pfeffer fehlte … er war begeistert.

Ophelie war das Fielt etwas zu durchgebraten und die Champignons zu buttrig. Die Sauce war wundervoll und die Tagliatelle wie sie sie mag. Allerdings fehlte auch ihr der Pfeffer. Nachdem sie nachgewürzt hatte, fand sie das Filet delikat. Delikat … auch eine Umschreibung für nie wieder …

Okay! Da war sie wieder, die Sache mit dem Bauchgefühl. Es war wieder mal so ein Tag, an dem mein Bauch vergessen hatte, mit mir zu kommunizieren. Tja! Mein Kopf war auch nicht auf Gespräche aus und so kam es, dass ich das würzen mal wieder vergessen hatte. Was solls!

Ich hatte mir während des Essens überlegt, was ich zum Dessert servieren solle. Zum Glück gibt es Eiscreme! Zwei Kugeln auf den Teller, Sahne dazu, Minze und Johannisbeeren als Deko und mit Puderzucker eingeschneite Mini-éclairs. Letztere hatte ich vorher probiert. Sie schmeckten süß und waren knackig. Die Miniwindbeutel wurden mit Puderzucker eingeschneit und sahen gut aus. Mit Deko noch besser.

Meine Gäste bestaunten ihre Teller. Ophelie meinte, sie habe Éclairs anders in Erinnerung. Unwesentlich größer, mit Schokoladenglasur und Sahnefüllung.

Das ist ja alles schön und gut, aber man kann doch nicht alles haben. Schokoladenüberzug und Sahnefüllung! Unter einem Schokoüberzug hätte man die winzigen Dinger nicht mehr gesehen und Sahnefüllung … wohin damit?

Benoit meinte, die Éclairs wären geschmacklich gut, aber etwas zu knackig. Die kleinen *Knödelchen* wären luftiger.

Also! Éclair ist das französische Wort für Blitz. Schon mal einen luftigen Blitz gesehen? Das ist geballte Energie … und die Knödelchen waren Windbeutel und Windbeutel sind nun mal luftig. Es kommt immer darauf an, aus welcher Perspektive man etwas betrachtet.

Nun ist dieser Event auch vorbei. Meine Gäste haben ihn unbeschadet überstanden. Ihre Helme kamen nicht zum Einsatz. Die Medikamente überließen sie mir für den Notfall. Es kämen ja noch einige Events und mit ihnen einige Gäste. Man könne schließlich nie wissen …

Jetzt sind es noch zweiundzwanzig Events. Wenn ich jemals gehofft hatte, dass es irgendwann leichter werden würde, so muss ich sagen, dass ich diese Hoffnung endgültig begraben habe.

Die Töpfe (mit der Brandmasse) stehen in einem großen Bottich im Garten und Mary hofft, dass die Masse aufweicht … wenigstens ein bisschen …

Warten wir's ab.

Bandeja paisa

22. Oktober - Zwei Universen prallen aufeinander

So schnell geht eine Woche vorüber. Wieder mal Mittwoch! Wieder neue Gäste. Diesmal zwei Mediziner.

Vera, US-Amerikanerin, Mitte fünfzig, Mutter eines Sohnes, Großmutter eines zwei Tage alten Mädchens. Kinderärztin, leidenschaftliche Motocross Fahrerin und bekennender Schokoladenfreak.

Thomas, Engländer, unwesentlich älter, Internist, Computerfreak und bekennender Nichtautofahrer. Besitzt ein ausgeprägtes Umweltbewusstsein und liebt es, seine Mitmenschen mit Ökobeuteln zu beschenken.

Oui, man kann sagen, Vera und Thomas, zwei Universen prallen aufeinander. Non! Sie sind kein Paar. Wenn Ihr sie kennen würdet, wüsstest Ihr, dass diese Beziehung nie funktionieren würde …

Ich muss ehrlich sagen, dass ich mich freuen würde, wenn ich Freitag viel Zeit in meiner Küche zubringen müsste. Auf ihre Streitgespräche kann mein Nervenkostüm verzichten.

Sie hassen und sie lieben sich, sind die besten Freunde, auch wenn diese Freundschaft für alle anderen ein Buch mit sieben Siegeln bleibt.

Ich werde Euch darüber berichten, wie sehr sich die beiden Freitag in die Wolle kriegen. Ich muss sagen, es wäre ein Wunder, wenn sie sich mal vertragen würden, aber ich glaube, eher lerne ich kochen, als das zwischen den beiden Frieden und Einigkeit herrscht.

Sie können es kaum erwarten, meine Gäste zu sein. Nun ja! Wir werden sehen, ob sie es Freitagabend bedauern …

23. Oktober - Ausflug in die kolumbianische Küche

Nachdem ich bereits Monsieur Internet befragt habe, kann ich sagen, dass wir morgen einen Ausflug in die kolumbianische Küche machen werden. Bandeja paisa und Tarta María Luisa. Kennt Ihr nicht? Ich auch nicht!

Ich muss sagen, die Fotos erinnern mich sehr an english breakfast. Allerdings nehmen die Kolumbianer das Gericht nicht zum Frühstück ein.

Da mir Monsieur Internet bereits einige Rezepte geschickt hat, muss ich sagen: NON! Eine Zutat von Bandeja paisa sind Schweinefüße. NON! Keine Schweinefüße! Auch wenn ich die ganze Nacht damit zubringen muss, ein Rezept ohne diese Füße zu finden. Ich koche keine Schweinefüße!

Ansonsten werde ich wie immer mein Möglichstes tun.

26. Oktober - Mehrgänge Menu auf einem Teller

Ein anstrengender Freitag liegt hinter mir. Bandeja paisa … ein Mehrgänge Menu auf einem Teller. Die Avocado zu zerteilen war das simpelste an dem Gericht. Dazu später mehr. Gehen wir zuerst in den Feinkostladen.

Dort war man sich nicht sicher, ob das Filet de porc demi anglais oder bien cuit war. Es sei auf dem Foto nicht gut erkennbar gewesen. Ich muss mich wundern, über was sich die Leute die Köpfe zermartern. Es spielt doch keine Rolle mehr, der Event ist vorüber. Neue Aufgaben warten.

Ich hatte die Nacht damit verbracht, ein Rezept, ohne diese Schweinefüße, zu finden. Irgendwann gab ich auf und beschloss, dass ich stattdessen ein Stück Bauchfleisch nehmen würde. Das hat ebenfalls eine Schwarte und besteht aus einer Mischung aus Fett und Fleisch. Alles ist besser als Schweinefüße.

Diesmal war von Maître Gayet keine Hilfe zu erwarten. Er hatte noch nie von diesem Gericht gehört. Die Damen und Herren hatten gegoogelt, um zu sehen, was ich als nächstes kochen muss. Verständlich, man muss doch wissen, wie die Dinge normalerweise aussehen, um zu vergleichen, wie nahe meine Kreationen dem Original kommen ...

Jetzt hätte ich einmal die Chance gehabt, zu sagen, dass muss so aussehen ... dann macht mir Monsieur Internet einen Strich durch die Rechnung und schickt dem Personal Fotos ...

Zuhause verteilte ich die einzelnen Zutaten auf Teller und versah sie mit Zetteln, damit nichts durcheinander geriet. So viele Zutaten hatte ich noch nie zuvor in meiner Küche. Ich sagte bereits, ein Mehrgänge Menu auf einem Teller. Mein Kühlschrank platzte fast, nachdem ich ihn gefüllt hatte.

Dann ging's los. Kuchen backen. Der Kuchen bestand aus drei Schichten. Zuerst sollten die Kekse zu grobem Mehl zermahlen werden. Der Feinkostladen führt diese Kekse nicht und niemand wusste, wie diese Kekse schmecken. Die Damen der Pâtisserie waren sich nicht einig, welche Kekse man als Alternative nehmen kann und so kam, was immer kommt: Jeder bevorzugte eine andere Sorte.

Selbst Monsieur Internet war überfragt. Das kommt wirklich selten vor. Völlig verzweifelt schickte er mir seltsame Antworten. Kekse waren allerdings nicht darunter. Entnervt nahm ich Cornflakes. Konnte nicht mehr als schief gehen. Ich mahlte sie zu grobem Mehl. Okay! Was ich mir so unter grobem Mehl vorstelle. Ich weiß, wie weißes Mehl aussieht, aber grobes Mehl ...?

Ich gab Butter, Kokosflocken und gemahlene Mandeln hinzu und überließ alles der KitchenAid. Ups! Ich hatte gelesen, dass man den Teig mit den Händen kneten solle. Jetzt weiß ich auch warum. Die Maschine knetete und nach zwei-dreimal kneten, hatte sich der Teig am Knethaken festgeklumpt. So kam, was ich so heiß und innig liebe ... kneten mit den Händen. Irgendwann habe ich ausgeblendet, dass es sich dabei um Kuchenteig handelt und mir vorgestellt, es wäre Ton ... und siehe da, plötzlich ging es mir viel leichter von der Hand.

Das kneten war einf ... non ... simple, aber dann sollte der Teig ausgerollt werden und anschließend in die Form gelegt werden. Tja! Der Teig war sehr anhänglich und klebte teils am Nudelholz, teils an der Arbeitsplatte. Von ausrollen konnte keine Rede sein. Ich verteilte die Puzzleteile in der Kuchenform und drückte sie mit den Händen fest. Sah gut aus ... Okay! Da kommt noch was drüber, man sieht die Puzzleteilchen nicht, wenn der Kuchen fertig ist.

Dann mussten die Zutaten für die zweite Schicht gerührt werden. Eigelb, Zitronensaft und Kondensmilch. Non! Ich bin nicht verrückt. Da musste Kondensmilch rein. Kondensmilch ist das, was die Deutschen immer noch als Dosenmilch bezeichnen.

Da ich nur Rezepte auf Spanisch fand, hatte ich zuerst gedacht, ich hätte einen Fehler bei der Übersetzung gemacht. Dann glaubte ich, es wäre ein Fehler der Bäckerin. Als auch im vierten Rezept leche condensata stand, glaubte ich es.

Ich hatte drei Kartons Eier gekauft. Mary ahnte bereits, dass es mal wieder Rührei geben würde. Sie hatte versprochen, künftig auch mal Kuchen für die Zweibeiner zu backen, anstatt immer nur Rührei für die Vierbeiner ... aber das nur so am Rande. Ich hatte selbstverständlich auch wieder Eigelb und Eiweiß im Glas gekauft, doch ich wollte die Eier höchstpersönlich scheiden. So nahm das Schicksal seinen Lauf. Ich war bereits beim zweiten Karton angekommen und hatte schon ein Ei getrennt, als es läutete.

Mein Freund Mäx. Als er hörte, dass ich Eier trenne und schon ein Eigelb hatte, fing er an zu lachen. Das könne doch nicht sooo schwer sein. Was dann geschah, versetzt mich immer noch in Staunen. Er nahm ein Ei nach dem anderen, schlug es auf und trennte Eiweiß und Eigelb voneinander. Mein mühevoll getrenntes Ei schüttete er in den Becher mit dem Rührei. Okay! Ich gebe es zu. So richtig getrennt waren Eigelb und Eiweiß doch nicht ...

Chloé möge über diese Hilfe hinwegsehen. Ohne Mäx hätte ich wohl fünfunddreißig Eier in Rührei verwandelt, festgestellt, dass mein Eigelb doch nicht nur Eigelb war und anschließend zu dem Eigelb im Glas gegriffen ...

Okay! Zurück zur zweiten Schicht. Die KitchenAid rührte Eigelb, Zitronensaft und Kondensmilch zu einer cremigen Masse. Die Zutaten vermehrten sich so stark, dass die Masse fast über den Rand der Schüssel quoll. Ich gab die Masse auf den Boden der ersten Schicht und stellte die Kuchenform in den Ofen.

Das nächste Problem war da. Auch die kolumbianischen Bäckerinnen backen Daumen mal Pi. Solange backen, bis der Teig eine Quarkähnliche Konsistenz hat ... backen bis sich der Teig leicht verfärbt ... backen bis der Teig keine Blasen mehr schlägt ... backen bis der Teig nicht mehr atmet. Uff! Ein Teig der atmet! Es wird immer verrückter!

Ein Teig der keine Blasen schlägt? Ist es das gleiche wie *ein Teig der keine Blasen wirft?* Also nicht blubbert? Ein glatter Teig? Oh mon Dieu! Ich hasse backen!

Wann hat der Teig eine Quarkähnliche Konsistenz? Wie prüfe ich das? Was versteht die Bäckerin unter leicht verfärbt? Die Aussage war mir zu vage. Ihr wisst doch, dass sich bei mir in Bruchteilen von Sekunden etwas von hell in stark überbräunt verwandelt. Das Risiko wollte ich nicht eingehen.

Bis der Teig keine Blasen mehr schlägt ... bis er nicht mehr atmet. Weinen! Ich musste etwas falsch gemacht haben. Mein Teig schlug keine Blasen und atmete erst gar nicht ... wie sollte er damit aufhören?

Während ich noch über die Backzeit grübelte, bräunte der Kuchen so vor sich hin. Ich beschloss, die Backzeit war beendet und nahm ihn aus dem Ofen. Keine Blasen, nicht geatmet, nicht leicht verfärbt und schon gar nicht Quarkähnlich! Oh!

Der Kuchen musste kurz abkühlen, etwas ausdampfen, fingerwarm werden, leicht durchhärten.

Durchhärten! Jeder Heimwerker kennt das, aber wie sieht leicht durchhärten bei einem Kuchen aus? Wie fühlt es sich an? Wie gerne hätte ich in diesem Moment etwas Sinnvolles getan!

Ich beschloss, dass der Kuchen solange Ruhe vor mir hätte, bis Schicht Nummer drei fertig war. Meringue!

Nachdem mir Monsieur Internet hilfreich zur Seite getreten war (er hatte sich große Mühe gegeben, nach der Blamage mit den Keksen), nahm ich die meringue (Baiser) in Angriff.

Das Eiweiß verwandelte sich in Schnee, sehr festen Schnee. Ich ließ Puderzucker einrieseln und der Schnee verfestigte sich noch mehr. Dann musste der Schnee auf den Kuchen. Das hört sich so einf... simple an, gestaltete sich allerdings schwierig. Wie gesagt, der Schnee war sehr fest. So kam es, dass die Meringuemasse nicht in sanften Wellen auf dem Kuchen landete. Es war mehr so stürmische See, aber etwas künstlerische Freiheit sei mir gestattet. Sanfte Wellen kann doch jeder ...

Wieder musste der Kuchen in den Ofen. Wieder, bis er sich sanft gebräunt hatte. Warum kann man nicht schreiben: zehn Minuten, zweite Schiene, 160°? Nicht jeder besitzt dieses Bauchgefühl, das einem sagt: »*Es reicht! Raus mit dem Ding!*«

Nun ja! Wenn ich mir die Fotos betrachte, die mir Monsieur Internet geschickt hat, so muss ich sagen, anscheinend sind die Zeitgefühle eines jeden Bauches verschieden. Von hell bis dunkel sind alle sanft gebräunt Varianten vertreten.

Ich muss sagen, meine Windstärke acht ist noch rechtzeitig aus dem Ofen gekommen. Ich habe aber auch den Timer jede Minute piepen lassen, damit mir dieser böse Punkt des überbräunens nicht zuvorkommt.

Der Kuchen sollte wieder ausdampfen und ich gönnte mir einen Cappuccino. Der Kuchen dampfte so vor sich hin und ich gönnte mir einen weiteren Cappuccino. Der Kuchen dampfte immer noch und die Zeit verrann. Das würde wieder mal ein Desaster geben. Irgendwann erhält mein Blog einen Untertitel: *Hilfe sie kocht oder Frühstück bei Tiffany.*

Ich nahm den Le Monde zur Hand und hoffte das Beste. Eine halbe Stunde später war der Kuchen immer noch warm. Man sollte ihn erst aus der Form nehmen, wenn er ausgedampft und leicht durchgehärtet war.

Nun ja! Sagen wir mal so ... durchgehärtet sieht anders aus. Weiche Bröckchen ... aber so lange sie noch warm sind, kann man sie wieder zusammensetzen ...

Nachdem der Kuchen endlich aus der Form war, gönnte ich mir zwei Cappuccino. Ich war mir sicher, dass das Mehrgänge Menu auf einem Teller nicht pünktlich auf dem Tisch stehen würde. Da kam es auf ein paar Minuten mehr auch nicht mehr an.

Inzwischen ist es mir egal, ob pünktlich aufgetischt wird oder mit einer mehrstündigen Verspätung. Man soll Stress vermeiden, wo immer es geht. Kein Stress ist schlimmer, als der, den man sich selbst aufbürdet, deshalb habe ich beschlossen, künftig stressfreier durch die Kochevents zu kommen.

Meine Gäste haben Baron de Rothschild an ihrer Seite und ihr iPad zur Unterhaltung. Was bedeuten da schon ein, zwei Stunden mehr in meinem Salon?

Okay! Kommen wir zum Mehrgänge Menu auf einem Teller. Arepa! Der nächste Teig! Ruck zuck war der Teig fertig. Ich rollte ihn aus (oui, es war eine Katastrophe), knüllte ihn wieder zu einem Klumpen und rollte kleine Bällchen. Die wurden plattgedrückt und schon hatte ich meine Arepas. Sie sahen unwesentlich anders aus als die Originale, aber was solls. Da die Arepas warm serviert werden sollten, stellte ich die Rohlinge zur Seite.

Ich hatte vorgekochte Bohnen gekauft, da mir zum Einweichen nicht genügend Zeit blieb. Die Bohnen kochten mit dem Schweinebauch in einem Topf vor sich hin, während ich das Hogao zubereitete. Das besteht aus Tomaten, Zwiebeln, Knoblauch, Kümmel und Koriander.

Das fertige Hogao wurde unter die Bohnen gemischt und das Gericht musste weiter vor sich hin köcheln. Vitamine? Okay! Lassen wir das …

In der Zwischenzeit bereitete ich das Hackfleisch zu. Laut Rezept sollte ein Steak gebraten und anschließend durch den Fleischwolf gedreht werden. Nun ja! Ihr wisst, dass Steaks und Köchin sich im Kriegszustand befinden. Deshalb hatte ich es vorgezogen, bei Maître Gayet Hackfleisch zu kaufen.

Mit Hackfleisch habe ich inzwischen auch die ein oder andere schlechte Erfahrung gemacht. Warum sollte es diesmal anders sein? Et voilà! Dem Hackfleisch war es egal, dass sich in der Pfanne nur ein Hauch von Fett befand. Es sprang umher, hüpfte aus der Pfanne und wollte sich absolut nicht bräunen. So kam, was in diesem Fall immer kommt … Wellness! Hackfleisch liebt Wellness. Es wellnesste in der Pfanne so vor sich hin und bräunte sich langsam und stetig.

Ich kochte Reis, schälte Bananen und schnitt sie in Streifen. Pellte die Avocado und zerteilte sie. Die Chorizo kamen in die Pfanne und der Speck gesellte sich dazu. Alles brutzelte so gemütlich vor sich hin, dass man auf den Gedanken kommen konnte, sich einen Cappuccino zu gönnen.

Hätte ich jetzt dieses Bauchgefühl besessen, hätte es mir sicherlich gesagt: »*Lass es!*« … aber mein Bauch war sprachlos. So nahm das Schicksal seinen Lauf und ich eine neue Pfanne zur Hand.

Es läutete und meine Gäste kamen. Sie waren mitten in einem Streitgespräch, dessen Ursache sich mir leider nicht offenbarte.

Thomas rümpfte kurz die Nase, meinte ich würde die Umwelt verpesten, drückte mir einen Ökobeutel in die Hand und stritt weiter mit Vera. Die gab ihm contra und die Lautstärke stieg um ein paar Dezibel. Nachdem ich mein zartes Stimmchen erschallen ließ, folgten mir beide schweigend in den Salon. Ich stellte ihnen Baron de Rothschild zur Seite und flüchtete in die Küche. Alles war besser, als diese ewigen Streitereien.

Ab und zu haben kleine Missgeschicke auch ihren Vorteil. Ich überlegte einen kurzen Augenblick, wirklich nur einen kurzen, ob ich vielleicht eine kleine Pause machen und einen Cappuccino trinken sollte, während Chorizo und Speck in der Pfanne bräunten, aber man sollte Lebensmittel nicht vorsätzlich vernichten.

Während ich meinen Cappuccino trank, bewachte ich Chorizo und Bauchspeck. Briet die Bananen in wenig Butter. Nahm den Reis aus dem Wasser und gab ihn in eine Form. Wow! Das liest sich, als sei ich ein begnadeter Koch, der alles so nebenbei erledigt. Haha! Hört auf zu lachen. Das liest sich so flüssig, aber die Ausführung gestaltete sich doch unwesentlich schwieriger. Okay! Die Bananen waren auf einer Seite sehr knusprig und der Reis war zu weich und klebte in der Form.

Jetzt fehlte nur noch das Spiegelei. Oh! Hört auf zu lachen. Ich hatte zwei Kartons Eier besorgt (für die beiden Spiegeleier!). Die Chancen standen also 2:24 … Okay! Mary wird einen weiteren Kuchen backen müssen.

Der achte Versuch gelang. Das Eigelb saß zwar nicht schön mittig, als das Ei in der Pfanne landete, aber immerhin war das Ei heil geblieben. Versuch Nummer fünfzehn gelang ebenfalls. Allerdings wurde in der Pfanne Rührei daraus. Mit Ei Nummer neunzehn hatte ich mehr Glück.

Da ich bereits Erfahrung gesammelt hatte … (bei dem Eiertag mit Mary [meiner Freundin Mary]. Ihr erinnert euch? … UPS! Ich habe diesen Tag völlig verdrängt. Der Beitrag kommt noch. Versprochen!), wusste ich, dass es nicht damit getan ist, das Ei heil in die Pfanne zu schlagen und auch das braten heil zu überstehen, man muss es auch noch aus der Pfanne holen … unbeschädigt!

Also gab ich diese winzigen Eier in eine große Pfanne. Somit wäre es einfacher, sie wieder herauszuholen (hoffte ich aus tiefstem Herzen).

Zuerst richtete ich alle anderen Zutaten auf den Tellern an. Garnierte mit Avocado und gab zum Schluss noch die Spiegeleier dazu. Okay! Der Transport des zweiten Spiegeleis wäre auf den letzten Zentimetern beinahe schiefgegangen. Es sah aber noch nach Spiegelei aus, was man von dem Ei auf dem anderen Teller nicht sagen konnte. Dort hatte sich das Eigelb selbstständig gemacht und unters Hackfleisch verzogen.

Ich machte noch schnell das obligatorische Foto und rief meine Gäste, die immer noch stritten, zu Tisch.

Thomas beäugte seinen Teller und während er die Stirn in Falten legte, wollte er wissen, ob mir die Teller ausgegangen seien oder ob es einen anderen Grund gäbe, weshalb ich alles auf einen gehäuft hatte.

… und wieder brach zwischen meinen Gästen ein Streit aus. Es wäre auch zu schön gewesen … Hatte ich es mir Mittwoch noch verkniffen, so will ich es jetzt gerne nachholen. Thomas ist ein notorischer Nörgler und Besserwisser. Er tarnt es gerne als Scherz und kleiner Spaß. Allerdings gehen diese Scherze oftmals unter die Gürtellinie, sind boshaft und verletzend.

Die Frage nach den ausgegangenen Tellern ist harmlos, im Vergleich zu dem, was er sonst so loslässt, aber wenn man ihn kennt und trotzdem einlädt, ist man wohl oder übel selbst schuld.

Vera schmeckte es gut. Sie war begeistert von der Vielfalt der Speisen und der Harmonie der einzelnen Zutaten. Dass ich mal wieder das Würzen vergessen hatte, erwähnte sie nur beiläufig und machte regen Gebrauch von Pfeffer- und Salzstreuer.

Thomas hingegen sezierte jede Zutat verbal. Das Hackfleisch war zu dunkel und viel zu fade. Die Bohnen waren verkocht und das Gemansche dazwischen müsse auch nicht sein. Der Reis schmecke wie Papier.

Wie er das behaupten könne, fragte Vera. Ob er sich mit den verschiedenen Papiersorten so gut auskenne, dass er beurteilen könne, welche Papiersorte dem Geschmack des Reises nahe kam. Ein weiterer Streit zog auf. Doch noch war es ihm wichtiger, mein Essen zu verurteilen.

Der Speck war zu knusprig, die Bananen zu weich. Er fragte sich, wie ich es geschafft hatte, den weichen Dingern eine verbrannte Unterseite zu verpassen. Alles in allem sei das Essen zu fett und das Obst gehöre auf den Dessertteller. Wow!

Obwohl ich schon öfter Zeuge seiner Ausbrüche war, zählte ich noch nie zu seinen Opfern. Den aufkeimenden Zorn versuchte ich noch mühsam zu unterdrücken, aber dann hagelte es Kritik an meinem Haus, das nicht ökologisch genug sei. Meiner Einrichtung, die teils zu extravagant sei, teils aus altem Plunder besteht und in keinster Weise zusammenpasse. Meinen Autos, die zu viel Sprit schlucken und die Umwelt verpesten. Meinem Garten, in dem keine einheimischen Gewächse zu finden sind. Meiner Garderobe, die zu …

Als meine Hände sich zu Fäusten ballten, verließ ich fast fluchtartig das Zimmer. Gewalt ist keine Antwort, pflegte schon mein grand-père zu sagen, aber Rache ist süß und gehört zu den Dingen, die das Leben manchmal so liebenswert machen.

Ich hatte noch eine Kochbanane. Die schnitt ich in Scheiben und briet sie kurz und knackig (okay … knackig braun). … und ich würzte! Siehe da … plötzlich hatte ich ein Gefühl für Pfeffer. Meine schwarze Seele frohlockte.

Ich schnitt eine Avocado auf und würzte sie mit so viel Zitronensaft, wie sie unbeschadet aufnehmen konnte. Dann war die Tarta María Luisa an der Reihe. Eine ordentliche Prise Salz und weißen Pfeffer (nicht nach Bauchgefühl, sondern … ha!). Ich hätte gerne Chilipulver verwendet, aber das hätte er bemerkt … die roten Sprenkel gehörten nun wirklich nicht auf die María Luisa. Alles wurde wunderbar auf einem Teller drapiert und dann konnte es losgehen.

Meine schwarze Seele frohlockte erneut. Ich wusste, er würde alles aufessen. Das tat er immer. Auch wenn es ihm noch so wenig mundete.

Vera sah etwas irritiert auf ihren Teller, dann auf den Teller von Thomas. Sie sah mich an und grinste, als würde sie ahnen, was da kommen würde. Oh non! Das konnte sie nicht mal ansatzweise erahnen …

Thomas sah sie triumphierend an und frohlockte. Man müsse den Leuten nur sagen, wo's langgeht und schon laufen sie in der richtigen Spur. Meine schwarze Seele frohlockte erneut … und sie jubelte, als er den ersten Bissen im Mund hatte.

Der Schock stand ihm im Gesicht. Er tat, als gäbe es nichts Außergewöhnliches und aß weiter. Die Tränen schossen ihm in die Augen und sein Gesicht färbte sich langsam dunkelrot. Schweiß trat auf seine Stirn, aber er aß weiter. Anscheinend hatte er seine Lektion verstanden und daraus gelernt. Er wäre nie so weit gegangen, das Dessert nicht aufzuessen und sich eine Blöße zu geben.

Meine schwarze Seele tanzte Samba. Ich wusste, Veras Seele tat es meiner gleich, da sie nun wusste, was es mit Thomas Dessert auf sich hatte.

Der restliche Abend verlief sehr harmonisch. Das kleine Teufelchen in mir lehnte sich entspannt zurück und erfreute sich seines Sieges.

Vera lächelte zufrieden vor sich hin. So habe ich sie in Thomas Gegenwart noch nie erlebt …

Jetzt sind es noch einundzwanzig Events. Ich verstehe jetzt, warum Frauen gerne zu Gift greifen, wenn sie jemanden über den Jordan schicken wollen. Falls das Opfer es merkt, ist es zu spät ...

Keine Sorge, Thomas erfreut sich immer noch bester Gesundheit, aber ich denke, sein Lästermaul wird eine ganze Weile schweigen. Er wird auch nie ein Wort über diese Sache verlieren. Er hat Vera gebeten, Stillschweigen zu bewahren, aber da ist noch die Sache mit dem Blog ...

Nun ja! Wer austeilt sollte auch einstecken können ...

Da fragt mich doch Mary Samstagmorgen, was da auf dem Blech vor sich hin trocknet.

Ups! Die Arepa Rohlinge. Die hatte ich wohl etwas zu weit zur Seite gestellt! Irgendwann waren sie hinter einem Berg Geschirr verschwunden.

Aus den Augen, aus dem Sinn ...

Außer Konkurrenz

28. Oktober - Eier

Hier ist er, der lange versprochene Beitrag über den Eierevent.

Ich muss sagen, kochen zu zweit macht Spaß. Es geht zwar alles doppelt schief, aber es macht Spaß. Non! Es ist nicht die Art Spaß, die man immer wieder haben muss.

Ich war nur zur Unterstützung da. Sozusagen als seelischer Beistand, aber am Ende musste ich den Eierlikör zubereiten, *weil ich doch bereits Erfahrung gesammelt hätte*. Ha! Sie meinte wohl, ich hätte noch ein paar Nerven mehr als sie. Marys Nerven machten endgültig die Fliege, nachdem ihr Versuch, Eierlikör herzustellen, etwas schief gelaufen war. Etwas!

Die Küche hat sehr gelitten und bedurfte einer Renovierung. Ist das schön. Es ist nicht meine Küche! Das Chaos in Marys Küche, stand dem Chaos, das ich in meiner veranstalte, in nichts nach. Diesmal musste ich nicht putzen und wischen. Obwohl … Doch lasst uns von vorne beginnen.

Harry hatte eine Liste erstellt und für jedes Gericht DREI! Eier zur Verfügung gestellt. Den Rest hätte Mary vorrätig. Mary und vorrätig haben … dass ich nicht lache.

So weit, so gut! ABER! Ich erwähnte bereits, dass Mary eine ebenso unbegnadete Köchin ist wie ich selbst. Dementsprechend lief unser Eierevent ab.

Schon mal ein Ei ohne Eierkocher gekocht? Ich nicht! Mary auch nicht! Jetzt lacht nicht … wir haben Monsieur Internet um Rat gefragt. Der weise, alte Mann wird sich gedacht haben, die kann ja gar nichts. Nicht mal ein Ei kochen. Jetzt gibt es sogar noch eine Verrückte mehr, das kann ja heiter werden … Aber er ist nun mal ein reizender, alter Herr und hat uns hunderte Antworten geschickt.

Wir legten das Ei in heißes Wasser und ließen es kochen. Inzwischen gaben wir das fünf Minuten Ei ins Wasser. So standen zwei Töpfe, mit je einem Ei, auf dem Herd.

Wir hatten überlegt, nach vier Minuten ein Ei zu dem ersten zu legen, aber Ihr wisst ja selbst, ein Ei gleicht dem anderen. So verwarfen wir die Idee wieder und nahmen einen zweiten Topf. Nach fünf Minuten wollten wir das weiche Ei aus dem Topf nehmen. Wollten … Ups! War das eine Sauerei …

Schon mal ein geplatztes Ei gesehen? Teile davon waren aus dem Topf gehüpft und hatten sich auf dem Kochfeld eingebrannt. Der Geruch hielt sich in Grenzen. Mary schaltete das Kochfeld ab und wir mussten warten, bis es sich abgekühlt hatte, damit sie (nicht ich …) es reinigen konnte.

In der Zwischenzeit genehmigten wir uns einen Cappuccino. Wir überlegten, warum das Ei geplatzt war und waren noch mit der Fehlersuche beschäftigt, als aus der Küche so ein seltsames Geräusch drang. Klack … klack … klackklack.

Ups! Wir hatten das hartgekochte Ei (auch neun Minuten Ei genannt) vergessen. Das Wasser war inzwischen verdampft, das Ei drehte sich im leeren Topf und schlug immer wieder gegen den Rand. Klack! Ohoh!

Zwei kleine, harmlose Eier und dann das! Die Anforderungen meines ersten Kochevents (Ihr erinnert Euch? Coq au vin!) waren bedeutend höher … aber bei zwei kleinen Eiern zu versagen? Mon Dieu!

Okay! Das Kochfeld war abgekühlt, Mary gab ihr Bestes, um es zu säubern. Nun ja! Eingebranntes Ei ist hartnäckig und man hat Zeit für einen weiteren Cappuccino.

Dann war es soweit. Wir gaben erneut Wasser in den Topf und bewachten Ei und Wasser. Es hat etwas Gutes, wenn man Eiern seine ganze Aufmerksamkeit schenkt. Sie platzen nicht. Allerdings sollte man fünf Minuten Eier in heißes Wasser geben, sonst sind es hartgekochte Eier.

Nun ja! Jetzt hatten wir zwei hartgekochte Eier. Leider hatte Ei Nummer eins die Tortur im heißen Topf nicht unbeschadet überstanden. Es hatte viele braune Flecken und sah aus, als wäre es durch die Eierschale angebrannt. Ups! Was es doch alles gibt …

Ein Ei hatte es geschafft. Es war hartgekocht. Ich konnte der Versuchung nicht wiederstehen und habe etwas dekoriert. Ich musste dafür einen Teil meines Lunchs opfern. Von wegen, den Rest hätte Mary vorrätig. Außer gähnender Leere hat sie nichts vorrätig. Leerer Kühlschrank, leere Vorratskammer! Wie wär's mit einkaufen?

Kommen wir zum nächsten Versuch, ein fünf Minuten Ei zu kochen. Heißes Wasser … Eieruhr … klingeling … fertig. Nun ja! Man musste ganz schön tief buddeln, bevor man auf weiches Eigelb traf …

Nun mussten wir taktisch klug vorgehen. Wir hatten schließlich nur drei Eier pro Gericht. Sprich drei Versuche.

Nächster Punkt auf unserer Liste: Spiegelei. Oho! Ich habe nach dem Eischneedesaster viel Erfahrung im Aufschlagen eines Eies. Diese Arbeit überließ ich gerne Mary. Sie machte sich auch sofort an die Arbeit und … sagen wir mal so, wir gingen zum nächsten Punkt auf unserer Liste: Rührei.
Erster Versuch: Angebrannt
Zweiter Versuch: Aucune idée, wie man dieses Art der Zubereitung nennen könnte. Vielleicht Rührei mit braunen Sprenkeln?
Dritter Versuch: Moderne Kunst? Gummiherstellung?
Vierter Versuch: Sah gut aus … aber … hart!

Okay! Punkt vier abgehakt! Ich muss wohl nicht extra erwähnen, dass wir jeden Versuch in der Hoffnung starteten, vielleicht ein Spiegelei zu braten … nur eins … wäre doch nicht zu viel verlangt …

Ich hätte gerne noch etwas Deko auf den Teller gelegt, Petersilie … gehackt oder geschnitten, aber Mary hat so was nicht im Haus. Okay! Sie hat kein Kräuterbeet. Sie muss auch nicht jede Woche kochen …

Kommen wir zu Punkt fünf - Pochiertes Ei!

Das erste Ei landete als Eimischung in der Suppenkelle. Das zweite Ei blieb heil. Allerdings verwandelte es sich im Wasser in eine Art Geist. Weiße Fäden schwebten durchs Wasser und sahen irgendwie gespenstisch aus, aber auch faszinierend.

Julia Child riet, das Eiweiß schnell über das Eigelb zu ziehen. Tja! Leider hat sie vergessen zu erwähnen, wie man das macht. So kam es, dass auch das dritte Ei durchs Wasser geisterte. Nun ja! Es waren nur Eier. Mich betrübten diese Geistereier keineswegs. Mit der Zeit gewöhnt man sich auch an Chaosküche … Mary allerdings war einem Schreikrampf nahe.

Okay! Wir ließen die Geister etwas geistern und nahmen sie dann aus dem Wasser. Sagen wir mal so … Es gibt zwei Arten hartgekochte Eier herzustellen. Die übliche, einfache Art (hört auf zu lachen), in dem man sie mit Schale ins Wasser gibt und dann ist da noch die etwas aufwendigere Art, die Eier ohne Schale in hartgekochte Eier zu verwandeln. Wir nahmen die aufwendigere …

Unser nächster Punkt war Eierstich. Tja! Sagen wir mal so … Monsieur Internet schüttelt inzwischen nicht mal mehr den Kopf. Er hat sich damit abgefunden, dass ich keine Ahnung habe. Kurz gesagt: Ich wusste nicht mal, dass es sowas gibt!

Okay! Jetzt muss ich mal wieder etwas lästern. Wir fanden ein Rezept, in dem zu lesen war, man solle die Eier kleppern. *Kleppern*?!? Oui! Eier kleppern! Wieder Monsieur Internet um Rat gefragt. Der dachte sich wohl: *Jetzt spinnt sie völlig* und schrieb zurück: *Meinten sie … klöppeln … Klapperschlange … klappern …?*

Non! Ich meinte Eier kleppern! Monsieur Internet wurde bockig und beharrte auf seiner Hilfsauswahl. Okay! Wir gaben nach und gaben als Suche kleppern ein. Aha! Ein Brauch zu Ostern. Wenn die Glocken schweigen … Dazu schweige ich jetzt auch. Ich denke, es ist mal wieder ein Wort aus einer Mundart, das vom Verfasser in die deutsche Sprache (Hochdeutsch) übernommen wurde.

Mary verrührte Ei und Milch, würzte und gab alles in eine Form, die sie ins Wasserbad setzte. Okay! Das Wasser kochte, schwappte durch das Lüftungsloch im Deckel der Form und … Naja! Nächster Versuch!

Inzwischen hatte die Nachbarin ein paar Kräuter gebracht. Mary hatte um Hilfe gebeten und sie war gekommen. Wohl auch aus Neugier. Sie konnte es nicht glauben, dass Mary kocht und wollte es mit eigenen Augen sehen. So kam es, dass diesmal Petersilie im Eierstich war. Retten konnte der allerdings auch nichts. Der Eierstich war bröcklig und sah sehr unappetitlich aus.

Die Nachbarin meinte, Mary solle es mit weniger Hitze versuchen … aber auch weniger Hitze machte nicht die Art Eierstich aus dem Eier-Milchgemisch, die auf den Bildern von Monsieur Internet zu sehen war.

Für einen weiteren Versuch fehlten die Eier und so machten wir ein Foto vom Eierstich, der beim Verlassen der Form etwas außer Form geraten war.

Ihr werdet sicher verstehen, dass wir uns nach so vielen Eiern etwas erholen mussten. Ungefähr drei Cappuccino und einen Macchiato lang. Oui! Auch Mary frönt dem Laster Cappuccino.

Okay! Es stand immer noch das Spiegelei aus. Da Mary die Eier mit solch einer Wucht aufschlug, dass wir öfter mal Teile der Eierschale aus der Schüssel fischen mussten, übernahm ich die Aufgabe, die Eier aufzuschlagen. Ich muss sagen, meine Erfahrung in *wie sammelt man am besten Eierschalen aus aufgeschlagenem Ei* wurde erweitert.

Nach zwei weiteren Rühreiern landete dann ein kompaktes Ei in der Pfanne. Damit war meine Hilfestellung beendet und ich überließ Mary wieder den Herd. Ich muss sagen, das war schön! Zusehen wie andere sich quälen! Meine schwarze Seele lachte …

Das Ei wurde bewacht, dass es nicht ankokelte. Tat es auch nicht. Dafür hatte es keine Zeit. Nachdem das Eiweiß fest war, musste das Ei die Pfanne verlassen. Ups! Rührei! Lacht nicht! Es ist nicht leicht, ein Spiegelei aus der Pfanne zu holen.

Oui! Ich bat mal wieder Monsieur Internet um Hilfe. Der schickte mir eine Auswahl an passenden Küchenutensilien und ein Video des britischen Fernsehkochs Gordon Ramsay. Das sah bei ihm so einfach aus.

Nächster Versuch. Zum Glück schaffte ich es, das Ei unbeschadet in die Pfanne zu schlagen. *Kurz stocken lassen* (Gordon Ramsays Video sei Dank) und dann, mit sehr viel Glück und zittrigen Händen, schafften wir es, mit vereinten Kräften, das Ei aus der Pfanne zu hieven.

Wieder keine Deko. Mary hatte die Petersilie für den Eierstich verbraucht. Na ja! So sieht ein Spiegelei à la Mary aus. Die kleinen Sprenkel wurden vom Salz verursacht. Woher sollten wir wissen, dass man Spiegeleier erst nach dem braten würzt? Danach hatten wir Monsieur Internet nicht gefragt … und das Video hatten wir nicht bis zum Ende angeschaut …

Eier sind schwierig. Wir brauchten eine weitere Pause. Oui! Ich trinke sehr viel Cappuccino.

Mary nahm die nächste Aufgabe in Angriff. Pfannkuchen! Mehl, Milch, Eier … und Klümpchen. Diese fiesen, kleinen Dinger lösen sich nicht mal auf, wenn man sie mit dem Mixer traktiert. Das sah nicht gut aus! Wir hatten die Hoffnung, dass man sie nach dem backen nicht mehr sieht. Na ja! Zum Glück war ausreichend Teig vorhanden. Sagen wir mal so … Pfannkuchen backen üben wir noch ein bisschen.

Okay! Der erste war angekokelt. Man kann eben nicht auf die Unterseite sehen. Man backt sozusagen mit der Nase. Backen nach Geruch. Wenn's angekokelt riecht, war der Pfannkuchen zu lange in der Pfanne. Der zweite … nuuun ja … Der weigerte sich doch strikt gewendet zu werden. Mary tat ihr bestes, aber ihr bestes reichte nicht. Der dritte sollte von mir gewendet werden … Ups! Ich glaube, das nennt man Kaiserschmarrn. Mit etwas Puderzucker hätte er sicherlich besser ausgesehen, aber Mary hat so was nicht in ihrer Küche. Von wegen: *Den Rest hat Mary vorrätig!*

Okay! Ich habe eine Mary, die Kühlschrank und Vorratsschrank auffüllt. Aber … wenn ich kochen muss, muss ich auch selbst einkaufen. Ich schreibe einen Einkaufszettel! Wie jede Hausfrau. Mon Dieu! Atmen! Schreikrämpfe! Lachanfälle! Atmet!

Okay! Hausfrau! Ich gebe ja zu, der Begriff ist, im Zusammenhang mit mir, etwas ungünstig gewählt. Hört auf zu lachen! Okay! Der Begriff ist ein völliger Fehlgriff um mich zu beschreiben! Seid ihr jetzt zufrieden?

Zurück zum Pfannkuchen. Wir hatten noch Teig und starteten den vierten Versuch. Alles verlief gut, bis zu dem Punkt: *Pfannkuchen wenden!* Wir haben dann nochmal Monsieur Internet um Rat gefragt. Er meinte, dass man, mit ein wenig Übung, die Pfanne mit einem Ruck anheben solle, der Pfannkuchen würde sich lösen, in die Luft fliegen, umkippen und gewendet in der Pfanne landen.

Nun ja! Für *ein wenig Übung* fehlte uns der Teig. So blieben wir bei unserer Art, den Pfannkuchen zu wenden. Mal kurz mit dem Pfannenwender anheben, kleine Drehung des Handgelenks und mit sehr viel Glück geht das Ding nicht kaputt. … und es ging nicht kaputt. Naja, nicht so richtig kaputt, aber den Riss würde man nicht sehen. Wir hatten schon Pläne gemacht, wie man eventuelle Missgeschicke geschickt verstecken könnte … Nun ja! Wir haben das Teil gefüllt. Mit Nüssen, Rosinen und Schokolade. Mangels Puderzucker eine Deko aus der Dose: Pfirsich. Oui! Ich wunderte mich auch … eine Dose Pfirsich. Also doch etwas vorrätig!

Ich habe den Pfannkuchen fotografiert. Obwohl ich mich beeilt habe, war die Füllung schneller. Da es nicht so gut aussah, musste der nächste Pfannkuchen her. Er war extrem hell und wohl nicht richtig gar, aber mit unserer tollen Füllung … sieht doch gut aus … Wenn man bedenkt, wer ihn gemacht hat … und das es sich nicht um Zitronenmelisse handelt …

Dann begann das Eierlikördesaster. Wir hatten auch für den Likör nur drei Eier. Drei Eier hatten wir noch von den anderen Aufgaben übrig. Drei hatten wir noch für das Omelett.
Okay! Da wir inzwischen Übung darin hatten, Eierschalen aus dem Eigemisch zu fischen, würden wir für das Omelett nur zwei Eier benötigen. Somit hatten wir sieben Eier für den Likör. Das hieß, dreieinhalb Versuche. Das hieß aber auch, wir mussten sieben Eier aufschlagen, Eiweiß und Eigelb trennen und das ohne Verluste! Wie wir das schaffen sollten …? Aucune idée …

Okay! Wir könnten aus den misslungenen Versuchen Omeletts braten. Das gab zusätzlich zwei Eier frei, aber ob die das ganze retten konnten? Egal! Da mussten wir durch. Das Schicksal nahm seinen Lauf. Ich kann sagen, es war uns nicht wohlgesonnen.

Nachdem Mary mal wieder die Eier mit solcher Kraft aufgeschlagen hatte, dass sie bereits in ihrer Hand zum potentiellen Omelett wurden, übernahm ich das aufschlagen. Ihr könnt euch denken was geschah. Ich sage nur: Potentielle Omeletts.

Jetzt konnten wir vier Omeletts braten, aber keinen Eierlikör herstellen. Selbst wenn wir die restlichen Eier trennen könnten, war es noch lange nicht geschafft. Die Eigelbe mussten im Wasserbad aufgeschlagen werden. Sauce hollandaise lässt grüßen … Ich ahnte fürchterliches.

Dann hatte Mary eine Idee, die ich einfach nur eklig fand. Sie würde das Ei aufbrechen und mir auf die Hand geben. Das Eiweiß würde zwischen meinen Fingern durchrinnen und das Eigelb übrigbleiben. Ich wundere mich immer noch, dass ich ihr nicht die Prügel ihres Lebens verpasst habe. Es entstand eine hitzige Diskussion, die damit endete, dass ich die Eier aufschlug und ihr auf die Hand gab.

Mon Dieu! War das eklig. Wie das Eigelb so auf ihrer Hand lag und das Eiweiß zwischen ihren Fingern hindurch in die Schüssel tropfte. … aber der erste Versuch gelang! Wir hatten ein Eigelb! Jubel! Beim zweiten Versuch sah ich nicht hin und das Ei landete in der Schüssel. Ups! Ich wollte mir doch nur diesen ekligen Anblick ersparen.

187

Beim nächsten Versuch sah ich kurz auf Marys Hand, bis das Ei sicher darauf gelandet war. Wir hatten unser zweites Eigelb. Darauf gönnten wir uns einen Cappuccino. Den hatten wir uns redlich verdient.

Dann konnte es weiter gehen. Die Eigelbe sollten über dem Wasserbad cremig geschlagen werden. Nach und nach sollten Puderzucker und Sahne dazu kommen. Tja! Da wäre noch die Sache mit dem nicht vorhandenen Puderzucker zu klären.

Mary sagte, sie habe mal irgendwo gelesen, dass man aus Haushaltszucker Puderzucker machen könne, wenn man ihn fein mahle. Oha! Mary hatte gelesen … Okay! Sie liest die Speisekarte, aber sonst … Sie meidet alles, was mit kochen, backen und Haushalt generell zu tun hat. Woher hatte sie diese Weisheit? Ich war äußerst skeptisch …

Nun ja! Ich wollte kein Öl ins Feuer gießen und erklärte mich bereit, Haushaltszucker in Puderzucker zu verwandeln. Da gab es nur ein klitzekleines Problemchen. Mary hatte nicht mal Haushaltszucker im Schrank. Sie süßt ihren Cappuccino mit Honig … aber Honig im Eierlikör …?

Dann hatte Mary eine, wie sie sagte, zündende Idee. Ihr Sohn Paul gehört zu der seltsamen Spezies Mensch, die Würfelzucker in zweier Portionen sammelt. Die Dinger, die man in Cafés erhält. Sie meinte, man könnte einen Teil zweckentfremden und zu Puderzucker verarbeiten. Tja! Ich glaube nicht, dass Paul begeistert gewesen wäre, hätte er die Plünderung seiner Sammlung bemerkt. Zudem sind einige der Zuckerpäckchen schon mehrere Jahre alt …

Letzter Ausweg … die nette Nachbarin. Mal freundlich nachgefragt … so à la: *Hätten sie mal eine Tasse Zucker für mich* … Gesagt, getan … es wurden zwei Päckchen Puderzucker. Ich sag's ja … nette Dame. Jetzt stand der Herstellung von Eierlikör nichts mehr im Weg. Okay! Unsere Unzulänglichkeit, aber das war ja nichts Neues.

Die Masse sollte in achten geschlagen werden. Das kam mir so bekannt vor … Mary nahm den Schneebesen und fing an achten zu schlagen. Sie stellte sich dabei so ungeschickt an, dass ich mich vor meinem geistigen Auge an ihrer Stelle sah. Jetzt wusste ich, welch klägliches Bild ich in der Küche abgab …

Die Eigelbe hatten nicht mal ihre Konsistenz verändert, als Mary die Hand schmerzte. Das konnte ich sehr gut nachvollziehen. Arbeiten mit ungewöhnlichen Arbeitsgeräten verursachen nun mal Schmerzen. Davon kann ich ein Lied singen. *Ein Lied?* … Lieder!

Dann kam sie auf die Idee, das Rührgerät zu Hilfe zu nehmen. Böser Fehler! Da Mary eine Frau der Tat ist, der schnellen Tat und keinerlei Gefühle für Küchenarbeit hat (wer will schon Gefühle für Küchenarbeit), schaltete sie das Gerät auf höchste Stufe. Die Küche sah aus … Ich war übersät mit Eispritzern … und Mary … Decken wir den Mantel des Schweigens darüber … Bei diesem Eierevent hatte ich ein Déjà-vu nach dem anderen und war froh, dass es nicht meine Küche war …

Nun ja! Mein neues Outfit zahlt Mary. Gucci … ich komme! Ob Harry ihr ebenfalls ein neues spendiert? War ja seine Idee mit der Wette …

Nun ja! Wir wiederholten die Sache mit dem Eiertrennen. Wieder war es eklig, aber wir konnten beide Eier auf diese Art trennen. Dann begann Mary zu rühren. Die niedrigste Stufe … leider war die Geschwindigkeit immer noch zu hoch und wieder spritzte es die Küche voll. So leid es mir auch tat. Ich fing an zu lachen und konnte nicht mehr aufhören. Ihr wisst schon, das Déjà-vu.

Mary sah mich an, als wolle sie mir jeden Moment den Hals umdrehen. Ich kann sie verstehen. Sie erlebte diesen Moment, in dem die Wut so stark wird, dass man sie an unschuldigen Töpfen und Pfannen auslässt. Dieser Moment, wenn bei mir der Härtetest von diversen Töpfe und Pfannen beginnt. Ihr wisst schon, Handlichkeit, Flugeigenschaften, Landung etc.

Mary blieb die Ruhe in Person. Sie schaltete den Herd aus, drückte mir das Rührgerät in die Hand, sagte: »Du bist dran! Du hast ja bereits Erfahrung gesammelt!« … und weg war sie.

Tja! Da war sie, die Sache mit der Schadenfreude und dem Spruch: *Kleine Sünden straft der Herr sofort* … Da stand ich nun, mutterseelenallein in Marys Küche und überlegte, wie ich am besten die Eier trenne, als ein markerschütternder Schrei aus dem Garten drang. Aha! Doch nicht so ruhig und beherrscht geblieben. Hätte mich auch gewundert …

Ich genehmigte mir erst mal einen Cappuccino. Oui, ich weiß, zu viel Koffein. Fünf Minuten später stand Mary in der Küche, als wenn nie etwas geschehen wäre, drückte mir zwei Eier in die Hand und sagte: »Aufschlagen!«

Schweigend trennten wir auch diese Eier. Nach getaner Arbeit verließ sie wortlos die Küche. Ups! So schnell wird aus seelischem Beistand ein do-it-yourself!

Ihr erinnert Euch an die Sauce hollandaise? In Anbetracht der Tatsache, dass wir sozusagen aus dem letzten Loch pfiffen, konnte ich mir keinen Patzer leisten. Da diesmal mein letztes Mittel gegen den absoluten Super-Gau nicht helfen würde (ich wusste beim besten Willen nicht, wie ich Eiern ein Wellnessbad gönnen könnte), musste ein neuer Plan her.

Die KitchenAid! Sie rührte die Eigelbe mit dem Zucker schaumig. Ich gab erst Sahne, dann den Rum dazu und ließ die Maschine noch ein bisschen rühren. Okay! Der Eierlikör war nicht so cremig wie der, der aus der Flasche kommt, aber immerhin. Er war gelb.

Ich füllte ihn in eine kleine Flasche und machte schnell ein Foto, bevor er noch weiterschrumpfte. Lacht nicht schon wieder. In der Rührschüssel litt er plötzlich unter akutem Volumenmangel. Man konnte zusehen, wie er in sich zusammenfiel. Die Sache mit dem achten Schlagen (über dem heißen Wasserbad) muss wohl einen Sinn haben.

Mary war noch immer nicht wieder aufgetaucht. So gönnte ich mir noch einen Cappuccino, entfernte die Eiermaske aus meinem Gesicht und wechselte mein T-Shirt (ich hatte drei Shirts eingepackt, als hätte ich es geahnt).

Plötzlich stand Mary vor mir, hielt mir Basilikum und Tomaten entgegen und grummelte: »Damit Du nicht wieder wegen der fehlenden Deko meckerst.« Sie hatte bei ihrer Nachbarin weiteres Grünzeug und Cocktailtomaten besorgt. Ich nehme an, die Nachbarin hat Tage gebraucht, um sich von dem Schock zu erholen. Stellt Euch vor, es läutet, ihr öffnet die Tür und ein Wesen steht vor Euch, dem die Eiermaske verläuft, das stetig vor sich hin tropft und Pfützen aus klebrigem Ei hinterlässt. Ihr Sohn hingegen dürfte immer noch lachen. Er beginnt jedes Mal aufs Neue, wenn er Mary sieht.

Mary war erfreut, die gefüllte Flasche zu sehen, verkniff sich einen Kommentar bezüglich des stetigen Schwundes und holte uns noch zwei Cappuccino. Während wir erschöpft unseren Cappuccino genossen, las Mary mir vor, was Monsieur Internet noch zur Zubereitung von Eierlikör zu sagen hatte.

»Sie suchen nach einer Verwendung des nicht benötigten Eiweißes? Backen Sie Macarons. Zum Eierlikör gereicht, ein Hochgenuss. Rezepte finden Sie unter …«

Jetzt nahm er uns auch noch auf den Arm. Der weise, alte Mann ging haarscharf an einer Tracht Prügel vorbei.

Nachdem sich Mary notdürftig gereinigt hatte, machten wir uns an die letzte Aufgabe. Omelett! Okay! Ich musste auch diesmal Monsieur Internet um Rat fragen. Ich denke, er hatte gemerkt, dass er sich beim Eierlikör zu weit vorgewagt hatte und schickte uns ein ganz simples Rezept.

Eier verrühren, in die Pfanne geben, stocken lassen. Nicht wenden! Allein durch dieses *nicht wenden* hatte er seinen faux-pas wiedergutgemacht. Diesem Omelett durfte nichts geschehen. Ich weiß, diesmal wäre ich ausgerastet.

Dann tat Mary etwas, dass ich äußerst seltsam fand. Sie briet das Omelett, belegte es mit getoastetem Baguette und Tomaten, würzte alles, streute geriebenen Käse darüber und überbackte alles kurz im Backofen. Noch etwas Deko und fertig war das Omelett. Das sah gut aus, aber wer würde glauben, dass es Marys Werk war? Non! Es käme garantiert niemand auf die Idee zu behaupten, ich hätte das Omelett gebraten.

Ich ahnte, woher sie diesen Geistesblitz hatte. Lachend gestand sie, dass Ms. Nowack ihr einen Crashkurs in der Zubereitung von Omelett gegeben hatte. Das erklärte alles! Warum haben wir die Gute nicht als stillen Beobachter zu unserm Eierevent geladen? Es hätte alles so viel einfacher sein können.

Der Tag der Eier ist schon lange vorüber. Mary und Harry werden ihren nächsten Urlaub auf den Bahamas verbringen. Er muss unter Palmen am Strand liegen, anstatt in den Bergen herum zu kraxeln. Harry ließ die Küche renovieren und wird nie wieder auf solch eine absurde Idee kommen. Non! Er hat Mary kein neues Outfit spendiert. Ich allerdings … die Avenue Montaigne ist lang und hat viele tolle Geschäfte …

Der Eierlikör litt noch eine Weile unter Schwindsucht und erinnerte nur noch durch die Farbe an das, was er war, besser gesagt, sein sollte.

Als Dank für den Beistand, hat Mary versprochen, alsbald meiner Einladung zu folgen und mein Gast zu sein. Das alsbald dehnte sie allerdings auf den drittletzten Event aus. Egal! Hauptsache sie kommt.

Mein Bedarf an Eiern wäre für ewige Zeiten gedeckt, stünde da nicht noch meine Wette im Raum. Tja! Da muss ich durch. Leider bin ich die nächsten Wochen nicht die seelische Unterstützung, sondern muss selbst zum Kochlöffel greifen.

Was solls … ich habe mal wieder erlebt, dass es etwas Wunderbares ist, eine Wette zu gewinnen. Ich kann es kaum erwarten, dass es endlich so weit ist.

Bœuf braisé au vin rouge

29. Oktober - Weiter geht's!

Zuerst muss ich mal wieder sagen: MERCI! Für die vielen Mails und euren seelischen Beistand ...

Kleppern: Meine Annahme, dass es sich dabei um ein Wort einer Mundart handelt, war richtig. Man nennt es kleppern, weil beim Schlagen der Eier, die Gabel immer an den Rand bzw. den Boden des Gefäßes schlägt. Das erzeugt ein kleperndes Geräusch. Ähnlich dem der Kleppern, die die schweigenden Glocken in der Osterzeit ersetzen. Kleppern werden auch Ratschen genannt. Darauf muss man erst mal kommen.

Trennung bzw. Scheidung der Eier: Ich werde morgen auf die Suche nach einem Eiertrenner gehen. Ich habe mir bereits das Video angesehen. Ein tolles Teil, das ich haben muss. Dann sind die Zeiten von Rührei endlich vorbei.

Einen hinter die Binde kippen: Nun ja! Ich musste erst Monsieur Internet um Rat fragen, was das bedeutet. Das ist zwar gut gemeint, aber Alkohol löst keine Probleme und vertreibt weder Wut noch Frustration. Wenn ich mir jedes Mal einen hinter die Binde kippen würde, wenn es Probleme beim Kochen gibt ... ich wäre inzwischen Alkoholiker.

Gucci und Versace! Das hatten wir bereits. Ich trage nicht nur Gucci und Versace. Manchmal muss es das kleine Schwarze sein, manchmal eine edle Robe. Aber wie ich bereits sagte: Mein Kleiderschrank ist tabu!

Nun zu Thomas: Nun ja! Manchmal ist es besser, einen Nörgler und Querulanten mit seinen eigenen Waffen zu schlagen. Er wollte Banane und Avocado zum Dessert ... und er wollte Pfeffer und Salz. Er hat bekommen, was er wollte. Keine Sorge, es geht ihm gut. Fragt sich nur, wer jetzt in der richtigen Spur läuft ...

Non! Nicht alle meine Freunde haben einen an der Klatsche. Sie haben zwar alle ihre Macken, mal mehr, mal weniger liebenswert, aber wer hat die nicht?

Somit kommen wir zu meinem nächsten Gast. Er hat auch seine Macken, ist aber trotz allem ein liebenswerter Mensch.

Fabrizio, 54, gewiefter Geschäftsmann, Liebling der Damenwelt, Segler, Surfer, Taucher und Liebhaber der haute cuisine. *Liebhaber der haute cuisine?* Oui, das ist eine gute Frage. Jetzt, da ich es schreibe, frage ich mich: »Warum kommt er zu mir?«

Okay! Er ist ein guter Freund und will sich, wie er sagt, dieses Erlebnis um nichts in der Welt entgehen lassen. Anscheinend ist es so unvorstellbar, dass ich in der Küche stehe und den Kochlöffel schwinge, dass sich alle mit eigenen Augen davon überzeugen wollen. Da nehmen sie auch in Kauf, dass sie essen müssen, was ich gekocht habe.

… aber ich bemühe mich immer, es wenigstens einigermaßen ansehnlich anzurichten …

30. Oktober - Die Sache mit der haute cuisine

Das Dîner für den Gourmet. Bœuf braisé au vin rouge et gâteau aux framboises. Rinderschmorbraten in Rotwein und Himbeertorte.

Schon wieder Braten! Mon Dieu! Bis diese riesigen Teile rundherum angebraten sind. Wieder potentielle Brandgefahr! … und dann auch noch Himbeertorte: Eigelb! Ich habe noch kein Gerät zum Eiertrennen. Meine Termine ließen mir keine Zeit zum Einkaufen.

Kann man Kuchen nicht mit ganzen Eiern backen? Immer diese Eierscheidungen. Ich brauche so ein Gerät! Mal sehen, ob mir Mary morgen so ein Teil besorgen kann. Sie unterstützt mich damit ja nicht beim Kochen, sondern besorgt nur ein dringend benötigtes Küchenutensil. Ich meine ja nur … so hat sie es künftig leichter … ob sie es aber leichter haben will …? Für sie ist das alles nur unnötiger … Okay! Sie muss das Teil nicht benutzen … nur kaufen.

Jetzt hätte ich wegen des Eiertrenngerätes fast vergessen zu erwähnen, was mir Chloé noch ans Herz gelegt hat. Ich soll mich anstrengen. Es muss ja nicht unbedingt bei Fabrizio zum Super-GAU kommen. Er wäre doch ein Gourmet. Liebhaber der haute cuisine. Zudem mag sie ihn.

Okay! Ich mag ihn auch. Ich mag meine Gäste. Jedenfalls bevor sie ihr wahres Gesicht zeigen. Ich bemühe mich immer. Es liegt doch an ihr, mir einen leichten Auftrag zu geben.

Lacht Ihr schon wieder? Oui! Ich weiß! Was ist ein leichter Auftrag? Spaghetti à la Miracoli! Okay! Vergessen wir's. Kochen wir bœuf braisé und backen eine Himbeertorte. Grrr! Ich lasse mich ja nicht mehr aus der Ruhe bringen. Egal, was kommen mag, ich werde es durchstehen und überstehen. Fragt sich nur wie …

Non! Ich kann nicht versprechen, dass die Härtetests meiner Töpfe und Pfannen abgeschlossen sind, aber ich beabsichtige ruhiger zu werden. Schonen wir das Herz meiner Perle, die sicherlich in Ohnmacht fallen würde, erführe sie von diesen Tests.

Versprechen? Non! Ich verspreche nicht ruhiger zu werden. Ich pflege meine Versprechen einzuhalten. Zudem glaube ich, dass selbst die Hölle zufriert, bevor ich ruhiger werde. Ich bemühe mich, künftig die Contenance zu wahren und an meine gute Erziehung zu denken.

Chloé erwartet also, dass es morgen ein besonderes Dîner geben wird. Mit Schnickschnack sozusagen. Ein Bröckchen Fleisch, ein Böhnchen, ein Stückchen Karotte, ein Zwiebelchen und ein paar Tröpfchen Sauce über den Teller verteilt. Ein Himbeertörtchen, in der Größe einer Zahnfüllung, angerichtet auf einem schokobestäubten Teller, garniert mit einem glasierten Minzblättchen, dem man ein undefinierbares Etwas zur Seite gelegt hat.

Okay! Was die Menge angeht, habe ich bekanntlich keine Probleme mit Miniportionen. Ich war schon einige Male froh, überhaupt etwas zu haben, das ich auf den Teller legen konnte, aber absichtlich en miniature? Non! Wenn dann etwas schiefgeht, habe ich am Ende einen leeren Teller.

Ich beabsichtige nicht, morgen unterzugehen. Zudem hasse ich staubige Teller und ungenießbaren Schnickschnack. Ich werde wie immer mein Möglichstes tun.

02. November - Röstaromen

Der Gourmet-Event ist vorüber. Es lief nicht alles, wie es sollte, aber es lief. Doch bevor wir den Tag Revue passieren lassen, begeben wir uns in den Feinkostladen, wo allwöchentlich das Grauen beginnt.

Über mein Bandeja paisa war man geteilter Meinung. Zu wenig auf dem Teller, zu viel auf dem Teller, Hackfleisch zu dunkel, Speck zu hell. Warum Avocado? Warum Banane? Warum Ei? Warum Salz und Pfeffer auf der Tarta? Warum keine verbale Keule? Wenn ich alles kommentiert hätte, wäre ich nicht zum Kochen gekommen.

Einzig Maître Gayet fand den Teller gut, wie er war. Nicht überfüllt und nichts angebrannt. Merci! Ich bekam zwei Bratenstücke und den Ratschlag, die Temperatur so gering wie möglich zu halten.

Zuhause begannen die umfangreichen Vorbereitungen. Ich hatte ein Rezept gefunden, bei dem man keine Eier trennen musste.

Ich war erstaunt, was sich aus Eiern und Zucker machen lässt. Der Teig wurde schaumig und füllte bald die Schüssel aus. Mehl und Nüsse ließen ihn wieder etwas schrumpfen. Im Ofen stieg er hoch und höher und nach zwanzig Minuten wendete ich den Stäbchentest an. Danach sackte der Kuchen etwas ab, aber er war weich und roch wunderbar.

Während er abkühlte, mischte ich die Füllung. Ich hatte gemahlenen Agar-Agar gekauft. Er wird nicht glitschig und lässt sich gut verarbeiten. Okay! Man soll nicht alles glauben, aber hoffen darf man.

Ich mischte Agar-Agar mit Wasser und hatte binnen Sekunden eine Hartgummiartige Masse in der Schüssel. Ob das so sein sollte? Aucune idée! Nachdem ich etwas heißes Wasser zugegeben hatte, wurde er gelleeartig und verband sich gerne mit der Crème. Ohne Klümpchen!

Die Sahne wollte sich nicht so richtig unter die Crème mischen und so kam es, dass sie nicht ganz so locker leicht war, wie sie hätte sein sollen. Okay! Man kann nicht bei jedem Event ein Wunder erwarten.

Ich stach kleine Törtchen aus dem Tortenboden und füllte die Crème in die Tortenringe. Jetzt musste alles im Kühlschrank fest werden. Alles lief gut und ich gönnte mir einen Cappuccino. Nur einen …

Anschließend bereitete ich das Obst vor. Oh je! Birnen, Zimt, Puderzucker und Vanilleschote. Das kann ja heiter werden. Warum backe ich Törtchen, wenn das Dessert Bestandteil des Hauptgangs ist? Nun ja! Warten wir's ab.

Als erstes sollte Puderzucker karamellisiert werden. Danach sollte man Tomatenmark zugeben und alles kurz anrösten. Mit Wein auffüllen und einköcheln lassen. Schon war das erste Problem aufgetaucht. Wie karamellisiert man Puderzucker? Monsieur Internet hatte meine Frage schon erwartet und schickte mir ein Video mit genauer Anleitung.

Ihr müsst Euch das so vorstellen: Laptop neben dem Herd, große Pfanne auf dem Herd, Holzlöffel, Puderzucker, Ich …

Ich hielt mich genau an die Vorgaben. Rührte nicht, solange der Zucker fest war, rührte ununterbrochen, als der Zucker flüssig war. Wartete aufs schäumen … Oh! Überbräunt und zääääh! Zudem klebte er am Löffel und wollte nicht mehr aus der Pfanne. Ich schabte das Zeug mit einem Messer vom Löffel. Ging ganz gut, aber nun klebte das Zeug am Messer fest. Grrr!

Ich habe zum Glück meine Mary. Sie sagte, ich solle eine Wanne mit Wasser bereitstellen, damit ich Töpfe und Pfannen mit Verbrennungen kühlen kann … Quatsch! Sie meinte, damit das angebrannte einweicht und sie es leichter entfernen kann. Ich hoffte sehr, dass der überbräunte Zucker sich im Wasser auflösen würde.

Nächster Versuch! Das Gleiche noch einmal! Nun ja! In der Wanne war noch Platz … Nächste Hilfe von Monsieur Internet. Diesmal schrieb der Koch, man müsse den Zucker ständig rühren, damit er sich gleichmäßig auflöst. Was denn nun? Rühren oder nicht rühren! Grrr!

Okay! Ich rührte, aber es schäumte nicht. Ihr wisst inzwischen, dass ich in solchen Fällen improvisiere. Ich gab das Tomatenmark hinzu und wartete, bis es cremig war. Nun ja! Sagen wir mal so … auch diese Pfanne landete in der Wanne.

Der Vollständigkeit halber muss ich noch erwähnen, dass Tomatenmark spritzt, bevor es sich in eine braune Masse verwandelt und Tomatenmark mit fast karamellisiertem Puderzucker klebt … Nun ja! Ich konnte unmöglich die komplette Küche in eine Wanne stellen …

Okay! Da mir das Rezept nicht verriet, was ich mit dem Zeug machen sollte, nachdem der Wein eingeköchelt war, musste ich wieder mal improvisieren. Der Topf wurde erwärmt, bekam einen Hauch von Fett und es konnte losgehen. Braten rundherum leicht anbräunen, aus der Pfanne nehmen. Ha! Geschafft! Nicht überbräunt! Ein kleines Wunder!

Bratensatz mit etwas Bouillon ablöschen! … ? *Ablöschen*? Da ist ausnahmsweise mal nichts angebrannt und ich soll löschen? Das verstehe wer kann.

Neuer Topf … Gemüse anrösten! Ohoh! *Anrösten*? Okay! Monsieur Internet wusste Rat. Gemüse mit Margarine anbraten, bis sich eine knusprige Rinde bildet. Bei Bedarf mit Bouillon ablöschen …

WOW! Ich war sprachlos. Abgesehen davon, dass das Gemüse ohne Fett angeröstet werden sollte und so etwas Ungesundes wie Margarine nie in meiner Pfanne landet … Ich war nicht schlauer als zuvor.

Anrösten ist also nur ein anderer Begriff für anbraten? Mehr so ein scharf anbraten? Ich meine ja nur … wenn man schon vor Beginn gewarnt wird, es könne eventuell zur Überbräunung oder gar zum Kokeln kommen … man eventuell löschen muss … Nun ja! Ich gab das Gemüse in die Pfanne, rührte und rührte und … Ups! Neuer Topf!

Wellness! Röste wer kann! Bei mir wird gewellnesst! Das Gemüse wellnesste so vor sich hin und ich gönnte mir einen Cappuccino. Das Gemüse sah gut aus, ich gab einen Löffel Tomatenmark und den Rotwein dazu. Alles wellnesste nun zusammen in einem Topf und fühlte sich sichtlich wohl. Ich legte das leicht angebräunte Fleisch hinzu und den Deckel auf den Topf. Geschafft! Jetzt sollte das Ganze drei Stunden in den Ofen. Non! Das würde wieder mal das Fleisch auf einer Seite austrocknen und leicht überbräunen. Der Topf blieb auf dem Herd und ich hoffte das Beste.

Nach diesem Stress gönnte ich mir Cappuccino Nummer drei. Okay! Und Nummer vier! Seid doch nicht immer so pingelig. Ob einen oder zwei oder noch mehr. Ihr seid doch nicht meine Ärzte. Abgesehen davon, sagt mein Arzt auch immer, ich würde zu viel Cappuccino trinken.

Ich genoss die Pause, las den Le Monde und wäre am liebsten nicht mehr aufgestanden. Leider wartete noch sehr viel Arbeit auf mich und ich machte mich missmutig auf den Weg zur Küche.

Als nächstes mussten die Himbeeren auf die Törtchen. Sie gingen nicht unter, blieben brav auf der Crème sitzen … aber dann! Ich mischte Tortenguss mit Himbeersaft und Wein. Das ganze wurde gerührt, bis *Es* Blasen warf. Oh ja! *Es* warf Blasen. *Es* schoss auch Spritzer hoch und weit … und meine Küche klebte erneut. Was heißt erneut? … noch mehr!

Der Tortenguss musste etwas abkühlen, bevor er auf die Törtchen durfte. Irgendwie erwische ich nie den richtigen Moment, ich meine den Moment, wenn der Tortenguss noch weich genug, aber nicht mehr zu heiß ist. Beim ersten Versuch war er definitiv zu heiß. Die Crème löste sich quasi auf, bildete Schlieren im Guss und quoll als Crème/Tortengussgemisch unter dem Tortenring heraus.

Was solls! Ein Törtchen weniger. Ich hatte noch vier … Warten wir noch ein Weilchen … Hm! Wer zulange wartet, häuft kleine Geleebällchen aufs Törtchen, sah zwar lustig aus, war aber nichts für die haute cuisine. Okay! Alles auf Anfang. Neue Mischung, neuer Tortenguss …

Monsieur Internet um Rat gefragt … viele Tortengussrezepte … viele Videos … viel blabla … aber hat auch jemand meine Frage beantwortet? NON! Von wegen, den Tortenguss sofort auf den Kuchen geben, damit er nicht zu fest wird. Okay! Wenn die Crème unter Schwund leiden soll …

Ich rührte solange, bis der Tortenguss nicht mehr gar so heiß war, gab ein paar Tröpfchen auf die Crème, hoffte das Beste und hatte Törtchen Nummer drei verloren. Jetzt wurde es eng … Nächster Versuch! Sagen wir mal so, für den Hausgebrauch ausnahmsweise, aber für die haute cuisine … non!

Das letzte Törtchen! Der Guss war nicht mehr weich, aber auch noch nicht sooo fest. Nun ja, für eine glatte Oberfläche hat es nicht gereicht, aber der Guss liegt auf dem Törtchen. Zudem geht die haute cuisine manchmal seltsame Wege und zaubert noch seltsamere Créationen. Da passt auch ein Törtchen mit gewellter Oberfläche. Irgendwie haben meine Kuchen und Torten immer Probleme mit der Windstärke. Von wegen glatte See …

Oui! Ich genehmigte mir noch einen Cappuccino. Den hatte ich mir verdient. Tortenguss herzustellen ist nicht so einfach, wie mancher glaubt …

Nach der Pause waren die Karotten dran. Ich lag gut in der Zeit. Dachte ich … bis es läutete. Ups! Fabrizio, der vollendete Gentlemen. Weiße Rosen, Konfekt, gute Ratschläge wegen meiner Brandblasen. Ich führte ihn in den Salon und er genoss die Gesellschaft von Baron de Rothschild. Er hatte sich zwei Bücher auf sein iPad geladen. Mein weiß ja nie … Signore Fabrizio, die Fassade des Gentlemans bröckelt. Tsss! Zwei Bücher … man weiß ja nie …

Ich ging zurück in meine Küche. Die Karotten warteten. Sie sollten in brauner Butter angedünstet werden. *Braune Butter?* Oh! Monsieur Internet hatte diesmal viel zu tun. Er schickte mir eine Erklärung, die mir den Schweiß auf die Stirn trieb. Butter so lange köcheln lassen, bis sie goldgelb ist. Bei diesem Vorgang verdunstet das Wasser und die Eiweißteile karamellisieren. Oh mon Dieu!

Okay! Ich ließ Butter schmelzen und köcheln. Auf das Goldgelb wartete ich noch, als die Butter bereits kurz vor einer Farbe stand, die man Kokelschwarz nennen konnte. Nächster Versuch! Butter schmelzen, rühren (vielleicht hilft rühren), goldgelb … non … dunkelbraun werden lassen … entsorgen.

Nächster Versuch! Wellnesstag für Karotten. Sie badeten so vor sich hin, freuten sich über die Gesellschaft der Vanilleschote und ich versuchte mich an karamellisierten Birnen. Oh, lacht nicht schon wieder. Jetzt habe ich eine weitere Brandblase am Daumen und eine auf dem Handrücken.

Puderzucker in die Pfanne geben, rühren … rühren … Blasen! Ha! Blasen! Ich konnte es nicht fassen … Blasen! In der Pfanne, nicht auf mir! Ich legte die Birnenscheiben hinein und schob sie durch die Pfanne. Lacht nicht schon wieder! Ich traute diesem *karamellisierten* Puderzucker nicht. (War er wirklich karamellisiert? Aucune idée! Er war so flüssig …) Wenden! Weiter schieben … vom Herd nehmen. Braten aus der Sauce nehmen. Bouillon samt Gemüse in ein Sieb geben … Gemüse etwas zerdrücken … Sauce zurück in den Topf … Mehlbrühe (Feinkostladen) … rühren … Fertig!

Ups! Da sollte nochmal etwas karamellisiert, mit Cognac und trallala vermischt und zur Sauce gegeben werden … Non! Ich war fertig! Fix und fertig …

Das Fleisch in Scheiben schneiden, Karotten und Birnen dazugeben … et voilà! Fertig! Noch schnell das obligatorische Foto machen und Fabrizio konnte zu Tisch kommen.

Nun ja! Nicht gerade haute cuisine, aber immerhin, etwas Exotisches hatte es. Ist doch auch was. Wer legt schon karamellisierte Birnen auf ein Stück Braten? Kein Koch für Ottonormalverbraucher. Der kocht davon Kompott. Also … ein Hauch von haute cuisine. Zwar nur ein laues Lüftchen, aber immerhin etwas.

Bewertung: Lecker, lecker, lecker! Nun ja! Das Dessert im Hauptgericht und das schmeckt …? Eh bien soit! Haken wir es als Erfolg ab. Wechseln wir noch schnell die Tischdecke. Das Weineingießen über wir noch ein bisschen.

Die gute Bewertung hatte mich leichtsinnig gemacht. Man darf sich nicht zu früh freuen. Es stand noch das Törtchen aus. Wenn das Ding nicht aus dem Tortenring kam, hatte ich kein Dessert. Es ist dann auch leicht verunglückt. Klebte zu fest am Tortenrand. Der Vanillespiegel sollte auch etwas anders aussehen, aber ich bin nicht Bocuse!

Fabrizio war sehr angetan von meinem Dessert. Sehr lecker! Okay! Wir dürfen uns freuen. Zweimal lecker, was will man mehr?

Jetzt stehen noch zwanzig Events an. Ich weiß nicht, wie viel Blasen es noch werden … aber die werde ich auch noch überstehen.

Mein Schrank hat heute wieder einen Teil seines Inhalts verloren. Meine Schuhe sind nicht mehr zu retten. Nächstes Mal trag ich eine Schürze! Versprochen! Aber wie schütze ich meine Schuhe?

Pizza

05. November - Die nächste Familie

Habt Ihr auch manchmal das Gefühl, dass die Zeit rast? Jeden Mittwoch befällt mich dieses seltsame Gefühl, das mir sagt: »Schon wieder Mittwoch …«

Mittwoch wäre ja noch okay … aber dann ist ruck zuck Freitag und ich muss kochen. Oooh! Diesmal muss ich mich besonders anstrengen. Vor allem, was den zeitlichen Ablauf betrifft. Freitag erwarte ich eine Familie. Non! Diesmal wird es keine bösen Überraschungen geben.

Allerdings bin ich mir nicht sicher, dass sie sich darüber im Klaren sind, was sie erwartet, aber sie wissen ja, dass ich nicht kochen kann. Okay!

Meine nächsten Gäste: Marion - Mutter zweier Kinder, Managerin eines kleinen Unternehmens, ständig im Stress, dem sie selbst im Urlaub nicht entkommen kann. Keine begeisterte Hobbyköchin, dennoch meistert sie ihre täglichen Aufgaben in der Küche mit Bravour.

Volker - regelt die Finanzen einer größeren Stadt, begeisterter Camper (diese Begeisterung wird allerdings nicht von der ganzen Familie geteilt), guter Gesprächspartner und zuverlässiger Freund.

Kimberly - süßer Dreikäsehoch, begeisterte Malerin (ich könnte mit ihren Bildern ein Zimmer tapezieren) und Sonnenschein der Familie.

Luca - zieht die Freizeit der Schule vor, spielt Fußball und ist ein Fan von Smartphones, wovon sein Papa ein Liedchen singen kann, vor allem wenn die Rechnung kommt … und er singt oft und laut …

Jetzt wird Chloé sich anstrengen müssen. Meine Gäste bringen Zöliakie und Lactoseintoleranz mit. Wir wollen ihre Gesundheit doch nicht absichtlich schädigen … N'est-ce pas?

Falls es Freitag wieder etwas länger dauern wird … meine DVD Sammlung ist bestens bestückt … eine dicke Rolle Zeichenpapier und viele Buntstifte warten auf ihren Einsatz … und dann wäre da auch noch Baron de Rothschild. Der Freitag kann kommen.

06. November - Zurück nach Italien

Letzte Woche haute cuisine, morgen Pizza. Non! Keine Tiefkühlpizza und kein Pizzaservice. Selbst ist die Frau. Besser gesagt, selbst muss die Frau.

Ich hatte gehofft, Chloé wirft das Handtuch, weil sie zu faul ist, nach einem Dîner zu suchen, das sowohl gluten-, als auch lactosefrei ist. Tja … immer diese Enttäuschungen! Pizza! Sie meinte, es gebe sowohl glutenfreies Mehl, als auch lactosefreien Käse. Damit könne man auch Pizza backen. Oooh! Glutenfreies Mehl … was es so alles gibt …

Okay! Schon mal Pizza gebacken? Oui? Ich nicht! Ihr wisst doch, es gibt den Feinkostladen und den Pizzaservice. Wer backt denn da noch selbst? Okay! Ihr! Wie konnte ich nur solch eine Frage stellen?

Ich habe Monsieur Internet gefragt. Er hat mir erst mal Bilder von Pizza geschickt. Wow! Die Auswahl ist riesengroß. Ich vergaß! Ich muss drei verschiedene Arten backen. DREI! Sie war aber gnädig und hat mir freigestellt, welche Pizza ich backe.

Welche Art! Gut gesagt! Eine Pizza Margherita muss und wird bei mir nicht aussehen, wie eine Pizza Margherita aussieht. Das wisst Ihr doch. Es genügt, wenn sie annähernd nach Pizza aussieht. Ich strebe nicht nach Perfektion.

Oh mon Dieu! Was schreibe ich da? Ich bin Perfektionist. Ich strebe immer nach Perfektion … allerdings nicht beim Kochen. Da reicht bereits: Sieht annähernd danach aus, ist nicht verkokelt und schmeckt einigermaßen.

Beim Kochen wird man ja so bescheiden … schraubt seine Ansprüche zurück … kocht so vor sich hin … und hofft das Beste.

Okay! Wieder mal abgeschweift! Zurück zu den Bildern. Ich habe mir wie immer die schönsten ausgesucht und die passenden Rezepte gegoogelt.

Ooooooh! Hefeteig! Ich habe noch nie Hefeteig hergestellt, aber schon von gestandenen Bäckerinnen und Hausfrauen gehört, dass der Hefeteig nicht aufgegangen sei. Ich ahne fürchterliches! Wenn nicht mal die Profis das jedes Mal hinkriegen, was steht mir da schon wieder ins Haus?

Okay! Hefeteig gegoogelt. Gleich das erste Rezept. Was muss ich lesen? Etwas Übung erforderlich! *Etwas Übung?* Was bedeutet *etwas Übung?* Wie viele Hefeteige muss man hinter sich bringen, bis man *etwas Übung* hat? Monsieur Internet wird sich etwas dabei gedacht haben, mir diesen Beitrag ganz oben auf die Liste zu setzen.

Der nächste Beitrag! Dort faselt einer was von All-in-Verfahren, von direkter Führung. Auch wenn Ihr jetzt lacht … wohin führt man den Teig? Dann gab es indirekte Führung … verlängerte Führung … Levain … Levain de pâte … das französische poolish … *Das französische poolish?* Was um alles in der Welt ist das? Noch nie davon gehört.

Ihr seht, ich bin schon überfordert und habe noch nicht mal einen Kochlöffel in der Hand. Was wird das erst morgen, wenn der Teig auch noch gehen soll? Wie weit und wohin? Aucune idée! Das stand nicht im Rezept.

Nicht genug damit, ich muss auch noch ein Dessert zubereiten. Zuppa inglese! Englische Suppe! Nie davon gehört. Okay! Warum gibt es Monsieur Internet? Non! Ich will jetzt keine Antwort! Das war eine rhetorische Frage. Okay! Zuerst dachte ich, der Gute hat sich vertan. Schickt mir Bilder von Desserts. *Zuppa inglese ist ein Dessert?* Oh mon Dieu … man lernt nie aus.

Wieder Monsieur Internet bemüht! Er meinte es gut und schickte mir ein paar Rezepte … und wieder war ich frustriert. Hundert Rezepte … hundert verschiedene Arten der Zubereitung. Grrr! Also wird es morgen mal wieder die einfachste Variante geben. Auf das Aussehen kommt es auch nicht an. Wer weiß denn schon, wie eine Zuppa inglese aussehen muss? Mal wieder Glück gehabt …

09. November - Die Sache mit dem Pizzateig

Ein italienischer Abend mit den üblichen Hindernissen. Ein Gast kam mir bereits vor dem Essen abhanden. Luca bevorzugte die Gesellschaft männlicher Wesen seines Alters. Er ist bekanntlich schon fast ein Mann, da geht man nicht mehr mit Mama und Papa zu deren Freunden. Die nerven zuhause schon mehr als genug, da muss man sie nicht auch noch bei anderen ertragen. Nun ja! Das erste Jahr als Teenager ist nicht einfach.

Allerdings hatte ich einen weiteren Gast, der außer Konkurrenz lief. Er war bereits mein Gast und soll deshalb nicht weiter erwähnt werden.

Kimberly wollte sich den Abend mit Rapunzel vertreiben. Was sie allerdings nicht davon abhielt, regelmäßig in meiner Küche zu erscheinen um nachzufragen, wann denn das Essen fertig sei.

Marion und Volker unterhielten sich angeregt mit meinem Gast außer Konkurrenz. Vielleicht sollte ich ihn immer einladen? Bei einem anregenden Gespräch vergeht die Wartezeit schneller, zudem tat Baron de Rothschild wie immer sein bestes.

Okay! So viel vorab. Gehen wir jetzt in den Feinkostladen. Dort waren meine Brandblasen Gesprächsthema Nummer eins. Dass man sich beim Kochen auch mal die Finger verbrennt, konnten alle nachvollziehen, hatten es auch schon selbst erlebt. Das man sich den Mund verbrennt, weil man zu heiße Speisen kostet … auch okay! … aber Mund und Kinn während des Kochens? Non! Das konnten sie nicht nachvollziehen … aber … in Anbetracht der Tatsache, dass ich der malträtierte Koch war … Grinsen und Kopfschütteln!

Der Teller, des Hauptgangs, war überladen. Dem Törtchen fehlte die Deko. Karamellisieren sei doch sooo einfach! Es war wie immer. Es hagelte Kritik und Unverständnis. Was soll man von kochenden Hausfrauen, Hobbyköchen und Dauernörglern auch anderes erwarten? Diesmal war kein gutes Wort von Maître Gayet zu erwarten. Der gute Mann war erkrankt.

Ich kaufte sämtliche Zutaten und dachte schon mit Schrecken daran, dass ich das alles auf drei Pizzen verteilen musste … und die Böden musste ich erst noch herstellen …

Zuhause gönnte ich mir zuerst einen Cappuccino. Ich war einen klitzekleinen Moment der Überzeugung, dass Pizza backen nicht sooo schwer sein konnte. Tja! Wie man sich doch irren kann …

Ich hatte glutenfreies Mehl gekauft. Man will seinen Gästen ja nicht vorsätzlich Magenschmerzen und Durchfall bescheren. Woher sollte ich wissen, dass Gluten als Kleber bei Hefeteig fungiert? Dass man noch einen Ersatzkleber benötigt? Ich kann keinen Hefeteig mit normalem Mehl herstellen (werde ich nach diesem Desaster nie versuchen), wieso sollte es mir dann mit glutenfreiem Mehl gelingen?

Ein kurzer Plausch mit Monsieur Internet. Es kann doch nicht sein, dass der alte Herr irrtümlich dem Glauben erliegt, er wäre mich los. Ich hatte ihn um Rezepte gebeten und er schickte mir ein Video. Merci! Ein Video ist doch um sooo vieles besser. Quasi eine pas à pas Anleitung. Allerdings ist es auch frustrierend, wenn man weiß, wie es aussehen soll und bei der eigenen Création sieht, wie es nicht sein soll. Dabei sah das doch sooo einf… grrr … simple aus, in diesem Video.

Okay! Ich bröckelte Hefe ins Mehl, gab Wasser, Olivenöl und Salz hinzu und die KitchenAid knetete fünf Minuten. Der Teig kam für zwei Stunden in den Kühlschrank. Dasselbe Prozedere noch einmal. Allerdings kam dieser Teig neben den Kamin.

Weshalb? Könnt Ihr euch das nicht denken? Die Köche waren sich mal wieder nicht einig, wo der Teig am besten *gehen* sollte. Kälte oder Wärme? Da besteht ja kaum ein Unterschied … Carolin, die Köchin meiner grands-parents, hat den Teig immer zugedeckt in die Nähe des Ofens oder in die Sonne gestellt. Also … Wärme! … aber vielleicht braucht Pizzateig Kälte? Aucune idée … deshalb beide Varianten.

Das Dessert war simple. Nachdem auch hier bei den Rezepten jeder sein eigenes Süppchen kocht, besser gesagt kreiert, habe ich mir gedacht, was solls … mach ich das doch auch.

Cornflakes statt biscuit … Obst statt Pudding, confiture oder dergleichen … keine Gelatine … Panna cotta (lactosefrei)statt Mascarpone (zu fett und kalorienreich). Da war nämlich noch die Sache mit der Crème. Die Crème (lactosefrei), pardon, die Sahne spritzte (ich hatte den Deckel nicht aufgelegt) und hinterließ fettige Flecken auf der Tapete. Wow! So viel Fett … eine geballte Ladung Kalorien … und neues Dekor für meine Küche.

Non! Ich trug eine Schürze. Donnerstag gekauft! In Paris gibt es viele Straßenhändler, die Schürzen zum Umbinden verkaufen. Mein Straßenhändler hat mich erst ungläubig angesehen, als ich ihm einen Berg Schürzen auf den Tresen legte. Dann war er happy.

Okay! Wieder mal abgeschweift! Weiter geht's! Sahne und Panna cotta mischen und süßen (die nächste Ladung Kalorien). Alles ins Glas geschichtet und ab in den Kühlschrank.

Mal kurz nach meinen Hefeteigen sehen und oooh! Die waren noch immer dort, wo ich sie hingestellt hatte, waren nicht gegangen, hatten sich nicht verändert. Non! Das sah im Video völlig anders aus. Hatte ich diesmal gleich zwei Böcke geschossen? Aucune idée! Okay! Ich gab ihnen noch eine Chance. Die hatten sie sich verdient. Dachte ich … hoffte ich!

Auf diesen Schreck hin, gönnte ich mir einen weiteren Cappuccino. Überlegte schon mal, was ich mache, wenn der Teig nicht so wird, wie er sein soll. Ehrlich gesagt, war ich mir sicher, dass er es nicht werden würde. Es würde schon an ein Wunder grenzen, wenn ich beim ersten Mal (bei der Hefeteigherstellung! Ich glaube langsam, manche von euch haben sich im Blog geirrt …) Glück hätte. Ich bestellte im Feinkostladen backfertigen Pizzateig. Was nützt der tollste Belag, wenn die Unterlage fehlt?

Ich blanchierte Brokkoli, würzte gestückelte Tomaten, halbierte Cocktailtomaten, viertelte Artischocken, schnitt Oliven in Ringe, sah nach den Hefeteigen, die ihre zweite Chance nicht genutzt hatten, schnitt Auberginen und Champignons in Scheiben, Paprika in Streifen und Speck in größere Stücke, zerpflückte Schinken und Käse und wartete auf den Pizzateig.

Es läutete und ich dachte ernsthaft, der Bote des Feinkostladens bringt den Pizzateig. Non! Meine Gäste kamen. Ups! Schon soooo spät? Naja! Auch wenn man nicht von einer Katastrophe in die nächste stolpert, vergeht die Zeit wie im Flug.

Ich begleitete meine Gäste in den Salon und stellte den Erwachsenen Baron de Rothschild zur Seite. Kimberly bevorzugte das Fernsehzimmer und wollte sich Rapunzel auf DVD ansehen. Ein liebes, herziges Kind, ich mag sie sehr.

Ich ging zurück in meine Küche und genehmigte mir Cappuccino Nummer drei. Endlich kam der Bote mit den backfertigen Pizzateigen. Meine erste Freude erhielt einen Dämpfer, als ich las, der Teig müsse nach dem ausrollen fünfzehn Minuten entspannen. *Entspannen?* Was sind denn das für Teige? Der eine will/soll/muss gehen, der andere muss erst mal entspannen? Ein sportlicher und ein fauler Teig?

Okay! Ich habe mich inzwischen daran gewöhnt, dass der Küchenjargon nicht meins ist. Ich ließ ihn entspannen ... aber nur fünfzehn Minuten. Selbst wenn ich ihn vergessen hätte (auch nur kurzfristig), Kimberly erinnerte mich daran. Plötzlich stand sie in der Küche und fragte, wann das Essen serviert würde. Was es denn zu essen gäbe. Warum Pizza? Ob ich denn sonst nichts könne? Spaghetti zum Beispiel. Sie würde gerne Pizza essen, aber Spaghetti mochte sie lieber. Ihre Mama würde auch Pizza backen ... aber auch Spaghetti kochen ... aber leider auch Sachen, die sie nicht so mochte. Mit Pizza wäre sie aber einverstanden, wenn ich sonst nichts könnte ... Ups! Nun ja! Es hat sich also schon bis zu den Vierjährigen herumgesprochen.

Ich belegte Pizza Nummer eins mediterran, Nummer zwei scharf gewürzt und Nummer drei mit Salami und Champignons. Noch bevor ich die Bleche in den Ofen schieben konnte, erschien Kimberly erneut. Sie wollte sich nur noch mal nach der Pizza erkundigen.

Meine Frage, welche sie bevorzugen würde, beantwortete sie mit einem »Hmmm ... mal sehen!« Was denn die langen grünen Dinger auf der Pizza seien. Chilis? Kennt sie nicht! Mag sie nicht! Die sehen so komisch aus. Die Würmchen auf der anderen Pizza mag sie auch nicht. Die Dinger mit den Blättern auch nicht. Brokkoli mache Mama immer mit weißer Sauce. Den hat sie noch nie auf einer Pizza gesehen. Die runden Dinger auch nicht. Zudem mag sie die runden Dinger nicht.

Meine Frage, ob sie wisse, was das sei, diese runden Dinger, beantwortete sie mit einem knappen nein, aber trotzdem würde sie die nicht mögen. Das sähe so grün aus und alles was grün ist, sei Gemüse und das würde sie nicht wollen. Zudem mag Luca das grüne Zeug auch nicht. Die schwarzen Dinger will sie auch nicht essen. Die sähen so komisch aus, so schwarz ... als ob die faul seien.

Mon Dieu! Ich dachte, ich hätte ein Déjà-vu. Allerdings hieß das Kind in meinem Buch Lara-Laureen und ich legte ihr die Worte in den Mund. Jetzt musste ich erleben, dass Kinder in der Realität genauso sind.

Ich schob die Bleche in den Ofen und Kimberly versprach, bald wieder zu kommen. Sie müsse jetzt zu Rapunzel. Ich stellte den Timer auf zwanzig Minuten. Besser nachgaren, als angekokelt!

Ich gönnte mir einen weiteren Cappuccino und genoss die Ruhe. Der Timer piepte und Kimberly stand parat. Sie wolle nur fragen, wann es denn nun endlich Essen gäbe. Die Pizza war noch nicht gar. Ich schob sie zurück in den Ofen und stellte den Timer auf fünf Minuten. Warum ich die Pizza denn wieder in den Ofen schieben würde, sie sähe doch ganz gekocht aus.

Nachdem ich mich bemüht hatte, ihr zu erklären, warum die Pizza nochmal in den Ofen musste und auch ihre weiteren Fragen beantwortet hatte, meldete sich der Timer erneut und die Pizza war fertig.

Ich machte ein paar Fotos und begann, die Pizza mit dem Messer zu zerteilen. Warum ich nicht den Pizzaschneider benutzen würde, fragte mein Lieblingsgast und zeigte auf das Ding, das da an der Wand hing. Ah! Dafür ist dieses Teil gedacht! Die Pizza ließ sich so auch viel leichter zerteilen.

Kimberly nahm ein Stück Salamipizza und trug ihren Teller höchstpersönlich ins Esszimmer. Der Teller landete wohlbehalten auf dem Tisch, aber ihr Glas kippte um und der Saft ergoss sich über den Tisch. Sie wollte es aufheben und stieß dabei Marions Glas um. Der Wein mischte sich mit dem Saft und eine neue Tischdecke musste her. Non! Ich war nicht genervt. Ich liebe es, wenn Kinder selbstständig sind. Auch wenn mal was daneben geht.

Volker nahm sich vor, alles zu probieren. Die anderen stimmten ihm zu. Kimberly sagte kein Wort. Bissen für Bissen schob sie die Pizza in den Mund. Nachdem sie aufgegessen hatte sagte sie, das war superlecker. Superlecker! Das schönste Lob, das ich bisher bekommen hatte.

Auch den anderen schmeckte es. Am Ende waren die Bleche leer. Jetzt muss ich sagen, es war das erste Mal, dass ich das Lob meiner Gäste glaubte. Kindermund tut Wahrheit kund.

Es wurde ein gemütlicher Abend. Fast hätte ich das Dessert vergessen. Kimberly fragte, ob ich das auch selbst gemacht hätte … ob ich mir da ganz sicher sei. Nachdem sie ihr Glas geleert hatte, gab es das nächste Lob. Mama hätte noch nie so ein tolles Dessert gemacht. Ich müsse ihrer Mama unbedingt sofort sagen, wie man das Dessert macht. Danach ist sie auf der Couch eingeschlafen.

Auch meinen anderen Gästen hatte das Dessert geschmeckt. Volker, der sich normalerweise nichts aus Süßem macht, war sehr angetan. Zudem war er erfreut, dass ich gluten- und lactosefrei gekocht hatte.

So ging auch dieser Event zu Ende. Es war der letzte der zwanziger Reihe. Jetzt sind es noch neunzehn Events. Neunzehn! Wie sich das anhört … toll! Wie wird sich erst neun anhören? … und irgendwann heißt es noch einmal … noch ein letztes Mal. Ich kann es kaum erwarten, bis es soweit ist.

Vielleicht lade ich Kimberly, diesen Sonnenschein, noch mal ein. Sie erfreut eines jeden Herz. Als sie gingen, sagte sie noch, dass ich ihr mit Schürze nicht gefallen würde. Ich solle doch künftig wieder normal aussehen. Wow! Also doch verkleidet …

Heute habe ich noch einmal Monsieur Internet bemüht. Warum Hefeteig nicht gehen will … Tausende Antworten. Frage nicht beantwortet. Neue Frage: *Hefeteig geht nicht*. Tausende Antworten. Wisst ihr, dass es ein Hefeteig-Forum gibt? Jetzt seid doch mal ehrlich. Wenn es für Hefeteig sogar ein Forum gibt, dann ist es doch schwierig, ihn herzustellen. Ich meine ja nur … ein eigenes Forum … Wow!

Jetzt weiß ich auch, warum mein Hefeteig nicht gehen wollte. Das Mehl war schuld! Definitiv! Dem fehlte das Gluten! Woher sollte ich wissen, dass man noch Kleber braucht? Worum es sich bei diesem Kleber handelt, wollte ich allerdings nicht wissen. Mir reichte schon, dass das Mehl schuld war.

Silure à la provençale

12. November - … und noch mal vier

Jetzt hätte ich Euch doch fast vergessen. Es ist Mittwoch, ich hatte einen stressigen Tag und da vergisst man so manches … aber es gibt viele gute Feen, die dafür sorgen, dass ich meine Wette nicht durch solch einen dummen Fehler verliere.

Also sitze ich jetzt am PC und erzähle Euch etwas über meine nächsten Gäste. Oui! Gäste! Die nächste Familie.

Christopher: Ein attraktiver Witwer, Self-made-Millionär, begeisterter Heimwerker, Surfer, Segler und Frauenschwarm. Isst alles, was nicht schnell genug auf den Bäumen ist.

Maximilian: Mädchenschwarm, Go-Kart-Fahrer, liebt klassische Musik, die Pariser Oper und seine Geige. Isst kein Fleisch und liebt Gemüse.

Sandra: Wildfang, liebt Rollerskating, Segeln und Tauchen. Lieblingsgericht Steaks. Mag keine Bohnen.

Vanessa: Prinzessin, Ballerina und liebenswerter Dickkopf. Liest gerne und viel, mag besonders Harry Potter. Vegetarierin!

So … und jetzt warten wir auf den nächsten Auftrag.

13. November - Ein Drei-Gänge-Menu

Velouté de potiron, Silure à la provençale, Gâteau au fromage blanc. Kürbiscremesuppe, Wels auf provenzalische Art, Käsekuchen.

Mein erstes Drei-Gänge-Menu! Ist sie verrückt geworden? Drei Gänge! Wie soll ich das schaffen? Dazu brauche ich einen ganzen Tag, nicht nur ein paar Stunden. Dass ich noch keines der drei Gerichte gekocht habe, muss ich ja nicht extra erwähnen.

Fisch! Erinnert Ihr euch noch an den Saumon? Oui! Der mit den Eiweißperlchen, der hart und trocken war. Jetzt werde ich einen Wels verwandeln, fragt sich nur in was.

Provençale! Das ist immer gut. Man kann alles, was danebengegangen ist, gut in dem Gericht verstecken. Es könnte doch sein, dass das Gericht so aussehen muss. Ein paar überbräunte Teile … ein paar überpfefferte Teile … ungewürzte Teile … verkochte Teile … etwas zu bissfeste Teile, das gibt dem Essen das gewisse etwas.

Kürbiscremesuppe! Ist nicht meins. Ich mochte sie, wenn Anna sie zubereitet hatte. Danach kamen nur Enttäuschungen. Annas Suppe war cremig und fruchtig. Zudem gab es eine Deko aus … mon Dieu! … ich glaube, karamellisierten Äpfeln.

Okay! Selbst wenn es so wäre (ich meine, die karamellisierten Äpfel), muss ich sie ja nicht zubereiten. Zudem sind meine Brandblasen noch immer nicht verheilt. Auf neue verzichte ich gerne. Ich werde Annas Nichte um das Rezept bitten. Ich höre sie zwar schon lachen, aber man kann ja mal fragen.

Käsekuchen! Ohoh! Ich habe bereits Monsieur Internet um ein paar Bilder gebeten. Er hat sie geschickt und die passenden Rezepte gleich mit. Allerdings … grrr! Mal wird der Boden vorgebacken, mal nicht. Über die Hitze im Ofen will ich erst gar nicht reden. Inzwischen rege ich mich doch nicht mehr über alles auf … Haha! Ich sagte: *Nicht mehr über alles*! Ich sagte nicht: *Über fehlende Mengen- und Temperaturangaben*.

Schon mal Käsekuchen gebacken? Oui! Wie könnte es auch anders sein. Gibt es eigentlich auch etwas, das ihr noch nicht gekocht, gedünstet, gebacken, gegrillt oder gebraten habt?

Ich backe meinen ersten Käsekuchen! Das will und muss ich jetzt doch noch mal extra sagen! Erwartet also kein Meisterstück … Non! Was schreibe ich da für einen Blödsinn! Als würdet Ihr von mir so etwas erwarten. Nun gut! Dann warten wir's mal ab! Ich werde wie immer mein Möglichstes tun.

16. November - … außerhalb meines Universums

Ich muss sagen, Kuchen backen ist ein tagfüllendes Programm. Der Rest, naja!

Begeben wir uns zuerst in den Feinkostladen. Meine Pizza wurde gelobt. Jedenfalls hätte sie gut ausgesehen. Über den Geschmack konnten sie nichts sagen, weil sie nichts davon gekostet hatten.

Oh ja! Ich habe die versteckten Wünsche nach einer Einladung sehr wohl verstanden, aber NON! Meine Gästeliste ist voll. Zudem habe ich meine Prinzipien, was den Event betrifft. Vielleicht backe ich den Damen und Herren irgendwann einen Kuchen. Non! Das ist keine Drohung! Okay! Man könnte es eventuell als eine solche auffassen. Okay! Messieurs-dames … locker bleiben … Ich kaufe einen … großes Ehrenwort (dass ich ihn kaufe). Aber ich könnte euch ja mal mit meinen Backkünsten bekanntmachen … Non! Weiteratmen! Ich kaufe einen Kuchen!

Maître Moreau gab mir gute Ratschläge, damit der Silure gelingt. Okay! Er wusste auch, dass er mit mir redet und ist ganz sicher nicht davon ausgegangen, dass der Silure gelingt. Ich glaube, die Damen und Herren sind froh, wenn die Wette endlich ad acta gelegt werden kann. Sie sind sozusagen le Monsieur Internet des Feinkostladens … Ihr versteht? Man könnte mir ein Kalbsschnitzel als Rindersteak verkaufen, ich würde es nicht merken.

Die Auswahl an Süß-und Salzwassergetier ist so groß, dass ich darin nie ein Welsfilet gesichtet hätte. Okay! Ich wüsste nicht mal, wie solch ein Filet aussieht. Ich kann mit Gewissheit sagen, ich würde es auch nicht herausfinden, obwohl ich bereits zwei Filets verarbeitet habe. Irgendwie gleichen sich diese Filets alle. Okay! Sie variieren in der Größe, manchmal auch in der Farbe, aber ansonsten … nun ja!

Mir sind Fische lieber, wenn sie in ihrer natürlichen Umgebung herumschwimmen.

Zuhause begann ich mit der Zubereitung des Käsekuchens. Oh mon Dieu! Wie viele einzelne Schritte nötig waren, bis der Kuchen endlich gebacken war.

Erstmal musste der Teig für den Boden hergestellt werden. Oooh! Ihr wisst inzwischen, dass ich es hasse, mit den Händen im Essen zu stecken. Es dauerte etwas, bis ich ein Rezept fand, bei dem die Kuchenbäckerin auch den Einsatz eines Rührgerätes gestattete.

Ihr wisst schon, etwas Absolution für mich … falls etwas schiefgeht … der Teig nicht ist, wie er sein sollte, nicht richtig backt oder sonst etwas mit ihm passiert, das nicht passieren sollte. Okay! Im Rezept stand ausdrücklich, man könne *eventuell* auch ein Rührgerät zur Herstellung des Mürbeteigs benutzen. Nun ja! Wenn der Kuchen nichts wird, lag's am Einsatz des Rührgerätes. Warum schreibt die Kuchenbäckerin auch so etwas? *Eventuell* …

Okay! Die Maschine gab ihr bestes. Sie knetete und der Teig sah gut aus, allerdings nicht so, wie er aussehen sollte … mehr so glitschig, klebrig. Ich stellte ihn auf Wunsch der Kuchenbäckerin in den Kühlschrank und bereitete die Crème zu.

Ups! Da war es wieder. Scheidung von fünf Eiern! Warum können Eier nicht ihr Leben lang zusammenbleiben? Immer diese Scheidungen …

Ich habe immer noch keinen Eiertrenner. Mary hat in vielen Geschäften nachgefragt. Die meisten wussten nicht mal, dass es so etwas gibt. Vielleicht nennt man das Teil auch völlig anders? Sie hat mir ein Gefäß gebracht, das die Form eines Kopfes hat. Man schlägt das Ei hinein und vorne tröpfelt es aus der Nase wie … Igitt! Non!

Okay! Mangels Eiertrenner oder wie auch immer dieses Teil heißt, habe ich vorsichtshalber wieder Eiweiß und Eigelb im Glas gekauft. Ich schlug das Eiweiß zu Schnee und die Crème (Pardon! Sahne!) bis sie fest war. Okay! Bis sie eine butterähnliche Konsistenz hatte.

Der nächste Versuch sah Sahne schon ähnlicher, allerdings sieht auch Butter … Der dritte Versuch wurde vorzeitig abgebrochen, damit die Sahne erst gar nicht in die Nähe buttriger Konsistenz kommen konnte.

Ich rührte fromage blanc mit Eigelb und Zucker, bis eine cremige Masse daraus wurde. Dann … nun ja … musste die Sahne unter die Crème. Das war nicht so einf… simple. Die Crème wollte absolut keine Liaison mit der Crème eingehen. Ups! En allemand! Die Sahne wollte nicht mit der Crème … Ich gelobe Besserung. Sahne … nicht Crème!

Okay! KitchenAid! Die gab sich wieder große Mühe und mischte die Sahne unter die Crème. Sagen wir mal so … die Crème hatte sich, rein äußerlich, nicht verändert. Warum macht man sich die Mühe und schlägt erst mal die Sahne steif, um sie dann hinterher unter die Crème zu mischen? Man könnte die Sahne doch gleich zu den Zutaten der Grundmischung geben. Würde viel Zeit und Energie sparen.

Dann sollte der Eischnee unter die Crème gehoben werden. *Gehoben? Unterheben?* Oui! Monsieur Internet wusste Rat. *Unterziehen!* Ich war genauso ratlos wie vorher. Die KitchenAid gab wieder ihr bestes und mischte Eischnee und Crème.

Tja! Sagen wir mal so … die Crème hatte sich auch jetzt nicht verändert. Man sollte doch annehmen, wenn man steife Sahne und Eischnee unter eine Crème rührt, unterhebt, unterzieht oder wie auch immer, dass sich die Crème vermehrt. Wäre doch logisch! Nun ja! Ich habe mir inzwischen abgewöhnt, alles zu hinterfragen. Ich verstehe es nicht. Die Welt der Küche, mit all ihren kleinen und großen Geheimnissen, liegt nun mal weit außerhalb meines Universums.

Nun kam der Teig an die Reihe. Ich kann sagen, dass der Teig, in diesem Video, anders aussah, als der Teig in meiner Schüssel. Die Kuchenbäckerin *mehlte* ihre Arbeitsfläche ein, breitete den Teig darauf aus und begann, ihn mit dem Nudelholz auszurollen.

Nun ja! Ich *mehlte* ebenfalls meine Arbeitsplatte ein. Ich wollte den Teig aus der Schüssel nehmen, aber er klebte fest. Ich klopfte, schüttelte ... nichts geschah. Er klebte! Okay! Handschuhe! Teig aus der Schüssel ziehen ... Plumps! Mary möge mir vergeben ... dass Mehl aber auch so stäuben muss.

Nachdem ich den Fußboden einigermaßen vom Mehl befreit hatte, machte ich mich ans Ausrollen des Teigs. Okay! Ich wollte mich ans Ausrollen machen ... aber der Teig weigerte sich strikt, sich so auszubreiten, wie man es in diesem Video sehen konnte. Grrr! Was mache ich nur immer falsch? Oui! Ich weiß! Die Küche und meine Wenigkeit ... zwei Welten prallen aufeinander!

Ich drückte das Nudelholz auf den Teig ... er weigerte sich kontinuierlich ... zeigte lediglich ein paar Risse ... Grrr! Der Teig war definitiv zu hart. Mal zu weich, mal zu hart. Oh, ich hasse kochen und ich hasse backen!

Aus den Lautsprechern erklang theme from Armageddon. Ihr wisst schon, diese tolle Musik, die erklingt, wenn die Retter der Welt sich auf den Weg zu den Shuttles machen. Was mir die Musik wohl sagen wollte? Eine Reise ins ungewisse, um die Menschheit zu retten? Non! Wohl eher ... auch wenn der Ausgang ungewiss ist, roll den Teig aus und backe diesen Käsekuchen!

Da dieser Teig stur war und sich nicht kampflos in sein Schicksal ergeben wollte, musste ich Gewalt anwenden. Ich bröselte Stück für Stück den Teig in die Form, drückte ihn mit den Händen platt und hatte den Kampf nach schweißtreibender Arbeit gewonnen. Ha! Wer sagts denn! ... und bist du nicht willig ...

Ich füllte die Crème in die Form und stellte sie in den Ofen. Geschafft! Die nächste Stunde würde der Käsekuchen in der Hölle zubringen. Da gehörte er meiner Meinung nach hin!

Nachdem ich diesen Stresstest hinter mich gebracht hatte, gönnte ich mir einen Cappuccino und danach noch einen! Die hatte ich mir redlich verdient. Wie gerne hätte ich die Füße hochgelegt, den Le Monde gelesen und die Küche nur betreten, um mir einen Cappuccino zuzubereiten. Aber ich hatte gewettet und in der Küche wartete eine Menge Arbeit auf mich.

Käsekuchen! Da stehen diese Dinger in den Vitrinen der Pâtisseries herum, als könnten sie kein Wässerchen trüben. Dabei haben sie es in sich. Fies und gemein sind sie. Machen braven Leuten das Leben schwer. Käsekuchen! Ein Fall für meine Blacklist!

Ein Blick auf die Uhr ... der nächste Schock. Wenn das so weiterging, gäbe es das Entrée nicht vor Mitternacht. Kürbiscremesuppe! Ich hatte fünf Hokaidos gekauft. Kaufen ist simple ... zubereiten nicht! Normalerweise würde ich jetzt fragen, ob Ihr schon mal Kürbiscremesuppe gekocht habt. Tue ich aber nicht! Ihr sagt doch immer: Oui, habe ich!

Okay! Ich hatte noch nie Kürbiscremesuppe gekocht und ihr könnt mir glauben ... die koche ich nie wieder! Da dachte ich doch (in meinem jugendlichen Leichtsinn), so ein Kürbis hat die Konsistenz einer Melone. Non! Hat er nicht!

Erst mal kostete es mich einige Mühe, das Messer in den Kürbis zu stecken. Irgendwie musste doch der Deckel runter. Oui! Ich wollte die Suppe im Kürbis servieren. Nachdem ich mir fast das Handgelenk gebrochen hatte, war Schluss. Die Axt musste her. Mit einem gezielten Schlag köpfte ich das Teil. Nachdem die Spannung aus dem Kürbis war, ließ er sich leichter schneiden. Sozusagen Millimeterarbeit! Jetzt weiß ich auch, warum Harry die Säge benutzt, wenn er Halloween die Kürbisse aushöhlt.

Okay! Hatte ich kurz zuvor noch gedacht, das Köpfen wäre die schwerste Arbeit, so musste ich wieder einmal einsehen, dass man sich in der Küche nie sicher sein darf. Denke das Schlimmste und es kommt schlimmer. Wie bei Hardys Spruch: *Lächle und sei froh, es könnte schlimmer kommen. Ich lächelte und war froh und es kam schlimmer.* Deshalb lächele ich nicht mehr. Es kommt sowieso immer schlimmer. Ich hasse Kochen!

Der Timer piepte. Der Kuchen war fertig. Wow! Hatte der sich vergrößert. Phänomenal! Aus dem Ofen nehmen und abkühlen lassen. Okay! Nichts leichter als das! Abkühlen konnte er alleine und ich wendete mich wieder meinen Kürbissen zu.

Okay! Aushöhlen! War das eine Arbeit. Alles andere als simple! … und das fünf Mal! Ich fragte mich inzwischen, ob man mir im Feinkostladen alte, harte Kürbisse angedreht hatte. Es könnte doch sein … Vorsichtshalber mal Monsieur Internet gefragt … Oui! Ich weiß, das gleiche hat er auch gedacht, aber er bleibt trotzdem immer höflich und antwortet mir.

Ich weiß nicht, wie lange er mich noch erträgt und wann seine Geduld völlig erschöpft ist. Ihr müsst euch also nicht wundern, wenn Monsieur Internet in absehbarer Zeit ein paar Wochen Urlaub macht. Ich hoffe, ihr habt für diesen Fall noch die Brockhaus Enzyklopädie eurer Großeltern im Bücherschrank stehen. Wenn ihr allerdings etwas sucht, das da nicht drin steht … Pech gehabt!

Okay! Wieder mal abgeschweift. Kürbisse sind wie sie sind: Hart! Auch das Fruchtfleisch ist von fester Konsistenz. Oui! Das kann ich bestätigen.

Ich höhlte fünf von diesen Dingern aus. Schwerstarbeit! Mit dem Zerkleinern nahm ich es dann nicht mehr so genau. Von wegen, in zentimetergroße Würfel schneiden. Große, was schreibe ich da, sehr große Stücke tun's auch.

Die Äpfel waren eine Wohltat. So leicht zu schälen und zu würfeln. Alles kam in einen großen Topf und musste dreißig Minuten vor sich hin köcheln.

Oui! Ich gönnte mir Cappuccino Nummer drei und vier. Harte Arbeit muss belohnt werden. Ein kurzer Blick auf den Käsekuchen und … SCHOCK! Was war geschehen? Wo war der Rest des Kuchens? Verschwunden? Geschrumpft? Oooh! Ich hasse backen! Oui! Ich gönnte mir Cappuccino Nummer fünf. Nach diesem Schock brauchte ich einen.

Was war mit dem Kuchen geschehen? Ich verstand es nicht. Wo hatte ich diesmal einen Bock geschossen? Zu viel gerührt? Falsch untergezogen? Nicht untergehoben? Oooh! Ich hasse backen!

Ich schälte einen Apfel. Oui! Karamellisieren! Man kann es ja mal versuchen. Ich habe schließlich auch meinen Stolz.

Es läutete und meine Gäste erschienen. Warum, um alles in der Welt, sind meine Gäste immer so pünktlich? Okay! Ich hasse Unpünktlichkeit, aber ich würde gerne darüber hinwegsehen, wenn sie sich mal um eine Stunde verspäten würden. Was solls, es ist ihre Wartezeit.

Vanessa sagte sofort, dass sie diesen hässlichen Fisch nicht essen werde. Der solle besser im Meer schwimmen. Okay! Lassen wir ihn besser in seinen gewohnten Gewässern. Meer ... Tzzzz ...

Kürbiscremesuppe mag sie sehr. Allerdings wäre sie sich nicht sicher, ob ich die auch zubereiten könne. Wenn ja, ob die auch schmecken würde. Papa hätte da so eine Andeutung gemacht. Ist sie nicht herzallerliebst ... und erst der Herr Papa ... Man sehnt die Katastrophe fast herbei ...

Ich führte alle in den Salon, stellte Christopher Baron de Rothschild zur Seite, legte ein großes Tuch über den Tisch, damit Vanessas Malkünste nicht den Tisch ruinierten, schob Sandras Füße samt Schuhen vom Chaiselongue und ging wieder in meine Küche.

Ich zerpflückte Salat und schnitt Champignons in Scheiben. Die sollten in Butter gebraten werden. Sagen wir mal so ... die erste Ladung Champignons waren Sonnenanbeter und sahen dementsprechend aus. Die zweite Ladung überbräunte nur etwas, die dritte leicht und die vierte ... naja ... mangels weiterer Champignons wurden sie für ausreichend befunden.

Der Silure wartete schon. Ich hatte gelesen, dass man ihn jeweils zwei Minuten auf beiden Seiten braten solle. Okay! Allerdings war das Filet unterschiedlich dick. Wenn ich das dicke Teil solange in der Pfanne ließ wie das dünne, war entweder das dicke gar und das dünne verbrannt oder das dünne gar und das dicke innen roh. Erschwerend kam hinzu, dass das Filet in Butter gebraten werden musste. Oui! Das konnte ja nur schiefgehen!

Okay! Ich teilte das Filet in drei Teile. Die Butter brutzelte so vor sich hin, als ich die dicken Teile des Filets hineinlegte. Tja! Es war wie immer. Das Fett spritzte und in dieser klitzekleinen Sekunde, Ihr wisst schon ... überbräunt ... und nun?!? Oui! Wellness! Fische schwimmen gerne. Allerdings lieber im Wasser und vor allem lebendig. Okay! Das Filet mochte das Wellnessbad. Das war auch gut so. Ich musste noch die Apfelspalten karamellisieren. Gesagt, getan! Puderzucker in die Pfanne geben und warten bis er braun wird.

Wieder piepte der Timer und die Kürbisse wollten püriert werden. Mir fiel ein, ich hatte noch keine Croutons geschnitten. Warum kommt immer alles auf einmal? Den Kürbissen würde wohl eine Minute mehr nichts anhaben.

Ich schnitt Croutons, als der Rauchmelder loslegte. Ehrlich gesagt, ich hätte ihn nicht benötigt. Der Gestank kroch in meine Nase, kratzte in meinem Hals und trieb mir die Tränen in die Augen. Grrr!

Der Puderzucker hatte sich überkaramellisiert. Tja! Nicht aufregen! Neue Pfanne! Neuer Puderzucker! Besser aufpassen ... Grrr! Den Deckel des Rauchmelders entsorgen und so tun, als sei nichts geschehen.

Der Fisch hatte inzwischen genug gewellnesst und war kurz davor zu überbräunen. Oh non! Ich sagte: *Kurz davor*! Man konnte ihn noch als gut durchgehen lassen. Okay! Fast gut ... Also! Raus aus der Pfanne! Warmstellen! Nächste Ladung ins Wellnessbad.

Puderzucker rühren, Croutons in die Pfanne geben und rühren. Schon mal mit beiden Händen gerührt? Was frage ich da? Selbstverständlich habt Ihr das.

Der Puderzucker zerlief und färbte sich braun. Schäumte! Er schäumte! Hatten wir beim letzten Mal nicht. Da hat er nicht geschäumt. Ein Fortschritt!

Apfelspalten in die Pfanne geben und bewegen. Croutons vergessen ... neue Pfanne! Fisch wenden und Croutons rühren. Apfelspalten wenden. Mon Dieu! Ich habe nur zwei Hände ...

Croutons aus der Pfanne nehmen. Kürbisstücke pürieren, würzen, Crème végétale unterrühren. Apfelspalten verbrannt und dann ... alles fertig! ALLES! Okay! Fast alles ... Wer braucht schon karamellisierte Apfelspalten?

Im Eifer des Gefechts habe ich gar nicht daran gedacht, dass es zuerst die Suppe und danach den Fisch geben sollte ... Nun ja! Pech! Da hat man einmal, ein einziges Mal, einen guten Lauf und dann das ...

Ich füllte die Suppe in die ausgehöhlten Kürbisse, besser gesagt, ich wollte füllen. Ihr wisst sicherlich, wenn etwas schiefgeht, dann richtig. Zwei der ausgehöhlten Kürbisse kullerten von der Arbeitsplatte und zerplatzten auf dem Boden. Grrr! Zuerst hart und unnachgiebig und dann, bei einem winzigen Sturz, zerplatzen. Grrr!

Eigentlich hätte ich noch drei gehabt, aber da war doch schon vorhin dieses klitzekleine Missgeschick. Eine dumme Sache ... er fiel einfach so runter ... ehrlich ... Okay! Die fliegende Pfanne streifte ihn ganz leicht, brachte ihn ins Trudeln und ... Was solls! Es gibt doch Suppentassen und Suppenteller. Mit Croutons und Schnittlauch dekoriert und voilà! Ich machte das obligatorische Foto und servierte.

Vanessa wollte unbedingt einen Kürbis haben. Christopher begnügte sich mit einem Teller. Alle beäugten kritisch ihre Suppe. Und dann ... Maximilian hat ein phänomenales Gedächtnis. Leider. Nun ja! Tja! Wie soll ich es sagen? Kürbiscremesuppe! Durch und durch vegetarisch! Lactosefrei! Es blieb mir nichts anderes übrig ... ich musste von meiner höchstpersönlich gekochten Suppe essen.

Meine Gäste glucksten vor Lachen. Als mir Maximilian nach dem Essen das Foto zeigte, das er heimlich gemacht hatte, musste auch ich lachen. Le désespéré! Ich könnte sein Zwilling sein ...

Als meine Gäste die Suppe bewerteten, wusste ich, dass sie nicht schwindelten oder die Sache beschönigten. Non! Die Suppe war lecker! Fast so gut wie Annas Suppe, aber nur fast. Zudem fehlten die karamellisierten Äpfel. Vanessa hatte sie so gut geschmeckt, dass sie ihren Kürbis leerlöffelte. Danach war sie allerdings gesättigt.

Tja! Inzwischen war der Fisch kalt, die Champignons schrumpelig. Was nun? Mikrowelle? Dampfgarer? Würde die Mikrowelle den Fisch austrocknen? Aucune idée! Dampfgarer? Tja! Wenn man jetzt wüsste, wie das Teil funktioniert. Kurzes Wellnessbad? Okay! Aber nur kurz ... Zudem fiel mir ein, dass ich die Cocktailtomaten vergessen hatte. So hat alles seine Vor- und Nachteile!

Nach kurzer Zweit nahm ich die Pfanne vom Herd. Es sah alles gut aus. Ich legte den Fisch auf das Salatbett und dekorierte mit Champignons und Tomaten. Etwas Crème balsamique et voilà!

Meine Gäste trauten ihren Augen nicht. Okay! Vanessa hatte ihre Augen geschlossen. Sie war eingeschlafen. Kein Wunder zu dieser vorgerückten Stunde.

Der Wels war lecker, wider Erwarten zart und saftig. Ups! Anscheinend war er vorher nicht gar.

Alles mundete wunderbar. Ich kann es nicht bestätigen. Wels! Non! Ich esse keine Tiere!

Nach langen Diskussionen, warum ich nicht bereit war, über den Wetteinsatz zu reden, servierte ich das Dessert. Käsekuchen! Er kam gut an. Obwohl alle noch gesättigt waren.

Es wurde noch ein schöner Abend. Christopher leistete Abbitte, weil er mir so wenig zugetraut hatte. Nicht der Rede wert. Vergeben, aber nicht vergessen!

Tja! Da denkt man, man bindet sich eine Schürze um und bleibt von Fettspritzern und Flecken jedweder Art verschont … falsch gedacht. Meine Bluse hat jetzt ein seltsames Muster. Vorne trapezförmig reinweiß, die restliche Vorderseite gesprenkelt. Aber! Meine Hose ist sauber. Keine Flecken an diversen Stellen. Tja! Wenn man eine Schürze hat, zum Abwischen der Hände … Mary wird zufrieden sein.

Nun ist auch dieser Abend zu Ende. Ich habe mein erstes Drei-Gänge Menu zubereitet. Es stehen noch achtzehn Events aus. Mal sehen, was uns noch alles ins Haus steht.

Rognons de bœuf à la crème de Maryse

19. November - Ein Gast in der Küche

Auf ein Neues!

Mein nächster Gast ist eine Frau, Kinderärztin, Taucherin aus Leidenschaft, Fast-food-Freak und Eigentümerin einer Küche, die zwei Geräte beherbergt: Einen Kaffeeautomaten und eine Mikrowelle! Minimalistisch!

Sarah kann es kaum erwarten, mir beim Kochen zuzusehen. Sie will sogar früher kommen, damit sie es mit eigenen Augen sehen kann. Das hat mir noch gefehlt. Noch früher! ... und zuschauen will sie auch noch ... Da Ihr ja wisst, dass ich immer in Verzug bin, heißt das wohl, sie wird mir nicht nur beim Anrichten zusehen. Mon Dieu! Muss das sein?

20. November - Ich bin schockiert!

Velouté de pommes de terre, Rognons de bœuf à la crème de Maryse, Tarte aux poires et crème de noisettes. Kartoffelcremesuppe, Nieren in Sahnesauce, Birnen-Tarte mit Nüssen.

Innereien! Oh mon Dieu! Chloé fährt scharfe Geschütze auf. Da muss ich jetzt durch. Ich habe bereits Monsieur Internet um Rat gefragt. Er hatte diesmal großes Mitleid mit mir und hat mir eine genaue Anleitung geschickt, wie man Nieren vorbereitet.

Vorbereitet! Ich habe mir bereits ein Video angesehen und weiß genau, dass ich diese Niere nicht in ihre Einzelteile zerlegen werde. Ich frage mich auch, warum jemand Nieren isst. Sie scheiden Giftstoffe und Endprodukte des Stoffwechsels aus dem Körper, durch Bildung des Harns. *Und dieses Organ essen die Leute* ... Ist das eklig! Es soll ja auch Leute geben, die ihren eigenen Urin trinken. Was uns nicht tötet macht uns härter! Gehen wir's an.

23. November - Nie wieder Innereien

Der letzte Event hat mich mal wieder geschafft. Nie wieder Innereien! Das war sooo eklig!

Als ich in den Feinkostladen kam, traute ich meinen Augen nicht. Ich weiß nicht, ob ich diese Auslage bisher übersehen habe oder nicht sehen wollte. Innereien! Mägen und Lebern, Herze und Hirne, Nieren und Zungen, Euter und Lungen. Früher armer Leute Essen, heute Delikatessen.

Ich habe zwei Nieren gekauft! Zwei! Wenn's schiefgeht habe ich Pech! Mir graute davor, diese Dinger zu säubern. Kommentare gab es diesmal keine. Ich denke, meine schlechte Stimmung hat sie davon abgehalten. Innereien!

Zuhause begann ich mit der Tarte. Inzwischen habe ich ja bereits einige Erfahrung, was das Zubereiten von tartes et gâteaux angeht, aber diesmal war alles anders. Butter schmelzen, Zucker darin auflösen … öfter mal was neues! Erst mal dauerte es eine Weile, bis die Butter geschmolzen war und dann … Naja! Sagen wir mal so … Die Butter schmolz so vor sich hin, fing irgendwann an zu brodeln und zack … Eiweißflöckchen in gelber, fettiger Flüssigkeit. Das sah nicht gut aus.

Nächster Versuch! Diesmal war die Butter nicht völlig geschmolzen. Es schwammen immer noch ein paar Butterstückchen in einem zartgelben See aus zerlassener Butter. Ich gab den Zucker hinzu und rührte. Ich hätte es mir eigentlich denken können … alles, was man im Topf mischt und auf dem Herd stehen lässt, ist äußerst liebebedürftig und verlangt nach Zuwendung … sehr viel Zuwendung. Fühlt es sich aus irgendeinem nichtigen Grund vernachlässigt … schwupp … putzt man das Kochfeld …

Da ich ja bekanntlich mehr als einen Topf mein Eigen nenne, nahm ich den nächsten. Wieder nicht völlig geschmolzene Butter, wieder Zucker in den Topf und rühren. Rühren, rühren, rühren! Sieh an … geht doch!

Mischung zu den Eiern geben … oh … Mischung vielleicht vorher etwas abkühlen lassen … ansonsten … das Ganze nochmal! Mon Dieu! Eier sind aber auch so empfindlich! Der nächste Versuch … und siehe da … geht doch. Farine, chocolat et cacao … fertig! In Förmchen füllen, Birnen schälen und auf den Teig geben. Ab in den Ofen. Mais oui! Einen Cappuccino! Nach diesem Stress musste das sein.

Crème de noisettes! Ohoh! Das roch nach viel Arbeit … nach sehr viel Arbeit und oooh! Kurzfassung! Sahne kochen! Marzipan schmelzen! *Marzipan schmelzen*? Oooh!

Beim dritten Versuch cremige Masse hergestellt. Noch so eine liebebedürftige Sache. Rühren bis der Arm schmerzt. Okay! Ihr fragt Euch jetzt sicher, warum Noisette? Sind doch keine in der Crème. Tja! Irgendwie ist der Auftrag missverständlich. Warum gibt man dem Kuchen nicht irgendeinen Namen? Tarte à la von Ribbeck in Ribbeck im Havelland? Da würde es doch niemand auffallen, wenn die Crème fehlt oder die Nüsse … und mir würde es weniger Arbeit bescheren. Mais non! Tarte aux poires et crème de noisettes! Oui! Es klingt besser …

Okay! Karamellisieren! Mandeln, gehackte Nüsse und Zucker! Rühren bis zum Abwinken! Und heraus kam: Ein Krokant par excellence! Beim ersten Versuch! Geht doch! Okay! … man muss nur das Päckchen aus dem Feinkostladen öffnen, nachdem man die Pfanne, mit den verkokelten Nüssen, in einen Eimer Wasser … Nun ja! Kann ja mal passieren!

Velouté de pommes de terre! Kartoffeln schälen, zerkleinern, kochen … Oh non! Ich wollte Kartoffelcremesuppe … keine Bratkartoffeln! Nächster Versuch! … Tja! Sagen wir mal so … Diese tollen Töpfe brauchen nicht viel Wasser, aber etwas mehr als gar nichts sollte es doch sein. Dritter Versuch! Mehr Wasser … Deckel drauf und das Beste hoffen.

Rognons! Nieren! Die wollten *gesäubert* werden. Oooh! Schon der Gedanke daran … Zuerst brauchte ich zwei Cappuccino! So ganz ohne … Okay! … noch einen dritten.

Nieren säubern … oh … oooh … Erstmal abspülen, dann säubern. Mein Filetiermesser wollte einfach nicht die richtige Stelle finden, die die Niere aufklappt. Als ich dann einfach mal irgendwo reinschnitt, lief Blut. Zudem waren da so viele weiße Dinger. Die Strukturen der Niere sehen auf einer Schautafel völlig anders aus. Mon Dieu! Ich bin kein Quincy. Vielleicht hätte ich diese Arbeit besser Sarah erledigen lassen. Der Timer meldete sich und erlöste mich für kurze Zeit vom Sezieren.

Die Törtchen sahen gut aus. Allerdings waren die Birnen im Kuchen versunken. Das sah auf den Fotos anders aus. Auf Monsieur Internet ist auch kein Verlass mehr.

Okay! Ich umschnitt diese weißen Dinger weiträumig und hatte, ohne große Mühe, viele kleine Nierenstückchen. Allerdings war von den beiden Nieren nicht mehr viel übrig. Das hieß, es durfte nichts schiefgehen, sonst gäbe es keinen Hauptgang.

Nach dieser Erfahrung brauchte ich einen weiteren Cappuccino … und noch einen. Es läutete und mein Gast erschien. VIEL ZU FRÜH! Okay, sie hatte es angekündigt! Sie wollte keine Bekanntschaft mit Baron de Rotschild. Sie wollte einen Cappuccino und eine Schürze. Okay! Ich gab ihr die Schürze mit dem Eiffelturm und eine Tasse Cappuccino. Während sie sich die Schürze umband, staunte sie über meine Küche. Was es da so alles gab. Okay! Wer nur eine Mikrowelle und einen Kaffeeautomaten sein eigen nennt, der staunt schon, wenn ein Topf auf dem Herd steht.

Ob ich denn das alles auch schon mal benutzt hätte, wollte sie wissen. Ich? Das alles? Meine liebe Sarah! Benutzt? Ich weiß bei den meisten Sachen nicht mal, was es ist!

Dann hat sie über die Reste der Niere gelacht. Okay! Der Haufen mit Resten war unwesentlich größer, als die Nierenstückchen für die Pfanne. Unwesentlich!

Ich räumte die Paprika aus und schnitt sie in Streifen. Pellte die Zwiebel, zerteilte sie in kleine Würfel und weinte … Sarah las das Rezept und meinte, da stünde was von feinen Würfeln. Okay! Man fügt seinen Gästen keine körperlichen Schmerzen zu. Weder durch Schläge, noch durch Tritte, aber es gibt ja noch das Essen. Das dürfte Strafe genug sein.

Tja! Das Essen! Die Zwiebelstückchen (meine Zwiebelstückchen, nicht die von Bocuse) mussten zart geschmolzen werden. *Geschmolzene Zwiebeln*? Monsieur Internet! Au secours! … Oh! In Butter weichgekochte Zwiebeln! Warum schreibt man das nicht so? Warum nennt man das *Zwiebeln schmelzen*? Non! Ich will es nicht wissen! Ich will ja kein Koch werden. Sarah teilt übrigens meine Meinung. Man muss nicht alles wissen. Erst recht nicht, wenn's ums Kochen geht.

Die Zwiebeln in Butter weich kochen … *Zwiebeln schmelzen*! Ich schmelze schon seit Monaten und nenne es Wellness!

Die Paprika sollte sautiert werden. *Sautiert*? Nun ja! Was auch immer das ist. Hier wird gewellnesst! Sollte sie zwar nicht, aber wenn die Zwiebeln schon badeten, konnte die Paprika doch auch mit reinhüpfen.

Dann sollten die Nieren sautiert werden. *Sautiert*! Encore une fois! Okay … Das klingt so nach *sauter* (hüpfen, springen). Aber Nieren, die man absichtlich aus der Pfanne springen lässt? Nun ja! Köche sind eine seltsame Spezies … aber das?

Monsieur Internet! Der Gute soll nicht glauben, wir wären schon fertig. Was er mir übers sautieren erzählte, gefiel mir nicht, aber okay. Ich hoffte so sehr, dass es nicht schief ging, denn dann gab es kein Hauptgericht.

Ich gab die Nierenschnipsel in die Pfanne. Oh! Wie das quietschte. Als würde sich das Schwein höchstpersönlich in der Pfanne befinden. NIE WIEDER! Sarah fragte, ob das immer so quietscht.

213

Woher soll ich das wissen? Ich ertrug die Schreie der Schweine nicht mehr, mischte die Nieren unter die Paprika und war froh, dass ich das Kapitel Innereien endlich abhaken konnte.

Ups! Die Kartoffeln! Die waren ... sagen wir mal ... übergar. Man musste nicht mehr stampfen ... Sahne unterrühren reichte völlig aus, um sie in eine Kartoffelcremesuppe zu verwandeln. Ich machte noch schnell das obligatorische Foto und Sarah konnte mit dem Essen beginnen.

Nun ja! Mein Bauch hatte wieder mal vergessen, mit meinem Kopf zu kommunizieren und das Salz befand sich noch immer in der Salzmühle. Kann doch mal passieren.

Ich richtete die Rognons de bœuf à la crème de Maryse auf einem Teller an, machte ein Foto und servierte den Hauptgang. Oui! Es sah gut aus. Allerdings bin ich mit der Kommunikation diverser Körperteile mehr als unzufrieden.

Letzten Montag war ich wieder mal bei meinem Coiffeur. André hat mir von seinen, mittlerweile hervorragenden, Kochkünsten erzählt. Von dem Gefühl, das er beim Kochen hat. Diesem Bauchgefühl ... Tja! Entweder man hat es oder man hat es nicht. Ich habe keins und möchte auch keins haben! Nun ja! Solange sein Bauchgefühl fürs Kochen, sein Gefühl fürs Haareschneiden nicht beeinträchtigt ... Ich würde nie wieder solch ein Goldstück finden.

Wieder abgeschweift. Pfeffer und Salz, Blacklist ... kein Bauchgefühl ... nachwürzen! Dann wollte Sarah wissen, warum die Sauce solch eine herrliche, kräftige Farbe hatte. Ich hätte doch nichts angebraten. Sogar sie wüsste, dass es solch herrliche Saucen nur gibt, wenn man kräftig anbrät.

Nun ja! Auf dem Foto sah das Gericht ja gut aus. Die Sauce schön gebräunt. Obwohl nichts stark angebraten wurde. Okay! Ich habe die Paprika gewellnesst. Wie sie sautiert ausgesehen hätte ... aucune idée.

Caramel! Non! Nicht selbstgemacht ... hätte ich Euch doch erzählt. Aus einer klitzekleinen Flasche! Tja! Stand so im Rezept!

Das Dessert! Tarte aux poires et crème de noisettes. Okay! Die Crème war inzwischen etwas fester geworden. Eigentlich nicht mehr cremig ... mehr so ... in einen Pastenähnlichen Zustand übergegangen ... aber es kommt doch auf den Geschmack an ... Der Krokant hatte sich nicht verändert.

Ich arrangierte alles auf einem Teller und machte ein Foto. Sarah war begeistert. Das war lecker! Nicht zu süß, herrlich schokoladig. Die Crème schmeckte nach ihrer Lieblingsnascherei Marzipan. ... und erst der Krokant. Der war ihr unübertrefflicher Favorit des Abends.

Geschafft! Auch wenn mal wieder Salz und Pfeffer fehlten, es ist vorbei. Sarah hat sich mit eigenen Augen überzeugt, dass ich koche. Ohne fremde Hilfe! Fremde Hilfe? Wer, außer meiner Freundin Mary, würde es schon bei mir aushalten?

Erinnert Euch an den Eierevent! Zu viele Köche verderben den Brei! Nicht lachen! Dieses Sprichwort passt nicht zu Mary und mir. Köche! Ha! Aber den Brei verderben ... das können wir auch.

Okay! Dieser Event ist vorbei. Jetzt sind es noch siebzehn! Auch sie gehen vorüber. Mit einer gewissen Gelassenheit sind sie leichter zu ertragen.

Polpetta al peperoncino

26. November - Noch ein Gourmet

Oh! Schon wieder Mittwoch! Die Zeit rast. Ich werde alt. Die Events kosten Energie.

Sarah hatte der Krokant so gut gemundet, dass sie mich doch tatsächlich fragte, ob ich ihr nicht eine größere Portion zubereiten könnte. Tja! Wäre sie mal früher gekommen ...

Kommen wir zu meinem nächsten Gast. Heiner, im besten Mannesalter, kein Adonis, trotzdem Frauenversteher. Ingenieur, Ferrari-Fahrer, Segler und Gourmet. Lieblingsgericht: HOMARD THERMIDOR! Non! Nicht bei mir!

Ich habe meine Prinzipien und davon weiche ich keinen Millimeter ab. Ich esse keine Tiere und ich töte sie nicht! Basta! Diese Prinzipien sind Bestandteil der Wette.

Ich denke, Chloé wird schon die nächste Bosheit parat haben. ... aber kann man Innereien noch toppen? Warten wir's ab. Ich bin inzwischen kampferprobt und werde auch den nächsten Event überstehen. Fragt sich nur wie!

27. November - Drei Gänge durch Italien

Der neue Auftrag ist eingetroffen. Die spinnt ... kochen, backen ... wieder drei Gänge ... Oh!

Crema di pomodori, Polpetta al peperoncino, Torta di cioccolato. Tomatencremesuppe, Fleischbällchen mit Paprika und Schokoladenkuchen.

Wie soll ich daraus ein Dîner für einen Gourmet zaubern? Aucune idée. Vielleicht ist Chloé aber auch der Meinung, der Gourmet sollte mal gut bürgerliche Küche genießen.

Hört auf zu lachen. Das Menu ist gut bürgerlich. Was ich allerdings daraus mache, steht noch nicht fest. Wenigstens die Chance muss man mir doch lassen! Lachen könnt Ihr später immer noch.

30. November - Das Leid meiner Küche

Wieder mal so ein Tag, an dem ich am besten im Bett geblieben wäre. Im Feinkostladen nahm dieser Tag, voller kleiner und größerer Missgeschicke, seinen Anfang. Die Damen und Herren waren wieder sehr angetan von meiner letzten Leistung. Ich hätte sie auch diesmal gerne überrascht, allerdings schwebten schon dunkle Wolken heran und ich ahnte, dass es alles andere als eine Überraschung geben würde.

Ich hatte meinen Einkaufszettel vergessen. Ging schon gut los. Wer kann sich denn an jede einzelne Zutat erinnern, die er für ein Drei-Gänge-Menu benötigt? Ich nicht!

Jemand gab mir den gutgemeinten Rat, doch einfach Monsieur Internet zu fragen. Er könne mir die Rezepte schicken. Keine schlechte Idee. Allerdings hatte die Sache einen Haken. Ich sehe mir immer zuerst die Fotos der Gerichte an. Was mir gefällt, kommt in die engere Wahl. Das heißt, ich lese das Rezept. Wenn es mir aus irgendeinem Grund nicht zusagt … okay, wenn ich schon beim Lesen den Brandgeruch in der Nase habe, kommt es nicht in Betracht.

Wie soll ich aus tausenden Fotos die richtigen herausfinden? Wiederfinden? Zuhause habe ich die Seiten markiert … aber im Feinkostladen … mit einem iPad? Non!

Okay! Die Damen und Herren standen mir mit Rat und Tat zur Seite. Sie suchten alles, was sie in diesen Gerichten verarbeiten würden, zusammen und ich hatte einen Kofferraum voller Tüten.

Tja! Für alle, die mein kleines, schnuckeliges Auto kennen und jetzt mal wieder anfangen zu lästern. Es hat einen riesigen Kofferraum … wenn das Dach geschlossen ist. Zudem braucht ein Zweisitzer keinen Platz, um das Gepäck einer mehrköpfigen Familie zu transportieren. Er transportiert nur meins und das ist überschaubar.

Okay! Der Kofferraum war voll. Mir graute bei dem Gedanken, dass ich das meiste davon verarbeiten sollte. Nochmal okay! Ich kaufe doch immer etwas mehr. Fluktuation … Überbräunung … Kokelei … man weiß ja nie! Aber sooo viel … nun ja … die werden sich etwas dabei gedacht haben.

Die Torta sollte mindestens zwei Stunden in den Kühlschrank. Also … ran ans Dessert. Zutaten abwiegen, Schokolade reiben, Zucker, Eier, Mehl und Öl mischen. *Öl?* Oui! Öl! Ich lerne jeden Freitag dazu. Öl im Kuchen. Nun ja! Wir werden sehen.

Die KitchenAid rührte den Teig zart und cremig, aber sie vermehrte ihn nicht. Ich muss sagen, dass ich diesmal nichts kleingerechnet hatte. Es war einfach nicht mehr in der Schüssel. Ich fettete die Backform ein und gab den Teig hinein. Tja! Der Boden war kaum bedeckt. Hatte ich mal wieder einen Bock geschossen, ohne es zu bemerken? Das Foto sagte nicht viel über die Höhe der Torta aus. Hoffen wir das Beste!

Die Torta backte im Ofen vor sich hin und ich genehmigte mir Cappuccino Nummer eins. Kurze Überlegung, ob ich eventuell einen Blick in den Le Monde … Non! Stattdessen überlegte ich, an was ich mich zuerst versuchen sollte. Nach kurzer Überlegung kam ich zu dem Entschluss, dass ich zuerst die Rohlinge der Fleischklößchen herstellen musste. Das hieß, Paprika ganz fein würfeln. Tja! Ganz fein! Ihr wisst ja, dass das fein von Bocuse nicht mit meinem fein übereinstimmt. Selbst die, mit dem Säbel gehackten, Zwiebeln von Julia Child waren feiner als meine. Ich bemühe mich immer, aber es will mir nicht gelingen. Okay! Gehen wir's an.

Ich schnitt Paprika in dünne Streifen und machte aus ihnen kleine Würfel. Ich weiß nicht warum, aber je mehr Würfel ich schnitt, umso größer wurden sie. Mangelndes Talent? Fehlendes Bauchgefühl? Unlust? Aucune idée!

Ich mischte Hackfleisch, Paprika und Gewürze! Oui! Ich habe gewürzt! Allerdings hat mein Bauch nicht mit mir geredet und ich habe solange gewürzt, bis ich dachte, es ist ausreichend. Lacht nicht! Im Rezept stand, dass die Masse stark gewürzt werden muss.

Der Timer piepte, der Kuchen war fertig. Gummihandschuhe auszuziehen, Ofen auf … Kuchen mit einem Tuch herausnehmen … Finger verbrannt … Kuchen fallen lassen … alles zusammenfegen … neuer Versuch!

Tja, so schnell wird man in seinem Tatendrang gebremst. Ein kleines Missgeschick und schon liegen die Nerven blank. Da half nur noch ein weiterer Cappuccino. Non, die Nerven verlangten nach drei.

Dieses Missgeschick hatte mich in der Zeit zurückgeworfen. Jetzt kam es auf ein paar Minuten mehr auch nicht mehr an. Ob die Torta allerdings zwei Stunden im Kühlschrank zubringen würde, bezweifelte ich zu diesem Zeitpunkt sehr.

Nach meiner Pause machte ich mich voller Unlust an die Fleischklößchen. Ich mischte nochmal alles durch und gab den geriebenen Käse dazu. Er klumpte, klebte und je länger ich mischte, umso mehr ekelte ich mich. Irgendwann beschloss ich, dass es ausreichend gemischt sei und hoffte, dass sich die Klümpchen beim Braten irgendwie auflösen würden. Lacht nicht schon wieder … irgendwie eben!

Normalerweise gehören kleine Käsewürfel in die Klößchen, aber da gab es diesen vergessenen Einkaufszettel! Die hätten mir aber auch wirklich ein Stück Käse einpacken können, damit ich Würfelchen schneiden könnte. Mon Dieu, was schreibe ich da für einen Blödsinn … noch mehr Arbeit für mich. Leute, das war hervorragende Arbeit … geriebener Käse.

Okay! Wenn ich zu diesem Zeitpunkt noch der irren Meinung war, ich hätte das Schlimmste hinter mir … es kam noch schlimmer. Klößchen formen! Mon Dieu! War das eine Arbeit! Zudem wollten die Dinger nicht immer klein und zierlich sein. Non! Manche wurden groß und fett. Wie im richtigen Leben … Dicke, Dünne, Große und Kleine … aber sie sollten doch alle die gleiche Größe haben … grrr! Schnell mal Monsieur Internet um Rat gefragt. Er fackelte nicht lange und schickte mir ein paar Ratschläge.

Wieder piepte der Timer. Die Zeit raste … oder war ich zu langsam? Non! Die Zeit raste. Mit äußerster Vorsicht nahm ich den Kuchen aus dem Ofen. Ich wusste, beim nächsten Missgeschick würde ich das Handtuch werfen. Die Klößchen hatten meine Nerven aufs Äußerste strapaziert und sie waren nicht mal alle geformt, geschweige denn gebraten.

Nachdem der Kuchen sicher auf dem Tisch stand, nahm ich mir Monsieur Internets Ratschläge vor. Mon Dieu! Aus dem Hackfleisch eine lange Wurst formen und gleichgroße Stücke abschneiden … mit Hilfe zweier Löffel gleichgroße Portionen abstechen … Masse breitklopfen und in Portionen teilen. Tja! Ich hatte es bereits mit Löffeln versucht … non! Masse breitklopfen? In Portionen teilen? Eine Wurst formen! Warum einfach, wenn's auch umständlich geht. Ich will mir das erst gar nicht vorstellen. Ich und eine Wurst formen … ha!

Ich blieb bei meiner Methode: Daumen mal Pi! So kam es, dass sich einige Klößchen Frikadellen nennen konnten und andere so winzig waren, dass man sie in der Pfanne suchen musste. Auf den Teller kamen sowieso nur die, die das Braten gut überstanden. Lacht ihr schon wieder? Relativieren wir diese Aussage: Einigermaßen überstanden! Besser?

Nach diesem Stress brauchte ich eine Pause und zwei Cappuccino. Der Le Monde lockte und ich musste mich wirklich beherrschen, nicht das Handtuch zu werfen.

Crema di pomodori! Tomaten häuten! Schon mal Tomaten gehäutet? Okay! Lassen wir das … Ich wollte nicht mehr fragen. Ihr Meisterköche! Okay! Kreuzförmig eingeritzt, kurz überbrüht (… okay … wie lange ist kurz?), abgeschreckt, Haut abgezogen. Non … wollte Haut abziehen … aber da war die Sache mit dem kurz überbrühen … sie hatten sich sozusagen selbst gehäutet. Nächster Versuch! Alles wie gehabt … kürzer überbrüht … die Tomaten wollten ihre Haut behalten … etwas länger als kürzer überbrüht und doch kürzer als kurz überbrüht. Bingo! War das eine Arbeit. Finger verbrannt, Tomatenmatsch, aber es sollte eh eine Crema werden, also egal. Tomaten würzen und fünfzehn Minuten kochen.

Kein Cappuccino! Schokocreme für die Torta! Sahne kochen … Da war doch mal was … Oui, es war wieder was. Was hat Sahne gegen Töpfe? Warum ist sie immer auf der Flucht? Warum bleibt sie nicht im Topf? Warum stinkt sie zum Himmel, wenn sie auf dem Kochfeld einbrennt? Aucune idée!

Wieder in der Zeit zurückgeworfen. Das Kochfeld musste erst abkühlen. Inzwischen piepte der Timer. Die Tomaten konnten püriert werden. Tja! Sagen wir mal so … nach meinem Versuch mit dem Pürierstab, waren nicht mehr allzu viele Tomaten im Topf … aber meine Küche hatte viele … sehr viele rote Sprenkel! Weinen! Handtuch werfen!

Glaubt mir, ich war ganz kurz davor, aber dann fiel mir mein Versprechen ein, das ich Roberto gegeben hatte. Zudem wandelte sich mein Frust in unsägliche Wut. Also! Weiter geht's! Küche putzen. Oooh! Brandgeruch! Rauchmelder! Der Rest der pürierten Tomaten hatte sich doch wirklich erdreistet und war angebrannt. Grrrr!

Ich muss sagen … ein neuer Rekord. So weit war noch nie zuvor ein Topf geflogen. Er hat im Flug sogar noch eine Skulptur geköpft. Allerdings hat er den Rekordflug nicht unbeschadet überstanden. Ob ich diesen Schaden reklamieren kann … ich meine ja nur … lebenslange Garantie gegen Schäden jedweder Art!

Wechseln wir jetzt besser das Thema! Cappuccino! Waren es drei oder mehr? Egal! Ich brauchte eine Pause. Eine lange Pause. Bis die Klingel meinen Gast ankündigte. Ups! Schon soooo spät!

Heiner hatte seinen Laptop dabei. Sagte, er wolle noch ein bisschen arbeiten. In Anbetracht des Chaos, das in der Küche herrschte und des Brandgeruchs, der noch immer die Luft schwängerte, würde es wohl noch etwas dauern, bis das Entrée serviert würde.

Falls es aber zu einem Totalausfall gekommen wäre, würde er mich gerne zum Essen ausführen. Welch ein Schatz! Ich versprach, mein Bestes zu geben, was ihn zu einem Lachanfall reizte und er glucksend sagte, er könne kaum erwarten, was das sein würde. Haha! Ich führte ihn in den Salon und stellte ihm Baron de Rothschild zur Seite. Ich musste zurück an den Herd.

Beim Anblick meiner Küche hätte ich am liebsten Reißaus genommen, aber da musste ich wieder mal durch. Keine Last ist so groß wie die, die man sich selbst aufbürdet. Also! Gehen wir's an!

Weil ich mir nicht nochmal die Arbeit mit dem pellen machen wollte, nahm ich gestückelte Tomaten aus dem Glas. Sie mussten nur kurz gekocht werden.

Diesmal war ich schlauer. Ich kochte zuerst die Sahne, vergaß, dass ich eine Vanilleschote auskratzen und ihr Innenleben in die Sahne geben sollte. Glück für die Schote. Ich weiß nicht mal, ob zwischen all den Einkäufen, irgendwo auch eine Vanilleschote gewesen wäre.

Anschließend löste ich Schokolade in Sahne auf. Ich hatte darauf verzichtet, diese auch noch zu zerkleinern. Sie würde auch als großes Stück schmelzen. Zudem hatte ich der Sahne-

Schokomischung ein Wellnessbad spendiert. Allerdings war diese Mischung äußerst liebebedürftig und rühren war angesagt. Rühren, rühren, rühren. Langsam wurde die Mischung fest und musste nur nochmal kurz aufgekocht werden.

Dann kam der Moment, in dem die Schokocreme aus dem Kuchen eine Torta machen sollte. Die nächste Krise! Wie kriegt man eine Schokocreme dazu, auf dem Kuchen zu bleiben und nicht an den Seiten wieder runterzulaufen? Es war zu spät, Monsieur Internet um Rat zu fragen. Die Crème lief bereits. So kam es, dass sich auf der Arbeitsfläche mehr Crème befand, als auf der Torta, aber was solls. Ich rege mich nicht mehr über solche Kleinigkeiten auf. Ich habe schlimmeres hinter mich gebracht.

Die Torta kam in den Kühlschrank und verlor auch dort noch etwas Crème. Ob ich das Malheur Mary überlassen soll? Ob sie beim Anblick der Küche in Ohnmacht fällt oder sofort kündigt?

Okay! Tomaten kochen. Fünf Minuten! Derweil begann ich, das Chaos einigermaßen zu beseitigen. Was würde ich ohne Mary machen?

Tomaten aus dem Topf nehmen! In ein hohes Gefäß füllen … pürieren! Bingo! Zurück in den Topf. Sahne unterrühren (oh! Teelöffel nicht Esslöffel) und auf den Teller geben. Oh! Wo kamen nur die vielen Bläschen her? Egal! Basilikum zur Dekoration und ab auf den Tisch. Ups! Jetzt hätte ich doch fast das obligatorische Foto vergessen!

Der Gourmet beäugte seine Suppe und meinte, so eine Création hätte er noch nie zuvor gesehen. Tja! Öfter mal was neues! Nun ja! Gegessen hatte er so etwas auch noch nicht! Normalerweise sei die Suppe gewürzt. Nun ja! Man kann nicht alles haben. Bläschen in der Suppe und dann auch noch gewürzt! … aber die Deko gab ihr bestes!

Heiner hatte inzwischen seine Arbeit erledigt und wollte mir beim Kochen zusehen. Sarah hätte ich es auch erlaubt. Nun ja! Ausnahmen bestätigen die Regel, aber zu viele Ausnahmen werden schnell zur Regel. Okay! Wer könnte seinem Dackelblick schon widerstehen? Allerdings befürchtete ich, dass sein Brioni Anzug leiden wird. Heiner war erfreut, dass er mir in fremde Welten folgen durfte. Er zog das Sakko aus und erbat sich sogar eine Schürze. Tja! Er sah schick aus, in der fünfzehn Euro Schürze vom Pariser Straßenhändler.

Jetzt muss ich mal wieder etwas abschweifen. Als ich mir einen Vorrat an Schürzen zulegte, dachte ich, die billigen vom Straßenhändler, mit mehr oder weniger dämlichen Sprüchen bedruckt, sind gut zum einmal umbinden, um danach entsorgt zu werden. Aber! Die billigen Dinger sind robust. Verlieren nicht ihre Farbe oder gar ihre Sprüche. Faltenlos und immer wie neu.

Ich weiß beim besten Willen nicht, wie Mary immer wieder die vielen Flecke aus diesen Schürzen entfernt. Ich besitze eine stattliche Anzahl dieser Dinger. Okay! Manchmal muss ich während des Kochens mal die Schürze wechseln … oder zweimal … dreimal … Vielleicht sollte ich mir abgewöhnen, die Hände an der Schürze abzuwischen. Ist aber doch sooo praktisch!

Heiner war erstaunt über die Vielzahl der Gerätschaften und Utensilien, die meine Küche zu bieten hat. Tja! Was soll ich sagen? Das Kind im Manne … hier ein Knöpfchen drücken … dort einen Schalter umlegen … oh, warum piepst es jetzt fragen … du, da blinkt was sagen … aua sagen (wer steckt schon freiwillig seinen Finger in den Kapselschneider?) … Pflaster kleben … Ruhe geben.

Tief einatmen … bis zehn zählen (hundert wäre besser gewesen) … ausatmen … weitermachen. Non! Cappuccino trinken. Den hatte mir Heiner aufgebrüht. Merci! Ich sagte doch: Frauenversteher! Allerdings denke ich, war es mehr der Versuch, meinen aufwallenden Zorn im Keim zu ersticken.

Okay! Die Klößchen mussten in die Pfanne. Im Rezept stand: *Im Fett schwimmend ausbacken.* Ups! Frittieren? Non! So sahen sie nicht aus. Ich denke, in viel Fett braten. Wie das Escalope viennoise.

Okay! Fett in die Pfanne … erwärmen … Bläschen … keine Bläschen mehr … Klößchen einlegen … spritzen … Brioni trägt Schäden davon … viele Schäden. Wen kümmert da noch meine Küche? Ich hätte Heiner in einen Schutzanzug stecken sollen. Jetzt braucht er ein neues Outfit …

Die Klößchen brieten so vor sich hin, wurden immer wieder gewendet, dass sie nicht ankokelten und na ja … sie schrumpften, der Käse schmolz, einige Paprikastückchen machten sich selbstständig und in der Pfanne herrschte das Chaos. Als der Timer ankündigte, dass die Spaghetti fertig seien, waren auch die Klößchen gar. Hoffte ich zumindest.

Spaghetti abgießen … Klößchen aus der Pfanne nehmen … Paprikastreifen in die Pfanne … anrichten … Paprika wenden … Heiner zu Tisch bitten … Paprikastreifen auf den Teller geben … fertig.

Der Teller stand bereits auf dem Tisch, als Heiner, mehr so nebenbei, fragte, ob ich schon ein Foto gemacht hätte. Ups! Der Tag schaffte mich!

Heiner meinte, in Anbetracht, dass es aus der Hexenküche kommt (er ist eifriger Leser meines Blogs), sähe es gut aus. Die Polpetta schmeckten wider Erwarten gut. Zart und gut gewürzt. Die Paprika war bissfest und die Spaghetti al dente. Mein Essen hatte vor den Augen eines Gourmets Gnade gefunden. Ein Geschenk des Himmels.

Nach einem längeren Gespräch, war es an der Zeit, das Dessert zu servieren. Ich hoffte sehr, dass sich die Crème gefestigt hatte. Es wäre nicht das erste Mal, dass sich die Crème selbstständig macht und die Torta im Stich lässt. Schneiden wir die Torta an und hoffen das Beste … Oh wunderbar!

Heiner war begeistert. Solch eine leckere Torta habe er noch nie gegessen. Sie würde auf der Zunge zergehen. Okay! Bleiben wir mal auf dem Teppich. Lecker … okay! Er ging aber noch weiter, bat darum, den Rest der Torta mitnehmen zu dürfen. Okay! Wenn's ihm Freude macht … diesem Gourmet im Brioni Anzug.

So ging auch dieser verflixte Tag zu Ende. Ich frage mich, was ich mit all den Lebensmitteln machen soll, die von meinem umfangreichen Einkauf übriggeblieben sind. Vielleicht bringe ich sie in die Soupe populaire. Künftig werde ich meinen Einkaufszettel in mein iPad übertragen.

Jetzt sind es noch sechzehn Events. Der Tag des Sieges rückt näher, aber ich fürchte, Chloé wird jetzt schärfere Geschütze auffahren. Soll sie … wir sind im Besitz einer wundervollen Collection de vieille armure und nennen auch eine Collection d'armes anciennes unser eigen, aber wir werden mit einem ganz gewöhnlichen Kochlöffel den Sieg davontragen.

Cannelloni

03. Dezember - Liebhaber der Hausmannskost

Nachdem ich letzte Woche einen Gourmet bekocht hatte, werde ich nächsten Freitag zwei Liebhaber der deftigen Hausmannskost zu Gast haben.

Charles: Zahnarzt mit eigener Praxis. Treusorgender Ehemann und Vater zweier erwachsener Kinder, die immer noch bei Papa und Mama leben. Liebt das Angeln und hasst sportliche Bewegung jedweder Art. Lieblingsgericht: Gulasch mit Nudeln und Salat. Pech! Hatten wir schon!

Helen: Hausfrau und Mutter. Managerin des Hotels Mama. Strickt Pullover und liebt Sitcoms. Lieblingsgericht: Baeckeoffe! Tja! Hatten wir auch schon!

Jetzt warten wir mal, was wir den beiden Freitag vorsetzen werden.

04. Dezember - Das neue Menu

Wieder eine Neuerung! Amuse-gueule! Noch mehr Arbeit!

Wir begeben uns mal wieder nach Italien. Kulinarisch! Okay! Ihr lacht schon wieder. *Kulinarisch!* Ich weiß ... ich bin der Koch. Okay! Ich bin diejenige, die das Essen zubereitet. Zufrieden?

Bruschetta, Pasta verdure, Cannelloni, Torta cassata! Ich denke, das muss ich nicht übersetzen. Das kennt doch jeder ...

Ich werde mich jetzt mit Monsieur Internet unterhalten. Mal sehen, was er alles im Angebot hat. Spätestens Sonntag erfahrt Ihr meine Definition von kulinarisch.

07. Dezember - Schon mal Cannelloni gefüllt?

Wieder mal einen Event abgehakt. Die Irren und Wirren der Kochkünste ... pardon, meiner nicht vorhandenen Kochkünste, haben mich mal wieder an den Rand des Wahnsinns getrieben.

Begeben wir uns zuerst in den Feinkostladen. Dort kann man immer noch nicht fassen, dass man das Würzen vergessen kann. Ihr wisst ja selbst, dass mir das immer wieder mal passiert. Was solls! Besser ungewürzt, als verpfeffert!

Die Damen und Herren diskutierten munter drauflos. Ob es nun an der mangelnden Erfahrung liegen könnte oder am fehlenden Bauchgefühl? Bei ihnen käme alles spontan. *Spontan!* Dass ich nicht lache! Ich kann spontan sein, aber doch nicht beim Kochen.

Oh! Pardon! Es gibt etwas, darin bin ich sogar sehr spontan. Wenn es um den Härtetest und die Flugeigenschaft von Töpfen und Pfannen geht ... sehr spontan!

Okay! Wieder mal abgeschweift. Die Damen und Herren würzen nach Gefühl, aber nicht nach Bauchgefühl wie André. Das wäre ein Gefühl, das man nicht beschreiben kann, das einfach so da ist. Und da ist es wieder, dieses böse Wort: *Einfach!* Ich habe keine einfachen Gefühle. Schon gar nicht, wenn sie das Kochen betreffen! Meine Gefühle beim Kochen sind mehr so … grrr … arrrggrr!

Die Polpetta fanden sie putzig, die Paprikastreifen ebenfalls (sie wunderten sich, dass sie so zierlich waren) und die Torta hätte merveilleuse ausgesehen. So langsam würde es besser werden. Muss ich das noch kommentieren? Non? Okay!

Maître Gayet schenkte mir eine Tüte café. Ich, als gute Kundin und bei meinem Verbrauch an Cappuccino …

Okay! Zuhause gönnte ich mir zuallererst einen Cappuccino. Nervennahrung! Man weiß nie, was noch kommt. Und es kam, was immer kommt … Urg!

Pasta Verdure! Gemüse schneiden und alles in mundgerechte Stücke zerteilen. Brokkoli und Karotten blanchieren … Okay! Sie waren noch bissfest … fast … müssen sie später nur kurz in die Pfanne … nichts mit anbraten!

Bruschetta! Ohoh! Tomaten häuten und kleinschneiden. Non! Nie wieder! Ich werde Cocktailtomaten nehmen. Die sind klein, zart und müssen nicht gehäutet werden. In kleine Würfel schneiden … fertig.

Schafskäse in Würfel schneiden. Zur Seite stellen. Wer sagts denn … hat doch alles prima geklappt … Okay! Das braten kommt ja erst.

Cassata! Oh mon Dieu! Schon wieder Biscuit! Okay! Gehen wir's an. Eier aufschlagen! Ich werde besser … nur noch acht Eier für die benötigten drei Eigelbe! Die anderen fünf wollten sich absolut nicht von ihren Schalen trennen. Mischten sich mit den Schalensplittern zu einem Mischmasch … sah eklig aus … wollte keine Eierschalenstückchen heraus fischen.

Okay! Zucker hinzugeben und rühren. Die KitchenAid machte wieder eine cremige, zarte Masse aus den Zutaten. Mehl einstreuen … Staubsauger holen … Mehl aufsaugen … Boden wischen … Backform einfetten … Teig einfüllen … auf dem nassen Boden ausrutschen … wir fluchen nicht … nochmal wischen!

Eier aufschlagen … nicht drei aus acht … Eigelb aus dem Glas nehmen … Teig herstellen … Teig in die Backform füllen … über den Boden gleiten … Form in den Ofen stellen … geschafft!

Meine Nerven verlangten nach einem Cappuccino. Ich gönnte ihnen einen und ließen noch zwei weitere folgen. Meine Nerven waren arg strapaziert!

Weiter ging's! Kandierte Früchte schneiden. Die Dinger waren so klebrig und schmiegten sich eng an die Handschuhe. Hatte man die Dinger von einem Handschuh gelöst, klebten sie am anderen. Wir fluchen nicht! Wechseln einfach die Handschuhe und schneiden weiter.

Gefühlte Stunden später, haben wir es endlich geschafft. Dass die Würfelchen nicht mehr als Würfelchen einzustufen waren, muss ich nicht extra erwähnen.

Zum halbieren der roten Früchte nahm ich eine Gabel zu Hilfe. Funktionierte ganz gut. Beim Streifenschneiden der grünen war sie nicht so hilfreich und ich habe mich mal wieder geschnitten. Der Schnitt war tief … es floss viel Blut. Ups! Jetzt fehlten grüne Früchte.

Dann stand die Crème auf dem Programm. Nachdem ich schon genug gewischt hatte, war ich sehr darauf bedacht, den Deckel der KitchenAid zu schließen. Den Rest machte sie dann allein. Tolles Teil …

Mein Backofen ist auch ein tolles Teil. Allerdings programmiert er sich nicht von selbst. Auch der Timer nicht … so kam es, dass ich mal wieder mehr auf meine Nase vertraute, als auf sonst was. Vielleicht haben die Damen und Herren aus dem Feinkostladen auch das im Gefühl. Zwanzig Minuten backen und der Biscuit ist fertig. Ich habe bekanntlich keine Gefühle fürs Kochen und auch nicht fürs Backen. Mischen wir Teig Nummer drei. Wir haben auch sonst nichts zu tun.

Nachdem der Biscuit endlich im Ofen war, gönnte ich mir noch einen Cappuccino. Damit es mir nicht zu gut ging, rührte ich immer wieder die Crème. Die begann sich inzwischen zu verdicken … also steif zu werden. Das konnte die doch nicht einfach so machen. Die musste doch noch in den Kuchen. Der war inzwischen gar und durfte aus dem Ofen. Non! Kein Unfall! Alles gut gegangen!

Okay! Cannelloni! Hackfleisch! Igitt! Zwiebeln pellen, klein würfeln … weinen. Weiter würfeln … weinen. Nicht mehr so klein würfeln … fertig.

Öl in die Pfanne und Zwiebeln anbraten. Tja! Da war sie wieder, diese kollektive Flucht der Zwiebelwürfel, die Flucht aus der Pfanne. Damit es nicht so eintönig war, gesellten sich Fettspritzer hinzu und ich wischte erneut. Grrr! Wir fluchen immer noch nicht! Ich wechselte die Schürze, zog eine neue Buse an und gönnte mir einen Cappuccino. Ich hasse kochen!

Wellness! Egal, wie die Zwiebelwürfel aussehen würden, man sieht sie in den Cannelloni nicht. Das Hackfleisch hinzufügen, damit sich die Zwiebelwürfelchen nicht so einsam fühlten und … Mon Dieu! Wenn die Mischung trocken wird, das Tomatenmark hinzufügen und kurz mitbraten.

Trocken wird? Tomatenmark braten? Also! Das geht definitiv zu weit! Ich habe den Brandgeruch schon in der Nase und es gibt noch nicht mal eine trockene Mischung! Non!

Oui! Wellness zu dritt ist doch etwas Herrliches! Stinkt nicht, spritzt nicht, sieht nur nicht so gut aus. Was solls! Man sieht es nicht … ist doch in den Cannelloni drin! Nachdem die gestückelten Tomaten drin waren, sah es schon besser aus.

Okay! Während die Mischung etwas abkühlte, verlangten meine Nerven nach Koffein. Etwas Ruhe würde mir gut tun und ich genehmigte mir noch einen Cappuccino. Oui! Ich weiß, mein Konsum steigt mir jedem Event. Ich sollte etwas dagegen tun. Wie wär's mit aufhören? Non! Doch nicht mit Cappuccino … mit dem kochen!

Non Chloé! Zu früh gefreut! Wir ziehen das jetzt durch … meine Nerven und ich … und der Cappuccino!

Tja! Meine Nerven! Ich hatte mal wieder nicht zu Ende gelesen. Da stand doch wirklich, das Hackfleisch muss dreißig Minuten köcheln. Ups! Zurück auf den Herd. Während das Hackfleisch köchelte, sollte man die Tomatensauce zubereiten. Mon Dieu! Schon wieder Zwiebeln!

Zwiebeln und Knoblauch anschwitzen! Bei mir schwitzen Zwiebeln nicht! Entweder sie springen aus der Pfanne oder sie wellnessen. Okay! Wellness! Tomatenmark und Zucker zugeben und (wir fluchen nicht) karamellisieren! Grrr!

Ich habe beschlossen, alles außer Acht zu lassen, was zu eventuellen Kokeleien führen kann. Deshalb gab ich die gestückelten Tomaten hinzu und tat, als gäbe es den Passus karamellisieren nicht. Schnell noch würzen! Ha! Manchmal habe auch ich lichte Momente!

Ich ließ die Tomatensauce ebenfalls köcheln und wendete mich der Sauce béchamel zu. Lacht nicht! Ich sagte zuwenden … nicht selbst machen! So etwas kann man doch im Glas kaufen. Wozu gibt es den Feinkostladen? Nichts rühren, nichts eindicken, keine achten schlagen … Feinkostladen!

Ricotta und Parmesan unter das Hackfleisch mischen (sah nicht gut aus) und die Cannelloni füllen. Tja! Füllen! Oh!

Hatte sich Monsieur Internet etwa schon schlafen gelegt? Egal! Ich brauchte seine Hilfe! Schlafen kann er noch, wenn ich als Sieger durchs Ziel gegangen bin. … man darf doch träumen!

Klingeling! Da will man sich eben mal kurz mit Monsieur Internet unterhalten und dann klingt die Glocke. Warum sind meine Gäste immer sooo pünktlich? Diesmal sogar überpünktlich! Eine Viertelstunde zu früh! Also, das wird immer toller! Gäste, die beim Kochen zusehen wollen, Gäste, die viel zu früh kommen. Schon mal was von quart d'heure académique gehört? Die schließt man an. Die kommt man nicht zu früh! Die nennt man auch die Viertelstunde der Gnade!

Oui! Ich weiß! Eine Viertelstunde ist alles andere als ausreichend für mich und meine Kochkunst. Atmen! Nicht vorhandene Kochkunst.

Kennt ihr die Werbung einer großen deutschen Fluggesellschaft? Non? Oui? Okay! Lassen wir jetzt mal die Feinheiten beiseite.

Der Franzose sagt: Diese Deutschen … immer so genau … Tag und Nacht so korrekt … und immer pünktlich … Perfekt organisiert, natürlich … Und dieser ständige Perfektionismus …

Tja! … jetzt fangen die Franzosen auch noch damit an. Mehr noch … sie kommen zu früh! Man kommt nie pünktlich zum Dîner! Und man kommt erst recht nicht zu früh! Vielleicht sollte ich das künftig dazusagen: quart d'heure académique!

Perfekt organisiert und dieser ständige Perfektionismus … den Schuh ziehe ich mir gerne an, denn er passt genau … aber doch nicht beim Kochen. Überlassen wir diesen Perfektionismus den deutschen …

Okay! Ich führte meine Gäste in den Salon. Helen protestierte und wollte lieber in die Küche. Das wird immer verrückter. Gäste gehören in den Salon, nicht in die Küche. Keine weiteren Ausnahmen! Ich machte die beiden mit Baron de Rothschild bekannt und flüchtete in meine Küche.

Wenn ich mich jetzt beeilte, würde ich meinen Gästen fast pünktlich ihr amuse-gueule servieren. Die Scheiben (Baguette) in Olivenöl anbraten. Oh mon Dieu! Schon wieder Fettspritzer. Aber holà! Die Baguette-Scheiben saugten das Öl auf und brutzelten so vor sich hin. Goldgelb! Sie sahen so schön aus und ich habe vergessen ein Foto davon zu machen!

Tomaten in die Pfanne, kurz dünsten (… okay, ich habe die überdünsteten Stücke herausgefischt. Das braun sah nicht so gut aus …), Käse dazu, rühren, auf die Baguette geben. Basilikum als Deko! Fertig!

Foto machen … Gäste zu Tisch bitten … 18:03 Uhr! Rekord! Drei Minuten Verspätung! Ach in ich gut … und sooo stolz auf mich!

Zurück in die Küche! Wasser aufstellen … Pasta kochen … Gemüse in die Pfanne … rühren … Käse hinzugeben … Pasta abgießen … mit Gemüse mischen … Foto machen … servieren.

Tja! Auf dem Tisch standen noch die Teller des amuse-gueule. Ups! Wenn ich mir die Wette jetzt mal kurz ins Gedächtnis rufe, kann ich mich nicht erinnern, dass *Gäste persönlich bedienen* ein Bestandteil ist. Mary sieht in ihrer Uniform wirklich gut aus. Ich werde mir die Sache durch den Kopf gehen lassen.

Das amuse-gueule war, sagen wir mal so … ich hatte wieder einen dunklen Moment und die Kommunikation zwischen Bauch und Kopf wollte auch nicht in Gang kommen. So übersah ich diesen Moment, wenn eigentlich würzen angesagt wäre … aber es gibt Pfeffer und Salz. Warum haben sie nicht selbst gewürzt? Ups! Aber sie hätten doch fragen können …

Ich brauche meine Mary!

Flucht in die Küche. Cannelloni füllen. Monsieur Internet wartete immer noch. Schön, dass er mich nicht im Stich gelassen hat. Auch wenn ich ihm immer wieder auf die Nerven gehe … er steht treu zu mir. Je suis ravi!

Okay! Mit Hilfe eines Teelöffels Hackfleisch in die Cannelloni füllen. Immer wieder fest drücken. Grrr! Oben eingefüllt … unten rausgefallen. Kochlöffel genommen, Cannelloni drauf gestellt, gefüllt, fest gedrückt. Grrr! Geplatzt! Weitermachen …

Trallala! Gefühlte Stunden später … Sauce béchamel erwärmen … Parmesan unterrühren … in die Auflaufform geben … Cannelloni daraufsetzen … Tomatensauce darüber geben … mit Parmesan bestreuen … fertig. Ab in den Ofen. Timer einstellen! Die Zeit lief mir mal wieder davon.

Gâteau aus der Form lösen … stellt sich bockig an … Ups! Form gefettet? Non! Aber beim ersten Versuch! Man kann doch mal was vergessen … Ich hatte Stress! Seid doch nicht immer so kleinlich.

Okay! Rand mit einem Messer lösen. Sah nicht gut aus! Rand der Backform abnehmen. Sah auch nicht gut aus! Gâteau wenden und Boden abnehmen. Sah auch nicht gut aus. Aber wenn man das, was am Boden klebt, vorsichtig ablöst und wieder einsetzt … geht doch!

Törtchen ausstechen … halbieren … cremen … zusammensetzen … eincremen … dekorieren … Kühlschrank … fertig!

Jetzt hätte ich dringend einen weiteren Cappuccino benötigt, aber der Timer … Okay! Cannelloni aus dem Ofen nehmen und sicher abstellen. Ein neues Problem tauchte auf. Wie kriegt man die Dinger wieder aus der Form? Erst mal ein Foto machen … wer weiß, wie's später aussieht …

Fragt nicht, wie ich die Dinger aus der Pfanne geholt habe. Das obligatorische Foto machen und servieren.

Meine Gäste waren inzwischen zu einer weiteren Runde mit dem Baron bereit. Verständlich! Was sollten sie auch sonst tun? Non! Du kleines Lästermaul … das tut man nicht! Immer diese dummen Gedanken eines gewissen Herrn! Die gehen doch auch irgendwann wieder nach Hause … und dort … Lassen wir das!

Tja! Auf dem Tisch standen nun auch noch die Teller der Pasta verdure. Zweimal Ups! Mary! Wo bist du? Okay! Cannelloni serviert, leere Teller abgeräumt.

225

Bewertung! Lecker! Ich hatte das Hackfleisch so gut gewürzt, da fiel es gar nicht auf, dass ich bei der Tomatensauce wieder dunkle Momente hatte und sozusagen das Würzen vergaß.

Cassata! Helen war begeistert, Charles war sie zu süß. Zudem mag er keine kandierten Früchte. Egal! Man kann nicht jedem nach dem Mund kochen. Ich mag auch keine kandierten Früchte. Also tendiere ich eher zu Charles.

Probieren? Cassata? Ich? Non! Bis ich alles aussortiert hätte, was ich nicht esse, bliebe nichts mehr zum Essen übrig.

So ging auch dieser Event (mit Höhen und Tiefen) über die Bühne. Ich bin nicht mehr gar so unbedarft, aber von einem Koch noch meilenweit entfernt. Was solls!

Ich frage mich allerdings, warum man sich die Mühe macht und Pasta füllt. Warum kann man das Hackfleisch nicht auf der Pasta verteilen und die Tomatensauce darüber schütten? So nach Art Lasagne ... Das würde sehr viel Zeit sparen und die Nerven schonen. Ich meine ja nur! Aber ich bin kein Koch. Trotzdem sei die Frage erlaubt: Warum umständlich, wenn's auch einfach geht?

Was solls! Dieser Event ist Vergangenheit, wie die vorangegangenen siebenunddreißig andern auch. Jetzt sind es noch fünfzehn Events. Aber auch die werden keinen Bocuse aus mir machen.

Pâte aux épinards

10. Dezember - Ein Adonis aus Venezuela

Wieder eine Woche vergangen … Zum achtunddreißigsten Mal gebe ich meinen nächsten Gast bekannt. Die Liste der ausstehenden Gäste wird kürzer.

Okay! Gast Nummer achtunddreißig! Angelo, Venezolaner, Hotelier, ledig und … oui … ein Adonis! Surfer, Fallschirmspringer, Vegetarier, *Vegetarier,* Liebling der Frauen und … mon Dieu … *Vegetarier!* Oooohhhhh!

Es ist soweit! Ich muss ein Drei-Gänge-Menu verspeisen, das ich selbst zubereitet habe. Oooohhhhh! Weinen! Herzinfarkt! Sterben!

Okay! Ich gehe davon aus, dass auch diesmal wieder ein Menu ansteht. Warten wir's ab. Ich frage mich allerdings, wie ich es schaffen soll, die Gänge zwei und drei zuzubereiten, während ich mit dem Verzehr vom Entrée beschäftigt bin.

Das wird ein langer Abend …

11. Dezember - Cuisine végétarienne

Die nächste Aufgabe führt uns kulinarisch wieder ins schönste Land der Welt.

Quiche aux poireaux, Pâte aux épinards, Crème de vin rouge. Quiche mit Lauch, Spinat-Pâte, Rotweincreme. Ich gehe davon aus, ihr wisst, was Quiche und Pâte sind.

Ich habe schon mal Monsieur Internet um Rat gefragt … et je suis heureuse! Quiche … Sahne! Blätterteig … enthält viel Butter! Dessert … Sahne! Auch dieser Kelch ging an mir vorüber! Ich muss meine Création nicht essen! Ich darf sie nicht essen! Merci! Noch mal Glück gehabt! Champagne et feu d'artifice!

Es gibt auch schon wieder ein kleines Problem! Für die Crème müssen Eier getrennt werden und ich habe noch immer keinen Eiertrenner. In dieser Stadt ist so ein Ding nicht auffindbar. Wie machen das all die Hausfrauen?

Okay! Da nun geklärt ist, dass ich kochen kann (nicht lachen), okay … mein bestes gebe, während mein Gast diniert, gehe ich den morgigen Tag viel gelassener an.

Ich werde wie immer mein Bestes geben. Wir werden sehen, was dabei herauskommt.

14. Dezember - Crèmes und die Falten des Alters

Eine kulinarische Reise ins schönste Land der Welt. Tja! Definieren wir kulinarisch. Hohen Ansprüchen genügend! Ups! Streichen wir kulinarisch.

Lasst uns in den Feinkostladen gehen, wo allwöchentlich mein Kochevent beginnt. Meine Art Cannelloni zu füllen, war Thema Nummer eins. Noch niemals ist diesen Hobbyköchen die Füllung

227

davongelaufen. Irgendetwas muss ich wieder falsch gemacht haben … aber was?

Ehrlich gesagt, interessiert es mich nicht, ob und wenn ja, was ich falsch gemacht habe. Ich werde nie wieder Cannelloni füllen. Warum sollte ich mir deshalb den Kopf zerbrechen?

Die Pasta verdure hat ihnen gut gefallen. Allerdings konnten sie nur das Foto kommentieren, wie sie mehrfach betonten.

Die Cassata war gewöhnungsbedürftig. Sähe doch die Cassata in der Auslage des Feinkostladens anders aus. Als ob ich das nicht wüsste!

Zuhause gönnte ich mir zuerst einen Cappuccino. Das werde ich künftig immer tun. Erst mal entspannen und dann ran an den Stress.

Ich begann mit dem Dessert. Crème de vin rouge. Sie musste im Kühlschrank fest werden. Ha! Fest werden! Hätte man das Glas zerschlagen, wäre ein unzerstörbarer Klumpen in blassviolett übriggeblieben. So viel zu fest werden, doch dazu später mehr.

Zuerst versuchte ich mich mal wieder am Eiertrennen. Kollektives Aufstöhnen! Oui … es ging voll daneben … Eierschalen und Rührei. Grrr! Ich kann keine Rühreier mehr sehen!

Eigelb im Glas … rein in die Schüssel … Zucker hinzugeben … Rotwein … und über dem Wasserbad aufschlagen! Hört auf zu lachen! Ich finde das nicht lustig. Ich hasse es, achten zu schlagen. Da ist es doch naheliegend, das Rührgerät zu benutzen.

Was soll ich sagen? Rotwein hinterlässt hässliche Flecke auf der Tapete und an diversen Kleidungsstücken. Okay! Das Rührgerät hat neun Stufen. Vielleicht sollte man nicht immer mit Vollgas durch die Kochkunst düsen …

Stufe eins war sanft und rührte das Gemisch liebevoll zu einer Crème. Allerdings nicht in zwei Minuten. Zudem war nicht mehr allzu viel in der Schüssel, das eine Crème hätte werden können, aber ich hatte nur einen Gast.

Okay! Agar-Agar unterrühren, Crème ins Eiswasser stellen, damit sie abkühlt. Dabei immer wieder rühren, damit sie keine Haut zieht. *Keine Haut zieht?* Mais oui! Ich habe Monsieur Internet um Rat gefragt. Der gute Mann dachte sich wohl, jetzt ist sie total durchgeknallt und hat mir entsprechende Antworten geschickt. Psychologie … Psyche … Spiegel der Seele … fand ich nicht lustig!

Dann dachte ich mir, der gute Mann macht sich Sorgen um mich und stellte meine Frage neu: *Crème Haut ziehen* … Was schickt er mir? Crèmes und die Falten des Alters! … Die Defizite alternder Haut! … Neue Crèmes stoppen Hautverfall! … Die Top zehn der Faltenglätter!

Mir setzte Atmung und Herzschlag aus. Er hat mich noch nie gesehen und dann so was … Sollte ich mir etwa Gedanken machen und Ivo Pitanguy aufsuchen?

Okay! Dieser Schock bedurfte eines Cappuccinos, besser zwei. Falten … phhh! Wer will schon wissen, was Haut ziehen heißt? Ich nicht!

Kneten wir den Teig für die Quiche. Zutaten in die Rührschüssel geben … Knethaken in die KitchenAid einsetzen … Deckel schließen … Startknopf drücken und warten … fertig!

Jetzt musste der Teig im Kühlschrank ruhen. Pâte müsste man sein. Ich brauchte auch eine Pause und gönnte mir einen weiteren Cappuccino.

Nach meiner Pause stand Sahne schlagen an. Ha! Sahne in die KitchenAid geben ... Deckel auflegen ... schlagen ... Butter ... neue Schüssel ... neue Sahne ... neue Butter. Grrr! Wir fluchen nicht!

Neuer Versuch! Neue Schüssel ... neue Sahne ... naja ... das war so ein Zustand zwischen sehr fester Sahne und Butter. Sah nicht gut aus. Nächster Versuch! Neue Schüssel ... neue Sahne ... naja ... fester, aber noch keine Butter.

Okay! Sahne (sehr fest) unter die Crème heben. Tja! Sagen wir mal so ... die Crème war schon etwas fester und hatte so eine seltsame Schicht. Haut? Non! Es ist eine Rotweincrème, kein Elefant.

Schicht abschaben ... sehr feste Sahne unterheben ... die weigerte sich und wollte sich absolut nicht mit der Crème verbinden. Grrr! Wir fluchen immer noch nicht!

KitchenAid ... sie gab ihr bestes und die Mischung wurde cremig. In ein Glas füllen und wieder in den Kühlschrank stellen. Pause! Rotweincrème ermüdet! Cappuccino! Zwei! Ich hasse Desserts!

Zu gerne hätte ich mich mit dem Le Monde auf die Couch zurückgezogen und die Wette mit allem Drum und Dran vergessen, aber sie klebte mir Zentnerschwer im Nacken. Wieder einmal fragte ich mich, warum ich mich darauf eingelassen habe. Ich sah nur Chloés Wetteinsatz. Er ließ mich blind werden für alles andere. Ich hatte nicht bedacht, wie lange ein Jahr währt und dass ich absolut nicht kochen kann. Nun ja! Jetzt war es zu spät.

Nachdem ich mich etwas erholt hatte, stand das Gemüseschneiden an. Poireaux säubern und in feine Ringe schneiden. Ohoh! Das bedeutete wieder Tränen. Aber ... ich nenne eine tolle KitchenAid mein eigen. Sie besitzt ein Schnitzelwerk. Tolle Sache! Ruckzuck landeten die feinsten Ringe in der Schüssel. Wer sagts denn! Hätte ich mich vor vielen Wochen mal mit dem Wunderwerk KitchenAid auseinandergesetzt ... ich hätte mir viele Tränen und noch mehr Mühe erspart.

Blanchieren! Tja! Ich kann es nicht und werde es in den noch anstehenden Events auch nicht mehr erlernen. Aber! Habe ich jemals den Wunsch geäußert, das Blanchieren zu erlernen? Non!

Also, wen interessiert es, ob der Lauch in der Quiche blanchiert oder die Vitamine eliminiert wurden? Man sieht es nicht, man schmeckt es nicht, ist doch egal!

Ich ließ den Lauch abkühlen und wendete mich dem Teig zu. Oui! Ich weiß ... ausrollen! Nun ja! Sagen wir mal so ... das Nudelholz und ich werden nie Freunde.

Ich formte kleine Bällchen, drückte sie platt und legte sie in die Formen. Ups! Jetzt hatte ich das Einfetten vergessen. Zu spät! Aber die Förmchen sind Teflon beschichtet. Hoffen wir das Beste!

Okay! Den Teig blind backen! *Blind backen*? Schnell mal Monsieur Internet befragt ... Oh! Mit Erbsen beschweren! Ohoh! Hatten wir nicht beschlossen, keine Experimente mehr? Oui! Hatten wir! Also! Eier und Käse unter den Lauch mischen, alles auf den Miniquiche verteilen und dann ab in den Kühlschrank.

Pâte aus der Tüte nehmen und ausrollen. Non! Nicht mit dem Nudelholz. Sagen wir besser: Entrollen. Der Teig ist backfertig! Gemacht für Küchenfeen wie mich. Lacht Ihr schon wieder? Das war sarkastisch gemeint.

Okay! Der Teig lag jetzt ausgebreitet auf der Arbeitsplatte. Er sollte sich kurz entspannen. Das war sozusagen mein Stichwort. Entspannen! Cappuccino! Zwei!

Also … jetzt seid mal ehrlich. Bis jetzt habe ich mich doch gut geschlagen. Kollektives Aufstöhnen! Non? Okay! Über die gesprenkelte Tapete reden wir nicht mehr. Wenn der letzte Event vorüber ist, wird sich meine Küche einer Generalüberholung unterziehen. Mein fleckiges Outfit? Buche ich unter Kollateralschäden ab. Zudem muss die Wirtschaft angekurbelt werden.

Mary kann diesen letzten Event kaum noch erwarten. Danach gehört die Küche wieder ihr. Ich werde sie ihr gönnen … aus tiefstem Herzen.

Die Füllung der Pâte. Épinards! Wieder mal blanchieren. Grrr! Okay! Kochendes Wasser … Spinat rein … eins … zwei … drei … rausholen … ins Eiswasser geben … rausholen … in einem Sieb abtropfen lassen … fertig! Okay! Etwas geschockt sah er schon aus, aber ansonsten … Er kommt in die Pâte, da sieht man ihn nicht. Vielleicht sollte ich künftig schneller zählen.

Ups! Die Klingel! Schon wieder so spät? Angelo, der venezolanische Adonis! Dreißig Minuten zu früh! Er hatte eine Schürze dabei und wollte mir beim Kochen zusehen … und Cappuccino wollte er auch. Okay! Überredet!

Wir tranken Cappuccino und er fragte, warum ich beim Kochen High Heels trage. Das wäre doch schrecklich unbequem. Ich war etwas irritiert. Warum sollte ich beim Kochen die Schuhe wechseln? Würde das an meinen nicht vorhandenen Kochkünsten etwas ändern? Nachdem ich ihn mit einem bösen Blick bedacht hatte, wechselte er schnell das Thema.

Er fragte, wie ich die Pâte fülle. Ich war sprachlos! Mein Adonis outete sich als Hobbykoch! Redete über Pâte, Quiche und Pasta. Über Koch- und Bratzeiten, Butter und Schmalz. Wie man was am besten macht und wie man es nicht machen sollte.

Der hatte doch tatsächlich was gegen mein Wellnessbad. An dieser Stelle erachtete ich die Unterhaltung als beendet und wendete mich meiner Füllung zu.

Gestückelte Tomaten aus dem Glas. Warum soll ich mir Arbeit machen mit häuten und kleinschneiden? Ab sofort nur noch einfach! In ein Sieb geben und den Saft abgießen. Ein Tipp von Maître Gayet. Sonst hätte ich zu viel Flüssigkeit und die Pâte würde nicht aufgehen. Warum? Aucune idée!

Die Tomaten sollten kurz aufkochen und dann abkühlen. Okay! Tomaten aufkochen und ab ins Eiswasser! Nun ja! Das Eiswasser war inzwischen kein Eiswasser mehr. Neue Eiswürfel!

Angelo war sprachlos, wegen meiner unkonventionellen Art der Problemlösungen. Tomaten aus dem Glas? Käme für ihn nie in Frage! Eiswürfel in Wasser schütten, während eine Schüssel drin steht … unmöglich! Wieso unmöglich? Geht doch!

Okay! Crème fraîche unter den Spinat heben … Käse unterheben … fertig! Wenn jetzt was schief gegangen war, lag es wohl daran, dass ich gerührt und nicht gehoben habe.

Ich mischte Tomaten und Käse, mein Bauch sprach: »*Da fehlt noch was!*« Ups! Gewürze! Nun ja! Ich würde jetzt gerne schreiben: Schnell noch Gewürze untergerührt … Aber! Schon mal Gewürze unter eine Gemüse-Käsemischung gerührt? Non? Non! Ihr nicht! Ihr macht das vor der Zugabe des Käses. Angelo enthielt sich eines Kommentars, aber sein Gesicht sprach Bände! Tja! Wer mir beim

Kochen zusehen will, muss mit allem rechnen!

Okay! Die Quiche durfte in den Ofen. Genug geruht! Ich teilte den Blätterteig in vier Stücke und häufte Spinat auf jedes Teil. Einmal umschlagen und Tomaten aufhäufen. Nun ja! Umschlagen … leichter gesagt, als getan. Der Blätterteig war weich und gab nach. Zog sich und grrr! Wir fluchen immer noch nicht! Okay! Mit etwas Gewalt fügte er sich schließlich in sein Schicksal.

Tomaten aufhäufen und umschlagen. Grrr! Vielleicht sollte ich meine gute Erziehung vergessen … nur für einen klitzekleinen Augenblick … nur um einmal zu fluchen … non! Ich würde nicht wieder aufhören wollen! Okay! So ein klitzekleines bisschen. Nur ein paar Worte … aus tiefstem Herzen … non! Doch nicht vor Angelo!

Okay! Mit dem Mut der Verzweiflung stürzte ich mich auf die Rollen, um Tomaten und Spinat zu bändigen, die sich für die angetane Gewalt rächen wollten und unaufhaltsam aus den offenen Enden der Rollen quollen. Zwei Hände und acht offene Enden! Oui! Jetzt war ich nahe daran zu fluchen!

Nicht nur, dass mich die Blätterteigrollen zur Verzweiflung brachten … non! Auch diverse Bemerkungen, aus dem Munde eines venezolanischen Adonis, trieben mich zur Weißglut.

Als dann auch noch der Timer meinte, die Quiche wäre gebacken, retteten nur die flinken Hände des Adonis die Röllchen davor, als Wandbild zu enden.

Angelo übernahm das Zepter, holte die Quiche aus dem Ofen, bestreute die Blätterteigröllchen mit Käse und schob sie in den Ofen. Anschließend brühte er mir einen Cappuccino auf. Merci! Das Desaster wäre schrecklich geworden.

Nun ja! Das obligatorische Foto und es konnte losgehen … Und es ging los! Sagen wir mal so … mein Bauch hatte vergessen, dass auch die Quiche eine gewisse Menge an Gewürzen vertragen konnte. Zudem war der Boden aufgeweicht, was an dem fehlenden blindbacken lag. Okay! Decken wir den Mantel des Vergessens über die Quiche aux poireaux.

Der Nachschub kündigte sich bereits an. Der Timer piepte und die Pâte war fertig. Überstreuen mit Thymian, (ich hasse es, wenn der Teller aussieht, als sei er schmutzig, aber es stand im Rezept …) Foto machen, fertig!

Angelo beäugte die Pâte mit kritischen Blicken. Er war erstaunt über die krosse Hülle. Die Pâte sei schön aufgegangen und die Füllung wäre gut verteilt. Die Mischung aus Spinat und Tomaten ergäbe einen delikaten Geschmack. Sie sei gut gewürzt und er wäre sehr erstaunt. Okay! Ich war es auch. Ich habe schon schlimmeres gesehen …

Wie auch immer, Baron de Rothschild würde ihm dabei helfen, die Bissen hinunter zu spülen.

Ich zog mich in die Küche zurück und machte mich an die Deko des Desserts. Schokolade raspeln und mit Johannisbeeren auf der Crème verteilen. Fertig!

Sieht doch gut aus. Aber! Nicht alles, was gut aussieht, schmeckt auch so … und manchmal kann man über den Geschmack nichts sagen.

Angelo hatte Mühe, den Löffel in die Crème zu tauchen. Es war mehr so ein Hüpfen des Löffels … wie beim Trampolinspringen … runter … rauf … runter … rauf. Fast ohne Zutun. Ich glaube, er hätte sich für einen Presslufthammer dankbar gezeigt. Nun ja! Aber sie sah gut aus! Auch wenn ihre

Konsistenz mehr einem Gummiball glich, als einer Crème.

Das mit dem Agar-Agar üben wir besser noch ein bisschen. Das Walnusseis aus dem Feinkostladen mundete dafür umso mehr. Ich sagte ja, für alle Katastrophen gerüstet …

Angelo war sehr angetan von diesem Abend. Er hatte mir beim Kochen zugesehen, hatte gesehen wie man es nicht machen sollte und war erleichtert, als ihm das Walnusseis serviert wurde.

Beim Abschied konnte er es sich nicht verkneifen, darauf hinzuweisen, dass nicht nur Mary froh sei, wenn endlich der zweiundfünfzigste Event vorüber sei. Man sähe Einladungen meinerseits dann sicherlich viel gelassener entgegen.

Tja! Er hat ausgesprochen, was viele vor ihm sicherlich auch schon gedacht hatten.

Nun ist auch dieser Abend vorbei. Es stehen noch vierzehn Events an. Und vierzehn Gäste, die ihnen sicher alles andere als gelassen entgegen sehen.

Für mich bedeutet dies, dass ich noch vierzehnmal die Tonne mit Teilen meiner Garderobe füttern werde. Heute stopfte ich mein komplettes Outfit hinein. Der Rotwein hat ganze Arbeit geleistet. Ein netter Leser schrieb, ich könnte es doch mal ganz ohne … Oh mon Dieu! In meiner Küche geht es gesittet zu …

Pavé de sandre

17. Dezember - Haute cuisine und Hausmannskost

Bevor ich meinen nächsten Gast bekannt gebe, möchte ich eine kleine Änderung ankündigen.

Nächste Woche werde ich den Gast der nächsten Woche sowie den Auftrag bereits montags bekanntgeben. Der Event findet Samstag statt.

Tja! Weihnachten steht vor der Tür. Wer möchte sich dieses Fest von einem kulinarischen Missgeschick verderben lassen? Niemand! Deshalb wird erst samstags gekocht. In der Silvesterwoche wird es ebenso sein.

Nun zu meinen nächsten mutigen Gästen, die es kaum erwarten können, mitten im Geschehen zu sein.

Claudine: Unternehmerin, Workaholic, Mutter eines erwachsenen Sohnes, Stressabbau beim Rafting. Kochen … non! Essen … Kalorienbewusst!

Michel: Physiker, Bogenschütze und Liebhaber der haute cuisine. Ein Gourmet! Mon Dieu! Noch einer!

Monique: Architektin, Single und Liebhaberin kräftig, deftiger Hausmannskost. Mon Dieu! Haute cuisine und Hausmannskost! Zwei Welten treffen aufeinander … und dann auch noch Kalorienarm!

Jetzt erwarte ich voller Spannung meinen nächsten Auftrag. Haute cuisine oder Hausmannskost? Von jedem etwas oder bleibt jemand auf der Strecke?

18. Dezember - Keine Hausmannskost

Der Sieger steht fest! Die haute cuisine hat das Rennen gemacht.

Crevettes sautées, Pavé de sandre, Cerises flambées. Mon Dieu! Gebratene Garnelen, Zanderfilet, flambierte Kirschen. Flambé … flamber … sapeurs-pompiers …

Ich habe noch nie flambiert. Mir graut davor. Ich werde es nicht in der Küche durchführen. Ich liebe mein Haus und würde es gerne so erhalten, wie es ist. Es hat der Révolution getrotzt und sollte jetzt nicht Cerises flambées zum Opfer fallen. Wir verlegen das Abfackeln in den Garten.

Vielleicht sollten wir vorher einen kleinen Test …? Die sapeurs-pompiers informieren? Um eine Mannschaft bitten, die einsatzbereit neben den Kirschen steht. Vielleicht einen Feuerschutzanzug tragen? Wir verspüren nicht den Wunsch, die Weihnachtstage im Hôpital zu verbringen oder unseren Wohnsitz nach Père Lachaise zu verlegen.

Wir werden sehen.

21. Dezember - Lasst uns flambieren

Nun ja! Mein Haus hat den letzten Event unbeschadet überstanden. Einem kleinen Sturm sei Dank!

Abgesehen von diversen Kleinigkeiten, verlief alles andere … Nun ja! Fisch ist bekanntlich auch nicht mein Ding. Warum sollte es diesmal anders sein? Blöde Frage! Weil ich wollte, dass es anders ist! Aber das interessierte den Fisch nicht …

Begeben wir uns zuerst in den Feinkostladen und hören uns an, wie der letzte Event bei den Damen und Herren ankam. Ich will jetzt nicht sagen, dass meine Pâte schlechte Kritiken bekam. Non! Die Damen und Herren meinten, es war mal wieder etwas wenig auf dem Teller. Man konnte meinen, es wäre das Entrée, eher noch ein amuse-gueule.

Nun ja! Ich hatte doch vier von den Dingern. Okay … ausnahmsweise. Er hätte jederzeit Nachschlag verlangen können. Zudem sieht es nicht gut aus, wenn der Teller überladen ist.

Der Gummiball, namens Crème de vin rouge, hat zur allgemeinen Erheiterung beigetragen (nicht nur im Feinkostladen). Nun ja! Schön, dass wenigstens Ihr euch amüsiert habt.

Dem nächsten Event sahen die Herrschaften mit gemischten Gefühlen entgegen. Ich bekam crevettes et sandre mit vielen guten Ratschlägen. Von wegen nicht zu lange, nicht zu heiß … Nun ja! Sagen wir mal so … sie hätten mir besser einen Koch eingepackt …

Zuhause gönnte ich mir zuerst einen Cappuccino. In Anbetracht der Tatsache, dass es Fisch und Garnelen gab, was Stress hoch drei bedeutete, gönnte ich mir noch einen zweiten Cappuccino.

Dann ging's los. Und wie es losging … Kirschen entkernen! Muss ich es noch extra erwähnen? Okay! Ich habe noch nie Kirschen entkernt. Also, nicht auf die Art, bei der man die Kirschen hinterher zum Kochen oder backen verwenden kann. Ich bevorzuge die Art, Kirschkerne ausspucken … ihr versteht? … Non! Doch nicht auf den Boden, das verbietet meine gute Erziehung. Dezent in ein kleines Gefäß … hinter vorgehaltener Hand … Non! Nicht in der Öffentlichkeit … Mon Dieu! Meine Mutter würde in Ohnmacht fallen …

Oui! Ich habe Monsieur Internet um Rat gefragt. Er hat mir Fotos diverser Gerätschaften geschickt, die das Entkernen angeblich erleichtern.

Nun ja! Dazu kann ich nichts sagen. Ich dachte doch wirklich, dass ich so etwas nicht mein eigen nenne. Falsch gedacht! Ich nenne einen elektrischen Kirschentkerner mein eigen … aber Mary darf mir ja nicht helfen! Hätte sie das vor dem Event erwähnt, hätte ich mich vorher mit diesem Gerät vertraut gemacht. Aber hinterher? Ob sie das absichtlich verschwieg …? Honni soit qui mal y pense!

Hätte ich vielleicht irgendwann mal eine Bestandsaufnahme meiner Küchengeräte und Maschinen gemacht … Oui! Ich weiß … ich hätte nicht mal gewusst, wofür man die meisten dieser Teile benutzt. Das habe ich bereits mehrmals leidlich erfahren. Was nützt der beste Dampfgarer, wenn man nicht weiß, wie das Ding funktioniert!

Okay! Wieder mal abgeschweift! Kirschen entkernen! Monsieur Internet hat mir einige geheime Tipps geschickt. Ich glaube, die waren so geheim, dass nicht mal die Tippgeber wussten, ob und wie sie funktionieren.

Einen Strohhalm in die Kirsche drücken und blasen, bis der Kern sich löst. … ??? Ob das ernst gemeint war? Gibt es wirklich so dämliche … Okay! Manchmal ist es besser zu schweigen …

Unter Zuhilfenahme eines langen Nagels … mit einer Nadel … mit Hilfe zweckentfremdeter

Spielzeugteile … und so einiges mehr. Nun ja! Ich bin kein Koch, aber ich bin nicht dämlich!

Mangels Erfahrung im Kirschentkernen und mangels plausibler Ratschläge, wie man, ohne das richtige Werkzeug, Kirschen entkernt … Feinkostladen!

Was tut man nicht alles, wenn man eine seiner besten Kundinnen nicht verlieren will? Oui! Man entkernt schnell zwei Pfund Kirschen und liefert sie frei Haus.

Was macht die Kundin? Sie gönnt sich einen weiteren Cappuccino. Ihr merkt, mit welcher Begeisterung ich wieder bei der Sache war. Alles war besser als kochen.

Okay! Wenden wir uns den Crevettes zu. Die waren noch angezogen. Ooooh! Weinen! Correct! Ich habe noch nie ein Tier entkleidet. Keinem Tier das Fell über die Ohren gezogen, kein Federvieh gerupft, keinen Fisch geschuppt. Und ich werde es auch nie tun! Auch wenn es nur kleine Crevettes sind.

Feinkostladen! Tja, was soll ich sagen … selbst schuld, wenn die so schnell im Kirschentkernen sind. Muss der Bote noch mal fahren!

Crème de tomate! Lecker … wenn sie mein Lieblingsitaliener zubereitet. Ihr fragt Euch jetzt sicherlich, warum Crème de tomate? Weil ich einmal kreativ sein wollte! Nicht nur drei gebratene Garnelen auf einen Teller legen wollte.

Bei Luigi gibt es Spaghetti (normalerweise mit Garnelen … für mich ohne) mit einer Crème de tomate … hmmm! Ich musste dieses Rezept haben. Luigi starb tausend Tode. Nach viel Theatralik seinerseits, meinem Dickkopf andererseits und einer Kiste des Baron de Rothschild meinerseits, ließ er mich tausend Eide schwören, das Rezept nicht zu verraten und der Handel war perfekt.

Tja! Ein Rezept zu besitzen, heißt noch lange nicht, dass man auch eine Crème zaubern kann. Ich gab mein bestes. Allerdings kamen meine Tomaten aus dem Glas. Luigi kocht nur mit frischen Zutaten und stellt auch seine Pasta selbst her. Soweit wollte … okay … konnte ich nicht gehen! Pasta selbst herstellen! Ha! Ich doch nicht! Und schon gar nicht freiwillig! Okay! Ich rührte alle Zutaten zusammen. Befolgte Luigis Anweisungen … und … später mehr.

Klingeling! Bote Nummer eins brachte die Kirschen. Geht doch! So schön entkernte Kirschen … man könnte doch mal … Non! Sonst kommt auch noch Bote Nummer drei …

Da ich bereits gestört wurde, machte ich doch gleich eine Pause und nahm einen Cappuccino zu mir, dachte voller Wehmut an den Le Monde und die Zeit, die mir mal wieder davon lief. Pause beendet!

Wenden wir uns dem Rucola zu. Das dürfte nicht allzu schwer werden. Waschen!

Klingeling! Bote Nummer zwei brachte die nackten Crevettes. Tja! Wenden wir uns nochmal dem Rucola zu … non … zuerst Cappuccino! Ich will nicht mehr! Ganz plötzlich überfiel es mich. Aufhören! Jetzt und hier! Sofort! Nie wieder den Kochlöffel schwingen. Nie wieder Fettspritzer und Zwiebeln. Kein Stress mehr, keine Strapazen. Freiheit!

Ich war schon auf dem Weg ins Badezimmer, um ein weißes Handtuch zu holen, das ich symbolisch auf den Küchenboden … quasi in den Ring werfen wollte. Aber! Es wäre das erste Versprechen, das ich brechen würde. Non! Das geht gar nicht. Man kann vieles verlieren, aber nicht seine Ehre. Okay! Weitermachen!

Rucola waschen, Basilikum schneiden, Sandre zerteilen … ich will nicht mehr! Cappuccino! Augen zu und durch. Wir haben schon schlimmeres erlebt! Non! Haben wir nicht. Was sollte schlimmer sein als kochen? Da fällt mir ad hoc nichts ein. Gar nichts!

Ups! Die Klingel! Meine Gäste! Non! Ein Gast … Claudine! Sie wollte mir beim Kochen zusehen, denn sie kann es immer noch nicht fassen, dass ich koche!

Zum Glück war die Crème bereits fertig. Claudine kocht zwar nicht, aber das Rezept … tausend Eide! Ihr versteht?

Okay! Fettspritzer auf Gucci … nicht gut! Schürze! Sie sah bezaubernd aus, in ihrer Schürze. Das schwarz der Schürze passte wunderbar zu ihrem goldenen Gucci Kleid.

Als sie sah, was auf meiner Schürze stand, fing sie an zu lachen und wollte sich nicht mehr beruhigen. *J'aime faire la cuisine!* Wie konnte ich so dämlich sein, mir eine Schürze mit sooo einem Aufdruck zu kaufen? Okay! Ich habe nicht auf die Sprüche geachtet. Die Schürzen waren billig und eigentlich nur zum einmaligen Gebrauch bestimmt.

Claudine lachte immer noch. Erst Baron de Rothschild sorgte dafür, dass sie sich wieder beruhigte. Kaum war sie still, läutete es erneut und Michel et Monique kamen. Oui! Sie lachten ebenfalls. Warum habe ich mir nicht vor dem Kauf angesehen, was auf diesen Schürzen steht?

Michel wollte sogar ein Foto machen. Ich war dagegen. In diesem Haus fotografiere nur ich! Etwas mürrisch folgten sie mir in den Salon. Sie zogen Baron de Rothschild meiner Küche vor. Zum Glück! Als ich mich auf den Weg in die Küche machte, sah mir Monique auf die Füße und murmelte staunend: »Sie trägt wirklich High Heels!« Was haben die nur alle mit meinen Schuhen?

Claudine blieb mir erhalten. Sie sah mir zu, wie ich Crevettes auf Spieße steckte, sah mir beim Spaghetti kochen zu, rührte die Crème und meinte, dieses Aroma komme ihr so bekannt vor. Wenn die wüsste … mais, c'est un secret!

Ich stellte den Timer auf eine Minute und legte die Spieße in die Pfanne … wenden und noch eine Minute. Claudine aus der Küche schieben … noch schnell was unter die Crème rühren. Tomaten kurz in die Pfanne … fertig! Alles auf Tellern anrichten … das obligatorische Foto machen … los geht's!

Meine Gäste trauten ihren Augen nicht. Das sehe fast aus wie bei Luigi … und es schmeckte fast wie bei Luigi! Sie wollten wissen, woher ich die Crème hatte. Ob Luigi sie gekocht hätte. Frechheit! Im Schweiße meines Angesichts zubereitet!

Michel meinte schließlich, er glaube mir, denn es würde noch das gewisse etwas fehlen. Tja! Der Zauber! Der Zauber, den man Liebe nennt … Liebe zum Kochen!

Okay! Ich muss jetzt noch was zur Crème sagen. Luigi gab mir das Rezept auch unter der Bedingung, dass ich, falls etwas schief geht … sprich total daneben geht, niemand verrate, dass es sein Rezept ist. Okay! Die Crème schmeckte …

Ich ging wieder in meine Küche und machte mich an die Zubereitung des Sandre. Nun ja! Fisch und ich! Das kann ja nicht gut gehen. Anbraten und wenden! Okay! Nichts leichter, als das … oder auch nicht.

Los geht's! Anbraten … ups … ankokeln und entsorgen. Neuer Versuch! Anbraten … überbräunen und weg damit. Dritter Versuch! Temperatur runter … mehr Fett … mehr Fettspritzer … Sandre in die Pfanne … Eiweißflocken … neuer Versuch! Ha! Wer sagts denn! Zwei von drei Stücken gelungen … zumindest auf einer Seite.

Anrichten und servieren! Foto machen! *Rest kommt sofort* sagen! Zurück in die Küche … Weitere Versuche mussten ausfallen … mangels Sandre!

Lacht nicht! Ich habe nie gesagt, dass man bei mir satt wird! Meine Gäste labten sich an Baguette et beurre aillé. Von etwas muss der Mensch ja leben …

Ich wendete mich den Kirschen zu. In Butter schwenken, mit Zucker überstreuen, leicht karamellisieren lassen. Okay! Karamellisieren! Kann ich nicht … will ich auch nicht können … versuchte es trotzdem … warum habe ich es nicht gelassen? Neue Kirschen in die Pfanne. Schwenken! Ups! Neue Kirschen! Nächster Versuch! Butter, Kirschen, Zucker, rühren! Geht doch …

Und dann … ich nahm die Pfanne … trug sie in den Garten … stellte sie auf einen, eigens dafür inmitten des Rasens aufgestellten, Holzklotz und gab den Alkohol darüber. Ich hätte den Alkohol gerne entzündet, aber der starke Wind löschte immer wieder die Flamme des Feuerzeugs. Ich versuchte es mit einem Streichholz. Non! Nicht mit so einem kurzen Ding. Mit einem langen. Einem Kaminanzünder! Aber der Wind … Nicht mal Mutter Natur ist mir wohlgesonnen.

Der starke Wind frischte auf und wurde zu dem kleinen, angekündigten Stürmchen. Zu allem Elend begann es zu regnen. Es schien, als würden da oben alle Dämme brechen. Wie soll man bei diesem Wetter Kirschen flambieren? Aucune idée!

Ich trug die Pfanne, samt Kirschen und Regenwasser, zurück in die Küche. Grrr! Nicht nur die Kirschen wurden geflutet. Das Wasser tropfte aus meinen Haaren und die Hose klebte an meinen Beinen. Meine Schuhe … naja!

Jetzt wäre eine Dusche angesagt, warmes Wasser, duftendes Duschgel … okay … nicht während des Kochens. Aber trockene Kleidung und ein Handtuch mussten sein.

Weiter geht's! Neue Pfanne … Kirschen … Butter … Zucker (ups … etwas zu viel des guten) … eau de vie (wohl auch zu viel) … rühren, bis es zu einer klebrigen Substanz wird … fertig!

Der verdampfte Alkohol hatte mir das Hirn vernebelt. Wie kann man solch ein Zeug trinken? Okay! Wer will, der kann!

Ich drapierte Kirschen auf den Platten und setzte zwei Kugeln Vanilleeis dazu. Ups! Die Kirschen hatten die Platten erwärmt und das Eis begann zu schwimmen. Meine Nerven! Ich hasse kochen!

Platte Nummer eins servieren, Foto machen, grrr! Nächste Platte, neues Foto machen, wieder grrr! Dritte Platte serviert, kein Foto, zu schrecklich.

Geschafft! Ups! Da hatte ich doch wirklich die Deko vergessen … Was solls! Meine Gäste haben es nicht bemerkt.

Ich gönnte mir zwei Cappuccino und meine Laune besserte sich. Kommen wir zu den Bewertungen!

237

Die Crème schmeckte wunderbar. Fast so gut wie bei Luigi. Die Crevettes waren etwas zu fest, aber noch nicht gummiartig! Allerdings hatte ich sie nicht gewürzt. Man kann nicht alles haben! Eine Crème, die fast so gut schmeckte wie bei Luigi und dann auch noch gewürzte Crevettes …

Der Sandre war … nun ja … sagen wir mal so … eine Crème, die fast so gut schmeckte wie bei Luigi und dann auch noch gewürzten Sandre? Das ist doch wirklich ein bisschen viel verlangt.

Das Dessert! Nun ja! Könnten wir den Mantel des Schweigens darüber ausbreiten? Non? Ihr wollt aber auch immer alles ganz genau wissen. Okay! Das Eis schmeckte lecker, kam ja auch aus dem Feinkostladen. Die nicht flambierten Kirschen … nun ja … sagen wir mal so … sie waren nicht mehr knackig, mehr so … gar gekocht. Die Mischung aus eau de vie und Zucker war trallala für den Kopf. Zuviel Nachschlag (man muss ja von irgendetwas satt werden) bescherte mir zwei Übernachtungsgäste.

So ging auch dieser Event zu Ende. Ich werde nie wieder den Versuch starten zu karamellisieren. Fisch steht bereits auf meiner Blacklist. Fügen wir noch flambieren hinzu. Ich hasse kochen und ich will nicht mehr!

Jetzt sind es noch dreizehn Events. Und sehr viel Cappuccino.

Magret de canard

22. Dezember - Joyeux Noël

Kein Mittwoch, kein Donnerstag … Montag! Weihnachten steht vor der Tür …

Mein nächster Gast ist Engländer, Chirurg, Bergsteiger und Skifahrer. Er ist Arzt mit Leib und Seele und opfert viel Freizeit für MSF (Ärzte ohne Grenzen). Ralf, der die letzte Runde meiner Gäste anführt. Jene die mir ganz besonders am Herzen liegen.

Das Menu! Velouté de champignons, Magret de canard, Mousse de massepain. Pilzcremesuppe, Entenbrust, Mousse von Marzipan

Et maintenant … Je vous souhaite à tous un joyeux noël

28. Dezember - … alles egal

Nach einem Systemabsturz ist mein heutiger Blogbeitrag verschwunden. Ich habe keine Lust, mich nochmal stundenlang hinzusetzen, um alles erneut niederzuschreiben. Deshalb gibt es heute nur Fotos zu sehen. Auch wenn ich dadurch meine Wette verliere. Alles hat seine Grenzen!

Roberto hat mich von meinem Versprechen befreit. Jetzt liegt es an Chloé …

Filet de cerf

29. Dezember - Sturm der Entrüstung

Nachdem, seit gestern, ein Sturm der Entrüstung über mich hinwegfegt, gebe ich mich geschlagen. Ich werde Euch eine Kurzfassung des vierzigsten Events geben. Das findet auch Chloés Zustimmung. Allerdings brauche ich ein wenig Zeit dafür.

Kommen wir zu meinem nächsten Gast, dem letzten, den ich dieses Jahr bekanntgebe! Oh, wäre es doch wirklich schon mein letzter Gast. Okay! Mein nächster Gast ist Astrid. Gutsbesitzerin, Pferdenärrin und Gourmet mit Vorliebe für escargots à la bourguignonne.

Nun ja! Bis jetzt wurde erst einem Gast sein Lieblingsgericht kredenzt. Ich bin erleichtert, dass wir diesmal nicht damit fortfahren. Schnecken! Mon Dieu!

Das Menu! Soupe de poireaux, Filet de cerf, Crème au chocolat. Lauchsuppe, Hirschfilet, Schokoladencreme

Mon Dieu! Un cerf! Non! Je pleure! Un cerf! Pourquoi? C'est affreux! Chloé, je te déteste!

Et maintenant … Je vous souhaite à tous un bon début d'année

04. Januar - Auf ins neue Jahr

Der einundvierzigste Event ist vorüber. Das neue Jahr hat begonnen.

Im Feinkostladen hat sich nichts geändert. Abgesehen davon, dass alle auf den Bericht vom vierzigsten Event warten … Okay! Ich habe es versprochen und er wird kommen, aber nicht heute. Heute erzähle ich Euch vom einundvierzigsten Event.

Maître Gayet hat mir ein Stück Cerf, pardon, Hirsch reserviert. Das war zwar nicht nötig, in Anbetracht der Tatsache, dass ich bereits kurz nach fünf im Feinkostladen war und außer mir nur die Angestellten der besseren Häuser unterwegs waren.

Wenn mir letzte Woche nicht der Systemabsturz dazwischen gekommen wäre, wüsstet Ihr, dass es wunderbar ist, um diese Zeit einzukaufen und den Event in aller Frühe zu beginnen. So viel Zeit zu haben …

Okay! Zuhause gönnte ich mir erstmal einen Cappuccino. Man sollte den Tag langsam angehen lassen … Als erstes stand die Crème au chocolat auf dem Plan. Die musste im Kühlschrank fest werden und das dauert. Sahne erwärmen und die Schokolade darin auflösen … über dem Wasserbad. Oh mon Dieu! Aber nicht in achten schlagen! Wenigstens etwas! Okay! Und es dauert auch, bis sich Sahne über dem Wasserbad erwärmt …

Während die Sahne so vor sich hin wärmte, schnitt ich Lauch in Streifen und weinte. Lauch ist bekanntlich ein Bruder der Zwiebel und genauso fies.

Ich werde Maître Gayet fragen, weshalb der Feinkostladen keine Lauchringe anbietet. Das ist eine Marktlücke. Ich muss mich mal ausführlich mit dem Maître unterhalten.

Okay! Inzwischen hatte sich die Sahne erwärmt und ich gab die Schokoladenstücke hinzu. Tja! Wie kühlt man warme Sahne ab? Man gibt kalte Schokolade hinzu. Grrr! Okay! Ich hatte Zeit … viel Zeit … aber doch nicht für so was! Stundenlang am Herd stehen und warten, bis sich Sahne erwärmt und Schokolade auflöst. Nichts für mich! Mais oui! Ich hasse kochen!

Das musste schneller gehen. Topf erwärmen … Sahne reingießen … erwärmen … Schokolade hinzugeben … weiter erwärmen … Butterflöckchen hinzugeben … in Förmchen füllen … fertig!

Uuund … Sahne vom Wasserbad nehmen … wer weiß, ob sie nicht auch über den Rand quillt. Man lernt schließlich dazu! Zudem brauchte ich sie nicht mehr.

Jetzt hatte ich wieder mal Zeit … viel Zeit! Cappuccino? Non! Solange man Zeit hat, sollte man vorarbeiten. Soupe de Poireaux! Die Zwiebeln glasig dünsten. Ha! Können wir nicht, machen wir nicht! Wellness! Zwiebeln in Butter baden … Lauch hinzugeben … rühren! Gemüsebrühe hinzugeben … Deckel drauf … dreißig Minuten sich selbst überlassen.

Pause! Cappuccino! Zwei! Den Le Monde lesen. Es hat was, wenn der Event morgens um fünf beginnt. Man hat Zeit, keinen Stress. Okay! Nicht so viel Stress! Ich werde wohl künftig meine Events auf den Samstag verlegen. Warum ist mir das nicht schon früher eingefallen? Ich hätte mir so viel Stress ersparen können. Aber besser spät als nie!

Okay! Der Timer piepte und die Soupe wollte püriert werden. Nun ja! Sagen wir mal so ... der Pürierstab und ich, wir werden keine Freunde. Es spritzte und ... naja ... putzen! Was solls ... es war noch genug Suppe für eine Person übrig. Zudem war die Suppe nur das Entrée!

Pause! Cappuccino! Le Monde! Calme! Kochevents an einem Samstag sind so entspannend!

Eine kleine Ewigkeit später ... Wenden wir uns dem Cerf zu. Grrr! So ein schönes Tier und nun lag ein Teil von ihm vor mir auf dem Tisch. Übelkeit, Brechreiz, Tränen in den Augen ... Okay! Nicht jeder ist Vegetarier ... aber muss man Hirsche essen?

Neulich hat mir eine Freundin erzählt, dass sie in einem deutschen Restaurant gespeist habe. Sie hatten Nutria und Muskrat auf der Speisekarte. Nutria und Bisamratte! Was soll man dazu sagen? Manchmal bleibt nur das Schweigen.

Es war kurz vor fünf und ich hatte die pürierte Soupe auf den Herd gestellt. Non! Nur die Hälfte des kläglichen Rests! Man kann nie wissen, wie grausam das Schicksal zuschlägt. Und es schlug zu ...

Es läutete und mein Gast erschien. Grinsend sah sie auf meine Schuhe, zog es aber vor zu schweigen. Ich geleitete Astrid in den Salon und stellte ihr Baron de Rothschild zur Seite.

Kurz vor Weihnachten kam eine neue Lieferung. Mein Weinkeller ist für die restlichen Events gut bestückt. Wenigstens etwas, wofür sich ein Besuch bei mir lohnt. Okay! Während Astrid und der Baron sich bekannt machten, machte sich in der Küche Monsieur détecteur de fumée bemerkbar. Mais oui! Es gibt ihn noch. Auch wenn wir schon lange nichts mehr von ihm gehört hatten.

Ein leichter Stoß mit dem Wischmop und er hauchte sein Leben aus. Keine Sorge, ich habe noch einige von den Dingern auf Vorrat. Ich kann sie inzwischen sogar selbst installieren. Tja! Handwerklich geschickt, aber mit dem Kochlöffel eine Niete. Man kann nicht alles haben!

Okay! Der Topf, samt Inhalt, landete im Spülbecken. Wir regen uns nicht mehr auf. Schon gar nicht über solche Kleinigkeiten. Nach vierzig Events sind wir psychisch gefestigt. Wir haben in den vergangenen Monaten schlimmeres gesehen und erlebt.

Neuer Topf, den letzten Rest der Soupe erwärmen und dabei rühren, rühren, rühren. Sahne hinzugeben und rühren. In eine Suppentasse füllen, dekorieren und servieren. Fertig! Wer sagts denn! Geht doch! Jetzt noch Astrid zu Tisch bitten, das obligatorische Foto machen und servieren.

Eigentlich sollte der Cerf jetzt bereits im Ofen braten. Leider hatte mich das kleine Missgeschick mit der Soupe etwas aus der Bahn geworfen. Okay! Eine Minute auf jeder Seite braten und dann für zwanzig Minuten in den Ofen. Den Timer einstellen und das Beste hoffen.

Dass das Umfeld des Herdes wieder mit Fettspritzern übersät war, könnt ihr euch sicherlich denken. An die Wände wollen wir besser nicht denken. In zwölf Wochen steht die Renovierung der Küche an. Das hat sie sich redlich verdient. Sie hat mehr gelitten als ich.

Ups! Da hätte ich doch fast die filetierten Orangen vergessen. Die sollten karamellisiert und flam-

241

biert werden. Kollektives aufstöhnen! Non! Ich habe nicht karamellisiert. Vom flambieren ganz zu schweigen. Ich ließ sie in einem Bad aus Cognac wellnessen. Warum sollte ich Orangenfilets verkokeln, wenn mir das Schneiden fast den letzten Nerv geraubt hatte? Okay! Ich vergaß! Eine Orange filetieren! Ha! Wäre mein System nicht abgestürzt, wüsstest Ihr bereits, dass ich es nicht kann. Ich konnte es letzte Woche nicht und ich konnte es diesmal nicht. Wer braucht denn schon Orangenfilets? Ich nicht!

Okay! Es gab wieder eine riesige Sauerei. Minifilets und sehr viel Saft, der auf den Boden tropfte und den Arbeitsbereich überflutete. Alles klebte! Ich werde nie wieder Orangen filetieren!

Der Cerf war fertig, musste fünf Minuten ruhen und wurde danach in Scheiben geschnitten. Ein paar von den … ups! … inzwischen verkochten Orangenfilets und fertig! Das obligatorische Foto und servieren. Astrid war erstaunt. Ich weiß, es sah gut aus, aber Ihr könnt mir glauben, niemand war so erstaunt darüber wie ich.

Während Astrid sich dem Cerf widmete, machte ich mich an die Vollendung des Desserts. Tja! Sagen wir mal so … der gute Wille war da … er reichte nicht. Die Crème wollte sich nicht aus den Förmchen lösen. Grrr! Kurz in heißes Wasser gestellt und … ups! Eine mittlere Katastrophe auf dem Teller. Die Crème hatte sich zu sehr verflüssigt und lag als kleiner See auf dem Teller. Der Klumpen in der Mitte … tja … den konnte man noch gebrauchen.

Ich bin bekanntlich sehr einfallsreich. Ich drapierte den Schokoklumpen auf einem neuen Teller, dekorierte mit Liqueur aux œufs und ein paar Tröpfchen aus dem Schokosee. Et voilà! Das Dessert war fertig. Sah auch gut aus.

Kommen wir zu den Bewertungen. Der Soupe de poireaux fehlte es an Würze. Oh! Der Fehler lag eindeutig bei der Gemüsebouillon … sie war nicht ausreichend gewürzt! War sie überhaupt gewürzt? Wen interessiert das? Mich nicht! Okay! Der Fehler lag eindeutig bei der Gemüsebouillon. Ihr fehlte die Würze!

Das Filet de cerf kam erst gar nicht mit der Gemüsebrühe in Kontakt … folglich traf die Bouillon keine Schuld an der fehlenden Würze. Aber ich kann mich nicht erinnern, dass im Rezept etwas von würzen stand. Mein Bauch hat sich auch nicht dazu geäußert. Also … die fehlende Würze ist eindeutig auf einen Fehler im Rezept zurückzuführen!

Das Dessert! Sagen wir mal so. Man kann bei einem Zuckermangel nicht von fehlender Würze sprechen. Aber wenn wir mal eine kurze Rückblende auf die Zubereitung des Desserts nehmen … verständlich. Bei solch einem Stress, kann so ein winziger Fehler schon mal passieren. Zudem hat der Liqueur den Mangel an Zucker kompensiert.

Okay! Der einundvierzigste Event ist beendet. Wer auf ein Wunder gehofft hat, wurde mal wieder enttäuscht. Wer dachte, Gemüsebouillon sei ausreichend gewürzt, wurde eines Besseren belehrt. Allen, die sich auf die Vollständigkeit der Rezepte verlassen, sei gesagt, dem ist nicht so.

Jetzt sind es noch elf Events. Je näher wir dem Ende kommen umso unleidlicher werde ich. Aber es sind nur noch elf … und Chloés Wetteinsatz lässt mich diese letzten elf auch noch überstehen.

Der 40. Event

06. Januar - *Magret de canard*

Hier ist er, der lang ersehnte Bericht über den vierzigsten Event! Schneller, als ich dachte ...

Samstagmorgen fünf Uhr, Feinkostladen! Die Damen und Herren hatten den Weihnachsstress hinter sich und den Sylvesterstress noch vor sich. Sie waren froh, dass ich das Haus nicht abgefackelt habe. Es hätte doch sein können, dass ich, wegen des Sturms, vielleicht auf die Idee gekommen wäre, doch im Haus zu flambieren. Bei mir wäre man auf alles gefasst. MERCI!

Obwohl bereits die Angestellten der sogenannten besseren Gesellschaft durch die Gänge strömten, lud mich Maître Gayet auf einen Cappuccino ein. Der Tag begann sooo gut ...

Zuhause gönnte ich mir einen weiteren Cappuccino. Es war noch früh am Tag und ich hatte Zeit. Zehn Stunden! Da denkt man sich, dass man die Aufgabe in zehn Stunden locker bewältigt, um dann, zehn Stunden später, zu denken: »Naja! Irren ist menschlich!«

Okay! Ich begann mit der Mousse. Sie musste zwei Stunden im Kühlschrank ruhen. Tja! Im Rezept stand: *Einfach!* Hach! Da war es wieder, dieses böse Wort, das Chaos bedeutete. Ein böses O-men!

Mousse de massepain. Eine Hausfrau erledigt das zwischendurch, aber ich ... Ihr wisst doch, ich nehme mir für jeden einzelnen Gang Zeit. Mal mehr ... mal weniger ... okay ... meistens mehr ...

Im Rezept stand: *Zubereitungszeit dreißig Minuten!* Okay! Ich gehe davon aus, dass die Zeitangabe für Hausfrauen bestimmt ist, nicht für mich. Ich dachte noch, dass ich vielleicht fünfundvierzig Minuten brauchen würde oder maximal eine Stunde. Naja! Man lernt nie aus.

Die Sahne sollte über dem Wasserbad erwärmt werden. Okay! Das sollte ich noch hinkriegen. Von achten schlagen stand nichts im Rezept. Da hätte ich mir eine Alternative einfallen lassen. Aber so ... Die Sahne wärmte über dem Wasserbad so vor sich hin. Mon Dieu! Das dauerte ewig.

Non! Keine Pause! Champignons vierteln, keine Zwiebeln würfeln (die gibt es jetzt in Gläsern ... Merci!) und Orangen filetieren. Tja! Sagen wir mal so. Ich hatte keine Ahnung, wie man Orangen filetiert und bemühte Monsieur Internet. Der hielt sich erst gar nicht mit großartigen Erklärungen auf, sondern schickte mir ein paar Videos, damit ich pas à pas den Ablauf sehen konnte.

Nun ja! Sehen heißt noch lange nicht, dass man es auch umsetzen kann. Entweder schnitt ich zu wenig oder zu viel Schale ab. War es zu wenig, musste auch noch die weiße Haut runter. ... und es tropfte ... Ich hasse kochen!

Meine erste Orange war ... nun ja ... sagen wir mal so ... etwas unförmig und fast saftlos. Das ist ungefähr wie Kartoffelschälen. Verkrampfte Finger, die sich wie eine Saftpresse auswirkten. Zum filetieren war nicht mehr viel übrig. Ich werde Maître Gayet darauf hinweisen, dass er sein Warenangebot um Orangenfilets erweitern muss. Das ist eine Marktlücke.

Während ich noch so vor mich hin knurrte, kroch mir ein bekannter Geruch in die Nase. Der Sahne war es zu heiß geworden und sie floh aus der Schüssel. Der Herd hatte kein Mitleid und verbrannte sie zu einer stinkenden, schwarzen Masse. Grrr! Wir fluchen nicht!

Nun ja! Muss ich es wiederholen? Oui! Ich muss! Ich hasse kochen!

Pause! Cappuccino! Zwei! Tief einatmen und auf hunderttausend Millionen zählen. Von wegen Zubereitungszeit dreißig Minuten! Zsss! Knurrrrr! Wir fluchen nicht!

Neue Schüssel, neue Sahne! Wachposten beziehen! Warten! Warten! Warten! Grrr! Nachdem die Sahne in der Schüssel zu zucken begann (gefühlte Stunden später), gab ich das Marzipan hinzu. Was geschieht, wenn man kaltes Marzipan zu … erwärmter? … angewärmter? … nicht mehr ganz kalter? … Sahne gibt? Bingo! Alles ist kalt! Grrr! Wir fluchen nicht!

Erneutes erwärmen und erneutes warten! Warten … warten … warten! Non! Ich vergeude meine Zeit doch nicht vor dem Wasserbad! Topf erwärmt, Sahne und Marzipan hineingegeben und los gings! Die Sahne erwärmte sich und … nichts! Gar nichts! Das Marzipan schwamm in der warmen Sahne umher, als ob es sonst nichts zu tun hätte. Es sollte sich auflösen, verflüssigen oder was auch immer. Aber was geschah? Nichts! Grrr! Wir fluchen nicht!

Es wäre ja alles sooo simple gewesen, hätte ich die Sahne und das schwimmende Marzipan sich selbst überlassen können. Mais non! Ich musste rühren. Grrr! Wir fluchen nicht!

Gefühlte Stunden später, erbarmte sich das Marzipan und begann eine Liaison mit der Sahne. Schließlich gab es sich ganz hin und verschmolz mit ihr zu einer homogenen Masse.

Erinnert Ihr euch noch an das Risotto, dieses äußerst liebebedürftige Gericht? Dass ich dachte, es gäbe nichts, das ihm gleich käme? Vergesst es! Risotto … nicht vergleichbar mit der Liebe- und Zuwendungsbedürftigkeit einer Mousse de massepain. Absolument pas!

Okay! Jetzt musste die Crème abkühlen. Dieu merci! Pause! Cappuccino! Drei! Nach diesem Stress musste das sein! Nun ja! Das war wohl einer zu viel … Als ich erholt aus meiner Pause zurückkehrte, traf mich fast der Schlag. Die Mousse de massepain! Man konnte kaum den Löffel aus der Masse heben. Wie sollte ich da geschlagene Sahne unterheben? Grrr! Wir fluchen nicht!

Ob sie sich auf dem Herd wieder verflüssigen würde? Okay! Ein Versuch war's wert. Et voilà … Sie hatte ein Einsehen! Runter vom Herd und rühren. Nicht allzu viel, aber immer wieder mal rühren!

Nächster Gang: Velouté de champignons. Zwiebeln glasig dünsten! Können wir nicht, wollen wir auch nicht können. Wellness!

Marzipansahne rühren! Zwiebeln rühren, Champignons dazugeben und dann … nun ja … mit Mehl bestäuben. Sagen wir mal so … einstauben würde es eher treffen. Mit Bouillon auffüllen, rühren, hoffen, dass die Klümpchen sich auflösen, Deckel drauf und dreißig Minuten sich selbst überlassen.

Marzipansahne rühren! Zucker und Eigelb (aus dem Glas) schaumig rühren. Die KitchenAid gab ihr bestes und mischte anschließend die Crème mit der schaumigen Masse. Danach schlug sie Sahne und ich war mal wieder ratlos. Sahne unter die Masse heben. Können wir nicht … wollen wir nicht können … taten es doch und es sah nicht gehoben aus. Mehr so untergerührt. Aber man kann nicht alles haben. Hauptsache fertig! In Förmchen füllen und ab in den Kühlschrank.

Okay! Eigentlich sollte die Mousse nach dem erkalten in Nocken abgestochen werden … aber … das können wir auch nicht und werden es auch nicht tun. Deshalb … Förmchen!

Okay! Der Timer piepte und die Champignons wollten püriert werden. Nichts leichter als das! Grrr! Wir fluchen nicht! Ich vergaß, der Pürierstab und ich liegen im Clinch. Er hat gewonnen und ich habe geputzt.

Pause! Cappuccino! Le Monde! Cappuccino! Siebzehn Uhr! Wo war die Zeit geblieben? Wie hätte ich das alles geschafft, wenn ich freitags gekocht hätte? Aucune idée!

Es war kurz vor achtzehn Uhr, als mein Gast erschien. Ich stellte ihm Baron de Rothschild zur Seite und machte mich an die Vollendung der Velouté de champignons. Nochmal kurz erwärmen, Crème fraîche hinzu, rühren, etwas Deko und es konnte losgehen. Ich machte das obligatorische Foto und bat Ralf zu Tisch.

Ich ging zurück in meine Küche und wendete mich der Entenbrust zu. Die Haut sollte in Rauten eingeschnitten werden, allerdings ohne das Fleisch zu verletzen. Okay! Wir sind im Besitz mehrerer äußerst scharfer Messer und schwupps, zu tief geritzt. Tja! Da hat man einen begnadeten Chirurgen am Tisch sitzen und muss in der Küche höchstselbst Entenbrust ritzen. Grrr!

Nun ja! Sagen wir mal so … wir fluchen nicht … wirklich nicht … aber nachdem wir wieder zu tief geritzt hatten … vielleicht kam das ein oder andere Wort über unsere Lippen … jedenfalls nahm uns Ralf das Messer aus der Hand und schnitt die Haut in wunderschöne Rauten … ohne das Fleisch zu treffen. Merci beaucoup!

Er ist so ein wundervoller Mensch. Wir haben wohl etwas zu laut … mais non … wir fluchen doch nicht … wir haben bestenfalls etwas zu laut unseren Unmut kundgetan.

Ich glaube, Ralf trat mir nur hilfreich zur Seite, weil er fürchtete, dass er mich ansonsten noch verarzten müsse, weil vielleicht mehr als die Entenbrust zu tief geritzt würde.

Okay! Anbraten! Fünf Minuten auf der Haut … wenden … drei Minuten auf der anderen Seite … ab in den Ofen. Fettspritzer wegwischen … auf die neue Küche freuen … Pause! Cappuccino mit Ralf! Er meinte, ich sähe nicht gut aus … so erschöpft! *Erschöpft!* Ha! Er hätte mich vor neunund-dreißig Events sehen sollen und die nächsten danach. Damals hätte er den Bestatter gerufen.

Okay! Der Timer kündigte das Ende der Garzeit an und ich ging zurück in meine Küche. Er-schöpft! Pfff! Ich doch nicht!

Die Entenbrust ruhte noch ein paar Minuten und ich sollte in der Zwischenzeit die Orangenfilets karamellisieren. Okay! Mal davon abgesehen, dass ich nicht karamellisieren kann und es auch nicht lernen will … ich hatte vergessen, einen zweiten Versuch zu starten, um Orangenfilets zu schneiden. Ups! Was solls! Es gibt schlimmeres! Schnell ein paar dünne Scheiben von der Orange schneiden und als Deko nutzen. Sah doch ganz passabel aus. Noch schnell die Entenbrust aufschneiden und staunen. Rosé und saftig! Ich war sprachlos!

Ich servierte das Wunder und Ralf blieb vor Staunen fast der Mund offen stehen. Ha! Geht doch! Kurz bevor Ralf zu essen begann, fiel mir ein, dass ich das Foto vergessen hatte. Okay! Schnell noch nachgeholt et voilà!

Sieht das nicht gut aus? Mais oui! Geht doch! Okay! Dass ich mal wieder das Würzen vergessen hatte … Wen interessieren denn solche Kleinigkeiten, wenn die Entenbrust sooo gut aussieht? Man kann doch nachwürzen, besser gesagt, überhaupt mal würzen …

Okay! Ich ging wieder in meine Küche um das Dessert zu vollenden. Tja! Man würde, wenn man könnte. Die Mousse hatte sich mit den Förmchen verbunden und wollte nicht wieder raus. Non! Wir fluchen nicht!

Förmchen Nummer eins kleckste ein Bröckchen auf den Teller und behielt den Rest für sich. Grrr! Wir fluchen nicht! Nachdem ich mit dem Messer nachgeholfen hatte, gab Förmchen Nummer zwei den Inhalt widerwillig frei und ließ ihn auf den Teller platschen. Dementsprechend sah die Mousse auch aus. Grrr! Wir fluchen nicht! Förmchen Nummer drei … Nun ja! … Sagen wir mal so … Nachdem ich bereits in mehreren Tests die Flugeigenschaften meiner Töpfe und Pfannen nachgewiesen hatte, versuchte ich es mal mit Mousse gefüllten Förmchen. Schlecht … sehr schlecht! Durchgefallen!

Bevor ich weitere Tests mit Förmchen Nummer vier durchführen konnte, übernahm Ralf. Mit einer Engelsgeduld holte er die Mousse aus dem letzten Förmchen. Es blieb zwar noch etwas im Förmchen kleben, aber was solls.

Was soll ich sagen? Eigentlich sollten heiße Himbeeren zum Mousse gereicht werden … Nun ja! Die hatte ich völlig vergessen. Na ja! Man kann nicht alles haben … schon gar nicht nach so einem Tag. Okay! Mit ein bisschen Improvisationstalent … Geht doch!

Ralf sagte nichts, aber ich konnte sehen, dass er mit seinen Mundwinkeln kämpfte, die nicht aufhören wollten zu zucken. Tja! Er ist eben ein Gentleman, auch wenn es ihm sichtlich schwer fiel, die Contenance zu wahren.

Kommen wir zur Bewertung! Velouté de champignons! Abgesehen davon, dass der Klecks Crème fraîche etwas plump aussah und ich mal wieder das würzen vergessen hatte … Sie schmeckte gut, nachdem Ralf gewürzt hatte.

Magret de canard! Zart, saftig, rosé, ungewürzt! Aber das hatten wir schon … Trotzdem lecker! Ralf war begeistert!

Mousse de massepain! Oh! Ooooh! Da hatte ich die Zuckerration in der Crème schon halbiert und dennoch … süß … widerlich süß … Nach einem Löffel Mousse, hisste Ralf die weiße Fahne. Tja! Ich möchte auch kein Mousse de massepain … Ich habe schon viel über dieses supersüße Dessert gehört. Glücklicherweise hatte ich für den Notfall vorgesorgt. Im Feinkostladen gibt es Törtchen, da läuft einem schon beim Anblick das Wasser im Mund zusammen. Sogar mit Himbeeren!

So ging dann der vierzigste Event zu Ende. Nun waren es noch zwölf Events. Dass es inzwischen nur noch elf sind, nachdem der einundvierzigste Event bereits stattgefunden hat, umso besser.

Paupiettes de porc

07. Januar - Keine Eintöpfe

Ups! Jetzt hätte ich doch fast vergessen, meinen nächsten Gast bekanntzugeben.

Hieronymus, Unternehmer, Liebling der Damenwelt und mein nächster Gast. Er isst nichts, das aus dem Wasser kommt und möchte immer wissen, was auf seinem Teller liegt. Also ... keine Eintöpfe, keine Aufläufe! Ich denke, er würde Chloé ein Cassoulet sehr übel nehmen.

Warten wir's ab ...

08. Januar - Das Parkett der haute cuisine

Mein nächster Auftrag! Mon Dieu! Ich kann jetzt schon sagen, dass ich Samstag sehr viel zu tun habe. Von wegen Pausen!

Pâté de volaille en croûte, Paupiettes de porc, Dessert aux châtaignes et aux deux chocolats! Geflügelpastete im Teigmantel, Schweinerouladen, Dessert von Kastanien und zwei Schokoladen!

Atmen! Sauerstoffgerät! Madame Chloé wird bösartig! Weshalb schreibe ich wird? Sie ist es seit einundvierzig Events.

Habt Ihr schon mal Pastete hergestellt? Non! Ihr müsst nicht antworten. Das war eine rhetorische Frage!

Dessert aux châtaignes et aux deux chocolats? Es könnte ja sein, dass Ihr eventuell schon mal die Erfahrung gemacht habt. Damit ist nicht der einfache Kuchen gemeint. Non! Absolument pas! Das ist so ein bösartiges, kleines Törtchen ... mit Mousse, rösten, achten schlagen und trallala!

Sagen wir mal so ... wir bewegen uns jetzt auf dem Parkett der haute cuisine. Da gehöre ich definitiv nicht hin! Ich gehöre ins Land von Spaghetti à la Miracoli.

12. Januar - Das glatte Parkett der haute cuisine

Ein arbeitsintensiver Event ist vorüber. Gut, dass ich die letzten Events auf Samstag verlegt habe. Hätte ich den Freitag beibehalten, meine Gäste wären zum Frühstück geblieben.

Gehen wir zuerst in den Feinkostladen. Morgens um fünf ist die Welt noch in Ordnung. Besonders, wenn man den Cappuccino von Maître Gayet genießen kann.

Die Damen und Herren waren sprachlos, über meine Leistung bei den letzten beiden Events. Okay! Sie mussten sie nicht kosten. Sie verstehen immer noch nicht, warum ich das Würzen vergesse und immer wieder in Stress gerate. Ich solle das Kochen als Ballett betrachten. Mich quasi in sanften Pirouetten durch den Event drehen.

Nun ja! Vergleiche ich das Kochen mit Ballett, bin ich wohl der Elefant, der in Allegros durch die Küche trampelt.

Okay! Wenn man kochen kann, es vielleicht sogar noch gern tut … wie soll man da verstehen, dass es Menschen gibt, die weder kochen können, noch kochen wollen?

Zuhause gönnte ich mir zuallererst einen Cappuccino, bevor ich mich in den nächsten Stress stürzte. Oh ja! Es war stressig. Eigelb über dem Wasserbad aufschlagen. Im Rezept stand: *Nicht zu heiß werden lassen, damit das Ei nicht gerinnt.* Ha! Wie sollte es anders sein … ein widerlich aussehendes Etwas, das eigentlich eine schaumig, cremige Masse werden sollte.

Okay! Nicht aufregen … neuer Versuch! Warum weiß das Wasser nicht, dass es zu heiß ist? Woher soll ich es wissen? Den Finger eintauchen? Bin ich verrückt? Ich hasse kochen!

Versuch Nummer drei! Wir fluchen nicht! … Okay! Die Schüssel hat den Flugtest nicht überstanden. Kein Vergleich mit den Töpfen und Pfannen, die die Tests immer mit Bravour absolvieren!

Versuch Nummer vier: KitchenAid! Sie rührte die Eigelbe schaumig, cremig. Wer braucht schon ein Wasserbad? Schokolade über dem Wasserbad schmelzen. Mon Dieu! Noch so eine liebebedürftige Sache. Rühren, rühren, rühren! Nachdem die Schokolade geschmolzen war, wurde sie unter die Eiercrème gemischt. Nun ja! Sagen wir mal so … vielleicht hätte die Schokolade etwaaas mehr abkühlen müssen … Die Mischung sah eklig aus!

Okay! Ich hatte es versucht … Die Mousse au chocolat wurde auf die Blacklist gesetzt. Zusammen mit Wasserbad und achten schlagen. Kann ich nicht … will ich nicht können! Aber! Ich habe so etwas bereits geahnt und im Feinkostladen eine Mousse au chocolat besorgt. Ich kenne meine Kochkünste und weiß, wann ich mich geschlagen gebe. Ich habe nicht gegen die Regeln der Wette verstoßen … ich habe es versucht! Vier Mal!

Okay! Nach der Erkenntnis, dass ich keine Mousse herstellen kann, gönnte ich mir einen Cappuccino. Ich hätte mir gerne mehr gegönnt, aber es stand noch so viel auf meinem Plan und ich war bereits in Zeitnot. Vielleicht sollte ich künftig bereits freitags mit den Vorbereitungen beginnen …

Als nächstes stand die Zubereitung der, nun ja, man könnte sie Kekse nennen, an. Also, so kleine Küchlein mit Kastanien. Ich mag keine Kastanien. Vielleicht beruht diese Antipathie auf Gegenseitigkeit. Nun ja! Sagen wir mal so … das Rösten über wir noch ein bisschen. Dabei sehen diese Dinger so robust aus, wenn man sie in ihrer Schale sieht, aber in ihrem Innern sind sie so zart besaitet, dass sie einem jede Unaufmerksamkeit übelnehmen. Woher sollte ich auch wissen, dass man die Dinger sich nicht selbst überlassen kann? Davon stand nichts im Rezept.

Okay! Ich nahm die nackten Kastanien aus dem Feinkostladen und zerteilte sie in kleine Würfelchen. Nun ja! Ich versuchte sie zu zerteilen. Sie zerbröselten und waren mehr so … kleine und größere Bröckchen. Den … nun ja … wir wollen sie Kekse nennen, machte es nichts aus, dass die Kastanien nicht geröstet waren. Man sieht doch nicht, ob die Kastanien in den Keksen geröstet sind oder nicht. Okay! Vielleicht schmeckt man es, aber ich bezweifle, dass Hieronymus weiß, wie die Dinger normalerweise schmecken.

Die Kekse kamen in den Ofen und ich schmolz die nächste Schokolade im Wasserbad. Weiße (die keine echte Schokolade ist) und dunkle. Der Timer piepte und die Kekse (oui … es sind keine Kekse, aber sie sehen so aus.) waren fertig. Etwas auskühlen lassen, mit Schokolade (heller und dunkler) bestreichen und auskühlen lassen.

Da war dann noch die Sache mit der Glasur. Ihr wisst schon … kalte Glasur auf warmen Kuchen, warme Glasur auf kalten. Lauwarm auf lauwarm … nun ja …

Dann begab ich mich auf das Parkett der haute cuisine. Ich goss den Schoko-Zierrat. Nun ja! Es wurde kein zartes Schokogitter und es wurden keine zarten Schokotaler … Abkühlen lassen und anschließend in Form bringen. Aber wann sind sie soweit abgekühlt, dass sie in Form bleiben und doch noch warm genug, um nicht brechen?

Ich goss vorsichtshalber mehrere dieser Taler und hoffte das Beste. Ich muss wohl nicht erwähnen, dass einige noch nicht genügend abgekühlt waren, als ich … Okay! Sie hatten danach mehr das Aussehen von dicken, fetten Tropfen.

Pause! Cappuccino! Pâtisserie ist auch nicht meine Welt!

Pâté de volaille en croûte! Da ich mich nicht mit dem zerkleinern der Zutaten aufhalten wollte, haben ich alles … nun ja … es gibt doch Feinkostläden …

Ich breitete den Teig aus und strich die zerkleinerte Masse aus Fleisch und Leber darüber, (oh mon Dieu! Schon die Erinnerung an den fünfunddreißigsten Event …) wickelte die blanc de poulet in Schinkenstreifen und legte sie auf die Masse. Ich rollte alles zusammen … okay … ich versuchte es wenigstens … Non! Wir fluchen nicht!

Der Teig war zu kurz … also, zu wenig zum rollen … da quoll überall die Masse raus. Oui! Ich bat Monsieur Internet um Hilfe. Nur bei der Formulierung der Frage hatte ich ein paar klitzekleine Probleme. Ich konnte doch nicht schreiben: *Teig zu kurz … was nun?* Monsieur Internet ist, was mich betrifft, zwar allerhand gewohnt, aber das?

Okay! *Probleme mit dem Teig!* … Es dauerte verdächtig lange, bis eine Antwort kam. Anscheinend hatte sich Monsieur erst mal mit seinen Gehilfen beraten und war zu dem Ergebnis gelangt, dass ich Probleme bei der Herstellung von Blätterteig habe.

Vor Schreck bekam ich kurzeitige Atemnot. Ich und Blätterteig herstellen? Ob er ernsthaft gedacht hat, ich scheue vor nichts zurück? Okay! Außer vor homard et carpe au bleu! Aber das hat seine Gründe, wie Ihr wisst! Non! Ich glaube nicht, dass er ernsthaft gedacht hat, *ich* würde Blätterteig herstellen … und Ihr könnt jetzt wieder aufhören zu lachen.

Okay! Ich rief mal kurz im Feinkostladen an und orderte Nachschub. Da ich in meinem Tatendrang so abrupt gebremst wurde, legte ich eine Pause ein, trank zwei weitere Cappuccino und las den Le Monde.

Mon Dieu! Bereits zwanzig Minuten später läutete der Bote und brachte den Blätterteig. Wo ist der viel gescholtene Verkehr, wenn man ihn mal braucht? Wo sind die vielen Staus? Okay! Abrupt aus meiner Pause gerissen, wendete ich mich wieder der Pâté zu. Hier ein bisschen Teig ansetzen und dort ein bisschen. Auf dem Teller würde man nichts mehr von den Flickereien sehen.

Die Pâté kam für neunzig Minuten in den Ofen und ich wendete mich den Paupiettes zu. Tja! Das Bestreichen und füllen war relativ simple, aber dann … sagen wir mal so … ich konnte nicht im

Feinkostladen anrufen, um weitere Paupiettes zu ordern. Ich konnte mir auch beim besten Willen nicht vorstellen, wie ich die anflicken sollte.

Okay! Die Paupiettes waren auch zu kurz! Hört auf zu lachen! Es war zu viel Füllung da ... Ihr sollt aufhören ... Das war nicht lustig!

Okay! Ich schnitt alles, was über die Paupiettes hinausragte, ab. Tja! Kurzer Prozess. Lacht Ihr schon wieder? Da ist mal einmal kreativ und schon müsst ihr die Höschen wechseln.

Die Paupiettes sollten nun scharf angebraten werden! Oh! Ich höre ein kollektives aufstöhnen. Aber Ihr wisst doch, dass ich erst gar keinen Versuch starte, wenn ich weiß, es geht wieder schief. Hört auf zu stöhnen! Ich relativiere ... ich starte meistens keinen Versuch.

Also! Sanft anbraten! Non! Kein Wellness! Okay! Fast! Ehrlich! So ähnlich wie wellnessen. Wechseln wir das Thema. Tja ! Sagen wir mal so ... die Paupiettes sollten nur sechzig Minuten garen ... aber das Entrée brauchte etwas länger.

Okay! Topf vom Herd nehmen und mit dem Wissen konfrontiert werden, dass es mal wieder etwas später werden würde, bis das Essen serviert wird. Aber diesmal lag es nicht an mir. Es war nicht meine Schuld, dass die Pâté de volaille en croûte so lange in den Backofen musste. Das stand so im Rezept.

Okay! Da war noch die Sache mit dem Teig, der zu kurz war. Aber war das meine Schuld? Ich habe ihn nicht hergestellt.

Apropos servieren! Ihr erinnert Euch, dass ich mich der vagen Hoffnung hingab, eventuell Mary mit dem Auftragen des Essens zu beauftragen? Mit dem Abtragen des Geschirrs? Mais oui! Ihr und etwas vergessen? Wie komme ich nur auf so eine Frage?

Chloé war der Meinung, Mary gehöre nicht zu unserer Wette. Mary generell, nicht nur, was volle und leere Teller angeht. Tzzzz! Nun ja! Von Putzen war ja nicht die Rede.

Okay! Inzwischen nehme ich die leeren Teller mit, wenn ich die vollen bringe. Meine Gäste werden von mir bewirtet und sind sich sehr wohl bewusst, dass auch mal was vergessen wird.

Paul Bocuse hat seinen Gästen auch nie das Essen serviert. Der hatte seine Leute ... aber der hat auch nicht gewettet!

Okay! Wieder mal abgeschweift ... Ich wollte mir eine weitere Pause gönnen, als mein Gast erschien. Ich führte Hieronymus in den Salon, stellte ihm Baron de Rothschild zur Seite und leistete ihm ein wenig Gesellschaft.

Er sah mich mit einem seltsamen Blick an und überwand sich schließlich zu der Frage, ob das Essen eventuell ausfällt. Tja! Was soll man da antworten? Er sah mein etwas ratloses Gesicht und fügte hinzu, ich sähe etwas mitgenommen aus und es könnte doch sein, dass in der Küche etwas vorgefallen sei, das den Event vorzeitig beendet hat.

Okay! Ich nehme an, er kennt nicht die Anzahl der Töpfe und Pfannen, die ich mein eigen nenne. Zudem lag auf der Landebahn des Testgeländes nur eine Schüssel und die Pompiers stand auch nicht vor der Tür!

Ich kann ihm nicht böse sein ... er liest meinen Blog. Trotzdem ging ich etwas pikiert in meine

Küche. Da vergisst man einmal, ein einziges Mal, die Étiquette und dann das … (wie konnte ich nur vergessen, die Schüssel wieder ins Haus zu holen?) Non, wir fluchen nicht.

Mon Dieu! L'étiquette … Meine Mutter wird mal wieder in Ohnmacht fallen. Sie wird mir diesen Blog nie verzeihen. Oh! … j'adore ce pari!

Okay! Ich schob die Paupiettes in den Ofen und machte mich daran, das Dessert zu vollenden. Nun ja! Es erinnerte mehr an einen Waldschrat, als an das, was es war. Dessert aux châtaignes et aux deux chocolats!

Der Timer meldete sich, die Pâté war fertig. Ich schnitt ein Stück heraus (selbstverständlich nichts vom Flickwerk), dekorierte, bat meinen Gast zu Tisch, machte das obligatorische Foto und es konnte losgehen.

Hieronymus war überrascht. »*Erschöpft vom Kochen*«, sagte ich spitz und ging wieder in meine Küche. Beim Anblick des Waldschrats traf mich fast der Schlag. Der war in seine Einzelteile zerflossen. Grrr! Non! Wir fluchen nicht!

Ich machte mich an den Zusammenbau des nächsten Waldschrats, als der Timer erneut piepte. Grrr! Ich hasse kochen! Stress ohne Ende!

Ich nahm die Paupiettes aus dem Topf, pürierte die Sauce und würzte! Ha! Okay! Ich hatte mir einen großen Zettel an den Dunstabzug geheftet: *WÜRZEN!* Geht doch!

Ich schnitt die Paupiettes auf, drapierte sie auf einem Teller und dekorierte. Machte das obligatorische Foto und servierte. Wieder machte Hieronymus große Augen. » *Je suis désolé* «, brummte er kaum hörbar. Na wenigstens etwas!

Ich machte mich auf in die Küche, um den Waldschrat erneut zusammen zu setzen. Grrr! Wir fluchen immer noch nicht!

Wie machen das die Pâtissiers? Warum sieht ihr Dessert so perfekt aus? Okay! Mein Dessert erhebt ja erst gar nicht den Anspruch auf Perfektion, aber es sollte doch wenigstens als eine Einheit auftreten und nicht in Einzelteilen serviert werden. Weinen!

Dann hatte ich es endlich soweit. Unter Zuhilfenahme diverser Kleinigkeiten zwang ich es förmlich in ein Korsett. Auch wenn es nicht so aussah, wie es aussehen sollte. Hauptsache kompakt.

Ich stellte es kurz in den Tiefkühler, damit die Mousse fest wurde und dann musste alles schnell gehen. Das Foto und ab zu Hieronymus.

Er lachte, als er meine Création sah. Fragte, ob der Kleine auch einen Namen habe und sah ihm zu, wie er sich in seine Einzelteile zerlegte. Naja! Hauptsache kompakt auf dem Tisch gelandet!

Kommen wir zur Bewertung meiner Pirouetten, Allegros, Pliés, Tendues et Relevés.

Pâté de volaille en croûte! Die blanc de poulet war etwas zu fest, die Masse würzig, aber auch zu fest. Der Blätterteig gut gebacken.

Paupiettes de porc! Das Fleisch zart und saftig, gut gewürzt und die Sauce lecker! Keine haute cuisine, aber Hausmannskost … oui. Als Hausmannskost würden sie gerade noch durchgehen.

Dessert aux châtaignes et aux deux chocolats! Knackig, süß, herb, zart und cremig. Ihr wundert

Euch über die Bewertung? Das Dessert hatte sich doch in seine Einzelteile zerlegt …

So ging auch der zweiundvierzigste Event zu Ende. Jetzt sind es noch zehn Events! ZEHN! Auch, wenn ich das Kochen immer mehr hasse und es noch immer viele Fehlschläge gibt. Wir begeben uns nächste Woche auf die Zielgerade und das hebt meine Stimmung kolossal.

    Auf die letzten zehn!

Petto di pollo alla pizzaiola

14. Januar - Die letzte Dekade

Die letzte Dekade ist angebrochen. Wir befinden uns auf der Zielgeraden. Ab sofort gibt es keine Gnade mehr. Okay! Ich werde auch das durchstehen. Ich habe zweiundvierzig Events hinter mich gebracht und habe nicht vor, auf der Zielgeraden das Handtuch zu werfen.

Inwiefern meine Gäste die Leidtragenden sein werden ... wir werden sehen. Apropos Gäste ... meine nächsten Gäste sind allerhand gewohnt ...

Charles: Ingenieur, Weltenbummler, Biker, Surfer und Segler, mit Vorliebe für alles, was aus dem Meer kommt.

Louise: Ingenieurin, Weltenbummlerin, Bikerin und Bergsteigerin mit Vorliebe für fette Burger und Pommes.

Die beiden haben schon die seltsamsten Gerichte gegessen. Und Samstag speisen sie bei mir ... Dieses Abenteuer wollten sie sich auf keinen Fall entgehen lassen.

15. Januar - Auf nach Italien

Der nächste Auftrag führt uns wieder nach Italien, dem Land von Pizza und Pasta.

Torta spinaci, Petto di pollo alla pizzaiola, Crema alla vaniglia (di Luigi). Spinatkuchen, Hühnerbrust mit würziger Tomatensauce, Vanillecreme nach Luigis Art

Tja! Crema alla vaniglia di Luigi. Das Rezept findet sich in keinem Kochbuch dieser Welt. Sogar Monsieur Internet wäre überfordert. Das Rezept kennt nur Luigi. *Oooh! Grrr!* Ein fieser Zug von Madame Chloé. Hat sie ihn bestochen? Zum Schweigen verdonnert?

Wir brauchen dieses Rezept ... Wir wollen dieses Rezept ... Lassen wir unseren Charme spielen ... Packen wir vorsichtshalber eine Kiste Dom Pérignon ein.

18. Januar - Eine teure Angelegenheit ...

Samstagmorgen, fünf Uhr im Feinkostladen. Es war ruhig, wie überall in der Stadt. Die Damen und Herren konnten es kaum erwarten, endlich zu erfahren, ob es Crema alla vaniglia (di Luigi) geben wird oder nicht. Tja! Da mussten sie warten, wie alle anderen auch.

Ich trank mit Maître Gayet einen Cappuccino, plauderte mit ihm über die letzten Ereignisse, die die Stadt bewegen und machte mich nachdenklich auf den Heimweg.

Zuhause gönnte ich mir erst mal einen Cappuccino zur Einstimmung. Luigi hatte sich als harter Brocken erwiesen. Nachdem ich tausend Eide geschworen und vier Flaschen Dom Pérignon den Besitzer gewechselt hatten, hatte ich das Rezept in der Tasche.

Eine teure Angelegenheit ... aber was tut man nicht alles, um diese Wette zu gewinnen.

Ich machte mich an die Zubereitung der Crema. Ihr müsst verstehen, dass ich meine diversen Probleme, die ich dabei hatte, jetzt nicht erzählen kann. Ich würde mehr preisgeben, als ich dürfte. Ich habe geschworen zu schweigen, aber ihr könnt Euch sicherlich denken, dass es nicht reibungslos ablief.

Torta spinaci! Nun ja! Die KitchenAid gab ihr bestes, das Nudelholz auch ... aber der Koch ... Sagen wir mal so ... das ausrollen des Teiges üben wir auch weiterhin. Wir wollen es noch immer nicht können, können es auch nicht, aber werden auch künftig unser Bestes geben.

Also! Pâte ausrollen und in die Form legen. Nennen wir es mal so ... kleine Teile des Teigs plattdrücken und in der Form als Flickenteppich zusammensetzen. Kommt Spinat drauf ... sieht man nicht.

Apropos Spinat! Non! Ich kann ihn immer noch nicht zubereiten. Ich habe ihn gehackt! Mit dem Messer ... dem Wiegemesser ... dem Küchenbeil ... non ... wir fluchen immer noch nicht. Okay! Der Spinat wollte sich nicht ergeben. Aber ... ich rege mich über solche Kleinigkeiten nicht mehr auf ... (Mary! Chloé! Hört auf zu lachen ...)

Okay! Ich kochte ihn, wusste nicht, dass er sehr liebbedürftig ist und ... nun ja ... ich bemühte erneut Messer, Wiegemesser und Küchenbeil. Nächster Topf ... viel Liebe (grrr) und runter vom Herd. Ups! Ich hatte die Zwiebel vergessen ... nun ja ... es heißt doch Torta spinaci und nicht Torta spinaci e cipolla ... man sieht es doch nicht mehr, wenn die Torta erst mal gebacken ist.

Wie bereits erwähnt ... ich rege mich nicht mehr auf ... (Wenn man es sich immer und immer wieder vorsagt, glaubt man es irgendwann ... vielleicht ...)

Nach so viel Anstrengung gönnte ich mir einen Cappuccino ... okay ... drei! Ich liebäugelte mit dem Le Monde, aber der Tag war noch lang.

Petto di pollo alla pizzaiola! Man sollte Tomaten häuten und in kleine Würfel schneiden ... kann ich nicht ... will ich nicht können ... und nahm gestückelte Tomaten aus dem Glas.

Ich pellte Knoblauch und versuchte, ihn in feine Würfel zu schneiden. Tja! Ich schnitt mir zweimal in den Finger ... non ... wir fluchen nicht ... warteten, bis der Blutstrom versiegte und überlegten kurz, ob wir zum Arzt fahren ... aber wir sind hart im Nehmen ... klebten ein paar Pflaster über die Wunden, zogen einen neuen Handschuh über und ... non ... wir fluchen nicht ... nahmen den Knoblauch aus dem Glas!

Ich gönnte den Zwiebeln ein Wellnessbad, gab den Knoblauch hinzu und ließ den beiden ihren Spaß.

Zwei Cappuccino, der Le Monde und einen Obstsalat von Maître Gayet. Das Leben könnte so schön sein, wenn die Pausen nicht enden würden und man sich wieder dem kochen zuwenden müsste.

Ich mischte Tomaten ins Wellnessbad und würzte! Ha! Okay! Am Dunstabzug hing ein riesiger Zettel auf dem *WÜRZEN* stand. Nun ja! Am Backofen hing einer ... am Fenster ... am Kühlschrank ... überm Herd ... Ich würzte! Ich bin ja nicht blind!

Ich goss die Tomaten/Wellnessbadmischung in eine Auflaufform, gab Ziegenkäse hinzu, tupfte das Fleisch trocken (Ihr wisst doch … Julia …), streute Ziegenkäse und Parmesan darüber und war hocherfreut, dass ich mit den Vorbereitungen fertig war.

Pause! Cappuccino … zwei!

Ich machte mich an die Zubereitung der weiteren Einzelteile der Crema alla vaniglia (di Luigi). Oui! Ich hatte auch dabei so ein paar klitzekleine Probleme. Lag ich bis dahin gut in der Zeit … nun ja … nun hinkte ich wieder mal der Zeit hinterher.

Okay! So eine gewöhnliche Crema alla vaniglia kann jeder zubereiten (lacht nicht … fast jeder), aber eine Crema di Luigi … die ist so was von liebebedürftig. Wenn man diese Crema sieht, dann denkt man, naja … so schwer kann das doch nicht sein, aber man wird eines besseren belehrt, wenn man sie selbst herstellen muss. Tja! Ich habe beschlossen, nie wieder zu denken, dass etwas simple sei oder sein könnte, das mit kochen zu tun hat.

Ein Blick auf die Uhr ließ mich erschauern … schon wieder zu spät! Wo war die Zeit geblieben? Beim Kochen scheint sich die Uhr schneller zu drehen …

Ich mischte Ziegenkäse und Spinat, würzte, füllte alles in Förmchen, stellten die Torta in den Ofen und programmierte den Timer. Geschafft!

Während ich mir einen Cappuccino gönnte, läutete es und meine Gäste erschienen. Pünktlich, wie Franzosen nun mal so sind, wenn sie zum Essen geladen sind … fünfzehn Minuten später. Merci!

Ich führte sie in den Salon und machte sie mit Baron de Rothschild bekannt. Nach ein wenig Conversation ging ich zurück in meine Küche, wo mich der Timer mit lautem piepen empfing.

Ich nahm die Förmchen aus dem Ofen und stellte die Pollos hinein. Da ich inzwischen gelernt habe, dass man sich an heißen Kuchenformen die Finger verbrennt, zog ich die feuerfesten Handschuhe an, die mir ein liebenswerter Feuerwehrmann geschenkt hat, nahm die Förmchen aus dem Ofen, ließ sie etwas abkühlen und holte die Tortas aus den Förmchen. … geht doch!

Ich machte das obligatorische Foto und bat meine Gäste zu Tisch. Nun ja! Sie mögen beide keinen Spinat. Woher sollte ich das wissen? Das muss man mir sagen! Jetzt war es zu spät! Während meine Gäste zweifelnd ihre Tortas beäugten, ging ich zurück in meine Küche.

Das Dessert musste zusammengebaut werden. Dass es nicht simple werden würde, ahnte ich, aber dass es sich dann als so … grrr … erweisen würde … grrr … non … wir fluchen nicht!

Nun ja … die Einzelteile waren nicht so fest, wie man sich eine Crema normalerweise vorstellt … genug gesagt … es war … grrr … non… wir fluchen nicht! Non! Non! Non!

Ich war kurz davor, das Dessert einem Flugtest zu unterziehen, als der Timer piepte. Das war der Gong, der den schwer angeschlagenen Boxer in die nächste Runde rettet.

Ich muss sagen, die Handschuhe sind wunderbar. Ich nahm die heiße Auflaufform aus dem heißen Backofen … ohne Verbrennungen. Aber dann … nun ja … wie holt ein Koch Einzelteile aus der Auflaufform? Also … ohne die Teile zu beschädigen … Teile der Teile zu verlieren … sich nicht an den heißen Teilen zu verbrennen und … hm … sich nicht die heiße Sauce über die Schürze zu schütten? Aucune idée!

Nun ja! Das erste Teil war nicht mehr als solches zu erkennen … als Petto di pollo alla pizzaiola. Teil Nummer zwei trennte sich beim Herausnehmen von seiner Käsehaube … aber Teil Nummer drei sah gut aus. Geht doch!

Ups! Das Basilikum! Schnell noch in feine Streifen schneiden, über das Petto di pollo streuen, das obligatorische Foto machen und servieren. Nun ja! Charles musste etwas länger auf sein Petto die pollo warten. Ich musste erst noch ein paar Sanierungsarbeiten vornehmen.

Die beiden sahen jetzt nicht mehr ganz so skeptisch aus. Also, man kann es auch übertreiben. Wer geröstete Heuschrecken, gebratene Maden und in Öl eingelegte Würmer isst, der wird auch mein Essen überstehen. Weltenbummler!

Ich wendete mich wieder meinem Dessert zu. Häufte, schüttete und baute weitere Einzelteile zusammen. War irgendwann der Überzeugung, dass es nun mal nicht besser ginge und machte ein Foto.

Meine Gäste waren überrascht. Charles meinte, das sähe fast aus, als sei es ein Dessert von Luigi. Als er es gekostet hatte, war er sprachlos. Es sah zwar nur annähernd aus, als sei es ein Dessert von Luigi, aber es schmeckte wie ein Dessert von Luigi! Er verdrehte die Augen, sagte, er wolle gar nicht wissen, was es mich gekostet hat, aber was es ihn kosten würde … Tja! Pech gehabt! Ich habe versprochen zu schweigen! Und meine Versprechen …

Während meine Gäste noch in den Genüssen des Desserts schwelgten, räumte ich die Teller ab, die ich mal wieder vergessen hatte und die meine Gäste taktvoll an den Rand des Tisches geschoben hatten. Zum Glück ist es eine lange Tafel.

Kommen wir zur Bewertung! Mittlerweile erwarte ich sie nicht mehr voller Unbehagen. Ich habe mich an die niederschmetternden Kommentare gewöhnt.

Torta spinaci! Zu viel Spinat! Tja! Das hat eine Torta spinaci so an sich. Sie schmeckt nach Spinat … nicht nach Heuschrecken!

Petto di pollo alla pizzaiola! Lecker! Das Petto di pollo war zart und saftig, die Sauce lecker und die Käsekruste … hmm!

Crema alla vaniglia (di Luigi)! Obwohl man sagt, das Auge isst mit … Luigi's Rezept ließ das Aussehen vergessen. Traumhaft lecker!

Wieder mal geschafft! Der dreiundvierzigste Event ist vorüber. Das Dessert war fast wie bei Luigi. Die Investition hat sich gelohnt. Auch wenn es mich, für eine einmalige Sache, ziemlich teuer kam.

Jetzt sind es noch neun Events. Neun! Eine einstellige Zahl. Ich hätte nie gedacht, dass ich es bis hierher schaffen würde. Zu oft hätte ich gerne das Handtuch geworfen.

Was auch immer kommen mag, ich werde auch das überstehen.

Filet de barramundi

21. Januar - Neun Mal …

Tja, das Ziel kommt näher. Noch neunmal Gäste bekanntgeben, noch neunmal den neuen Auftrag. Noch neunmal kochen und es ist vorbei. Noch neun lange Wochen!

Kommen wir zu meinen nächsten Gästen. Meine Schulfreundinnen Caren und Betty. Sie werden weit reisen, um an diesem Event teilzunehmen.

Caren, aus dem Sonnenstaat Florida. Beruflich und privat dem Meer verbunden. Hobbyköchin, Marathonläuferin und Liebhaberin der leichten Küche

Bethany, genannt Betty, aus dem sonnigen Kalifornien. Herrscherin über Weinberge und deren Erzeugnisse. Sportmuffel! Liebt Chicken Wings, Cupcakes und Donuts.

Was Chloé ihnen aufbürdet? Ich würde zu leichter Küche tendieren. Leichtem Kochen …

Jetzt möchte ich noch ein paar Eurer E-Mails beantworten.

Non, ich finde es ist keine gute idée, auch nach Ende der Wette weiter zu kochen.

Non, kochen macht noch immer keinen Spaß. Was soll beim Kochen Spaß machen?

Non, ich verrate weder das Rezept der Sauce, noch das der Crème.

Non, ich poste keine Fotos meiner Gäste. Auch nicht nach Ende der Wette.

Non, ich verrate nicht, wer oder was Roberto ist. Er möchte es nicht, aber er ist beeindruckt von eurer Hartnäckigkeit. Et oui … einer von euch hat richtig getippt …

Non, ich poste keine Foto von Adonis eins, zwei oder drei. Ich sende auch keins per Mail.

Non, auch zu Rodolfo gibt es kein Foto. Auch keins per Mail.

Oui, er erfreut sich noch immer bester Gesundheit et oui, er ist immer noch ungebunden.

Oui, meine Wunden sind inzwischen fast alle verheilt. Oui, es blieben Narben zurück. (Wer Schlachten schlägt …)

Oui, meine Töpfen und Pfannen haben ihre Flugtests bestanden. Wogegen andere Teile … Nun ja …

Oui, die Sauce hat nicht nur die Schürze getroffen. Auch Bluse, Hose, Schuhe … und Sauce de tomate ist hartnäckig. Hat sie sich erst mal niedergelassen …

22. Januar - Salut Éloïse

Mein nächster Auftrag: Tourte aux pommes de terre Éloïse, Filet de barramundi, Crêpes Suzette. Barramundi ist ein Fisch, den Rest kennt Ihr. Hoffe ich doch sehr. Wenn nicht, Sonntag wisst ihr es.

Tja! Tourte aux pommes de terre Éloïse. Fies … fieser … Chloé! Wir hatten keinen Ausflug an die Côte d'Azur geplant. Okay! Der Gedanke ist reizvoll. Wir beabsichtigen auch nicht, uns die Rezepte für die nächsten Events zu erkaufen …

Okay! Wir werden ein paar Telefonate führen. Wir beabsichtigen, diese Wette zu gewinnen … Ergo … Salut Éloïse … wir sehen uns bald!

25. Januar - Noch mehr Cappuccino

Der vierundvierzigste Event ist geschafft. Ich bin es auch. Nur das Wissen, dass ich mich auf der Zielgerade befinde, hält mich noch auf den Beinen.

Nachdem ich mich entschieden hatte, das Rezept der Tourte in meinen Besitz zu bringen, hatte ich ein paar klitzekleine Probleme. Éloïse ist nicht so leicht zu beeindrucken wie Luigi, aber wir nennen ein großes Überzeugungspotential unser Eigen.

Mon Dieu! Die Wette wird immer kostspieliger …

Im Feinkostladen hatte man bereits Wetten abgeschlossen, ob ich das Rezept in meinen Besitz brin- ge. Tja! Was soll ich sagen? Es gibt wirklich noch Menschen, die an meinen Fähigkeiten zweifeln … Ich kann zwar nicht kochen, aber ich nenne einen wundervollen Dickkopf mein eigen, mit dem ich bisher selbst die dicksten Mauern zum Einsturz gebracht habe. Da wird mich doch so ein kleines Rezept nicht aus der Bahn werfen.

Maître Gayet hatte mir drei Barramundi Filets besorgt. Er ist von meinen Fähigkeiten (was das *nicht kochen können* anbelangt) noch immer überzeugt. Ich bin es auch!

Okay! Wir gönnten uns eine Pause und tranken Cappuccino. Wieder gab es viele gute Ratschläge, obwohl er genauso gut mit dem Eiffelturm hätte reden können. Der hätte die Ratschläge auch nicht umsetzen können.

Mit vielen guten Ratschlägen, was das braten des Fisches betraf und dem Wissen, dass das Zube- reiten der Crêpes höhere Schule sei, machte ich mich auf den Heimweg.

Oui! Zuhause gönnte ich mir zuallererst einen Cappuccino. Die Ruhe vor dem Sturm, ist fast das schönste am Tag. Es wird nur noch von dem Gefühl der Erleichterung übertroffen, wenn der Event vorüber ist und ich endlich unter der Dusche stehe, um mir den Schweiß der Arbeit abzuspülen.

Nach dieser kleinen Pause, machte ich mich an die Zubereitung der einzelnen Bausteine der Tour- te. Tja! Eine teure Tourte! Auch wenn ich Stillschweigen gelobt habe … es ist eine nervenaufreiben- de, äußerst zeitintensive und arbeitsreiche Sache. Zudem habe ich mir zwei Blasen und einen tiefen Schnitt im Daumen zugezogen.

Sagen wir mal so … wir fügten die Tourte aux pommes de terre Éloïse unserer Blacklist hinzu. Es war schon lange nach Mittag, als ich endlich mit den Vorbereitungen fertig war und eine Pause ma- chen konnte. Drei Cappuccino und den Le Monde! Das musste sein!

Missgestimmt machte ich mich an die Zubereitung der Crêpes. Der Teig muss ruhen. Oh! Wenn es nur das wäre, aber er musste erstmal gerührt werden, musste die richtige Konsistenz haben.

Kollektives Aufstöhnen! Non! Ich wusste nicht, wie der Teig aussieht, wenn er die richtige Konsistenz hat. Woher auch?

Okay! Auch er hatte eine Chance, wie schon so vieles andere vor ihm auch. Mal abgesehen davon, dass die zerlassene Butter mal wieder das ein oder andere Problem bereitete. Butter zerlassen steht inzwischen auch auf der Blacklist.

Kochfeld reinigen … beherrsche ich inzwischen auch … et oui … ich habe abermals die Flugeigenschaften meiner Töpfe getestet. Okay! Wir fluchen immer noch nicht und gönnten uns drei weitere Cappuccino …

Lustlos und unmotiviert machte ich mich an die Filetierung der Orange. Es tropfte, es klebte … non, wir fluchen immer noch nicht … grrr! Ein weiterer Eintrag auf der Blacklist … Ein weiterer Cappuccino! Tief durchatmen! Weitermachen!

Barramundi! Ich bereitete zuerst die Deko zu. Salat zerpflücken und Chicorée entblättern … simple! Barramundi braten … nun ja!

Es läutete und meine Gäste erschienen. Ich führte sie in den Salon, stellte ihnen Baron de Rothschild zur Seite (was Bethany sehr belustigte) und überließ sie dem Schicksal, das viele andere vor ihnen bereits ereilt hatte.

Ich ging zurück in meine Küche und kümmerte mich um Barramundi. Nun ja … sagen wir mal so … die vielen Ratschläge des Maître hallten mir in den Ohren und ich beschloss, Monsieur Internet um Hilfe zu bitten. Okay! Ich habe ihn bei zwei Events nicht um Rat gefragt und er war etwas angesäuert (sagt man so?). Egal!

Er schickte mir Fotos von Barramundi und erzählte mir, dass er der König der Fische sei. Okay! Das wollte ich nicht wissen, aber Bildung schadet nicht. Barramundi, der Löwe unter den Fischen.

Rezepte? Ich muss sagen, was ich da sah, was angeblich Barramundi sein sollte, sah nicht im Entferntesten nach dem Fisch aus, der vor mir lag. Nun ja … Barramundi ist teuer und wird meistens in besseren Restaurants angeboten. Ich habe nicht das Bedürfnis, weiteren Köchen ihre Rezepte … lassen wir das.

Ich legte Barramundi in die Pfanne, um ihn wie ein beliebiges Filet zu braten. Okay! Ich vergaß für einen klitzekleinen Moment, dass Fische sehr empfindliche Wesen sind, wenn sie in der Pfanne liegen. Ich nahm eine neue Pfanne und ein neues Filet und hoffte das Beste … nun ja … die vielen, kleinen weißen Perlchen, die das Filet absonderte, als es noch nicht gewendet war … Das sah nicht gut aus. Die Temperatur war nicht zu hoch! Bei geringer Hitze … Kann doch mal passieren!

Okay! Letzter Versuch. Ich teilte das Filet … war nicht schlimm … ist riesig, so ein Teil. Nun ja! Ich nahm zwei Pfannen und hoffte wieder auf ein Wunder … Zwei Minuten auf der einen und zwei Minuten auf der anderen Seite und raus aus der Pfanne. Nun ja! Es gibt schlimmeres.

Etwas Deko und … ups … die Sauce … nun ja … man kann doch mal was vergessen. Etwas Cognac, etwas Crème fraîche … rühren … fertig. Das obligatorische Foto … servieren … ups … die Gäste vergessen! Âllo! Da waren sie … geht doch!

Oh mon Dieu! Als ich ihre überraschten Gesichter sah, fiel es mir auf! Ich hatte das Entrée vergessen und den Hauptgang serviert! Grrr! Es wird höchste Zeit, dass diese Wette ein Ende hat!

Ich ging zurück in die Küche, schob die Tourtes in den Ofen und gönnte mir einen Cappuccino.

Ich hasse kochen!

Ich räumte die Teller ab, hörte mir an, dass ich mal wieder das würzen vergessen hatte, der Fisch aber saftig und zart war. Okay! Saftig und zart! Ich doch auch was! Von wegen würzen …

Der Timer piepte und die Tourtes waren fertig. Nun ja! Fertig ist eine Sache, servierbereit eine andere! Die Dinger sahen in ihren Förmchen zwar ganz nett aus, aber sie mussten auch mal wieder raus. Leichter gesagt, als getan.

Nachdem das erste auf den Boden gefallen war (feuerfeste Handschuhe sind nicht gerade das, was man griffig nennen könnte) und das nächste eine Bruchlandung auf dem Teller hinlegte (wir fluchen immer noch nicht), holte ich eine große Zange aus dem Keller und bezwang die Förmchen, ohne mir weitere Brandblasen einzufangen. Noch etwas Deko, ein Foto und ab auf den Tisch.

Nun kam der schwerste Teil des Auftrags. Crêpes Suzette. Zuerst die Sauce, die angeblich die Krönung eines Crêpe ist. Karamellisieren! Wollen wir nicht … können wir nicht … mussten es doch tun … FLUCHEN IMMER NOCH NICHT … verbrannt!

Der *angeröstete* Zucker sollte mit Butter abgelöscht werden. Tja! Sagen wir mal so … in diesem Rezept wurde nicht erwähnt, woran man gerösteten Zucker erkennt. So kam es, dass ich die Butter wieder in den Kühlschrank stellte und auf eine Krönung verzichtete.

Die Crêpes! Nun ja! Hauchdünn sollten sie sein. Der Teig sollte wie ein Faden aus dem Löffel fließen. Hm! Ich weiß nicht, wie es um Euch steht. Ich habe noch nie einen Faden aus einem Löffel fließen sehen. Okay! Es dauerte etwas, bis der erste Crêpe gebacken war, der zweite war auf einer Seite etwas dunkler … etwas … aber noch genießbar. Beide waren so dünn, dass ich sie nur mit Mühe wenden konnte … aber zusammengelegt sieht man die klitzekleinen Problemchen doch nicht.

Also! Crêpes Suzette: Gefaltet, mit Orangenfilets belegt, ohne Krönung, unflambiert, aber mit Cointreau et Grand Manier.

Die Damen waren begeistert. Sogar die Anhängerin der leichten Küche wünschte Nachschlag. Nachschlag? Wie kamen die nur auf den Gedanken, dass ich noch mehr von den Dingern hatte?

Okay! Sie waren nicht verwundert, dass es keinen Nachschlag gab. Hatten es auch nicht erwartet. Nur mal so gefragt … die Sache mit dem Wunder … Ihr versteht?

Kommen wir zur Bewertung. Der Barramundi war zart und saftig, aber ungewürzt. Man kann doch nicht alles haben. Das müsste sich doch inzwischen herumgesprochen haben. Pfeffer und Salz kann man doch selbst … ich meine ja nur … wenigstens mal fragen, ob man eventuell etwas Salz und Pfeffer haben könnte.

Tourte aux pommes de terre Éloïse! Einfach nur lecker! Zwar keine leichte Küche, aber lecker! Ich habe Éloïse keine Schande gemacht. Sie hatte die Befürchtung … aber Ihr kennt weder sie, noch ihr Bistro. Aber wenn ihr mal nach Cannes kommt … Das Original ist nicht zu toppen!

Crêpes Suzette! Die Crêpes waren Crêpes, nur ohne Suzette. Caren steht doch eh auf leichte Küche und auch Bethany ist kein Fan von Crêpes Suzette. Nochmal Glück gehabt!

So ging auch dieser Event vorüber. Jetzt sind es noch acht Events. Ich werde auch sie überstehen.

Poulet à l'ancienne

28. Januar - Lange gedrückt …

Meine Gäste für den fünfundvierzigsten Event. Miron hat sich lange erfolgreich vor einem Event gedrückt, aber am Ende siegte dann doch die Neugier. Merci!

Miron: Unfallchirurg, Orthopäde, Ski- und Radfahrer, Italien-Fan, Liebhaber schneller Autos und Motorräder. Findet die Fotos meiner Kreationen toll und ist voller Hoffnung, dass sie annähernd so gut schmecken, wie sie aussehen.

Marion: Lotse durch die Wirren des Steuerrechts, liebt Radfahren und Italien. Ihre Erwartung an meine Créationen …

Ich werde wie immer mein Möglichstes tun. Vielleicht kann ich Miron überraschen …

29. Januar - Der nächste Auftrag für die Blacklist …

Endives fondantes aux champignons, Poulet à l'ancienne, Crème caramel. Chicorée mit Pilzen, Hühnchen Elsässer Art, Karamellcreme

Ohoh! Caramel! Je déteste caramel! Ich würde ihn auf die Blacklist setzen, aber da steht er bereits. Wenn die Wette beendet ist, werde ich darüber nachdenken, was mir am meisten verhasst ist. Caramel hat gute Chancen das Rennen zu gewinnen, aber da gibt es noch so viele, die ihm den Sieg streitig machen können.

Endives fondantes! Wenn es darum geht, etwas zu übergaren, kann ich locker mithalten … aber fondante? Das bedeutet, irgendwann muss das Garen enden … aber wann? Weich, butterzart … Oh mon Dieu! Woher soll ich wissen, wann l'endive fondante ist?

Champignons!?! Wenn ich mich recht erinnere, stehen sie schon lange auf meiner Blacklist. Hühnchen! Tja! Was soll ich sagen? Blacklist! Oui! Wenn die Wette zu Ende ist, stelle ich Euch diese Liste vor.

Jetzt werde ich mir Julias Kochbuch vornehmen und Monsieur Internet um Rat fragen und hoffen, dass auch der nächste Event ohne größere Katastrophen vorüber geht. Ich hasse kochen!

02. Februar - Immer Ärger mit dem Caramel

Nun ist auch der fünfundvierzigste Event überstanden. Oui, es gab das ein oder andere Problem, aber es würde an ein Wunder grenzen, wenn dem nicht so wäre. Die Crème caramel sollte eine Nacht schlafen. So sah ich mich gezwungen, meine Einkäufe bereits Freitag zu erledigen.

Die Damen und Herren im Feinkostladen waren darauf erpicht, das Rezept der Tourte aux pommes de terre Éloïse zu erhalten. Mais non! C'est un secret bien gardé!

Den Barramundi fanden sie etwas blass und die Crêpes Suzettes … nun ja … breiten wir den

Mantel des Schweigens darüber aus. Ich hasse kochen!

Ich überreichte Madame Mathieu meinen Einkaufszettel und trank mit Maître Gayet einen Cappuccino. Mit einem reichen Wissen über die Zubereitung von Crème caramel und Endives machte ich mich eine Stunde später auf den Heimweg.

Bei Anblick meines Kofferraums geriet ich ins Grübeln. So viele Lebensmittel für einen Event? Maître Gayet hat noch immer kein Vertrauen in meine Kochkünste. Nun ja! Nach dieser Erkenntnis gönnte ich mir einen Cappuccino. Man soll nicht mit leerem Magen in den Krieg ziehen.

Wieder mal quälte ich mich mit der Zubereitung eines Desserts. Crème caramel! Caramel! Mais oui! Es gab ein paar kleinere Problemchen … nun ja … wenn die Küche nicht bereits der Renovierung bedurfte … jetzt wäre es so weit!

Diesmal Kristall- statt Puderzucker. Nun ja! Es dauerte lange, bis der Zucker sich herablies und seine Konsistenz änderte. Er klumpte und ich dachte schon, ich hätte mal wieder etwas falsch gemacht. Tja! Während ich noch dachte, ich hätte einen Fehler gemacht und mich entschloss, Monsieur Internet um Hilfe zu bitten, stank der Zucker, der jetzt kein Zucker mehr war … mehr so eine dunkelbraune, klumpige, glasähnliche Masse. Ich konnte die Pfanne noch rechtzeitig vom Herd nehmen, bevor die klitzekleinen Rauchwölkchen, die aus der braunen Masse aufstiegen, den Rauchmelder erreichten … Non! Wir fluchen nicht! Wir hassen kochen!

Ich stellte die Pfanne in ein Wasserbad und hoffte, dass sie noch zu retten ist. Haben wir doch bereits mehrere Pfannen beim Versuch zu … na ja … etwas Schwund ist immer dabei.

Monsieur Internet schickte mir eine Auswahl an Videos. Okay, ein Irrtum meinerseits! Der Zucker klumpt, bevor er sich auflöst. Woher sollte ich das wissen? Noch nie aus Kristallzucker Caramel gemacht. Hört auf zu lachen! Okay! Ich habe noch nie Caramel hergestellt! Zufrieden? Ihr seid so kleinlich …

Neuer Versuch! Wieder eine kleine Ewigkeit mit Warten zugebracht. Irgendwann erbarmte sich der Zucker und bildete Klümpchen. Unter ständigem Rühren lösten sie sich auf und die klare Flüssigkeit bräunte sich. Nun ja! Jetzt sollte man Wasser zugeben. Gelesen … getan … wir fluchen nicht! Es spritzte winzige, kristalline Tropfen, die sich überall festfraßen … WIR FLUCHEN NICHT! Ich gab die klebrige Masse in die Gläser, was sich schwierig gestaltete, da sich die Flüssigkeit verfestigte und nur noch klebte. Wir fluchen immer noch nicht!

Cappuccino! Vier! Oui! Vier! Nach diesem Stress brauchte ich sie mehr denn je. Nun ja! Ich beseitigte die Spuren der Caramelherstellung, so gut es ging. Ich werde nie wieder Caramel herstellen! Okay! Versuchen herzustellen … Hätte die Küche noch keine Grundsanierung nötig … jetzt hätte sie es!

Ich rührte Eier und Eigelb (aus dem Glas … nicht selbst getrennt!), erwärmte Milch, Sahne und Zucker, gab eine Vanilleschote hinzu … ließ das Kochfeld abkühlen und beseitigte die Spuren geflüchteter Milch-Sahnemischung.

Neuer Versuch! Nun ja … Wellness für die Vanilleschote! Gefühlte Stunden später … Mischung abkühlen lassen … Cappuccino! Entspannung bei Léon mit Jean Reno. Auch der längste Film hat mal ein Ende … Crème caramel … grrr!

Okay! Die Mischung war abgekühlt. Vorsichtig unter die gerührten Eier mischen, in die (mit Caramel gefüllten) Gläser füllen und ab in den Ofen. Ups! Nach fünf Minuten … lichter Moment … die Gläser sollten in einem Wasserbad garen … Ich hasse kochen!

Vierzig Minuten später … Crème im Glas! Ich hoffte, dass ich das Zeug da wieder heil raus bekomme und sich der Caramel wieder verflüssigte, was ich, angesichts der Tatsache, dass er eine glasähnliche Konsistenz hatte, stark bezweifelte. Aber erst musste das Dessert eine Nacht schlafen.

Samedi! In aller Frühe (5:10 Uhr) begann ich mit den Vorbereitungen für die restlichen beiden Gänge. Diverse Champignons teilen, schneiden, würfeln … Knoblauch schälen und würfeln … Speck in winzige Würfel schneiden … zu den Gläsern mit den Zwiebelwürfeln in den Kühlschrank stellen. Cappuccino! Le Monde! Cappuccino! Auto … Ausritt mit Diablo! Heimfahrt! Cappuccino! Kochen!

Endives aushöhlen … hätte ich morgens erledigt, aber Maître Gayet sagte, das Endives braun wird und erst kurz vor der Zubereitung ausgehöhlt werden dürfe.

Endives in der Pfanne anbraten … Wein hinzugeben und dämpfen … neunzig Minuten … kollektives Aufstöhnen … NON! Fondante! … Stand so im Rezept! Ihr würdet sagen … verkocht. Ich nenne es weich und ohne Vitamine. Ich mag ihn lieber al dente und mit Vitaminen.

Okay! Endives in der Pfanne anbraten … ob ich es irgendwann lernen würde, wie man etwas anbrät? Wenn man mir noch ein paar Jährchen zum Üben geben würde? Mary (meine Perle) sagte NON! Absolument pas! Mary (meine Freundin) meinte, so lange würde ich gar nicht mehr leben! Okay! Nachdem das geklärt ist (dabei war es eine rein rhetorische Frage …) wenden wir uns wieder dem Endives zu.

Der nächste Endives durfte wellnessen. Welcher Endives will denn gebraten werden … bei den zarten Blättern … Ich meine ja nur … er ist so zart. Okay! In der Zwischenzeit machte ich mich an die Zubereitung der Champignons. Ich gönnte den Zwiebeln ein Wellnessbad, bis ich sie als glasig befand, gab diverse Champignons hinzu und überließ sie eine Weile sich selbst.

Es läutete und meine Gäste erschienen. Marion bot mir Hilfe an, falls ich welcher bedurfte … ich bedurfte … durfte aber keine annehmen. Ich hasse diese Wette!

Ich geleitete meine Gäste in den Salon, stellte Marion Baron de Rothschild zur Seite und erfreute Miron mit einem Getränk von Hopfen und Malz.

In der Küche piepte der Timer … der Endives war gar. Ich WÜRZTE die Sauce … nahm den Endives aus dem Topf … teilte ihn … übergoss ihn mit der Sauce … hobelte Fromage darüber und wollte das obligatorische Foto machen, als mir einfiel … die Kräuter! Okay! Kräuter ernten … zerkleinern … über den Endives streuen … das obligatorische Foto machen … servieren Ups! Ich hatte die Gäste im Salon vergessen … aber sie nahmen es mit Humor und setzten sich an den Tisch, auf dem bereits der servierte Endives fondantes stand.

Ich ging zurück in meine Küche und begann mit der Zubereitung der Poulets à l'ancienne. In die angewärmte Pfanne geben … stark anbräunen … okay … wellnessen in Weißwein. Zwiebelwürfel anbraten … okay … ebenfalls wellnessen. Champignons hinzugeben … Bouillon hinzu … Deckel drauf … sich selbst überlassen.

Ich hatte ein bisschen Zeit (der Hauptgang wellnesste noch vor sich hin) und leistete meinen Gästen Gesellschaft. Sie waren begeistert von den Endives. Die Komposition von Wein, Speck und Käse … den ganzen Zutaten (inclusive würzen) war exquisit.

Während unseres Gesprächs erwähnte Marion Reis und mir fielen sämtliche Sünden ein! Die Beilage für die Poulets! Zurück in die Küche … Wasserkocher … Reis in den Topf … auf ein paar Minuten mehr käme es bei den Poulets auch nicht mehr an … hoffte ich zumindest!

Dann war es soweit … die Poulets waren fertig … der Reis nicht. Ich richtete Poulets und Champignons auf den Tellern an, machte das obligatorische Foto und servierte. Schnell zurück in die Küche … Reis abgießen … in eine Schüssel füllen … servieren.

Ich nahm das Dessert aus dem Kühlschrank und endlich … ich hatte etwas Zeit und leistete meinen Gästen Gesellschaft. Wieder wurde ich überrascht. Das Poulet war zart und saftig, die Sauce délicieuse.

Nach einer längeren Pause, ging ich zurück in die Küche, um das Dessert aus den Gläsern zu befreien. Nun ja … sagen wir mal so … ich hatte fünf Gläser … sozusagen fünf Versuche, ein gutaussehendes Dessert auf den Teller zu bringen.

Nun ja! Die erste Crème wollte nicht aus dem Glas. Unter Zuhilfenahme eines Messers gelang es, sie zu überzeugen, das Glas zu verlassen … was sie anscheinend nicht gern tat und mit einem lauten Plumps auf dem Teller landete. Der Caramel spritzte in alle Himmelsrichtungen und ich würde wieder längere Zeit mit der Beseitigung der klebrigen Tropfen zubringen. Die Frage, ob sich der glasige Caramel verflüssigen würde, war somit beantwortet.

Nächstes Glas! Nächste Crème! Sie weigerte sich ebenfalls, ihr Zuhause zu verlassen. Nach einer Messerattacke verließ auch sie das Glas und plumpste mit einem platschenden Geräusch auf den Teller, wobei der Caramel in hohen Bögen davonspritzte und die Crème sich unschön auf dem Teller verteilte.

Die nächsten zwei Versuche lieferten auch keine besseren Ergebnisse. Der letzte war fast als Erfolg zu verbuchen. Naja! Geht doch … es gibt schlimmeres … Meinen Gästen schmeckte es und das ist die Hauptsache.

So ging auch dieser Event zu Ende. Ich werde nie wieder Caramel zubereiten und freue mich, wenn ich endlich sagen kann … non … wir sprechen es noch nicht aus … es ist noch nicht zu Ende.

Miron, der mit einem bangen Gefühl gekommen war, war überrascht. Er meinte, falls mir auf der Zielgeraden die Gäste ausgingen, würde er gerne erneut mein Gast sein. Auch wenn mich dieses Lob erfreute … das ist leider nicht möglich.

Nun sind es noch sieben Events. Sieben! Hört sich gut an. Nur noch sieben … oder sollte ich sagen … mon Dieu … noch sieben?

Egal! Es sind noch sieben!

American T-Bone Steak

04. Februar - Auf ein Neues ...

Oh! Schon wieder Mittwoch! Bloggen ist angesagt. Was tat ich früher, als es Euch noch nicht gab?

Okay! Mein nächster Gast ist Anke, Inhaberin eines exklusiven Institut de Beauté, Besitzerin zweier liebenswerter Hunde und Cabrio-Fahrerin mit wenig Freizeit.

Meine Einladung traf sie wie ein Schlag und den Schock musste sie erstmal verarbeiten ... aber sie kommt.

Welch Dîner auch immer Chloé für sie vorsieht ... ich werde wie immer mein Möglichstes tun.

05. Februar - Auf nach Amerika

Zuerst eine kleine Änderung meiner Gästeliste. Anke ist beruflich indisponiert und musste ihren Besuch absagen. Meine Gäste, die sich für nächste Woche angesagt hatten, tauschen gerne den Termin und werden schon Samstag in den Genuss meiner Kochkünste kommen.

Bruce und Paula! Unternehmer, Gourmets, Weltenbummler, lieben schnelle Autos und lange Spaziergänge in der Natur.

Kommen wir nun zu meinem nächsten Auftrag. Wir begeben uns in die Welt der amerikanischen Küche. Caesar salad, American T-Bone Steak, Lemon pie. Das muss ich wohl nicht übersetzen.

Ich habe bereits Monsieur Internet um Rat gefragt. Er hat mir tausende Fotos geschickt. Salat, Steak, Pie! Ich habe mir ausgesucht, was mir am besten gefiel. Oui! Die Rezepte gefielen mir weniger. Da standen doch wirklich in fast jedem Rezept kleine Nebensätze, die mir ganz und gar nicht gefielen ... lecker, wenn auch zeitaufwendig ... schmeckt prima, leider sehr aufwendig ... viel Aufwand ... aufwendig ... man benötigt viel Zeit zur Zubereitung!

Die Salate wollten rohe Eier, die Steaks mussten gebraten werden und der Pie ... Ohoh! Caesar salad! Rohe Eier! Salmonellengefahr! Steak ... Blacklist! Weinen!

Bei diesem Auftrag beschleicht mich ein ungutes Gefühl und ich würde am liebsten das Handtuch ... Okay! Ich werde auch das überstehen. Fragt sich nur wie!

08. Februar - Wir wollen nicht mehr ...

Tja! Das Haus steht noch. Die Küche schreit nach Renovierung. Meine Nerven ... nun ja...

Im Feinkostladen war der Cappuccino das Beste. Mittlerweile hat es sich herumgesprochen, dass ich koche ... okay ... dass ich versuche zu kochen. Immer wieder begegnen mir Leute, die mich mit großen Augen ansehen oder mir mit ihrer Neugier auf die Nerven gehen.

Nun ja! Maître Gayet's Cappuccino hat mir den Einkauf gerettet. Er mag die amerikanische Küche nicht. Es ist aus seiner Sicht nicht tragisch, wenn bei meinem Event was daneben geht. Welcher

Gourmet isst schon Pudding auf gebackenem Teig? Dann auch noch das klebrige meringue. Er hat mir seinerseits einen Freibrief auf Fehlschlag ausgestellt. Okay! Ich werde mich trotzdem bemühen.

Zuhause gönnte ich mir erstmal einen Cappuccino. Ich lasse die Sache jetzt immer entspannt angehen. Die Anspannung stellt sich noch früh genug ein.

Zuerst gab die KitchenAid ihr bestes und fertigte einen Teig an, der toll aussah, im Kühlschrank ruhte und sich dann nicht ausrollen lassen wollte. Non! Wir fluchen immer noch nicht! Nach gefühlten Stunden und mehreren Versuchen (non, wir fluchen nicht) gab es wieder das Spiel, wie man aus Teig ein Puzzle herstellt. Wer sagt denn, dass der Teig ebenmäßig glatt sein muss ... man sieht ihn doch unter der Crème ... dem Pudding ... der Masse nicht!

Okay! Der Teig kam in den Ofen und sollte blind gebacken werden. *Blind backen?* Immer dieser Küchenjargon! Aber! Da war doch mal was ... Blindes backen ... Mais oui! Erbsen! Nachdem ich im Vorratsraum Erbsen gefunden hatte, konnte das blinde backen beginnen.

Der Teig backte so vor sich hin. Nun ja ... sagen wir mal so ... der Teig schrumpfte. Der Rand war kaum noch zu sehen. Was hatte ich nun wieder falsch gemacht? Ich hasse backen! Während der Teig backte, vor sich hin schrumpfte und was auch immer er sonst noch tat ... sollte der Belag zubereitet werden.

Der Entsafter entnahm den Zitronen ihren Saft, ich gab die Eigelbe hinzu, den Zucker, die Speisestärke, die Milch und rührte. Die Flüssigkeit sollte erhitzt werden und ups! Nun ja! Sagen wir mal so ... der Zitronensaft sollte mit der Speisestärke gemischt werden und dann ... wenn die flüssige Mischung heiß war ... unter ständigem Rühren untergemischt werden. So kam es, dass sich die Flüssigkeit bereits eindickte, während sie sich erhitzte und dann ... grrr ... blubbernd und in dicken Klumpen aus dem Topf katapultiert wurde. Ich hasse kochen!

Nicht genug damit! Der Timer piepte, der Teig hatte sein blindes backen hinter sich gebracht und wollte wieder sehen. Es wäre ja zu schön gewesen, wenn alles reibungslos verlaufen wäre. Aber! Mal wieder die Finger verbrannt. Ihr wisst doch sicher wie das ist (oder auch nicht). Okay! Ihr wisst es nicht. Also! Finger verbrannt! Die Erbsen kullerten durch die Küche, blieben hier und da an einem Klumpen Lemonirgendwas kleben und der Fußboden sah aus, als wäre er von einer bisher unentdeckten Krankheit befallen.

Aber wir fluchen nicht, beißen die Zähne zusammen, lassen alles stehen und liegen und gönnen uns erstmal einen Cappuccino. Beruhigt die Nerven und stärkt das Immunsystem. Gut, wenn man bei Minusgraden in den Garten muss, um den Topf auf bleibende Schäden zu überprüfen.

Okay! Nächster Versuch! Diesmal alles richtig gemischt ... erhitzt ... gerührt ... trotzdem wurde die Masse nicht fest. WIR FLUCHEN NICHT! Taten, als wäre alles in bester Ordnung. Wir wissen doch nicht, wie es um die Konsistenz der Masse bestellt sein muss.

Ich verteilte die Masse auf die Törtchen und ... ups ... hatte vergessen, die Masse für die meringue zu mischen. Nun ja! Diese kleine Vergesslichkeit brachte mich nicht aus der Ruhe. Wenn man Mutterseelenallein auf einem Schlachtfeld steht, tangiert ein Mangel an geschlagener Eischnee-Zuckermasse nicht mal peripher.

Ich überlegte kurz, ob es vielleicht besser sei, die Küche kurz in Brand zu stecken. Es würde bei den Pompiers mehr Verständnis auslösen, als beim Maler, wenn er den Zustand der Küche in Augenschein nehmen würde. Erstere kommen um zu helfen, letzterer würde schreiend davonrennen.

Non! Nicht aufregen! Es war nur mal so ein Gedanke … Ihr habt nicht den Hauch einer Ahnung, wie es in meiner Küche aussieht, nach fünfundvierzig Events. Ihr würdet mich verstehen.

Okay! Wieder mal abgeschweift. Die KitchenAid schlug Eischnee mit Zucker und stellte eine klebrige Masse her, die dem Schlachtfeld noch etwas mehr das Aussehen verlieh … Nun ja! Ich bemühte den Gedanken mit den Pompiers noch einmal … nur ganz kurz … und verwarf ihn wieder! Nicht mal die Révolution hatte es geschafft, irgendetwas an diesem Haus zu entzünden.

Schlachtfeld? Ach! Jetzt wollt ihr auch noch wissen warum? Tja! Sagen wir mal so … wir hatten den Hebel der KitchenAid noch nicht vollständig gelöst und zogen bereits heftig an der Schüssel … während sich der Hebel löste und die Schüssel … nun ja … so schnell passiert ein Missgeschick!

Nächster Versuch! Diesmal lief alles reibungslos. Nun ja! Fast! Irgendwie war die Masse zu fest geraten. Im Rezept stand *sehr fest schlagen!* Die Eischneemasse ließ sich nicht so auf den Törtchen verteilen, wie ich gehofft hatte. So kam es, dass ich kleine Häufchen auf die Crème de limon setzte und alles schnell in den Ofen schob. Aus den Augen … zehn Minuten später … raus aus dem Ofen! Die Lemon pies mussten abkühlen und dann aus den Förmchen … nun ja … ging nicht so gut … Platsch! Na ja … es gab noch drei andere! Eins hat es dann unbeschadet …

Samedi! Frühaufsteher! Cappuccino! Einstimmen auf den Event! Nur die Tatsache, dass ich das Ziel schon fast vor Augen habe, hält mich noch aufrecht. Okay! Ich begann mit den Vorbereitungen. Kartoffeln kochen und pellen, Zwiebeln schälen und in Ringe schneiden. Selbst schuld, wenn man die fertigen Zwiebelringe im Feinkostladen vergisst. Okay! Kurz überlegt, ob ich anrufe … non! Das kann doch nicht sooo schwer sein, Zwiebelringe zu schneiden … doch … es kann! Nachdem ich gefühlte Stunden geweint habe (Zwiebeln sind immer noch fies), gönnte ich mir einen Cappuccino.

In dem schrecklichen Irrtum, ich würde den Rest in zwei … drei Stunden über die Bühne bringen … reiten. Oh! Böser Fehler! Sehr böser Fehler! Ich kam gegen siebzehn Uhr nach Hause. Okay! Etwas zu lange ausgeritten. Noch war ich völlig entspannt …

Romana-Salat zerkleinern … simple … Dressing mischen … nicht ganz so simple. Rohes Eigelb im Dressing … nicht mein Geschmack … Senf … Tja! Eigelb und Senf mochten sich nicht und wollten sich nicht vereinigen. Hatte ich noch gehofft, das Öl würde sie vom Gegenteil überzeugen … mais non … das sah nicht gut aus. Ganz und gar nicht gut … eher das Gegenteil … Aber ich lasse mich nicht unterkriegen. Ich würzte mit Salz und Pfeffer und allem, was da sonst noch so rein sollte, gab Zitronensaft und Essig hinzu und hätte am liebsten geweint. Das sah immer ekliger aus. Aber … ich habe eine KitchenAid, die solche Dinge für mich regelt. Sie gab ihr bestes und das Dressing war … nun ja … ich würde es nicht essen. Die Farbe … das Auge isst mit … aber sie soll so aussehen. Sah auf den Fotos von Monsieur Internet genauso aus. Okay! Ich muss sie nicht essen.

Weißbrot in Würfel schneiden und in Croutons verwandeln. Tja! Da bräunen die Dinger so vor sich hin, werden sogar gewendet und was machen sie? Sie verkokeln! Einfach so! Und dieser Gestank … Okay! Neue Würfel geschnitten … gewendet bis ihnen schwindlig wurde … trotzdem etwas überbräunt auf einigen Seiten und auf anderen noch weiß wie frisches Baguette. Non, wir fluchen immer noch nicht! Okay! Dritter Versuch!

Es läutete und meine Gäste erschienen. Paula rümpfte die Nase und Bruce sagte: »Hier sind wir richtig!« Ich tat, als sei ich taub und blind und führte meine Gäste in den Salon. Zzzzz! Typisch! Ich sollte Baron de Rothschilds Erzeugnis durch billigen Fusel ersetzen. Aber ich bin sooo ein netter Mensch! Zudem brauche ich sie noch für den Event!

Dritter Versuch! Um es kurz zu machen … er endete wie der zweite … noch etwas Butter hinzugeben und fertig. Salat und Dressing mischen … okay … wohl eher Salat ertränken … Mit den Croutons (die besten ausgesucht) bestreuen und ein bisschen Käse darüber hobeln. Fertig! Geht doch! Ich bat meine Gäste zu Tisch, machte das obligatorische Foto und hoffte das Beste.

Nun ja! Das T-Bone Steak. Pardon! Das American T-Bone Steak! Kartoffeln braten, Zwiebeln rösten, Steak grillen. Sagen wir mal so … ich gönnte den Kartoffeln ein Wellnessbad und hofften das Beste. Ich tupfte das Fleisch trocken und gab es in die Pfanne. Da war es wieder … dieses Phänomen … eben noch jungfräulich roh und im nächsten Moment … nun ja … fast verkokelt … aber nur auf einer Seite. Zweiter Versuch! Etwas besser … nur noch stark überbräunt. Dritter Versuch! Rückfall … neuer Versuch!

Vierter Versuch! Okay! Auf einer Seite etwas dunkler als auf der anderen, aber immerhin … nicht überbräunt! Ruhen lassen! Die, in Scheiben geschnittenen, Zwiebeln (der KitchenAid sei Dank) im Fett rösten. Nun ja! Man kann sie gebräunt nennen … aber geröstet? Alles auf Tellern anrichten … servieren … ups … Teller vom Entrée beiseite stellen … servieren … das obligatorische Foto machen.

Zum Dessert gab es Cappuccino. Wenigstens den konnte ich problemlos aufbrühen. Okay! Ich weiß … bei meinem Konsum ist das kein Wunder. Die Lemon pie servieren … schon wieder die Teller nicht abgeräumt … ein Foto machen und los geht's.

Nachdem die Teller in der Küche gestapelt waren, war ich bereit zur Bewertung. Okay! Caesar salad! Paula fand ihn lecker. Sie hatte noch nie zuvor Caesar salad gegessen. Sie mochte die Komposition von Senf und Essig. Die Croutons waren knusprig und der Käse rundete den Geschmack ab. Okay! Ein Lob an den Käsemeister! Bruce sagte der Geschmack nach Senf nicht zu, zudem mag er keine Croutons.

American T-Bone Steak! Das Steak war rosé, allerdings nur auf einer Seite, die andere war … knusprig. Die Kartoffeln waren weich und die Zwiebeln … braun. Ich habe nicht gefragt, ob das okay war. Allerdings mussten sie nachwürzen, besser gesagt würzen. Hatte ich mal wieder vergessen. Ihr wisst … man kann nicht alles haben …

Lemon Pie! Definitiv nicht der Geschmack der beiden.

Okay! Der sechsundvierzigste Event ist vorüber. Ich habe ihn fast unbeschadet überstanden, was man von meiner Küche nicht sagen kann.

Jetzt sind es noch sechs Events. Hört sich gut an.

Axoa de veau basque

11. Februar - Anke … Klappe die zweite

Es ist wieder Mittwoch und ich gebe meinen nächsten Gast bekannt. Mein Gast für den nächsten Event, ist der Gast, der letzte Woche indisponiert war.

Anke, Inhaberin eines exklusiven Institut de Beauté, Besitzerin zweier liebenswerter Hunde und Cabrio-Fahrerin mit wenig Freizeit.

Nun ja … Samstag opfert sie einen Teil ihrer Freizeit, um mein Gast zu sein.

12. Februar - Das nächste Grauen

Ein neuer Auftrag! Liest sich wie ein poème … pardon … ein Gedicht, ist aber haute cuisine.

Fromage de chèvre au miel, Axoa de veau basque, Poire Belle-Hélène. Ziegenkäse mit Honig, Axoa vom Kalb auf baskische Art, Birne Helene

Schon mal Birne Helene hergestellt? Ich meine die Echte, nicht die Birne aus der Dose. Ich wusste, dass es viel Arbeit ist. Aber so viel … und sooo kompliziert … Okay! Mit dem Ziel vor Augen, werde ich auch das überstehen … fragt sich nur wie!

Ziegenkäse mit Honig … hört sich simple an! Simple! Ist es aber nicht. Alles, was sich simple anhört, ist es dann doch nicht! Simple! Zzzzz!

Axoa! Tja! Eintopf? Gulasch? Ich kenne kein deutsches Gericht, das ihm nahe kommt. Soll bissfest sein und doch weich … Nun ja! Ich kann nur entweder oder!

Egal, was Samstag auch passiert … ich werde wie immer mein Möglichstes tun! Ich habe nicht die Absicht, mir eine neue Esthéticienne zu suchen.

16. Februar - Ich hasse Helenes Birne

Der siebenundvierzigste Event ist vorüber. Meine Küche hisst die weiße Fahne. Meine Nerven ebenfalls. Die Aussicht auf ein baldiges Ende lässt mich weitermachen.

Die Damen und Herren im Feinkostladen beschwören mich, auch nach Ende der Wette, weiterzumachen. Irgendetwas müsse ich mir einfallen lassen. Backen wäre schön … neue Gerichte erfinden (tue ich das nicht jedes Mal?) … alles, was schief ging noch einmal … (Ha! Ich müsste das Jahr wiederholen!) Ein neues Buch schreiben … (mache ich bereits) über den Event (mon Dieu!) … wäre toll (finde ich nicht).

Sie versuchten es sogar mit Bestechung. Kostenlosen Cappuccino bis an mein Lebensende. Hm! Hörte sich verlockend an … aber nicht annähernd so verlockend wie Chloés Wetteinsatz.

Über meinen letzten Event haben sie sich wieder Mal köstlich amüsiert. Ich nicht! Louis kopiert die Übersetzungen (incl. Fotos) stapelweise und legt sie im Feinkostladen aus. Immer mehr Leute lesen meine Qualen. Nun ja! Das habe ich nicht bedacht, als ich mich auf diese Wette einließ.

Der Cappuccino mit Maître Gayet musste sein und seine hilfreichen Kommentare sind Balsam für meine geschundenen Nerven.

Ich musste Freitag zwar nichts vorbereiten, dennoch gönnte ich mir zuhause einen Cappuccino.

Samedi! In aller Frühe fuhr ich zum Bäcker. Frisches Baguette! Okay! Abends nicht mehr ganz so frisch, aber ich konnte nicht zwischendurch nochmal schnell zum Bäcker fahren.

Zuallererst einen Cappuccino, die letzten Sekunden, die Ruhe vor dem Sturm. Bizets Torero-Marsch, tief durchatmen und dann ... auf in den Kampf.

Poire Belle-Hélène! Nun ja! Zehn Birnen warteten darauf veredelt zu werden. Geschafft haben es ... nun ja ... nicht alle. Sagen wir mal so ... Poire Belle-Hélène wird nicht halbiert oder geviertelt. Non! Sie bleibt eine Birne ... eine geschälte und entkernte Birne.

Wer wie Ihr vom Fach, begnadete Hausfrau oder Hobbykoch ist, der macht das mit links, mal eben nebenbei. Wer aber wie ich fachfremd, unbegnadet und kochtechnisch talentfrei ist, der hat das ein oder andere Problemchen mit der Birne. Nun ja ... sagen wir mal so ... ich habe mir wie immer große Mühe gegeben.

Die Birne sollte entkernt werden. Tja! Monsieur Internet riet zu einem Kerngehäuseentferner und zeigte mir ein passendes Video. Handlicher und leichter, als die Arbeit mit einem Messer. Ich war froh, als ich einen Kerngehäuseentferner in meiner Küche fand und machte mich sofort ans Werk. Ich puhlte nach Kerngehäusen und gab mein Bestes. Der Kerngehäuseentferner entfernte Frucht-fleisch (man muss doch das Kerngehäuse erst mal finden) und bohrte dann ein Loch in die Außen-wand. Tja! Das Loch sah gut aus, gehörte da aber nicht hin. Es hätte sicherlich gut ausgesehen, wenn aus diesem Loch die Schokosauce geflossen wäre.

Okay! Nächste Birne! Oh! Ich vergaß zu erwähnen ... für Poire Belle-Hélène muss man reife, saftige Birnen nehmen. Das heißt, Birnen, die tropfen, wenn man ein Loch in ihre Schale bohrt. Ob das dorthin sollte oder nicht. Okay! Der Saft tropfte zwischen meinen Fingern hindurch und die Birne wurde glitschig. Der Kernbohrer rutschte durch das weiche Fruchtfleisch und ... schwupps ... noch eine Birne mit Loch.

Dritte Birne ... Okay! Vierte Birne ... Okay! Fünfte Birne! Ha! Eine Birne ohne Kerngehäuse. Wer sagts denn? Geht doch! Sechste Birne ... ohne Kerngehäuse! Siebte mit Loch ... achte mit Loch und Riss ... neunte ohne Kerngehäuse ... zehnte ohne Kerngehäuse!

Ha! Vier Birnen ohne Kerngehäuse. Aber! Sie mussten noch geschält werden ... Nun ja! Sagen wir mal so ... die Birnen waren so saftig ... so glitschig ... so unkooperativ. Die erste Birne verlor ihren Stil, wäre ja nicht weiter schlimm, aber dann platzte sie, weil ich ... nun ja ... sagen wir mal so ... das Kerngehäuse zu weiträumig entfernt hatte.

Die zweite Birne hatte nach dem Schälen einen winzigen Riss und Birne Nummer drei einen ... nun ja ... nur unwesentlich größeren Riss als Birne Nummer zwei. Aber! Birne Nummer vier war fast makellos. Fast!

Okay! Ich, als Perfektionist, habe, was das Kochen betrifft, meine Erwartungen, bezüglich Perfektion, während der letzten Monate, fast auf null gesenkt. Wäre die Birne ein Kleid von Gucci ... ich hätte es nicht gekauft.

Okay! Ich hatte drei entkernte, enthäutete Birnen. Sie wurden in Wein und diversen anderen Zutaten, zehn Minuten, sanft geköchelt. Wellness für die Birnen. Ich kann jetzt aber nicht sagen, ob die Konsistenz der Birnen, nach dem Wellnessbad, die richtige war oder nicht.

Beim siebenundvierzigsten Event sieht man eventuell auftretenden Missgeschicken gelassen entgegen. Anke wird mir eine zu harte Birne ebenso verzeihen wie eine, die auseinanderfällt, wenn man sie nur ansieht. Okay! Die Birnen durften in ihrem Wellnessbad abkühlen und ich genehmigte mir einen Cappuccino ... zwei!

Weiter ging's! Paprika entkernen, Zwiebeln und Knoblauch häuten und alles grob stückeln! Fleisch in große Stücke schneiden. Endlich mal ein Rezept, bei dem nicht alles klitzeklein geschnippelt werden musste. Große Stücke, die den Mund füllen ...

12:30 Uhr! Nächste Pause ... nächster Cappuccino! Kurz überlegen ... dreieinhalb Stunden bis zum Countdown ... zu wenig Zeit zum Reiten! Okay! Cappuccino ... besser zwei ... den Le Monde ... dritter und vierter Cappuccino!

Tisch eindecken ... dauert auch immer etwas länger, bis das Besteck richtig platziert ist, die Gläser an den richtigen Stellen stehen. Oh ... wie mir all das niemals fehlen wird ... Ups! Da fällt mir ein ... ich habe Euch noch nie vom Tisch eindecken erzählt. Nun ja! Es sollte doch immer perfekt sein. Und das war es auch ... fast! Es hat nur unwesentlich länger gedauert, als wenn Mary eingedeckt hätte. So ein einmessen ... lacht nicht schon wieder ... dauert eben etwas länger. Der Abstand der vielen Messer, Gabeln und Löffeln zum Tischrand muss genau sein. Da darf nicht alles kreuz und quer liegen. Da muss man mit dem Maßband ran.

Dann gibt es da noch die vielen verschiedenen Gläser, die genau platziert sein müssen ... dauert auch länger ... und erst der ganze Schnickschnack. Anfangs habe ich das immer einen Tag vor dem Event gemacht. Hätte ich es am Tag des Events gemacht ... meine Gäste hätten auch noch die Nächte bei mir verbracht! Okay! Inzwischen bin ich schneller. Eindecken hat zum Glück nichts mit kochen zu tun. Nur mit Étiquette.

Ups! Da hatte ich doch mal wieder was vergessen! Kartoffeln! Eigentlich gelten Kartoffeln in Frankreich nicht als Beilage (man verwendet eigentlich nie Beilagen), sondern als Gemüse und landen deshalb meistens im Gericht. Franzosen lieben ihr Baguette. Wer braucht Kartoffeln, wenn er Baguette hat?

Die Kartoffeln wurden in der Schale gegart, gepellt und durften abkühlen. Nach diesem Stress gönnte ich mir einen weiteren Cappuccino. Ich hasse kochen!

Okay! Es war an der Zeit den Schafskäse in Angriff zu nehmen. Die kleinen Käselaibe in eine Auflaufform zu setzen war kein Problem ... das Problem war der Honig.

Honig erwärmen! Nun ja! Sagen wir mal so ... woher sollte ich wissen, dass Honig sich verflüssigt, wenn er erwärmt wird und dass er aus dem Topf hüpft, wenn er zu heiß wird? Die weiße Fahne, die meine Küche seit Monaten quasi dauergehisst hat, hat jetzt ein paar Honigflecken und die Tapete ein Loch. Lacht nicht! Ich musste doch das klebrige Zeug abwischen und putzen ist nun mal nicht meine Stärke.

Ich muss zur Verteidigung der Tapete aber anführen, dass sie sich in den letzten Monaten erfolgreich gegen meine Putzversuche verteidigt hat. Jetzt hat sie das Handtuch geworfen. Irgendwann wird selbst der dickste Rock fadenscheinig und löchrig.

Okay! Zurück zum Honig! Neuer Versuch! Erwärmen und rühren ... rühren ... rühren! Ups! Da hatte ich doch vergessen, die Datteln zu schneiden. Wie konnte mir das nur passieren? Okay! Honig vom Herd, Datteln schneiden, in den Topf geben und mitkochen. Abkühlen lassen, auf den Käselaibchen verteilen und vorsichtshalber ein Foto machen. Wer weiß, wie sie aussehen, wenn sie aus dem Ofen kommen ...

Ich genehmigte mir einen Cappuccino, versuchte, nicht an das Anbraten der Fleischwürfel zu denken ... tat es doch und genehmigt mir noch zwei Cappuccino.

Okay! Axoa de veau basque! Dabei handelt es sich zum Glück nicht um ein Gericht, das in deutschen Küchen zubereitet wird. Ich gehe davon aus, dass Anke nicht weiß, worum es sich handelt und wie es aussehen muss. Notfalls könnte ich immer noch behaupten, dass muss so sein ... Okay! Das wäre gemein!

Schon wieder abgeschweift. Ich setzte den großen Topf auf den Herd, gab dieses Wunderöl? ... Fettfreie Fett? ... Chemische Erzeugnis? ... (Egal, es soll angeblich nicht spritzen!) Okay! Ich gab dieses Zeug hinein und hoffte das Beste. Okay! Wieder eine enttäuschte Hoffnung! Es spritzte und ich wischte. Fleisch in den Topf ... wieder wischen ... Ups! Zu lange gewischt, dabei diesen klitzekleinen Moment verpasst, wenn aus Fleisch Briketts werden.

Non! Wir fluchen nicht! Nächster Topf! Butterschmalz ... sagen wir mal so ... diese Töpfe, in denen man fettfrei kochen und braten kann, zeigten, dass sie allergisch gegen Fett sind und spritzten das Butterschmalz durch meine Küche.

Topf vom Herd nehmen ... wischen ... Topf zurück auf den Herd ... Fleischstücke hineingeben ... vor den Fettspritzern flüchten ... non! Grrr! Wir fluchen immer noch nicht! Dritter Topf! Ohne Fett! Diese Töpfe sind so zickig wie eine Diva! Die erste Ladung Fleisch wurde unter Rühren leicht gebräunt ... nun ja ... sagen wir mal so ... in beigefarbene Fleischstückchen verwandelt.

Zweite Ladung Fleisch ... rühren ... zartbeige ... raus aus der Pfanne ... ruhen lassen ... Dritte Ladung ... okay ... ich hatte bereits genug Fleisch zart angebraten. Wer braucht da noch eine dritte Ladung?

Neuer Topf! Zwiebeln und Knoblauch wellnessen! Paprika hinzugeben und rühren ... Fleisch hinzu ... *WÜRZEN!* (Die Zettel waren nicht zu übersehen!) Wein hinzu gießen ... rühren ... Fond hinzugeben ... rühren ... Deckel drauf und Ruhe für die nächsten fünfzig Minuten. Kurz wischen und fertig! Darauf einen Cappuccino! Den hatte ich mir redlich verdient, nach all dem Stress.

Es läutete und mein Gast erschien. Ich führte Anke sofort ins Esszimmer, denn der Schafskäse musste nur für zehn Minuten in den Ofen. So einen genügsamen Gast hatte ich noch nie. Sie wollte keinen Wein, sondern Wasser. Okay! Chateldon ist teuer … ist und bleibt aber Wasser.

Nach drei Minuten versuchte der Schafskäse sich zu verflüssigen und musste aus dem Ofen. Sieht doch noch gut aus! Okay! Sechs Schafskäselaibchen und sechs Versuche, sie aus der Auflaufform zu holen. Nun ja! Sagen wir mal so … der letzte Versuch war einigermaßen erfolgreich und unter Zuhilfenahme eines Messers wurde das Schafskäschen wieder in Form gebracht.

Serviert, das obligatorische Foto gemacht! Und dann … ich kann es kaum glauben … das Käschen schmeckte lecker. Okay! Was kann man an solch einem Käschen schon falsch machen? Kollektives Aufstöhnen! Ich weiß … darf ich mich nicht auch mal freuen? Da hat man einmal Erfolg und ihr stöhnt! Okay, es war nicht so lange im Ofen, dass es verkokeln konnte, aber bei mir weiß man nie …

Inzwischen hatte ich Anke mit Baron de Rothschild bekannt gemacht. Sie war sehr angetan von Bouquet und Geschmack. Besser als Chateldon …

Okay! Der Timer piepte und der Deckel musste vom Topf. Die Cocktailtomaten sollten in den Topf und die Sauce mit Mehl angedickt werden. Nun ja! Da wir inzwischen wissen, dass ich es nicht schaffe, Mehl und Wasser so zu mischen, dass es nicht zur Klumpenbildung kommt, griff ich zu Maître Gayet's Hilfsmittel, das er extra für mich angerührt hatte. Mehl und Wasser! Klumpenfrei! Merci!

Okay! Das Axoa köchelte so vor sich hin, während die Sauce andickte? … eindickte? … verdickte? Egal! Sie sah aus, wie Sauce aussieht!

Während die Sauce zur Sauce wurde, mussten die Kartoffeln in die Pfanne. Sagenhaft wie schnell sie sich bräunten … okay … die dunklen wurden aussortiert … weiß doch niemand! Wäre mein Gast Französin, hätte ich die Kartoffeln in rohem Zustand unter das Axoa gemischt und sie mitgekocht, aber das sähe nicht gut aus … mehr wie Eintopf … Mein Gast ist Deutsche und bekam ihre Beilage … Bratkartoffeln oder so was ähnliches … und Baguette.

Das Axoa war fertig! Ich füllte den Teller, servierte und machte das obligatorische Foto. Sah gut aus! Anke schmeckte es. Es war gut, dass ich keine Chilis zum Axoa gegeben hatte. Das Axoa hatte die richtige Schärfe. Ich hatte das Pfeffern nicht vergessen! Ich weiß … das grenzt schon fast an ein Wunder!

Ich kümmerte mich um die Birnen. Sie saßen noch immer in ihrem Wellnessbad, das inzwischen mehr als abgekühlt war. Die Birnen überstanden den Transport aus dem Topf zum Teller ohne größere Probleme.

Die Schokosauce musste erwärmt werden und sollte dann sanft über die Birnen rinnen. Nun ja! Die Sauce zog es vor zu fließen und die Birnen sahen nicht sooo gut aus. Aber das Eis … wunderbar … höchstpersönlich gekauft. Die Birnen waren bissfest und schmeckten wunderbar nach Wein und all dem Zeug, das in den Wein gemischt war. Ein Wunder war geschehen. Ich konnte es kaum glauben.

Anke war begeistert. Die Poire Belle-Hélène schmeckte ihr sehr gut und ich konnte mich entspannt zurücklehnen.

Es war ein schöner Abend. Anke war erfreut, dass sie sich unter den Gästen befand, die mir besonders am Herzen liegen. Jenen Gästen, denen meine (okay … Kochkünste wäre maßlos übertrieben), na ja … die nicht zu den Opfern meiner Anfänge als Zwangsköchin gehörten.

So ging auch dieser Event zu Ende. Es lief nicht alles glatt … wie sollte es auch … solch ein Wunder gibt es in meiner Küche nicht.

Die leeren Bügel in meinem Kleiderschrank … heute kam ein neuer hinzu. Auch in meinem Schuhschrank wurde ein Platz frei … Ich hasse kochen!

Jetzt sind es noch fünf Events. FÜNF! Das Ziel kommt in Sicht!

Tofu du Général Tao

18. Februar - Ein Wunder ...

Jetzt hätte ich doch fast versäumt, meinen nächsten Gast bekanntzugeben. Es grenzt an ein Wunder. Mary kommt! Ich kann es noch immer nicht glauben. Sie hat sich wirklich durchgerungen und für den nächsten Event zugesagt.

Okay! Das bedeutet, ein vegetarisches Menu, denn Mary ist Vegetarierin. Das bedeutet auch, dass ich mitessen muss. Jetzt hoffe ich auf Sahne und andere Zutaten, die ich nicht essen darf.

Oh! Ihr wollt etwas mehr über Mary wissen. Hätte ich fast vergessen. Okay! Ich erzähle, was sie erlaubt hat zu erzählen.

Mary ist Unternehmerin, Mutter meines Patenkindes, begeisterte Schwimmerin (schwimmt jeden Morgen unzählige Bahnen in ihrem Pool), Porschefahrerin und heimliche Triebfeder meiner Wette mit Chloé. Ha! Die dachten wirklich, ich weiß es nicht ...

19. Februar - Impatience

Mein neuer Auftrag ist eingetroffen. Vegetarisch! Es gibt so viele vegetarische Gerichte ... warum Tofu?

Ratatouille, Tofu du général Tao, Gâteau au fromage à l'ananas - Käsekuchen mit Ananas, der Rest dürfte Euch bekannt sein.

Nun ja! Ich mag Ratatouille. Général Taos Tofu kenne ich nicht. Hoffe aber, dass ich ihn nicht essen darf. Käsekuchen ... ha, darf ich nicht ... Das Ratatouille werde ich überstehen.

Dieser Auftrag ist sozusagen eine Premiere. Zum ersten Mal muss ich sämtliche Lieblingsgerichte (inklusive des Desserts) meines Gastes zubereiten. Ich habe es schon lange aufgegeben, Tofu etwas Gutes abzugewinnen, aber Mary liebt ihn. Ratatouille liebt sie noch mehr und für Käsekuchen mit Ananas kann man sie aus dem Tiefschlaf holen.

Okay! Ich werde wie immer mein Bestes geben.

22. Februar - Der kulinarische Super-Gau

Tofu du Général Tao. Diesem Kriegsherrn mussten sich meine Kochkünste geschlagen geben. Arme Mary! Aber spannen wir Euch noch ein bisschen auf die Folter und gehen zuerst in den Feinkostladen.

Wie immer waren ihnen die Portionen zu klein. Selbst bei Bocuse wäre mehr auf den Tellern. Ich bezweifle, dass je einer von ihnen bei Bocuse zu Gast war. Aber! In der L'Auberge du Pont de Collonges lässt Bocuse kochen, hier koche ich.

Monsieur Brument hatte ein paar Bücher, die ich signieren sollte. Das geht jetzt doch etwas zu weit. Sie brachten mich auf die Palme. Erst der Cappuccino mit Maître Gayet drosselte meinen Puls auf erträgliche Maße.

Zuhause gönnte ich mir einen weiteren Cappuccino. Dann machte ich mich ans marinieren des Tofu. Den Tofu in mundgerechte Würfel schneiden. Nun ja! Müsste ich die Dinger essen, sie wären winzig klein. Ich würde den Mund, wenn überhaupt, nur einen klitzekleinen Spalt aufbringen. Tofu! Wie der schon aussieht ... unappetitlich ... geruchlos ... geschmacklos ist er auch noch ... Non! Nichts für mich.

Okay! Sojasauce mit Essig und Honig mischen. Diverse Kräuter einstreuen und unterrühren. Die Tofu-Würfel darin wenden. Nun ja! Jetzt waren sie braun! Okay! Ab in den Kühlschrank und hoffen, dass der Tofu etwas Geschmack annimmt. Ihr wisst, die Hoffnung stirbt zuletzt. Wir werden sehen, ob sie den morgigen Tag erlebt.

Samedi - Nachdem ich gestern einige Kräuter vergessen hatte (wegen der überraschenden Signier-stunde, die mich doch etwas verärgert hatte), rief ich im Feinkostladen an und orderte, was ich ver-gessen hatte. Ich überlegte kurz, ob ich vielleicht eine Alternative zu Tofu besorgen sollte, aber non, da muss ich jetzt durch.

Ich begann mit dem Gâteau. Pardon! Dem Kuchen! Ein Kuchen der nicht gebacken wird. Okay! Kann er auch nicht verbrennen. Warum gibt es nicht mehr backfreie Kuchen? Zuerst sollten Kekse zerbröselt werden. Es gab zahlreiche Varianten, wie man sie zerbröselt. Ich dachte, die Nummer mit der Tüte hört sich gut an ... Nun ja! Ich füllte die Kekse in einen Beutel und schlug mit dem Fleischklopfer darauf ein. Tja! Das hat nicht so funktioniert, wie es sollte. Ich wurde wütend (nur ein bisschen ... okay ... ein bisschen mehr als ein bisschen) und nahm die Pfanne. Im letzten Moment fiel mir ein, was passiert, wenn der Schlag daneben geht und die Arbeitsplatte trifft. Granit ist teuer!

Ich füllte die Kekse in eine Schüssel und nahm den Pürierstab. Lacht nicht ... es hätte doch sein können ... war es aber nicht ... die Krümel spritzten in alle Himmelrichtungen davon und ich holte den Akkusauger, um das gröbste zu beseitigen. Ich hasse kochen!

Nun ja! Warum nennen wir eine KitchenAid unser eigen? Um sie zu benutzen! Zumindest an den noch ausstehenden fünf Events. Die Maschine gab wie immer ihr bestes. Warum nicht gleich so? Ich gab Butter und Kakao hinzu. Die Maschine mischte die Zutaten und ich freute mich auf einen Cap-puccino. Der musste warten, denn die Masse musste noch in die Tortenringe gefüllt werden.

War das eine bröselige Sache. Kein Teig, der sich schön in die kleinsten Ritzen schlich ... Non! Brösel! Schokobrösel! Klebrig, braun und stur. Sie wollten nicht in die Tortenringe und festgedrückt werden wollten sie auch nicht. Grrr! Wir fluchen nicht! Ich schrieb Schokobrösel auf die Blacklist und genehmigte mir einen Cappuccino!

Haben wir bis heute mit einem schönen, langen Urlaub geliebäugelt, wenn wir die Wette erst gewonnen haben, so überlegen wir inzwischen ernsthaft, uns für unbestimmte Zeit in einer Klaps-mühle einzumieten ...

Okay! Ich rappelte mich auf und machte mich an die Zubereitung der Crème. Sahne schlagen!

Würde ich auf die Blacklist setzen, aber sie steht bereits drauf ... mehrfach ...

Nun ja! Ich hatte nicht vor, in die Butterproduktion einzusteigen, aber manchmal schlägt das Schicksal zu. Während die Maschine den zweiten Versuch startete, mischte ich Agar-Agar mit Wasser und ließ ihn quellen.

Ich war mir nicht sicher, ob die Sahne bereits die richtige Konsistenz hatte und schaltete vorsichtshalber die Maschine aus, bevor ich meine Butterproduktion noch auf dem Wochenmarkt verkaufen müsste.

Agar-Agar in Ananassaft auflösen ... ups! Ich vergaß, dass Agar-Agar, egal mit was man ihn mischt, dazu neigt, dicke Plupps zu machen und sie dann aus dem Topf zu schleudern. Nun ja! Ich wischte die Plupps vom Kochfeld ... von den Wänden ... vom Boden ... wechselte die Schürze ... das Shirt ... die Hose ... die Schuhe. Ich hasse backen!

Ich weichte den nächsten Agar-Agar ein und gönnte mir einen Cappuccino. Okay! Neuer Versuch! Ich rührte die Ananassaftmischung liebevoll um und nahm sie vom Herd. Während die Mischung etwas abkühlte, gönnte ich mir einen weiteren Cappuccino.

Es läutete und die Kräuter wurden geliefert. Man könnte meinen, ich würde für eine ganze Kompanie kochen, so viele Kräuter hatten sie mir geschickt. Ob das ein böses Omen war? Nachdenklich ging ich zurück in die Küche.

Ich gab Agar-Agar in die Ananassaftmischung, vermischte alles gründlich, wartete noch ein bisschen, bis die Mischung noch mehr abgekühlt war und rührte die Sahne unter. Sah gut aus. Keine Klümpchen! Muss doch gesagt werden, wenn man es endlich mal sagen kann. Die Crème wurde auf den Bröseln verteilt und kam in den Kühlschrank um fest zu werden. Cappuccino! Das Dessert hat mich geschafft! Noch einen und dann ... nun ja ... noch einen! Diese Wette macht mich noch zum Cappuccino-Junkie. Okay! Inzwischen bin ich auf koffeinfrei umgestiegen. Ich möchte nicht mit einem Infarkt im Hôpital landen.

Weiter geht's! Die geschälte Ananas in Scheiben schneiden, Paprika entkernen und vierteln, Auberginen und Zucchini in Scheiben schneiden. Enthäutete Tomaten in winzige Stückchen zerteilen. Pause! Cappuccino ... es wurden vier ... man gönnt sich ja sonst nichts.

Weiter geht's! Ananas auf die Törtchen setzen, sie wollten nicht, wie sie sollten ... Zahnstocher! Zitronenguss ... also Tortenguss aus Zitronensaft. Ups! Ich ahnte bereits, dass es wieder mal ein etwas längeres Experiment mit ungewissem Ausgang geben würde. Nachdem ich zweimal gewischt hatte, gönnte ich mir einen weiteren Cappuccino. Wir fluchen immer noch nicht! Warum macht heute alles Plupp?

Nachdem der dritte Versuch, unter liebevoller Zuneigung und Dauerrühren, erfolgreich war, gab ich die Masse auf die Törtchen und hoffte das Beste. Ich wechselte erneut die Schürze, das Shirt, die Hose und die Schuhe! Ich hasse backen!

Ratatouille! Ihr kennt doch sicherlich alle den Film, der kochenden Ratte. Das wär's doch! Aber ich spiele nicht die Nebenrolle in einem Zeichentrickfilm. Ich muss selbst kochen. Leider!

Okay! Wieder mal abgeschweift. Da die Zeit wieder raste, musste die Pfanne auf den Herd. Eine?

Non! Drei! Und ein Topf mit Tomaten! Drei Pfannen und ein Topf! Da muss man ja nervös werden. In Pfanne eins überbräunten die Auberginen, während in Pfanne drei die Zucchini bereits verkokelten. Nur der Paprika lag brav in seiner Pfanne. Selbst wenn er gewollt hätte, er hätte nicht verkokeln können … ich hatte das Kochfeld nicht eingeschaltet. Kann doch mal passieren … bei drei Pfannen auf dem Herd.

Okay! Die nächsten Auberginen und Zucchini erhielten eine Chance zu verkokeln und die Paprika freute sich auf ihre erste Chance. Ich würzte! Oui! Ich weiß! Es geschehen noch Wunder! Okay, überall klebten diese Zettel … *Würzen!*

Das Gemüse musste gewendet werden. Okay! Manche Stellen waren etwas … nun ja … nicht mehr so hell … Den Herd ausschalten und das Gemüse auftürmen.

Es läutete und mein Gast erschien. Mary war gekommen. »Auch wenn ich ein mulmiges Gefühl habe, ich bin hier. Ich würde dich nie im Stich lassen«, sagte sie und lächelte. Non, das würde sie nie tun.

Sie war nicht allein, sondern hatte ihren Sohn Matthew dabei. Der grinste und zeigte auf einen großen Proviantbeutel, der mit Baguette und Würsten prall gefüllt war. Hahaha!

Ich führte die beiden in den Salon und stellte ihnen Baron de Rothschild zur Seite. Matthew breitete schon mal vorsichtshalber den Inhalt des Beutels auf dem Tisch aus. Engländer haben einen schwarzen Humor, Matthews Humor ist pechschwarz!

Zu gerne hätte ich gewusst, ob er auch etwas von seinem Proviant verspeisen würde, aber ich musste zurück in die Küche, um das Ratatouille zu vollenden. Ich häufte das Gemüse aufeinander, dekorierte mit Basilikum, bat meine Gäste zu Tisch und servierte. Noch das obligatorische Foto und es konnte losgehen. Mit einem unguten Gefühl betrachtete ich meinen Teller. Vegetarisch!

Matthew fragte, ob ich das Baguette selbst gebacken hätte und grinste mich an. Er konnte froh sein, das er außerhalb meiner Reichweite saß.

Kurz darauf war er still. Er verdrehte die Augen und mir stockte der Atem. Matthew war begeistert und ich erst! Das war lecker! Mary fragte ungläubig, ob ich das wirklich selbst gekocht hätte oder ob im Schrank ein Ratatouille sitzt. Hahaha!

Voller Elan ging ich in die Küche. Der Tofu musste in die Pfanne. Der hatte sich mit der Sauce vergnügt und alles aufgesogen. Er musste wie Fleisch behandelt werden. Stückchenweise anbraten, wenden und nächste Ladung in die Pfanne. Nun ja! Es wäre anmaßend auf ein weiteres Wunder zu hoffen … ich tat es dennoch und wurde mit Kohle belohnt.

Die Natur brauchte 350 Millionen Jahre, um aus abgestorbenen Pflanzen Steinkohle zu machen. Ich schaffe das binnen Minuten.

Nun ja! Es ist Tofu und da kann man doch *einmal* über die Kohleproduktion hinwegsehen. Tofu soll braten und essen wer will. Aber ich? Non! Ich würde keinen Tofu essen und Matthew sicher auch nicht. Jemand, der T-Rex genannt wird, isst keinen Tofu.

Okay! Schon wieder abgeschweift. Nächster Versuch! Zart anbräunen, also minimal wellnessen. Sagen wir mal so … die Würfelchen hatten nicht mal die Chance, sich zu bräunen oder gar in Kohle zu verwandeln. Ich gab Zwiebeln und Knoblauch hinzu, rührte, wendete. Alles brutzelte vor sich hin. Ob es allerdings aussah, wie es aussehen sollte … aucune idée!

Dann musste gewürzt werden. Anke meinte, man dürfe nicht zu viel Sojasauce nehmen, sonst wäre das Essen schnell verdorben. Okay! Tröpfchenweise gab ich Sojasauce in die Pfanne. Danach so allerhand Gewürze und Kokosmilch. Jetzt sah es wirklich nicht mehr gut aus. Non! Eher mehr so … gar nicht gut! So … nun ja … vielleicht sollte das so sein. Ich rührte noch mal um und … ups … Ich hatte das Gemüse vergessen. Mungobohnensprößlinge und Bambussprossen!

Okay! Da musste nichts geschnippelt werden … Gläser öffnen, Sprossen und Sprösslinge in die Pfanne geben, rühren, zusehen, wie das Gemüse sich in Sauce kleidete und fast schon eklig aussah.

Nun ja! Vielleicht soll das so sein. Aber warum sah Général Taos Tofu auf den Fotos, die mir Monsieur Internet geschickt hatte, so toll aus … wie Gulasch. Mein Tofu glich mehr … nun ja … Hundefutter aus der Dose. Mit einem mulmigen Gefühl, gab ich den Tofu auf die Teller und servierte. Unter den, nun ja … sagen wir ehrlich … entsetzten Augen von Mary und Matthew, machte ich das obligatorische Foto.

Matthew stocherte auf seinem Teller herum, als würde er etwas Essbares suchen. Mary schob sich todesmutig ein Stück Tofu in den Mund. Sie musste nichts sagen. Ihr Gesicht sprach Bände. Trotzdem probierte sie noch etwas Gemüse. Nun ja! Ihre Miene änderte sich nicht. Noch entsetzter geht nicht! Matthew sah das Gesicht seiner Mutter und verzichtete auf eine Kostprobe.

Immer noch voller Entsetzen, sah sie mich an und sagte, ich könne die Teller abtragen. Weinen! Ausgerechnet bei Mary! Warum hat sie aber auch so eine Vorliebe für das geschmacklose Zeug? Nun ja! Geschmacklos konnte man diesen Tofu nicht nennen. Da war wohl, von irgendwas, etwas zu viel dran. Nun ja! Wenn ich schon mal würze … Non! Mariniere! So hatte das etwas zu viel (was immer es auch war) einen Tag Zeit, um sich einzubringen. Okay! Auch der Rest war nicht gerade eine Meisterleistung. Breiten wir den Mantel des Vergessens darüber aus.

Mary brauchte Zeit zur Erholung und hoffte inständig, dass ich ihren Lieblingskuchen nicht auch noch verdorben hatte. Nun ja! Ich habe mein Bestes gegeben, aber es sollte nicht sein.

Jetzt blieb noch das Dessert! Wenn das auch daneben ging … Nun ja! Es ging schon gut los. Das Törtchen wollte nicht aus seinem Ring kommen. Dreimal mit dem Messer gestochert … et voilà! Das zweite Törtchen war ebenfalls bockig. Wieder musste das Messer her. Es glitt aus dem Tortenring und verlor dabei ein wenig seiner Form. Nun ja! Mehr als ein wenig … aber ich hatte ja noch drei weitere. Irgendwann hatte ich dann noch zwei weitere Törtchen. Zwar nicht wie vom Pâtissier, aber immerhin … Geht doch!

Mary war begeistert. Sie hat alle Törtchen aufgegessen, sogar die verunglückten. Sie sahen nicht gut aus, aber das tat dem Geschmack keinen Abbruch. Am Ende war sie happy. Eine leckere Ratatouille und ein paar ihrer Lieblingstörtchen, was will man mehr. Wer denkt da noch an Tofu?

Matthew, der um sein Törtchen gekommen war, verschlang ein paar seiner mitgebrachten Würste, eine riesige Portion Eis und das Thema Tofu ging zwischen Eis (aus dem Feinkostladen), Sahne (aus der Dose), Kirschen (aus dem Glas), Schokosauce (selbst gekauft) und diversen anderen Zutaten unter.

So ging auch dieser Event zu Ende. Ich weiß nicht, wer mehr aufatmete, Mary oder ich. Wer auch immer ... wir hatten es beide überstanden. Ich glaube, Mary wird so schnell keinen Tofu mehr anrühren.

Tofu sollte den Asiaten vorbehalten bleiben. Sie wissen, wie man ihn zubereitet. In der westlichen Welt ist er noch immer etwas Exotisches. Nicht mal Bocuse serviert das Zeug und der experimentiert gerne ...

Jetzt sind es noch vier Events. Ich möchte zu gerne wissen, ob Chloé bereits die Contenance verliert.

Daube de bœuf provençale

25. Februar - Nach dem Supergau

Schon wieder eine Woche vergangen. Wir nähern uns mit Riesenschritten dem Finale.

Meine nächsten Gäste sind Anja und Christophe. Mehr möchte ich nicht sagen. Wahren wir ihre Privatsphäre. Ich hoffe sehr, dass wir die vegetarischen Gerichte hinter uns haben. Christophe wäre nicht begeistert, wenn ich ihm Tofu vorsetzen würde.

Nun ja! Mein Tofu-Gericht hat so manchen Brüller hervorgerufen. Verständlich! Mein Vergleich mit Hundefutter fand große Zustimmung. Inzwischen weiß ich auch, warum es so grauenvoll schmeckte. Ich hatte mich bei der Wahl der Gewürze, vor allem der Sauce, gewaltig vergriffen. Gewürze der mitteleuropäischen Küche sind nicht mein Ding ... die asiatischen überfordern mich total.

Nun ja! Vergessen wir den unliebsamen Tofu, trinken einen Cappuccino (oder mehr ...) und sehen der Zukunft mit gemischten Gefühlen entgegen.

26. Februar - Weinen! Weinen! Weinen!

Diesmal hat Chloé mit der Keule zugeschlagen. Bei diesem Auftrag blieb mir fast das Herz stehen vor Schreck.

Soupe à l'oignon, Daube de bœuf provençale, Charlotte russe - Französische Zwiebelsuppe, Daube (eine Art Gulasch), Charlotte. Kennt ihr das?

Zwiebelsuppe! Zwiebeln goldgelb anbraten! *Anbraten!* Meine Zwiebeln wellnessen ... schon mal goldgelb gewellnesste Zwiebeln gesehen? Ich nicht!

Daube! Die Fleischstücke müssen eine Nacht schlafen. Eingelegt in Rotwein! Oh mon Dieu! Okay! Schlafen können sie allein. Aber ... sind sie erstmal aufgewacht, müssen sie scharf angebraten werden. Wir wissen, dass ich das nicht kann ... ob auch Wellness geht? Wir werden sehen! Fünf bis sechs Stunden köcheln lassen! Na ja! Das können sie dann wieder allein ... wenn sie jemals zum Köcheln kommen. Nun ja! Warten wir's ab.

Charlotte russe! Da bleibt mir nur noch weinen! Am besten setze ich die Charlotte sofort auf die Blacklist. Schon mal Charlotte zubereitet? Ach, was frage ich Euch ...

Ich denke, der nächste Super-Gau steht ins Haus, doch ich werde wie immer mein Möglichstes tun.

02. März - Es lebe die Wellness

Heute nur ein kurzer Beitrag. Ich habe Grippe und will nur meine Ruhe.

Alles lief wie immer. Chaos pur! Stress hoch drei! Zu viel ... okay ... viel zu viel Cappuccino. Die Grippe machte sich bereits bemerkbar und mein Kopf dröhnte.

Freitag sägte ich Löffelbiskuit auf ein erträgliches Maß. Die Zubereitung der Crème stellte mich vor die gleichen Probleme wie in gesunden Tagen. Die Sahne wurde im ersten Anlauf zu Butter und die Himbeergrütze war schon nach fünf Minuten so steif, dass sie sich nicht mehr mit der Vanillecreme verbinden konnte. Beim zweiten Durchgang gelang es besser, aber die Himbeercreme wurde schnell fest und ließ sich nur noch schwerlich in den Kranz aus Löffelbiskuit gießen.

Daube de bœuf provençale! Das Fleisch musste in grobe Stücke geschnitten werden. Das ist das Gute an den französischen Fleischgerichten. Es wird nicht alles in winzige Stückchen geschnitten. So bleibt das Fleisch saftig. Man zerteilt es erst auf dem Teller. Oui! Ich weiß … ich dörre auch große Fleischstücke.

Okay! Geschnitten und, mit diversen Zutaten, in Rotwein eingelegt. Kühl gestellt (nicht in den Kühlschrank) und dann durfte die Daube schlafen. Ich beneidete sie. Am liebsten hätte ich mich dazu gelegt, aber meine Küche sah aus wie ein Schlachtfeld …

Der Event setzte sich Samstag unter den gleichen schwierigen Bedingungen fort. Ging es mir Freitag mies, so fühlte ich mich Samstag wie zerschlagen.

Ich begann mit Daube de bœuf provençale. Liest sich wie ein Gedicht … tja … auch Horrorgeschichten haben schöne Titel. Zuerst fischte ich die diversen Gewürze aus der Beize, was sich als äußerst langwierige Sisyphusarbeit herausstellte. Das Anbraten ließ ich langsam angehen und es endete wie immer in einem Wellnessbad. Wer weiß schon, ob das Fleisch stark angebraten wurde oder auch nicht. Es kocht viele Stunden vor sich hin und man kann nicht sehen, ob es gebräunt, überbräunt oder nur gewellnesst wurde.

Ich schabte Karotten und schnitt sie in dicke Scheiben. Dazu die Zwiebelstücke aus dem Feinkostladen und gestifteten Knoblauch. Nachdem alles in einem Topf war, durfte es stundenlang vor sich hin köcheln.

Die Zwiebelsuppe gestaltete sich etwas schwieriger. Zwiebeln … Blacklist! Ich hasse diese fiesen, kleinen Dinger. Okay! Die Zwiebeln verkokelten und erst beim dritten Anlauf war es soweit. Allerdings mussten auch hier diverse dunkle Teile aus der Masse gefischt werden. Fast hätte ich den Wein vergessen. Doch am Ende war alles dort, wo es sei sollte.

Das Rösten der Baguettescheiben ging zweimal daneben. Das Haus stank wie nach einem Großbrand. Aber man sagt doch, aller guten Dinge sind drei. Der Rauchmelder … nun ja! Kaufen wir einen neuen.

Meine Gäste waren pünktlich. Sie waren überrascht, wie gut alles aussah und das es schmeckte. Allerdings war die Crème der Charlotte russe zu fest.

So ging dieser Tag, durch den ich mich gequält hatte, zu Ende. Kochen ist ätzend. Kochen mit Grippe … nie wieder.

Jetzt sind es noch drei Events. Schlimmer, als der letzte Event, können sie nicht mehr werden. Gehen wir sie an.

Filet de porc au chou de Milan

04. März - Immer noch Grippe, dennoch geht es weiter

Meine nächsten Gäste kommen aus Deutschland und wissen nicht genau, auf was sie sich da einlassen.

Sabine, Managerin eines großen Unternehmens, Großmutter einer entzückenden Prinzessin, liebt Zumba und die Konzerte ihres Sohnes.

Jürgen, dessen Job tabu ist, liebt Sport und seine kleine Prinzessin. Verständlich … Wer liebt sie nicht, diesen süßen kleinen Engel …

So, ich pflege jetzt wieder meine Grippe.

05. März - Noch immer Grippe …

Mein Auftrag zum fünfzigsten Event!

Mousse de saumon, Filet de porc au chou de Milan, Gâteau d'abricot - Lachsmousse, Schweinefilet mit Wirsing, Aprikosenkuchen

Ich werde wie immer mein Möglichstes tun.

07. März - Ein Korsett aus Wirsing

Der fünfzigste Event ist vorüber. Die Grippe ist hartnäckig und macht mir noch immer das Leben schwer. Zudem habe ich eine Verletzung am Zeigefinger, die mir das Tippen erschwert. Deshalb werde ich mich auch heute auf das Nötigste beschränken.

Der Einkauf war anstrengend und wegen Heiserkeit musste ich alles mehrmals wiederholen. Das war nervtötend. Aufgrund meiner angeschlagenen Gesundheit haben die Damen und Herren auf jedweden Kommentar verzichtet. Merci!

Der Cappuccino mit Maître Gayet war entspannend. Der Maître warnte mich vor den Tücken des chou und ich ahnte fürchterliches.

Zuhause gönnte ich mir einen weiteren Cappuccino. Lust auf kochen hatte ich nicht. Hatte ich die jemals? Non!

Gâteau d'abricot! Die KitchenAid knetete den Teig, während ich die Aprikosen achtelte. Dann kam eine Hürde, die mich zum ersten Mal an diesem Tag verzweifeln ließ. Aprikosenkonfitüre durch ein Sieb streichen und aufkochen. Ha! Das Streichen dauerte gefühlte Stunden. Das Aufkochen … na ja! Sagen wir mal so … ich strich eine weitere Ladung Konfitüre durch ein Sieb, reinigte das Kochfeld, stellte den klebrigen Topf ins Wasser, einen neuen auf den Herd und rührte … rührte … rührte … Befand irgendwann, dass die gesiebte Konfitüre aufgekocht sei und genehmigte mir einen weiteren Cappuccino.

Der Teig hatte sich inzwischen im Kühlschrank entspannt. Ich will gar nicht wissen, wie er das gemacht hat. Auf das Ausrollen verzichtete ich und begann mein Teigpuzzle. Man sah es auch nicht unter den Aprikosen.

Ich mischte Aprikosen, Zitronensaft und Grand Marnier mit der gesiebten und aufgekochten (oder auch nicht) Aprikosenkonfitüre. Verteilte alles auf den Tartletts und stellte die kleinen Kuchen in den Ofen.

Pause! Cappuccino! Kopfschmerzen! Hustenanfall! Kochen ist schrecklich, mit Grippe kochen … ätzend!

Tartletts aus dem Ofen nehmen. Mit Mandelblättchen bestreuen … weiterbacken. Timer stellen und hoffen, dass ich nicht vor Erschöpfung einschlafe …

Cappuccino! Ruhe! Halsschmerzen, Hustenanfälle, Fieber! Ende der Backzeit. Finger verbrannt! Wir fluchen immer noch nicht!

Lachs pürieren! Der Lachs wollte nicht püriert werden und stellte mich vor eine weitere Hürde. Ich erinnerte mich an die guten Ratschläge von Monsieur Internet. Er hatte mich anscheinend nicht vermisst, gehofft, dass er mich endlich los sei. Tja! Die Sache mit der Hoffnung …

Er schickte mir ein paar Tipps, wie man aus Lachs eine Mousse macht. Merci! Ich las ein paar davon, habe irgendwann das passende gefunden und mir erst mal einen Cappuccino gegönnt. Erneute Hustenanfälle quälten mich und Niesattacken machten mir das Leben schwer. Als ob kochen nicht ausreichend sei …

Lustlos und müde machte ich mich ans pürieren des Lachses. Mit etwas Sahne wurde aus dem zuvor unkooperativen Lachs eine zähcremige Masse. Sie sah gut aus, so blass-orange … *Blass-orange?* Ups! So sollte sie aber nicht aussehen. Nun ja! Ich gab die restliche Sahne dazu und siehe da … beige-rosa … *beige-rosa?* Ein kurzer Vergleich mit den Fotos von Monsieur Internet. Oui! Beige-rosa! So sollte sie aussehen! Nicht gerade ein Eyecatcher, aber mir muss sie nicht gefallen und essen muss ich sie auch nicht!

Noch schnell die Masse mit der Blattgelatine vermischen … Ups! Schnell noch Blattgelatine eingeweicht und die Wartezeit mit einem Cappuccino verkürzt. Die Grippe hatte an meinen Kräften gezehrt und mir fiel das Weitermachen schwerer als je zuvor. Ich hoffte mehr denn je auf die Kooperation der Gelatine. Hätte sie mir das Leben schwer gemacht, hätte ich kurz vorm Ziel das Handtuch geworfen. Ausnahmsweise hatte sie ein Einsehen und löste sich ohne große Widerstände auf. Nachdem sie etwas abgekühlt war, mischte sie sich mit der Masse zu einer wundervollen Crème. Okay! Gar so wundervoll war sie nicht … aber mit Grippe hat man keine großen Erwartungen.

Als die Crème endlich im Kühlschrank stand, fiel ich völlig erschöpft auf die Couch. Der Cappuccino lockte, doch mir fielen die Augen zu. Brauche ich sonst lange, so brauchte ich gestern noch länger. Hustenanfälle, Niesattacken, Schwindelanfälle und Fieber. Ich hasse Grippe! Liebend gern hätte ich mich für den Rest des Tages auf die Couch verkrochen, aber so kurz vor dem Ziel aufgeben? Jetzt, da die Crème im Kühlschrank stand … non! Niemals!

Nach einer längeren Pause kam die Sache mit dem chou! Ohoh! Ich mag ihn nicht, warum sollte ich ihm beim Kochen freundschaftlich begegnen? Wirsing entblättern und blanchieren. Nun ja! Das entblättern ging ja noch … aber das blanchieren! Sagen wir mal so … aller guten Dinge sind drei! Wobei beim dritten Versuch der Wirsing wohl nicht so blanchiert war, wie er hätte sein sollen. Mehr so fest, nicht ganz hart, aber doch noch hart. Nicht weich! Ach, ist doch egal, er war nicht so, wie er sein sollte. Nehme ich zumindest an. Ich habe noch nie blanchierten Wirsing gesehen, aber die Tatsache, dass er sich nicht so simple um das Filet legte …

Okay! Filet stark anbraten. Ha! Stark anbraten! Böses Omen! Wellness! Abkühlen lassen! Wirsing ausbreiten … Schinken darauf drapieren … Käse darüber … Filet auflegen … einrollen. Oh! Wir fluchen nicht! Wir schreien uns auch nicht die eh schon heisere Stimme aus dem Leib. Wir hassen kochen! Wir wollen keine Tiere mehr braten, rösten, dünsten, garen, verkokeln oder sonst etwas mit ihnen anstellen. Und wir hassen Wirsing!

Irgendwann fanden wir unsere Contenance wieder. Es musste sein, wollten wir nicht doch beim fünfzigsten Event das Handtuch werfen.

Ich schnürte das Filet in ein Korsett aus Wirsing, Schinken und Käse. Stopfte Wirsing unter die Schnüre, schnitt mit dem scharfen Messer den Faden entzwei, erwischte den Finger, wickelte Küchenrolle um die Wunde, pikte Fleischnadeln in die Filets und war froh, als sie endlich in der Auflaufform lagen. Egal wie sie aussahen.

Mit Alufolie abdecken! Tja! Ich benutze keine Umweltsünden. Die Alufolie wurde schon vor Monaten aus meinem Haushalt verbannt. Mary war dagegen, aber hier bin ich das Gesetz. Ich nahm eine zweite Auflaufform und stülpte sie über die erste. Geht doch!

Ich spülte die blutende Wunde unter Wasser, wickelte einen Verband drum und hoffte, dass die Wunde alsbald aufhören würde zu bluten.

Cappuccino! Drei! Immer wieder denken: Das Ziel ist schon in Sicht. Zusammenreißen … weitermachen! Champignons schneiden und in Butter braten! Ha! Butter! Nun ja! Wer braucht denn schon sooo viele Champignons?

Es läutete und meine Gäste erschienen. Ich führte sie in den Salon, stellte ihnen Baron de Rothschild zur Seite und ging zurück in meine Küche. Die Mousse wartete.

Nun ja! Nockerln abstechen. Können wir nicht, wollen wir auch nicht können, müssen es trotzdem tun.

Ich bat erneut Monsieur Internet um Hilfe. Er hatte wohl schon überlegt, wie oft ich ihn noch nerven könnte. Das Ergebnis schien ihn zufriedenzustellen und er schickte mir ein paar Videos, mit pas à pas Anleitung.

Ich erhitzte Wasser, stellte zwei Löffel hinein und tat mein bestes. So, wie ich es immer tue. Okay! Mit viel Wohlwollen konnten die Klößchen als Nockerln durchgehen. Etwas Deko und servieren. Die Gäste zu Tisch bitten, das obligatorische Foto machen und zurück in die Küche.

Der durchgeblutete Verband musste gewechselt werden. Die Wunde sah nicht gut aus. Aber! Was uns nicht tötet macht uns härter. Kochen wir weiter!

Der Timer piepte und die ersten dreißig Minuten waren um. Der Deckel musste entfernt werden und die Filets sollten weitere fünfzehn Minuten garen.

Okay! Tisch abdecken! Ha! Geht doch! Auch wenn es erst beim fünfzigsten Mal war ... Irgendwann ...

Champignons mit Wein und Crème double abschmecken. *Abschmecken*? Non! Rein mit dem Zeug ... es wird schon gut gehen. Sauce einkochen lassen. Der Timer piepte, die Backzeit war zu Ende! Filet aus der Auflaufform nehmen. Aufschneiden. Grrr! Nicht gar! Nochmal in den Ofen ... aber wie lange? Fünfzehn Minuten? Hoffen wir das Beste ...

Kurze Pause, Füße hochlegen, feuchtes Tuch auf die Stirn, husten, niesen, in Selbstmitleid zerfließen ...

Erneutes piepen! Filet zart-rosa und saftig. Champignons sehr gut eingekocht ... nun ja ... eine winzige Portion für jeden würde es noch geben.

Auf den Tellern anrichten, servieren, Foto machen et bon appétit!

Wunde neu verbinden! Hustenanfall! Es geht dem Ende zu! Nicht nur mit dem Event ... ich huste mir die Seele aus dem Leib.

Tisch abdecken ... Tartletts mit Puderzucker bestäuben, auf den Tellern anrichten und servieren. Foto machen und aufatmen! Geschafft!

Mousse de saumon! Sehr lecker. So zart und cremig! Unfassbar! Jürgen war begeistert und Sabine verstand nicht, warum ich nicht gerne koche ...

Filet de porc au chou de Milan! Hm! Zart, rosa, gewürzt! Lecker! Habt ihr gelesen ... GEWÜRZT! Zum fünfzigsten eine besondere Zugabe ... Gewürze ...

Gâteau de abricot! Der Teig ohne Pfiff. (Ist doch nicht mein Versagen! Lag am Rezept!) Die Aprikosen zu herb. Okay! Grand Marnier ist nicht jedermanns Sache. Meine auch nicht!

Cappuccino ... husten ... niesen ... Gäste verabschieden und ab ins Bett. Ohne zu duschen, das will was heißen! Mary wird sich um die Küche kümmern, das Haus lüften und morgen mein Bett neu beziehen. Mit viel Glück trifft sie nicht der Schlag, beim Anblick des Schlachtfeldes Küche. Et oui! Sie wird auch mein Outfit im Müll entsorgen. Das ist nicht mehr zu retten.

So ging auch der fünfzigste Event zu Ende. Essen gelungen, Finger schwer verletzt. Tiefer Schnitt mit Kapseleröffnung. Der Arzt sagte, das muss wohl operiert werden. Wir werden sehen. Aber auch das hält mich nicht davon ab, die letzten beiden Events durchzustehen.

Jetzt sind es noch zwei Events. Das Ziel so nah vor Augen. Es ist toll!

Hareng vierge sauté

11. März - Es ist nicht mehr weit …

Mittwoch! Die Grippe hat mich noch immer im Griff. Hier meine nächsten Gäste …

Vera: Kinderkardiologin, Fallschirmspringerin und Leseratte … Tja! Sie liest meinen Blog und kommt mit einem leichten Bauchgrimmen …

Astrid: Oberstudiendirektorin, Malerin, Naturverbunden, etwas esoterisch angehaucht und immer auf der Suche nach Neuem … Da ist sie bei mir an der richtigen Adresse …

Joachim: Jurist und Hobbypilot mit starken Nerven. Die müsse man auch haben, wenn man sich auf ein Essen bei mir einlässt … sagt er …

Matthias: Ingenieur, Katzenliebhaber und Fan meines Blogs. Er konnte es kaum erwarten, an diesem Event teilzunehmen.

12. März - Der vorletzte Auftrag

Noch immer Grippe! Dazu eine kleine Operation am Finger. Das wird morgen beschwerlich!

Kommen wir zu meinem vorletzten Auftrag. Soupe de poireaux, Hareng vierge sauté, Tarte aux noisettes. Oh! Das hört sich gut an, sehr gut. So melodisch …

Lauchsuppe, gebratener Matjes, Nusskuchen. Das hört sich nicht so gut an. Gebratener Matjes … Oh! Gar nicht gut …

Nun ja! Wir werden wie immer unser Bestes tun. Die Aussicht auf nächste Woche verleiht Flügel.

14. März - Franzosen lieben Butter

Der einundfünfzigste Event ist vorüber. Da ich immer noch von der Grippe geplagt werde, gibt es auch heute nur einen kurzen Beitrag.

Der Event begann wie immer mit einem Cappuccino als Einstimmung und Beruhigung der Nerven … dem Toreromarsch und einem weiteren Cappuccino.

Die Tarte aux noisettes! Die KitchenAid gab wie immer ihr bestes. Der Teig fiel vom Löffel. Ob er so fiel, wie er fallen sollte … aucune idée! Ich werde das Geheimnis des leicht vom Löffel fallenden Teiges nie ergründen. Will ich auch nicht …

Der Kuchen backte im Ofen vor sich hin … und platzte … irgendwie … Ups! So war das nicht geplant! Nun ja! Es war nicht mehr zu ändern.

Kartoffeln kochen … Lauch in feine Streifen schneiden … Kartoffeln pellen … in dicke Scheiben schneiden. Zur Seite stellen!

Timer Nummer eins piepte! Kuchen aus dem Ofen holen … nun ja! Einzigartig! Aufgeplatzter Nusskuchen … hat auch nicht jeder …

Zwiebelwürfel anbraten … ich muss wohl nicht extra betonnen, woher die Zwiebelwürfel kamen … Okay! Wellness für die Zwiebelwürfel. Ich ändere doch beim vorletzten Event nicht plötzlich die Regeln und versuche noch mal zu braten oder gar zu dünsten.

Lauchstreifen dazugeben und weiter wellnessen. Ups! Kartoffeln vergessen! Okay! Kartoffeln schälen, Krampf in der Hand, weiterschälen … klein würfeln und ab ins Wellnessbad. Deckel auf den Topf und Pause!

Cappuccino! Drei! Mon Dieu! Kochen mit verbundenem Finger … anstrengend! Der Arzt hat es verboten, aber ich gebe doch nicht einen Event vor dem Ziel auf!

Kuchen aus der Form lösen … mit Schokolade überziehen … nun ja … sagen wir mal so … ich goss die Glasur über den Kuchen und überlies der Schwerkraft den Rest. Das Ergebnis … nehmen wir an, er soll so aussehen.

Timer Nummer zwei piepte. Topf vom Herd nehmen und Inhalt pürieren. Nun ja! Wir fluchen immer noch nicht! Wir ließen das Kochfeld abkühlen … schenkten den Spritzern aus Kartoffel/Lauchmischung keinen Blick … pürierten weiter … vermehrten die Spritzer … wir fluchen immer noch nicht … hofften, dass wir aus dem kläglichen Rest im Topf noch eine Suppe für vier Personen machen können … beseitigten die schlimmsten Verschmutzungen und … gönnten uns drei weitere Cappuccino!

Der Kuchen sollte eine Verzierung aus weißer Schokolade erhalten, aber ich verzichtete darauf. Man kann nicht alles haben … zudem ist weiße Schokolade keine Schokolade (und ich lag schlecht in der Zeit). Okay! Die weiße Schokolade (die keine ist!) bröckelte im Topf oder verbrannte sie? … egal! Sie war nicht so, wie sie sein sollte!

Kartoffelscheiben in Butter anbraten. Ha! Butter! Franzosen lieben Butter. Das wisst ihr inzwischen. Ich ließ Butter schmelzen und ruck zuck … war sie überbräunt, stank zum Himmel, löste den Rauchalarm aus und die Pfanne machte ihren hoffentlich letzten Test (Flugeigenschaften, Landeverhalten etc.). Die Krokusse haben den Test leider nicht überlebt! Kollateralschaden! Nicht der erste!

Okay! Ich schmolz weitere Butter. Bewachte sie besser, als die Amerikaner Fort Knox … hatte ein Erfolgserlebnis … dann läutete es und meine Gäste erschienen. Nun ja! Man kann nicht alles haben … zudem ist mein Garten groß und es werden noch viele Tulpen blühen.

Nachdem meine Gäste mit Baron de Rothschild zusammensaßen, startete ich Versuch Nummer drei. Wieder gaaanz laaangsam die Butter schmelzen. Die Kartoffelscheiben in die Pfanne legen und hoffen, dass das Schicksal gnädig gestimmt war. Den kläglichen Rest der Kartoffel/Lauchmischung erwärmen. Mit viel Sahne verdünnen und bei geringer Wärmezufuhr erwärmen.

Käse in der Pfanne schmelzen. Nun ja! Sagen wir mal so … die Suppe konnte sich noch etwas länger erwärmen. Käse ist aber auch sooo launisch. Erst dauert es ewig, bis er schmilzt und dann … riecht er kurz (wirklich nur kurz) bevor er verkokelt. Der zweite Versuch gelang besser. Okay! Das etwas überbräunte habe ich entsorgt. Seid doch nicht immer so pingelig!

Kurz nach den Kartoffelscheiben sehen … schnell wenden. Kurzer Blick ins Rezept … Ups! Würzen! Tja! Da fiel mir zum Glück noch ein, dass die Suppe auch nicht gewürzt war. Besser spät als nie!

Suppe anrichten! Ha! Wir sind lernfähig … und nahmen die Pfanne mit den Kartoffelscheiben vom Herd! Die Suppe in Suppentassen füllen. Ein Klecks Sahne darauf sprühen und die Käsedeko dazugeben. Etwas Schnittlauch und ab auf den Tisch, bevor sie kalt wird. Schnell das obligatorische Foto und es konnte losgehen.

Die Pfanne zurück auf den Herd. Neue Pfanne dazu und die nächste Butter schmelzen. Die hauch-dünnen Zwiebelscheiben andünsten. Nun ja! Die Zwiebeln hatten eine leichte Bräunung (wirklich nur leicht), aber was solls.
Nächste Pfanne, nächste Butter schmelzen! Heute will sie es aber wissen. Dreimal Butter schmelzen. Chloé … das ist fies! Okay! Der vorletzte Event! Da greift sie nach jeder Tücke …

Okay! Was dann kam, sollte man eigentlich nicht in Worte fassen. Ich verstand nicht, warum man die Fischfilets mit dem Schaumlöffel kurz in die erwärmte Butter tauchen sollte. So viel Butter war nicht in der Pfanne, dass der Schaumlöffel untertauchen konnte, geschweige die Filets mit der Butter in Berührung kamen.

Nun ja! Meine Entscheidung … böser Fehler! Ich legte die Fischfilets in die warme Butter und hatte große Mühe, sie wieder aus der Pfanne zu holen. Irgendwie sahen sie seltsam aus. So wie … oooh … nun ja … vielleicht … Bratheringe?!?

Nun ja! Ich habe es letztendlich geschafft, wenigstens ein Fischfilet einigermaßen heil aus der Pfanne zu hieven. Ich drapierte alles auf einem Teller und bestellte im Geiste bereits den Lieferser-vice.

Ich servierte und achtete nicht auf die erstaunten, schmunzelnden Gesichter meiner Gäste. Ich habe nie behauptet, dass man von meinem Drei-Gänge-Menu satt wird!

Nun ja! Irgendwann war es an der Zeit, das Dessert zu servieren. Ich hätte ja schon früher … aber die Glasur … sagen wir mal so … sie wurde nicht fest … hart … oder wie immer man es nennt. Die Tarte in Stücke schneiden … ups! Die Pfirsiche … nochmal ups … ich habe Aprikosen gekauft … was solls … in Fächer schneiden … oooh!

Monsieur Internet! Was wäre der vorletzte Event ohne ihn? Es ist ja nicht so, dass ich ihn nicht mehr brauche. Er schickt mir all die Rezepte … gibt Tipps … was wäre ich ohne ihn?

Okay! Vielleicht war meine Frage etwas missverständlich … aber was versteht man an *Fächer schneiden* nicht? Pardon! Aber ich denke, er ist meiner schon lange überdrüssig und in Gedanken schon beim 23. März. Dann ist er mich endlich los!

Okay! Er schickte mir Bilder von Fächerahorn, Tipps, wie man ihn schneidet! Aaaah! Versuchen wir's en français … et voilà … geht doch! Wir schneiden die Aprikosen ein und fächern auf. Die fächerförmigen Aprikosen ausbreiten und mit Sahne verzieren. Etwas Schokolade als Zierde und fertig. Servieren!

Sag noch mal jemand, an Kuchen könne man sich nicht satt essen! Meine Gäste konnten …

Soupe de poireaux! Mon Dieu! Ich dachte doch, das kommt mir so bekannt vor! Chloé hat mir zweimal den Auftrag erteilt, Soupe de poireaux zuzubereiten! Allerdings weiß ich nicht mehr, wer damals der Suppe zum Opfer fiel.

Okay! Kommen wir zur Soupe de poireaux! Cremig, gut gewürzt, schön dekoriert! War das damals auch so? Ich muss nachschlagen …

Hareng vierge sauté! Okay! Vierge konnte man meinen Hering wohl nicht mehr nennen. Da es mir an Nachschlag mangelte, blieb es mehr ein amuse-gueule. Zudem war er zu salzig. Ich habe nicht gesalzen! Im Rezept stand *nicht salzen*! War der Hareng vierge zu salzig? Wen interessiert das? Mich nicht! Es ist vorbei!

Tarte aux noisettes! Lecker, locker, leicht! Nachschlag bis zum letzten Krümel!

So, nun ist auch dieser Event vorbei! Wir befinden uns auf der Zielgeraden.

Jetzt ist es noch ein Event! Ich kann gar nicht sagen, wie sehr ich mich darauf gefreut habe, diesen Satz zu schreiben. Noch ein Event!

Halten wir es wie die Akteure der Tour de France. Am letzten Tag gibt es keine Attacken mehr!

Ich werde mich trotzdem bemühen. Es kann nur etwas geben, das mich vom Sieg abhält. Hoffen wir, dass wir auch den letzten Event ohne Totalschaden überstehen.

Poulet chasseur

18. März - Meine letzten Gäste

Bei der Vorstellung meiner letzten Gäste braucht es nicht viele Worte. Es sind die Menschen, die mir ganz besonders am Herzen liegen. Meine Familie!

Oh mon Dieu! Non! Ich koche nicht für eine Großfamilie. Allerkleinster Kreis! Ich sagte, ganz besonders am Herzen liegen …

Pardon! Über meine Familie erzähle ich nichts! Ich verrate nur so viel: Sie sehen der Einladung noch immer mit Unbehagen entgegen.

Jetzt hoffe ich, dass sie Samstag nicht mit Magenschmerzen nach Hause gehen.

19. März - Mein letzter Auftrag

Soupe de poulet, Poulet chasseur, Gâteau aux groseilles - Hühnersuppe, Huhn Jägerart, Johannisbeertorte

Huhn Jägerart! Ich kann es nicht fassen. Es begann mit Coq au vin und endet mit Poulet chasseur. Der Unterschied ist nicht groß. Weißwein statt Rotwein und ein paar klitzekleine andere Zutaten.

Jetzt werden wir sehen, ob ich wenigstens einen kleinen Fortschritt in Sachen kochen erzielt habe. Warten wir's ab. Ich werde auch beim letzten Event mein Möglichstes tun.

22. März - Finale

Samstag fünf Uhr morgens! Der letzte Großeinkauf im Feinkostladen! Die Damen und Herren sind etwas von Wehmut ergriffen. Ich nicht! Ich bin froh, wenn es vorbei ist.

Maître Gayet meinte, wir könnten trotz allem weiterhin zusammen Cappuccino trinken. Auch wenn es sich künftig nur noch um Minieinkäufe handeln würde. Dieser gute Mensch …

Zuhause machte ich mich an die Zubereitung der Torte. Besser gesagt der Törtchen. Die KitchenAid gab ihr bestes und während ich diverse Vorbereitungen traf, rührte sie luftigen, lockeren Teig.

Die Masse wurde auf zwei Backblechen verteilt. Nun ja! Da sich auf jedem Backblech die gleiche Menge Teig befinden sollte, musste er vorher gewogen werden. Zwei weitere Schüsseln mussten her.

Die Mandeln, der Zucker, der Zimt … alles exakt abgewogen. Der Schüsselberg wuchs und das Wissen, es würde der letzte Kuchen meines Lebens werden, ließ mich den Berg tolerieren.

Ich verteilte Mandeln auf den Teigen und schob alles in den Ofen. Wenn der Timer pünktlich piepte und ich die Backbleche schnell genug aus dem Ofen holte … Mon Dieu! Lass es gut gehen!

Nun ja! Sagen wir mal so … als ich die leeren Schüsseln in der Spülmaschine stapelte … war doch wirklich noch Zucker in zweien. Tja! Der Zucker, der eigentlich über die Mandeln gestreut werden sollte ... et oui! Es gab auch zwei Schüsseln mit Zimt! Aber meine Gäste wissen nicht, dass auf den Kuchen auch Zucker und Zimt gehört ... was solls! Es gibt schlimmeres!

Ich gönnte mir eine kleine Pause und zwei Cappuccino. *Zum letzten Mal quälen,* frohlockte es in meinem Kopf. *Zum letzten Mal!* Ein herrliches Gefühl!

Ich zerkleinerte Suppengemüse, holte die Bleche aus dem Ofen, pellte Zwiebeln und Knoblauch, hackte Petersilie, wollte Champignons schneiden ... ups ... die hatte ich vergessen. Kurzer Anruf im Feinkostladen und die Champignons waren unterwegs. Was würde ich nur ohne diesen Laden und seinen Maître machen?

Das Suppenhuhn waschen ... innen und außen (mon Dieu ... war das eklig!) ... in den Topf legen ... Wasser drüber ... mit einem Teller beschweren, damit es unter Wasser blieb ... und ab auf den Herd. Da ich schon beim Waschen war, reinigte ich auch noch die Hähnchenschenkel und tupfte sie trocken. Wenn ich im letzten Jahr etwas gelernt habe, dann ist es dies: *Fleisch vor dem Braten immer trocken tupfen.* Können wir gut!

Ich stach Böden aus den Teigplatten, als es läutete und die Champignons eintrafen. Ich beendete das Ausstechen und zerkleinerte die Champignons.

So! Sämtliche Vorbereitungen abgeschlossen. Cappuccino, Le Monde, Cappuccino. Der Timer beendete die Pause und ich gab das Gemüse zum Huhn.

Zum letzten Mal durfte die KitchenAid uns hilfreich zur Seite stehen. Sie schlug Sahne ... oui ... Butter ... zum hoffentlich letzten Mal! Der nächste Versuch gelang besser. Die Sahne war nicht gar so buttrig ... Aller guten Dinge sind drei ... Über die Konsistenz der Sahne ließ sich streiten. Aber fürs letzte Mal ...

Was dann kam ... non ... wir fluchen immer noch nicht ... Wir haben es einundfünfzig Events nicht getan und fangen beim letzten nicht damit an! Sahne auf einen Boden streichen ... Johannisbeeren darüber streuen und mit Sahne bedecken. Oh! Die kleinen Beerchen klebten an der Sahne fest und es sah nicht gut aus ... gar nicht gut!

Okay! Ich bin inzwischen kampferprobt. So eine Kleinigkeit wirft mich nicht mehr aus der Bahn. Ich strich die Unterseite des nächsten Bodens ein und setzte ihn auf den ersten. Geht doch!

Wieder Sahne ... wieder Johannisbeeren ... Unterseite des Deckels mit Sahne bestreichen und aufsetzen. Das Ganze noch mal. Ich benötigte noch fünf weitere Törtchen. Sollte eins nicht so werden, wie es sollte ... nun ja ... Pech gehabt.

Beim letzten Event bringt mich nichts mehr aus der Ruhe. Ich kann das Ziel bereits sehen und werde jetzt nicht straucheln. Egal, was kommt!

Okay! Sie sind etwas schief und sehen aus, als würden sie jeden Moment einstürzen ... aber sie stehen ... noch! Hoffen wir, dass es so bleibt. Nun ja! Vielleicht könnte man sie ... sollte man sie etwas abstützen ... man weiß ja nie!

Der Timer piepte! Das Huhn war fertig. Oui! Es war fertig. Sehr fertig! Die Haut war an manchen Stellen aufgeplatzt. Ob das so sein muss? Aucune idée!

292

Ich nahm das Huhn aus der Bouillon ... ließ es abkühlen ... entnahm das Gemüse ... goss die Bouillon durch ein Tuch (das ich anschließend entsorgte, bevor ich Ärger mit Mary bekomme) ...

Zwiebeln und Knoblauch wurden goldgelb angebraten (laut Rezept ...). Ich sortierte nach essbar und Mülltonne. Das waren die letzten gebratenen Zwiebeln meines Lebens. Nie wieder werden sie mir das Leben schwer machen. Wen interessierte da noch, ob sie goldgelb angebraten waren ... Mich nicht!

Pause! Cappuccino! Drei! Wir sehen uns bereits durchs Ziel laufen. Was kann es schöneres geben? Okay! Zum letzten Mal dröhnte der Toreromarsch durchs Haus. Noch eine letzte Hürde und geht es durchs Ziel. Aber diese Hürde ... Hähnchenschenkel braten ... ist hoch, sehr hoch ... doch ich werde es schaffen ... egal wie!

Zwei Pfannen auf dem Herd ... Hightech Fett hinein geben ... warten, bis die Bläschen weg sind ... Schenkel einlegen und Temperatur reduzieren! Die Fettspritzer hielten sich in Grenzen. Nun ja! Man sollte sich nicht zu früh freuen ... Schenkel wenden und ... Feuer frei! Die Küche stand unter Beschuss. Das letzte Mal und das Fett gab alles ...

Schon mal Fettspritzer an der Decke gesehen? Ich schon! Fettspritzer an den Wänden ... tropfendes Fett vom Dunstabzug ... Rutschbahn in der Küche. Noch nie zuvor gab es einen solchen Beschuss! Jetzt kann ich sagen, es wird keine Renovierung geben ... das wird eine Vollsanierung!

Nachdem alle Schenkel zart hellbeige bis etwas dunkelbraun angebraten waren, durften sie auf Küchenkrepp abtropfen. Ich wischte den Boden, damit ich mich nicht noch flachlegte. Oh, ich hasse kochen!

Okay! Jetzt sollte der Bratensatz mit Tomaten abgelöscht werden. Nun ja! Ich nahm eine neue Pfanne ... gestückelte Tomaten ... Weißwein ... Tomatenmark. Jetzt brauchen wir einen neuen Dosenöffner. Aber er hat bis zum bitteren Ende durchgehalten!

Okay! Die zweiundfünfzig Wochen mit mir waren hart. Sag noch mal jemand, Dosen öffnen wäre so einfach! ... Einfach! Dieses Wort sagt doch alles! Egal wie man es nennt. Einfach ... simple ... easy ... facile ... beim Kochen ist es der pure Hohn!

Ich würzte die Sauce, legte die Hähnchenschenkel in die Auflaufformen und übergoss sie mit der Sauce. Gab Tomaten und Oliven hinzu ... Deckel drauf und ab in den Ofen.

Cappuccino ... noch mehr Cappuccino! Ich überlegte kurz, ob ich nach gewonnenem Wetteinsatz eventuell eine Entzugsklinik aufsuchen muss ... egal! Sieg ist Sieg! Egal, wie teuer er erkauft wurde.

Wir sehen das Ziel, es kommt immer näher. Es ist wie beim Marathon. Man läuft und läuft. Blendet alle unwichtigen Dinge aus, quält sich, beißt die Zähne zusammen und dann ... Herrlich!

Aber ich laufe diesmal keinen Marathon, ich koche! Ich häutete das Suppenhuhn und zerlegte es in seine Einzelteile. Oh, oh! So ein Huhn hat viele Teile ... und was da so alles drin und dran ist ... und wie fettig so ein Tier ist ... Nun ja! Der Topf glitt mir aus den Händen und oh! Das wird teuer. Die Granitplatte hat einen Abplatzer, eine Schranktür tiefe Schrammen, eine andere diverse Macken ... und erst der Fußboden. Mer... Und das am letzten Tag! Aber der Topf hat diesen letzten, ungewollten Härtetest unbeschadet überstanden. Zum Glück war er leer!

Es läutete und meine ersten Gäste kamen. Sie wunderten sich, dass keine Rauchwolken aus dem

Küchenfenster drangen, nicht mal Brandgeruch lag in der Luft. Der Anblick meiner Küche allerdings … Meinem Sohn entfuhr ein: »*Oh … mon … Dieu! … … Maman …*«

Nun ja! Breiten wir den Mantel des Schweigens darüber aus … Ich führte meine Gäste in den Salon und stellte ihnen Baron de Rothschild zur Seite.

Ich ging zurück auf mein Schlachtfeld und erwärmte Hähnchenfleisch und Gemüse in der Bouillon. Die nächsten Gäste erschienen. Ich lag gut in der Zeit. Es ist der letzte Event. Wurde aber auch langsam mal Zeit!

Hühnerfleisch in der Suppentasse drapieren, Gemüse dazugeben und mit Bouillon übergießen. Servieren, das obligatorische Foto machen und es konnte losgehen.

Soupe de poulet! Das letzte Entrée! Wie sich das anhört … das letzte Entrée. Wunderbar! Das klang wie Musik in meinen Ohren.

Okay! Die Bouillon war nicht genügend gewürzt. Das Gemüse war weich und das Hühnerfleisch zart. Was will man mehr. Nachwürzen kann jeder!

Der Timer piepte und die Poulet chasseur waren fertig. Sie sahen definitiv besser aus als der Coq au vin. Ich richtete an und servierte. Foto machen … los geht's!

Einstimmige Meinung … lecker! Da sagte doch wirklich jemand (ich will ihn jetzt nicht namentlich nennen), man könne meinen, es handele sich um ein vorgefertigtes Gericht von Maître Gayet. Nur noch in den Backofen damit et voilà! (Ich werde ihn wohl oder übel enterben …) Aber in Anbetracht des Chaos, das in meiner Küche herrschte, revidierte er seine Meinung wieder. (Noch mal Glück gehabt …)

Ich holte das Dessert aus dem Kühlschrank, fand die rohen Champignons und die gehackte Petersilie, erinnerte mich an das Basilikum, das über die Poulets gestreut werden sollte … es war zu spät … es ist vorbei!

Das Dessert! Gâteau aux groseilles! In Deutschland nennt man sie Himmelstorte. Das Lieblingsdessert meines Sohnes.

Er konnte nicht glauben, dass das Teil, das da auf seinem Teller saß, von seiner Mutter hergestellt worden war. Etwas skeptisch beäugte er das Törtchen von allen Seiten.

Ein Vielfaches *hmmm lecker* überzeugte ihn schließlich. Er war begeistert und meinte, das könnte ich jetzt öfter mal machen. Ist der verrückt geworden? Ich muss ihn wohl doch enterben …

Habt ihr den Jubelschrei gehört? Ich habe es geschafft! Zweiundfünfzigmal gekocht!

GEWONNEN !!!   ES IST VORBEI !!!   ENDLICH VORBEI !!!

NIE WIEDER KOCHEN !!!   LA VICTOIRE EST À MOI !!!

Blicken wir zurück

26. März - Résumé

Nachdem mein erster blogfreier Mittwoch vorüber ist, ist es Zeit für ein Résumé.

Im Laufe der zweiundfünfzig Wochen haben wir gemeinsam viel erlebt. Das heißt, ich litt und ihr habt euch amüsiert.

Ich hätte nie gedacht, dass ich einmal zwei Kochbücher und sechsunddreißig Schürzen mein eigen nennen würde. Die Schürzen habe ich kürzlich signiert und an meine Gäste verschickt. Die Kochbücher habe ich als Erinnerung behalten. Okay! Ihr habt recht … Wie könnte ich diese zweiundfünfzig Wochen je vergessen?

Ich habe Utensilien in meiner Küche entdeckt, von denen ich nicht mal wusste, dass ich sie besitze. Bei vielen wusste ich nicht mal, wozu man sie verwendet.

Zu meinem Lieblingsteil wurde ein Teigschaber, der auch den letzten Rest aus Töpfen, Pfannen und Schüsseln holte. Oui! Das war bei so manchem Event bitter nötig, sonst wäre noch weniger auf den Tellern gelandet. Oft genug habt ihr euch darüber ausgelassen, dass meine Portionen winzig seien.

Ich habe siebzehn Rauchmelder in den vorzeitigen Ruhestand geschickt und weiß jetzt, wie man diese Dinger installiert.

Meine Töpfe und Pfannen haben geschätzte zweihundert Flugstunden hinter sich gebracht, bei deren Landungen ihre Haltbarkeit und Bruchsicherheit auf hundert Prozent eingestuft werden konnten. Die Brandeigenschaften waren nicht so berauschend, da bei diversen Verkokelungen unauslöschliche Spuren in den Töpfen und Pfannen zurückblieben. Was nützen alle Tests im Weltraum, wenn man da oben keine Tests von Fachleuten durchführen lässt? Die Töpfe und Pfannen mögen zwar das Prädikat *Weltraumerprobt* tragen, aber der Hersteller hat nicht mit meinen Kochkünsten gerechnet. Hätte er mich als Tester eingestellt … er hätte nie behauptet, dass in diesen Töpfen nichts anbrennt!

Die Kollektionen von Gucci und Versace hassen Flecken jedweder Art und kein Teil ihrer Haute Couture ist küchentauglich.

In diesen zweiundfünfzig Wochen habe ich vier Packungen Wundverband verbraucht. Fünf Mal musste ein Arzt tiefe Schnittwunden behandeln. Einmal musste ich eine kleine Operation über mich ergehen lassen. Hinzu kommen diverse Verbrennungen und Verbrühungen, von denen einige unschöne Narben hinterlassen haben.

Meine Küche hat mehr gelitten als ich. Ich hatte nicht bedacht, dass am Ende eine Vollsanierung anstehen könnte.

Diverse Utensilien mussten ihr Dasein frühzeitig beenden. Wer braucht schon Dosenöffner, Kochlöffel, Schaumlöffel, klappbare Siebe und andere Teile?

Nur ganz wenige Lebensmittel und Kochvorgänge haben es nicht auf die Blacklist geschafft. Die meisten davon haben nichts mit Hitze zu tun. Okay! Cappuccino und Baguette haben es nicht geschafft. Der Rest ... na ja! Ich hasse unkooperative Lebensmittel ... ich hasse kochen ... ich hasse backen ... und alles, was damit zu tun hat. Die Blacklist ist lang ... sehr lang ...

Inzwischen kenne ich die Brandeigenschaften von Butter, diversen Fetten und Ölen und weiß um ihr Spritzverhalten.

Ich habe geschätzte zehn Kilo Butter hergestellt und ebenso viel verarbeitet. Wie viel davon in Rauch aufging oder aus der Pfanne hüpfte, überlasse ich eurer Phantasie.

Teile von dreihundertvierundachtzig Rindern, Kälbern, Schweinen, Lämmern, Hühnern, Enten und Fischen wurden gekocht, verkocht, gewellnesst, überbräunt oder verkokelt. Das wenigste davon landete auf meinen Tellern.

Ich weiß jetzt, wie man karamellisiert und dass ich es nicht kann. Ich werde auch nie etwas Karamellisiertes zu mir nehmen. Der Brandgeruch hat sich für immer in meine Nase gebrannt.

Achten schlagen, Kartoffeln schälen und Zwiebeln schneiden ist nicht mein Ding! Okay! Es gibt noch einige andere Sachen, die nicht meins sind!

Biskuit ist ein Teig, der den Stäbchentest liebt. Wenn das Stäbchen nur schwerlich aus dem Teig herausziehbar ist, ist der Kuchen definitiv zu hart.

Käsekuchen sollte in der Form abkühlen, da er sich sonst ausbreitet, was sehr unschön anzusehen ist.

Diverse Crèmes sollten über Nacht im Kühlschrank fest werden. Sie verlieren ansonsten gerne ihre Form und überfluten den Teller.

Würzen ist nicht so einfach, wie man meinen könnte. Nimmt man zu wenig, schmeckt es nicht. Nimmt man zu viel, ist es ungenießbar. Nimmt man nichts ... kann der Gast nachwürzen. Für meine Gäste war es das Beste, selbst zu Pfeffer und Salz zu greifen. Okay! Es blieb ihnen meistens nichts anderes übrig!

Es gibt Zutaten, die zwar im Rezept stehen, aber wenn man sie vergisst ... fällt es keinem auf. Fazit! Manche Rezepte haben definitiv zu viele Zutaten auf ihrer Liste. Es ist nur ärgerlich, wenn man sie zuvor gepellt, geschnitten, gewürfelt oder sonst wie vorbereitet hat.

Vorbereitete Dekorationen sollte man auch verwenden. Sie lassen viele Gerichte besser aussehen und verdecken auch so manches kulinarische Drama.

Wie der Boden einer Tarte aussieht ... egal ... was zählt ist der Belag! Deshalb immer etwas mehr draufhäufen ...

Das Unwort dieses Jahres ist EINFACH! Wie sollte es auch anders sein? Weil einfach im Rezept steht, muss es nicht einfach sein ...

Und ja ... Caramel ist die Nummer eins auf der Blacklist. Nicht mal die Speckwürfel konnten ihn toppen ...

Fazit! Nicht umsonst ist Koch/Köchin ein Beruf mit dreijähriger Ausbildung. Ein Bocuse wird geboren, zu Bocuse kann man nicht werden. Mein lieber Paul ... ein hoch auf deine Gabe.

Wetteinsatz

02. April - Worum ging es eigentlich?

Ein ruhiges, erholsames Wochenende, ohne kochen und bloggen. Wunderbar!

Ich habe inzwischen eure Mails gelesen und diesmal war ich diejenige, die geschmunzelt hat. Ihr werdet auch ohne meine, nicht vorhandenen, Kochkünste auskommen. Auch wenn ihr mich vermissen werdet, es ist vorbei.

Jetzt möchte ich Euch endlich den Wetteinsatz verraten. Ihr habt ein Jahr gewartet und jetzt ist es soweit. Zuvor muss ich allerdings ein paar erklärende Worte loswerden, damit ihr versteht, was diese Wette für mich so reizvoll machte.

Chloé ist ein wundervoller Mensch. Allerdings hat sie einen kleinen Spleen! Sie ist äußerst pedantisch, was die Reinlichkeit angeht. Wer hat noch nie den Satz gehört: *Da kann man vom Boden essen?* Bei Chloé könnte man!

Zudem ist sie äußerst pingelig, bei der Auswahl ihrer Gäste. Deshalb hat mich diese Wette so gereizt. Auch wenn ich, in den letzten zweiundfünfzig Wochen, wohl die meisten meiner Nerven verloren habe, so hat es sich gelohnt, denn Chloé wird ihr komplettes Nervenkostüm verlieren.

Ich würde zu gerne Mäuschen sein, wenn diese Woche ansteht. Sie wird für diese zweiundfünfzigwöchige Qual bezahlen. … und ich hoffe es wird teuer …

Okay! Unsere Wette! (Vorgeschlagen von Chloé, die diese Wette unbedingt wollte!)

Chloé wettete, dass ich es nicht schaffen werde, zweiundfünfzigmal zu kochen und bei jedem Event neue Gäste zu bewirten.

Falls ich es nicht schaffe, zahle ich ihr einen dreiwöchigen Aufenthalt in der Deluxe Suite, des Le Cap Est Lagoon Resort & Spa, auf Martinique, inklusive Flug. Okay! Das kann ich verschmerzen. Geld ist nichts alles …

Aber! Wenn ich es schaffe, wird Chloé drei Clochards, für eine Woche, bei sich zuhause aufnehmen und sie verkösigen.

Glaubt mir, sie hat es nie für möglich gehalten, das ich diese zweiundfünfzig Wochen überstehe, sonst hätte sie nie so hoch gesetzt. Jetzt muss sie da durch. Glaubt mir, diese Woche wird ihr schwerer fallen, als es mir fiel, zweiundfünfzig Kochevents zu überstehen.

Ich ging in diesen Wochen durch die Hölle, stand mehr als einmal kurz davor, das Handtuch zu werfen. Dafür wird sie jetzt bezahlen. Teuer bezahlen. Sie kannte keine Gnade, ich kenne auch keine.

Baptiste, Chloés guter Geist des Hauses … Butler … Majordomus … und vieles mehr, wird diese Woche außer Haus verbringen. Ich musste ohne Mary auskommen. Sie muss auf Baptiste verzichten und sich allein durchschlagen.

Nach Ostern treten drei Clochards an, eine Woche Urlaub, in der besten Wohngegend von Paris, zu verbringen.

Ich hoffe, sie haben eine schöne Zeit und machen Chloé das Leben schwer. Nun ja! Sie tut mir nicht leid. Ich gönne ihr jeden Augenblick. Ich habe mich nicht umsonst ein Jahr lang durch die Irrungen der Kochkunst gequält.

Oh non! Ihr wisst doch ... wir fluchen nicht ... Chloé auch nicht ... Wir sind es gewohnt, die Contenance zu wahren. Aber manchmal geht die Schadenfreude mit uns ... nun ja ... mit mir ... durch.

Es wird eine laaange Woche ... sieben Tage ... 168 Stunden ... 10.080 Minuten ... 604.800 Sekunden

Bonne chance ...

Nun ja! Ich kann es nicht lassen! Ich frage mich, wie viele Desinfektionsbäder die Clochards bereits hinter sich gebracht haben, denn es dürfen keine Penner oder Bettler sein, die den ganzen Tag auf den Champs-Élysées liegen. Es müssen echte Clochards sein und die sind bekanntlich alles andere als reinlich ...

Merci

Es ist Zeit Danke zu sagen ...

Maître Gayet, der mich immer unterstützt hat und mir viele hilfreiche Tipps gab, die ich leider selten umsetzen konnte. Der bei einem Cappuccino zu meinem Seelenklempner wurde und inzwischen auch fein geschnittenen Poireaux und Orangenfilets im Angebot hat, auch wenn ich diese Dinge nie wieder brauchen werde.

Den Damen und Herren des Feinkostladens, die fachlich ihr bestes gaben, über meine Kochkünste lästerten, mich aber immer wieder animierten durchzuhalten.

Anke, Celeste, Éloïse, Louise, Sandrine, Jo, Kelef, Luigi und vielen Unbekannten für ihre Rezepte. Ich habe mich wirklich bemüht, sie umzusetzen. Leider ist mir das nie zu hundert Prozent gelungen. Ich war schon mit zehn Prozent zufrieden.

Meiner Perle Mary, die angebrannte Töpfe und Pfannen reinigte, Schlachtfelder beseitigte, meine Küche immer wieder auf Hochglanz brachte, meine Schürzen von den meisten Flecken befreite, besonders den Verlust der blauen Seidenbluse bedauert und trotz allem immer noch meine Perle ist.

Meiner Freundin Mary, dass sie mir das Hundefutter verziehen hat. Das Zeug auf ihrem Teller ... nun ja ... ich gab wie immer mein bestes ...

Meinen Schulfreunden, Kommilitonen, Freunden und Bekannten, die sich als Gäste zur Verfügung stellten. Die mit mulmigem Gefühl und den geringsten Erwartungen kamen, ungewürzte, überwürzte oder gar überpfefferte Gerichte kosteten, ihre Abende tapfer durchstanden und in den seltensten Fällen positiv überrascht nach Hause gingen. Ohne euch hätte ich es nie geschafft.

Meiner Familie, die mich in diesen zweiundfünfzig Wochen ertragen hat. Nie verstand, warum ich mir das antat und heute den Kopf schüttelt, über die verrückteste Wette, von der sie je gehört hat.

Meinen treuen Lesern, für ihre moralische Unterstützung und die unzähligen Tipps, von denen ich einige sogar umsetzen konnte. Ich hoffe, Ihr habt euch gut amüsiert ...

Et maintenant ... je dis ADIEU !